Von David Morrell
sind als Heyne-Taschenbücher erschienen:

Rambo 2 – Der Auftrag · Band 01/6364
Rambo · Band 01/6448
Totem · Band 01/6582
Testament · Band 01/6682
Blutschwur · Band 01/6760
Der Geheimbund der Rose · Band 01/6850
Massaker · Band 01/7605
Verschwörung · Band 01/7652
Rambo 3 · Band 01/7664
Verrat · Band 01/7760

DAVID MORRELL

DER FÜNFTE BERUF

Roman

Aus dem Englischen
von Helmut Bittner

WILHELM HEYNE VERLAG
MÜNCHEN

HEYNE ALLGEMEINE REIHE
Nr. 01/8776

2. Auflage

Copyright © 1990 by David Morrell
Copyright © der deutschen Ausgabe 1991
by Wilhelm Heyne Verlag GmbH & Co. KG, München
Printed in Germany 1993
Umschlagillustration: Don Banks
Umschlaggestaltung: Atelier Ingrid Schütz, München
Satz: (1531) IBV Satz- und Datentechnik GmbH, Berlin
Druck und Bindung: Elsnerdruck, Berlin

ISBN 3-453-06414-3

*Für Sarie –
die Tochter und Freundin*

Inhaltsverzeichnis

Vorwort
GELÖBNIS DER TREUE

Der fünfte Beruf	11
Die Gefolgschaft	12
Die siebenundvierzig Ronin	14

Erster Teil
WIEDERKEHR DER TOTEN

Das Labyrinth	19
Tätiger Schutz	73
Der Verfolger	132

Zweiter Teil
DIE ZEIT VERGEHT

Jagen und Gejagtwerden	177
Akt des Verschwindens	213
Nie zuvor gesehen	248

Dritter Teil
DAS LAND DER GÖTTER

Die Künste des Friedens und des Krieges	307
Amaterasu	344
Schwarze Schiffe	407

Nachwort
DER SCHLÜSSEL ZUM IRRGARTEN

Geisel des Glücks	479
Eine Mitschuld der Lügen	484
Ein Fest für die Toten	504

*Der Lebensweg des Leibwächters
besteht in der unabdingbaren Hinnahme des Todes.*

MIYAMOTO MUSASHI,
ein Samurei des 17. Jahrhunderts

Vorwort

GELÖBNIS DER TREUE

Der fünfte Beruf

Kein bestimmtes historisches Ereignis legte den Grundstein für Savages Beruf. Die Anfänge der Kunst, der er sich verschrieben hatte, liegen im Nebel des Mythos verborgen, noch bevor es Tatsachen gab. Im Anfang gab es Jäger, dann Bauern. Als sich durch Tauschhandel etwas verdienen ließ, erschienen die Prostituierten und Politiker auf dem Plan. Über den Vorrang läßt sich streiten. Dies waren jedenfalls die ersten vier menschlichen Berufe.

Sobald es etwas zu verdienen gibt, muß es auch bewacht werden. Daraus ergibt sich der Fünfte Beruf, den Savage ausübte. Zwar ist der Beginn dieses Berufes nirgendwo dokumentiert worden. Doch gibt es zwei Ereignisse, die von einer Tradition voll großer Tapferkeit zeugen.

Die Gefolgschaft

Als die Angelsachsen vierhundert Jahre nach Christi Geburt in Britannien einfielen, führten sie dort den germanischen Ehrenkodex der absoluten Treue zu ihren Stammesfürsten ein. In seiner letzten Ausprägung verlangte dieser Kodex, daß die Mannen des Fürsten, seine Gefolgschaft, ihn bei ihrer Ehre bis zum eigenen Tode zu verteidigen hatten. Eines der ergreifendsten Beispiele für die totale Hingabe der Krieger für ihren Herrn trug sich im Jahre 991 am Strand des Schwarzwasserflusses bei der Stadt Maldon in Essex zu.

Skandinavische Piraten hatten Häfen an der Ostküste von Britannien heimgesucht. Nun lagerten sie auf einer Insel, die bei Ebbe durch einen schmalen Damm mit dem Festland verbunden war. Der örtliche britische Häuptling, Birhtnoth, führte sein treues Gefolge an den Damm, dessen Betreten er den Wikingern verbot. Die Feinde hörten nicht auf ihn. Schwerter blitzten. Blut durchtränkte den Damm. Als die Schlacht immer heftiger wurde, machte einer von Birhtnoths Knappen kehrt und rannte feige davon. Andere glaubten, der Davoneilende sei Birhtnoth und flohen ebenfalls. Nur Birhtnoth und seine Leibwache verteidigten sich.

Ein Speer traf ihn. Er riß ihn heraus und erstach den Angreifer. Die Axt eines Wikingers trennte ihm den Schwertarm vom Körper. Hilflos wurde er in Stücke gehauen. Aber seine getreue Gefolgschaft hielt aus, obwohl vom Häuptling keine Befehle mehr kamen. Um seinen Leichnam zu schützen und seinen Tod zu rächen, griffen die Männer um so heftiger an. Sie fanden einen brutalen, doch für sie freudevollen Tod, weil die Gefolgschaft ihrem Ehrenkodex treu geblieben war.

Das Original des angelsächsischen Dokuments, in dem ihr heldenhafter Untergang beschrieben wird, schließt so:

»Godric ließ unentwegt seinen Speer fliegen, das blanke Eisen gegen die Wikinger gerichtet. Tapfer drang er inmitten seiner Brüder vor. Er hieb um sich und tötete Feinde, bis er selbst im Getümmel fiel. Godric war keiner, der vom Schlachtfeld floh...«

Diese beiden Godrics zeigen den grundlegenden Konflikt in Savages Beruf auf. Das Gefolge hatte den Auftrag, zu schützen. Wenn aber die Lage hoffnungslos erschien, wenn der Anführer tot war – an welchem Punkt durfte oder darf ein Leibwächter sich selbst schützen? Wann immer Savage über die moralische Seite nachdachte, fiel ihm Akira ein. Er mußte an einen Vorfall denken, der sich in einem ganz anderen Kulturkreis zugetragen hatte und der die extremen Traditionen des Fünften und edelsten Berufes beleuchtete.

Die siebenundvierzig Ronin

In Japan stellten die Samurai das Gegenstück zur germanischen Gefolgschaft dar. Elf Jahrhunderte nach Christi Geburt wurden diese beschützenden Krieger bekannt. Damals brauchten die als *Daimyo* bezeichneten Provinzfürsten dringend treue Leibwächter, um ihre Güter zu schützen. Jahrhundertelang wurden die Daimyos von einem zentralen militärischen Befehlshaber beherrscht, den man Shogun nannte. Die Samurai fühlten sich indessen an ihren örtlichen Herrn gebunden. Vor dem Hintergrund dieser Treueverhältnisse trug sich 1701 ein Vorfall zu, der zur Grundlage für eine der berühmtesten japanischen Legenden wurde.

Drei *Daimyos* wurden an den Hof des Shogun in Edo (jetzt Tokio genannt) beordert, um ihr Treuegelöbnis abzulegen. Einer von den *Daimyos* kannte sich mit den Gepflogenheiten bei Hofe nicht aus. Die beiden anderen ließen sich von einem Experten in der höfischen Etikette unterweisen. Sie bestachen ihn mit Gaben und bekamen zum Lohn nützliche Ratschläge.

Aber der dritte *Daimyo*, Fürst Asano, war zu ehrlich, als daß er Fürst Kira, den Zeremonienmeister bei Hofe, bestochen hätte. Kira fühlte sich beleidigt und machte Asano vor dem Shogun lächerlich. Also gedemütigt blieb Asano nichts übrig, als seine Ehre zu verteidigen. Er zog sein Schwert und verwundete Kira.

Nun galt es als schweres Vergehen, in der Gegenwart des Shogun zum Schwert zu greifen. Der Shogun befahl Asano, die Regeln zu beachten und sich selbst den Bauch aufzuschlitzen. Der *Daimyo* gehorchte, aber sein Tod beendete die Fehde keineswegs. Asanos Samurai waren durch den sehr strengen Ehrenkodex des *giri* gebunden, was frei übersetzt ›Bürde der Pflicht‹ bedeutet, das heißt, sie mußten den Tod ihres Herrn rächen, indem sie jenen Mann umbrachten, der mit den Beleidigungen begonnen hatte, Fürst Kira.

Der Kodex des *giri* war so zwingend, daß der Shogun weiteres Blutvergießen befürchtete. Um die Fehde zu beenden, ließ er Asanos Burg von seinen Kriegern umzingeln. Er forderte Asanos Samurai auf, sich zu ergeben. In der Burg beratschlagte Oishi Yoshio, der Hauptmann der Samurai, mit seinen Männern. Einige wollten den Kriegern des Shogun Widerstand leisten, andere waren für einen rituellen Selbstmord, wie ihn ihr Fürst begangen hatte. Aber Oishi spürte, daß die Mehrheit seiner Leute ihr Treueverhältnis als beendet ansah, nachdem ihr Herrscher tot war. Um sie auf die Probe zu stellen, bot ihnen der Hauptmann an, Asanos Reichtümer unter ihnen aufzuteilen. Viele ehrlose Krieger gingen sofort auf dieses Angebot ein. Oishi zahlte sie aus und jagte sie davon. Von mehr als dreihundert Samurai blieben nur siebenundvierzig übrig. Mit ihnen schloß Oishi einen Pakt. Jeder schnitt sich in einen Finger. Dann reichten sie einander die Hände und besiegelten so den Pakt mit ihrem Blut.

Diese siebenundvierzig ergaben sich den Kriegern des Shogun. Sie forderten die Lösung ihres Eides und Befreiung von jeder Pflicht gegenüber ihrem toten Herrn, die ihnen durch *giri* auferlegt wurde, und gaben vor, sich als Ronin in das Schicksal fahrender Ritter, Samurai ohne Herrn, zu fügen. Jeder ging seiner Wege. Aber der argwöhnische Shogun schickte ihnen Spione nach, um sicherzugehen, daß die Fehde zu Ende war. Um diese Spione zu täuschen, ging jeder Ronin schweren Herzens einer seiner Person unwürdigen Beschäftigung nach. Einige wurden Trunkenbolde, andere Mädchenhändler. Einer verkaufte seine Frau als Prostituierte, wieder ein anderer tötete seinen Schwiegervater. Ein weiterer brachte seine Schwester dazu, bei dem verhaßten Fürst Kira als Mätresse zu dienen. Sie ließen ihre Schwerter verrosten und sich anspucken. Alle schienen ein äußerst unehrenhaftes Leben zu führen. Nach zwei Jahren waren die Spione des Shogun endlich davon überzeugt, daß die Fehde zu Ende war. Der Shogun ließ die Ronin nicht länger überwachen.

Im Jahre 1703 schlossen sich die siebenundvierzig Ronin wieder zusammen. Sie griffen Kiras Burg an. Von lange unterdrückter Wut erfüllt, machten sie die arglosen Wachen nieder. Dann verfolgten und enthaupteten sie den Mann, den sie so haßten. Sie wuschen den Kopf und unternahmen eine Pilgerfahrt zu Asanos Grab. Dort legten sie den Kopf auf den Grabstein ihres nunmehr gerächten Herrn.

Damit war die Kette der Verpflichtungen noch nicht zu Ende. Indem sie sich der Bürde des *giri* unterwarfen, hatten sie den Befehl des Shogun mißachtet, ihren Rachefeldzug einzustellen. Ein Ehrenkodex geriet in Konflikt mit einem anderen. Noch von Triumph erfüllt, stießen sie sich die Schwerter in die Leiber, wobei die Klinge von links nach rechts durchgezogen wurde, um dann scharf nach oben gerissen zu werden. Das war das edle Selbstmordritual, welches man *seppuku* nannte.

Die Grabstätten der siebenundvierzig Ronin werden noch heute als ein japanisches Heiligtum verehrt.

Ehre und Treue. Schützen und, wenn die Pflicht es erfordert, rächen, selbst wenn der Tod droht. Der Fünfte und edelste Beruf.

Erster Teil

WIEDERKEHR DER TOTEN

Das Labyrinth

1

Seinen professionellen Gewohnheiten folgend, ließ Savage den Lift ein Stockwerk unter dem anhalten, zu dem er eigentlich wollte. Abgesehen davon hätte ein unerwünschter Besucher den Lift sowieso in diesem Stockwerk anhalten müssen. Man brauchte eine mit Hilfe eines Computers kodierte Karte, die in einen Schlitz am Instrumentenbrett des Fahrstuhls eingeführt werden mußte. Erst dann ließ sich der Lift bis zum obersten Stockwerk dirigieren. Savage hatte eine solche Karte erhalten. Er lehnte es aber ab, sie zu benutzen. Er haßte Fahrstühle aus Prinzip. Ihre Abgeschlossenheit war gefährlich. Man konnte nie wissen, auf wen man traf, wenn sich die Türen öffneten. Bei dieser Gelegenheit erwartete er zwar keine Schwierigkeiten. Aber wenn er nur einmal von seinen gewohnten Methoden abwich, würde er auch in anderen Fällen Ausnahmen machen. Das konnte bedeuten, daß er nicht richtig reagierte, wenn es Ärger gab.

Außerdem war er an diesem warmen Nachmittag in Athen neugierig herauszufinden, welche Sicherheitsvorkehrungen von der Person vorgenommen worden waren, die zu treffen er eingewilligt hatte. Er war an den Umgang mit den Reichen und Mächtigen gewöhnt, aber die Personen, mit denen er sonst zu tun hatte, entstammten zumeist der Politik oder der Industrie. Es geschah ihm nicht alle Tage, daß er mit jemandem zusammentraf, der nicht nur Verbindungen zu beiden hatte, sondern der überdies eine Filmlegende geworden war.

Savage trat zur Seite, als der Lift anhielt und die Türen seitwärts glitten. Wie ein witterndes Tier hielt er Ausschau, sah niemanden, entspannte sich und ging auf die Tür zu, dessen Schild in griechischen Buchstaben ›Notausgang‹ besagte. Diesem Schild entsprechend ließ sich die Tür ganz leicht aufklinken.

Vorsichtig ging Savage hindurch und befand sich in einem Treppenhaus. Die Kreppsohlen seiner Schuhe dämpften seine Schritte. Auf den siebenundzwanzig unteren Stockwerken war alles ruhig.

Er trat vor eine Tür zu seiner rechten Seite und griff nach dem Knopf. Er ließ sich nicht drehen. Gut. Die Tür war abgeschlossen, wie es sich gehörte. Ohne Zweifel würde man von der anderen Seite im Notfall diese Tür mittels einer Klinke öffnen können, um in dieses Treppenhaus zu gelangen. Aber auf dieser Seite wurde es ungebetenen Besuchern verwehrt, ins nächste Stockwerk zu gelangen. Savage schob zwei dünne Metallzungen ins Schlüsselloch. Die eine diente ihm als Hebel, mit der anderen öffnete er die Schlitze, die den Riegel freigaben. Nach sieben Sekunden stieß er die Tür auf. Es machte ihm Sorgen, daß das Schloß von so einfacher Konstruktion war. Eigentlich hatte er damit gerechnet, daß er mindestens doppelt so lange brauchen würde, um es zu öffnen.

Gebückt schob er sich durch die Tür, die er hinter sich wieder schloß. Argwöhnisch betrachtete er die nach oben führende Treppe. Hier gab es keine Kameras mit Selbstauslöser. Das Licht war gedämpft. Vorsichtig stieg er den nächsten Treppenabsatz hinauf. Er sah keinen Wächter. Oben angekommen runzelte er die Stirn, als er feststellen mußte, daß die Tür nicht abgeschlossen war. Als er sie öffnete, war immer noch kein Wächter zu sehen.

Der Fußbodenbelag dämpfte seine Schritte fast bis zur Lautlosigkeit. Während er den Korridor hinunterschritt, glitt sein Blick über die immer kleiner werdenden Zahlen an den Türen, bis er die fand, die ihm genannt worden war. Kurz bevor er den abzweigenden Gang erreichte, drang ihm Tabakqualm in die Nase. Er ließ die Fahrstühle rechts liegen, bog links in den Gang ein – und da waren sie.

Am anderen Ende des Korridors standen drei Männer dicht beieinander vor einer Tür. Der eine hatte die Hände in die Hosentaschen geschoben. Der zweite rauchte eine Zigarette. Der dritte trank eine Tasse Kaffee.

Blutige Amateure, dachte Savage. Man muß immer die Hände frei haben.

Die Wachleute richteten nun ihre Aufmerksamkeit auf Savage. Sie waren gebaut wie Rugbyathleten und steckten in viel zu engen Anzügen. Einem nicht berufsmäßigen Kämpfer hätten sie schon Angst einjagen können, aber ihre massigen Gestalten erlaubten ihnen nicht, unauffällig in einer Menschenmenge zu verschwinden. Von diesen Muskelmännern waren blitzschnelle Reaktionen auf eine Gefahr nicht zu erwarten.

Savages Gesichtszüge entspannten sich. Er war zwar eins achtzig groß, konnte aber seinen drahtigen Körper zusammensacken lassen und wirkte dadurch um einige Zentimeter kleiner. Während er den Korridor hinunterschritt tat er so, als sei er von den Wächtern beeindruckt. Sie registrierten das mit selbstgefälligem Grinsen.

Umständlich prüften sie seinen Ausweis, der gefälscht war, und seinen Namen, den er sich für diesen Monat zugelegt hatte. Sie durchsuchten ihn. Aber sie hatten keine Metallsonde. Deshalb fanden sie auch das kleine Messer nicht, das hinter seinem Jackenaufschlag steckte.

»Ja, Sie werden erwartet«, sagte der erste Mann. »Warum haben Sie nicht den Lift benutzt?«

»Die Computerkarte hat nicht funktioniert.« Savage reichte sie ihm hin. »Ich mußte ein Stockwerk tiefer aussteigen und über die Treppe heraufkommen.«

»Aber die Treppentüren sind verschlossen«, mischte sich der zweite Mann ein.

»Irgendwer vom Hotel muß sie offen gelassen haben.«

»Muß ein schöner Idiot gewesen sein, der die Tür offen gelassen hat«, bemerkte der dritte.

»Ich weiß, was Sie meinen. Auch ich kann Sorglosigkeit nicht leiden.«

Sie nickten, blinzelten, reckten ihre Schultern und geleiteten ihn in die Suite.

Schon wieder falsch, dachte Savage bei sich. Man darf niemals seine Position verlassen. Das ist eine feste Regel.

2

Zur Suite gehörte ein großer, geschmackvoll eingerichteter Wohnraum. Die Wand ihm gegenüber betrachtete Savage voller Argwohn. Die dicken Vorhänge waren zur Seite gezogen. Sie enthüllten ein riesiges Panoramafenster, das von der Diele bis unter die Decke reichte. Von hier aus hatte man einen wunderschönen Ausblick auf Parthenon und Akropolis. Obwohl über Athen fast immer Smog lag, hatte eine Brise heute die Luft klar werden lassen. Die Säulenruinen funkelten in der Nachmittagssonne. Savage gestattete sich einen bewundernden Blick auf die Bauten, aber nur so lange, als er brauchte, um durch die Tür zu treten. Er haßte riesige Fenster mit zurückgezogenen Vorhängen. Jeder Feind gewann dadurch einen unnötigen Vorteil. Man konnte durch ein Fernrohr hereinschauen, man war Mikrowellen-Lauschgeräten ausgesetzt und vor allem den Kugeln eines Scharfschützen.

Der potentielle Kunde, den er hier treffen sollte, war nicht anwesend. Deshalb wendete sich Savage einer Tür in der linken Wand zu. Vielleicht führte sie zu einem begehbaren Kleiderschrank oder ins Bad oder in ein Schlafzimmer. Er richtete seine Aufmerksamkeit auf eine Tür in der rechten Wand, hinter der man undeutlich eine weibliche Stimme hörte. Diese Tür führte ohne Zweifel in ein Schlafzimmer. Eine zweite Stimme war nicht zu hören. Daraus schloß Savage, daß die Frau telefonierte. Ihre Worte klangen eindringlich und so, als würde das Gespräch noch eine Weile andauern.

Geduldig wartete Savage und betrachtete die Wand weiter rechts neben der Tür, durch die er hereingekommen war. Er erkannte zwei Monets und drei van Goghs.

Seine untersetzten Begleiter schauten gelangweilt drein, als sie erkannten, daß ihr Arbeitgeber nicht anwesend war. Sie rückten die Krawatten zurecht und kehrten auf ihren Posten im Korridor zurück. Dort wollten sie ohne Zweifel weiter Kaffee trinken und Zigaretten rauchen. Der dritte schloß die Tür und lehnte sich dagegen. Er war bemüht, Eindruck zu erwecken. Aber die Art, wie er seinen Brustkasten herausschob, ließ ihn aussehen, als litte er unter Herzschmerzen.

Die Klimaanlage summte. Savage wendete sich von den Gemälden ab und richtete den Blick auf eine Sammlung chinesischer Vasen unter einem Glassturz.

Der übriggebliebene Wächter reckte sich.

Die Tür zur rechten Hand flog auf.

Eine Frau, schön wie eine Märchenprinzessin, kam aus dem Schlafzimmer heraus.

3

Ihr offizieller Lebenslauf gab ihr Alter mit fünfundvierzig an. Erstaunlicherweise hatte sie sich überhaupt nicht verändert. Sie sah genauso aus, wie in ihrem letzten Film vor zehn Jahren. Groß, schlank, aufrecht. Durchdringende blaue Augen. Ein wunderschönes ovales Gesicht, dessen feine Züge von schulterlangem sonnenbleichem Haar umrahmt wurden. Weiche gebräunte Haut. Der Traum eines jeden Fotografen.

Vor zehn Jahren hatte sie die Auszeichnung als beste Darstellerin erhalten. Unmittelbar danach erklärte sie in Los Angeles während einer Pressekonferenz ihren Rücktritt. Alle Welt war überrascht. Ebenso überraschte einen Monat später ihre Eheschließung mit dem Monarchen eines kleinen, aber wohlhabenden Königreiches auf einer Insel vor der französischen Riviera. Als es mit der Gesundheit ihres Gatten bergab ging, hatte sie seine geschäftlichen Angelegenheiten übernommen. Ihr war es gelungen, den Tourismus und die Gewinne aus den Casinos zu verdoppeln, die den Reichtum der Insel ausmachten.

Sie regierte in einem Stil von ›Feuer und Eis‹, wie ihre früheren Kritiker ihr Auftreten im Film eingestuft hatten. Eindringlich, doch mit viel Selbstkontrolle; leidenschaftlich, aber beherrscht. In ihren Liebesszenen hatte sie immer die beherrschende Rolle gespielt. Die Szene, in der sie endlich den von innerem Drang getriebenen Juwelendieb verführte, dessen Interesse sie erweckt und den sie bisher abgewiesen hatte, galt immer noch als klassische Darstellung sexueller Spannung. Sie wußte, was sie wollte. Aber sie griff nur dann zu, wenn kein Risiko dabei war. Ihr schien es Vergnügen zu bereiten, mehr zu geben als zu nehmen. So gewährte sie dem Juwelendieb eine Nacht, die dieser niemals vergessen sollte.

Auch ihre Inseluntertanen bekundeten ihr Ergebenheit. Als Antwort winkte sie ihnen zu, hielt aber auf Distanz, bis in einem unerwarteten Augenblick ihre überwältigende Großzügigkeit für die Kranken, Armen und Heimatlosen durchbrach. Manchmal gewann man den Eindruck, Mitleid sei ihre Schwäche, ein Feuer, das ihre eisige Selbstbeherrschung zu schmelzen drohte. Wenn es politisch vorteilhaft erschien, konnte sie gefühlvoll sein, sogar sehr. Solange sie sich dabei nicht verausgabte. Solange sie damit die Liebe ihrer Untertanen gewann.

Sie lächelte, während sie auf Savage zuschritt. Strahlend. Eine Filmszene im wirklichen Leben. Savage bewunderte seinerseits ihren kunstvollen Auftritt. Dabei wußte er, daß sie den von ihr bewirkten Eindruck genau kannte.

Sie trug schwarze, von Hand gefertigte Sandalen, eine Freizeithose mit burgunderroten Besätzen, eine eierschalenfarbene japanische Seidenbluse (deren obere drei Knöpfe geöffnet waren, um die Sonnenbräune über ihren Brüsten sichtbar zu machen und die ohne Zweifel in hellem Blau gewählt worden war, um das tiefere Blau ihrer Augen zu unterstreichen), eine Cartieruhr, einen Diamantanhänger und dazu passenden Ohrschmuck (dessen Funkeln das ihrer Augen noch verstärkte und das sonnenbleiche Haar intensiv zur Geltung brachte).

Sie blieb vor Savage stehen und wendete sich dann mit abweisendem Blick an den Leibwächter.

»Danke.«

Zögernd ging der untersetzte Mann davon. Offenbar bedauerte er, dem Gespräch nicht beiwohnen zu können.

»Entschuldigen Sie, daß ich Sie warten ließ«, sagte sie und trat näher, was Savage erlaubte, ihr dezentes Parfum zu schnuppern. Ihre Stimme war ein wenig heiser, ihr Handschlag fest.

»Fünf Minuten? Kein Grund, sich zu entschuldigen.« Savage zuckte mit den Schultern. »In meinem Beruf bin ich an viel längere Wartezeiten gewöhnt. Außerdem fand ich dadurch Zeit, Ihre Sammlung zu bewundern.« Er deutete auf die chinesischen Vasen unter dem Glassturz. »Ich nehme jedenfalls an, daß es sich um Ihre Sammlung handelt. Ich bezweifle, daß ein Hotel, und sei es noch so vornehm, seine Gäste mit unbezahlbaren Kunstwerken verwöhnt.«

»Ich nehme sie auf Reisen immer mit. Die Sammlung macht ein fremdes Hotelzimmer heimisch. Mögen Sie chinesische Keramik?«

»Mögen? Ja, obwohl ich nichts davon verstehe. Schönheit begeistert mich, Euer Hoheit. Sie selbst – wenn Sie mir das Kompliment vergeben – eingeschlossen. Es ist mir eine Ehre, Ihre Bekanntschaft zu machen.«

»Als Hoheit oder weil ich ein früherer Filmstar bin?«

»Als frühere Schauspielerin.«

Sie schloß kurz die Lider, nickte. »Sie sind sehr freundlich. Vielleicht fühlen sie sich freier, wenn wir die Formalitäten beiseite lassen. Bitte nennen Sie mich bei meinem früheren Namen, Joyce Stone.«

Savage machte ihr das gravitätische Nicken nach. »Gern, Miß Stone.«

»Sie haben grüne Augen.«

»Das ist nicht so bemerkenswert«, entgegnete Savage.

»Im Gegenteil, sehr interessant. Die Farbe eines Chamäleons. Ihre Augen passen zu Ihrem Anzug. Graues Jackett. Blaues Hemd. Ein unaufmerksamer Beobachter würde Ihre Augen als...«

»Als graublau bezeichnen, aber nicht als grün. Sie beobachten gut.«

»Und Sie verstehen sich auf die Wirkungen des Lichtes. Sie sind anpassungsfähig.«

»Das ist nützlich bei meiner Arbeit.« Savage drehte sich zu den Gemälden um. »Großartig. Wenn ich nicht irre, wurden van Goghs ›Zypressen‹ kürzlich auf einer Auktion bei Sotheby verkauft. Ein unbekannter Käufer bezahlte eine eindrucksvolle Summe dafür.«

»Erinnern Sie sich, wie viel es war?«

»Fünfzehn Millionen Dollar.«

»Und jetzt wissen Sie, wer der mysteriöse Käufer ist.«

»Miß Stone, ich habe beruflich mit vertraulichen Informationen zu tun. Wenn ich ein Geheimnis nicht wahren könnte, wäre ich morgen aus dem Geschäft heraus. Ihre Bemerkung mir gegenüber ist wie eine Beichte. Ich bin wie ein Priester – schweigsam.«

»Beichte? Ich hoffe doch, das bedeutet nicht, daß ich Ihnen keinen Drink anbieten darf.«

»So lange ich nicht für Sie arbeite.«

»Aber, ich nehme doch an, daß Sie deshalb hier sind.«

»Um über Ihr Problem zu reden«, verbesserte Savage. »Bis jetzt bin ich noch nicht angeheuert.«

»Mit Ihren Empfehlungen? Ich habe bereits beschlossen, Sie zu engagieren.«

»Verzeihung, Miß Stone, aber ich habe Ihre Einladung angenommen, um herauszufinden, ob ich von Ihnen angeheuert werden möchte.«

Die empfindsame Frau sah ihm ins Gesicht. »Meistens sind die Leute scharf darauf, von mir beschäftigt zu werden.«

»Es war nicht beleidigend gemeint.«

»Natürlich nicht.« Sie ging auf ein Sofa zu.

»Wenn es Ihnen nichts ausmacht, Miß Stone...«
Sie hob die Augenbrauen.
»Mir wäre lieber, Sie nähmen in dem Sessel dort drüben Platz. Das Sofa steht mir zu nahe am Fenster.«
»Fenster?«
»Oder Sie erlauben mir, die Vorhänge vorzuziehen.«
»Ah, jetzt verstehe ich«, meinte sie amüsiert. »Da ich das Sonnenlicht liebe, werde ich mich da drüben hinsetzen, wie Sie vorschlagen. Sagen Sie, beschützen Sie immer Leute, für die zu arbeiten Sie noch nicht entschlossen sind?«
»Gewohnheitssache.«
»Eine interessante Angewohnheit, Mister... Ich fürchte, ich habe Ihren Namen vergessen.«
Savage bezweifelte das. Sie gehörte wohl zu den Menschen, die niemals etwas vergessen. »Macht nichts. Der Name, den ich nannte, ist nicht mein richtiger. Ich benutze im Normalfall immer ein Pseudonym.«
»Wie soll ich Sie also vorstellen?«
»Überhaupt nicht. Falls wir übereinkommen, dürfen Sie nie die Aufmerksamkeit auf mich lenken.«
»In der Öffentlichkeit. Was aber, wenn ich Sie privat zu mir bitten möchte.«
»Savage.«
»Wie bitte?«
»Mein Spitzname. Unter ihm bin ich in meinem Geschäft bekannt.«
»Haben Sie ihn erworben, als Sie bei den SEALS dienten?«
Savage verbarg seine Überraschung.
»Der Name Ihrer früheren Einheit setzt sich aus den Anfangsbuchstaben mehrerer Worte zusammen. Stimmt's? Sea, Air und Land. Die Kommandoeinheiten der US-Navy.«
Savage unterdrückte den Drang, die Augenbrauen zusammenzuziehen.
»Wie gesagt, ich fand Ihre Empfehlungen beeindruckend«, sagte sie. »Sie legen Wert auf Ihr Privatleben, wie die Benutzung eines Pseudonyms beweist. Aber mit Ausdauer habe ich einiges über Ihren Hintergrund in Erfahrung gebracht. Falls Sie das beunruhigt, darf ich Ihnen versichern, daß Ihre Anonymität durch nichts, was ich erfuhr, gefährdet ist. Allerdings gibt es Gerüchte. Von der Hilfe,

die Sie einem gewissen Mitglied des britischen Parlamentes angedeihen ließen – gegen IRA-Terroristen, glaube ich – wird mit großem Respekt gesprochen. Er bat mich, Ihnen noch einmal dafür zu danken, daß Sie ihm das Leben gerettet haben. Ein italienischer Finanzier ist gleichfalls dankbar für die geglückte Befreiung seines entführten Sohnes. Ein westdeutscher Industrieller meint, daß seine Firma in Konkurs gegangen wäre, wenn Sie nicht den Rivalen ausfindig gemacht hätten, der seine Formeln gestohlen hat.«
Savage schwieg.
»Kein Grund zur Bescheidenheit«, fuhr sie fort.
»Für Sie auch nicht. Ihre Quellen sind ausgezeichnet.«
»Einer der vielen Vorteile, wenn man mit einer königlichen Hoheit verheiratet ist. Die Dankbarkeit des italienischen Finanziers war besonders beeindruckend. Deshalb fragte ich ihn, wie ich mich mit Ihnen in Verbindung setzen könnte. Er gab mir die Telefonnummer Ihres – ich glaube, in meinem früheren Leben hätte ich mich der gleichen Vokabel bedient – Ihres Agenten.«
»Sie haben hoffentlich seinen Namen nicht erfahren.«
»Ich habe nie mit ihm direkt verhandelt, nur durch Mittelsleute.«
»Gut.«
»Womit ich bei meinem Problem angelangt wäre.«
»Miß Stone, noch eine Bitte. Gehen Sie in diesem Zimmer auf keinerlei Einzelheiten ein.«
»Niemand kann uns belauschen. Hier gibt es keine verborgenen Mikrofone.«
»Was macht Sie so sicher?«
»Meine Leibwächter haben erst heute vormittag alles abgesucht.«
»In diesem Falle wiederhole ich...«
»In diesem Zimmer nicht auf Einzelheiten einzugehen? Sie scheinen nicht viel von meinen Leibwächtern zu halten.«
»Sie haben schon Eindruck auf mich gemacht.«
»Aber keinen guten?«
»Ich will mich nicht kritisch äußern.«
»Noch eine empfehlenswerte Angewohnheit. Nun denn, Savage.« Ihr Lächeln strahlte wie ihre diamantenen Ohrringe. Sie beugte sich vor und klopfte auf seine Hand. »Würden sie sich gern ein paar Ruinen ansehen?«

4

Der schwarze Rolls Royce schwenkte aus dem Verkehr und hielt auf einem ovalen Parkplatz an. Savage und zwei der Leibwächter stiegen aus. Der dritte war im Hotel geblieben, um die Suite zu bewachen. Nachdem die Wächter die vorüberflutende Menschenmenge beobachtet hatten, nickten sie ins Wageninnere hinein.

Von ihren Leibwächtern flankiert, glitt Joyce Stone aus dem Auto heraus.

»Fahren Sie immer ums Viertel herum. Wir werden in einer Stunde wieder hier sein«, sagte sie zu ihrem Fahrer. Der Rolls schob sich in den Verkehr zurück.

Mit amüsiertem Lächeln wandte sie sich an Savage. »Sie überraschen mich immer wieder.«

»Oh?«

»Im Hotel hatten Sie etwas dagegen, daß ich mich nahe ans Fenster setzen wollte. Aber Sie haben kein Wort darüber verloren, daß ich mich in aller Öffentlichkeit zeige.«

»Auch wenn man berühmt ist, braucht man nicht wie ein Einsiedler zu leben. Ein tüchtiger Fahrer kann jeden Verfolger abschütteln, so lange Sie nicht vorher ankündigen, wohin Sie fahren wollen.« Savage deutete auf den dichten Verkehr. »Vor allem in Athen. Außerdem wissen Sie sich so zu kleiden, daß Sie nicht auffallen. Um das mir gemachte Kompliment zurückzugeben, Sie sind anpassungsfähig.«

»Diesen Trick habe ich schon gelernt, als ich noch Schauspielerin war. Das ist eine der schwierigsten Rollen – wie ein Durchschnittstyp auszusehen.«

Sie hatte sich umgezogen, bevor sie das Hotel verließen. Anstelle ihrer vom Designer entworfene Hose und Bluse trug sie jetzt verwaschene Jeans zu einem losen Rollkragenpullover. Ihre Diamanten waren verschwunden. Ihre Uhr war eine gewöhnliche Timex. Ihre Füße steckten in staubigen Wildlederschuhen. Das auffallende sonnenbleiche Haar steckte unter einem riesigen Strohhut. Eine Sonnenbrille verbarg die strahlend blauen Augen.

Einige Fußgänger waren stehengeblieben, um den Rolls zu bewundern. Aber sie interessierten sich kaum für die aussteigende Frau.

»Sie spielen Ihre Rolle hervorragend«, stellte Savage fest. »In dieser Aufmachung würde ein Produzent Sie nicht einmal für Probeaufnahmen einladen.«

Sie lächelte spöttisch.

»Ich hätte einen Vorschlag zu machen«, sagte er.

»Das habe ich nicht anders erwartet.«

»Hören Sie auf, den Rolls zu benutzen.«

»Ich fahre aber gern damit.«

»Man kann nicht immer alles haben, was man sich wünscht. Behalten Sie den Rolls für offizielle Anlässe. Kaufen Sie sich einen schnellen Wagen von unauffälligem Aussehen. Natürlich müßte er eine Sonderausstattung erhalten.«

»Natürlich.«

»Scheiben aus Panzerglas. Verschattete Scheiben hinten. Kugelsichere Innenverkleidung.«

»Natürlich.«

»Machen Sie sich nicht über mich lustig, Miß Stone.«

»Das tue ich nicht. Es ist nur so, daß ich mich über einen Mann freue, dem sein Beruf Spaß macht.«

»Spaß? Ich mache das nicht zu meinem Vergnügen. Mit meiner Arbeit rette ich Leben.«

»Und Sie haben niemals versagt?«

Savage zögerte. Von ihren Worten überrascht, überkamen ihn plötzlich quälende Erinnerungen. Das Blitzen eines Schwertes. Der Strom von Blut. »Ja«, sagte er. »Einmal.«

»Ihre Ehrlichkeit setzt mich in Erstaunen.«

»Und nur einmal. Weil ich nicht noch einmal versagen will, bin ich so auf jede Kleinigkeit bedacht. Aber wenn meine Ehrlichkeit Sie an mir zweifeln läßt ...«

»Ganz im Gegenteil. Mein dritter Film war ein Mißerfolg. Ich hätte mich darüber hinwegsetzen können. Aber ich stellte mich. Ich habe daraus gelernt. Weil ich mir mehr Mühe gab, erhielt ich schließlich den Oscar. Obwohl ich dazu sieben weitere Filme brauchte.«

»Ein Film ist nicht Leben.«

»Aber vielleicht Tod? Sie hätten mal die Kritiken über diesen dritten Film lesen sollen. Ich war so gut wie beerdigt.«

»Dem entgehen wir alle nicht.«

»Der Beerdigung? Seien Sie nicht so depressiv, Savage.«

»Hat man Sie nie über die Tatsachen des Lebens unterrichtet?«

»Sex? Damit habe ich frühzeitig angefangen. Tod? Dafür gibt es Männer wie Sie. Um ihn möglichst lange hinauszuschieben.«
»Ja, Tod«, sagte Savage. »Der Feind.«

5

Sie folgten einer Touristengruppe zum westlichen Abhang der Akropolis. Das ist der übliche Zugang zu den Ruinen. Die anderen Abhänge sind viel zu steil, als daß man sie hätte bequem ersteigen können. Sie gingen an einigen Tannen vorüber und erreichten einen steinernen Eingang, der als das Beulé Tor bekannt ist.
»Sind Sie schon mal hier gewesen?«
»Mehrere Male«, sagte Savage.
»Ich auch. Ich frage mich allerdings, ob Sie aus dem gleichen Grunde hierher kamen wie ich.«
Savage wartete auf ihre Erklärung.
»Aus Ruinen können wir lernen. Nichts ist von Dauer, weder Reichtum, Berühmtheit noch Macht.«
»›Betrachte meine Werke, o Allmächtiger, und verzweifle...‹«
Sie drehte sich zu ihm um und schien beeindruckt. »Das ist von Shelley, aus dem ›Ozymandias‹.«
»Ich habe eine gute Schule besucht.«
»Aber Sie nennen nicht den Namen Ihrer Schule. Anonym wie gewöhnlich. Erinnern Sie sich an den Rest des Gedichtes?«
Savage zuckte mit den Schultern.
»›Ringsumher Verfall dieser kolossalen Ruine. Grenzenlos und kahl, erstreckt sich einsamer ebener Sand in die Ferne.‹...«
Shelley verstand sich auf Präzision. Als Japaner hätte er großartige Haikus geschrieben.
»Ein Leibwächter, der Gedichte aufsagt?«
»Ich bin nicht das, was man für gewöhnlich unter einem Leibwächter versteht, Miß Stone. Ich mache mehr, als Belästigungen fernzuhalten.«
»Was sind Sie dann?«
»Ein tätiger Beschützer. Wissen Sie, mit Ausnahme des Sandes erinnern mich diese Ruinen an die von Shelley beschriebenen...«
Savage deutete auf die Treppen, die sie erklommen. Der Marmor

war mit der Zeit erodiert durch Abnutzung, zahlreiche Eindringlinge und am schlimmsten durch die Auspuffgase der Autos.

Sie kamen durch ein Monument namens Propylaia, dessen zerfallender kostbarer Fußboden durch eine Holzdiele geschützt wurde. Fünf von Säulen flankierte Tore wurden weiter und größer. Sie führten zu einem Pfad mit Abzweigungen nach beiden Seiten.

Nach der brütenden Sommerhitze hatten die gemäßigten Temperaturen des September die Touristensaison beginnen lassen. Besucher hasteten an ihnen vorüber. Einige waren durch den Aufstieg außer Atem. Andere fotografierten rechts und links die Monumente der Wache der Brauronia und das weniger eindrucksvolle Haus der Arrhephoroi.

»Sagen Sie Ihren Wächtern, sie sollen hinter uns hergehen. Ich werde nach vorn sichern.«

Sie wendeten sich nach rechts und erreichten das weite, viereckige Parthenon. Im Jahre 1687 hatte es Streit unter den Besetzern gegeben. Eine Bombe der Venetier hatte das im Parthenon untergebrachte Pulvermagazin der Türken in die Luft gejagt. In alten Zeiten war dieser Tempel Athena geweiht gewesen, der griechischen Göttin der Reinheit. Die Explosion hatte einen wesentlichen Teil des Monumentes zerstört. Säulen waren umgestürzt, und ein großer Teil des Daches war eingebrochen. Die Restaurierungsarbeiten waren noch im Gange. Gerüste störten den herrlichen Anblick der übriggebliebenen Dorischen Säulen. Geländer hielten die Besucher davon ab, weitere Verwüstungen im Inneren anzurichten.

Savage wandte sich von den Besuchern ab und näherte sich der steil abfallenden südlichen Flanke der Akropolis. Er lehnte sich an eine umgefallene Säule. Athen breitete sich unter ihm aus. Die Brise von vorhin hatte sich abgeschwächt. Trotz des glasklaren Himmels zogen sich die ersten Smogwolken zusammen.

»Hier können wir unbelauscht reden«, sagte Savage. »Miß Stone, der Grund, weshalb ich nicht sicher bin, daß ich für Sie arbeiten möchte...«

»Aber Sie haben doch noch gar nicht gehört, warum ich Sie brauche.«

»...liegt darin, daß ein tätiger Beschützer sowohl Diener als auch Chef ist. Sie richten sich Ihr Leben ein – wohin Sie gehen und was Sie machen –, aber Ihr Beschützer besteht darauf, Ihnen zu sagen, wie Sie dorthin gelangen und unter welchen Bedingungen Sie etwas zu tun haben. Ein schwieriger Balanceakt. Sie aber stehen in dem Ruf, sehr starrköpfig zu sein. Ich glaube kaum, daß Sie sich von einem Ihrer Angestellten Vorschriften machen lassen.«

Seufzend setzte sie sich neben ihn. »Wenn das Ihr Problem ist, dann läßt es sich überwinden.«

»Das verstehe ich nicht.«

»Nicht ich bin in Schwierigkeiten. Es geht um meine Schwester.«

»Erklären Sie mir das.«

»Wissen Sie über meine Schwester Bescheid?«

»Rachel Stone. Zehn Jahre jünger. Fünfunddreißig. In Neuengland mit einem Senator verheiratet, der sich um die Präsidentschaft bewarb. Durch die Kugel eines unbekannten Mörders verwitwet. Ihre Verbindungen zur Politik und eine Schwester, die zur Filmlegende geworden ist, führten sie in die große Welt ein. Ein griechischer Reedereimagnat machte ihr den Hof. Im vergangenen Jahr haben sie geheiratet.«

»Ich muß Ihnen zugestehen, daß Sie Ihre Hausaufgaben gemacht haben.«

»Nicht schlechter als Sie.«

»Ihre Ehe ist wie das Parthenon. Eine Ruine.« Joyce Stone wühlte in ihrer Handtasche aus grobem Segeltuch. Nachdem sie das Zigarettenpäckchen gefunden hatte, suchte sie nach dem Feuerzeug.

»Sie sind aber wirklich kein Kavalier«, schnauzte sie Savage an.

»Weil ich Ihnen kein Feuer für die Zigarette gebe? Das habe ich doch soeben erklärt. Wenn es um Ihren Schutz geht, bin ich der Chef, und Sie haben zu gehorchen.«

»Das ergibt keinen Sinn.«

»Doch, wenn Sie nämlich bedenken, daß ich mir die Hände für den Fall freihalten muß, daß Sie jemand bedroht. Warum wollten Sie mich sprechen?«

»Meine Schwester will sich scheiden lassen.«

»Dazu braucht sie mich nicht. Sie soll sich an einen Rechtsanwalt wenden.«

»Ihr Bastard von einem Mann geht nicht darauf ein. Er hält sie gefangen, bis sie es sich anders überlegt.«

»Gefangen?«

»Sie liegt nicht in Ketten, falls Sie das glauben. Dennoch ist sie seine Gefangene. Und sie wird nicht gemartert.« Sie zündete umständlich ihre Zigarette an. »Sofern Sie Vergewaltigung früh, mittags und abends nicht als Marter betrachten. Sie brauche einen richtigen Mann, meint er. Um sie daran zu erinnern, was ihr im Falle einer Scheidung später fehlen wird. Was er braucht, ist eine Kugel in sein obszönes Gehirn. Führen Sie eine Waffe mit sich?« fragte sie und blies eine Rauchwolke von sich.

»Selten.«

»Wozu taugen Sie dann?«

Savage stand auf. »Sie haben einen Fehler begangen, Miß Stone. Falls Sie einen Killer brauchen...«

»Nein! Ich will meine Schwester.«

Er ließ sich wieder auf der Säule nieder. »Sie sprechen von einer Entführung.«

»Nennen Sie es, wie Sie wollen.«

»Falls ich den Auftrag übernehme, würde mein Honorar...«

»Sie bekommen eine Million Dollar.«

»Sie sind eine schlechte Unterhändlerin. Vielleicht hätte ich mich mit weniger begnügt.«

»Das ist mein Angebot.«

»Wenn ich Ihren Auftrag annehme, bekomme ich die Hälfte vor dem Beginn meiner Arbeit auf ein Sperrkonto, den Rest nach Erledigung. Plus Spesen.«

»Von mir aus wohnen Sie in den besten Hotels. Geben Sie für Mahlzeiten aus, so viel Sie wollen. Ein paar Tausender mehr spielen kaum eine Rolle.«

»Sie verstehen mich nicht. Wenn ich von Spesen spreche, denke ich an einige Hunderttausend.«

»Was?«

»Sie verlangen von mir, daß ich einen der mächtigsten Männer Griechenlands überliste. Was ist er wert? Fünfzig Billionen? Seine Sicherheitsvorkehrungen dürften immens sein. Sie zu durchbrechen ist teuer. Sagen Sie mir, wo sich Ihre Schwester befindet. Dann erstelle ich eine Risikoanalyse. In einer Woche werde ich Ihnen sagen, ob ich sie herausholen kann.«

Sie drückte ihre Zigarette aus und drehte sich zu ihm um. »Warum?«

»Ich verstehe nicht, was Sie meinen.«

»Ich werde das Gefühl nicht los, daß Ihnen an dem Job mehr liegt als an dem Geld. Warum ziehen Sie mein Angebot in Betracht?«

Einen erschreckenden Augenblick lang sah Savage vor seinem

geistigen Auge glitzernden Stahl und spritzendes Blut. Er unterdrückte die Erinnerung und ging auf ihre Frage nicht ein. »Sie haben Ihrem Fahrer gesagt, er solle in einer Stunde wieder hier sein. Die ist um. Gehen wir. Und wenn wir im Wagen sitzen, lassen Sie den Fahrer einen Umweg zum Hotel machen.«

6

Seinem eigenen Ratschlag folgend machte Savage einen Umweg, um zur Akropolis zurückzukehren, oder genauer gesagt in die Gegend nördlich davon, die Plaka. Hier befand sich das Haupteinkaufszentrum für Touristen. Savage gelangte in enge, überfüllte Straßen voller Geschäfte und kleiner Läden. Trotz des wieder einsetzenden bittern Smogs roch er das Aroma von rauchendem Schischkabob, der bald abgelöst wurde durch den Duft frisch geschnittener Blumen. Verkäufer priesen lautstark und gestikulierend ihre handgeknüpften Teppiche, Lederwaren, Keramik, Kupferschalen und Silberkettchen an. Savage tauchte in einem Labyrinth von Gassen unter. In einer Mauernische blieb er stehen und vergewisserte sich, daß er nicht beobachtet wurde. Er ging an einer Taverne vorüber zu dem benachbarten Laden, in dem Weinschläuche verkauft wurden.

Im Ladeninneren hingen die Weinschläuche in Bündeln an Haken und Gestellen. Ihr Ledergeruch war stark, aber nicht unangenehm. Savage mußte sich bücken, um darunter hindurchzukommen. Er wandte sich an die übergewichtige Frau hinter dem Ladentisch.

Seine Kenntnisse der griechischen Sprache waren begrenzt. Er hatte einige Sätze auswendig gelernt. »Ich brauche eine Sonderanfertigung. Einen Weinschlauch besonderer Art. Wenn Ihr hochgeschätzter Arbeitgeber ein paar Minuten für mich erübrigen könnte...«

»Ihr Name?« fragte die Frau.

»Bitte sagen sie ihm, er bedeutet das Gegenteil von zart.«

Sie nickte respektvoll und ging nach hinten, um eine Treppe hinaufzusteigen. Nach ein paar Sekunden kam sie zurück und bedeutete ihm, daß er hinaufgehen möge.

Savage kam auf der Treppe an einem Alkoven vorüber, von dem aus ein stoppelbärtiger, mit einem Schrotgewehr bewaffneter Mann ihn beobachtete. Am Ende der Treppe stand er vor einer geöffneten Tür. Savage blickte in einen bis auf einen Schreibtisch völlig leeren Raum. Hinter dem Tisch saß ein muskulöser Mann in einem schwarzen Anzug. Er füllte gerade sein Glas mit einem hellen Likör.

Als Savage eintrat, blickte der Mann überrascht auf, so als wäre ihm der Besuch nicht angekündigt worden. »Ist das etwa ein Gespenst?« Obwohl er offensichtlich ein Grieche war, sprach der Mann Englisch.

Savage lächelte. »Ich gebe zu, ich habe mich rar gemacht.«

»Undankbarer Lümmel, der nicht einmal Zeit findet, in Verbindung mit mir zu bleiben und unsere Freundschaft zu pflegen.«

»Ich war in Geschäften unterwegs.«

»Diese sogenannten Geschäfte waren wohl sehr geheimnisvoll.«

»Sie waren wichtig. Aber jetzt mache ich mein Fernbleiben wieder gut.«

Savage legte den griechischen Gegenwert von zehntausend US-Dollar auf den Tisch. Indem er die Scheine ausbreitete, verdeckte er damit die kreisrunden Flecken, die das immer neu gefüllte Glas mit Ouzo auf der Platte hinterlassen hatte. Im Zimmer roch es nach Anis.

Der in mittlerem Alter stehende Mann sah Savages Blick, der dem Likör galt. »Darf ich dich in Versuchung führen?«

»Wie du weißt, trinke ich nur selten.«

»Ein Charakterfehler, den ich dir vergebe.«

Der Grieche zog hörbar Luft ein und kicherte. An seinem Äußeren deutete nichts auf einen Alkoholiker hin. Der Ouzo schien seinen Körper wie Formaldehyd konserviert zu haben. Glatt rasiert, mit tadellos geschnittenem schwarzem Haar sah er aus wie das Urbild der Gesundheit. Indem er an seinem Glas nippte und es dann hinstellte, betrachtete er vergnügt das Geld.

Trotzdem schaute er besorgt drein, als er die Scheine zählte.

»Zu großzügig. Übertrieben. Das macht mir Sorgen.«

»Ich habe überdies ein Geschenk bestellt. Wenn du mir die Information verschaffst, die ich benötige, wird innerhalb einer Stunde ein Bote eine Kiste mit dem feinsten Ouzo abliefern.«

»Wirklich vom feinsten? Du weißt, was ich bevorzuge.«

»Das weiß ich. Aber ich habe mir die Freiheit genommen, eine noch seltenere Sorte zu wählen.«

»Wie selten?«

Savage nannte den Namen.

»Außerordentlich großzügig.«

»Als Tribut für dein Talent«, meinte Savage.

»Wie man in deinem Vaterland sagt – du bist ein Offizier und Gentleman.« Der Grieche nahm einen Schluck aus seinem Glas.

»Ex-Offizier«, korrigierte ihn Savage. Er hätte diese Einzelheit nicht erwähnt, wenn sie dem Griechen nicht sowieso bekannt gewesen wäre. »Und du bist ein vertrauenswürdiger Informant. Wie lange ist es her, daß ich zum ersten Mal über deine Dienste verhandelt habe?«

Der Grieche dachte nach. »Sechs freudenvolle Jahre. Meine ehemaligen Frauen und viele Kinder danken dir für deine ständige Beihilfe.«

»Und sie werden mir noch dankbarer sein, wenn ich den Betrag, den ich auf den Tisch legte, verdreifache.«

»Ich wußte es. Ich hatte so ein Gespür. Als ich diesen Morgen erwachte, wußte ich sofort, daß sich heute besondere Dinge ereignen würden.«

»Aber nicht ohne Risiko.«

Der Grieche stellte sein Glas ab. »Jeder Tag bringt ein Risiko mit sich.«

»Bist du bereit, eine Herausforderung anzunehmen?«

»Sobald ich mich gestärkt habe.« Der Grieche trank den Rest aus seinem Glas.

»Ein Name«, sagte Savage. »Und ich glaube nicht, daß er dir gefallen wird.« Savage zog eine Flasche vom allerbesten, schwer aufzutreibenden Ouzo aus der tiefen Tasche hinten in seiner Jacke.

Der Grieche grinste. »Der Name gefällt mir! Und der andere?«

»Stavros Papadropolis.«

Der Grieche knallte das leere Glas auf den Tisch. »Heiliger Bimbam!« Rasch füllte er sein Glas wieder und trank es aus. »Welcher Teufel reitet dich, daß du dich ausgerechnet an seine Fersen heften willst?«

Savage schaute sich in dem fast leeren Zimmer um. »Ich nehme an, dein Laster hält dich nicht davon ab, hier täglich sauber zu machen. Du bist doch vorsichtig wie immer?«

Der Grieche schaute verletzt drein. »An dem Tag, da du hier mehr Mobiliar siehst als meinen Stuhl und meinen Schreibtisch, darfst du mich als vertrauensunwürdig bezeichnen.«

Savage nickte. Der Grieche begnügte sich nicht nur mit einem Minimum an Möbelstücken. Auf dem Fußboden lag kein Teppich. An den Wänden hingen keine Bilder. Es gab nicht einmal ein Telefon. Die Leere des Raumes machte es schwierig, hier ein Mikrofon zu verstecken. Darüber hinaus benutzte der Grieche jeden Morgen zwei ausgeklügelte elektronische Suchgeräte. Mit dem einen durchsuchte er jeden Winkel des Raumes auf Radiosignale und Mikrowellen, um festzustellen, ob eine ›Wanze‹ Nachrichten abstrahlte. Dieser Typ eines Spürgeräts konnte allerdings nur aktive, ständig sendende Mikrofone ausfindig machen.

Um ein passives, inaktives Mikrofon zu entdecken, brauchte er das zweite Gerät. Gemeint ist damit ein Mikrofon, das sich still verhält, wenn es in dem Raum keine Geräusche gibt. Es kann durch Fernbedienung abgeschaltet werden, wenn der Lauscher eine Suchaktion zu befürchten hat. Durch eine Vorrichtung, die wie der Handgriff eines tragbaren Staubsaugers aussah, wurden Mikrowellen abgestrahlt. Diese lokalisierten die Dioden in den Stromkreisen versteckter Aufzeichnungsgeräte und Sender. Die Arbeit mit diesem zweiten Gerät nahm viel Zeit in Anspruch. Trotzdem wurde es von dem Griechen immer aktiviert, selbst bei den seltenen Gelegenheiten, wo das erste Gerät ein Mikrofon aufgestöbert hatte. Denn ein gut ausgebildeter Lauscher setzte immer aktive und passive Monitore zusammen ein, weil damit zu rechnen war, daß ein wenig aufmerksamer Sucher die Arbeit einstellen würde, sobald er nur ein aktives Mikrofon gefunden hatte. Das war für ihn Erfolg genug. Mit seinem üblichen Humor bezeichnete er seine tägliche sorgfältige Suche nach Wanzen als ›fulminant‹.

»Verzeih mir die Frage«, sagte Savage. »Ich wollte nicht rüde sein, sondern sorgfältig.«

»Wenn du nicht gefragt hättest, wäre mir die Frage aufgestoßen, ob du noch vertrauenswürdig bist.«

»Du bist verständnisvoll wie immer.«

Der Grieche nahm einen Schluck von seinem Drink und machte eine Geste, als wolle er die Welt umarmen. »Es lebe die Freundschaft.« Er preßte die Handflächen auf die Tischplatte. »Du hast meine Frage noch nicht beantwortet. Papadropolis?«

»Mich interessiert alles über seinen Haushalt.«

»Nicht seine Geschäfte? Zeus sei Dank. Ich hatte mir schon Sorgen gemacht. Der Kerl besitzt zweihundert Schiffe. Sie bringen ihm einen bescheidenen Gewinn durch den Transport von Getreide, Maschinen und Öl. Sein Riesenvermögen brachte er durch Waffen- und Drogenschmuggel zusammen. Wer sich für diese einträgliche Geldquelle interessiert, endet als Fischfutter in der Ägäis.«

»Kann sein, er schirmt sein Familienleben genauso sorgfältig ab«, warf Savage ein.

»Kein Zweifel. Ein Grieche tötet, wenn es um die Ehre seiner Familie geht. Selbst wenn er sich privat nicht viel darum kümmert. Geschäft bedeutet Überleben. Seine Geheimnisse werden wild verteidigt. Familiengeheimnisse hingegen werden als Selbstverständlichkeit behandelt. Mit Klatschgeschichten findet man sich ab. Sie erscheinen als unvermeidlich, so lange man sie nicht vor dem Herrn des Hauses breit tritt.«

»Dann versorge mich mit etwas Klatsch«, meinte Savage.

»Worüber besonders?«

»Über Papadropolis und seine Frau.«

»Darüber habe ich schon einiges gehört.«

»Beschaffe dir mehr«, sagte Savage. »Wo sie sich aufhält und wie sie behandelt wird. Ich möchte es mit dem vergleichen, was man mir bereits gesagt hat.«

»Darf ich fragen, wofür du diese Informationen brauchst?«

Savage schüttelte den Kopf. »Zu deinem Schutz ist es besser, wenn du von nichts weißt.«

»Und zu deinem Schutz auch. Wenn mir deine Absichten unbekannt sind, kann ich sie nicht verraten, falls mir jemand mit Gewalt Fragen stellt und ich nicht widerstehen kann.«

»Das wird nicht eintreten, so lange du vorsichtig bist«, beruhigte ihn Savage.

»Ich bin immer vorsichtig. Wie du benutze ich Zwischenträger und oft sogar Boten zwischen den Zwischenträgern. Direkt rede ich nur mit Klienten und den wenigen Hilfskräften, die mir verpflichtet sind. Du schaust besorgt drein, mein Freund.«

»Vor sechs Monaten ist mir etwas zugestoßen. Seither bin ich doppelt vorsichtig.« Bei der Erinnerung daran krampfte sich Savage der Magen zusammen.

»Verständlich. Wie immer vermisse ich Einzelheiten in deiner Enthüllung.«

Savage unterdrückte den Wunsch deutlicher zu werden. »Das war eine persönliche Angelegenheit. Unwichtig.«

»Ich bin von der sogenannten Unwichtigkeit zwar nicht überzeugt. Aber ich respektiere deine Diskretion.«

»Finde nur heraus, was ich brauche.« Savage ging zur Tür. »Papadropolis und seine Frau. Zwei Tage. Mehr Zeit kann ich dir nicht lassen. Wenn ich zurückkomme, will ich alles wissen.«

7

Die Zykladen sind eine kleine Inselgruppe in der Ägäis südöstlich von Athen. Ihr Name entstammt dem griechischen Wort Kyklos für Zirkel und bezieht sich auf den alten griechischen Glauben, daß diese Inseln Delos umschließen, die Insel, auf der Apollo, der Sonnengott der Wahrheit, geboren wurde. Tatsächlich aber liegt Delos nicht in der Mitte, sondern nahe dem östlichen Rand der Inselgruppe. Ein paar Kilometer weiter östlich, am Rande der Zykladen, liegt Mykonos, eines der Haupturlaubsgebiete von Griechenland, wo die Touristen ihren eigenen Sonnengott anbeten.

Savage flog die zweimotorige, von Propellern angetriebene Cessna in Richtung Mykonos. Er wählte nicht den direkten Weg dorthin, sondern hielt sich erst östlich von Athen. Dann bog er nach Süden ab und überquerte das Ägäische Meer, bis er den östlichen Rand seines Zieles erreichte. Über Radio verständigte er den Fluglotsen des Flugplatzes von Mykonos davon, daß er nicht zu landen beabsichtigte. Er erklärte, daß er nur zur Übung und zum Vergnügen unterwegs sei. Der Fluglotse solle ihm doch bitte durchgeben, welche Luftstraßen er zu meiden habe. Savage wollte sich gern an die Anweisungen halten.

Der Fluglotse gab ihm alles Notwendige durch.

In einer Entfernung von einem halben Kilometer von seinem Ziel und etwa in der gleichen Höhe fliegend schaltete Savage den Autopiloten der Cessna ein. Er begann damit, Aufnahmen zu machen. Die Bausch und Lomb-Linse in seiner Nikonkamera lieferte vorzügliche Vergrößerungen. Noch größere Bilder wollte er herstellen, sobald der Film entwickelt war. Die Hauptsache war, das wußte er durch seine Ausbildung, daß man viele Bilder machte. Nicht nur von dem Hauptziel, sondern auch von dessen Umgebung. Scheinbar bedeutungslose Einzelheiten konnten sich oft als von großer Wichtigkeit erweisen, wenn er später seinen Plan festlegte.

Ja, viele Bilder.

Mehrfach unterbrach er die Arbeit, um den Autopiloten der Cessna nachzustellen. Dann fotografierte er weiter. Der Himmel war blau, das Wetter ruhig. Die Cessna glitt wie auf einer Straße aus Seide dahin. Seine Hände waren absolut ruhig. Von den leichten Vibrationen der Maschine abgesehen, waren die Bedingungen für haarscharfe Aufnahmen bestens.

Sein erstes Ziel war die Stadt Mykonos an der Westseite der Insel. Die Häuser schmiegten sich in eine kleine Bucht und ragten auf eine Halbinsel hinaus, welche die beiden Häfen trennte. Die Gebäude wirkten wie ineinander verschachtelte Würfel. Sie waren strahlend weiß angestrichen. Hier und dort ragten rote oder manchmal blaue Türme von Kirchen empor. Auf einer Mole reihten sich Windmühlen aneinander.

Aber es war die Anlage der Stadt und nicht ihre Schönheit, für die sich Savage interessierte. Im Altertum war Mykonos dauernd von Piraten heimgesucht worden. Um ihre Heime besser verteidigen zu können, hatten die Ureinwohner die Straßen der Stadt in Form eines Labyrinthes angelegt. Angreifende Piraten hatten keine Schwierigkeit damit, in die Stadt einzudringen. Wenn sie jedoch weiter vordrangen und die Hänge erkletterten, mußten sie bald feststellen, daß sie im Wirrwarr der Gassen jede Orientierung verloren. Die Piraten konnten unten im Hafen ihr Schiff sehen. Aber um dorthin zu gelangen, mußten sie diesen und jenen Irrweg ausprobieren. Dabei lauerten ihnen überall die Stadtbewohner auf. Nach mehreren Niederlagen ließen die Piraten Mykonos in Ruhe und suchten auf anderen Inseln leichter zu erlangende Beute.

Ja, ein Labyrinth, dachte Savage. Vielleicht nutzt es mir eines Tages.

Im weiten Bogen umflog er die Insel. Dabei machte er eine Aufnahme nach der anderen. Im Norden überflog er eine tiefe Meeresbucht. Vielleicht war sie geeignet, um sich von dort abholen zu lassen? Dann betrachtete er ein bedrohlich wirkendes Kap im Osten. Hier konnte man nur in höchster Not hinaufklettern. Endlich erreichte er sein Hauptziel: Papadropolis' Anwesen über der Annabucht an der südöstlichen Seite der Insel.

Seit dem Zusammentreffen mit seinem griechischen Informanten vor zwei Tagen war Savage nicht untätig geblieben. Er hatte eine Menge von Einzelheiten herausgefunden. Das erfüllte ihn mit vorsichtiger Genugtuung. Er war nach Zürich und Brüssel geflogen, um Kontaktleute aufzusuchen. In diesen beiden Städten befanden sich die zuverlässigsten Informationsquellen in Europa über den Schwarzmarkt für Waffen und über die Sicherungssysteme, die von den Waffenschmugglern angewendet wurden.

Savage hatte ein paar ›Freunde‹ mit großzügigen Geschenken bedacht. Außerdem schmeichelte er ihnen mit gespielter Freude darüber, daß sich die Gerüchte, sie seien tot, als unwahr erwiesen. In scheinbar beiläufigen Gesprächen wurde ihm bestätigt, was er bereits vermutet hatte. Papadropolis wurde in seinem Handeln angetrieben von seiner Arroganz. Der griechische Billionär war ständig darauf bedacht, seine Macht zu mehren. Bestimmt heuerte er keine Leibwächter an, deren berufliche Integrität es ihnen zur Pflicht machte, ihrem Arbeitgeber Anordnungen zu erteilen.

Darüber hinaus hatte Savage in Erfahrung gebracht, daß Papadropolis von moderner Technik und technischen Einrichtungen fasziniert war. Der Großreeder hatte eine Leidenschaft für Computer und Videospiele. In seinen Diensten stand ein Fachmann, der sich auf Sicherungssysteme verstand. Von ihm hatte sich Papadropolis ein Spinnennetz von Warnsystemen gegen Eindringlinge rund um seine verschiedenen europäischen Besitzungen anlegen lassen. Savage interessierte sich nur für das Grundstück auf Mykonos. Als er erfuhr, wer diese Abfangsysteme erbaut hatte, wußte er sofort, welche Hindernisse ihn erwarteten. Darin war er genauso sicher wie ein Kunstgeschichtler, der die Eigenheiten der Renaissance von anderen Stilarten zu unterscheiden wußte.

Sein langjähriger und vertrauenswürdiger griechischer Informant hatte Joyce Stones Angaben bestätigt. Die Schwester der Filmkönigin wurde auf dem ausgedehnten Sommersitz ihres billionenschweren Ehegatten auf Mykonos wie eine Gefangene gehalten.

Du willst dich scheiden lassen, Miststück? Bis jetzt hat keine Frau gewagt, mich zu verlassen. Meinst du, ich lasse mich lächerlich machen? Eine undankbare Ehefrau hat nur einen Daseinszweck. Leg dich hin. Dir werde ich es zeigen.

Der Sommer war dem September gewichen. Mit dem Beginn der Touristensaison in Athen ging die auf Mykonos zu Ende. Die Temperaturen gingen zurück. Papadropolis wollte seine Frau zwingen, den Herbst und vielleicht sogar den Winter auf der Insel zuzubringen. Das hatte er sich als weitere Erniedrigung ausgedacht.

Savage ließ die Kamera sinken. Er schaltete den Autopiloten ab und ergriff den Steuerknüppel der Cessna. Seit dem Vorfall, den er beinahe seinem griechischen Informanten geschildert hätte, waren sechs Monate vergangen, die er als Rekonvaleszent in Abgeschiedenheit zugebracht hatte. Arme, Beine, Kopf und Rücken schmerzten immer noch von den ihm zugefügten Verletzungen. Immer noch bescherte ihm die Erinnerung daran Alpträume.

Vergangenes ließ sich nicht ändern, sagte er sich. Auf die Gegenwart kam es an.

Und seine Aufgabe.

Er mußte wieder an die Arbeit gehen.

Um sich selbst zu beweisen, daß er wieder voll da war.

Er ließ Mykonos hinter sich und steuerte nordwärts über die dunkle, sagenumwobene Ägäis. Er tätschelte seine Kamera. Es war gut, wieder einen Auftrag zu haben.

Ihm war, als sei er von den Toten auferstanden.

8

Savage tauchte aus den Wellen auf und kroch auf den Strand zu. Sein schwarzer Taucheranzug machte ihn in der dunklen Nacht unsichtbar. Hinter Felsbrocken verborgen starrte er zu dem drohenden Kliff empor. Dann blickte er auf die See hinaus. Das Schnellboot wurde von einem britischen Söldner gesteuert, den Savage oft beschäftigte. Der Mann sollte sich sofort entfernen, nachdem Savage einen halben Kilometer von der Insel entfernt ins Wasser geglitten war. Der Steuermann hatte die Lichter gelöscht. Der Mond schien nicht. Heraufziehende Regenwolken verdeckten die Sterne.

Ein Wachtposten konnte das Boot nicht sehen. Auch hören konnte er es inmitten der gegen die Felsen donnernden Brandung nicht. Dennoch hatte Savage aus Vorsicht den Motor des Schnellbootes mit einer schallschluckenden Haube versehen.

Savage war mit sich zufrieden. Er hatte die Insel erreicht. Niemand hatte ihn gesehen. Es sei denn, die unsichtbaren Wächter benutzten Nachtgläser. Savage zerrte an einem kräftigen Nylonseil, das um seine Hüften befestigt war. Er spürte Widerstand, zerrte kräftiger und zog schließlich ein kleines Gummifloß aus dem Wasser. Hinter einem Felsen, der ihn vor der Gischt schützte, öffnete er den Reißverschluß der Rettungsinsel. Er entnahm dem wasserdichten Inneren einen vollgepackten Rucksack. Während er mit dem Floß im Schlepptau zur Küste schwamm, hatte ihn sein Taucheranzug warm eingehüllt und den Körper vor Auskühlung geschützt.

Als er jetzt den Anzug abstreifte, erschauerte er. Nackt langte er eilig in den Rucksack, um wollene schwarze Kleidungsstücke hervorzuholen. Er hatte Wolle gewählt, weil deren hohle Fasern am besten isolierend wirkten, selbst in nassem Zustand. Seine Socken und die Haube waren aus dem gleichen dunklen Material gefertigt. Er schlüpfte in stabile, knöchelhohe Stiefel mit rutschfesten Sohlen und verschnürte sie sorgfältig. Ihm wurde rasch warm. Dann rieb er sich das Gesicht mit schwarzer Tarnungsschmiere ein. Zum Schluß streifte er schwarze Wollhandschuhe über. Sie waren dünn genug, um die Finger bewegen zu können.

Im Rucksack befanden sich jetzt nur noch die verschiedenen Werkzeuge, die er bald brauchen würde. Um ihr metallisches Klappern zu dämpfen, hatte er sie einzeln in Tücher verpackt. Er zog die Tragegurte des Rucksacks über die Schultern und schnallte den Gürtel zu. Der Rucksack war schwer. Aber Savage hatte in seiner Zeit bei den SEALs weitaus schwerere Lasten geschleppt. Für einen starken Rücken war die Bürde nicht zu schwer. Savage steckte den Taucheranzug nebst Schnorchel, Taucherbrille und Flossen in den Zeltaufbau des Floßes und zog den Reißverschluß zu. Das Fahrzeug wurde am nächsten Felsen fest vertäut. Savage wußte nicht, ob er gezwungen sein würde, hierher zurückzukehren. Auf alle Fälle wollte er das Floß verfügbar haben, wenn er in Bedrängnis geriet. Vor dem Morgengrauen konnte es von Papadropolis' Wächtern kaum gefunden werden.

Wenn Savage bis dahin nicht zurückgekehrt war, spielte die Entdeckung der Rettungsinsel sowieso keine Rolle mehr.

Er näherte sich dem Kliff. Der Wind nahm zu. Sturmwolken hatten inzwischen den Himmel verdunkelt. Die Luft roch nach Regen. Gut so, dachte Savage. Für die Ausführung seines Planes brauchte er Sturmwind. Deswegen hatte er diese Nacht gewählt, um in das Anwesen des Reeders einzudringen. Alle Wetterberichte hatten darin übereingestimmt, daß um Mitternacht der erste Herbstregen einsetzen würde.

Savage mußte jedoch das Kliff erklimmen, bevor der Sturm das Klettern erschwerte. Er langte nach oben und fand sicheren Halt für seine Hand. Er klemmte die Schuhspitze in einen Spalt im Gestein. Der Aufstieg begann. Das Kliff war zwar sechzig Meter hoch, aber es wies zahlreiche Risse, Spalten und Vorsprünge auf. Ein erfahrener Kletterer wie Savage hatte trotz der Finsternis keine Schwierigkeiten, den Steilhang zu überwinden.

Der Wind nahm zu. Schaumspritzer von der Brandung benetzten sein Gesicht. Das Gestein war schlüpfrig. Seine behandschuhten Finger krallten sich in jeden Halt, der sich bot. Die Stiefel zwängten sich in jeden erreichbaren Spalt. Der einsame Mann setzte seinen Weg mit größter Entschlossenheit fort. Auf halber Höhe fand er einen tief eingefressenen Spalt vor. Auf den Fotos hatte Savage gesehen, daß dieser Kamin bis ganz hinauf führte. Er zwängte sich hinein, stemmte sich mit den Füßen rechts und links ab, tastete mit den Händen nach greifbaren Vorspüngen und strebte weiter nach oben. Seine innere Uhr sagte ihm, daß er etwa zehn Minuten unterwegs war. In jeder Sekunde mußte er auf äußerste Vorsicht bedacht sein. In den Felsenspalt kam der Wind nicht hinein. Ein plötzlicher Regenguß ersetzte die Spritzer von der Brandung. Savage unterdrückte sein Verlangen, schneller zu klettern. Als seine Hände ins Leere tasteten, atmete er tief durch. Er hatte das Kliff bezwungen.

Der Regen nahm zu und durchnäßte ihn. Dennoch war er ihm willkommen. Denn der Regen bot die beste Deckung in der finsteren Nacht. Savage kroch von dem Felsspalt weg, schwang sich über die Steinkante und verkroch sich im Gebüsch. Schlamm durchfeuchtete seine Knie. Sein Herz schlug heftig vor Nervosität wie immer am Beginn einer neuen Mission.

Zugleich überfiel ihn brennende Angst, daß er trotz eingehender Vorbereitungen genauso versagen könnte wie vor sechs Monaten.

Es gab nur eine Möglichkeit zu erkunden, ob er wirklich wieder der Alte war.

Tief Luft holend unterdrückte Savage die trüben Gedanken und konzentrierte sich auf die Hindernisse, die ihn erwarteten.

Ein letzter Blick in die sturmgepeitschte Nacht hinaus zeigte ihm, daß hier keine Wächter lauerten. Savage kroch aus dem Schutz der Büsche hervor.

9

Die Fotos hatten ihm enthüllt, was zuerst überwunden werden mußte – eine großgliedrige Kette, die um das ganze Grundstück gespannt war. Die Bilder hatten nichts über die Höhe des Zaunes ausgesagt, doch rechnete er mit sieben Fuß. Nachdem die Fotos vergrößert worden waren, ließ sich erkennen, daß oben auf dem Zaun mehrere Lagen Stacheldraht angebracht worden waren. Sie ruhten auf v-förmig nach innen und außen ragenden Stützen.

Der Regen verfinsterte die Nacht so sehr, daß Savage den Zaun nicht sehen konnte. Doch hatte sich nach den Fotografien abmessen lassen, wie weit der Zaun ungefähr von den Büschen entfernt war. Savage schätzte die Distanz auf etwa zwanzig Yards. Auf den Bildern waren keine versteckten Kameras zu erkennen gewesen. Also machte er sich keine Sorgen darüber, daß fernbediente Bildschirme seine Anwesenheit verraten könnten. Trotzdem bewegte er sich – aus alter Gewohnheit – kriechend weiter. Der regenfeuchte Boden unter ihm fühlte sich sumpfig an.

Am Zaun angekommen, schnallte Savage den Rucksack los. Er entnahm ihm eine infrarote Taschenlampe und die dazu gehörende Brille. Ohne diese Brille vor den Augen blieb der infrarote Strahl der Taschenlampe unsichtbar. Durch die Brille sah Savage ein grünliches Glimmern. Er richtete den Strahl der Lampe auf die Metallpfosten des Zauns, dann ließ er ihn aufwärts wandern bis zu den Metallarmen, an denen der Stacheldraht befestigt war.

Er suchte nach Sensoren, die auf Vibrationen ansprachen.

Savage fand keine. Wie erwartet, erwies sich der Zaun einfach als eine Art Demarkationslinie. Hier sollten keine unerwünschten Eindringlinge abgefangen werden, vielmehr sollte der Zaun etwaige Spaziergänger von dem Betreten des Grundstückes abhalten. Der Stacheldraht stellte für ungeübte Eindringlinge ein unüberwindliches Hindernis dar. Und wenn Tiere – etwa umherstreifende Hunde – gegen den Zaun stießen, wurden keine Wachleute unnötig alarmiert.

Savage steckte Taschenlampe und Brille in den Rucksack zurück. Er hievte ihn auf die Schultern und befestigte ihn. Der Regen nahm noch zu. Savage trat von dem Zaun zurück, nahm die Haltung eines Sprinters an und sprang los.

Der Schwung brachte ihn auf die halbe Höhe des Zaunes. Er packte den vorspringenden Metallarm, schwang sich auf die gespannten Stacheldrähte, packte den Metallarm auf der anderen Seite des V, flog über die zweite Lage aus Stacheldraht und landete weich, mit federnden Knien, auf der anderen Seite des Zaunes. Seine wollene Bekleidung und die Handschuhe waren an vielen Stellen zerrissen. An Armen und Beinen war er durch den Stacheldraht verletzt worden. Aber diese Kleinigkeiten kümmerten ihn nicht. Von Stacheldraht ließen sich nur Amateure abschrecken.

Tief gebückt wischte sich Savage den Regen aus den Augen und betrachtete aufmerksam die vor ihm liegende Gegend. Sein britischer Lehrmeister, der ihn zum tätigen Beschützer ausgebildet hatte, pflegte immer zu sagen, das Leben sei ein Jagen und Gejagtwerden.

Nun, die Jagd konnte beginnen.

10

Die Insel Mykonos war hügelig, mit einer flachen Erdkrume und vielen hervortretenden Felsen bedeckt. Auf einer der wenigen ebenen Anhöhen hatte Papadropolis seinen Sommersitz errichten lassen. Die Fotos hatten gezeigt, daß von allen Seiten steile Abhänge zu dem Landhaus emporführten.

Vom Haus her war der Fuß dieser Abhänge nicht einzusehen. Papadropolis hielt es nicht für nötig, eine schön anzusehende Abgrenzung um sein Grundstück ziehen zu lassen, etwa eine Steinmauer anstelle eines Kettenzaunes. Von seinem Haus aus konnte der Tyrann die Umzäunung sowieso nicht sehen, also störte sie ihn auch nicht. Außerdem schreckte ein Metallzaun etwaige Eindringlinge wirkungsvoller ab als Steine und Mörtel.

Savage versuchte, sich in die Gedankenwelt seines Gegners zu versetzen. Papadropolis konnte den steilen, felsigen Hang nicht übersehen. Wahrscheinlich mied er die Abbruchkante. Also war anzunehmen, daß sich die meisten Sensoren zur Entdeckung von Eindringlingen in dieser Gegend befanden. Auf den Fotos war ein zweiter Zaun zu erkennen, niedriger zwar als der erste, aber immer noch zu hoch, als daß man ihn hätte überspringen können. Dieser Zaun befand sich auf halber Höhe des Abhanges.

Was Savage Sorgen machte, konnten ihm die Fotografien nicht zeigen – vergrabene Sensoren zwischen dem ersten und dem zweiten Zaun. Er entnahm seinem Rucksack ein Gerät von der Größe eines Walkmanradios. Es war ein mit Batterien bestücktes Voltmeter. Damit ließen sich von vergrabenen Sensoren ausgehende elektrische Impulse aufspüren. Savage konnte nicht riskieren, ein Gerät mit grünschimmernder Anzeige zu benutzen. Statt dessen hatte er ein Gerät mit einem Ohrhörer gewählt.

Ein Blitz zuckte auf. Der Ohrhöhrer jaulte. Savage erstarrte. Die Nacht wurde wieder finster. Sofort verstummte das Jaulen im Hörer. Savage entspannte sich. Das Meßgerät hatte auf die von dem Blitz ausgehende Elektrizität reagiert, nicht auf vergrabene Sensoren. Sonst hätte es im Ohrhörer weitergejault, auch wenn kein Blitz flammte. Immerhin erwies sich der Blitzstrahl als nützlich. Savage hatte einen Blick auf den Zaun erhascht, der sich wenige Schritte vor ihm erhob. Auch er bestand aus Gliederketten, jedoch ohne Stacheldraht oben. Savage konnte erraten, warum das so war. Ein Eindringling, der den ersten hohen Zaun überwunden hatte, würde sich versucht fühlen, dieses verhältnismäßig niedrige und anscheinend ungeschützte Hindernis einfach zu übersteigen.

Vorsichtig ging er näher heran. Ein weiterer Blitz enthüllte ihm kleine Metallkästen. Sie waren an den Zaunpfählen befestigt. Vibrationsdetektoren. Wenn jemand versuchte, die Kettenglieder zu packen, um über den Zaun zu klettern, wurde die Wache im Landhaus alarmiert. Ein Computermonitor zeigte, an welcher Stelle der Alarm ausgelöst worden war. Die Wachleute waren binnen kurzem zur Stelle.

Theoretisch betrachtet waren diese Vibrationssensoren nicht zu überwinden. Aber Savage wußte, daß die Sensoren auf eine bestimmte Stärke der Vibration eingestellt waren. Sonst hätte jeder Windstoß und jeder auf der Kette landende Vogel unnötigen Alarm ausgelöst. Waren die Wachen erst ein paarmal vergebens ausgerückt, würden sie bald diesen Geräten mißtrauen und sich um weitere Alarme nicht mehr kümmern. Es gab nur eine, wenn auch sehr riskante Möglichkeit, diesen Zaun zu überwinden.

Man mußte die Kettenglieder durchschneiden. Dies aber auf eine ganz besondere Art und Weise.

Savage legte den Rucksack ab und entnahm ihm eine Drahtschere. Damit durchtrennte er in Schulterhöhe eines der Kettenglieder. Nun hing alles an einem seidenen Faden. War Alarm ausgelöst worden? Sollte er es sich noch überlegen und türmen? Nein, Savage wartete ruhig vierzig Sekunden ab. Dann schnitt er das nächste Glied durch. Und nach wiederum vierzig Sekunden ein weiteres. Jeder Schnitt bewirkte nicht mehr Erschütterung als ein landender Vogel oder gegen den Zaun dreschender Regen. Sie reichte nicht aus, um die Sensoren zu aktivieren.

Zwölf Minuten später hatte Savage ein quadratisches Loch in den Zaun geschnitten. Er schob seinen Rucksack hindurch und kroch hinterher. Dabei achtete er sorgsam darauf, keines der benachbarten Kettenglieder zu berühren.

Drüben schob er die Drahtschere in den Rucksack und lud ihn sich wieder auf. Außer dem Voltmeter trug er jetzt auch einen mit Batterien betriebenen Mikrowellendetektor in den Händen. Darüber hinaus hatte er die Infrarotbrille wieder aufgesetzt. Seine Fotos hatten ihm eine weitere Gefahr enthüllt. In der Nähe der höchsten Erhebung zog sich eine Reihe metallener Pfähle hin. Sie standen frei in der Gegend, als gehörten sie zu einem noch nicht fertiggestellten Zaun.

Aber Savage wußte Bescheid.

Er starrte angestrengt durch seine Brille. Er mußte herausfinden, ob zwischen den einzelnen Pfählen Infrarotstrahlen hin und her liefen. Wenn sich sein Verdacht bestätigte, wenn tatsächlich solche Strahlen vorhanden waren und er sie durchbrach, löste er damit sofort Alarm aus.

Er kroch näher an den Gipfel des von Regenschauern überschütteten Hügels heran. Durch die Brille war immer noch nichts von infraroten Strahlen zwischen den Pfählen zu entdecken. Das bedeutete...

Während ihm dieser Gedanke durch den Kopf schoß, begann der Ohrhörer des Mikrowellendetektors zu heulen.

Savage verharrte auf der Stelle.

Ja, dachte er. Mikrowellen. Er wäre enttäuscht gewesen, hätte Papadropolis infrarotes Licht verwendet. Bei diesen Strahlen genügte ein kräftiger Regen, um Alarm auszulösen. Mikrowellen hingegen boten eine völlig unsichtbare Barriere. Überdies waren sie vom Wetter kaum zu beeinflussen.

Wieder erhellte ein Blitz die Nacht. Der Kopfhörer an Savages Voltmeter schrillte. Er verhielt auf der Stelle. Vielleicht war der Blitz mit dem elektrischen Feld eines vergrabenen Drucksensors zusammengefallen. Das Geräusch verstummte. Da wußte er, daß die Mikrowellen am Zaun sein einziges Hindernis bildeten.

Er näherte sich ihm. Der Blitz hatte ihm gezeigt, wo sich der nächste Pfosten befand. In ihm waren rechts und links Schlitze zu erkennen. Sie dienten zum Empfang und zur Weitergabe von Mikrowellen zwischen den Pfosten. Diese waren so hoch, daß man die Mikrowellen nicht überspringen konnte. Das Erdreich war zu flach, um sich darunter hindurchzugraben.

Bei aller Schläue hatte der Erbauer des Zaunes einen Fehler gemacht. Dieses System arbeitete am besten, wenn die Pfosten nicht in gerader Linie aufgestellt waren. Es war besser, sie versetzt aufzustellen. Dadurch überlappten sich die ausgesandten Strahlen.

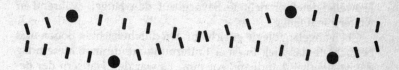

Die Luftbilder hatten indessen gezeigt, daß hier die Pfosten in gerader Linie ausgerichtet waren.

Damit konnte man fertig werden.

Savage entnahm seinem Rucksack eine metallene Klammer. Diese befestigte er oberhalb des Schlitzes, der Wellen empfing und ausstrahlte, an dem Pfahl. Dann schraubte er mehrere Metallteile so zusammen, daß eine Stange von etwa einem Meter entstand. Diese wiederum steckte er in die Klammer, so daß die Stange ihm zugekehrt war.

Dann warf er zunächst seinen Rucksack über den Pfosten. Danach packte er die Metallstange und schwang sich hinauf. Dabei hätte er beinahe die Balance verloren. Das Metall war durch den Regen schlüpfrig geworden. Der Wind drohte, ihn herunterzufegen.

Aber die geriffelten Sohlen seiner Stiefel fanden festen Halt. Mit gewaltigem Satz sprang er über den Pfosten und damit über die Mikrowellen hinweg.

Er landete mit einem Purzelbaum. Seine Schultern, Hüften und der Rücken fingen den Sturz ab. Auch der aufgeweichte Boden milderte den Aufprall.

Dennoch wand er sich vor Schmerzen. Die Wunden, die man ihm vor sechs Monaten zugefügt hatte, waren noch längst nicht verheilt.

Trotz der schmerzenden Muskeln rollte er sich über die Schulter ab und blieb geduckt liegen, um den Gipfel des Hügels in Augenschein zu nehmen.

Schwacher Lichtschein durchdrang den Nebel. Wachtposten waren nicht zu sehen. Die Klammer mit der Stange wurde zusammen mit der Brille in den Rucksack gesteckt. Voltmeter und Mikrowellendetektor richtete Savage auf den Hügel, während er weiter hinaufstieg.

Oben angelangt legte er sich auf den durchweichten Boden und betrachtete das Ziel. In einer Entfernung von fünfzig Metern lag das weitläufige Landhaus vor ihm. Es war den Häusern der Bewohner von Mykonos nachgebildet. Würfelförmige Gebäude mit Türmchen darauf. An den Ecken des Gebäudes erstrahlten Bogenlampen. Alle Fenster waren dunkel bis auf eins an der linken Ecke.

Auf den Fotos war nicht zu erkennen gewesen, ob das Haus durch automatische Kameras gesichert war. Savage mußte davon ausgehen, daß über den Türen welche eingebaut waren. Allerdings könnten sie bei diesem Regen und Sturm nur unscharfe Bilder liefern. Außerdem war anzunehmen, daß die Wächter um drei Uhr nachts nicht besonders aufmerksam sein würden.

Über der Tür, für die er sich entschieden hatte, sah Savage eine Kamera. Sie befand sich an der rechten Seite des Hauses, weit entfernt von dem erleuchteten Fenster links. Während Savage eine Spraydose aus dem Rucksack riß, sprang er noch weiter nach rechts.

Als er von der rechten Seite her die Tür erreichte, hob er die Dose und besprühte die Linse der Kamera mit komprimiertem Wasser. Auf dem Monitor mußte es so aussehen, als habe ein Windstoß den strömenden Regen gegen das Objektiv getrieben. Das Bild auf dem Monitor blieb erhalten, wurde jedoch bis zur Unkenntlichkeit unscharf. Selbst wenn ein Wachmann aufmerksam wurde, war nicht anzunehmen, daß er sich gezwungen sähe, Alarm zu schlagen.

Savage nahm sich das Türschloß vor. Ein gutes Schloß mit kräftigem Riegel. In zwölf Sekunden hatte er es entriegelt. Aber er wagte noch nicht, die Tür zu öffnen.

Statt dessen nahm er ein Metallsuchgerät aus dem Rucksack. Damit strich er über den Türrahmen. Sein Ohrhörer jaulte. Vier Fuß oberhalb des Türknaufes befand sich Metall. Noch eine Absicherung gegen Eindringlinge.

Savage wußte, wie die Anlage funktionierte. Oben an der Tür befand sich ein Magnet. Damit wurde ein metallener Hebel in seiner Lage fixiert. Öffnete jemand die Tür, wurde der Stromkreis unterbrochen. Der Stift schnellte nach oben und betätigte einen Schalter, der Alarm auslöste.

Savage entnahm seinem Rucksack einen starken hufeisenförmigen Magneten, den er gegen den Rahmen drückte. Zugleich schob er vorsichtig die Tür auf. Sein Magnet ersetzte den in die Tür eingelassenen. Der Stift wurde festgehalten. Er konnte nicht nach oben schnellen und den Schalter auslösen.

Er war drin.

Aber er wagte nicht, sich zu entspannen.

Joyce Stone hatte ihm den Lageplan des Landhauses erläutert. Savage hatte sich alle Einzelheiten eingeprägt. Voller Spannung schob er sich einen dunklen Korridor hinunter. Durch eine offene Tür blickte er in eine geräumige Küche. Über dem Herd befand sich eine beleuchtete Uhr. Es roch nach Öl und Knoblauch vom Abendessen. Hinter einer Durchreiche öffnete sich vor ihm ein im Halbdunkel liegendes Speisezimmer. An dem rechteckigen langen Tisch hatten an jeder Seite fünfzehn Gäste Platz. Für den Hausherrn und seine Frau waren die beiden Stirnseiten vorgesehen.

Papadropolis war nicht im Hause. Durch einen seiner Beobachter hatte Savage erfahren, daß der Tyrann mit einer Eskorte von Leibwächtern diesen Morgen im Privatflugzeug nach Kreta gestartet war. Savage betrachtete das als eine glückliche Fügung des Schicksals. Die Zahl der Wachtposten im Landhaus wurde dadurch verringert. Und die übrig gebliebenen Männer würden nicht gerade von höchstem Pflichtgefühl erfüllt sein.

So hoffte Savage jedenfalls. Er sollte es bald herausfinden.

Unter einem Türdurchgang hielt er an. Er hörte unterdrückte Stimmen. Drei Männer. Links führte eine Treppe zu ihnen hinunter. Gelächter drang zu ihm empor. Klar, dachte Savage, sie freuen sich darüber, daß sie hier warm und trocken sitzen können.

Er schlich weiter durch dunkle Räume, bis er ein Wohnzimmer erreichte. Er hatte es zur Hälfte durchquert, als er einen Stuhl quietschen hörte. Sofort duckte sich Savage hinter ein Sofa. Das Geräusch kam aus einem vor ihm liegenden Türdurchgang. Mit angehaltenem Atem kroch er näher heran. Durch zwei vergitterte Fenster drang von draußen das durch den Regen vernebelte Licht einer Lampe. Diese Fenster flankierten die Haupttür des Landhauses. In einer Nische jenseits der Tür erkannte er das Glimmen einer Zigarette. Dort saß ein Wächter.

Savage hob seine Pistole. Er schoß nicht mit Kugeln, sondern mit Betäubungspfeilen. Kimme und Korn waren mit infraroter Farbe betupft, so daß man auch im Finstern mit Hilfe der Brille genau zielen konnte.

Die Waffe ließ ein unterdrücktes Puffen hören. So schnell es ihm seine Sicherheit erlaubte, eilte Savage durch die Eingangshalle. Er packte den von seinem Stuhl fallenden Wachmann und – was noch wichtiger war – dessen Uzi, bevor sie auf den Marmorfußboden klappern konnte. Dann setzte er den Mann hinter den Stuhl und schob ihm die Beine zusammen, so daß sie nicht aus der Nische herausragen konnten.

Mit geschulterter Uzi musterte Savage eine geschwungene Treppe. Oben brannte gedämpftes Licht. Das mußte der Hauptgang sein, den Joyce Stone ihm beschrieben hatte. Indem er sorgsam die Eingangshalle und den Korridor über sich beobachtete, stieg er langsam hinauf.

Oben angelangt drückte er sich an die Wand zur Linken. Vorsichtig spähte er durch den Bogengang rechts hinunter. Der Korridor war beleuchtet. Bisher hatte er keinen Wachposten entdecken können. Jedenfalls mußte in dieser Richtung Rachel Stones Schlafzimmer liegen. Savage ging davon aus, daß die Tür bewacht wurde.

Er beugte sich vor, um einen besseren Überblick zu gewinnen. Immer noch kein Wächter.

Schließlich steckte er den Kopf weit vor, um den Korridor ganz überblicken zu können.

Am Ende des Ganges saß ein Wächter in einem Sessel. Der Mann blätterte in einer Zeitschrift.

Nachdem er sich so weit vorgewagt hatte, zog sich Savage langsam wieder zurück. Jede unvorsichtige Bewegung hätte den Posten auf den Plan rufen können.

Befand sich ein weiterer Wachmann am anderen Ende des Korridors?

Mit leisen Schritten ging Savage auf die rechte Seite hinüber und schickte sich an, mit noch größerer Vorsicht den Gang hinunter zu blicken.

Ein Geräusch ließ ihn zurückschrecken. Er hörte, daß der Hahn einer Schußwaffe gespannt wurde.

Also gab es einen zweiten Posten an der linken Seite des Korridors. Savage zielte ohne lange zu überlegen. Seine Waffe spie den Giftpfeil aus. Der Wachmann taumelte zurück. Dabei verdrehten sich seine Augen nach oben. Er zerrte an dem Geschoß, das ihm in die Kehle gedrungen war. Die Knie des Mannes gaben nach.

Im stillen betete Savage darum, daß sich beim Aufprall auf den Boden nicht die gespannte Faustfeuerwaffe in der Hand des Postens entladen möge. Im gleichen Augenblick fuhr er herum, um auf den anderen Posten rechts unten zu zielen. Der Wächter hatte wahrgenommen, daß sein Kollege am anderen Ende des Ganges zusammenbrach. Blitzschnell reagierend ließ er die Zeitschrift fallen und fuhr nach seiner Pistole greifend aus dem Sessel hoch.

Savages Waffe ließ ein weiteres ›Plopp‹ hören. Der Pfeil traf den Wächter in die linke Schulter. Er versuchte verzweifelt, seine Pistole zu heben. Seine Pupillen rollten nach oben. Er fiel um.

Das Geräusch, das die fallenden Männer verursachten, wurde von dem dicken Teppichboden aufgefangen. Jedenfalls hoffte Savage darauf. Mit fliegenden Pulsen hetzte er rechts hinunter zu der Tür, die nach Joyce Stones Schilderung zum Schlafzimmer ihrer Schwester führen mußte. Sie war verschlossen. Savage nahm an, daß sich der Riegel nur von außen, nicht aber von innen öffnen ließe. Es bereitete ihm wenig Mühe, das Schloß aufzubrechen. Dann tastete er den Türrahmen mit seinem Metalldetektor ab. Es gab keine weitere Alarmanlage. Schnell trat er ein und schloß die Tür hinter sich.

12

Das Schlafzimmer war luxuriös eingerichtet, aber Savage hatte kaum einen Blick für die kostbaren Möbel übrig. Er suchte Rachel Stone. Eine Nachttischlampe brannte. Das Bett war benutzt worden. Die zerknüllte Decke war zur Seite geschoben. Aber in diesem Zimmer befand sich niemand.

Savage sah unter dem Bett nach. Er schaute hinter die geschlossenen Vorhänge, hinter ein Sofa und einen Sessel.

Wo, zum Teufel, steckte sie?

Er öffnete eine Tür und betrat das Badezimmer. Dort schaltete er das Licht ein. Die Tür zur Dusche war geschlossen. Aber der kleine Raum war leer.

Wo war sie nur?

Er probierte es an der nächsten Tür. Ein begehbarer Kleiderschrank. Rachel Stone stürzte hinter den Kleidern hervor. Eine Schere blitzte. Savage packte ihr Handgelenk. Den Bruchteil einer Sekunde später hätte sie ihm ein Auge ausgestochen.

»Schweinehund!«

Ihre vor Wut verzerrten Züge glätteten sich und machten einem verwunderten Stirnrunzeln Platz. Sie sah das mit Tarnfarbe beschmierte Gesicht des Mannes und wollte zurückweichen.

»Wer...?«

Savage preßte ihr eine Hand über den Mund und schüttelte den Kopf. Während er ihr die Schere entriß, formte er mit den Lippen unhörbar die Worte: Nicht sprechen. Er nahm eine Karte aus der Tasche. Sie steckte in einem durchsichtigen, wasserdichten Umschlag aus Plastik. Sie starrte auf seine mit der Hand geschriebene Mitteilung.

»Ihre Schwester schickt mich, um Sie hier herauszuholen.«

Er drehte die Karte um. Der Text ging weiter.

»In diesem Zimmer sind wahrscheinlich Abhörgeräte versteckt. Wir dürfen nicht reden.«

Sie betrachtete die Karte, dann den Mann und unterdrückte ihr Mißtrauen. Schließlich nickte sie.

Savage zeigte ihr eine weitere Karte.

»Ziehen Sie sich an. Wir gehen jetzt.«

Aber Rachel Stone rührte sich nicht.

Savage drehte die zweite Karte um.

»Ihre Schwester hat mich beauftragt, Ihnen dieses zu zeigen als Beweis dafür, daß sie mich geschickt hat.«

Er hob einen Trauring mit einem riesigen Diamanten hoch.

Rachel Stone nickte abermals. Sie hatte den Ring erkannt. Als sie ein Kleid aus dem Schrank nehmen wollte, packte Savage ihren Arm. Er schüttelte den Kopf. Sein Finger deutete auf Jeans, einen Pulli und Joggerschuhe.

Sie verstand. Ohne die geringste Scheu legte sie ihr Nachtgewand ab.

Savage bemühte sich, ihre Nacktheit zu übersehen. Er richtete seine Aufmerksamkeit auf die Tür, durch die jeden Moment die Wächter hereinstürmen konnten.

Schnell, schnell bat er innerlich. Sein Puls hämmerte.

Er warf einen Blick auf die Frau, aber im Moment hatte er kein Interesse zuzusehen, wie sie die Jeans über ihre glatten Oberschenkel und das winzige seidene Bikinihöschen streifte, das ihre Schamhaare sehen ließ.

Nein, der Mann interessierte sich ausschließlich für zwei andere bedeutsame Einzelheiten ihrer äußeren Erscheinung.

Erstens: Obwohl Rachel Stone zehn Jahre jünger war, sah sie aus wie Joyce Stones Zwillingsschwester. Hochgewachsen, schlank, drahtig. Strahlend blaue Augen. Ein bildschönes ovales Gesicht, dessen fein geschwungene Züge von schulterlangem Haar umrahmt wurden. Einen Unterschied gab es. Joyce Stone hatte blondes Haar, während das ihrer Schwester kastanienrot war. Dieser Unterschied besagte wenig. Die Ähnlichkeit zwischen den Schwestern war fast unheimlich.

Zweitens: Joyce Stones Gesicht war glatt und von der Sonne gebräunt. Das ihrer Schwester sah verquollen und zerschlagen aus. Papadropolis hatte seine Frau nicht nur mehrfach vergewaltigt. Er hatte sie darüber hinaus mit Fäusten so traktiert, daß sichtbare Beulen zurückblieben, die sich nicht verbergen ließen. Erniedrigung – das war die Waffe des Tyrannen. Unterdrücken und herrschen.

Von nun an nicht mehr, dachte Savage. Zum ersten Mal verspürte er ein persönliches Interesse an seiner Aufgabe. Er fühlte sich ihr moralisch verpflichtet. Sie war ihm mehr als nur ein Auftrag. Vielleicht war Rachel Stone durch ein luxuriöses Leben verdorben. Wahrscheinlich sogar. Aber nichts gab irgendwem das Recht, derartig brutal mit ihr umzugehen.

Okay, Papadropolis, dachte Savage. Ich habe damit begonnen, um vor mir selber zu bestehen. Aber jetzt wird es damit enden, daß ich dich zu fassen kriege.

Du Lumpenhund!

Er bekam vor lauter Zorn Kopfschmerzen, kehrte der Tür den Rücken und sah, daß Rachel Stone inzwischen angekleidet war.

Er beugte sich zu ihr und flüsterte ihr beinahe unhörbar ins Ohr: »Nehmen Sie nur ein paar Sachen mit, die Sie unbedingt brauchen.« Ihr Parfum stieg ihm in die Nase.

Sie nickte voller Entschlossenheit und flüsterte ihm ins Ohr: »Ich gebe Ihnen alles, was Sie wollen. Nur bringen Sie mich fort von hier.«

Savage ging zur Tür.

13

Mit der Grazie einer Tänzerin glitt Rachel Stone die Treppe hinunter. In der halbdunklen Eingangshalle berührte Savage ihren Arm, um sie zum Speisezimmer zu geleiten. Er wollte den Gang hinter der Küche erreichen und das Haus durch die gleiche Tür verlassen, durch die er hereingekommen war.

Sie befreite sich aus seinem Griff. Auf langen, flinken Beinen eilte sie zur Vordertür.

Savage stürzte ihr nach, um sie aufzuhalten, bevor sie die Tür erreichte und Alarm auslöste.

Aber sie griff nicht nach dem Türknauf, sondern nach einem Schalter über dem Rahmen. Savage erkannte, daß die Frau trotz aller Angst, die Flucht könne vereitelt werden, so viel Geistesgegenwart besaß, die Alarmanlage abzuschalten.

Sie öffnete die Tür. Regenschwaden fegten unter einem Balkon vorbei. Savage folgte ihr auf die breiten weißen Stufen vor dem Haus und schloß leise die Tür hinter sich. Im fahlen Schein einer Bogenlampe fühlte er sich wie auf einem Präsentierteller. Er wollte der Frau Verhaltensmaßregeln geben.

Da eilte sie bereits die Stufen hinunter, an Säulen vorüber, in die Sturmnacht hinaus.

Nein! Er rannte los, um sie einzuholen. Himmel, dachte sie denn nicht daran, daß sich hier draußen wahrscheinlich Wächter befanden? Sie konnte doch nicht einfach über einen Zaun klettern. Dabei mußte sie Alarm auslösen.

Der Regen war stärker als vorher und kälter. Schauer liefen ihm über die Haut. Feuchtigkeit rann ihm in Tropfen über das Gesicht. Nicht alles war Regen. Schweiß mischte sich darunter. Angstschweiß.

Er holte sie ein, wollte sie zu Fall bringen und in den Schatten einer großen Statue zu seiner Linken schleppen. Doch überlegte er es sich anders, als er begriff, daß Rachel Stone nicht blindlings davonrannte. Vielmehr folgte sie der betonierten Auffahrt vor dem Landhaus. Indem sie sich immer rechts hielt, erreichte sie ein kurzes Straßenstück, das vom Fahrweg abzweigte. Am Ende der Straße erkannte er in dem vom Regen verhangenen Licht einer Bogenlampe ein flaches einzelnes Gebäude mit sechs großen Toren, die sich nach oben öffnen ließen.

Die Garage. Dorthin wollte sie also. Dahinter konnten sie sich verbergen, bis er ihr erklärt hatte, wie er sie an den Alarmgeräten vorbeischmuggeln wollte.

Savage schob sich an Rachels Seite und befahl ihr mit leiser und eindringlicher Stimme: »Folgen Sie mir. Hinten herum.«

Doch sie gehorchte nicht. Statt dessen eilte sie zu einer Tür an der dem Landhaus zugekehrten Seite. Sie zerrte am Türknauf. Er gab nicht nach.

Sie schluchzte. »Himmel, die Tür ist abgeschlossen.«

»Wir müssen hinten herum, wo man uns nicht sehen kann.«

Rachel zerrte immer noch am Knauf.

»Kommen Sie«, drängte Savage.

Ein Schrei von Haus her ließ ihn herumfahren.

Mit erhobener Pistole sprang ein Wachmann durch die Tür. Er blinzelte in den Regen hinaus.

Ein zweiter Mann tauchte auf.

Savage konnte nur hoffen, daß der Regen dicht genug fiel, um die Garage für die Männer unsichtbar zu machen.

Endlich kam noch ein dritter Mann hinzu. Savage war klar, daß bald die gesamte Wachmannschaft das Gelände absuchen würde.

»Uns bleibt keine Wahl«, sagte Savage. »Ihre Idee war dumm, Rachel, aber im Augenblick fällt mir nichts anderes ein. Machen Sie Platz.«

In höchster Eile brach er das Schloß auf. Als die Tür aufging, schob sich Rachel an ihm vorüber und griff nach einem Schalter. Savage konnte gerade noch die Tür zuschlagen, ehe der nach außen dringende Lichtschein die Flüchtlinge verriet.

Vor sich sah er eine lange Reihe luxuriöser Wagen. »Hoffentlich haben Sie die Schlüssel mitgebracht. Ich kann zwar eines der Autos in der Zündung kurzschließen, aber dazu brauche ich mindestens eine Minute. So viel Zeit haben wir nicht, dank Ihrer klugen Einfälle.«

Rachel eilte zu einer Mercedes-Limousine. »Die Schlüssel stecken immer.«

»Was?«

»Kein Dieb würde es wagen, meinen Mann zu bestehlen.«

»Warum war dann die Tür abgeschlossen?«

»Ist das nicht offensichtlich?«

»Nein.«

»Man will mich daran hindern, mir einen der Wagen zu nehmen, falls mir die Flucht aus dem Haus gelingt.«

Während diese Worte gewechselt wurden, rannte Savage hinter der Frau her und auf den Mercedes zu. Ehe er sie daran hindern konnte, hatte sie sich bereits hinter das Steuerrad gesetzt und die Tür zugeschlagen. Sie drehte den Zündschlüssel herum, der tatsächlich im Schloß steckte, wie sie es vorhergesagt hatte. Die Maschine begann zu surren. Auspuffqualm breitete sich in der Garage aus.

Am Armaturenbrett befand sich auch der Knopf für die Torautomatik. Rachel betätigte ihn. Sogleich schwang die Tür im Bogen nach oben weg.

Savage schaffte es knapp, die Tür zum Beifahrersitz aufzureißen und sich in den Wagen zu werfen. Die Frau trat das Gaspedal durch. Savage konnte die Tür gerade noch zuknallen, bevor sie gegen den Torrahmen geschmettert wurde.

»Sie hätten mich beinahe zurückgelassen!«

»Ich wußte, daß Sie es schaffen würden.«

»Was aber, wenn es mir nicht gelungen wäre?«

Rachel wirbelte das Steuerrad nach links herum. Sie folgte der Straße, die von der Garage wegführte. Der Schein einer Bogenlampe huschte über ihr zerschlagenes, verquollenes Gesicht. Dann gab sie noch mehr Gas und schwang das Steuerrad nach rechts herum. Sie erreichte die Zufahrtstraße und ließ das Haus hinter sich.

»Was sollte schon passieren, wenn ich Ihnen davongefahren wäre?« fragte Rachel. »Ich habe das Gefühl, daß Sie sich in jeder Lage zu helfen wissen.«

»Und ich habe das Gefühl, daß Sie eine Hexe sind.«

»Das sagt mein Mann auch immer zu mir.«

»Oh, Entschuldigung.«

»He, werden Sie jetzt nicht sentimental. Ich brauche einen Retter, der mir zeigt, wo es langgeht.«

»Nein, was Sie im Augenblick brauchen« – Savage drückte einen Knopf auf dem Armaturenbrett – »ist ein Scheibenwischer.«

»Ich sagte doch, daß Sie sich zu helfen wissen.«

Bei einem schnellen Rundblick sah Savage die Männer, die verzweifelt hinter dem Wagen herrannten. Sie hatten Schußwaffen, machten aber keinen Gebrauch davon.

Warum? Das machte keinen Sinn.

Dann ging ihm ein Licht auf.

Mir würden sie nur allzu gern das Gehirn aus dem Schädel blasen, dachte Savage. Aber sie wagten nicht zu schießen aus Angst, Papadropolis' Frau zu treffen. In diesem Fall wäre der Schuldige nicht nur umgebracht worden. Papadropolis hätte die Haie mit ihm gefüttert.

Ein Blitz flammte auf. Savage erkannte in dem hellen Strahl einen Mann vor dem Wagen auf der Zufahrt. Der Mann hatte eine Flinte bei sich. Genau wie die anderen, wagte er nicht zu schießen.

Aber im Gegensatz zu den anderen hob er einen starken Handscheinwerfer. Er richtete den Strahl auf die Fahrerseits des Wagens. Offenbar wollte er Rachel blenden und von der Straße herunterzwingen.

Rachel beschattete mit einer Hand ihre Augen. Mit der anderen steuerte sie den Wagen genau auf den Mann mit der Lampe zu.

Der Wächter brachte sich mit einem wunderbar eleganten Sprung in Sicherheit. Er landete auf Savages Seite des Wagens. Der Handscheinwerfer blieb eingeschaltet.

Auch das erschien zunächst sinnlos. Der Wachmann konnte doch nicht hoffen, Rachel von der Seite her zu blenden.

Auf einmal war alles klar.

Der Wächter richtete den Lichtstrahl nicht auf Rachel, sondern auf Savage.

Damit er sich mein Gesicht einprägen kann! Damit er Papadropolis eine genaue Beschreibung von mir geben kann! Vielleicht kann mich sogar jemand identifizieren.

Savage schlug schnell die Hände vor das Gesicht. Zugleich ließ er sich nach vorn sinken für den Fall, daß der Wächter einen Schuß durch das Beifahrerfenster riskierte.

In dem Augenblick, als der Wagen an dem Mann vorüberraste, richtete Savage seinen Blick nach hinten. Die Wachleute aus dem Haus, in dem jetzt alle Lampen brannten, rannten immer noch hinter dem Mercedes her. Ihre Silhouetten hoben sich gegen das Licht ab. Der Mann mit dem Scheinwerfer stand mit dem Rücken zum Haus und starrte wütend dem Wagen nach. Wegen des starken Scheinwerferstrahls hatte Savage sein Gesicht nicht erkennen können. Der Scheinwerfer wurde abgeschaltet. Ein weiterer Blitz ließ die Züge des Mannes erkennen.

Aber nur ungenau. Der Regen strömte über die Heckscheibe. Savage war immer noch von dem Scheinwerfer geblendet. Der Mercedes entfernte sich rasch von dem Mann.

Aber Savage hatte genug gesehen. Der Wächter war ein Orientale. Sein flinker Sprung zur Seite hatte sportliches Training verraten. Oder hatte er eine militärische Ausbildung hinter sich?

Vier Sekunden. Mehr blieb Savage nicht, um sich die Züge des Mannes einzuprägen. Das Licht erlosch. Die Nacht verschluckte ihn.

Aber diese vier Sekunden reichten aus. Der Mann war Mitte Dreißig, ca. ein Meter fünfundsechzig groß, schlank und kräftig. Zur dunklen Windjacke trug er passende Hosen und einen Rollkragenpullover. Sein braunes Gesicht wirkte kantig. Das vorspringende Kinn und die hohen Wangenknochen vollendeten das Bild eines gut aussehenden Menschen.

Orientalisch, ja. Aber Savage konnte ihn noch genauer plazieren. Der Mann war ein Japaner. Dessen war sich Savage nach diesen vier Sekunden des Erkennens vollkommen sicher. Hinzu kam das leise Erschauern, das ihm ob dieser unheimlichen Ähnlichkeit über den Rücken rann. Ähnlichkeit mit wem...

Savage wollte den Gedanken nicht zu Ende denken.

Akira?

Nein, unmöglich!

Während sich der Mercedes rasch von dem Landhaus entfernte, überdachte Savage noch einmal, was er von dem japanischen Wächter gesehen hatte. Nicht das männlich kantige Gesicht und die drahtige Gestalt hatten den bleibenden Eindruck hinterlassen, sondern der Ausdruck unendlicher Trauer, die seine Züge umwölkte.

Akira war der traurigste Mensch gewesen, dem Savage jemals begegnet war.

Es konnte nicht sein!

Savage drehte sich zu Rachel um. Der Schock saß ihm in den Gliedern. Eigentlich stand sie unter seinem Schutz. Sie schien vollkommen ruhig. »Sie werden niemals durch das Tor kommen.«

»Warten Sie es ab.« Sie gab noch mehr Gas.

»Aber das Tor besteht aus verstärktem Stahl.«

»Der Wagen auch. Stützen Sie sich am Armaturenbrett ab.

Beim Aufprall auf das Tor verwandelt sich der Mercedes in einen Panzer.«

Wächter sprangen vor dem heranbrausenden Wagen zur Seite. Die Kette tauchte im Scheinwerferlicht auf. Es gab einen kurzen Ruck. Die Limousine durchbrach krachend die Sperre.

Savage drehte sich um und starrte durch die verregnete Heckscheibe. Er sah die Lichter eines sie verfolgenden Wagens.

Er war sich dessen schrecklich sicher.

Der Mann, der das Verfolgerfahrzeug lenkte, sah Akira sehr ähnlich.

»Habe ich Sie erschreckt?« Rachel kicherte.

»Überhaupt nicht.«

»Warum sind Sie dann so blaß?«

»Kann sein, daß ich soeben einen Geist gesehen habe.«

14

Savage hatte mehrere Pläne ausgearbeitet, wie sich Rachel am besten von der Insel fortbringen ließe. Unter idealen Umständen wären sie zu einem Motorrad gerannt, das ein Mitglied von Savages Team einen halben Kilometer entfernt auf einem Abhang zwischen Felsen versteckt hatte. Von hier aus hatten sie die Auswahl zwischen drei weit auseinander liegenden Buchten. In jeder lag ein kleines schnelles Boot bereit. Damit konnten sie zu einem Fischtrawler flüchten, der die Insel umrundete.

Aber das Wetter bereitete ihm große Sorgen. Sturm und Regen waren für ihn von Vorteil gewesen, als er in das Grundstück eindrang. Je mehr es regnete, desto geringer war die Gefahr einer Entdeckung. Savage hatte gehofft, daß der Sturm nachlassen werde, während er Rachel befreite. Statt dessen hatte er zugenommen. Der Sturm war zu stark, die See ging zu hoch, als daß sie mit einem kleinen Boot den Fischtrawler hätten erreichen können. Inzwischen bestand Gefahr für das Fischerboot. Es mußte einen Hafen aufsuchen.

Natürlich verließ sich Savage in seinen Plänen nicht nur darauf, daß sich das Wetter bessern würde. Selbst wenn die Vorhersagen zu seinen Gunsten ausfielen. Einer seiner Späher hatte eine abgelegene Höhle ausfindig gemacht. Dort konnten sie abwarten, bis die Benutzung eines Bootes wieder möglich wurde. Wegen des etwaigen Einsatzes von Spürhunden machte sich Savage weniger Sorgen. Papadropolis war ein Hundefeind. Er hatte eine regelrechte Phobie gegen diese Tiere. Er duldete sie nicht auf seinem Grundstück. Selbst wenn seine Leute dennoch Hunde eingesetzt hätten, würde ihr Geruchssinn bei diesem Regen versagen.

Savage mußte davon ausgehen, daß die Wachleute die versteckten Boote fanden. Deshalb hatte er dafür gesorgt, daß auf der benachbarten Insel Delos ein Hubschrauber bereit stand. Er brauchte nur den kleinen Sender aus seinem Rucksack nehmen und mit dem Piloten einen Treffpunkt abzusprechen, wo er sie abholen sollte.

Wenn aber das Wetter so schlecht blieb und der Hubschrauber nicht starten konnte? Oder angenommen, Papadropolis' Leute hielten sich in der Gegend auf? Mit den Verfolgern hinter sich sah Savage keine Möglichkeit, mit Rachel die Höhle zu erreichen. Also blieb ihm nur die letzte, eine fast verzweifelte Möglichkeit offen, die er in seine Pläne einbezogen hatte.

»Dort vorn gabelt sich die Straße. Biegen sie nach links ab«, sagte er.

»Aber diese Straße führt nach Nordwesten, in Richtung...«
»Mykonos.« Er nickte.
»Die Stadt ist wie ein Labyrinth! Man wird uns fassen, ehe wir uns verbergen können!«

»Ich will mich gar nicht verstecken.« Savage schaute zurück in die größer werdenden Scheinwerfer des Verfolgerwagens.

Akira? Nein, das konnte nicht sein!

»Was meinen Sie damit, daß wir uns nicht verstecken? Was sollen wir denn sonst...?«

»Da ist die Gabelung. Machen Sie, was ich Ihnen sage. Biegen Sie nach links ab.«

Gleich jenseits des Tores hatte sich die Betonstraße in einen schlammigen Feldweg verwandelt. Der schwere, gepanzerte Wagen sank in modrige Pfützen. Die Räder drehten durch. Das Heck schlingerte hin und her. Mühsam quälte sich das Fahrzeug voran. Unsere Verfolger dürften die gleichen Schwierigkeiten haben, dachte Savage. Dann stellte er fest, daß sich in einiger Entfernung weitere Wagen an der Jagd beteiligten.

Auf der schlüpfrigen Straße schaffte der Mercedes nicht mehr als dreißig Kilometer in der Stunde. Trotzdem hatte Rachel Mühe, das Steuerrad unter Kontrolle zu halten. Um ein Haar wäre der Wagen in einen Graben gestürzt, als sie nach links abbog.

»Zufrieden?«

»Vorerst jedenfalls. Sie fahren übrigens ausgezeichnet.«

»Wollen Sie mein Selbstvertrauen aufmotzen?«

»Das kann nie schaden«, sagte Savage. »Aber ich habe nicht gelogen.«

»Mein Mann lügt mir ständig etwas vor. Woher soll ich wissen...?«

»Daß ich nicht lüge? Weil ich für Ihre Sicherheit verantwortlich bin. Wenn ich Ihnen nicht zutrauen würde, daß Sie den Wagen beherrschen, müßte ich darauf bestehen, daß wir die Plätze tauschen.«

»Das Kompliment wird angenommen.« Sie runzelte voller Konzentration die Brauen und gab mehr Gas.

Savage hielt Ausschau nach den Scheinwerfern der Verfolgerwagen. Sie waren nicht näher herangekommen. Schlimm war nur, daß sie auch nicht weiter zurückblieben.

»Mein Mann hat Idioten angestellt. Als sie am Tor die Chance dazu hatten, uns die Reifen zu zerschießen, haben sie es nicht getan.«

»Das hätte nichts ausgemacht.«

»Verstehe ich nicht.«

»Ein so schwerer Wagen hat natürlich auch verstärkte Reifen. Ein Schuß aus einer Schrotflinte oder einer 45er Kugel macht ihnen nichts aus.« Ein Windstoß schüttelte den Wagen, der fast von der Straße geweht wurde. Mit zitternder Stimme fragte sie: »Wie geht es weiter, wenn wir nach Mykonos kommen?«

»Wenn wir hinkommen. Passen Sie auf die Straße auf.«

Sie erreichten das Dorf Ano Mera. Um diese späte Stunde war hier alles still und ruhig, verschlafen. Auf dem Kopfsteinpflaster kam der Mercedes schneller voran. Allzu bald, sie hatten kaum das Dorf verlassen, wurde der Weg wieder schlammig. Rachel nahm etwas Gas weg.

Savage atmete hörbar aus.

Rachel mißdeutete es. »Habe ich etwas falsch gemacht?«

»Nein. Ich hatte mir nur Sorgen darüber gemacht, daß die Wachleute uns telefonisch hier im Dorf avisiert haben könnten. Ihr Mann bezahlt doch hier einige Spitzel, die auf Fremde aufpassen. Niemand kommt unangemeldet zum Landhaus hinauf. Ich hatte befürchtet, daß man die Straße blockiert haben könnte.«

»Sie haben sich wirklich gut informiert.«

»Ich bemühe mich. Aber das Risiko einer unbekannten Gefahr besteht immer. Wissen ist Macht. Unkenntnis...«

»Reden Sie weiter. Was wollten Sie sagen?«

»Unkenntnis bedeutet Tod. Ich fürchte, die Scheinwerfer kommen näher.«

»Das habe ich schon im Rückspiegel gesehen. Wenn wir miteinander reden, habe ich nicht so viel Angst. Was ist, wenn sie uns einholen?«

»Ihnen wird nichts geschehen.«

»Bis mein Mann zurückkommt. Er wird mich wieder schlagen, bevor er mich vergewaltigt. Aber Sie werden...«

»Umgebracht.«

»Warum helfen Sie mir dann? Wieviel hat meine Schwester dafür bezahlt?«

»Das spielt keine Rolle. Behalten Sie die Straße im Auge«, sagte Savage. »Wenn wir Mykonos erreichen – es sind nur noch acht Kilometer bis dahin – halten Sie sich genau an meine Anweisungen.«

»Sie haben also einen Plan?«

»Ich hatte mehrere Pläne. Jetzt bin ich gezwungen, diesem einen zu folgen. Ich wiederhole« – Savage drehte sich nach den anscheinend näher kommenden Lichtern um – »Ihr Leben hängt davon ab, daß Sie mir aufs Wort gehorchen. Tun Sie alles, was ich von Ihnen verlange.«

»Wenn mir mein Mann Befehle erteilt, wehre ich mich dagegen. Ihnen werde ich überallhin folgen.«

»Hoffentlich müssen Sie das nicht beweisen.«

15

Würfelförmige, weiß getünchte Häuser warfen den Schein ihrer Fahrlichter trotz der regenfeuchten Dunkelheit zurück.

»Mykonos!« Rachel trat das Gaspedal durch.

»Nein!« rief Savage.

Zu spät. Die plötzliche Beschleunigung ließ den Mercedes auf dem schlammigen Grund ins Rutschen kommen. Das Steuerrad erwies sich als nutzlos. Der Wagen drehte sich zweimal um die eigene Achse. Savage krampfte sich der Magen zusammen, dann krachte die Limousine seitlich gegen einen Zaun am Rand der Straße.

Rachel legte den Rückwärtsgang ein und gab erneut Gas.

»Halt!« schrie Savage.

Aber das Schlimmste war geschehen. Anstatt den Mercedes langsam vom Zaun auf die Straße zu bugsieren, hatte Rachel den Wagen seitwärts ins Gleiten gebracht. Plötzlich saß er mit dem Differential auf einem Erdhaufen fest. Die Räder drehten sich in der Luft. Der Wagen war nutzlos. Zwei Menschen waren nicht stark genug, um ihn von dem Hindernis herunterzuschieben.

Die Scheinwerfer der Verfolger kamen näher.

Rachel kletterte aus dem Wagen. Savage folgte ihr. Seine Stiefel versanken im schlüpfrigen Schlamm. Beinahe hätte er die Balance verloren. Mühsam hielt er sich aufrecht. Aber Rachel fiel fast um. Er packte sie mit festem Griff am Arm und schob sie vorwärts. Savage kam sich vor wie in einem bösen Traum. Er rannte und rannte und kam doch nicht voran.

Schritt um Schritt kämpften sie sich vorwärts. Vor sich sahen sie die weißen Wände der Häuser, die von den Scheinwerfern der Verfolgerwagen angestrahlt wurden.

Plötzlich war der Alptraum, dauernd auf der Stelle zu treten, vorüber. Savage fand Halt auf Kopfsteinpflaster. Ihm war, als habe man plötzlich eine Fessel durchgeschnitten. Neben Rachel stürmte er die Straße hinauf.

Alsbald wurde Savage klar, daß der Mercedes hier sowieso nutzlos gewesen wäre. Die Straße, auf der sie dahinrannten, war eng und gewunden. Sie gabelte sich in so scharfem Winkel, daß der große Wagen niemals hindurchgekommen wäre. Hinter sich hörte er die Motoren der Verfolger heulen. Savage entschied sich für die Gasse, die nach links abbog. Sie eilten weiter und sahen sich bald vor einer neuen Gabelung. Savage wurde klar, daß sie immer wieder vor neuen Gabelungen stehen würden, ganz gleich, für welche Richtung er sich entschied.

Einst waren die Straßen von Mykonos als Labyrinth angelegt worden, um Piraten abzuwehren. Die Bürger konnten Marodeure leicht fangen. Menschenjäger von heute konnten hier ihre Beute ebenso leicht in eine Falle locken.

Savage blieb keine Wahl. Nach links führte die Gasse aufwärts, nach rechts ging es abwärts. Savage schlug diese Richtung ein. Er mußte versuchen, bis zum Hafen vorzudringen. Rachel mit sich zerrend rannte er rechts hinunter. Leider mußte er feststellen, daß diese Straße bald wieder bergauf führte. Nicht weit entfernt hörte er Türenklappen und ärgerliche Stimmen. Das Echo eiliger Schritte hallte in den engen Gassen.

Savage machte auf dem Absatz kehrt, als er erkannte, daß ihn diese Straße zum Ausgangspunkt seiner Flucht zurückführen würde.

Er zwang Rachel, mit ihm den Weg zurückzueilen, auf dem sie gekommen waren. Abgesehen von dem rauschenden Regen und den ärgerlichen Männerstimmen war es in dem Städtchen totenstill. Hier und da brannte Licht in einem Fenster. Dieser Schein, die weißen Wände und ein gelegentlicher Blitz halfen Savage, sich zu orientieren.

Er sah auf eine schmale Gasse, an der sie auf dem Hinweg vorübergerannt waren, ohne sie zu bemerken. Sie war so eng, daß er mit den Schultern die Wände rechts und links berührte. Aber sie führte abwärts. Und mündete in einer breiteren, vollkommen ebenen Straße. Von hier aus ließ sich nicht sagen, welche Richtung abwärts führen würde. Sich nähernde Schritte veranlaßten Savage, Rachel nach rechts zu dirigieren.

Als diese Straße endete, gab es nur mehr eine Gasse. Und diese führte nach oben.

Nein! Wir müssen doch hinunter zum Hafen!

Savage blickte die Straße hinunter, die sie soeben hinter sich gebracht hatten. Schritte und Flüche der Wachmänner erklangen näher. Am Ende der Straße blinkten Taschenlampen. Ein Wächter drehte sich nach seinem Begleiter um. Das Licht der Taschenlampe ließ dessen Gesicht erkennen.

Der zweite Mann war der Japaner. Selbst auf die Entfernung erinnerte er Savage in erschreckender Weise an Akira. Der Japaner packte den Arm seines Kollegen und schob die Taschenlampe beiseite. Die Männer eilten die Straße entlang. Auf Savage zu.

Sie haben uns noch nicht gesehen. Aber bald wird es so weit sein.

Savage blieb mit dem Stiefel an einem Gegenstand hängen, der an der Seite der Gasse lag. Es war eine Leiter. Die Hälfte der Hauswand war weiß gestrichen. Savage richtete die Leiter an der Wand auf. Rachel kletterte eilig hinauf. Als Savage ihr folgte, sah er bereits die Verfolger. Rasch näher kommend leuchteten sie in Haustürnischen und sämtliche Winkel.

Savage zog die Leiter auf das Dach. Dabei scharrte sie an der Wand. Die Lichtstrahlen der Taschenlampen gingen in Richtung des Geräusches. Er duckte sich und riß die Leiter zu sich herauf. In diesem Augenblick wurde ein Schuß aus einer Pistole mit Schalldämpfer abgefeuert. Die Kugel zirpte an seinem Ohr vorüber. Im nächsten Augenblick war er von der Gasse her nicht mehr zu sehen.

Beinahe hätte er die Leiter fallen lassen, überlegte es sich aber anders.

»Rachel, nehmen Sie das andere Ende.«

Taumelnd eilten sie mit der Leiter zwischen sich über das Dach. Eine dunkle Lücke zwischen den Häusern ließ sie eine weitere Gasse erkennen. Sie blieben stehen. In der Ferne sah Savage die durch den Regen gedämpften Lichter des Hafens.

»Lassen Sie die Leiter los.«

Er schwang sie über die Gasse und stemmte sie gegen das andere Dach. Das ihm zugekehrte Ende klemmte er fest in das Mauerwerk.

Rachel begann, auf die andere Seite zu kriechen. Die Leitersprossen waren vom Regen schlüpfrig. Ihr Knie rutschte ab. Mit einem Bein hing sie durch die Sprossen nach unten. Mit einem unterdrückten Schrei zog sie das Bein hoch, fand Halt auf der Leiter und kroch weiter.

Savage hielt die Leiter fest. Er schaute in die Gasse hinunter. Keine Taschenlampen. Doch konnte man Schreie hören. Er blickte zu dem Punkt zurück, wo er mit Rachel die Hauswand überwunden hatte. Auf der Mauerkante war nichts zu sehen.

Regenschwaden trübten den Blick. Blinzelnd sah er Rachel auf dem gegenüberliegenden Dach. Er legte sich flach auf die Leiter. An den feuchten Sprossen konnte er unschwer hinübergleiten.

Auf dem Dach stehend, schwang er die Leiter zu sich herüber. Über tiefer gelegene Dächer stolperten sie zur nächsten Lücke zwischen den Häusern. Sie kamen dem Hafen näher.

Als er hinter Rachel herkletternd die nächste Gasse überquerte, warf Savage einen Blick zurück.

Ein Blitzstrahl ließ ihn die Lider zusammenkneifen. Ein Kopf lugte über die Mauerkrone. Es war der Kopf des Japaners. Savage erinnerte sich an das Blinken eines Schwertes! Rasch erhob sich der Japaner.

Ein zweiter Mann folgte ihm. Er hob eine Pistole und zielte auf Savage.

Der Japaner verlor auf dem regennassen Dach das Gleichgewicht. Während der ganzen Verfolgung hatte sich der Mann mit dem kantigen Gesicht so sicher und geschickt bewegt, daß man sich gar nicht vorstellen konnte, er werde irgendwie das Gleichgewicht verlieren. Trotzdem fiel er gegen den Mann mit der Pistole, und der Schuß ging dadurch ins Leere. Mit einem Aufschrei stürzte der Schütze vom Dach.

Der Japaner warf ihm einen Blick nach. Dann setzte er, jetzt wieder mit sicheren und geschmeidigen Bewegungen, Savage und Rachel nach.

Das schafft er nie! Die zwei Gassen, die wir hinter uns haben, kann er niemals überspringen, dachte Savage.

Mach dir nichts vor. Wenn er wirklich Akira ist, wird er eine Möglichkeit finden. Aber du weißt doch, daß er nicht Akira sein kann!

Hastig riß Savage die Leiter an sich. Rachel half ihm. Er warf einen Blick zurück auf den Japaner. Er erwartete, daß der Mann beim Erreichen der Gasse stehen bleiben werde. Statt dessen rannte der Japaner schneller. Im Bogen flog sein schlanker Körper durch den Regen. Er streckte die Arme aus wie ein dahinsegelnder Skispringer und landete auf dem jenseitigen Dach. Seine Knie fingen den Stoß ab. Nach einer Schulterrolle sprang er auf die Füße und setzte die Verfolgung fort.

Mit der Leiter beladen eilten Savage und Rachel zur nächsten Lücke zwischen den Häusern. Diesmal legte Savage die Leiter nicht quer über die Gasse. Er ließ sie an der Hauswand abwärtsgleiten. Rachel kletterte rasch hinunter. Savage drehte sich um und sah zu seinem Schrecken, wie der Japaner eine weitere Gasse übersprang.

In der Nähe hörte er die Rufe der Wachmänner. Savage hastete die Leiter hinunter und legte sie um, so daß sie der Japaner nicht benutzen konnte. Rechts von ihnen führte die Gasse abwärts. Savage und Rachel rannten in diese Richtung. Er hörte eilende

Schritte. Der Japaner näherte sich dem Rand des Daches. Er wird von der Kante abstürzen, dachte Savage. Vielleicht verletzt er sich dabei.

Oder auch nicht. Er ist wie eine Katze.

Die Gasse mündete auf eine weitere horizontale Straße hinaus. Sie war so eben, daß sich nicht sagen ließ, welche Richtung zum Hafen hinunter führen würde.

Aus einem Fenster fiel ein Lichtschein. Er wurde vom Regenwasser auf dem Pflaster reflektiert. Das Wasser floß nach links ab.

Pochenden Herzens rannte er mit Rachel in diese Richtung. Hinter sich hörte er Rufe und näherkommende Schritte. Vor sich sah er Handscheinwerfer aufblitzen.

Eine enge Gasse öffnete sich nach rechts. Sie führte steil nach unten, weg von den Lichtern. Je näher sie dem Hafen kamen, desto enger wurden die Gassen. Zur Seeseite hin bildeten sie eine Art Flaschenhals. Savage hatte sich den Stadtplan eingeprägt. Von jetzt an gab es weniger Quergassen. Das Risiko, in die falsche Richtung zu rennen, wurde geringer.

Er mußte jedoch annehmen, daß die Verfolger sein Ziel kannten und versuchen würden, ihm den Weg abzuschneiden.

Es gab nur eine Hoffnung – daß die Verfolger genauso verwirrt waren wie er selber. Er hörte Flüche hinter sich, sah blitzende Scheinwerfer zu beiden Seiten und hörte die Schritte eines einzelnen Mannes.

Der Japaner. Wie von einem Alptraum befreit, stürmte Savage aus der Stadt mit ihrem engen, verwirrenden Straßenbild heraus. Sein Weg war frei – über den Strand und den Bootssteg hinunter. Kein Feind erwartete ihn. Neben sich hörte er Rachel keuchen. Sie taumelte und war am Rand der völligen Erschöpfung.

»Nehmen Sie sich zusammen«, drängte Savage. »Wir haben es gleich geschafft.«

»Hoffentlich«, schnaufte sie.

»Auch wenn Sie sich nichts daraus machen« – auch Savage keuchte – »ich bin stolz auf Sie. Großartig, wie Sie sich gehalten haben.«

Das Kompliment war ehrlich gemeint. Sie hatte sich ohne Widerspruch seinen Anordnungen gefügt. Sein Lob spornte sie noch einmal an. Sicherlich hatte sie während der letzten Wochen und Monate kein freundliches Wort zu hören bekommen. Sie nahm noch einmal alle Kräfte zusammen und überholte ihn beinahe.

»Ich bleibe dabei«, keuchte sie. »Mit Ihnen gehe ich durchs Feuer.«

16

Die Yacht, eine von mehreren, war an dem der Stadt nahe gelegenen Ende der Pier festgemacht. Das Schiff bildete Savages letzten Ausweg. Es war von einem seiner Mitarbeiter hier zurückgelassen worden für den Fall, daß die in verschiedenen Buchten versteckten Boote gefunden wurden, daß der Fischtrawler wegen des schlechten Wetters einen Hafen aufsuchen mußte und daß der Hubschrauber nicht vom nahen Delos aufsteigen konnte, um sie an einem vereinbarten Punkt an Bord zu nehmen.

Savage sprang an Deck, warf die Leinen los, hob den Motorraumdeckel und nahm den Zündschlüssel heraus, der darunter mit Klebeband befestigt worden war. Er schob ihn in den Schlitz am Armaturenbrett und reckte sich voller Triumph, als die Maschine brummend ansprang. Er gab Gas und steuerte die Yacht von der Pier weg. Tiefe Zufriedenheit überkam ihn.

»Danke, danke!« Rachel fiel ihm um den Hals.

»Legen sie sich flach aufs Deck!«

Sie gehorchte sofort.

Der Sturm hatte die See aufgewühlt und neue Wellen über die alte Dünung getürmt. Stirnrunzelnd blickte Savage zurück. Das Schiff holte weit über, bäumte sich in den Wellen auf. Trotz der Sichtbehinderung sah Savage einen Mann auf der Pier rennen.

Der Japaner. Im Licht der Laterne am Ende der Pier wirkten seine Gesichtszüge so melancholisch wie die Akiras.

Aber sie verrieten auch andere Regungen. Verwirrung. Verzweiflung.

Ärger.

Vor allem Furcht.

Das ergab keinen Sinn. Aber er zweifelte nicht daran: Die stärkste Empfindung des Asiaten war Furcht.

»Savage?« Eine Stimme klang heiser durch den brüllenden Sturm.

»Akira?« Die Stimme des Mannes am Ruder überschlug sich. Schaumfetzen flogen ihm ins Gesicht und in den Mund. Er mußte husten.

Auf der Pier tauchten weitere Männer auf. Sie zielten mit Pistolen auf die Yacht, wagten aber nicht zu feuern, aus Angst, die Frau ihres Auftraggebers zu treffen. In ihren Gesichtern spiegelte sich Verzweiflung.

»Aber ich habe doch gesehen, wie du...!«

Der Sturm übertönte seine nächsten schrillen Worte.

»Du hast mich gesehen?« schrie Savage. »Ich sah dich!«

Savage durfte sich nicht länger ablenken lassen. Er mußte seinen Auftrag erfüllen. Er steuerte die Yacht aus dem Hafen.

»...sterben!« schrie der Japaner.

Rachel hob den Kopf vom Decke. »Sie kennen diesen Mann?«

Savage umklammerte das Steuerrad. Sein klopfendes Herz machte ihm angst. Er fühlte sich benommen. Drüben in der Stadt hatte er vorausgesehen, daß der Japaner wie eine Katze über die Dächer springen würde. Ja, wie eine Katze mit nicht weniger als neun Leben.

»Ihn kennen?« rief er Rachel zu, während sich die Yacht tief in die Wogen grub. Der Hafen lag hinter ihnen. »Der Himmel bewahre mich, ja.«

»Der Wind! Ich kann Sie nicht hören!«

»Ich sah ihn vor sechs Monaten sterben!«

Tätiger Schutz

1

Vor sechs Monaten hatte Savage auf den Bahamas gearbeitet. In diesem Job als Babysitter war nicht viel passiert. Er sollte lediglich den neunjährigen Sohn eines U.S.-amerikanischen Kosmetikherstellers beschützen, damit er nicht entführt wurde, während die Familie Urlaub machte. Savage hatte herausgefunden, daß die Familie niemals bedroht worden war. Daraus schloß er, daß er dem Jungen Gesellschaft leisten sollte, während sich die Eltern in den Spielkasinos aufhielten. Theoretisch hätte jedermann diesen Job übernehmen können. Es stellte sich aber heraus, daß der Geschäftsmann dauernd dumme rassistische Bemerkungen über die einheimische Bevölkerung fallen ließ. Daraus schloß Savage, daß die möglichen Entführer des Jungen von dunklerer Hautfarbe sein würden als sein Auftraggeber. Warum, so fragte sich Savage, war der Geschäftsmann überhaupt auf die Bahamas geflogen? Warum war er nicht in Las Vegas? Vielleicht weil es eindrucksvoller klang, wenn man den Freunden von zwei Wochen auf den Bahamas erzählte.

Savage hatte seinen Unwillen nicht erkennen lassen. Seine Aufgabe bestand darin, Sicherheit zu vermitteln. Dazu brauchte er seinen Auftraggeber nicht zu mögen. Von der Aversion gegen den Amerikaner abgesehen, machte ihm die Gegenwart des Knaben sehr viel Spaß. Er brachte ihm Windsurfen und Tauchen bei, verletzte dabei aber niemals seine Aufsichtspflichten. Eines Tages hatte er von dem Geld des Amerikaners ein Fischerboot gemietet. Zu seinem heimlichen Vergnügen erwies sich der Kapitän als dunkelhäutiger Eingeborener. Sie hatten keine Angeln ausgeworfen. Savage kam es darauf an, dem Jungen die graziöse Majestät der springenden Segelflosser und Marlins zu zeigen. Kurzum, er verhielt sich so, wie es dem richtigen Vater des Jungen zugekommen wäre.

Savage fühlte eine gewisse Leere, nachdem der Junge mit den Eltern nach Atlanta zurückgeflogen war. Nun gut, dachte er bei sich, ein Trost bleibt dir immerhin. Nicht jeder Job macht so viel Spaß wie dieser. Er blieb weitere drei Tage auf den Bahamas. Mit Schwimmen und Joggen härtete er seine Muskeln. Er gönnte sich einen Kurzurlaub. Aber dann war sein zwanghafter Arbeitseifer zurückgekehrt. Er hatte einen seiner zahlreichen Mittelsmänner angerufen, der als Restaurator in Barcelona arbeitete. Dieser berichtete ihm vom Anruf eines Brüsseler Juweliers. Falls Savage frei sei – ließ jener ausrichten –, würde sein Agent gern mal mit ihm reden.

2

Savages Agent war der Engländer Graham Barker-Smythe, von dem er ausgebildet worden war. Barker-Smythe bewohnte ein renoviertes Fachwerkhaus an einer eleganten, mit Ziegeln gepflasterten Seitenstraße in New York, einen halben Häuserblock vom Washington Square entfernt. »Um Mitternacht kann ich die Junkies gröhlen hören«, pflegte Graham zu scherzen.

Graham war achtundfünfzig Jahre alt, übergewichtig von allzuviel Champagner und Kaviar. Als schlanker junger Mann hatte er bei einer Eliteeinheit der britischen Kommandotruppen gedient. Nach seinem Abschied vom Militärdienst war er Leibwächter mehrerer Ministerpräsidenten gewesen. Schließlich war sein Einkommen im öffentlichen Dienst nicht mehr vergleichbar mit dem, was er als Bewacher auf dem privaten Sektor verdienen konnte. Die besten Angebote waren aus Amerika gekommen.

»Das geschah, nachdem Präsident Kennedy erschossen worden war. Danach Martin Luther King. Später Robert Kennedy. Wer Macht hatte, fürchtete Mord. Bei den hochrangigen Politikern hatte sich natürlich der Secret Service in den Vordergrund gespielt. Deshalb verdingte ich mich bei prominenten Geschäftsleuten«, erinnerte sich Barker-Smythe. »Nachdem in den siebziger Jahren die Terroristen zugeschlagen hatten, habe ich ein riesiges Vermögen gemacht.«

Obwohl er seit zwanzig Jahren in Amerika lebte, sprach Graham immer noch mit deutlich englischem Akzent. Allerdings bediente er sich einer seltsamen Mischung aus englischen und amerikanischen Ausdrücken.

»Einige der Geschäftsleute, die ich beschützte« – Graham schürzte die Lippen – »waren ganz einfach Flegel in maßgeschneiderten Anzügen von Brooks Brothers. Eleganz, aber ohne jede Klasse. Nicht wie die Aristokraten, für die ich früher arbeitete. Aber ich habe gelernt, daß ein Beschützer seine schlechte Meinung über seinen Arbeitgeber verdrängen muß. Läßt er sich von seiner Abneigung beherrschen, wird er unbewußt einen Fehler machen, der für seinen Klienten tödlich sein kann.«

»Willst du damit sagen, daß ein Beschützer grundsätzlich keine Abneigung gegenüber seinem Klienten empfinden darf?«

»Das ist ein Luxus, den er sich nicht leisten sollte. Wenn wir nur für Leute arbeiten, die wir leiden mögen, dann würden wir selten zu tun haben. Keiner ist fehlerlos. Ich habe mir eine feste untere Grenze gesetzt. Ich würde niemals Drogenhändlern, Waffenschiebern, Terroristen, Gangstern, Kinderquälern, Frauenschändern oder Mitgliedern der militanten Unterwelt helfen. Mein Abscheu vor diesen Leuten würde es mir nie erlauben, für sie zu arbeiten. Außer bei ausgesprochenen Übeltätern solltest du dir niemals ein Urteil über deinen Klienten anmaßen. Natürlich kannst du ihn ablehnen, wenn er dir zu wenig Geld anbietet oder wenn die Aufgabe allzu gefährlich ist. Bei aller Toleranz brauchen wir uns nicht herabzuwürdigen. Pragmatismus ist angezeigt. Man muß sich den Umständen anpassen.«

Graham hatte immer viel Freude an solchen philosophischen Diskussionen. Entgegen dem Rat seines Arztes zündete er genußvoll eine riesige Zigarre an. Ihr Rauch wölkte sich über seinem kahlen Schädel. »Hast du dich eigentlich mal gefragt, warum ich dich als Auszubildenden angenommen habe?«

»Ich nehme an wegen des Trainings bei den SEALs.«

»Ein eindrucksvolles Training, kein Zweifel. Als du bei mir auftauchtest, warst du ein kräftiger junger Mann, der dem Streß gefährlichster Einsätze gewachsen war. Ein vielversprechender Hintergrund. Aber noch nicht fertig. Ich behaupte sogar, du warst wie ein Rohling zwischen geschliffenen Steinen. Nun schau nicht beleidigt drein. Ich will dir gerade ein Kompliment machen. Ich gebe gern zu, daß die SEALs zu den besten Kommandotruppen der Welt gehören. Mein Special Air Service ist natürlich eine Klasse für sich.«

Graham kniff die Augenlider zusammen. »Beim Militär verlangt man strikten Gehorsam. Der tätige Beschützer ist aber kein Befehlsempfänger, sondern ein Anführer. Genauer gesagt, der Beschützer steht in einem etwas delikaten Verhältnis zu seinem Auftraggeber. Er muß befehlen und zugleich gehorchen. Das heißt, er muß dem Klienten erlauben zu tun, was diesem beliebt. Aber der Beschützer schreibt vor, auf welche Weise etwas getan wird. In der Wissenschaft nennt man so etwas eine Symbiose.«

Savage erwiderte trocken: »Das Wort kenne ich.«

»Geben und nehmen«, sagte Graham. »Zugegeben, ein Beschützer braucht das Können eines militärischen Spezialisten. Aber er braucht auch die Fähigkeiten eines Diplomaten und nicht zuletzt Köpfchen. Und das hat mir an dir gefallen. Du hast die SEALs verlassen...«

»Weil ich mit den Ereignissen in Grenada nicht einverstanden war.«

»Ja, die USA haben die winzige karibische Insel besetzt. Seit du bei mir auftauchtest, sind einige Jahre vergangen. Aber wenn mich mein Gedächtnis nicht im Stich läßt, geschah die Invasion am fünfundzwanzigsten Oktober des Jahres neunzehnhundertunddreiundachtzig.«

»Dein Gedächtnis versagt nie.«

»Als Brite bin ich vom Instinkt her genau. Sechstausend Soldaten der USA griffen Grenada an – zusammengewürfelte Einheiten der Rangers, Marines, SEALs und sechsundachtzig Fallschirmjäger. Sie sollten tausend amerikanische Medizinstudenten befreien, die von kubanischen und sowjetischen Truppen gefangen gehalten wurden.«

»Angeblich gefangen gehalten.«

»Du sagst das genauso wütend wie an dem Tag, als du zu mir kamst. Meinst du immer noch, die Invasion war nicht gerechtfertigt?«

»Gewiß, es hatte auf der Insel Unruhen gegeben. Der pro-kubanische Ministerpräsident war durch einen Coup gestürzt und durch einen Marxisten ersetzt worden. Zwei verschiedene Rotschattierungen. Danach gab es Unruhen unter der Bevölkerung. Einhundertvierzig protestierende Demonstranten wurden von Regierungstruppen erschossen. Und der bisherige Ministerpräsident wurde ermordet. Die amerikanischen Studenten blieben in ihrem

Wohnviertel. Keiner von ihnen wurde verletzt. Im Grunde genommen hatten zwei kommunistische Politiker um die Macht im Lande gerungen. Ich weiß nicht, wieso und warum Amerikaner auf einer pro-kubanischen Insel Medizin studieren müssen. Der Umsturz hat jedenfalls die Machtverhältnisse in Lateinamerika kaum berührt.«

»Und wie stand es mit den sogenannten technischen Beratern, die aus Kuba, Ostdeutschland, Nordkorea, Libyen, Bulgarien und Sowjetrußland auf die Insel gekommen waren? Viele von ihnen waren doch Soldaten.«

»Das ist eine Übertreibung der amerikanischen Spionage. Ich habe nur einheimische Soldaten und kubanische Konstrukteure gesehen. Als die Invasion losging, haben natürlich die Kubaner zu den Waffen gegriffen und wie Soldaten gekämpft. Welcher junge Mann in Kuba hat keine militärische Ausbildung?«

»Ich denke auch an die im Bau befindliche drei Kilometer lange Landebahn, auf der Langstreckenbomber hätten landen können.«

»Was ich gesehen habe, war nur halb so lang und dafür bestimmt, Touristen per Flugzeug ins Land zu bringen. Die Invasion war eine einzige Schau. Nachdem die Iraner im Jahre neunundsiebzig das Personal unserer Botschaft als Geiseln genommen hatten, standen die USA nicht gerade mit Ruhm bekleckert da. Reagan besiegte Carter, weil er versprach, heftig zurückzuschlagen, wenn noch einmal Amerikaner bedroht würden. Gleich nach dem Einfall in Grenada fuhr ein arabischer Terrorist eine Lastwagenladung Sprengstoff in die Kaserne der amerikanischen Marines im kriegszerwühlten Libanon. Zweihundertdreißig im Friedenseinsatz befindliche Soldaten wurden bei der Explosion getötet. Alle Welt war empört. Aber hat Reagan vielleicht in jener Gegend Vergeltung geübt? Nein, denn ihm war die Situation im Mittleren Osten zu verworren. Was unternahm er also, um nicht das Gesicht zu verlieren? Er befahl amerikanischen Einheiten, ein leicht zu eroberndes Ziel anzugreifen – angeblich um in der Karibik gefangen gehaltene amerikanische Geiseln zu befreien.«

»Aber die amerikanische Öffentlichkeit empfand den Schlag gegen Grenada als eine Befreiungstat, als einen wichtigen amerikanischen Sieg gegen die kommunistische Bedrohung in der westlichen Hemisphäre.«

»Weil bei der Invasion keine Reporter zugelassen wurden. Die einzigen Informationen kamen von militärischer Seite. Im bürgerlichen Leben nennt man so etwas Lüge. In der Politik spricht man von Desinformation.«

»Ja«, meinte Graham. »Desinformation. Auf dieses Wort habe ich schon gewartet. Wie gesagt, was mich zu Dir hingezogen hat, war von Anfang an dein Köpfchen, deine Fähigkeit, Abstand vom rein militärischen Denken zu gewinnen, die Wahrheit zu erkennen und unabhängig zu denken. Warum hast du so bitter reagiert?«

»Das weißt Du doch. Ich gehörte zur ersten Gruppe, die die Insel angreifen sollte. Wir sprangen mit Fallschirmen aus einem Transportflugzeug. An anderen Fallschirmen wurden Schlauchboote abgeworfen, denn wir sollten die Insel vom Wasser her betreten. Aber bei der Navy beurteilte man die Wetterlage falsch. Der Wind war stärker als vorhergesagt. In der Nacht gingen die Wellen so hoch, daß wir die Schlauchboote nicht sehen konnten. Viele von uns – von meinen Freunden – ertranken, bevor wir die Boote erreichten.«

»Sie starben tapfer.«

»Ja.«

»Im Dienst für ihr Land.«

»Im Dienst eines Filmstar-Präsidenten, der uns in eine sinnlose Schlacht jagte, um selbst als Held dazustehen.«

»Du hast dich also angewidert von der Truppe abgewandt und dich geweigert, die fünfzigtausend Dollar Handgeld für weiteren Dienst anzunehmen. Aber ein Kommandooffizier erster Klasse wie du hätte doch bei einer Rekrutierung als Söldner eine immense Summe verlangen können.«

»Als Söldner mochte ich mich nicht verdingen.«

»Nein, du wolltest in Würde abtreten. Du warst klug genug zu erkennen, daß dein wahrer Beruf nicht der des Soldaten, sondern der des Beschützers ist.«

Graham lehnte sich hinter seinem breiten Mahagonitisch zurück und qualmte zufrieden seine Zigarre. Obwohl er recht korpulent war, verbarg ein tadellos geschneiderter Anzug seine Leibesfülle. Zum grauen Nadelstreifenanzug mit Weste trug er eine dunkelbraune Krawatte. In der Brusttasche der Jacke steckte ein perfekt gefaltetes blaues Tüchlein. »Krawatte und Tuch dürfen nicht von gleicher Farbe sein«, betonte er immer wieder. Er hatte Savage genau darüber instruiert, wie man sich anzukleiden hatte, wenn ein hochrangiger Klient bei einem öffentlichen Anlaß zu eskortieren war. »Ziehe dich immer dem Anlaß entsprechend an, aber niemals eleganter als dein Klient.«

Sich richtig anzukleiden war nur ein Teil dessen gewesen, was Savage bei Graham gelernt hatte. Ein Beschützer mußte über vielerlei Fähigkeiten verfügen. Als Savage im Herbst 83 zu Graham gekommen war, hatte er sich keineswegs eingebildet, daß seine umfassende militärische Ausbildung allein für die Ausübung seines neu gewählten Berufes genügen werde. Als Kommandosoldat hatte Savage erfahren, wie wertvoll es war, einzugestehen, daß man etwas nicht wußte. Er hatte gelernt, jede Mission sorgfältig vorzubereiten. Wissen ist Macht, Nichtwissen bedeutet Tod. Das war der Hauptgrund gewesen, der ihn zu Graham führte. Er wollte seine mangelnde Erfahrung überwinden und von einem weltberühmten Experten lernen, was er für seinen neuen Beruf brauchte.

Waffen: Darüber brauchte Savage keine Unterrichtung. Es gab keine Waffe von Gewehr und Pistole über Sprengmittel und getarnte Kugelschreiber bis zum Pianodraht, deren Anwendung er nicht vollkommen beherrschte.

Wie aber stand es mit den Techniken der Überwachung? Savage hatte gelernt anzugreifen, nicht zu verfolgen.

Und ›Wanzen‹ zu entdecken? Savage hatte bisher mit derlei Ungeziefer, das Krankheiten verbreitete, beim Dschungeleinsatz zu tun gehabt, nicht aber mit solchen ›Wanzen‹, die sich als Minimikrofone in Telefonen, Lampen und Wänden verstecken ließen.

Wie fährt man auf der Flucht? Savage war bisher niemals vor etwas ausgewichen. Er hatte immer angegriffen. Er war mit seiner Einheit stets zu dem Schiff oder Flugzeug transportiert worden, das sie an ihren Einsatzort brachte. Autofahren war für ihn ein Spaß. Im Urlaub mietete er sich hin und wieder einen Wagen, um damit von Bar zu Bar zu fahren.

»Spaß?« Graham verzog das Gesicht. »Das werde ich dir austreiben. Auffällige Fahrzeuge sind verboten. Und was die Bars anbelangt – du wirst in Zukunft nur mäßig trinken, zum Beispiel zum Essen einen ausgewählten Wein, aber niemals im Dienst. Rauchst du?«

Savage nickte.

»Das hört auf. Wie willst du erkennen, ob dein Prinzipal...«

»Mein – was?«

»Dein Prinzipal. In dem Beruf, den du angeblich erlernen willst, wird der Klient als Prinzipal bezeichnet. Ein durchaus passendes Wort. Dein Prinzipal ist der Auftraggeber, dem deine ganze Fürsorge gilt. Wie willst du eine Bedrohung erkennen, wenn du mit einer Zigarette herumfummelst? Du meinst, das sei ein Widerspruch, weil ich eine Zigarre rauche? Ich gebe mich diesem Laster hin, seit ich nicht mehr als Beschützer arbeite, sondern als Lehrer. Und, gegen entsprechende Bezahlung, als Agent, der für seine Schützlinge Aufträge beschafft. Aber du, wie willst du einen Prinzipal beschützen, wenn deine Hand die Zigarette halten muß? Na, ich sehe schon, du hast noch viel zu lernen.«

»Dann belehre mich.«

»Zunächst mußt du mir beweisen, daß du es auch wert bist.«

»Wie denn?«

»Warum hast du dich entschlossen...?«

»...als Leibwächter zu arbeiten?«

»Als tätiger Beschützer. Leibwächter sind Schläger. Ein Beschützer ist ein Künstler. Warum hast du dir diesen Beruf erwählt?«

An das herabwürdigende Gebrüll seiner Ausbilder bei den Marines gewöhnt, hatte Savage auf Grahams Ausfall nicht ärgerlich reagiert. Statt dessen hatte er demütig nach dem rechten Wort für seine Motivation gesucht. »Um mich nützlich zu machen.«

Graham zog die Augenbrauen hoch. »Keine schlechte Antwort. Gut gewählt.«

»Es gibt so viel Unrecht und Leid in der Welt.«

»Warum gehst du dann nicht zum Friedenscorps?«

Savage reckte sich in den Schultern. »Weil ich Soldat bin.«

»Und nun willst du ein Beschützer werden? Ein Mitglied der comitatus. Ah, ich sehe, daß dir dieses Wort nichts sagt. Macht nichts. Bald wirst du es verstehen, denn ich habe beschlossen, dich als Auszubildenden anzunehmen. Melde dich in einer Woche wieder. Lies inzwischen die Ilias und Odyssee. Wir werden über den ethischen Inhalt diskutieren.«

Savage hatte dieser anscheinend unsinnigen Auflage nicht widersprochen. Er war an Gehorsam gewöhnt, jawohl. Er spürte, daß Grahams Auftrag nicht dazu diente, seinen Gehorsam auf die Probe zu stellen, sondern daß er den Beginn einer neuen Art von Wissen darstellte. Seine bisherige Ausbildung reichte nicht für die Anforderungen, die Graham nun an ihn stellen würde. Er erzählte ihm von dem Fünften und edelsten Beruf.

Nach der Ilias und Odyssee hatte Graham mit ihm andere Werke der klassischen Literatur durchgesprochen, in denen militärisches und das Wissen des Beschützers am Rande gestreift wurden.

»Du siehst, Tradition und innere Haltung sind die Hauptsache. Es gibt Regeln. Man muß alles vom ethischen und – jawohl – auch vom ästhetischen Standpunkt aus betrachten. Wenn die Zeit gekommen ist, werde ich dich in taktischen Dingen unterweisen. Vorerst bringe ich dir die völlige Hingabe an deinen Prinzipal bei. Zugleich aber lernst du den unabdingbaren Zwang, Kontrolle über ihn auszuüben. Diese Partnerschaft ist einmalig. Vollkommen ausbalanciert. Ein Kunstwerk.«

Graham gab Savage den angelsächsischen Bericht über den getreuen *comitatus*, das getreue Gefolge zu lesen, das in der Schlacht von Maldon den Heldentod auf sich nahm, nur um den Leichnam ihres gefallenen Herrn vor den blindwütigen Wikingern zu schützen. Graham machte seinen Lehrling auch mit der zur Legende gewordenen Tat der siebenundvierzig Ronin bekannt, jener japanischen Krieger, die aus Rache für eine ihrem toten Herrn zugefügte Beleidigung den feindlichen Herrscher enthaupteten und – angesichts des errungenen Sieges – den Befehl des Shogun ausführten und sich selbst entleibten.

Ein Ehrenkodex bedeutet Verpflichtung.

3

»Ich habe einen Auftrag für dich«, sagte Graham.

»Warum bist du so ernst? Ist die Sache gefährlich?«

»Eigentlich eine Routinesache, bis auf einen Umstand.« Graham sagte ihm alles.

»Der Klient ist Japaner?« fragte Savage.

»Warum ziehst du die Augenbrauen zusammen?«

»Ich habe noch nie für einen Japaner gearbeitet.«

»Und das schreckt dich ab?«

Savage dachte darüber nach. »Mit fast allen anderen Völkern verbinden mich gemeinsame kulturelle Bande. Das erleichtert die Arbeit. Aber die Japaner – ich weiß einfach nicht genug über sie.«

»Sie haben viel von der amerikanischen Lebensart angenommen. Kleidung und Musik und...«

»Das geht auf die amerikanische Besatzung nach dem Kriege zurück. Sie wollten den Siegern gefällig sein. Aber ihre Wesensart, ihre Art zu denken ist einmalig. Dabei denke ich nicht einmal an den generellen Unterschied zwischen dem Orient und dem Westen. Selbst die kommunistischen Chinesen, um nur ein Beispiel zu nennen, denken westlicher als die Japaner.«

»Sagtest du nicht soeben, du wüßtest nichts über die Japaner?«

»Ich sagte, ich wüßte nicht genug über sie. Natürlich habe ich mich mit ihnen befaßt. Ich wußte, daß ich eines Tages einen Japaner zu beschützen haben würde. Darauf wollte ich mich vorbereiten.«

»Und – bist du vorbereitet?«

»Darüber muß ich noch nachdenken.«

»Hast du Angst?«

Diese Worte rührten an Savages Stolz. »Wovor?«

»Daß du zwar ein *comitatus* sein könntest, aber kein Samurai?«

»*Amae*.«

Graham hob den Kopf. »Das Wort kenne ich nicht.«

»Es ist japanisch und bedeutet den Zwang, sich einer Gruppe zu beugen.«

»Ja und...? Ich verstehe nicht recht...«

»*Omote* und *ura*, das bedeutet öffentlich geäußerte und private Meinung. Ein traditionsbewußter Japaner bekennt niemals, was er wirklich denkt oder glaubt. Er sagt immer nur, was der Gruppe gefallen wird.«

»Ich begreife noch immer nicht...«

»Das liegt am japanischen Kastensystem. Es legt die absolute Herrschaft des Befehlenden über den Befehlsempfänger fest. In früheren Zeiten befahl der Shogun dem *Daimyo*, dieser dem Samurai, dieser dem Bauern und dem Kaufmann bis hinunter zu den Unberührbaren, den Schlachtern und Gerbern. Über dieser Hierarchie stand der Herrscher. Er hatte wenig Macht, verkörperte aber große Autorität als Abkömmling der japanischen Götter. Dieses starre System war angeblich durch die demokratischen Reformen der Besatzungsmacht ausgelöscht worden. Aber es besteht immer noch.«

»Meine Anerkennung.«

»Wofür?«

»Wie immer hast du dich gut informiert.«

»Hör weiter zu«, sagte Savage. »Wie soll ich einen Mann beschützen, der sich einer Gruppe unterwirft, mir aber nicht sagt, was er denkt, einen Mann, der insgeheim glaubt, er sei besser als seine Untergebenen. Das wäre in diesem Falle ich. Denke auch daran, daß Japaner nicht gern Gefälligkeiten annehmen, weil sie dann zu einer Gegenleistung noch größeren Umfangs verpflichtet wären. Und laß mich hinzufügen, daß sich ein Japaner tödlich verletzt fühlt, wenn ein Untergebener befehlen will.«
»Ich begreife immer noch nicht...«
»Du hast mir eingehämmert, daß ein Beschützer Diener und Herr in einem sein muß. Als Diener bin ich angestellt, den Meister zu schützen. Andererseits muß ich darauf bestehen, daß sich der Arbeitgeber meinen Anweisungen fügt. Eine gute Balance, hast du gesagt. Ein Kunststück zwischen Geben und Nehmen. Dann sage mir bitte auch, wie ich meinen Pflichten gegenüber einem Prinzipal nachkommen soll, der mir nicht sagt, was er denkt, der es nicht erträgt, von einem Untergebenen Anweisungen zu erhalten oder sich ihm verpflichtet zu fühlen.«
»Das ist ohne Zweifel ein großes Dilemma, wie ich zugeben muß.«
»Trotzdem empfiehlst du mir, diesen Auftrag anzunehmen?«
»Aus erzieherischen Gründen.«
Savage starrte Graham an und brach plötzlich in Gelächter aus. »Du bist mir vielleicht einer!«
»Betrachte den Auftrag als Herausforderung. Du wirst dabei dein Wissen erweitern. Du hast anerkennenswerte Fortschritte gemacht. Aber du hast noch nicht alle in dir ruhenden Kräfte geweckt. Unwissen ist Tod. Wenn du der Beste werden willst, mußt du am meisten lernen. Die Tradition der Samurai bietet dir die besten Möglichkeiten. Ich rate dir, dich noch viel mehr mit der Kultur deines Prinzipals zu befassen.«
»Reicht das Honorar, das er bietet, um die Anstrengungen...«
»Die Herausforderung?«
»...auszugleichen?«
»Mehr als das. Du wirst nicht enttäuscht sein.«
»Wofür?«
»*Giri*«, sagte Graham. Savage war überrascht, dieses wichtige japanische Wort von seinem Mentor zu vernehmen. »Die Last der Verpflichtung gegenüber deinem Herrn und jedermann

sonst, der dir einen Gefallen erweist. Selbst wenn bei diesem Auftrag wenig geschehen sollte, mein Freund, langweilen wirst du dich nicht.«

4

Leichter Regen fiel vom schmutziggrauen Himmel nieder. Er sprühte über die schmierige Betonpiste und bildete einen dunklen Nebel vor den staubigen Fenstern des Flughafens LaGuardia.

Savage saß in dem überfüllten Warteraum der American Airlines und sah zu, wie eine DC-10 auf ihren Halteplatz rollte. In kurzen Abständen ließ er unauffällig einen prüfenden Blick über das Durcheinander um sich herum fallen. Er achtete auf drohende Gefahren, spürte aber keine. Natürlich würde kein mit den Grundzügen der Überwachung vertrauter Feind die Aufmerksamkeit auf sich lenken. Also blieb Savage auf der Hut.

»Wie heißt denn mein Prinzipal?« fragte er Graham.

»Muto Kamichi.«

Die Japaner nennen zuerst ihren Familiennamen und erst dann den Taufnamen. Die respektvolle Anrede – san anstelle von Herr – wird an den Taufnamen, nicht an den Familiennamen angefügt. Also war der Prinzipal mit Kamichi-san anzureden.

»Er kommt morgen in New York an«, hatte Graham hinzugefügt. »Einwanderungsbüro und Zoll bringt er in Dallas hinter sich.«

»Und der Zweck seines Besuches?«

Graham hatte nur die Schultern gehoben.

»Sag schon. Ist er Geschäftsmann? Politiker oder was sonst?«

Graham schüttelte den Kopf. »Ura – jene privaten Gedanken, die von den Japanern so geschätzt werden, wie du ganz richtig unterstrichen hast. Der Prinzipal zieht es vor, seine Absichten für sich zu behalten.«

Savage atmete tief durch. »Genau deshalb zögere ich, den Job zu übernehmen. Wie soll ich die Risiken abschätzen, denen er sich gegenüber sieht, wenn ich nicht einmal ungefähr weiß, was er hier will? Ein Politiker fürchtet sich vor einem Mordanschlag. Eines Geschäftsmannes größte Sorge ist hingegen, daß man ihn entführt. Jedes Risiko bedingt eine unterschiedliche Abwehr.«

»Natürlich. Aber man hat mir versichert, daß die Gefährdung dieses Mannes sehr gering ist. Der Prinzipal bringt seinen eigenen Sicherheitsbeauftragten mit, einen einzigen Mann. Wenn er sich bedroht fühlte, würde er sicherlich mit mehreren Bewachern reisen. Du sollst hauptsächlich als Fahrer eingesetzt werden und den Sicherheitsbeauftragten ablösen, wenn er mal schläft. Eine leichte Aufgabe. Fünf Tage Arbeit für zehntausend Dollar zuzüglich meiner Vermittlungsgebühr.«

»Für einen Fahrer? Der ist glatt überbezahlt.«

»Er bestand darauf, den besten Mann zu engagieren.«

»Wer ist der Sicherheitsbeauftragte?«

»Er heißt Akira.«

»Nur ein Wort?«

»Er befolgt, was ich auch dir beigebracht habe, und bedient sich eines Pseudonyms. So kann kein Gegner seinen richtigen Namen und seine Identität ausfindig machen.«

»Gut so. Ist er tüchtig?«

»Alle Berichte bezeichnen ihn als ungewöhnlich tüchtig. Ein passendes Gegenstück für dich. Mit der Sprache wird es übrigens keine Schwierigkeiten geben. Beide sprechen fließend Englisch.«

Damit war Savage noch nicht ganz zufrieden. »Ist es zuviel, darauf zu hoffen, daß der Prinzipal mir vorher wenigstens sagt, wohin er gefahren werden möchte?«

»Der Mann ist nicht unvernünftig. Du wirst eine ganz schöne Strecke zu fahren haben.« Graham schmunzelte. »Er hat mich beauftragt, dir diesen versiegelten Umschlag mit Instruktionen für dich zu übergeben.«

5

Die DC-10 hatte ihren Platz erreicht. Das Kreischen der Maschinen verstummte. Freunde und Verwandte eilten zu den Ausgangstüren. Sie erwarteten voller Ungeduld ihre Angehörigen.

Savage wendete seine Aufmerksamkeit von ihnen ab. Auch an den seitlichen Absperrungen entdeckte er keine Beobachter.

Nichts deutete auf eine Gefahr hin.

Er schob sich bis an den Rand der wartenden Menge. Wie üblich dauerte es einige Minuten, bis die Maschine an ihrem Platz stand. Dann füllte sich die Rampe mit ungeduldigen Passagieren.

Überall Umarmungen und Küsse.

Noch einmal überprüfte Savage seine Umgebung. Alles schien in Ordnung. Er richtete seine Aufmerksamkeit auf die Ausgangsrampe.

Jetzt kam der Test. Sein Prinzipal war mit dem Begleiter in der Ersten Klasse geflogen. Der Preiszuschlag bedeutete nicht nur größere Sessel, aufmerksamste Bedienung, besseres Essen und kostenlose Cocktails (die der Begleiter abzulehnen hatte), sondern auch das Vorrecht, die Maschine vor den Benutzern der Touristenklasse zu verlassen.

Es war von Vorteil, eine Maschine frühzeitig zu besteigen. Je rascher man durch die wartende Menge ging, desto geringer war die Gefahr eines Anschlages. Aber frühzeitiges Aussteigen, wobei man dann die wartende Menge vor sich hatte, barg immer ein unvorhersehbares Risiko. Ein tüchtiger Bewacher mußte einfach darauf bestehen, daß der Prinzipal die Maschine erst verließ, nachdem die meisten anderen bereits ausgestiegen waren.

Vermeide jedes Durcheinander. Achte auf strikte Ordnung.

Savage fühlte sich ermutigt, als er in der vorüberflutenden Menge keine Asiaten erkannte. Die Passagiere der Ersten Klasse trugen Rolexuhren und goldene Armbänder, um damit Eindruck zu schinden. Sie schwenkten ihre Aktenkoffer und hielten die Nasen hoch. Viele trugen teure Cowboystiefel und Stetsonhüte. Das war nicht anders zu erwarten, denn diese DC-10 war aus Dallas gekommen. Dort war vorher eine 747 aus Japan gelandet. Offenbar waren die japanischen Passagiere dieses Fluges über den Pazifik in Dallas geblieben oder sie hatten Anschlußflüge anderswohin als nach New York genommen.

Savage wartete.

Der Strom der Ankommenden versickerte.

Ein Angestellter der American Airlines schob eine alte Frau im Rollstuhl durch die Ausgangspforte. Theoretisch mußte die DC-10 jetzt leer sein.

Theoretisch.

Savage schaute hinter sich. Die wartende Menge hatte sich aufgelöst. Neue Passagiergruppen drängten zu den nächsten Abflügen.

Diese Sektion der Wartehalle war fast leer. Ein Flugplatzangestellter leerte Aschenbecher. Ein junges Paar schaute betrübt drein, weil es zu weit unten auf der Liste derer gestanden hatte, die einen freigewordenen Flug ergattern konnten.

Keine Gefahr.

Savage wandte sich wieder dem Ausgang zu.

Ein Japaner erschien. Er trug eine schwarze Sporthose, dazu passenden Rollkragenpullover und eine dunkle Windjacke.

Mitte der Dreißig. Schlank, aber nicht dünn. Keine Andeutung von Muskelpaketen, aber der Eindruck von Kraft. Drahtig. Geschmeidig. Seine Bewegungen waren weich, graziös, beherrscht. Keine unnötige Bewegung. Wie ein Tänzer – der sich auf die Kriegskünste verstand. Die Fingerspitzen und die Seiten seiner Hände wiesen die Schwielen eines trainierten Karatekämpfers auf. Ebenfalls bezeichnend – seine Hände waren unbehindert. Kein Aktenkoffer, keine Reisetasche. Einfach ein gutaussehender Japaner, etwa ein Meter siebzig groß, mit brauner Haut, kurzem schwarzem Haar, einem vorspringenden Kinn und hohen Wangenknochen, die sein Gesicht vierkantig erscheinen ließen. Seinen scharfen Blicken entging nichts.

Das mußte Akira sein. Savage war beeindruckt. Mit diesem Mann war auch unter gleichen Kampfbedingungen nicht gut Kirschen essen. Savage war so sehr daran gewöhnt, mit unterlegenen Leibwächtern umzugehen, daß ihn die Aussicht, es hier mit einem Experten zu tun zu haben, beinahe lächeln ließ.

Hinter Akira tauchte ein zweiter Japaner auf der Rampe auf. Etwas gebeugt, über die Mitte der Fünfziger hinaus. Er trug einen Aktenkoffer. Blauer Anzug. Bauchansatz. Graue Streifen im schwarzen Haar. Herabhängende braune Pausbacken.

Aber Savage ließ sich nicht täuschen. Der zweite Japaner konnte wahrscheinlich, wenn er wollte, den Bauch einziehen und die Schultern straffen. Dieser Japaner mußte Muto Kamichi sein, Savages Prinzipal. Offensichtlich war auch er im Kriegshandwerk erfahren, denn seine Hände wiesen Schwielen auf. So etwas hatte Savage bisher bei keinem Prinzipal erlebt.

Savage war dahingehend instruiert worden, einen braunen Anzug und anstelle der Krawatte eine Fliege zu tragen, damit man ihn identifizieren konnte. Als Kamichi und Akira herankamen, streckte ihnen Savage nicht die Hand entgegen. Händeschütteln hätte seine

Fähigkeit eingeschränkt, den Prinzipal zu verteidigen. Statt dessen richtete er sich nach japanischer Sitte und verbeugte sich leicht.

Die Gesichter der beiden Japaner blieben ausdruckslos. Nur ein leichtes Lidflattern verriet ihre Überraschung darüber, daß dieser Europäer sich in der japanischen Etikette auskannte. Ihre Erziehung verpflichtete sie dazu – was nicht in Savages Absicht gelegen hatte –, diese Verbeugung zu erwidern, wenn auch weniger tief. Akira beschränkte sich auf ein Kopfnicken, während er weiterhin die Empfangshalle scharf im Auge behielt.

Mit einer höflichen Geste forderte Savage die Japaner auf, ihm zu folgen. Auf dem Weg durch die Halle beobachtete er sorgfältig die Reisenden. Kamichi ging hinter ihm, gefolgt von Akira, der gleichfalls sorgsam Umschau hielt.

Als Kamichi mit seinem Beschützer aufgetaucht war, hatte Savage unauffällig außen auf die Jackentasche gedrückt. Dabei betätigte er den Schalter eines kleinen, mit einer Batterie betriebenen Senders. Der dazu gehörende Empfänger befand sich in einem Auto, das einer von seinen Mitarbeitern vor dem Flughafengebäude geparkt hatte. Beim Ertönen des Radiosignals sollte dieser Mann mit dem Wagen am Eingang vorfahren.

Die Gruppe gelangte über eine Treppe hinunter zur Gepäckausgabe. Mißgelaunte Passagiere rissen ihre Koffer von dem Transportband und eilten hinaus, um das nächste Taxi zu ergattern.

Savage warf einen prüfenden Blick auf die Menschenmenge. Er umging sie sorgfältig, um nicht in den unübersichtlichen Trubel zu geraten. Mit einer erneuten Geste leitete er die Japaner zu einer Schiebetür. Kamichi und Akira folgten ihm, ohne sich um ihr Gepäck zu kümmern.

Gut, dachte Savage. Sein erster Eindruck hatte nicht getrogen. Diese beiden verstanden sich auf korrektes Vorgehen.

Sie gelangten auf einen belebten Gehweg unter einem Vordach aus Beton. Es regnete immer noch. Die Temperatur war für April zu hoch. Der feuchte Wind war warm.

Savage blickte nach links, von wo sich eine Autoschlange näherte. Eine dunkelblaue Plymouth-Limousine schwenkte an die Bordsteinkante heran. Ein rothaariger Mann stieg aus, kam eilig um den Wagen herum und öffnete die hintere Tür. Bevor Kamichi einstieg, drückte er dem Rothaarigen mehrere Gepäckzettel in die Hand. Savage stellte mit Genugtuung fest, daß der Prinzipal umsichtig genug war, diese untergeordnete Handreichung selbst vorzunehmen, anstatt Akira in seiner Wachsamkeit zu behindern, indem er gezwungen wurde, mit der Hand in die Tasche seiner Windjacke zu langen, um die Zettel hervorzuholen.

Savage glitt hinter das Steuerrad, verschloß mit einem Knopfdruck alle Türen und legte den Sicherheitsgurt an. Unterdessen holte der rothaarige Mann das Gepäck. Kamichi und Akira hatten das Flugzeug klugerweise so spät verlassen, daß ihr Gepäck inzwischen bestimmt auf dem Gleitband angekommen war. Bei dieser Ankunft war alles bestens durchdacht.

Eine Minute später hatte der Rothaarige drei Koffer in den Laderaum des Plymouth gelegt und den Deckel zugeklappt. Sofort gab Savage Gas.

Im Rückspiegel sah er, daß sein Gehilfe zum Taxistand ging. Er hatte ihn schon im voraus bezahlt. Der Mann hatte sicherlich Verständnis dafür, daß sich Savage nicht von seiner Aufgabe ablenken ließ, um sein ›Dankeschön‹ entgegenzunehmen.

Nachdem die beiden Japaner bewiesen hatten, daß sie auf ihre Sicherheit bedacht waren, konnte Savage davon ausgehen, daß sie sich nicht darüber wundern würden, in einem unauffälligen Wagen zu sitzen, der sich nicht leicht verfolgen ließ. Nicht daß Savage eine Verfolgung erwartete. Graham hatte ihm versichert, daß er bei der Erfüllung dieses Auftrages wenig Risiko eingehen werde. Trotzdem war Savage nicht von den Grundsätzen seines Handelns abgewichen. Der äußerlich von anderen nicht zu unterscheidende Plymouth hatte einige Veränderungen erfahren: Kugelsichere Scheiben, Panzerplatten ringsum, verstärkte Federung und eine aufgemotzte V-8 Maschine.

Die Scheibenwischer flappten hin und her, und die Reifen zischten auf dem nassen Asphalt. Savage steuerte den Wagen sicher durch den Verkehr, verließ das Flughafengelände und fuhr auf dem Grand Central Parkway westwärts. Der Briefumschlag, den ihm Graham gegeben hatte, steckte in seiner Anzugtasche. Aber er hatte dessen Inhalt an Instruktionen auswendig gelernt, so daß er nicht nachzublättern brauchte. Er wunderte sich darüber, daß Kamichi in LaGuardia gelandet war, anstatt den günstiger gelegenen Flughafen von Newark zu wählen. Die Fahrt von dort wäre kürzer und weniger kompliziert gewesen. Jetzt war er auf dem Wege nach Manhattan. Um sein endgültiges Ziel zu erreichen, mußte er über die Nordspitze der Insel, dann nach Westen über New Jersey nach Pennsylvanien fahren. Den Sinn dieser von Kamichi angeordneten Umwege konnte er nicht begreifen.

6

Um fünf Uhr hörte es auf zu regnen. Inmitten des dichten Feierabendverkehrs überquerte Savage die George Washington-Brücke. Er fragte seinen Prinzipal, ob er ihm ein Gläschen Sake anbieten dürfe. Das Getränk war in einer Thermosflasche einigermaßen warm gehalten worden.

Kamichi lehnte ab.

Savage erläuterte, daß der Plymouth mit einem Telefon ausgestattet sei, falls Kamichi-san davon Gebrauch zu machen wünschte.

Abermals lehnte der Japaner ab.

Sonst wurde kein Wort gesprochen.

Zwanzig Meilen weiter, auf der Interstate 80 wechselten Kamichi und Akira ein paar Worte – auf japanisch. Savage beherrschte mehrere europäische Sprachen. Das war für seinen Beruf notwendig. Aber Japanisch war für ihn zu schwer und kompliziert. Kamichi verstand Englisch. Also fragte sich Savage, warum ihn Kamichi von der Unterredung ausschloß, indem er sich seiner Muttersprache bediente. Wie sollte er seine Aufgabe erfüllen, wenn er nicht verstand, was der Mann sagte, den er zu beschützen hatte?

Akira beugte sich nach vorn. »An der nächsten Abfahrt sehen Sie den Komplex eines Restauranthotels. Ich glaube, Sie nennen es ein Howard Johnson's. Bitte halten Sie links vom Swimmingpool an.«

Savage zog aus zwei Gründen die Augenbrauen zusammen. Erstens kannte sich Akira auf dieser Strecke bemerkenswert gut aus. Und zweitens war sein Englisch allzu perfekt. In der japanischen Sprache gibt es keinen Unterschied zwischen r und l. Akira sprach beide Konsonanten fehlerfrei aus. Sein Akzent war einwandfrei.

Savage nickte und bog von der Autobahn ab. Links vom Swimmingpool sah er ein Schild mit der Aufschrift ›Geschlossen‹. Ein fast kahlköpfiger Mann im Jogginganzug tauchte hinter dem nächsten Gebäude auf, beäugte die beiden Japaner auf dem Rücksitz und hielt einen Aktenkoffer hoch.

Dieser Koffer – aus Metall und mit einem Kombinationsschloß versehen – entsprach genau dem, den Kamichi aus dem Flugzeug mitgebracht hatte.

»Bitte«, sagte Akira, »nehmen Sie den Koffer meines Herrn, steigen Sie aus und tauschen Sie diesen Koffer gegen den anderen.«

Savage führte diesen Auftrag aus.

Wieder im Wagen gab er den ausgetauschten Koffer seinem Arbeitgeber.

»Mein Herr dankt Ihnen«, sagte Akira.

Savage nickte kurz und fragte sich, was dieser Koffertausch zu bedeuten habe. »Ich bin hier, um dienstbar zu sein. *Arigato*.«

»Ich sage Dankeschön als Antwort auf Ihr Dankeschön. Mein Herr weiß Ihre Höflichkeit zu schätzen.«

7

Wieder auf der Interstate 80 angekommen, behielt Savage den Rückspiegel im Auge, um zu sehen, ob er verfolgt wurde. Die Wagen hinter ihm wechselten mehrfach die Fahrspuren. Gut.

Es war dunkel, als er die von Bergen umgebene Grenze von New Jersey nach Pennsylvanien überquerte. Im Scheinwerferlicht der ihm entgegenkommenden Fahrzeuge betrachtete er die Gesichter seiner Passagiere.

Der grauhaarige Prinzipal schien zu schlafen. Er hatte den Kopf in den Nacken gelegt und hielt die Augen geschlossen. Vielleicht meditierte er auch nur.

Aber Akira saß hoch aufgerichtet. Er hielt Wache. Sein Gesicht verriet nichts von seinen Gedanken, genau wie das seines Herrn. Seine Züge waren stoisch und reglos.

In Akiras Augen aber lag die größte Trauer, die Savage jemals gesehen hatte. Savages Schlußfolgerung mußte jedem Kenner der japanischen Seele naiv vorkommen. Denn die Natur der Japaner neigt zu Melancholie. Vielfältige Traditionen machen den Japaner wachsam und reserviert. Er will sich nicht unwissentlich in die Schuld eines anderen bringen oder ihn beleidigen. In vergangenen Zeiten, so hatte Savage gelesen, hätte jeder Japaner gezögert, einen Vorübergehenden darauf aufmerksam zu machen, daß er soeben seine Brieftasche verloren habe. Denn der Fremde hätte sich dann verpflichtet gefühlt, dem anderen einen Finderlohn aufzudrängen, der weit höher war als es dem Inhalt der Brieftasche entsprach. Weiter hatte Savage gelesen, daß in früheren Zeiten die Leute an Land keine Notiz davon nahmen, wenn jemand von einem Boot ins Wasser fiel und zu ertrinken drohte. Denn der Gerettete hätte sich verpflichtet gefühlt, seinen Retter für seinen Dienst immer und immer wieder zu bezahlen so lange er lebte oder bis sich eine Gelegenheit für den Geretteten bot, seinem Retter gleiches mit gleichem zu vergelten. Oder bis der Gerettete verstarb, wie es die Götter ursprünglich mit ihm vorgehabt hatten, als er ins Wasser fiel und der Retter sich einmischte.

Scham und Pflichtgefühl beherrschen die Persönlichkeit des Japaners. Seine Ehre ging ihm über alles. Dadurch war er Zwängen ausgesetzt, aber auch Ängsten. Wenn eine Sache sich nicht friedlich lösen ließ, wenn seine geistigen Kräfte versagten, blieb ihm oft als einzige Lösung der rituelle Selbstmord – seppuku.

Savage hatte bei seinen Studien festgestellt, daß diese Werte nur für den nicht korrumpierten Japaner galten, der nicht durch den Einfluß des Westens verdorben und nicht dem Einfluß der amerikanischen Besetzung nach dem Krieg erlegen war. Von Akira gewann Savage den Eindruck, daß dieser Mann nicht zu korrumpieren war. Trotz seiner Kenntnisse des amerikanischen Lebensstils war er ein unbeugsamer Patriot im Lande der Götter. Der Ausdruck seiner Augen aber verriet mehr als die übliche japanische Melancholie. Seine Traurigkeit kam aus den Tiefen seiner Seele. So dunkel, so tief, so schwarz, so drückend. Eine unsichtbare Wand schien ihn zu umgeben. Savage fühlte es. Der Plymouth war angefüllt davon.

8

Um elf Uhr fuhren sie über eine gewundene Landstraße durch nachtdunkle Bergwälder in die kleine Stadt Medford Gap. Wiederum wechselten Kamichi und Akira einige Worte in ihrer Muttersprache. Akira beugte sich nach vorn. »Biegen Sie bitte an der nächsten Kreuzung links ab.«

Savage gehorchte. Die Lichter von Medford Gap blieben hinter ihnen zurück. Savage steuerte den Wagen eine enge, gewundene Straße hinauf. Er hoffte, daß ihm kein anderes Fahrzeug bergab entgegenkam. Man konnte nur an wenigen Stellen am Wegrand halten, der zudem aufgeweicht war.

Dichter Wald umgab die Straße. Der Weg wurde steiler und kurviger. Die Lichter der Scheinwerfer des Plymouth geisterten über Schneewehen. Zehn Minuten später war die Straße eben. Aus den Kurven wurden harmlose Biegungen. Über den hohen Bäumen sah Savage einen Lichtschein. Er durchfuhr ein offenes Tor, steuerte den Wagen um einige große Felsen herum und sah sich plötzlich auf einer weiten Lichtung. Brachliegende Gärten umgaben ihn. Im Lichte von Lampen erkannte er Pfade, Bänke und Hecken. Am meisten aber wurde seine Aufmerksamkeit von dem unheimlichen Gebäude gefesselt, das sich vor ihm erhob.

Zuerst glaubte er, mehrere Gebäude zu sehen, von denen einige aus Ziegeln, andere aus Steinen oder Holz gebaut waren. Sie waren unterschiedlich hoch – fünf Stockwerke, drei, vier. Jedes verriet einen anderen Stil: Stadthaus, Pagode, Burg, Schloß. Einige Häuser hatten gerade Wände, andere waren rund. Schornsteine, Türmchen, Gauben und Balkone vergrößerten noch das unheimliche architektonische Durcheinander.

Aber als Savage näher heranfuhr, erkannte er, daß sich alle diese wunderlichen Bauteile zu einem einzigen riesigen Gebäude fügten. Mein Gott, dachte er, wie lang mag das sein? Eine Viertelmeile? Auf alle Fälle war es riesig.

Die einzelnen Gebäudeteile hatten keine Türen. Nur in der Mitte befand sich eine weite Zufahrt. Sie führte zu einer Veranda mit Holzstufen, auf der ein uniformierter Mann wartete. Die Uniform mit Epauletten und Goldbesatz erinnerte Savage an jene, die von den Portiers großer Hotels getragen werden. Plötzlich sah er auf der Veranda ein Schild mit der Aufschrift Medford Gap Mountain Retreat und begriff, daß dieses seltsame Gebäude ein Hotel war.

Als Savage vor den Stufen anhielt, kam der Uniformierte herunter.

Savages Muskeln spannten sich.

Warum hat man mich nicht genauer instruiert? Man hätte mir sagen müssen, wohin wir fahren. Dieser Ort... völlig isoliert auf einer Bergkuppe, und nur Akira und ich sind da, um Kamichi zu beschützen, keine Erklärung, warum wir ausgerechnet hier absteigen, keine Möglichkeit, in einem so großen Gebäude zu kontrollieren wer kommt und wer geht... ein Alptraum in Bezug auf Sicherheit.

Savage dachte an den geheimnisvollen Austausch der Aktenkoffer. Er drehte sich zu Kamichi um und sagte zu ihm, daß *ura*, die Geheimhaltung der eigenen Gedanken, in Japan wahrscheinlich angebracht sei, aber hier würden dadurch jedem Sicherheitsbeauftragten Höllenqualen bereitet. Was zum Teufel ginge hier eigentlich vor?

Akira mischte sich ein. »Mein Herr weiß Ihre Besorgnis zu schätzen. Er sieht ein, daß dieses scheinbar unvorsichtige Arrangement Ihnen Sorgen bereiten muß. Aber Sie müssen wissen, daß dieses Hotel leer ist bis auf einige wenige andere Gäste. Und diese Gäste haben ihre eigene Eskorte. Die Straße wird überwacht. Es sind keine Zwischenfälle zu befürchten.«

»Ich bin hier nicht der erste Mann«, sagte Savage, »der sind Sie. Bei allem Respekt, ja, ich fühle mich verunsichert. Sind Sie mit diesen Arrangements einverstanden?«

Akira senkte den Kopf und richtete den Blick aus seinen unendlich traurigen Augen auf Kamichi. »Ich tue, was mein Herr befiehlt.«

»Das muß ich auch. Aber unter uns gesagt, mir gefällt das nicht.«

»Ihr Einwand wird zur Kenntnis genommen. Mein Herr spricht Sie von jeder Verantwortung frei.«

»Das müßten Sie besser wissen. Solange ich mich dieser Aufgabe verschrieben habe, kann ich nicht losgesprochen werden.«

Akira verbeugte sich abermals. »Natürlich. Ich habe Ihre Empfehlungsschreiben gesehen. Meine Anerkennung. Deshalb habe ich zugestimmt, als mein Herr beschloß, Sie anzustellen.«

»Dann wissen Sie, daß unser Gespräch sinnlos ist. Ich werde machen, was ich für notwendig halte«, sagte Savage. »Aber ich werde nie wieder mit Ihnen und Ihrem Herrn zusammenarbeiten.«

»Einmal ist genug.«

»Dann lassen Sie uns weitermachen.«

Vor dem Wagen wartete der Uniformierte. Savage löste die Sperren an den Türen und dem Kofferraum. Er stieg aus und befahl dem Mann, die Koffer hineinzutragen. Mit bis zum Zerreißen angespannten Nerven schaute sich Savage in der bedrohlichen Dunkelheit um. Dann stieg er vor Kamichi und Akira die Stufen hinauf.

Die Hotelhalle sah aus wie eine Filmkulisse aus dem Jahre 1890. Alte Kiefernbretter bedeckten die Wände. Wagenräder dienten als Lampenträger. Eine eindrucksvolle alte Treppe führte im Zickzack nach oben. Davor befand sich ein altertümlicher Fahrstuhl. Der Raum hatte einen gewissen historischen Charme. Aber er stank nach Moder und Verfall. Ein Hotel für Gespenster.

Savage stand mit dem Rücken zu Kamichi und ließ den Blick durch die leere Halle schweifen. Akira tat das gleiche, während ihr Prinzipal an der Theke leise auf eine ältliche Frau mit spinnwebfeinem Haar einredete.

»Wir benutzen den Fahrstuhl nicht«, sagte Akira.

»Ich rate meinen Klienten, Fahrstühle wenn irgend möglich zu meiden.«

»Mein Herr bevorzugt sowieso diese unvergleichliche Treppe.«

Als ob Kamichi schon hier gewesen wäre.

Drittes Stockwerk. Hinter sich hörte er den Portier, der sich mit den Koffern abmühte. Schlecht für dich, dachte Savage. Im Fahrstuhl hättest du es leichter gehabt. Aber jeder Fahrstuhl ist eine Falle, und außerdem habe ich das Gefühl, daß hier andere Spielregeln gelten.

Der Mann in Uniform blieb vor einer Tür stehen.

»Danke, lassen Sie die Koffer hier draußen«, sagte Savage.

»Wie Sie wünschen, Sir.«

»Ihr Trinkgeld...«

»Ist schon erledigt, Sir.«

Der Mann übergab Kamichi drei Schlüssel. Nicht an Akira oder Savage. Er sah ihm nach, wie er die Treppe hinunterging. Hatte der Mann eine Ausbildung im Sicherheitsdienst? Jedenfalls wußte er, daß man die Hände von Beschützern nicht mit unwichtigen Sachen beschäftigen durfte.

Kamichi schloß die Tür auf und trat zurück. Akira inspizierte als erster das Zimmer.

Als er zurückkehrte, nickte er Kamichi zu, drehte sich zu Savage um und hob die Augenbrauen. »Wollen Sie auch...?«

»Ja.«

Das Zimmer hielt keinem Vergleich mit einem besseren Hause stand. Mit keinem Haus. Es war einfach primitiv. Der Heizkörper ungestrichen. Unter der Decke brannte nur eine schwache Glühbirne. Vor dem einzigen Fenster hingen einfache Vorhänge. Den Fußboden bedeckten ausgetretene Fichtenbretter. Das Bett war schmal und hochgewölbt. Darauf lag eine uralte selbstgemachte Decke. Im Badezimmer gab es nur eine Handbrause an einem Haken über altmodischen Wasserhähnen. Auch hier roch es nach Moder. Kein Fernsehgerät, aber immerhin ein Telefon. Altmodisch, schwarz und schwer mit einer Drehscheibe anstelle der Knöpfe.

Savage öffnete den einzigen Schrank. Überall der gleiche Geruch. Neben dem Heizkörper und dem Fenster befand sich eine Tür, davor war ein kleiner Balkon. Direkt unter ihm funkelten die Lichter aus am Gebäude befestigten Scheinwerfern im Wasser eines ovalen Sees. Rechts wurde das Wasser von steilen Felswänden begrenzt. Links konnte man einen Bootssteg erkennen. Jenseits des Sees verlief ein Feldweg, der zu einem Fichtengehölz führte. Dahinter schimmerte eine Steilwand. Savages Kopfhaut zog sich zusammen.

Er verließ das Zimmer.

»Sind Sie mit dem Quartier meines Herrn einverstanden?« fragte Akira.

»Wenn er sich in einem Sommerlager wohlfühlt...«

»Sommerlager?«

»Ein Scherz.«

»Ach so, ja.« Akira zwang sich zu einem Lächeln.

»Ich wollte damit sagen, daß ich das Zimmer nicht gerade luxuriös finde. Die meisten meiner Klienten würden sich weigern, es zu bewohnen.«

»Mein Herr bevorzugt die Einfachheit.«

»Kamichi-sans Wünsche sind mir Befehl.« Savage verbeugte sich vor seinem Auftraggeber. »Ich mache mir nur Sorgen wegen dieses Balkons – und wegen der anderen Balkone. Man kann leicht von einem zum anderen klettern und in das Zimmer eindringen.«

»Die Balkone rechts und links gehören zu unseren Zimmern. Und, wie gesagt, das Hotel ist nur wenig bewohnt«, erklärte Akira. »Den anderen Gästen und ihren Begleitern kann man vertrauen. Die Prinzipale sind Bekannte meines Herrn. Zwischenfälle sind nicht zu befürchten.«

»Auch der Wald jenseits des Sees gibt mir zu denken. Ich kann nicht in ihn hineinsehen. Aber bei Dunkelheit, wenn das Hotel beleuchtet ist, kann jeder vom Wald her Kamichi-san am Fenster sehen.«

»Jemand mit einem Gewehr?« Akira schüttelte den Kopf.

»Man hat mir nun einmal beigebracht, so zu denken.«

»Mein Herr weiß Ihre Vorsicht zu schätzen, aber er hat keinen Grund, um sein Leben zu bangen. Außergewöhnliche Vorsicht wird nicht vonnöten sein.«

»Aber...«

»Mein Herr will jetzt sein Bad nehmen.«

Wie Savage wußte, gehört der Ritus des Badens zu den größten Freuden der Japaner. Baden bedeutet für sie mehr, als sich reinzuwaschen. Kamichi würde zunächst die Wanne vollaufen lassen und seinen Körper abschrubben. Dann würde er die Wanne leeren, auswischen und von neuem füllen, um sich darin auszustrecken. Diesen Vorgang würde er vielleicht mehrere Male wiederholen.

»Ganz wie er will«, sagte Savage. »Wahrscheinlich wird er das Wasser hier nicht so heiß finden, wie er es von daheim gewöhnt ist.« Er wußte, daß die Japaner Badetemperaturen bevorzugen, die jeder Europäer und Amerikaner als schmerzhaft empfindet.

Akira hob die Schultern. »Auf Reisen muß man sich mit allerlei Unbequemlichkeiten abfinden. Und Sie müssen lernen, sich der Einsamkeit dieser friedvollen Umgebung zu erfreuen. Während mein Herr badet, werde ich sein Essen bestellen. Sobald er zu Bett geht, werde ich wiederkommen. Dann können Sie sich zur Ruhe begeben.«

Kamichi nahm seine Koffer auf. Dadurch behielt Akira die Hände frei. Nach einer Verbeugung vor Savage folgte Akira seinem Herrn ins Zimmer und schloß die Tür.

Savage hielt Wache. Die Stille im Hotel war unheimlich. Er warf einen Blick auf seinen und Akiras Koffer. Dann ließ er den Blick über die Reihe der geschlossenen Türen wandern. An den Wänden hingen alte Fotos, verblichene Bilder des von Bergen umrahmten Sees, bevor das Hotel erbaut worden war. Andere Bilder zeigten bärtige Männer und Frauen mit Schutenhüten in Pferdekutschen aus einem anderen Jahrhundert. Oder von Familienpicknicks am Ufer des Gewässers.

Sich nach links wendend, betrachtete er das obere Ende der majestätischen Treppe. Noch weiter nach links erstreckte sich der leere Korridor mindestens hundert Yards weit. Savage machte sich

Sorgen. Auf der rechten Seite konnte er den anderen Teil des Korridors überblicken. In einem Alkoven türmten sich uralte Liegestühle.

Savage näherte sich vorsichtig jener Stelle. Von dem Alkoven aus sah er, daß unten die Halle im scharfen Winkel zum Hoteleingang führte. Dort aber machte der Gang einen weiteren scharfen Winkel, der mindestens weitere hundert Yards in die lautlosen Tiefen des Hotelgebäudes hineinführte. Dort unten war es noch einsamer und unheimlicher. Savage fühlte sich in eine andere Zeit versetzt, wie in einer Zeitmaschine gefangen. Unwirklich.

Ihm liefen kalte Schauer über den Rücken.

10

Zwei Stunden später lag er auf der ausgebeulten Matratze seines Betts und las in einer Hotel-Broschüre, die er im Nachttischchen gefunden hatte.

Das Haus Medfort Gap Mountain Retreat hatte eine interessante Geschichte, die mithalf, die Unwirklichkeit dieses Ortes zu erklären. Im Jahre 1870 hatte ein Mennonitenpaar, das unten in der Ebene eine Farm bewirtschaftete, den Medford Mountain erstiegen. Zu ihrer Überraschung fanden die Bergsteiger, daß der Gipfel des Berges eine Senke aufwies, die einen ovalen See enthielt. Eine Quelle ergoß sich in das stille Wasser. Die Landschaft sah aus wie von Gottes Hand erschaffen.

Sie errichteten dort, wo sich jetzt die Hotelhalle befand, eine schlichte Berghütte. Andere Mennonitenfamilien wurden eingeladen, um an diesem von Gott bevorzugten Ort zu beten. Nach und nach kamen so viele Wallfahrer auf den Berg, daß die Hütte einen Anbau brauchte. Bald kamen auch Fremde hierher, und die Mennonitengemeinde beschloß einen weiteren Anbau. Und dann noch einen, denn die Schar derer, die der Welt den Rücken kehren und in dieser Abgeschiedenheit zu sich selbst und zu Gott finden wollten, wuchs und wuchs. Manche fanden ihren Frieden im Glauben der Mennoniten.

Im Jahre 1910 wurde die Hütte mit ihren Anbauten durch ein Feuer zerstört, dessen Ursache niemals aufgedeckt werden konnte.

Damals war das Ehepaar, das den See entdeckt hatte, nicht mehr am Leben. Söhne und Tochter traten das Erbe an und hatten sofort damit begonnen, ein richtiges Hotel zu errichten. Da sie aber einfache Bauern waren, suchten sie sich Hilfe. Auf ihr Inserat hin meldete sich ein New Yorker Architekt, den sie anstellten. Dieser Mann war großstadtmüde und hatte seinen Beruf aufgegeben. Der Architekt konvertierte zum Glauben der Mennoniten und widmete sein weiteres Leben dem Berg.

Der Architekt ging davon aus, daß das Hotel einmalig sein und sich von allen anderen abheben müsse. Nur so glaubte er, Unbekehrte und Gottsucher in die einsame Bergwildnis von Pennsylvanien locken zu können. Hier sollten sie an Gottes Güte und der von ihm erschaffenen wunderbaren Landschaft genesen.

Er gab jedem Anbau ein eigenes Gepräge. Das Unternehmen wuchs und gedieh. Das Gebäude wurde fast zweihundertfünfzig Yards lang. Gäste kamen bis aus dem fernen San Francisco. Manche mieteten jedes Jahr das gleiche Zimmer. Erst im Jahre 1962 hatten die Nachfahren der Hotelgründer unwillig zugelassen, daß in jedem Zimmer ein Telefon installiert wurde. Rundfunk und Fernsehen blieben dem Mennonitenglauben entsprechend verboten. Was Gott an Kunst in der Natur bot, sollte und mußte zur Unterhaltung genügen. Tanz und Kartenspiel waren genauso verpönt wie Alkohol und Tabak.

11

Dieses Verbot war aber offenbar für den gegenwärtigen Zeitpunkt gelockert worden. Am folgenden Morgen geleitete Savage Kamichi zum Hauptstockwerk des Hotels und dort in einen riesigen Konferenzraum, wo drei Männer warteten. Zwei von ihnen rauchten.

Riesige hölzerne Säulen trugen massive Deckenbalken. In den Wänden rechts, links und in der Mitte befanden sich große Fenster. Sie gaben den Blick frei auf Veranden, den See und die bewaldeten Berghänge. Sonnenlicht strömte herein. In dem großen Kamin brannten Scheite, um die Morgenkühle zu vertreiben. In einer Ecke stand ein Flügel. Schaukelstühle waren in Gruppen angeordnet. Savage aber richtete sein Augenmerk auf den langen Konferenztisch in der Mitte. Drei Männer erhoben sich, als Kamichi eintrat.

Die Männer waren durchweg wie Kamichi in der Mitte der Fünfziger. Sie trugen teure Anzüge und hatten den abschätzenden Blick von hochrangigen Geschäftsleuten oder Diplomaten. Einer war Amerikaner, die anderen spanischer und italienischer Nationalität. Entweder verstanden sie nichts von japanischen Gebräuchen oder sie wollten westliche Sitten durchsetzen. Anstatt sich zu verbeugen, schüttelten sie Kamichi die Hand. Nachdem ein paar Höflichkeiten ausgetauscht waren, nahmen die Herren Platz, je zwei an einer Seite des Tisches. Das gequälte Lächeln erstarb. Eine ernsthafte Verhandlung begann.

Savage blieb an der Tür. Hier vernahm er nur gedämpfte Stimmen. Vom Inhalt des Gespräches bekam er nichts mit. Ein Blick nach rechts und links zeigte ihm, daß ein Italiener und ein Spanier als Wachen aufgezogen waren. Beide standen mit dem Rücken zu den Herren und beobachteten Fenster und Veranden. Weiter hinten in dem Konferenzzimmer stand ein Amerikaner, der das Fenster mit Ausblick auf den See bewachte.

Hier waren Profis am Werk.

Auch Savage kehrte den Herren den Rücken zu und beobachtete die leere Hotelhalle. Er nahm an, daß die drei Verhandlungspartner Kamichis noch weitere Begleiter hatten. Wahrscheinlich überwachten einige das Gelände draußen, während andere schliefen. So wie es Akira jetzt tat, nachdem er von zwei Uhr nachts bis zur Dämmerung vor Kamichis Tür Wache gestanden hatte, bis Savage ihn ablöste.

Die Unterredung begann um acht Uhr dreißig. Hin und wieder wurden die gedämpften Stimmen lauter. Im allgemeinen verlief das Gespräch aber ruhig. Manchmal fielen ungeduldige Bemerkungen und hastige Erwiderungen. Um elf Uhr dreißig schwoll das Gespräch in seiner Lautstärke an und war plötzlich beendet.

Kamichi erhob sich und verließ das Konferenzzimmer. Die anderen Männer folgten ihm, flankiert von ihren Begleitern. Die Gruppe machte einen so verärgerten Eindruck, daß Savage annahm, man werde wohl bald abreisen. Er verbarg seine Überraschung, als Kamichi zu ihm sagte: »Ich muß in mein Zimmer gehen und mich umziehen. Mittags werde ich mit meinen Kollegen Tennis spielen.«

Akira war unterdessen aufgewacht und übernahm Savages Platz. Kamichi und der Spanier traten zu einem Doppel gegen den Italiener und den Amerikaner an. Der Himmel war klar, die Luft warm. Bald griffen die Spieler zu Handtüchern, um sich den Schweiß abzuwischen.

Savage wollte sich ein wenig Bewegung verschaffen. Außerdem war er neugierig zu erfahren, ob das Hotel für die Sicherheit seiner Gäste sorgte.

Bald wußte er es. Auf seinem Bummel durch das Gelände geriet er auf einen Waldweg, der zwischen entlaubten Bäumen und Felsen hindurch zu einem Abhang über dem See führte. Auf dem Steilufer entdeckte er einen Mann mit Gewehr und Sprechfunkgerät. Der Wächter sah Savage, schien aber zu wissen, daß er zur Mannschaft gehörte und beachtete ihn nicht weiter. Er richtete seine Aufmerksamkeit auf die Straße, die von unten zum Hotel führte.

Savage folgte dem sich aufwärts windenden Pfad. Stellenweise lag noch Eis und Schnee im Wald. Am Rande eines Steilhanges blieb er stehen. Von hier aus hatte man einen fantastischen Ausblick in ein Tal, das von weiteren Bergen umgeben war. Hölzerne Stufen führten ein Stück den Hang hinunter bis zu einer Felskante. Hier stand eine Warnungstafel: Nur für erfahrene Bergsteiger.

Auf dem Rückwege zum Hotel sah Savage einen weiteren Mann mit Gewehr und Sprechfunkgerät zwischen den Bäumen am Rande des Abhanges. Der Mann bemerkte Savage, nickte ihm zu und überwachte weiter die Straße.

Als Savage im Hotel ankam, ging das Tennisspiel gerade zu Ende. Mit seinem Sieg sehr zufrieden ging Kamichi in sein Zimmer, um zu baden. Er aß zusammen mit Akira seinen Lunch, während Savage in der Halle Wache hielt. Um zwei Uhr wurde die Konferenz fortgesetzt. Um fünf Uhr wurde sie abgebrochen. Die Herren waren wiederum nicht zufrieden. Vor allem der Amerikaner verließ den Raum mit zorngerötetem Gesicht.

Die Gruppe versammelte sich in dem großen Speisesaal im zweiten Stockwerk. Dort saßen sie inmitten von hundert unbenutzten Tischen und durchbrachen abermals die Regeln des Hauses, indem sie nicht nur rauchten, sondern auch Cocktails zu sich nahmen. Bisher war man einander mürrisch begegnet. Auf einmal entwickelte sich eine lautstarke Fröhlichkeit. Gewagte Bemerkungen wurden mit lautem Gelächter beantwortet. Nach dem Dinner gab es Cognacs, dann machte man sich im Park etwas Bewegung. Die Bewacher folgten ihren Herren auf dem Fuße. Um acht Uhr zog man sich in die Zimmer zurück.

Savage hatte Wache bis um Mitternacht. Akira übernahm seinen Platz bis zum Morgengrauen. Um acht Uhr dreißig begann eine weitere, von Ärger begleitete Konferenz, so als habe es das freundliche Beisammensein vom vergangenen Abend nie gegeben.

12

Am Ende des dritten Nachmittags erhob sich die Gruppe vom Konferenztisch. Man schüttelte einander die Hände. Aber anstatt sich in den Speisesaal zu begeben, verzog sich jeder in sein Zimmer. Alle schauten außerordentlich zufrieden drein.

»Akira wird meine Koffer packen«, sagte Kamichi, als er mit Savage im dritten Stockwerk anlangte. »Wir reisen heute abend ab.«

»Wie Sie befehlen, Kamichi-san.«

Ein Geräusch ließ Savage zusammenfahren. Es war das leise Quietschen eines Türknopfes.

Aus dem Zimmer gegenüber von Kamichis Wohnraum stürzten vier Männer in den Korridor. Muskulös. Mitte der Dreißiger. Japaner. Sie trugen dunkle Anzüge. Drei von ihnen hatten Schwerter bei sich, deren Klingen nicht aus Stahl, sondern aus Holz bestanden. Solche Schwerter nannte man *bokken*.

Kamichi schnappte hörbar nach Luft.

Savage stieß ihn zur Seite und schrie: »Laufen Sie!«

Mit einem Satz warf er sich zwischen seinen Prinzipal und die Angreifer. Der vorderste Mann schwang sein *bokken*.

Savage setzte sich mit einem Tritt zur Wehr. Er traf das Handgelenk des Angreifers und lenkte das hölzerne Schwert ab. Dann fuhr er herum und zielte mit der Handkante auf das Genick eins weiteren Gegners.

Der Schlag kam nicht an.

Ein *bokken* knallte über seinen Ellbogen. Der Hieb warf ihm den gelähmten Arm gegen den Körper. Knochen krachten. Savage stöhnte.

Obwohl der eine Arm nicht mehr zu gebrauchen war, griff Savage erneut mit der gesunden Hand an. Diesmal gelang es ihm, einem der Angreifer das Nasenbein zu brechen.

Plötzlich erkannte er jemand, den er hier bestimmt nicht haben wollte. Kamichi.

»Nein!« schrie Savage.

Kamichi trat nach einem der Gegner.

»Laufen Sie weg!« schrie Savage.

Ein *bokken* fuhr über Savages anderen Arm. Abermals stöhnte er auf, als der Knochen brach. Das alles geschah innerhalb von vier Sekunden.

Eine Tür flog auf. Akira stürzte aus dem Zimmer.

Hölzerne Schwerter wirbelten.

Akira trat und schlug.

Ein *bokken* fuhr Savage über den Brustkorb. Er bekam keine Luft mehr und krümmte sich zusammen. Als er sich mühsam aufrichtete sah er, wie Akira einen Angreifer niederschlug.

Kamichi schrie. Ein Holzschwert hatte ihn getroffen.

Nachdem er beide Arme nicht mehr gebrauchten konnte, mußte sich Savage auf Tritte beschränken.

Er traf einen der Japaner zwischen den Beinen. Zugleich hieb ihm ein anderer Angreifer sein *bokken* über das rechte Knie. Noch im Niedersinken bekam Savage einen weiteren Hieb über das andere Knie, dann über den Rücken und schließlich gegen den Hinterkopf.

Savage fiel mit dem Gesicht auf den Fußboden. Blut spritzte aus seiner Nase.

Hilflos krümmte er sich zusammen. Nur mit Mühe konnte er aufblicken und zusehen, wie Akira herumwirbelte. Er teilte Tritte und Hiebe aus.

Drei der Angreifer hatten jeder ein *bokken* benutzt. Der vierte hatte sich im Hintergrund gehalten. Plötzlich griff er blitzschnell an seine Seite und zog ein langes gebogenes Schwert, das *katana* der Samurai, aus der Scheide. Der polierte Stahl blitzte.

In japanischer Sprache schrie er einen Befehl. Die drei anderen drängten sich hinter ihn. Der vierte Mann schwang sein *katana*. Die rasiermesserscharfe Klinge zischte, traf Kamichi in der Mitte des Leibes und fuhr hindurch wie durch Luft. Er wurde in der Mitte durchgeschnitten. Kamichis obere und untere Hälfte fielen in entgegengesetzter Richtung zu Boden.

Blut spritzte.

Akira stieß einen wütenden Schrei aus. Er stürzte vorwärts, um dem Mörder die Handkante an die Kehle zu schlagen, bevor dieser zum nächsten Schlag ausholen konnte.

Zu spät. Der Angreifer packte sein *katana* mit beiden Händen und schlug zu.

Savage hatte, auf dem Fußboden liegend, den Eindruck, daß Akira rechtzeitig zurücksprang, um der Klinge auszuweichen. Aber der Gegner schlug nicht noch einmal zu. Statt dessen sah er wie unbeteiligt zu, als Akira der Kopf von den Schultern fiel.

Blut schoß aus Akiras durchschnittenem Hals.

Der kopflose Körper blieb drei Sekunden lang in seltsam grotesker Haltung stehen, bevor er zusammenbrach.

Akiras Kopf schlug auf den Boden auf wie ein Kürbis. Er rollte ein Stück und blieb genau vor Savage liegen. Er stand auf dem Stumpf des durchtrennten Halses. Die Augen waren auf gleicher Höhe mit denen von Savage. Und diese Augen waren weit geöffnet.

Sie blinzelten.

Savage stieß einen Schrei aus. Die Schritte, die sich ihm näherten, nahm er kaum wahr. Auf einmal fühlte er einen Schmerz, als würde ihm der Hinterkopf gespalten.

Rote Schleier tanzten vor seinen Augen.

Dann weiße.

Er versank ins Nichts.

13

Savages Augenlider fühlten sich an, als habe man ihm schwere Münzen darauf gelegt. Er bemühte sich, die Lider zu öffnen. Nie im Leben war ihm etwas so schwer gefallen. Endlich gelang es ihm. Grelles Licht stach wie mit Messern auf ihn ein. Schnell kniff er die Lider wieder zusammen. Immer noch drang ihm die gleißende Helligkeit in die Augen. Er wollte sie mit erhobener Hand davor schützen. Aber er konnte seine Arme nicht bewegen. Ihm war, als würden sie von Ambossen niedergehalten.

Nicht nur die Arme waren steif. Auch die Beine konnte er nicht bewegen.

Er versuchte nachzudenken, um zu begreifen, was das bedeutete. In seinem Kopf wirbelte alles durcheinander.

In seiner Hilflosigkeit drehte er durch. Entsetzen krampfte seinen Magen zusammen. Weil er den Körper nicht bewegen konnte, versuchte er den Kopf zu heben. Dabei entdeckte er, daß sein Schädel von etwas Weichem fest umhüllt war.

Sein Entsetzen nahm zu.

»Nein, bewegen Sie sich nicht!« rief eine Männerstimme.

Savage zwang sich noch einmal dazu, die Lider zu öffnen.

Ein Schatten näherte sich und verdeckte das blendende Licht. Der Mann, der auf einem Stuhl gesessen hatte, zog an einer Schnur. Die Jalousien vor dem Fenster klappten herunter.

Die Nebel in Savages Hirn lichteten sich. Er begriff, daß er auf dem Rücken in einem Bett lag. Er versuchte, sich aufzurichten. Es ging nicht. Das Atmen fiel ihm schwer.

»Bitte, bewegen Sie sich nicht«, wiederholte der Mann. Er trat auf das Bett zu. »Sie hatten einen Unfall.«

Sein Puls hämmerte. Savage öffnete den Mund und holte Luft, um zu reden. Seine Kehle fühlte sich an wie zugeschnürt. »Unfall?« krächzte er, als habe er Sand auf den Stimmbändern.

»Erinnern Sie sich nicht?«

Savage schüttelte den Kopf. Sengender Schmerz ließ ihn laut aufstöhnen.

»Bitte, bewegen Sie Ihren Kopf nicht. Er ist verletzt«, wiederholte der Mann noch einmal.

Savage riß die Lider weit auf.

»Sie dürfen sich nicht aufregen. Ihr Unfall war schwer. Ich glaube zwar, daß wir Sie jetzt über den Berg haben. Trotzdem möchte ich kein Risiko eingehen.« Der Mann trug eine Brille und hatte einen weißen Mantel an. Ein Stethoskop baumelte von seinem Hals. »Ich weiß, daß Sie verwirrt sind. Das jagt Ihnen Angst ein. So etwas war zu erwarten. Versuchen Sie, dagegen anzugehen. Nach schweren körperlichen Verletzungen, vor allem im Schädelbereich, erleben wir sehr oft ein Aussetzen des Kurzzeitgedächtnisses.« Er drückte Savage das Stethoskop an die Brust. »Ich bin Doktor Hamilton.«

Was der Arzt gesagt hatte, war zu viel und zu schnell gewesen. Savage mußte sich zurücktasten, um zunächst einmal die einfachsten Dinge zu begreifen.

»Wo?« murmelte er mühsam.

Der Arzt redete beruhigend auf ihn ein. »In einem Krankenhaus. Finden Sie sich zunächst mit Ihrer Verwirrung ab. Ich weiß, daß Ihnen ein Stück Film fehlt. Das geht vorüber. Im Augenblick ist für Ihre Gesundheit nur wichtig, daß Sie die Ruhe bewahren.«

»Das meinte ich doch nicht.« Die Lippen des Patienten waren wie taub. »Wo?«

»Ich verstehe Sie nicht. Ah, natürlich, Sie wollen wissen, wo das Krankenhaus ist.«

»Ja«, stieß Savage hervor.

»Harrisburg in Pennsylvanien. Hundert Meilen nördlich von hier haben Sie die medizinische Notversorgung erhalten. Aber das dortige Krankenhaus verfügte nicht über die spezielle Ausrüstung für Ihren Fall. Eines von unseren Traumateams hat Sie im Hubschrauber hierher geholt.«

»Ja.« Savages Augenlider flatterten. »Trauma.« Der Nebel verdichtete sich. »Hubschrauber.«

Finsternis.

14

Schmerzen ließen ihn aufwachen. Jeder Nerv in seinem Körper erzitterte unter der schlimmsten Pein, die er jemals erlitten hatte. Irgend etwas zupfte an seiner rechten Hand. Savage bekam eine Schwester in sein Blickfeld. Sie zog eine Spritze aus der Kanüle, die im Rücken seiner rechten Hand steckte.

»Ein Mittel gegen die Schmerzen.« Dr. Hamilton trat an die Seite des Bettes.

Savage war so weit bei Bewußtsein, daß er sich hütete, mit dem Kopf zu nicken. Er sah die Umgebung bereits klarer, wofür vielleicht der Schmerz verantwortlich war.

Sein Bett war mit einem Schutzgitter umgeben. Rechts befand sich ein metallener Ständer, an dem ein Tropf hing. Die Flüssigkeit darin war gelblich.

»Was ist das?« fragte Savage.

»Wir müssen Sie künstlich ernähren«, gab der Arzt Auskunft. »Sie sind jetzt fünf Tage bei uns. Durch den Mund konnten wir Sie nicht füttern.«

»Fünf Tage?« In Savages Kopf drehten sich Räder.
Die Schmerzen ließen ihn die Umgebung immer deutlicher sehen. Er begriff auch, daß nicht nur sein Kopf dick verbunden war. Beide Arme und Beine steckten in Gipsverbänden.
Und der Arzt – warum erschienen ihm diese Einzelheiten so wichtig? – war ein blonder Vierziger mit Sommersprossen unter der Brille.
»Wie schlimm steht es?« Savage traten Schweißtropfen auf die Wangen.
Der Doktor zögerte. »Beide Arme und Beine sind mehrfach gebrochen. Deshalb mußten wir den Tropf in Ihre Hand leiten. Bei den Gipsverbänden kamen wir nicht an Ihre Armvenen heran.«
»Und die Bandagen um meinen Kopf?«
»Sie haben einen Bruch am hinteren Schädel. Außerdem Brüche an den Rippen vier, fünf und sechs an der rechten Seite.«
Jetzt erst ging Savage auf, daß sein Brustkorb mit Binden umwickelt war, die ihn beim Atmen behinderten.
Das Schmerzmittel begann zu wirken. Aber Savage wehrte sich gegen dessen benebelnden Einfluß. Er hatte noch so viel zu fragen.
Mühsam konzentrierte er sich. »Sind das meine schlimmsten Verletzungen?«
Der Arzt hob die Schultern. »Ich fürchte, nein. Sie haben Nierenquetschungen, einen abgerissenen Blinddarm und eine verletzte Bauchspeicheldrüse. Innere Blutungen. Wir mußten Sie operieren.«
Trotz der wachsenden Benommenheit stellte Savage noch etwas fest. Man hatte ihm einen Katheter durch den Penis in die Blase geschoben. Der Urin wurde in ein unsichtbares Gefäß unter dem Bett abgeleitet.
»Die restlichen Verletzungen sind zum Glück weniger schlimm. Meistens Quetschungen und oberflächliche Prellungen.«
»Mit anderen Worten, an mir ist nicht mehr viel dran.«
»Gut«, sagte der Arzt. »Humor ist ein Anzeichen für Heilung.«
»Ich wünschte, ich könnte sagen, es tut nur weh, wenn ich lache.« Savage rang um klare Gedanken. »Ein Unfall?«
»Sie erinnern sich immer noch nicht?« Der Arzt runzelte die Stirn.
»Es ist alles so nebelhaft. Doch, ich erinnere mich. Vor einiger Zeit bin ich auf den Bahamas gewesen.«

»Wann?« fragte der Arzt rasch. »In welchem Monat?«
Savage dachte angestrengt nach. »Im frühen April.«
»Also vor etwa zwei Wochen. Können Sie mir Ihren Namen angeben?«
Savage wäre beinahe wieder in Panik geraten. Welchen Namen benutzte er? »Roger Forsyth.« Hatte er richtig geraten?
»Richtig. Auf diesen Namen lautet der Führerschein, den wir in Ihrer Brieftasche gefunden haben. Und die Anschrift?«
Savage nahm sich zusammen. Er nannte die Adresse auf dem Führerschein, ein Bauernhaus in der Nähe von Alexandria in Virginia. Graham hatte es unter einem Pseudonym gekauft. Savage und einige seiner Kollegen hatten Grahams Erlaubnis, dieses Haus als ihre feste Adresse anzugeben.
Graham? Savages Herz schlug schneller. Ja. Er konnte sich auch an Graham erinnern.
Der Arzt nickte. »Das ist die Adresse auf Ihrem Führerschein. Wir haben uns die Telefonnummer besorgt und mehrfach angerufen. Niemand meldete sich. Die Polizei hat einen Beamten hingeschickt. Aber es war niemand da.«
»Ich wohne dort allein.«
»Gibt es Freunde oder Verwandte, die wir benachrichten sollten?«
Das Schmerzmittel gewann die Oberhand. Er fürchtete, bei seinen Antworten Fehler zu begehen. »Ich bin nicht verheiratet.«
»Eltern?«
»Verstorben. Keine Geschwister.« Savage fielen vor Müdigkeit die Augen zu. »Meine Freunde möchte ich nicht behelligen.«
»Wie Sie wünschen.«
»Ich will es so.«
»Jedenfalls stimmen Ihre Antworten mit den Informationen überein, die wir Ihrer Brieftasche entnahmen. Damit ist bewiesen, daß Sie vorübergehend Ihr Kurzzeitgedächtnis verloren haben. Das passiert nicht immer bei Schädelverletzungen, aber doch recht häufig. Es wird bald vorübergehen.«
Savage hielt sich gewaltsam wach. »Aber Sie haben immer noch nicht meine Frage beantwortet. Was für einen Unfall hatte ich?«
»Sagt Ihnen der Name Medford Gap Mountain Retreat etwas?«
Trotz des zunehmenden Nebels, der ihn einhüllte, verspürte Savage einen Schock. »Medford Gap? Ja, ein Hotel, ein seltsames...«

»Gut, Ihre Erinnerung kehrt also zurück.« Dr. Hamilton trat näher an das Bett heran. »Sie waren dort als Gast und haben eine Klettertour unternommen.«

Savage erinnerte sich daran, in einem Wald spazierengegangen zu sein.

»Sie sind von einer Felswand abgestürzt.«

»Was?«

»Der Hotelmanager betont, daß die Stufen, die über die Felswand hinunterführen, klar und deutlich mit ›Nur für erfahrene Kletterer‹ gekennzeichnet sind. Sie sind hinuntergeklettert und anscheinend auf einer vereisten Stelle abgerutscht. Wären Sie nicht auf einem Band tiefer aufgeschlagen, hätte Ihr Sturz tausend Fuß betragen. Insofern haben Sie Glück gehabt. Als Sie zum Dinner nicht ins Hotel zurückkehrten, hat das Personal nach Ihnen gesucht. Man hat Sie kurz vor Sonnenuntergang entdeckt. Ich möchte hinzufügen, kurz ehe Sie verblutet oder erstickt wären.«

Das Gesicht des Arztes fing an zu verschwimmen.

Savage verlor das Bewußtsein. »Abgestürzt...? Aber das ist nicht...« In panischer Verwirrung wußte er, spürte er, daß das nicht der Wahrheit entsprach. Blut. In seiner verworrenen Erinnerung sah er nur Blut.

Rasiermesserscharfes Metall blitzte. Irgend etwas fiel.

So wie er jetzt in die Dunkelheit des Schlafes fiel.

15

Kamichis zertrennter Körper fiel in zwei Richtungen. Aus Akiras enthauptetem Körper spritzte Blut. Der Kopf fiel zu Boden und rollte auf Savage zu.

Akiras Augen blinzelten. Savage erwachte mit einem Schrei.

Sein ganzer Körper, selbst die Haut unter den Verbänden, war schweißnaß. Er keuchte, obwohl ihm die gebrochenen Rippen bei jedem tiefen Atemzug Schmerzen bereiteten.

Eine Schwester kam hereingeeilt. »Mister Forsyth, ist alles in Ordnung?« Eilig maß sie seinen Puls und den Blutdruck. »Sie haben sich über etwas aufgeregt. Ich werde Ihnen noch etwas von dem Demerol verabreichen.«

»Das Schmerzmittel? Nein!«
»Was?«
»Ich will mich nicht künstlich beruhigen lassen.«
»Aber Doktor Hamilton hat es so verordnet.« Sie war völlig aufgelöst. »Ich muß Ihnen Demerol geben.«
»Nein. Sagen Sie dem Arzt, ich will einen klaren Kopf behalten. Das Schmerzmittel blockiert mein Erinnerungsvermögen. Ich habe gerade angefangen...«
»Ja, Mister Forsyth?« Der blonde Doktor trat ein. »Was haben Sie angefangen?«
»Mich zu erinnern.«
»An Ihren Unfall?«
»Ja«, log Savage. Sein Instinkt riet ihm, jetzt nur zu sagen, was man von ihm hören wollte. »Der Hotelmanager hat recht. Die Stufen über den Steilhang hinunter waren deutlich als sehr gefährlich markiert. Ich war mal ein guter Kletterer. Es fällt mir schwer einzugestehen, daß ich mir wohl zu viel zugetraut habe. Ich versuchte, einen vereisten Felsen zu übersteigen, verlor das Gleichgewicht und...«
»Stürzte ab.«
Dr. Hamilton verzog das Gesicht. »Eine bedauernswerte Fehleinschätzung. Aber wenigstens sind Sie mit dem Leben davongekommen.«
»Er will kein Demerol nehmen«, mischte sich die Schwester ein.
»Oh?« Dr. Hamilton war sichtlich erstaunt. »Das ist aber wichtig für Ihr Befinden, Mister Forsyth. Ohne das Beruhigungsmittel werden Ihre Schmerzen...«
»Ich weiß, sie werden schlimm sein. Aber dieses Zeug umwölkt mir den Verstand. Ich weiß nicht, was schlimmer ist.«
»Ich sehe ein, daß es wichtig für Sie ist, die Tage vor dem Unfall zu rekonstruieren. Aber angesichts Ihrer schweren Verletzungen... Sie scheinen zu unterschätzen, was Sie an Schmerzen zu erdulden haben...«
»Ich schlage einen Kompromiß vor. Ich bekomme die halbe Dosis. Dann werden wir abwarten, wie es mir ergeht. Wir können immer noch die von Ihnen verordnete Dosis anwenden.«
»Ein Patient, der mit seinem Arzt handelt? Ich bin wirklich nicht gewöhnt, daß man...« Dr. Hamiltons Augenbrauen hoben

sich. »Wir wollen mal sehen, wie es Ihnen geht. Wenn ich richtig schätze...«
»Ich bin sehr widerstandsfähig.«
»Ohne Zweifel. Wenn Sie sich schon so angriffslustig fühlen, möchten Sie vielleicht etwas essen.«
»Oh, ja – Hühnersuppe.«
»Genau das wollte ich Ihnen vorschlagen«, sagte der Arzt.
»Wenn ich die Suppe unten behalte ist der Tropf nicht mehr notwendig.«
»Richtig. Den Tropf abzunehmen, wäre meine nächste Anordnung.«
»Da Demerol die Produktion von Urin vermindert, könnte man mir bei verringerter Dosis diesen verdammten Katheter aus der Harnröhre entfernen. Ich kann ganz allein pinkeln...«
»Das wäre zu viel auf einmal, Mister Forsyth. Zu früh. Wenn Sie mit der halben Dosis Demerol auskommen und wenn Sie die Suppe nicht ausspucken, lasse ich den Tropf und den Katheter abnehmen. Wir werden es abwarten, ob Sie« – der Arzt kniff ein Auge zu – »schon allein pinkeln können.«

16

»Noch etwas Apfelsaft?«
»Bitte.«
Savage fühlte sich frustriert, weil er seine Arme nicht benutzen konnte. Langsam trank er durch den Strohhalm, dankbar für die Hilfe der Schwester.
»Ich muß zugeben, daß ich beeindruckt bin«, sagte Dr. Hamilton. »Da Sie Lunch und Dinner bei sich behalten haben, werden wir es morgen mit etwas Kräftigerem versuchen. Vielleicht ein paar Bissen Fleisch und hinterher Pudding.«
Savage verbarg einen Anfall von Schmerz, der seinen ganzen Körper überzog.
»Fein, Pudding, großartig.«
Der Doktor zog die Augenbrauen zusammen. »Soll ich Ihnen nicht doch etwas mehr Demerol geben?«
»Nein«, stöhnte Savage. »Mir geht es gut.«

»Natürlich geht es Ihnen gut. Aschgrau ist Ihre natürliche Gesichtsfarbe. Und auf die Lippen beißen Sie sich nur zum Spaß.«

»Belassen Sie es bei einem Minimum an Demerol. Ich muß einen klaren Kopf behalten.«

Abermals sah er mit erschreckender Deutlichkeit vor seinem geistigen Auge, wie Kamichi von dem *katana* in zwei Hälften zerschnitten wurde und wie Akiras Kopf zu Boden plumpste, wie Blut spritzte.

So viel Blut.

Ich bin von einer Steilwand gestürzt? Wer hat diese Lügengeschichte erfunden? Was ist mit den Leichen von Kamichi und Akira geschehen?

Ich muß wach bleiben. Ich darf mir keinen Fehler erlauben und etwas äußern, was der erfundenen Geschichte widerspricht. Ich muß herausfinden, was hier vor sich geht.

Die verzweifelten Gedanken wurden von einer Welle bohrenden Schmerzes unterbrochen. Savage hielt den Atem an, um nicht stöhnen zu müssen.

Der Arzt trat stirnrunzelnd näher.

Der Schmerz ließ etwas nach. Savage konnte wieder atmen. Er öffnete die Augen und bat die Schwester: »Mehr Apfelsaft, bitte.«

Die Spannung wich aus den Gesichtszügen des Doktors. »Sie sind der willensstärkste Patient, den ich jemals hatte.«

»Das kommt von der guten Pflege und meiner Meditation. Wann werde ich Tropf und Katheter los?«

»Vielleicht morgen.«

»Morgen früh?«

»Wir werden es abwarten. Inzwischen habe ich eine Überraschung für Sie.«

»O ja«, Savage spürte, wie sich alle Nerven spannten.

»Sie haben uns gesagt, daß wir Ihre Freunde nicht von Ihrem Unfall unterrichten sollen. Einer aber hat es irgendwie herausgefunden. Er wartet draußen. Ich habe ihn nicht hereingelassen, weil ich erst mal sehen wollte, wie Sie den Besuch aufnehmen. Und dann brauche ich natürlich Ihre Erlaubnis.«

»Ein Freund?«

»Philip Hailey.«

»Nein so was, der gute alte Phil.« Savage hatte keine Ahnung, wer das war. »Schicken Sie ihn herein. Wenn es Ihnen nichts aus-

macht, möchte ich mich gern mit ihm unter vier Augen unterhalten.«
»Natürlich. Wenn der Besucher gegangen ist, werden wir...«
»Stimmt etwas nicht?«
»Na ja, es sind einige Tage vergangen. Sie werden mal aufs Töpfchen müssen. Mit Armen und Beinen in Gips werden Sie das kaum allein können.«
Der Doktor entfernte sich. Die Schwester folgte ihm.
Savage wartete voller Spannung.

17

Die Tür öffnete sich.
Obwohl Savage niemals von einem Philip Hailey gehört hatte, war er klar genug im Kopf, um den Mann einzuschätzen.
Amerikaner. Mittfünfziger. Gut und teuer angezogen. Mit dem abschätzenden Blick eines großen Geschäftsmannes oder eines Diplomaten.
Einer der Teilnehmer an der Konferenz in Medford Gap.
Savage hatte damit gerechnet, daß man irgendwie an ihn herantreten werde. Deshalb hatte er sich so wenig wie möglich von dem Demerol verabreichen lassen, um einen klaren Kopf zu behalten. Aber in seinen Verbänden konnte er sich nicht wehren. Da half ihm alle Kunst der Selbstverteidigung nichts. Philip Hailey konnte ihn unschwer umbringen. Ein Tropfen Gift in seinen Mund oder eine rasch verpaßte Spritze konnten seinen sofortigen Tod bewirken. Oder ein Spray, der ihm dicht unter die Nase gehalten wurde.
Der Besucher hielt in der einen Hand einen Rosenstrauß, in der anderen eine Schachtel Pralinen. In beidem konnte eine Waffe verborgen sein. Der Mann trug einen Schnurrbart. Um seine Augenwinkel kräuselten sich Fältchen. An seinem Finger steckte ein Ring, der ebenfalls eine vergiftete Spitze verbergen konnte.
»Ich hoffe, der Rosenduft macht Sie nicht schwindelig«, sagte der Mann.
»Wenn Sie ihn aushalten, werde ich es wohl auch können«, erwiderte Savage.

»Argwöhnisch?« Der Mann legte die Rosen und die Pralinen auf einen Stuhl.

»Gewohnheitsmäßig.«

»Eine gute Gewohnheit.«

»Philip Hailey?«

»Dieser Name ist so gut wie jeder andere. Das gilt auch für Roger Forsyth.«

»Ein Name besagt nichts über die Tüchtigkeit eines Mannes«, meinte Savage.

»Sie sind tüchtig.«

»Offenbar nicht. Ich bin abgestürzt. Vielleicht habe ich mich sorglos verhalten.«

»Eine schreckliche Tragödie.«

»Ja, ich stürzte auf den Fußboden im Korridor des Medford Gap Hotels.«

»Nicht so schlimm wie ein Sturz von der Steilwand. Trotzdem eine wahre Tragödie.«

»Anfangs konnte ich mich nicht daran erinnern. Als mein Gedächtnis zurückkehrte, habe ich meinen Mund gehalten und die erfundene Geschichte bestätigt«, sagte Savage.

»Angesichts Ihres Rufes hatten wir das erwartet. Dennoch mußte ich mich vergewissern.«

Savage verzog vor Schmerzen das Gesicht. »Was ist aus Kamichi und Akiras Leichen geworden?«

»Sie wurden eilig weggebracht. Keine Sorge – man hat sie mit allem Respekt behandelt. Alle japanischen Riten wurden genau beachtet. Die Asche der beiden ruht bei ihren edlen Verwandten.«

»Was hat die Polizei gesagt? Wie haben Sie erklärt...?«

»Wir haben gar nichts erklärt.«

Savage bekam Kopfschmerzen. »Das verstehe ich nicht.«

»Ganz einfach, wir haben die Behörden nicht verständigt.«

»Aber die Hotelangestellten müssen doch die Polizei gerufen haben.«

Philip Hailey schüttelte den Kopf. »Wir haben uns geeinigt. Ein so brutales Verbrechen hätte den Ruf des Hotels endgültig zerstört. Wir waren die einzigen Gäste. Die meisten Angestellten waren beurlaubt. Wir haben uns das Schweigen der Mitwisser etwas kosten lassen. Jetzt wagt keiner, der es sich vielleicht anders überlegt, die Polizei zu benachrichtigen. Sie müßten selbst mit einer Anklage rechnen, weil sie das Verbrechen nicht sofort angezeigt haben. Überdies würde die Polizei keinerlei Beweise entdecken.«

»Aber das Blut. Da wurde so viel Blut verspritzt.«

Philip Hailey schüttelte den Kopf. »Wie Sie wissen, können Polizeichemiker die geringsten Blutspuren nachweisen – wenn welche da sind. Der gesamte Korridor wurde neu hergerichtet. Die Auslegeware, die Diele, die Paneele an den Seiten, sogar die Decke und die Türen – kurzum alles wurde erneuert. Die ausgebauten Teile sind verbrannt worden. Nirgendwo gibt es eine Spur von Blut.«

»Da bleiben wohl nur noch zwei Fragen offen«, sagte Savage mit erstickter Stimme. »Wer hat die Männer umgebracht und warum?«

»Wir teilen Ihren Schock und Zorn. Zu meinem Bedauern kann ich die zweite Frage nicht beantworten. Unzweifelhaft hat der Doppelmord etwas mit unserer Konferenz zu tun. Aber der Zweck unserer Konferenz geht wiederum Sie nichts an. Also kann ich nichts darüber sagen, warum Ihr Prinzipal ermordet worden ist. So viel kann ich Ihnen allerdings mitteilen: Meine Teilhaber und ich werden von uns feindlich gesonnenen Gruppen verfolgt. Wir haben eine Untersuchung eingeleitet und werden bald herausgefunden haben, wer für die Tat verantwortlich ist.«

»Wovon reden Sie? Geschäfte? Spionage? Terroristen?«

»Kein Kommentar.«

»Die Mörder waren Japaner.«

»Das ist mir bekannt. Man hat sie bei ihrer Flucht beobachtet. Aber auch ein Nicht-Japaner kann sich japanische Meuchelmörder mieten.«

»Bleibt zu bedenken, daß Kamichi und Akira gleichfalls Japaner waren.«

»Akira war in allen Kampfarten geübt. Also schien es dem Auftraggeber angezeigt, ähnlich ausgebildete Leute auf ihn anzusetzen. Damit ist noch lange nicht bewiesen, daß ein Japaner dahintersteckt. Betrachten wir, bitte, das Thema als abgehakt. Mein Besuch soll Ihnen zeigen, daß wir Mitgefühl für Ihre Leiden empfinden. Außerdem soll Ihnen damit gesagt werden, daß wir alles nur mögliche unternehmen, um das Verbrechen zu rächen.«

»Mit anderen Worten ausgedrückt, ich soll mich aus allem heraushalten«, sagte Savage.

»Bleibt Ihnen angesichts Ihrer Verletzungen etwas anderes übrig? Und für später sollten Sie sich dazu entschließen, Ihren Auftrag als erledigt anzusehen.« Philip Hailey zog einen dicken Briefumschlag aus der Jackentasche. Er zeigte Savage, daß viele Hundertdollarnoten darin steckten. Dann klebte er ihn zu. Er legte den Umschlag neben der rechten Hand des Verletzten hin.

»Ich kann doch kein Geld annehmen, nachdem ich darin versagt habe, meinen Prinzipal zu beschützen.«

»Sie haben ihn heldenhaft verteidigt, wie Ihre Verletzungen beweisen«, erwiderte Hailey.

»Ich war nicht gut genug.«

»Unbewaffnet gegen vier Männer mit Schwertern? Sie haben Ihren Prinzipal nicht im Stich gelassen. Sie haben Ihr Leben eingesetzt. Meine Teilhaber bewundern Sie. Nehmen Sie das Geld als kleine Anerkennung Ihrer Leistungen. Die Krankenhausrechnungen sind im voraus bezahlt. Damit wollen wir unseren guten Willen beweisen. Im Gegenzug rechnen wir auf Ihren guten Willen. Enttäuschen Sie uns nicht.«

Savage starrte den Mann an.

Dr. Hamilton öffnete die Tür. »Tut mir leid, aber ich muß Sie bitten, sich zu verabschieden, Mister Hailey. Bei Ihrem Freund sind einige Untersuchungen überfällig.«

»Ich war gerade dabei, auf Wiedersehen zu sagen.« Er wandte sich an Savage. »Ich hoffe, ich habe Sie ein wenig aufgemuntert, lieber Roger. Ich besuche Sie noch einmal, sobald ich kann.«

»Ich würde mich darüber freuen, Phil.«

»Wenn es Ihnen besser geht, fahren Sie mal in Urlaub.«

»Alles klar und vielen Dank«, sagte Savage. »Ich freue mich über die Anteilnahme.«

»Dafür hat man seine Freunde«, sagte Philip Hailey und ging.

Dr. Hamilton lächelte. »Fühlen Sie sich besser?«

»Überglücklich. Könnten Sie mir mal ein Telefon bringen?«

»Sie wollen einen weiteren Freund anrufen? Ausgezeichnet. Daß Sie keine Kontakte nach draußen suchten, hat mir zu denken gegeben.«

»Darüber brauchen Sie sich keine Sorgen mehr zu machen.«

Savage nannte die Nummer, die der Arzt für ihn wählen sollte. »Bitte, klemmen Sie mir den Hörer unter das Kinn.«

Dr. Hamilton tat es.

»So geht es gut«, sagte Savage. »Wenn es Ihnen nichts ausmacht, wäre ich gern noch eine Minute allein.«

Der Arzt verließ das Zimmer.

Mit hämmernden Pulsen horcht Savage auf die Signale am anderen Ende der Leitung.

»Wir verlassen uns auf Ihren guten Willen. Enttäuschen Sie uns nicht«, hatte Philip Hailey gesagt.

Und der gute alte Phil brauchte nicht hinzuzufügen: Und wenn Sie nicht mitspielen, wenn Sie nicht Ihre Finger aus unserer Sache lassen, werden wir Ihre Asche mit der von Kamichi und Akira vermengen.

Im Hörer ertönte das Piepsen eines Bandaufnahmegerätes. Es gab keine Voransage. Das Bandgerät lief.

»Hier ist Savage. Ich bin in einem Krankenhaus in Harrisburg, Pennsylvanien. Kommt umgehend hierher.«

18

Die Nummer, die Savage hatte anwählen lassen, war nicht die von Grahams Wohnung in Manhattan. Graham bediente sich eines Antwortdienstes, weil sich manche Klienten scheuten, direkt mit ihm Verbindung aufzunehmen. Auch Graham bevorzugte es, möglichst im Hintergrund zu bleiben, denn viele seiner Auftraggeber hatten mächtige Feinde. Wenn die herausfanden, welche Sicherheitsagentur gegen sie eingesetzt wurde, hatte Graham deren Rache zu fürchten. Einmal am Tag rief Graham von einer Telefonzelle beim Antwortdienst an. Auch dabei ließ er äußerste Vorsicht walten. Er hielt eine Fernbedienungsvorrichtung an das Mikrofon des Hörers und ließ eine kleine Melodie abspielen, dadurch wurde das Tonband am anderen Ende aktiviert und spulte die eingegangenen Anrufe herunter. Niemand hatte die Möglichkeit, Graham als Anrufer zu identifizieren.

Normalerweise hätte sich Savage des Telefons in der Empfangshalle des Krankenhauses bedient und Graham direkt daheim angerufen. Aber Savage konnte seine Arme nicht bewegen. Er war gezwungen gewesen, sich die Nummer von Dr. Hamilton eintippen zu lassen und wollte nicht Grahams Sicherheit aufs Spiel setzen, indem er dem Arzt dessen Privatnummer verriet.

Savage konnte nur hoffen, daß Graham die Telefonate dieses Tages noch nicht abgerufen hatte. Zeit spielte eine große Rolle. Savage stellte sich vor, daß es sich Philip Hailey anders überlegte. Vielleicht begann er daran zu zweifeln, ob der Kranke den Mund halten werde. Was sollte geschehen, wenn sich Graham außerhalb des Landes befand und erst nach einigen Tagen hier eintreffen konnte?

Savage schwitzte vor Schmerzen. Gern hätte er mehr Demerol verlangt, aber er mußte wachsam bleiben. Vielleicht schickte Hailey einen gedungenen Mörder, der den Rosen und der Schokolade den Tod hinzufügte. Andererseits, was war damit gewonnen, wenn Savage wachsam blieb? Mit all seinen Verbänden war er hilflos und konnte sich nicht verteidigen.

Ich darf mich nicht aufgeben! Ich kann nicht einfach daliegen und darauf hoffen, daß man mich nicht ermordet.

Savage war nie zuvor in Harrisburg gewesen. Er kannte hier niemanden. Aber Philadelphia war weniger als einhundert Meilen entfernt.

Als Dr. Hamilton hereinkam, um zu sehen, ob Savage sein Gespräch beendet hatte, bat ihn der Patient, noch einmal eine Zahlenfolge auf dem Telefon zu drücken.

»Sie wollen einen weiteren Freund anrufen?«

»Ja, ich fühle mich auf einmal so gesellig.«

Der Doktor wählte, drückte Savage das Telefon unter das Kinn und verließ abermals den Raum. Der Patient wartete voller Spannung, bis am anderen Ende eine Stimme knurrte: »Hallo!«

»Tony?«

»Wen interessiert das?«

»Die Schatten der Vergangenheit, mein Lieber. Auf Grenada habe ich dir mal das Leben gerettet.«

»Savage?«

»Ich brauche deine Hilfe, mein Freund. Schutz. Ich glaube, ich sitze bis zum Hals in der Scheiße.«

»Schutz? Seit wann brauchst du...?«

»Seit jetzt. Wenn du verfügbar bist...«

»Für dich? Wenn ich jetzt mit Raquel Welch im Bett läge, würde ich ihr sagen, sie müsse noch ein wenig warten. Ich hätte Wichtigeres zu tun.« Tony kicherte über den eigenen Scherz. »Wann soll ich kommen?«

»Vor fünf Minuten.«

»Sieht es so schlimm aus?«
»Vielleicht noch schlimmer.« Savage befühlte den Umschlag mit dem Geld, den Philip Hailey ihm unter die rechte Hand geschoben hatte. »Ich kann dir für deine Mühe fünfzehntausend Dollar anbieten.«
»Laß gut sein, Mann. Ohne deine Hilfe wäre ich längst tot. Ich trage meine Schuld ab und helfe dir umsonst.«
»Es geht nicht um eine Gefälligkeit, sondern um ein Geschäft. Vielleicht wirst du dazu gezwungen, dir jeden Dollar einzeln zu verdienen. Bring einen Freund mit. Und rück nicht ohne Ausrüstung an.«
»Ausrüstung ist kein Problem. Aber Freunde sind selten.«
»Ist das nicht immer so? Mach, daß du herkommst.«

19

Drei Stunden später, die Savage voller Nervosität verbracht hatte, kam Tony mit einem zweiten Italiener an. Sie waren beide unrasiert. Muskelpakete wölbten sich unter ihren Anzügen.
»Du siehst ja fabelhaft aus, Savage. So habe ich damals nach der Rückkehr aus Grenada ausgesehen. Was ist passiert? Wer...?«
»Keine Fragen. Behaltet die Tür im Auge. Der blonde Arzt ist in Ordnung. Die Schwestern wechseln. Überprüft sie und jeden anderen...«
»Schon verstanden, alles klar.«
Endlich in Sicherheit, bat Savage den Arzt um mehr Demerol. Dr. Hamilton zog die Augenbrauen zusammen, als er Savages Besucher gewahrte. Der Kranke schlief fast schmerzfrei ein. Dennoch verfolgten ihn Alpträume. Akiras abgeschnittener Kopf rollte auf ihn zu. Und die Augen blinzelten.
Abermals fuhr Savage schreiend aus dem Schlaf hoch. Voller schmerzhafter Benommenheit registrierte er: Tony und der ihm so ähnlich sehende Gefährte sprangen auf. Tropf und Katheter waren entfernt worden. Und draußen vor seiner Zimmertür ließ sich eine indignierte Stimme mit englischem Akzent vernehmen, die sagte: »Was, Sie verlangen von mir, daß ich eine kubanische Zigarre ausdrücke?«

Graham! Endlich!
Der kahlköpfige, stattliche, gut angezogene Mentor betrat das Krankenzimmer.
»O Himmel«, sagte er mit einem Blick auf die Verbände.
»Ja«, sagte Savage. »Da ist einiges schiefgegangen.«
»Deine Freunde sind...?«
»Zuverlässig.«
»Ich kam, so schnell ich konnte.«
»Dann hole mich noch schneller hier heraus.«

20

Das Landhaus stand auf einem bewaldeten Hügel südlich von Annapolis. Von hier aus hatte man einen wunderbaren Ausblick auf die Chesapeake Bay. Savages Bett stand an einem Fenster. Mit einem Kissen unter dem Kopf konnte er die vom Wind bewegten, weiß schäumenden Wellen sehen. Er sah gern den Segelbooten zu. Ihrer wurden immer mehr, nachdem der April in den Mai übergegangen war. Immer noch in seinen Gipsverbänden gefangen, stellte er sich vor, wie er auf dem schrägen Deck stehend, das Ruder eines solchen Bootes führte, während ihm der Wind durch das Haar wehte. Er spürte den salzigen Geschmack auf den Lippen und hörte den rauhen Schrei der Seemöwen. Dann war dieses Bild plötzlich verschwunden, und er sah wieder Akiras Kopf auf sich zurollen. Blut spritzte. Körper brachen zusammen.

Er wurde von zwei Männern bewacht. Für ihn war es eine Ironie des Schicksals, daß er als berufsmäßiger Beschützer nun selbst Schutz und Hilfe brauchte. Tony und dessen Freund waren nicht mit nach Annapolis gekommen. Savage hatte vom Krankenhaus angerufen, um sie herbeizuholen. Das Gespräch war mit Sicherheit aufgezeichnet worden. Ein Feind konnte sich sehr leicht diese Nummer beschaffen, um sich den beiden Männern an die Fersen zu heften. Ihre Spur hätte dann zu Savage in dieses Landhaus geführt. Graham hatte andere Männer geschickt, um Savage zu bewachen. Außerdem hatte er seinen telefonischen Antwortdienst gewechselt. Denn auch dessen Rufnummer war im Krankenhaus gespeichert worden.

Ferner hatte Graham einen Arzt bestellt, dem er vertraute und der Savage täglich untersuchte. Eine gleichfalls vertrauenswürdige Krankenschwester war ständig im Haus. An jedem Freitag wurde der Kranke in einen Transporter verladen und zu einem Spezialarzt zum Röntgen gebracht, um zu sehen, ob seine gebrochenen und angebrochenen Knochen ohne Komplikationen heilten.

Graham kam jeden Samstag auf Besuch. Er brachte vorzügliche Austern, Kaviar und Hummer mit. Zwar ließ er sich seine Zigarre nicht verbieten, aber er war so rücksichtsvoll, die Fenster zu öffnen und die süße Maibrise hereinzulassen.

»Dieses Landhaus und die Angestellten müssen dich doch ein Vermögen kosten«, sagte Savage.

Graham nippte an seinem Glas eisgekühlten Dom Pérignon und paffte an seiner Zigarre. »Das bist du mir wert. Du bist der beste Beschützer, den ich jemals ausgebildet habe. Meine Ausgaben spielen keine Rolle angesichts der Agentenhonorare, die ich mir an dir verdienen werde. Außerdem ist das eine Sache der persönlichen Treue zwischen Lehrer und Schüler, von Freund zu Freund. Ich möchte sogar sagen – von gleich zu gleich. Du hast mich niemals enttäuscht. Also werde ich dich auch nicht enttäuschen.«

»Es könnte immerhin sein, daß ich mich aus diesem Beruf zurückziehe.«

Graham verschluckte sich an seinem Dom Pérignon. »Du verdirbst mir den ganzen schönen Nachmittag.«

»Es gibt keine Garantie dafür, daß ich noch derselbe Mann wie vorher bin, wenn die Gipsverbände abgenommen werden. Angenommen, ich bin dann langsamer oder verkrüppelt.« Savage zögerte und fuhr dann fort: »Vielleicht habe ich auch nicht mehr den Nerv, noch einmal mein Leben zu riskieren.«

»Das wird die Zukunft lehren.«

»Da bin ich nicht so sicher. Als ich sah, wie Kamichis Körper durchschnitten wurde...«

»Bei den SEALs hast du sicher Schlimmeres gesehen.«

»Ja, da wurden Freunde so zerfetzt, daß man sie nicht mehr identifizieren konnte. Aber wir standen einem Feind gegenüber. Wenn möglich verteidigten wir uns gegenseitig. Aber das war nicht unsere eigentliche Aufgabe.«

»Zu verteidigen? Ich verstehe. Jetzt hast du zum ersten Male darin versagt, einen Prinzipal zu verteidigen.«

»Wenn ich besser aufgepaßt hätte...«

»Das Wort ›wenn‹ lasse ich nicht gelten. Du bist von einer Übermacht überwältigt worden. Auch die besten Beschützer versagen einmal.«

»Aber ich hatte eine Verpflichtung übernommen.«

»Und der Beweis für deinen Einsatz ist dein zerschmetterter Körper. Der Beweis liegt klar auf der Hand. Du hast dein Bestes gegeben.«

»Doch Kamichi ist tot.« Savage senkte die Stimme. »Und Akira auch.«

»Was kümmert dich der Bewacher deines Prinzipals? Er hatte die gleiche Aufgabe wie du. In dem Moment, da er sich für Kamichi verpflichtete, nahm er jede Konsequenz in Kauf.«

»Warum mich Akira etwas angeht?« Savage brütete vor sich hin. »Vielleicht, weil ich mich ihm verwandt fühlte.«

»Das ist doch nur natürlich. Halte ihn in Ehren. Aber wirf nicht seinetwegen deinen Beruf hin.«

»Ich werde darüber nachdenken.«

»Denken ist Glückssache. Konzentriere dich auf deine Genesung. Freue dich auf den nächsten Freitag. Am Tag danach, bei meinem nächsten Besuch, werde ich das Vergnügen haben, deine Arme und Beine ohne Gips zu sehen.«

»Ja, und dann beginnen für mich erst die richtigen Schmerzen.«

21

Hätte man Savage nur einen Arm und ein Bein gebrochen, wäre es ihm möglich gewesen, aktiv zu bleiben. Er hätte die verbleibenden Glieder geübt und gestärkt. So aber fühlte er sich steif und hilflos, auch nachdem die Gipsverbände abgenommen worden waren. Seine Arme und Beine waren atrophisch verschrumpelt, die einst steinharten Muskeln schlaff. Er konnte weder Arme noch Beine bewegen. Der Versuch, sie zu beugen, war schiere Qual. Frustration ließ ihn verzweifeln.

Jeden Vor- und Nachmittag behandelte die Schwester seine Arme und Beine eine volle Stunde lang. Seine Ellbogen und Knie fühlten sich an, als seien sie aus Holz.

Als Graham ihm den nächsten Besuch abstattete, schüttelte er mitleidig den Kopf. »Ich habe dir ein Geschenk mitgebracht.«
»Diese zwei Gummibälle?«
»Du mußt sie mit beiden Händen drücken und kneten. Das bringt dir die Kraft in den Unterarmen zurück.«
Beim ersten Versuch geriet Savage ins Schwitzen. Jeder Atemzug wurde zu einem Stöhnen.
»Geduld«, riet ihm Graham.
Stimmengewirr und lautes Krachen drangen durch das offene Fenster.
»Hör mal, was ist...?«
»Kein Grund zur Besorgnis. Nur ein weiteres Geschenk. Ich habe Leute kommen lassen, um im Garten ein Heißwasserbecken zu installieren. Die Männer wissen nicht, daß du hier bist. Außerdem – sie sind vertrauenswürdig und haben schon oft für mich gearbeitet. Zu dem Becken gehört ein Whirlpool. Nach deinen täglichen Übungen wird der Wirbel heißen Wassers deine schmerzenden Muskeln entspannen.«
Savage, der immer noch an Kamichi und Akira dachte, erinnerte sich daran, daß die Japaner gern in fast kochendem Wasser baden. »Danke, Graham«, sagte er.
»Keine Ursache. Die Wassertherapie wird dazu beitragen, deine steifen Glieder zu lockern.«
»Du bist hilfreich wie immer.«
»Drück nur kräftig deine Bälle.«
Savage lachte.
»Gut«, meinte Graham. »Du hast dir deinen Sinn für Humor bewahrt.«
»Leider gibt es wenig zu lachen.«
»Bezieht sich das auf deine Schmerzen oder auf Kamichi und Akira?«
»Beides.«
»Ich hoffe, du denkst nicht mehr daran, deinen Beruf aufzugeben.«
»Wer hat uns angegriffen, Graham? Warum? Du hast immer gesagt, daß die Aufgabe eines Beschützers nicht mit dem Tod seines Klienten endet.«
»Aber der Mann, der sich Philip Hailey nennt, hat dich ausdrücklich von jeder Verpflichtung entbunden. Er hat versprochen, daß er

seine Detektive ansetzen wird, um herauszufinden, wer Kamichis Tod veranlaßt hat. Er hat versprochen, daß der Tod deines Klienten gerächt werden wird. Er hat dich überdies wissen lassen, daß jede Einmischung deinerseits zum Schaden gereichen würde.«

»Angenommen, Hailey hat keinen Erfolg?«

»Das ist seine Sache. Du hast nur die eine Aufgabe, gesund zu werden. Ruhe dich aus und schlafe. Ich hoffe, du hast angenehme Träume.«

»Kaum anzunehmen«, murrte Savage.

22

Ganz allmählich lernte Savage, Knie und Ellbogen zu beugen. Nach Tagen voller Schmerzen konnte er Arme und Beine heben und sogar sitzen. Sein erster Versuch, mit Krücken zu gehen, endete fast mit einem Sturz. Die Krankenschwester fing ihn auf.

Von einem der Wächter ließ er ein Paar Turnringe unter der Zimmerdecke befestigen. Er mußte sich gewaltig recken und strecken, um sie zu erreichen und sich vom Bett hochzuziehen. Mit zunehmender Kraft in den Armen kam er mit den Krücken besser zurecht. Allmählich fühlten sich seine Beine wie Fleisch an und nicht wie Holz. Er war richtig stolz, als er eines Nachts ohne die Hilfe der Schwester zur Toilette gehen konnte.

Am Ende eines jeden Tages dachte er voller Dankbarkeit an Graham. Er genoß es, sich in dem Heißwasserbecken zu aalen, verbannte alle Sorgen aus seinem Sinn und versuchte, sich ganz der friedvollen Heilsamkeit dieses Bades hinzugeben. Aber immer wieder kehrte die Erinnerung an Kamichi und Akira zurück. Scham und Zorn erfüllten ihn bei dem Gedanken an die Männer, die seinen Prinzipal ermordet hatten. Alle Schmerzen, die er seit dem Überfall im Berghotel hatte erdulden müssen, erschienen ihm als ungenügende Buße dafür, daß er seine Pflichten als Beschützer versäumt hatte. Er beschloß bei sich, seinen Körper noch heftiger zu quälen und härter an seiner Gesundung zu arbeiten.

Bei seinem nächsten Besuch ließ sich Graham in einem Deckstuhl neben dem Heißwasserbecken nieder. Sein dreiteiliger Anzug paßte nicht recht in diese ländliche Umgebung. »Also gehörte dein Vater zur CIA«, sagte er ohne Übergang.

Savage riß den Kopf zu Graham herum. »Das weißt du aber nicht von mir.«

»Stimmt. Als wir uns kennenlernten, bist du jeder Frage über ihn ausgewichen. Du hast dir wohl nicht eingebildet, ich würde es dabei bewenden lassen. Ich mußte deine Herkunft aus Sicherheitsgründen überprüfen, bevor ich dich zur Ausbildung annahm.«

»Da hast du mich zum ersten Mal hintergangen, Graham.«

»Für mich gab es bisher keinen Grund, dir das zu erzählen. Ich wußte, daß du mir deshalb böse sein würdest. Dieses Risiko wollte ich nicht grundlos eingehen.«

Savage erhob sich in der Wanne.

»Warte, ich bringe deine Krücken.«

»Verdammt, mach dir keine Mühe.« Savage packte das Geländer. Seine dünnen Beine wackelten. Mit kurzen, vorsichtigen Schritten gelangte er zu der Sonnenliege neben Graham.

»Toll. Ich hatte keine Ahnung, daß du so gute Fortschritte gemacht hast.«

Savage starrte ihn wütend an.

»Ich kam auf deinen Vater zu sprechen«, fuhr Graham fort, »weil er sich auch einmal gezwungen sah, seinen Beruf aufzugeben. 1961, Kuba.«

»Ja, und?«

»Das Desaster in der Schweinebucht.«

»Ja, und?«

»Dein Vater war als Mitglied der CIA einer der Organisatoren. Aber die Regierung unter Kennedy bekam kalte Füße. Der Plan wurde geändert. Die Invasion wurde zur Katastrophe und blieb in einem Sumpf stecken. Das Weiße Haus konnte und wollte nicht zu seinen Fehlplanungen stehen. Irgendwem mußte die Schuld angelastet werden. Ein Prügelknabe mußte her, der so gesetzestreu war, daß er den Mund halten und nicht die Schuld der wahrhaft Verantwortlichen ausplaudern würde.«

»Mein Vater.«

»In aller Öffentlichkeit wurde er Hohn und Spott preisgegeben. Privat bekam er eine hohe Summe in die Hand gedrückt mit dem

Auftrag, vom Dienst zurückzutreten und sich der Lächerlichkeit auszusetzen.«

»Mein großartiger Vater.« Savages Stimme erstickte. »Wie sehr hat er sein Land geliebt. Wie pflichtbewußt muß er gewesen sein. Ich war nur ein kleiner Junge. Ich verstand nicht, warum er plötzlich immer daheim war. Er war so viel unterwegs gewesen. Niemand hatte mir erklärt, warum und wohin. Er entschädigte uns dafür, wenn er mal zu Hause war und verwöhnte uns, wo er nur konnte. ›Ich liebe deine Mutter‹, sagte er. ›Aber du bist der Stolz meines Lebens.‹ Auf einmal wurde alles anders. Es gab keine Reisen mehr. Vater hatte nichts zu tun. Er saß vor dem Fernseher und trank Bier. Aus dem Bier wurde bald Bourbon. Dann mochte er nicht mehr von der Glotze sitzen. Er erschoß sich.«

»Tut mir leid«, sagte Graham. »Das sind schmerzliche Erinnerungen. Aber mir blieb nichts anders übrig. Ich mußte dich damit konfrontieren.«

»Du mußtest? Graham, ich bin mehr als enttäuscht. Ich fange an, dich zu hassen.«

»Ich hatte einen Grund.«

»Hoffentlich einen guten.«

»Dein Vater hat sich geschlagen gegeben. Deswegen will ich ihn nicht kritisieren. Sicherlich hat er jeden Schritt sorgfältig überlegt. Aber die Verzweiflung gewann die Oberhand. In Japan ist der Selbstmord ein ehrenvoller Ausweg aus einer sonst unlösbaren Situation. In Amerika gilt ein Selbstmord als Schande. Ich will keineswegs respektlos sein, doch als ich dich vor einigen Jahren kennenlernte und deine Herkunft erforschte, wurde ich den Gedanken nicht los, daß der Selbstmord deines Vaters dich zu dem Entschluß brachte, bei der tüchtigsten und gefährlichsten Einheit der amerikanischen Truppen zu dienen, bei den SEALs. Ich fragte mich, warum. Und ich kam zu dem Schluß – bitte vergibt mir –, daß du dich zu dieser Einheit meldetest, um das Versagen deines Vaters wettzumachen.«

»Ich habe genug gehört.«

»Nein, hast du nicht. Als ich deinen Hintergrund kannte, fragte ich mich natürlich, ob dieser Kandidat, mochte er noch so talentiert sein, es wert war, als Beschützer zu arbeiten. Und ich kam zu dem Schluß, daß deine Absicht, das Versagen des Vaters wettzumachen, das stärkste mir bis dahin bekannte Motiv darstellte. Also nahm ich dich zur Ausbildung an. Und nun sage ich dir, daß ich vor kurzem noch befürchtet habe, du würdest dem Beispiel deines Vaters folgen und dich wegen deiner Niederlage umbringen. Ich flehe dich an, nicht zu verzweifeln. Vor Jahren hast du einmal zu mir gesagt: ›Es gibt so viel Schmerz in der Welt.‹ Ja, so viele Opfer, die deine Hilfe brauchen.«

»Und was ist, wenn ich Hilfe brauche?«

»Ich habe sie dir gegeben. Am nächsten Samstag hoffe ich, dich in besserer Verfassung vorzufinden.«

23

Savage übte und arbeitete noch härter. Damit wollte er nicht seine Verzweiflung betäuben, sondern sich selbst für die Ursache dieser Verzweiflung bestrafen: Sein Versagen als Beschützer Kamichis. Schmerz und Erschöpfung halfen ihm dabei, alle Gedanken an seinen Vater beiseite zu fegen.

Aber ich bin nicht zu den SEALs gegangen und später ein Beschützer geworden, um das Versagen meines Vaters wettzumachen, dachte Savage. Ich wollte mich selbst auf die Probe stellen, damit mein Vater stolz auf mich sein konnte, selbst wenn er tot war. Ich wollte den Schweinehunden, die ihn geopfert hatten, beweisen, daß mir mein Vater Charakter beigebracht hatte.

Aber vielleicht hat Graham dasselbe gemeint – daß ich nämlich versuche, für meines Vaters Niederlage einzustehen. Ich habe genauso versagt wie mein Vater. Wollte er mir das beibringen?

Er begann mit fünfmal Aufrichten im Bett. Dann jeden Tag ein wenig mehr. Die Turnringe über dem Bett hatten seine Muskeln gestärkt, und bald konnte er schon Liegestütze machen. Auch hier jeden Tag ein wenig mehr. Mit Hilfe der Krücken konnte er schon den grasigen Abhang zur Chesapeake Bay hinuntergehen. Der Doktor stellte seine Visiten ein, die Krankenschwester wurde nicht mehr gebraucht. Savage überließ die Pflege seinen zwei Wächtern.

Inzwischen war es Juni geworden. Graham kam immer noch jeden Samstag auf Besuch, machte weiterhin herausfordernde Bemerkungen, pries dazwischen aber Savages Fortschritte. Savage ließ sich nicht herausfordern, sondern gab Graham die Antworten, die er hören wollte, und ließ sich seine Niedergeschlagenheit nicht anmerken.

Am 4. Juli, dem Nationalfeiertag, brachte Graham Feuerwerk mit. Bei Einbruch der Dunkelheit sahen die beiden Männer lachend den Feuersternen, Raketen, Lichtkaskaden und Kanonenschlägen zu. Aus weiter entfernten Landhausgärten stiegen Feuerräder und bengalische Lichter auf. Mit ohrenbetäubendem Knall zerbarst eine Rakete über der Bay.

Graham öffnete eine weitere Flasche Dom Pérignon. Ohne auf den Tau zu achten, der ihm den Hosenboden durchfeuchtete, setzte er sich auf den Rasen. »Ich bin außerordentlich zufrieden.«

»Warum?« fragte Savage. »Weil dieses Feuerwerk kein Geschenk war, sondern vielmehr ein Test?«

Graham zog die Augenbrauen zusammen. »Ich weiß nicht, worauf du hinauswillst.«

»Feuerwerk knallt wie Gewehrschüsse. Du wolltest meine Nerven auf die Probe stellen.«

Graham lachte. »Du bist durch eine gute Schule gegangen.«

»Und du stellst mich immer wieder auf die Probe.«

»Was ist schlecht daran?«

»Nichts, solange wir einander verstehen.«

»Ich mußte mich vergewissern.«

»Natürlich, jeder Lehrer testet seine Schüler. Aber du hast auch unsere Freundschaft auf die Probe gestellt.«

»Freunde stellen einander immer gegenseitig auf die Probe. Sie geben es nur nicht zu.«

»Diese Mühe hättest du dir ersparen können. Haben dir übrigens meine Bewacher gesagt, daß ich mich im Schießen übe?«

»Ja, in einem nahe gelegenen Schießstand.«

»Dann hat man dir auch berichtet, daß ich fast so genau schieße wie früher.«

»Fast ist nicht gut genug.«

»Ich werde mich verbessern.«

»Machst du dir immer noch Sorgen, daß dich Kamichis Mörder oder Haileys Leute aus dem Weg räumen wollen?«

Savage schüttelte den Kopf. »Dann hätten sie angegriffen, als ich noch hilflos war.«

»Wenn sie dich gefunden hätten. Vielleicht suchen sie dich immer noch.«

Savage hob die Schultern. »Inzwischen habe ich mich so weit erholt, daß ich mich verteidigen könnte.«
»Was zu beweisen wäre. Morgen fliege ich nach Europa. Meine allwöchentlichen Besuche müssen für eine Weile ausfallen. Außerdem fürchte ich, daß deine Wächter anderswo benötigt werden. Sie müssen mich nach Europa begleiten. Tut mir leid, aber ab jetzt stehst du wieder auf eigenen Füßen.«
»Ich komme schon zurecht.«
»Das mußt du – leider.« Graham erhob sich vom Rasen und strich sich die Hose glatt. »Hoffentlich fühlst du dich nicht allzu einsam.«
»Ich werde vor Erschöpfung gar nicht an meine Einsamkeit denken können. Außerdem ist die Chesapeake Bay im Sommer angeblich so wunderschön, daß ein Mensch nichts anderes braucht als ihren Anblick. Ich freue mich darauf. Friede sei mit dir.«
»Wenn das alle wünschten, wäre ich bald brotlos.«
»Frieden? Darüber sollte man mal nachdenken.«
»Aber nicht zu sehr. Ich warne dich.«

24

Ab Mitte Juli war Savage in der Lage, jeden Morgen zehn Meilen weit zu wandern. Im August konnte er joggen. Er konnte sich hundertmal zum Sitzen aufrichten und ebenso viele Liegestütze machen. Seine Muskeln erlangten ihre frühere Härte und Kraft zurück. Er schwamm in der Bay und überwand ihre Strömungen. Er kaufte sich ein Ruderboot, um Arme und Beine weiter zu kräftigen. Jeden Abend machte er Schießübungen, um seine Treffsicherheit zu erhöhen.

Blieb nur noch eines übrig, nämlich auf dem Gebiet des Kampfsports sein früheres Können wiederzuerlangen. Dafür war geistige Disziplin genauso wichtig wie Körperkraft. Seine ersten Versuche endeten enttäuschend. Scham und Zorn ließen seine Seele nicht zur Ruhe kommen, aber Gefühle waren destruktiv, Gedanken lenkten ab. Er mußte dafür sorgen, daß Geist und Körper wieder eine Einheit wurden. Instinkt sollte ihn leiten, nicht Intellekt. Im Kampf zu denken bedeutete Tod. Wer überleben wollte, mußte sich auf seine Reflexe verlassen.

Mit den Handkanten bearbeitete er Betonklötze, bis er seine Schwielen wieder hatte. In der dritten Septemberwoche war er bereit zu neuen Taten.

25

Er ruderte auf der Bay und genoß die Bewegung. Graue Wolken zogen auf. Es roch nach nahendem Regen. Hundert Yards entfernt folgte ihm ein schnelles Motorboot. Zwei Männer beobachteten ihn.

Am folgenden Morgen joggte er durch den Wald. Auf der nahen Landstraße parkte der gleiche blaue Pontiac, den er schon am Vortag gesehen hatte. Zwei Männer beobachteten ihn.

Am Abend verhielt er sich genau wie immer und löschte um zehn Uhr dreißig das Licht...

Und schlich sich aus dem Landhaus weg.

In einem schwarzen Trainingsanzug. Tarnschmiere bedeckte sein Gesicht und die Hände. Wolken überzogen den Himmel. Die Nacht war ungewöhnlich dunkel. Savage kroch über die Veranda und an dem Heißwasserbecken vorbei über die Wiese. Dann verschwand er unter schützenden Bäumen.

In den Büschen verborgen wartete er. Grillen zirpten. Wellen rauschten am Strand. Ein leichter Wind bewegte die Äste.

Ein Zweig knackte. Aber nicht an einem Baum, sondern auf dem Erdboden. Links von Savage.

Büsche rauschten weiter rechts. Aber das Rauschen paßte nicht zu dem Windstoß, der gerade durch ihre Blätter strich.

Zwei Männer schlichen unter den Bäumen hervor. Sie gesellten sich zu zwei anderen, die hinter dem Landhaus auftauchten.

Sie öffneten die Haustür.

Zehn Minuten später kamen drei Männer wieder heraus und verschwanden im nachtdunklen Wald.

Savage packte seine Pistole fester und wartete.

Im Morgengrauen kam ein Mann in einem Anzug mit Weste aus dem Haus. Er setzte sich neben das Heißwasserbecken in einen Liegestuhl und zündete sich eine Zigarre an.

Graham.

Du Schweinehund, dachte Savage.

Er verließ sein Versteck und ging auf das Haus zu.

»Was für ein schöner Morgen!« rief ihm Graham entgegen.

»Du hast mir eine Falle gestellt.«

»Tut mir leid, wenn du das so siehst.«

»Die ganze Mühe nur um herauszufinden, ob ich die beiden Trottel im Boot und im Wagen bemerken würde?«

»Ich mußte mich vergewissern, ob du wieder ganz in Ordnung bist.«

»Die beiden Burschen waren doch nicht zu übersehen.«

»Nicht für einen guten Beobachter.«

»Und du hast nicht geglaubt...?«

»Daß du die alten Fähigkeiten wieder hast? Ich wiederhole, ich mußte mich vergewissern.«

»Vielen Dank für das Vertrauen.«

»Aber hast du auch Vertrauen zu dir selbst? Bist du bereit, eine neue Aufgabe zu übernehmen?«

Der Verfolger

1

Savage nahm alle Kraft zusammen, um die Yacht im Sturm auf Kurs zu halten. In dunkler Nacht und bei dichtem Regen war die Hafenausfahrt kaum zu erkennen. Gelegentlich aufflammende Blitze halfen ihm. Zurückblickend sah er die vom Sturm umtosten weißen Häuser von Mykonos und das schwache Licht der Bogenlampe am Ende des Anlegesteges. Die Wächter, die ihn und Rachel von Papadropolis' Landhaus bis hierher verfolgt hatten, starrten immer noch hilflos und wütend hinter ihm her. Sie getrauten sich nicht zu schießen, weil sie die Frau ihres Arbeitgebers hätten verletzen können.

Obwohl er nicht deutlich zu erkennen war, konzentrierte sich Savages Interesse vor allem auf den braunhäutigen, drahtigen Mann mit den traurigsten Augen, die er jemals gesehen hatte.

»Savage?« hatte der Mann gerufen, als er am Ende des Steges stehenblieb.

»Akira?«

Unmöglich!

Die Wächter rannten über die Pier zurück. Der Japaner zögerte, schaute hinter Savage her und eilte dann den anderen nach. Die Dunkelheit verschlang sie.

Die Yacht holte in einer Bö schwer über. Wogen klatschten über die Reling.

Auf dem Deck liegend, blinzelte Rachel nach oben. »Kennen Sie diesen Mann?« Das Licht eines Blitzes enthüllte ihr mit Beulen bedecktes verschwollenes Gesicht. Jeans und Pullover klebten durchnäßt an ihrem Körper.

Savage beobachtete die beleuchteten Instrumente vor sich. Donner übertönte das Rauschen der Wellen. Er fühlte sich krank. Nicht wegen der Schaukelei in der aufgewühlten See – Akiras Bild verfolgte ihn. »Ob ich ihn kenne? Weiß Gott, ja!«

»Der Wind. Ich kann Sie nicht verstehen.«

»Ich war dabei, als er vor sechs Monaten starb!« Gischt erstickte ihm die Worte in der Kehle.

»Ich kann immer noch nicht...!« Rachel kroch auf ihn zu und hielt sich an der Steuerkonsole fest. »Es hörte sich an, als wollten Sie sagen...!«

»Ich habe jetzt keine Zeit, das alles zu erklären!« Savage erschauerte, aber nicht von der Kälte. »Ich weiß nicht einmal, ob ich es überhaupt erklären kann. Gehen Sie hinunter! Ziehen Sie sich trokkene Sachen an!«

Eine riesige Woge brachte die Yacht fast zum Kentern.

»Sichern Sie da unten alles, was lose ist. Sehen Sie zu, daß nichts in der Gegend herumfliegt. Binden Sie sich an einem Sessel fest.«

Die nächste Woge traf die Yacht.

»Was wird aus Ihnen?«

»Ich kann jetzt das Steuerruder nicht verlassen! Tun Sie, was ich Ihnen sage! Gehen Sie runter!«

Er starrte durch die vom Regen überströmte Windschutzscheibe über den Instrumenten.

Nach allen Seiten Ausschau haltend in der Hoffnung, irgend etwas zu erblicken, spürte er eine Bewegung neben sich. Rachel verschwand nach unten.

Regen klatschte gegen die Scheibe. Im grellen Licht eines Blitzes erkannte er, daß die Hafenausfahrt hinter ihm lag. Vor sich hatte er nichts als die schwarze, tobende See. Donner ließ die Scheibe erzittern. Finstere Nacht umhüllte ihn.

Backbord und Steuerbord hatten keine Bedeutung mehr. Vorn und achtern besagte in dem wilden Durcheinander nichts. Er hatte jegliche Orientierung verloren.

Was jetzt? dachte er. Wohin nun? Er suchte auf der Konsole nach der Seekarte, konnte aber keine finden und wagte auch nicht, das Ruder zu verlassen, um nach den Karten zu suchen. Zugleich wurde ihm klar, daß sie gar nichts nützen würden. Er konnte das Rad nicht loslassen, um die Karten auszubreiten.

Er mußte sich auf sein Gedächtnis verlassen. Die nächstgelegene Insel war Delos. Sie lag im Süden. Dort sollte ein Hubschrauber warten für den Fall, daß sein ursprünglicher Plan fehlschlug und er mit Rachel von Mykonos abgeholt werden mußte.

Delos war nahe. Sechs Meilen. Aber die Insel war so klein, nur anderthalb Quadratmeilen groß. Man konnte sie leicht verfehlen und untergehen, bevor die nächste südliche Insel in einer Entfernung von fünfundzwanzig Meilen auftauchte. Als Alternative bot sich eine Insel im Südwesten an, die Delos flankierte. Diese Insel, Rhineia, war größer als Delos und lag nur eine Viertelmeile weiter entfernt.

Aber wenn ich daran vorbeifahre? Wenn das Wetter nicht besser wird, werden wir untergehen und ertrinken.

Mit einem Blick auf das Kompaßlicht drehte er das Rad auf Kurs Südwest. Das Boot kämpfte sich durch ein Chaos vorwärts, schoß über einen Wogenkamm und krachte in die nächste Welle. Die Wucht des Aufschlages riß Savage fast die Hände vom Rad. Er mußte sich mit aller Kraft daran festhalten. Rechts von ihm tauchte schwacher Lichtschein auf.

Die Luke wurde zurückgeschoben. Rachel kam die Stufen herauf. Sie trug eine gelbe Öljacke. Vermutlich hatte sie Savages Anweisung befolgt und trockene Sachen angezogen, so war wenigstens die Gefahr einer Unterkühlung gebannt. Ihr schulterlanges kastanienbraunes Haar klebte ihr feucht an den Wangen.

»Ich habe gesagt, Sie sollen unten bleiben!« schrie er sie an.

»Seien Sie still und nehmen Sie das hier!« Sie reichte ihm eine Öljacke.

Im Licht der Instrumente sah Savage den entschlossenen Blick in ihren Augen.

»Und ziehen Sie dieses trockene Hemd und den Pullover an, Sie störrischer...! Ich weiß, was Unterkühlung bedeutet.«

Savage sah den Ausdruck in ihren Augen. »Okay, geben Sie her.«

»Keine Widerrede? Was für eine Überraschung!«

»Im Gegenteil, ich bin von Ihnen überrascht. Können Sie das Ruder halten? Haben Sie schon einmal eine Yacht gesteuert?«

»Sie werden sich wundern.« Rachel griff in die Speichen des Rades.

Er zögerte. Aber er fror bis auf die Knochen. »Halten Sie Kurs Südwest.«

In der Ecke des überdachten Steuerhauses fand er etwas Schutz vor dem Regen und den Wellen. Rasch zog er die trockenen Sachen über und genoß dankbar Wärme und Trockenheit. Dann übernahme er das Ruder wieder und kontrollierte den Kompaß.

Genau auf Kurs.

Er wollte Rachel gerade loben, als eine Woge über das Schiff hereinbrach. Beinahe wäre Rachel gestürzt. Er packte sie am Arm und stützte sie.

Die Frau rang nach Atem. »Was meinten Sie damit, als Sie sagten, ich hätte Sie überrascht?«

»Die reichen Leute, für die ich arbeite, sind meistens hochnäsig. Sie betrachten mich als eine Art Dienstboten. Sie begreifen nicht...«

»Wie sehr ihr Leben von Ihnen abhängt? He, meine ganze Würde liegt in Ihren Händen. Wenn Sie mich nicht gerettet hätten, säße ich immer noch in diesem Gefängnis und würde meinen Gatten anflehen, mich nicht schon wieder zu vergewaltigen. Ich wäre der Spielball seiner Launen.«

Im Licht des nächsten Blitzes sah Savage abermals ihr geschwollenes, zerschlagenes Gesicht. Wut erfüllte ihn. »Ich weiß, es hilft nicht viel es zu hören, aber ich muß Ihnen sagen, daß Sie mir leid tun.«

»Bringen Sie mich nur weg von ihm.«

Wenn ich kann, dachte Savage. Er starrte in die tobende See hinaus.

»Werden uns die Leute meines Mannes verfolgen?«

»Ich bezweifle, daß man uns in diesem Sturm blindlings suchen wird. Sie werden wohl bis zum Morgen warten und dann Hubschrauber einsetzen.«

»Wohin fahren wir?«

»Nach Delos oder Rhineia. Das hängt davon ab, wie genau der Kompaß arbeitet. Vieles hängt auch von der Strömung ab.«

»Und wohin wenden wir uns, nachdem...?«

»Still.«

»Was?«

»Lassen Sie mich horchen.«

»Worauf? Ich höre nur Donner.«

»Nein«, sagte Savage. »Das ist kein Donner.«

Sie neigte lauschend den Kopf zur Seite und stöhnte. »Oh, Himmel...«

Vor ihnen donnerte und rumpelte es.

»Wogen«, sagte Savage, »die gegen Felsen krachen.«

2

Das schreckliche Geräusch wurde lauter, kam näher und näher. Ein ohrenbetäubendes Krachen. Savage hielt krampfhaft das Steuerrad. Seine Augen schmerzten von dem angestrengten Starren in die Finsternis, in seinen Ohren dröhnten die Brecher wie Kanonenschläge. Er steuerte die Yacht nordwärts, um der Brandung zu entgehen, aber der Sturm und die Wellen schoben die Yacht seitwärts auf die gefährlichen Felsen zu. Die Strömung drehte den Bug hin und her. Wasser ergoß sich auf das Deck.

»Ich fürchte, wir werden über Bord gerissen!« schrie Savage. »Halten Sie sich fest!«

Rachel gehorchte nicht. Sie wollte in die Kabine hinuntersteigen.

»Nein!« brüllte Savage.

»Doch, ich muß hinunter. Ich habe Schwimmwesten gesehen!«

»Was? Das hätten Sie mir früher sagen sollen.«

Sie tauchte aus der Luke auf und reichte ihm eine Schwimmweste, während sie rasch selbst eine anlegte.

Die Yacht bekam Schlagseite und trieb immer rascher nach Westen auf die fürchterlich donnernde Brandung zu.

»Halten Sie sich an mir fest!« schrie Savage.

Die nächste Woge traf das Schiff wie ein Felsblock. Oben war plötzlich unten. Die Yacht kenterte.

Savage holte Luft, verlor das Gleichgewicht, knallte auf das Deck, packte Rachel, rutschte und fiel ins Wasser.

Eine Woge verschlang ihn. Er wand sich, stöhnte, schluckte Gischt.

Rachel hielt sich an seinem Arm fest.

Savage bekam den Kopf über Wasser und atmete keuchend.

»Wasser treten!« konnte er gerade noch schreien, ehe ihn die nächste Woge untertauchte.

Wir müssen weg vom Schiff, dachte er. Die Yacht erschlägt uns oder reißt uns mit, wenn sie sinkt.

»Treten!«

Rachels Griff an seinem Arm löste sich. Er packte ihre Schwimmweste fester.

Wasser treten, dachte er.

Dann ging er wieder unter.

Verdammt noch mal, treten! Er bekam den Kopf hoch und holte

tief Luft, schluckte Wasser und mußte krampfhaft husten. Völlige Finsternis umgab sie.

Ein Blitz blendete seine Augen. Sekundenlang sah er, wie sich Wellenberge über ihnen türmten, um sie niederfallend zu zerschmettern. Hinter diesen Wogen erhoben sich weitere, noch größere von unglaublicher Höhe.

Nein, durchfuhr es ihn.

Das waren keine Wogen, sondern Hügel!

Er packte Rachel noch fester. Sein Magen krampfte sich zusammen, als die Brandung ihn überrollte. Im Lichtschein des Blitzes sah er die Felsblöcke am Fuß der Hügel, an denen sich die Brandung brach.

Dunkelheit umgab ihn. Der Sturm holte zu einem letzten wütenden Brüllen aus. Er wurde in die Brecher hineingeschleudert.

Rachel stieß einen Schrei aus. Als er an einem Felsen vorübergeschwemmt wurde, wollte er ebenfalls schreien, aber das Wasser in seiner Kehle erstickte jeden Laut.

Er ging unter... Ihm schien, als sei er wieder im Krankenhaus von Harrisburg, betäubt von Demerol.

Dann wieder sah er sich zurückversetzt ins Medford Gap Mountain Hotel. Unter den wuchtigen Schlägen der japanischen Holzschwerter brach er zusammen und versank in Dunkelheit.

Dann sah er ein glitzerndes Stahlschwert, ein rasiermesserscharfes Katana der Samurai, das Akiras Hals durchschnitt.

Blut spritzte.

Akiras Kopf fiel auf den Boden, rollte und blieb aufrecht stehen. Die Augen blinzelten.

»Savage?«

»Akira?«

Wahnsinn!

Chaos!

Die Brandung verschlang ihn.

3

»Schsch, still«, flüsterte Savage.
Aber Rachel stöhnte weiter.
Er drückte ihr die Hand auf den Mund. Mit einem Ruck war sie wach. In ihrem Blick saß die Angst, wieder bei Papadropolis zu sein, der sie schlagen wollte. Sie zerrte an Savages Hand.
Endlich erkannte sie ihn. Seufzend fühlte sie ihre Furcht schwinden, hörte auf, sich zu wehren und entspannte sich.
Er nahm seine Hand von ihrem Mund, hielt sie aber weiter an seine Brust gedrückt. Sie lehnten halb liegend an der Rückwand einer flachen Höhle in dem Kliff. Felsblöcke schirmten sie zur See hin ab. Die Morgensonne schien über die Felsen hinweg, wärmte Savage und trocknete seine Sachen. Der Himmel war fast wolkenlos. Eine sanfte Brise fächelte ihre Wangen.
»Sie haben geträumt und wollten schreien«, fügte er flüsternd hinzu. »Ich mußte sie daran hindern. Man darf uns nicht hören.«
»Man?«
Er deutete auf eine Lücke in den Felsen. Eine steile Granitwand reichte hundert Yards abwärts in die Tiefe, wo immer noch Wogen gegen die Küste krachten. Der Sturm hatte die Yacht gegen die Felsen geschmettert und zertrümmert. Große Bruchstücke waren am Ufer angeschwemmt worden. Zwei untersetzte Männer – der Fischertracht nach Griechen – standen mit in die Hüften gestemmten Händen da und besahen das Wrack.
»Himmel, Leute meines Mannes?«
»Das glaube ich nicht«, entgegnete Savage. »Ihre Fischertracht kann natürlich Tarnung sein, aber ich sehe keine Waffen und vor allem keine Sprechfunkgeräte, mit deren Hilfe sie melden könnten, was sie gefunden haben.« Savage überlegte eine Weile. »Vorsicht kann niemals schaden. Wir lassen uns nicht sehen, bis ich weiß, wie es weitergeht.«
»Wo befinden wir uns?«
»Keine blasse Ahnung. Eine Woge hat uns über die Felsen hinweggetragen. Als wir an der Küste aufschlugen, wurden Sie ohnmächtig.« Savage hatte die Frau an der Schwimmweste festgehalten. Er wußte, daß er sie niemals wiedergefunden hätte, wäre sie von ihm losgerissen worden. Die zurückrollende Welle wollte ihn von den Beinen reißen, doch er konnte sich auf den Füßen halten

und Rachel aus dem Wasser schleppen. »Ich habe Sie hier heraufgetragen, wo ich diesen Unterschlupf fand. Der Sturm hat erst bei Sonnenaufgang nachgelassen. Um sie habe ich mir Sorgen gemacht. Es sah aus, als wollten Sie nie mehr aufwachen.«

Sie hob den Kopf, versuchte zu sitzen und stöhnte.

»Wo tut es weh?« fragte er.

»Fragen Sie lieber, wo es nicht weh tut.«

»Arme und Beine habe ich schon untersucht, da ist nichts gebrochen.«

Sie bewegte vorsichtig die Glieder und verzog das Gesicht. »Sie sind steif, aber beweglich.«

Savage hob einen Finger und bewegte ihn vor ihren Augen auf und ab, dann nach rechts und links.

Ihre Pupillen folgten den Bewegungen.

Er hielt drei Finger hoch. »Wie viele?«

»Drei.«

»Und nun?«

»Einer.«

»Wie steht es mit dem Magen? Ist Ihnen schlecht?«

»Ich fühle mich nicht gerade zum besten, aber spucken muß ich sicherlich nicht.«

»Wenn Ihnen schlecht wird oder Ihr Blick sich trübt, sagen Sie es mir.«

»Fürchten Sie, daß ich eine Gehirnerschütterung habe?«

»Eine leichte bestimmt. Sonst wären Sie nicht so lange bewußtlos gewesen. Wir können nur hoffen, daß es nichts Ernstes ist.«

Und daß sie keinen Schädelbruch hat, fügte er in Gedanken hinzu.

»Die Leute da unten machen irgend etwas«, sagte Rachel.

Savage blickte durch die Lücke.

Die beiden Männer wateten durch flaches Wasser zu einem Felsen, hinter dem sich ein großes Stück des Wracks festgeklemmt hatte. Aber die Wellen trieben sie zurück. Die Männer redeten aufeinander ein und gestikulierten dabei heftig.

Der eine Mann nickte und rannte nach rechts die Küste entlang. Er verschwand hinter einer Biegung des Abhanges. Der andere betrachtete eine Weile das Wrack und drehte sich dann um.

»Er fragt sich, ob es wohl Überlebende gegeben hat«, meinte Savage. »Angenommen ich habe richtig geurteilt und diese Männer sind nicht von Ihrem Mann ausgeschickt, dann läuft der andere offenbar ins Dorf, um Hilfe zu holen. Das größte Stück des Wracks liegt zu weit draußen. Zwei Männer sind zu wenig, um es zu bergen. Aber es ist verlockendes Strandgut. Allein die Instrumente sind für diese armen Leute Gold wert. Wer weiß, vielleicht hoffen sie sogar, in dem Wrack einen Safe voller Gold und Juwelen zu finden.«

»Aber wenn der Mann die Dorfbewohner alarmiert...«

»Man wird die Gegend absuchen.« Savages Herz schlug schneller. »Wir müssen von hier verschwinden.«

Er stand auf. Rachel kniete sich neben ihn und stöhnte.

»Schaffen Sie es wirklich?« fragte Savage.

»Sagen Sie mir nur, was ich zu tun habe.«

»Ich gehe los, sobald er nicht mehr hierhersieht. Folgen Sie mir. Halten Sie den Kopf unten. Sie dürfen nicht einfach kriechen, sondern müssen sich wie eine Schlange bewegen, fest an den Boden gedrückt.«

»Ich richte mich ganz nach Ihnen.«

»Bewegen Sie sich langsam und nutzen Sie jede Deckung aus.«

Rachel deutete nach unten. »Er interessiert sich wieder für das Wrack.«

»Dann los.« Savage zwängte sich zwischen den Felsen hindurch. Rachel folgte ihm.

»Schauen Sie nicht zu ihm hinunter«, flüsterte Savage. »Manche Menschen spüren es, wenn man sie ansieht.«

»Ich richte meine ganze Aufmerksamkeit auf Sie.«

Mit größter Vorsicht schob sich Savage Zoll um Zoll den Hang hinauf.

Obwohl die Sonne seinen Rücken wärmte, griff ihm Kälte ans Herz. Jeden Augenblick fürchtete er, den Schrei des Mannes unten an der Küste zu hören.

Aus Sekunden wurden Minuten. Der Schrei blieb aus. An seinen Füßen fühlte er Rachels Hände, die sich in Risse im Felsen krallten. Jenseits des höchsten Punktes glitt er in eine flache Mulde und wartete, bis die Frau neben ihn kroch. Dann erst erlaubte er sich ein erleichtertes Aufatmen.

Aber er gönnte sich und Rachel nur eine kurze Verschnaufpause. Dann wischte er sich den Schweiß aus den Augen und lugte über den Kamm nach unten. Der Mann, der vorhin weggegangen war, kehrte mit anderen Fischern zurück, gefolgt von Weibern und Kindern. Man hörte sie lachen und durcheinanderreden.

Voller Neugier und Aufregung betrachteten sie das Wrack. Die Kinder begannen sogleich, mit ans Land gespülten Bruchstücken der Yacht zu spielen. Die Frauen schnatterten, die Männer hatten Seile und Pfähle mitgebracht. Einige banden sich Taue um die Hüften und wateten ins Wasser hinaus. Mit Hilfe der Stangen stemmten sie Wrackteile von den Felsen los, zwischen denen sie sich festgeklemmt hatten. An den anderen Enden der Taue standen Männer auf dem festen Grund, bereit, ihre Kollegen herauszuziehen, falls sie ins tiefe Wasser gespült wurden.

Der Mann, der zurückgeblieben war, während der andere Hilfe geholt hatte, erteilte den Frauen und Kindern offensichtlich Befehle. Mehrfach deutete er auf die Felsenwand hinter sich. Sogleich schwärmten alle aus, lugten hinter Felsblöcke und begannen, den steilen Hang zu erklimmen.

»Bald werden sie unser Versteck finden...«, meinte Savage. Dann unterbrach er sich plötzlich.

»Was ist los?« fragte Rachel.

Savage deutete über das Wasser. Von der Höhle aus hatte er nicht den ganzen Horizont überblicken können, doch von dem Gipfel des Hügels erkannte er jetzt eine kleine Insel. Sie lag etwa eine Viertelmeile ostwärts. »Endlich weiß ich, wo wir sind. Auf Rhineia, ein Stück westlich von Delos.«

»Ist das gut oder schlecht für uns?«

»Auf Delos steht ein Hubschrauber. Ich habe ihn für den Fall dorthin bestellt, daß wir nicht mit einem Boot von Mykonos fliehen könnten. In diesem Fall sollte er uns abholen. Aber der Sturm hinderte ihn am Aufsteigen. Wenn wir nur hinüberkämen...«

»Angenommen, der Pilot wartet nicht?«

»Er hat Auftrag, achtundvierzig Stunden auf Delos zu warten für den Fall, daß ich Schwierigkeiten habe, mich mit ihm in Verbindung zu setzen. Über Funk kann ich ihn nicht erreichen. Mein Gerät ist mit dem Schiff untergegangen. Bis morgen müssen wir drüben sein.«

»Aber wie?«

»Es gibt nur eine Möglichkeit. So weit schwimmen können wir nicht – wir müssen ein Boot stehlen.«

Er kroch von der Hügelkuppe zurück, dann ließ ihn etwas innehalten.

Ein fernes Dröhnen.

Savage verzog das Gesicht.

Das Dröhnen wurde lauter. Savage bemühte sich herauszufinden, aus welcher Richtung es kam. Über dem Wasser erschien ein rasch größer werdender Fleck. Das Sonnenlicht glitzerte auf den Rotorblättern.

Der Hubschrauber kam im Bogen auf die Insel zu.

»Wir brauchen uns wohl nicht zu fragen, wer da kommt«, sagte Savage. »Sie suchen die Küstenlinie ab. Wenn sie die Leute da unten entdecken, wenn sie das Wrack finden... Schnell weg!«

Sie krochen rasch ein Stück und richteten sich dann auf, um zu rennen, nachdem sie Deckung hinter der Kammlinie gefunden hatten. Die Insel war fast kahl bis auf verdorrte Büsche, Blumen und wenig Gras. Savage sah nur ausgewaschene Granitrücken. Er versuchte sich zu erinnern, was er bei seinen Recherchen über die Insel erfahren hatte. Es war wenig genug, denn sein Hauptaugenmerk hatte Mykonos gegolten.

Rhineia war nur fünf Quadratmeilen groß und kaum bewohnt. Touristen kamen selten hierher. Als einzige Attraktion hatte die Insel antike Friedhöfe und Grabstätten anzubieten, aber auch die waren nicht zu vergleichen mit den Ruinen von Delos.

Die Besatzung des Hubschraubers wird die Dorfbewohner sehen und das Wrack finden, dachte Savage und rannte weiter. Man wird per Funk Hilfe anfordern. Dann wird die Insel durchsucht. Das dürfte nicht viel Zeit in Anspruch nehmen.

Mit einem Seitenblick prüfte er, ob Rachel mit ihm schritt hielt.

Was aber, wenn ihre Gehirnerschütterung sie ohnmächtig werden ließ?

Und wo, verdammt noch mal, konnte man sich hier verstecken?

4

Als Rachel strauchelte, fuhr Savage herum und fing sie auf.

Keuchend lehnte sie sich an ihn. »Schon gut, ich hatte mir nur den Fuß ein wenig vertreten.«

»Ist das wahr?«

»Das ist Ihnen vor einer Weile doch auch passiert.« Schweiß strömte über ihr verquollenes Gesicht. Voller Entsetzen warf sie einen Blick zurück. »Weiter!«

Vor fünf Minuten hatte das Dröhnen des Hubschraubers aufgehört. Anscheinend hatte der Pilot eine ebene Stelle in der Nähe des Wracks gefunden. Boote und weitere Hubschrauber würden bald Verstärkung bringen.

Die Sonne stieg höher. Vor ihnen erstreckte sich hügeliges Land.

Rachel stürzte zu Boden.

Savage lief zu ihr zurück.

Sie hatte ihre Hände ausgestreckt und den Sturz abgefangen, keuchte aber vor Erschöpfung. »Sie hatten recht.«

»Sie sind vorhin nicht gestolpert?«

»Schwindelig.«

»Vielleicht ist es doch keine Gehirnerschütterung. Ein paar Minuten Rast...«

»Nein, alles verschwimmt. Mir ist, als müßte ich mich übergeben«, stöhnte Rachel.

»Sie sind krank vor Angst. Verlassen Sie sich auf mich! Vertrauen Sie mir. Ich hole Sie hier heraus.«

»Wie sehr ich das hoffe.«

»Kommen Sie erst einmal zu Atem. Die Suche wird nicht so schnell beginnen. Das muß erst organisiert werden.«

»Und dann?«

Savage wünschte, er hätte eine Antwort gewußt.

»Es tut mir leid«, sagte sie.

»Daß Sie vorhin gestolpert sind? Das kann jedem passieren.«

»Nein, es tut mir leid, daß ich Sie in diese Sache hineingezogen habe.«

»Sie haben mich nicht hineingezogen. Niemand hat mich gezwungen. Ich wußte, welches Risiko ich einging.« Savage half ihr auf die Füße. »Sie dürfen nicht aufgeben. Ihr Mann hat das Spiel noch lange nicht gewonnen.«

Rachel lächelte mutig. Savage überlegte – was machen wir nur?

Schwer atmend überblickte er die Gegend auf der Suche nach einem Versteck.

Zwischen den Granithügeln standen die Ruinen kleiner Gebäude. Sie waren rund angelegt und aus flachen Steinen errichtet worden. Die Dächer waren eingefallen, doch die noch vorhandenen Mauerteile ließen darauf schließen, daß diese Baulichkeiten einst wie Bienenkörbe ausgesehen haben mußten.

Grabstätten.

Vielleicht können wir uns darin...

Nein, das wäre zu offensichtlich. Hier würde man zuerst nach uns suchen.

Aber wir können nicht einfach hier stehenbleiben!

Rachel drückte seine Hand. »Es geht mir besser.«

Savage stützte sie, als sie ihre Flucht fortsetzten.

5

Plötzlich gab der Boden unter ihnen nach. Die Füße rutschten unter ihm weg. Seine Hüfte schlug gegen Granit. Er fiel.

Er kam so plötzlich unten an – weiß der Teufel, wo –, daß er keine Zeit fand, den Sturz abzufangen. Keuchend lag er in der Dunkelheit auf dem Rücken. Rachel landete stöhnend neben ihm. Der Staub legte sich. Er drang Savage in die Augen und verkrustete seine Lippen, doch allmählich nahm er seine Umgebung wahr.

Sie befanden sich in einem Schacht.

Sechs Fuß über ihnen drang Sonnenlicht durch eine schräge Öffnung.

Savage hustete und beugte sich über Rachel. »Alles in Ordnung?«

»Warten Sie, ich versuche...« Es gelang ihr, sich aufzurichten. »Was ist passiert?«

»Wir befinden uns in einem Schachtgrab.«

»Was?«

Er holte tief Luft, um es ihr zu erklären. Bei den alten Griechen hatte es verschiedene Arten von Bestattungen gegeben. Die Ruinen, die sie vorher gesehen hatten, wurden *tholos* genannt, womit die bienenkorbähnliche Form dieser Grabmäler beschrieben wurde. Manchmal diente aber auch ein Schacht als Grabstätte, dessen Wände man mit Feldsteinen befestigte und den man oben mit einer Granitplatte abdeckte. Der Leichnam ruhte in einem Marmorsarg, und zwar mit angezogenen Knien und gesenktem Haupt.

Rund um den Sarg, der auf dem Grunde des Schachts ruhte, wurden Lebensmittel, Waffen, Juwelen und Kleidungsstücke ausgebreitet. Wo es möglich war, füllten die Totengräber solche Schächte bis zum Rand mit Erde, da Rhineia aber fast ausschließlich aus Felsen bestand, war dies unterblieben. Savage entdeckte, daß diese Stelle für das Schachtgrab ausgesucht worden war, weil das Granitgestein von Natur aus einen Spalt aufwies. Nur am oberen Rand, wo sich der Riß weitete, waren flache Steine verkeilt worden. Sie hatten den Deckel über dem Schacht getragen.

»Grabräuber«, erklärte Savage. »Sie haben offenbar den Deckel abgehoben, die Wertsachen gestohlen und den Schacht wieder verschlossen, damit niemand Verdacht schöpfen sollte. Das haben sie aber nicht sehr sorgfältig gemacht. Vielleicht waren sie in Eile und haben den Deckel nur nachlässig aufgelegt. Die Ecke, auf die wir traten, hat jedenfalls nachgegeben.«

Savage deutete auf die schief hängende Steinplatte.

»Sie ist unter unserem Gewicht gekippt wie eine Falltür.«

»Wie leicht hätte der Stein noch weiter kippen können.«

»Dann wäre er mit uns hinuntergefallen und hätte uns erschlagen.« Savage schaute sich in dem halbdunklen, nur von einem schrägen Sonnenstrahl ein wenig erhellten Raum um. »Vielleicht hätte auch der Steinsarg die fallende Platte aufgehalten.«

Sie waren neben den Sarg gefallen, dessen unteres Ende im Erdreich verschwand. Die Steinkiste maß etwa drei Fuß im Quadrat und in der Höhe. Sie stand mitten im Raum, so daß die Trauernden Platz fanden für die Gaben, die den Verstorbenen ins Jenseits begleiten sollten. In die Seitenflächen des Sarkophags waren Abbildungen von berittenen Kriegern eingemeißelt.

Savage schaute noch einmal zu dem schief hängenden Deckel hinauf. »Ich glaube, wir haben unser Versteck gefunden.«

»Versteck? Ich komme mir vor, als säße ich in einer Falle. Man wird die Öffnung sehen und uns hier unten finden.«

»Wenn aber keine Öffnung da ist?«

Savage richtete sich auf und stemmte die Hände gegen die Steinplatte. Sie bewegte sich wie in Scharnieren, und die Öffnung schloß sich. Der Sonnenstrahl wurde immer kleiner und verschwand endlich ganz. Der Steindeckel lag auf dem ursprünglich für ihn vorgesehenen Platz. In der Finsternis hörte man nur Rachels heftiges Keuchen.

6

»Hoffentlich leiden Sie nicht unter Klaustrophobie«, flüsterte Savage. Leises Echo hallte von den Steinwänden wider.

»Glauben Sie vielleicht, es macht mir etwas aus, in einem Grab zu stecken nach allem, was ich durchgemacht habe?«

Savage mußte lächeln. »Jedenfalls können Sie sich jetzt ausruhen. Setzen Sie sich neben mich.« Er legte ihr den Arm um die Schulter. »Immer noch schwindlig?«

»Nein.« Rachel lehnte ihren Kopf an seine Schulter.

»Schlecht im Magen?«

»Ja, aber ich glaube das liegt daran, daß ich seit ewigen Zeiten nichts mehr gegessen habe.«

»Dem läßt sich abhelfen.«

Savage öffnete den Reißverschluß der Tasche, die in Höhe der Oberschenkel auf seiner Hose befestigt war. Er nahm ein kleines, in Plastik versiegeltes Päckchen heraus.

»Was haben Sie da?« wollte Rachel wissen.

»Getrocknete Früchte und Pemmikan vom Rind.«

Sie biß ein Stück von dem an der Sonne getrockneten Fleischstreifen ab, der nach indianischer Art zubereitet war.

»Ich muß wirklich sehr hungrig sein. Das Zeug schmeckt einfach wunderbar.«

»Sie haben noch nie Pemmikan gegessen?«

»Wie Sie wissen, bin ich reich und verwöhnt.«

Er unterdrückte ein Lachen und biß von seinem eigenen Fleischstreifen ab. »Sicherlich sind Sie auch durstig. Aber dagegen läßt sich vorerst nichts machen.«

»Wie lange halten wir es ohne Wasser aus?«

»Bei wenig Bewegung ein paar Tage. Natürlich wäre man dann wie ausgedörrt. Aber das wird nicht eintreten. Heute nacht verschwinden wir von hier.«

Er log, um ihr Mut zu machen. Im Grabschacht wurde es ohne jede Ventilation warm. Wahrscheinlich würden sie sehr bald sehr dringend nach Wasser verlangen.

Die Luft war stickig und dumpf.

»Ich muß mal...«

»Was?«

»Ich muß mal pinkeln«, flüsterte Rachel.

»Ich auch.«

»Das ist mir aber peinlich.«

»Nicht nötig. Krabbeln Sie auf die andere Seite des Sarkophags. Wenn dieses Abenteuer vorüber ist, haben wir sowieso keine Geheimnisse mehr voreinander.«

Nach kurzem Zögern kroch sie davon.

Savage mühte sich, nicht auf die Geräusche zu achten, die sie verursachte. Statt dessen beschäftigte er sich mit den vor ihm liegenden Problemen.

Bei Einbruch der Dunkelheit würden die Leute des Großreeders ihre Suche einstellen müssen. Es sei denn, sie konnten Scheinwerfer und Fackeln herbeischaffen, oder Hubschrauber leuchteten mit ihren Scheinwerfern die Gegend ab.

Sicherlich war die Durchsuchung einer so kleinen Insel vor dem Abend abgeschlossen. Dann blieb für die Verfolger nur der Schluß übrig, daß sie ertrunken oder entkommen waren.

Was war also zu erwarten? fragte sich Savage.

Die Leute hatten Angst vor Papadropolis. Also würden sie die Suche nicht so bald aufgeben.

Und Akira?

Wenn der Mann Akira war...

Aber Savage zweifelte nicht daran.

Akira...

Voller Traurigkeit und Schock hatte er hinter Savage hergestarrt, als dieser mit der Yacht entkam...

Vom Pier aus hatte er Savages Namen gerufen...

Akira, dessen abgeschlagener Kopf vor sechs Monaten auf Savage zugerollt war...

...und dessen Augen dabei geblinzelt hatten.

Akira würde kommen. Er würde die Jagd niemals aufgeben. Wobei Savage das Gefühl hatte, daß diese Jagd ihm mehr bedeutet als nur Rachel zurückzuholen.

Er ist tot. Und nun jagt er mich.

Vor sechs Monaten war irgend etwas geschehen. Aber was?

Savage schwitzte. Er warf einen Blick auf die Leuchtzeiger seiner Taucheruhr. Neun Uhr siebenundvierzig. Die Sonne war inzwischen untergegangen. Sicherlich waren die Suchmannschaften an einem bestimmten Ort zusammengezogen worden, um die Lage zu besprechen. Seine trockenen Lippen wurden rissig, die stickige Luft in dem Schacht legte sich schwer über seine Gedanken. Er stieß Rachel an, erhob sich, taumelte ein wenig und stand dann fest auf den Füßen.

»Es ist Zeit.«

Bis auf wenige kurze Bemerkungen hatten sie während der ganzen Zeit geschwiegen. Hin und wieder hatte sich Savage bei Rachel erkundigt, wie es ihr ginge, und selbst diese wenigen Worte waren gefährlich gewesen, denn Savage konnte nicht wissen, ob der Schacht ihr Flüstern verstärkt nach oben leitete, wo man sie hören konnte. Meistens hatten sie vor sich hin gedöst, und nun war Rachel nicht wachzubekommen.

Savage stieß sie noch einmal an. Diesmal ziemlich grob. Endlich regte sie sich ein wenig, und er machte sich Sorgen, daß ihre Gehirnerschütterung womöglich schlimmer war, als es bisher ausgesehen hatte. »Kommen Sie«, flüsterte er. »An der frischen Luft wird es Ihnen gleich besser gehen.«

Diese Aussicht ließ sie vollends wach werden, und sie konnte sich auch auf den Füßen halten.

Savage tastete unter dem Steindeckel, bis er den Rand zu fassen bekam, und drückte dagegen.

Nichts rührte sich. Der Deckel wich nicht von der Stelle.

Mit aller Kraft drückte er noch einmal. Wieder nichts.

Was, wenn der Deckel sich verkantet hat? Was, wenn er nicht mehr im Gleichgewicht ist?

Hat er sich festgeklemmt, genügt unser beider Kraft nicht, um ihn anzuheben. Wir werden ersticken!

Mit zitternden Armen unternahm Savage einen erneuten Versuch. Schweiß drang ihm aus allen Poren. Endlich hörte er ein Kratzen.

Die Steinplatte bewegte sich ein kleines Stück und kippte dann zur Seite, genau wie vorhin, als sie von der schrägen Fläche ins Grab hinuntergestürzt waren.

Über sich sah Savage Mondlicht und Sterne. Voll Dankbarkeit holte er tief Luft. Rachel drängte sich neben ihn und füllte ihre Lungen. »Das tut gut...«

Savage legte ihr die Hand über den Mund. Er lauschte in die Nacht hinaus.

Hatte jemand etwas gehört?

Alles blieb still. Kein Flüstern, keine schleichenden Schritte.

Savage tastete nach einem Stein, den er unter den Deckel klemmte; so konnte die Steinplatte nicht auf sie herunterfallen, wenn sie sich nach draußen arbeiteten. Er schob Rachel durch die Öffnung, wartete, bis sie frei war und paßte auf, daß sie sich nicht aufrichtete. Dann schob er sich über die Kante des Schachtes und an dem schräg hängenden Stein vorüber. Flach auf dem Bauch liegend überblickte er die Gegend. Keine unnatürlichen Silhouetten. Keine Schatten, die sich bewegten.

Mit zufriedenem Kopfnicken nahm er den Stein weg, mit dem er den Steindeckel gestützt hatte, und schob ihn auf seinen Platz zurück. Wenn morgen früh Suchtrupps hier vorüberkamen, sollte es für sie kein sichtbares Anzeichen dafür geben, daß die Flüchtlinge vor ihnen hier gewesen waren.

Mit einer Handbewegung bedeutete er Rachel, daß er den Weg zurückgehen wollte, auf dem sie hierher gelangt waren. Sie nickte.

Er war noch nicht weit gekommen, als er plötzlich innehielt. Seine tastende Hand fand Wasser, das vom gestrigen Regen in einer flachen Granitmulde zurückgeblieben war. Als er seine Finger ableckte, fand er, daß das Wasser zwar schal, aber durchaus trinkbar war. Er tauchte seine Finger noch einmal ein und berührte damit Rachels Mund.

Zuerst zuckte sie zurück, dann erkannte sie, was sie gekostet hatte. Ihre Lippen suchten seine Finger, und sie begriff, woher das Wasser stammte. Hastig schob sie sich an dem Mann vorüber und tauchte das Gesicht in die Pfütze.

Savage zog sie sanft zur Seite, als sie allzu gierig trank. Er fürchtete, ihr würde davon schlecht werden. Erst zog sie unwillig die Augenbrauen zusammen, doch dann gehorchte sie. Savage trank einige Schlucke, wischte sich den Mund ab und wendete seine Aufmerksamkeit wieder den dunklen Hügeln zu. Sie schlichen weiter.

Eine halbe Stunde später hielten sie auf einer Hügelkuppe mit Ausblick über die See an. Mondlicht blinkte auf dem Wasser. Die Küste, vor der die Yacht gestrandet war und wo sich die Fischer versammelt hatten, lag leer und verlassen. Savage hielt sich weiter nach rechts. Aus dieser Richtung waren die Fischer gekommen, also war anzunehmen, daß sich in dieser Richtung auch ihr Dorf befand. Was sich kurz darauf bestätigte.

Vor ihm erhoben sich ein paar Dutzend aus Steinen aufgeführte Hütten, aus deren Fenster Lichtschein fiel. Auf einem ebenen Plateau rechts von sich erkannte Savage die Umrisse von zwei Hubschraubern. Sie standen außerhalb des Brandungsstreifens auf sicherem Grund. Kräftige Männer in dunklen Nylonjacken mit automatischen Waffen in den Händen stiefelten von einer Hütte zur anderen. Hin und wieder sprachen sie in ihre Handfunkgeräte.

Savage nahm jede Einzelheit in sich auf. Nach links hin erstreckte sich ein wackeliger Anlegesteg, an dem sechs Motorboote festgemacht hatten. Jedes war groß genug, um zwölf Leute transportieren zu können. Noch weiter links sah er acht einmastige Fischerboote liegen, die man auf den steinigen Strand heraufgezogen hatte. Diese Fischerboote stellen eine große Versuchung dar, dachte Savage...

Hier liegt der Knackpunkt, entschied er schließlich.

Die Hubschrauber waren bewacht.

Die Fischerboote nicht.

Diese Boote stellen eine Falle dar.

Wie sollten wir sonst von der Insel entkommen?

Fünf Minuten später stand sein Entschluß fest. Vergebens bedeutete er Rachel, sie solle weiterkriechen. Sie verstand ihn nicht. So leise wie irgend möglich flüsterte er ihr zu: »Folgen Sie diesem Hügel nach rechts. Wenn Sie etwa fünfzig Yards hinter dem Dorf sind, bleiben Sie liegen und warten auf mich. Es kann eine Weile dauern. Sie werden Schüsse hören. Erschrecken Sie nicht darüber. Ich komme zurück.«

»Aber...«

»Sie haben versprochen zu tun, was ich Ihnen sage.«

Ängstlich sah sie ihn an.

Energisch deutete er nach rechts.

Zögernd kroch sie davon.

Sie tat ihm leid, weil sie sich offenbar fürchtete, so ganz allein zu sein.

Aber ihm blieb keine andere Wahl. Sie konnte nicht bei ihm bleiben. Sie wäre ihm nur im Weg gewesen und hätte womöglich den sicheren Tod für sie beide bedeutet.

Er wartete, bis die Frau in der Finsternis verschwunden war, dann wandte er sich dem Dorf zu. Links lockten die Fischerboote. Sie wurden bestimmt von Bewaffneten bewacht. Die Falle war allzu offensichtlich.

Wenn ich mich auf dem Weg zu den Booten sehen lasse, wird auf mich geschossen. Wahrscheinlich flammen dann auch Scheinwerfer auf, damit die Posten besser zielen können.

Wollen doch mal nachsehen, wo die Burschen stecken.

Er schlängelte sich den Abhang hinunter.

»Es kann eine Weile dauern«, hatte er zu Rachel gesagt. Mehr konnte er ihr nicht erklären, ohne zu laut zu werden. ›Eine Weile‹, das konnte auch ein paar Stunden bedeuten. Er durfte sich nur langsam vorwärts bewegen.

Nach dreißig Minuten hatte er erst fünfzig Yards hinter sich gebracht. Und erstarrte. Ein schwaches Geräusch ließ ihn aufhorchen. Anzugstoff strich über Gestein. Direkt vor ihm. Hinter einem Wall aus Felsen.

Savage hob vorsichtig den Kopf.

Hinter der Steinwand saß ein Posten. Sein Gewehr war auf die Fischerboote gerichtet.

Savage griff mit beiden Händen zu und riß den Kopf des Mannes nach hinten.

Das knirschende Knacken der Knochen war so leise, daß es kaum zu hören war. Der tote Mann sank in sich zusammen.

Savage schob sich über die Felsen und hob die Waffen auf. Eine .30-06er Büchse mit Zielfernrohr und einen Revolver vom Kaliber .357 Magnum. Den Taschen des Toten entnahm er reichlich Munition.

Er packte die Waffen, hielt noch einmal Umschau und schob sich wieder den Abhang hinauf. Bestimmt waren weitere Scharfschützen in der Nähe versteckt, aber der Weg, auf dem er hierher gelangt war, hatte sich als sicher erwiesen. Also konnte Savage auf dem Rückweg ein wenig schneller kriechen.

Vom Gipfel des Hügels aus vergewisserte er sich noch einmal, daß im Dorf alles ruhig geblieben war. Der erste Teil des Planes hatte geklappt. Und nun? Der zweite Teil war so riskant, daß Savage zögerte, ihn in die Tat umzusetzen.

Wenn es schiefgeht, gibt es keine zweite Chance, sagte er sich. Aber wir können nicht hier bleiben und hoffen, daß die Insel nicht weiter durchsucht wird. Je länger wir uns verstecken, desto schwächer werden wir ohne Nahrung. Bei der nächsten intensiven Suche finden sie uns bestimmt.

Oder Rachel bricht unter der Belastung zusammen. Sie ist fast an ihren Grenzen angelangt.

Es muß jetzt geschehen.

Er hatte Rachel gesagt: »Warten Sie auf mich. Sie werden Schüsse hören. Erschrecken Sie nicht darüber.«

Verdammt noch mal, Rachel, nehmen Sie sich zusammen!

Er feuerte die schwere Büchse ab und rannte landeinwärts davon. Echos vervielfachten den Knall des Schusses.

Unten im Dorf ertönten Rufe. Er feuerte den Revolver ab und rannte weiter. Das Geschrei verstärkte sich. Abermals zog er den Abzug der Büchse durch. Zwei Sekunden später knallte noch einmal der Revolver.

Überall wurde es lebendig. Die Wachleute rannten vom Dorf über den Abhang herauf, traten mit ihren Stiefeln Steine los. Zweimal noch bellte der Revolver, einmal dröhnte die Büchse. Savage rannte nicht weiter inseleinwärts, sondern wandte sich mehr nach links.

Die Rufe wurden lauter, kamen näher. Die Verfolger hatten den Gipfel des Hügels fast erreicht. Tief gebückt rannte Savage immer weiter nach links.

Männer liefen über die Hügelkuppe. Am Himmel zerplatzte eine Leuchtrakete und tauchte die Gegend, aus der die Schüsse gekommen waren, in helles Licht.

Savage bückte sich noch tiefer und rannte noch schneller, um dem Lichtschein zu entkommen.

Mit dem, was jetzt geschah, hatte er gerechnet. Die Wachleute hatten Schüsse aus zwei verschiedenen Waffen gehört. Also mußten sie annehmen, daß es ein Feuergefecht zwischen Savage und einem Posten gegeben hatte. Die Männer bildeten eine Schützenkette und suchten die Gegend inseleinwärts ab.

Unterdessen mußte Savage jeden denkbaren Vorteil aus dieser Ablenkung ziehen. Er rannte durch die Nacht zum anderen Ende des Dorfes, erreichte den Hügel, suchte nach Rachel – und konnte sie nicht finden.

Vorsichtig schlich er auf dem Felsenkamm entlang.

Ein Schatten tauchte auf. Savage wich zurück.

Beinahe hätte er mit seiner schwieligen Handkante zugeschlagen, da erkannte er Rachel. Zitternd fiel sie ihm in die Arme. Aber er hatte keine Zeit, sie zu trösten.

An der Küste unter ihnen begann die Maschine eines Hubschraubers zu heulen. Langsam drehten sich die Rotorblätter.

Zu gleicher Zeit zischte eine weitere Leuchtrakete in den Nachthimmel. Ihr Licht erhellte den Berghang jenseits des Dorfes.

Savage stellte zufrieden fest, daß sich der Suchtrupp weiter inseleinwärts bewegte. Die Anführer hatten einen Hubschrauber angefordert, der mit seinen Suchscheinwerfern helfen sollte.

Rachel drängte sich an ihn.

Savage flüsterte nahe an ihrem Ohr: »Keine Angst jetzt. Halten Sie noch fünf Minuten durch. Dann haben wir es geschafft.«

Er zog sie hinter sich her den Abhang hinunter.

Das Maschinengeräusch verstärkte sich. Die Rotoren drehten sich noch schneller. Im Mondlicht und im Glimmen der Instrumente war die Gestalt des Piloten auszumachen. Ein Copilot rannte auf den Hubschrauber zu.

Savage lief schneller und riß Rachel hinter sich her.

Der Copilot öffnete die Tür der Flugmaschine. Als er hineinklettern wollte, traf ihn ein Kolbenhieb am Kinn. Der Mann fiel zurück und brach zusammen.

Savage stieß ihn zur Seite, ließ das Gewehr fallen und zielte mit dem Magnum-Revolver auf den überraschten Piloten. »Raus hier – oder es knallt!«

Der Pilot löste seinen Gurt, drückte auf die Klinke der Tür und sprang hinaus.

Savage stieg ein und riß Rachel hinter sich her. Aber er brauchte sie nicht anzutreiben. »Los doch!« keuchte sie atemlos.

Er schloß die Tür, ließ den Sicherheitsgurt liegen und preßte die Füße auf die Pedale, während seine Hände die Steuerhebel umklammerten. Bei den SEALs hatte er keine Hubschrauberausbildung absolviert, aber Graham hatte darauf bestanden, daß ein Beschützer auch einen Hubschrauber fliegen konnte. Kein Düsenflugzeug, die Ausbildung dafür dauerte allzu lange, aber Propellerflugzeuge und Hubschrauber ließen sich in relativ kurzer Zeit meistern.

Ein Glück, dachte Savage, daß das kein Militärhubschrauber ist. Die vielen Instrumente in so einer Maschine verwirrten einen nur. Dieser Hubschrauber diente vorwiegend dazu, Touristen von Insel zu Insel zu transportieren. Es war ein ganz einfaches und wirklich leicht zu bedienendes Modell.

Aus dem Heulen des Motors wurde ein Dröhnen. Die Rotorblätter drehten sich so schnell, daß sie in der Luft zu stehen schienen.

»Los doch!« schrie Rachel abermals.

Die Maschine hob sich in die Luft. Savage hatte das Gefühl, sein Magen sänke nach unten. Sie waren frei.

Er zog den Hubschrauber hoch und vorwärts, und gleich darauf flogen sie über das vom Mond beschienene Wasser. Bei einem angespannten Blick nach hinten sah er, daß winzige Gestalten über den Hügel herabgelaufen kamen. Sie versammelten sich am Strand und hoben ihre Gewehre. Mündungsfeuer blitzte.

Zu spät, dachte Savage und gab mehr Gas. Er schnallte sich an und wandte sich an Rachel: »Legen sie den Sicherheitsgurt an.«

»Hab' ich schon«, lachte sie befreit.

»Gutes Mädchen.« Auch Savage lächelte. »Mit Ihnen kann man Pferde stehlen – oder Hubschrauber.«

Als sie aufschrie, fuhr er erschrocken herum. Eine Pistole war auf seinen Kopf gerichtet. Und hinter der Pistole sah er Akira.

9

»Wir wollen doch nicht vergessen, wo wir uns befinden«, sagte Akira in perfektem Englisch. Sein Blick war so melancholisch, wie Savage ihn in Erinnerung hatte. »Nein, greifen Sie nicht zur Waffe. Ich schieße. Ein Hubschrauber muß sorgfältig geflogen werden. Bevor ich Ihre Leiche zur Seite reißen und die Steuerung greifen könnte, wären wir abgestürzt und alle tot – auch Ihr Schützling.«

»Wie sind...?«

»Die Yacht scheiterte an den Klippen. Ich fragte mich, ob jemand überlebt haben könnte. Sie haben bei den SEALs gedient, sind also durch ein hartes Überlebenstraining gegangen. Ich versetzte mich an Ihre Stelle und überlegte, was ich wohl machen würde. Vorausgesetzt, ich fände am ersten Tag ein passendes Versteck, würde ich versuchen, die Insel so schnell wie möglich zu verlassen, bevor ich von Hunger und Durst geschwächt werde. Sicherlich hatten Sie irgendwo eine Hilfsmannschaft stationiert. Vermutlich auf Delos. Den Hubschrauber, der dort auf Sie wartete, habe ich übrigens gefunden. Also überlegte ich weiter. Sie konnten mit dem Piloten keine Verbindung aufnehmen. Sie mußten hinüberkommen, bevor die Leute hier ihre Suche einstellten und abfuhren. Was blieb Ihnen also übrig? Die Männer meines Prinzipals gingen davon aus, daß Sie versuchen würden, sich eines Fischerbootes zu bemächtigen, deshalb wurden überall Scharfschützen versteckt. Ich dachte mir, daß Sie einen anderen Ausweg suchen würden. Eine Ablenkung der Posten genügte. Nach Abwägung aller Ihrer Möglichkeiten versteckte ich mich in diesem Hubschrauber. Was hatte ich schon zu verlieren? Daß ich hier ein paar Stunden lang bewegungslos liegen mußte? Das hätte ich auch tagelang ausgehalten. Und da sind Sie nun.«

»Als wir im Medford Gap Mountain Retreat zusammenarbeiteten, waren Sie nicht so redselig.« Savage schaute über die Schulter zurück und über die Pistole hinweg in Akiras dunkle Augen. Die Augen eines Mannes, der geköpft worden war.

»Das Berghotel? Deshalb bin ich hier«, sagte Akira. »Deshalb habe ich Sie verfolgt und ausfindig gemacht. Ich muß Ihnen eine Frage stellen: Wieso sind Sie noch am Leben? Vor sechs Monaten sah ich Sie sterben.«

Savage erschrak so, daß er die Kontrolle über die Maschine verlor. Sie rutschte ab und drohte, in die See zu stürzen. Hastig justierte Savage die Steuerung und gewann an Höhe. Akiras überraschende Mitteilung ließ kein klares Denken zu. »Sie haben mich gesehen? Aber ich meinte...!«

»Sie sind hinter uns her!« rief Rachel.

Savage schaute nach hinten hinaus. Akira ebenfalls.

Jetzt, dachte Savage, jetzt kann ich seine Waffe packen.

»Gut«, meinte Akira. »Sie haben der Versuchung widerstanden.«

»Woher wußten Sie, daß ich es nicht versuchen würde?«

»Ich verließ mich darauf, daß Ihr Instinkt Sie warnen würde. Ich halte es für besser, wenn wir einander vertrauen. Zum Zeichen meines guten Willens...« Akira steckte die Pistole in ein Holster unter seiner Windjacke.

Savage blickte in die Finsternis hinter der Maschine. »Ich sehe niemand.«

»Da.« Rachel deutete nach links. »Lichter.«

»Von den Motorbooten?«

»Der andere Hubschrauber«, sagte Akira.

»Ist er bewaffnet?«

»Die Männer darin haben sicher ihre Maschinenpistolen mit. Der Helikopter selbst trägt keine Bewaffnung. Er entspricht genau diesem.«

»Wenn wir eingeholt werden, können die Männer die Tür öffnen und auf uns feuern«, meinte Rachel.

»Das werden sie nicht tun.«

»Woher wissen Sie das?«

Savage mischte sich ein. »Aus dem gleichen Grund, warum sie bei unserer Flucht aus dem Landhaus nicht auf uns gefeuert haben.«

»Aber sie haben doch hinter uns hergeschossen, als wir mit dem Hubschrauber flüchteten.«

»Ich glaube, da haben sie vor lauter Überraschung falsch reagiert. Inzwischen dürften sie es sich anders überlegt haben. Wenn wir mit dem Hubschrauber abstürzen, wird ihnen Papadropolis alles mögliche abschneiden.«

»Ja«, meinte Rachel. »Meinem Mann kann man alles zutrauen.«

»Dann sind Sie also unsere Beschützerin«, sagte Akira.

»Unsere? Aber Sie stehen doch auf der anderen Seite!« rief Savage überrascht.

»Nicht mehr. Vorgestern kam ich in dem Landhaus an, und zwar als Vertreter für einen erkrankten Wachmann.« Akira wandte sich an Rachel. »Bald erkannte ich, warum man mich angeheuert hatte. Ich war Ihr Gefangenenwärter, damit Ihr Mann Sie weiterhin schlagen und vergewaltigen konnte. Das vertrug sich nicht mit meinem Gewissen. Außerdem hatte mich Ihr Mann unter Vorgabe falscher Gründe eingestellt. Er behauptete, er sei bedroht worden. Als ich die Wahrheit herausbekam, plante ich selbst Ihre Entführung und Befreiung. Meine Abmachung mit Papadropolis halte ich für ungültig.«

»Warum haben Sie mich dann mit der Pistole bedroht?« wollte Savage wissen.

»Um Ihrem Angriff zuvorzukommen. Ich brauchte schließlich einige Zeit, um alles zu erklären.«

»Die Lichter kommen näher!« rief Rachel.

»Vielleicht wollen sie uns zur Landung zwingen. Etwas weiter rechts liegt eine Insel.« Savage deutete auf einen dunklen Buckel. Er flog daran vorüber und vergrößerte die Geschwindigkeit. Die Maschine dröhnte so, daß der ganze Hubschrauber zitterte.

Der Kraftstoffanzeiger senkte sich rasch auf die Halbvoll-Marke. Savage schüttelte den Kopf. »Bei diesem Tempo verbrauchen wir zuviel Sprit.«

»Die anderen aber auch«, meinte Akira. »Ich würde mir keine Sorgen machen. Die Tanks waren sowieso nicht ganz voll. Sie werden bald landen müssen. Seien Sie ganz ruhig. Abgesehen davon – ohne Zweifel sind Sie doch hungrig und durstig.« Akira suchte etwas auf dem Fußboden. Mit einem Lächeln, das nicht die Traurigkeit aus seinen Augen vertrieb, reichte er Rachel eine Feldflasche und ein Päckchen mit Sandwiches.

Rachel öffnete die Flasche und trank mit durstigen Schlucken. Plötzlich setzte sie die Flasche ab und sah die Männer stirnrunzelnd an. »Sie sind vom Thema abgekommen.«

Savage wußte, was sie meinte.

Akiras Lider verengten sich. »Ja.«

»Was ihr beiden gesagt habt, hörte sich verrückt an. Was war damit gemeint?«

Savage und Akira gaben keine Antwort. Sie starrten einander an.

»Was haben Sie von der Pier aus gerufen, als wir den Hafen verließen?« fragte Rachel. Dann wandte sie sich an Savage. »Und Sie haben das Gleiche zurückgerufen. Aber die Betonung war anders: ›Ich sah Sie...‹, dann donnerte es, und ich konnte die nächsten Worte nicht verstehen bis auf das Wort ›sterben‹. Ich erinnere mich, daß ich Sie fragte, ob Sie diesen Mann kennen. Sie wollten darüber nicht reden. Etwas später sagten Sie dann: ›Ja, so wahr mir der Himmel helfe.‹ Es klang, als hätten Sie Angst. ›Vor sechs Monaten sah ich ihn sterben.‹ Der Wind toste so, daß ich nicht weiß, ob ich alles richtig verstanden habe. Es ergab keinen Sinn. Nun behauptet dieser Mann, er sah Sie...«

»Enthauptet. Savage, wie sind Sie mit dem Leben davongekommen?«

»Warum haben Sie überlebt?« fragte Savage.

»Das Schwert schnitt Ihnen den Kopf ab. Er rollte über die Diele.«

»Ihr Kopf blief aufrecht stehen«, sagte Savage. »Ihre Augen blinzelten.«

»Nein, Ihre blinzelten.«

»Oh, Jesus«, stieß Rachel hervor, »ich hatte recht. Ihr seid beide wahnsinnig.«

»Nein!« rief Savage. »Da wir aber beide am Leben sind, kann irgend etwas nicht stimmen.« Ein Adrenalinstoß ließ seinen Magen flattern und die Knie zittern.

Rachel erbleichte und schüttelte den Kopf. »Beim Himmel, das ist unmöglich. Wenn Ihr nicht verrückt seid, dann sagt jemand die Unwahrheit!« Ihr Blick, mit dem sie Akira musterte, verriet, daß sie den Fremden verdächtigte.

Akira zuckte mit den Schultern und wandte sich an Savage.

»Noch einmal von vorn!« rief Rachel. »Hört euch mal selbst zu. Sie sahen, wie Savage enthauptet wurde?«

»Vollkommen richtig«, nickte Akira. Dabei sah er Savage aus seinen traurigen Augen an.

»Und Sie sahen, wie er enthauptet wurde?« fragte Rachel weiter.

Savage nickte. Es überlief ihn kalt bei dem Gedanken, daß er zusammen mit einem Gespenst im Flugzeug saß.

Rachel hob die Hände. »Ich wiederhole: Da so etwas nicht passiert sein kann, ist es eine Lüge.«

»Vertrauen Sie mir?« fragte Savage die Frau.

»Das wissen Sie doch. Wie oft soll ich es noch beweisen? Ich habe geschworen, daß ich Ihnen in die Hölle folgen würde.«

»Gut, dann ist alles klar. Hören Sie zu, Rachel: Was Sie für unmöglich erklären, habe ich tatsächlich erlebt. Ich war dort und weiß, was geschehen ist. Halten Sie mich für verrückt, wenn Sie wollen, mir ist es gleich. Ich sah einen japanischen Mörder diesem Mann den Kopf abschlagen. Diese Szene hat mich während der letzten sechs Monate ständig verfolgt.«

»Genauso, wie ich davon verfolgt worden bin«, fiel Akira ein.

»Was Sie sagen, zählt nicht«, wies ihn Savage ab. »Rachel und ich können einander vertrauen. Aber können wir auch Ihnen vertrauen?«

»Eine durchaus verständliche Einstellung, ganz so, wie sie unser Beruf erfordert. Ich wäre enttäuscht, wenn Sie nicht mißtrauisch wären. Im Gegenteil, ich müßte mißtrauisch werden, wenn Sie mir ohne weiteres geglaubt hätten.«

»Ihr jagt mir beide Furcht ein«, sagte Rachel.

»Jetzt erst? Ich fürchte mich seit dem Augenblick, als ich Akira bei dem Landhaus erkannte.«

»Stellen Sie sich meinen eigenen Schock vor!« rief Akira. »Ich konnte nicht glauben, was ich sah. Als Sie in dem Wagen an mir vorüberfuhren..., als ich Sie durch die Stadt verfolgte..., als ich Ihnen von der Pier aus nachrief...«

»Das spielt alles keine Rolle«, entgegnete Savage. »Es kommt nur auf das an, was ich vor sechs Monaten gesehen habe. Nur dessen bin ich sicher. Es war nicht so, daß Sie in die Brust geschossen wurden, scheinbar tot umsanken und später von einem Arzt ins Leben zurückgeholt wurden.«

»Wieso bin ich dann hier und kann mit Ihnen reden?«

»Verdammt noch mal, ich weiß es nicht.«

»Hört auf damit!« rief Rachel. »Ich fürchte mich wirklich.«

»Nicht mehr als ich«, sagte Akira. »Wie kann ich es euch nur klarmachen? Savage, während der vergangenen sechs Monate habe ich Sie in meinen Alpträumen gesehen – immer wieder. Während der Rekonvaleszens...«

»Wovon haben Sie sich erholt?«

»Verletzungen durch *bokken*.«

Rachel fuhr herum. »Sprechen Sie Englisch!«

»Das sind hölzerne Schwerter«, erklärte Akira bereitwillig. »Damit hat man mir Arme, Beine und Rippen gebrochen, die Bauchspeicheldrüse, den Blinddarm und meinen Schädel verletzt. Ich brauchte sechs Monate, um mich davon zu erholen.«

»Genau das gleiche ist mir zugestoßen«, sagte Savage. »Womit wir wieder am Anfang wären. Entweder sind wir beide verrückt – oder Sie lügen. Oder...«

»Sie haben gelogen«, meinte Akira. »Ich weiß doch, was ich gesehen habe. Warum haben Sie überlebt?«

Savage erkannte hinter der Trauer im Blick des Japaners die abgrundtiefe Verzweiflung und Verwirrung.

»Nun gut«, nahm Savage einen weiteren Anlauf. »Ich stimme Ihnen zu. Nehmen wir an, wir haben einander gesehen. Obwohl es unmöglich ist.« Vergebens suchte er nach einer Erklärung. »Wenn wir nicht verrückt sind... und keiner von uns lügt...«

»Ja?« Akira beugte sich nach vorn.

»Sie können genauso logisch denken wie ich. Es muß also eine dritte Möglichkeit geben.«

»Das große Unbekannte.« Akira nickte. »Und da wir beide leben...«

»...was eigentlich unmöglich ist...«

Savage gab es auf. »Was, zum Teufel, ist geschehen?«

»Ich schlage vor, wir helfen einander, das herauszufinden.«

10

»Die Lichter hinter uns scheinen zurückzubleiben«, meldete Rachel.

Savage sah sich um. Der ihn verfolgende Hubschrauber schwenkte ab und hielt auf eine Insel zur Rechten zu. »Er dürfte bald keinen Sprit mehr haben.«

»Gott sei Dank, endlich sind wir wenigstens eine Sorge los«, seufzte Rachel. Erschöpft schloß sie die Augen.

»Wie steht es mit unserem eigenen Treibstoff?« fragte Akira.

Savage warf einen Blick auf die Instrumententafel. »Ein Viertel voll.«

Rachel riß die Augen auf. »Genügt das, um das Festland zu erreichen?«

»Ja, wenn wir auf diesem Kurs bleiben.«

»Wenn? Warum sollten wir nicht auf diesem Kurs bleiben?«

Akira wußte die Erklärung. »Savage meint, wir müssen davon ausgehen, daß der uns verfolgende Pilot per Funk andere Hubschrauber angefordert hat, die uns abfangen sollen. Sie wissen, aus welcher Richtung sie uns zu erwarten haben. Wenn wir auf diesem Kurs bleiben, werden sie uns leicht finden.«

»Also müssen wir aus einer Richtung kommen, aus der man uns nicht erwartet«, entschied Savage. Er änderte den Kurs von Nordwest nach West. »Später drehen wir dann auf Norden.«

»Aber auf diesem Weg ist es weiter nach Athen. Wir verbrauchen mehr Sprit«, wandte Rachel ein.

»Bei Höchstgeschwindigkeit wird der Treibstoff nicht voll ausgenutzt. Ich muß langsamer fliegen«, meinte Savage.

»Heißt das, wir haben dann genug?«

Savage gab keine Antwort.

»... oh, Schiet«, sagte Rachel ganz undamenhaft.

11

Die Maschine fing an zu stottern, die Benzinuhr zeigte fast auf leer. Im Zwielicht des frühen Morgens erreichte Savage das Festland und landete auf einer einsam gelegenen Lichtung. Hier wäre auch der Hubschrauber niedergegangen, der ihn auf Delos erwartete, wenn Savage ihn zu seiner Flucht benutzt hätte. Zusammen mit Rachel und Akira rannte er über die Lichtung in den Schutz schattiger Büsche. Einen unsicheren Augenblick lang fürchtete er, Akira würde die Waffe ziehen und erklären, daß er gelogen habe, um Savages Vertrauen zu gewinnen. Aber der Japaner hielt die Hände ruhig und schien seinerseits zu fürchten, daß Savage zur Waffe greifen würde.

»Jenseits der Büsche gibt es einen Feldweg«, erklärte Savage. »Etwa hundert Yards nach links finden wir eine Scheune.«

»In der ein Wagen steht?«

Savage nickte und rannte los.

»Was wäre geschehen, hätten wir diese Stelle nicht erreicht?«

»Ich habe zwei weitere Landungsmöglichkeiten vorbereitet. Wir hätten auch die Auswahl unter mehreren Häfen gehabt, wären wir mit einem Boot angekommen. Sie kennen doch die Regeln. Wenn etwas schiefgehen kann, dann geht es meist schief. Man muß auf alle Möglichkeiten vorbereitet sein.«

»Sie sind durch eine großartige Schule gegangen.«

Sie erreichten den Feldweg und rannten nach links weiter.

»Natürlich wird man den Hubschrauber bald finden«, meinte Akira. »Wenn Papadropolis ihn bei den Behörden als gestohlen meldet, wird die Kripo nach Fingerabdrücken suchen.«

»Sind Ihre irgendwo festgehalten worden?«

»Man hat mir die Fingerabdrücke nirgendwo abgenommen.«
»Mir schon«, erklärte Savage.
»Dann wird Papadropolis seine Beziehungen ausnutzen, um Sie zu identifizieren. Er setzt seine Leute auf Sie an. Er wird Sie töten lassen, weil Sie seine Frau entführt haben.«
»Was ich berührt habe, wurde abgewischt, bevor ich die Maschine verließ. Papadropolis kennt aber Ihren Namen.«
»Nein, er kennt nur meinen Decknamen.«
»Das war das erste, was mir mein Ausbilder beigebracht hat«, sagte Savage. »Immer schön anonym bleiben, damit dir kein wütender Gegner zu nahe kommen kann.«
»Ein weiser Lehrer.«
»Er kann auch ein ziemlicher Schweinehund sein.«
»Wie alle Instruktoren.«
»Ich kann nicht mehr«, keuchte Rachel hinter ihnen.

Beide Männer packten sie unter den Armen. Die Frau zwischen sich tragend, erreichten sie die Feldscheune im grauen Dämmerlicht. Darin stand ein dunkler Fiat. Fünf Minuten später fuhren sie die Straße entlang. Rachel saß auf dem Vordersitz zwischen den Männern.

»Das Schlimmste haben wir hinter uns«, sagte Savage. »Sie sind jetzt in Sicherheit. Schlafen Sie ein wenig. Bald werden Sie ein warmes Essen, frische Sachen zum Anziehen und ein weiches Bett bekommen. Ich habe es selbst ausprobiert.«

Rachel seufzte. »Was ich am meisten brauche, ist ein Bad.«
»Dachte ich mir«, sagte Savage. »Alles ist vorbereitet. Und sehr viel warmes Wasser.«
»Heißes Wasser«, verbesserte sie ihn.
»Das hört sich ja richtig Japanisch an.« Akira schaute zu dem sich rasch klärenden Himmel auf. »Wohin fahren wir?«
»Zu einem Bauernhof ostwärts von Athen.« Savage brannten die Augen vor Erschöpfung. »Ich habe ein verlassenes Bauernhaus gemietet. Als angeblicher Schriftsteller, der ein stilles Plätzchen zum Arbeiten braucht. Ich habe dem Eigentümer erzählt, daß ich an einer neuen Biographie über Aristoteles arbeite.«
»Und was hat er dazu gesagt?«
»Er meint, daß ich ein Buch über Aristoteles Onassis schreibe. Ich mußte ihm versprechen, daß ich ihm alle Schmutzgeschichten über Ari und Jackie erzähle.«

»Und – haben sie das?«
»In meiner Version hat Ari den Papst an Heiligkeit übertroffen. Dem Bauern gingen die Augen über. ›Ihr Professoren...‹, sagte er und nahm mein Geld. Er hält mich für einen Idioten und kommt bestimmt nicht auf Besuch.«
Akira kicherte. Rachel schnarchte.

12

Sie versteckten den Wagen hinter dem Bauernhaus. Weinstöcke bedeckten die in der Sonne liegenden Felder. Das Haus wirkte zwar verkommen, bot in seinem Inneren aber jede Bequemlichkeit und ausreichendes Mobiliar. Savage hatte sich davon selbst vor einigen Tagen überzeugt.

Unterwegs hatten Savage und Akira ausführlich ihre seltsamen Erlebnisse besprochen. Im Bauernhaus angekommen, drehte sich zunächst alles um Rachel. Essen? Noch etwas schlafen? Nein, sie wollte zuallererst ein Bad. Der elektrische Durchlauferhitzer wurde auf höchste Stufe geschaltet, und Rachel blieb länger als eine Stunde im Badezimmer. Als sie herauskam, trug sie ein Kleid von St. Laurent, das ihre Schwester für sie ausgesucht hatte. Trotz der Beulen in ihrem Gesicht sah sie schön aus.

Akira zog bei ihrem Anblick die Augenbrauen zusammen. »Im Hubschrauber dachte ich, Sie wären nur einfach schmutzig im Gesicht von der zweitägigen Flucht. Ich ahnte nicht, daß das, was wie Schmutz aussah, in Wirklichkeit... Ich wußte, daß Sie von Ihrem Mann mißbraucht worden waren..., aber welches Scheusal würde eine Frau...?«

Rachel hob die Hand, um damit die schlimmsten Entstellungen zu bedecken.

»Oh, ich bitte um Entschuldigung«, fügte Akira rasch hinzu. »Ich wollte nur mein Mitleid ausdrücken. Lassen Sie sich trösten. Die Beulen verschwinden wieder.«

»Die an meinem Körper«, sagte Rachel.

»Niemand kann Ihre Seele verletzen.«

Rachel ließ lächelnd die Hände sinken. »Danke, das mußte mir einmal gesagt werden.«

Savage schaute die Frau voller Bewunderung an. Ihre strahlend blauen Augen wurden in ihrer Wirkung unterstrichen durch das Burgunderrot ihres Baumwollkleides. Rachel hatte ihr feuchtes, kastanienbraunes Haar hinter die Ohren zurückgekämmt. Die Schönheit ihrer Kinn- und Wangenpartie kam voll zur Geltung, je mehr die Schwellungen zurückgingen.
»Selbst wenn Ihr Gatte Sie getötet hätte, wäre Ihre Seele unversehrt geblieben«, meinte Akira. »Ich glaube an Shinto.«
Rachel sah ihn fragend an.
»Das ist die älteste japanische Religion.«
»Ich bin nie religiös gewesen.«
»Shinto lehrt, daß unsere Seelen sich mit der Umwelt verbinden, wenn der Körper stirbt. Das Leben ist damit nicht zu Ende. Es gibt nur eine Veränderung. Aber die Identität bleibt gewahrt. Ihr Ehemann konnte Ihrer Seele nichts anhaben, denn sie ist unverwundbar. Sie würde in einer anderen Form weiterleben.«
»Ich interessiere mich nur für dieses gegenwärtige Leben«, entgegnete Rachel.
»Selbstverständlich.« Akira zuckte mit den Schultern. »Shinto verlangt nicht, daß Sie die gegenwärtige Lebensform aufgeben, wenn sie Ihnen gefällt.«
»Und in diesem Leben brauche ich etwas zu essen.«
»Schon unterwegs!« rief Savage. »Lämmerstew.«
»Hört sich köstlich an.«
Das war es auch. Während des Essens wandte sich Savage an Akira. »Schildern Sie mir alles noch einmal.«
»Ich habe es schon fünfmal wiederholt.«
»Versuchen wir es ein sechstes Mal. Wir sind beide gestorben, aber wir leben noch. Jedesmal, wenn ich Sie ansehe, läuft es mir kalt über den Rücken, als sähe ich ein...«
»Kami.«
»Was?«
»Ein Gespenst. Ich begreife das alles nicht...«
»Vielleicht fällt Ihnen irgend etwas ein, an das Sie bisher nicht gedacht haben.«
»Nun gut, ich wurde angestellt von...«
Savage hörte aufmerksam zu, als Akira Muto Kamichi beschrieb. Ende fünfzig. Leicht hängende Schultern. Bauchansatz. Graue Streifen im schwarzen Haar. Schlaffe braune Wangen.

»Genau so habe ich ihn in Erinnerung«, nickte Savage. »Wo hat er Sie angeheuert?«

»In Tokio.«

»Was war er von Beruf?«

»Das weiß ich nicht.«

»Sie müssen doch irgendeinen Hinweis darauf gefunden haben. Wie sah sein Büro aus?«

»Ich habe schon gesagt, daß wir uns auf neutralem Boden, nämlich in einem Park getroffen haben.«

»Ja, und dort wurden Sie beide von seiner Limousine abgeholt.«

»Stimmt.«

»Beschreiben Sie den Fahrer.«

»Ein gepflegter Mann, der sich auf seine Sache verstand. Der Fond des Wagens war durch eine getönte Glasscheibe abgetrennt. Also konnte ich mir den Mann nicht genauer ansehen.«

»Könnte Kamichi ein Politiker gewesen sein?«

»Vielleicht, aber man hätte ihn auch als Geschäftsmann einstufen können. Mein hauptsächlicher Eindruck war der eines sehr mißtrauischen Mannes.«

»Ein mißtrauischer leitender Angestellter. Das war jedenfalls mein Eindruck. Aber darunter kann man alles mögliche verstehen«, meinte Savage. »Ist Ihnen an seinen Händen etwas aufgefallen?«

»Er hatte Schwielen an den Fingerspitzen und an den Handkanten, wie man sie vom Karatetraining bekommt.«

»Wie es auch bei Ihnen und mir der Fall ist.«

»Das war auch meine Schlußfolgerung«, meinte Akira. »Bei uns in Japan stehen die Künste der Selbstverteidigung von jeher hoch im Kurs. Viele Manager üben sich darin.«

»Worin bestand Ihre Aufgabe?«

»Ich sollte Kamichi-san nach Amerika begleiten, wo er an einer Konferenz teilnehmen wollte. Er erwartete keine Gefahr, sondern hielt es einfach für angemessen, einen Leibwächter bei sich zu haben.«

»Das gibt mir zu denken. Er hatte einen Chauffeur. Also ist anzunehmen, daß er weitere Männer in seiner Umgebung hatte, die als Wächter hätten fungieren können.«

»Das hat er mir erklärt«, sagte Akira. »Er wollte einen Beschützer bei sich haben, der sich mit den amerikanischen Sitten und Gebräuchen auskennt.«

»Sie haben für Amerikaner gearbeitet?«

»Ich hatte Klienten aus vielen Nationen. Da ich fließend Englisch spreche, werde ich gern von reichen Amerikanern beschäftigt, die nach Japan kommen – und von reichen Japanern, die nach Amerika reisen wollen.«

»Hat er Ihnen gesagt, daß er auch noch einen amerikanischen Beschützer anheuern wollte?«

»Ja. Ich sah darin kein Problem. Er brauchte sowieso jemand, der mich vertrat, wenn ich aß oder schlief. Außerdem habe ich es immer als praktisch empfunden, einen Mann neben mir zu haben, der Bürger des Landes ist, in dem ich arbeite.«

»Sie flogen also«, forschte Savage weiter, »von Tokio...«

»...nach Dallas.«

»Hat sich dort irgend etwas ereignet?«

»Mein Chef sprach mit anderen Japanern, die im gleichen Flugzeug gesessen hatten. Danach traf er sich mit einigen Amerikanern.«

»Das Treffen fand im Flughafengebäude statt?«

»Ja, und es war nur kurz. Was besprochen wurde, konnte ich nicht hören. Dann flogen wir weiter nach New York.«

»Wo wir uns getroffen haben«, fiel Savage ein. »Danach sind wir eine Stunde weit gefahren. Dann hielten wir an.«

»Mein Prinzipal sagte mir, Ihnen wären Instruktionen gegeben worden. Auf Japanisch wies er mich an, ein paar Feinheiten hinzuzufügen, von denen Sie nichts wußten.«

»Wir hielten an einem Howard Johnsons Hotel. Aktenkoffer wurden ausgetauscht.«

»Das hat mich überrascht.«

»Mich auch. Dann kamen wir...«

»Wir erreichten nach vielen Stunden in tiefer Finsternis ein höchst ungewöhnliches Gebäude, das aus mehreren Baulichkeiten zu bestehen schien. Einige Häuser waren aus Ziegelstein, andere aus Feldstein, wieder andere aus Holz aufgeführt. Sie waren unterschiedlich hoch, mal fünf Stockwerke, dann drei oder vier. Und jedes Haus entsprach einem anderen Baustil. Stadthaus, Pagode, Burg oder Schloß. Manche hatten gerade Wände, andere gekrümmte. Schornsteine, Türmchen, Gauben und Balkone vermehrten dieses« – Akira zögerte – »architektonische Durcheinander.«

»Ja, ein Durcheinander.«

»Ich machte mir Sorgen um die Sicherheit in einem so unübersichtlichen Gebäude.«

»Nein, ich äußerte diese Besorgnis, aber Sie, Akira, erklärten, ich brauche mir keine Sorgen zu machen. Vorsichtsmaßnahmen seien ergriffen worden.«

Akira schüttelte den Kopf. »Dabei habe ich nur wiederholt, was mein Prinzipal mir gesagt hatte. Genaueres wußte ich nicht.«

»An den Berghängen waren Wächter postiert. Und die anderen drei Konferenzteilnehmer hatten je zwei Leibwächter bei sich, genau wie Kamichi.«

»Welchen Nationen gehörten die anderen drei Prinzipale an?« fragte Akira.

»Ein Amerikaner, ein Spanier und ein Italiener.«

Rachel legte ihren Löffel weg. »Ich verstehe ja nichts von euren Geschäften...«

Savage und Akira schauten sie an.

»Das sind für mich fremde Welten, und vielleicht sollte ich besser den Mund halten. Aber während ich euch zuhörte, ist mir etwas aufgefallen.«

»Oh?« Savage hob die Augenbrauen.

»Vielleicht ist es unwichtig, aber...«

»Sagen Sie es uns«, drängte Akira.

»Also, wie hat sich Kamichi mit euch in Verbindung gesetzt?«

Akira schaute verwundert drein.

»Ihr scheint beide sehr darauf bedacht zu sein, anonym zu bleiben. Also werbt Ihr doch sicherlich nicht mit Anzeigen.«

Savage lachte. »Ganz bestimmt nicht.«

»Wie sind dann Sie und Akira für diesen Auftrag ausgesucht worden?«

Akira hob die Schultern. »Auf dem üblichen Wege. Mein Agent hat mir den Auftrag vermittelt.«

»Genauso wie bei mir«, erklärte Savage. »Diese Einzelheit ist unwichtig.«

»Vor fünf Minuten haben Sie noch darauf beharrt, daß jede Kleinigkeit wichtig sei.«

»Sie hat recht«, wandte Akira ein. »Wir müssen alle Möglichkeiten in Betracht ziehen.«

»Mein Agent wußte nichts über Kamichi«, erklärte Savage. »Er konnte mir nicht einmal sagen, ob ich einen Geschäftsmann oder einen Politiker zu beschützen hatte. Kamichi wandte sich einfach mit dem Angebot an ihn, er werde einen Beschützer für fünf Tage Arbeit sehr gut bezahlen.«

»Mein Agent hat ebenfalls nichts über ihn gewußt«, erklärte Akira Rachel. »Es ist ein Unterschied, ob man einen Geschäftsmann oder einen Politiker zu bewachen hat. Beiden drohen unterschiedliche Gefahren, nämlich Entführung oder Mord. Dementsprechend müssen wir unsere Schutzmaßnahmen treffen. Ich erinnere mich, daß ich damals unzufrieden war, weil es so wenig an Informationen gab.«

»Also, ihr fragt euch dauernd gegenseitig, was wohl geschehen ist«, warf Rachel ein. »Warum befragt ihr nicht auch eure Agenten? Vielleicht erinnern die sich an eine Einzelheit, die ihnen unwichtig erschien.«

Savage zog die Augenbrauen hoch.

»Man sollte es versuchen«, sagte Akira.

»Warum nicht? Ein Versuch kann nicht schaden. Allein kommen wir nicht weiter.«

Savage sah auf einmal entmutigt drein. »Aber Ihr Agent sitzt in Japan, meiner in Amerika. Wir können über diese Dinge nicht per Ferngespräch verhandeln.«

»Also müssen wir hinfahren«, sagte Akira. »Aber wir brauchen nur die Hälfte der von Ihnen angenommenen Strecke zu reisen. Wenn ich in Amerika arbeite, bediene ich mich eines amerikanischen Agenten.«

»Wie heißt er?«

Akira zögerte und sah Rachel an, als müsse er überlegen, wieviel er vor einer Außenstehenden preisgeben dürfe.

»Graham Barker-Smythe.«

»Oh, nein!« rief Savage.

Savage sprang so hastig auf, daß sein Stuhl polternd umfiel. »So heißt meiner auch, dieser Gauner.«

»Graham ist Ihr Agent?« Der Schock in Savages Blick veranlaßte Akira, ebenfalls aufzuspringen. »Hier muß ein Irrtum vorliegen. Ich sagte, er sei ein Amerikaner. Tatsächlich aber...«

»Er ist Engländer. Fast sechzig Jahre alt. Übergewichtig und kahl. Er raucht Zigarren und trägt stets dreiteilige Anzüge.«

»Immer nur vom Feinsten«, sagte Akira. »Er mag Champagner und Kaviar.«

»Beluga und Dom Pérignon. Das ist Graham, wie er leibt und lebt.«

Rachel hob die Hände. »Würde mir jemand das erklären? Sie haben beide den gleichen Agenten, ohne voneinander zu wissen?«

»Das konnten wir gar nicht«, erklärte Savage. »Unser Beruf erfordert höchste Geheimhaltung. Unsere Arbeit macht uns zur Zielscheibe.«

»Wir garantieren unseren Auftraggebern absolute Treue«, warf Akira ein. »Vertrauliche Dinge werden auf keinen Fall verraten. Aber wir können uns nicht darauf verlassen, daß unsere Chefs genauso denken und handeln, deshalb verbergen wir unsere Identität für den Fall, daß der Auftraggeber es sich anders überlegt und uns gewaltsam zum Schweigen bringen will. Wir müssen auch damit rechnen, daß die Feinde unserer Auftraggeber sich an uns rächen wollen.«

»Ihr sprecht, als lebtet ihr in einem anderen Jahrhundert«, sagte Rachel.

»Wenn Sie die Dinge so sehen, werden Sie alles verstehen«, erwiderte Akira. »Ich wünsche mir immer, vor dreihundert Jahren gelebt zu haben.«

Savage sah Akira scharf und verwundert an. Dann wandte er sich an Rachel. »Wir müssen irgendwie verrückt sein in diesem Beruf. Ein Beschützer muß seinem Agenten blindlings vertrauen. Denn der Agent ist das Bindeglied zwischen dem Feind, dem Klienten, dem Auftrag und...«

»...Ihnen, dem Beschützer.« Rachel wandte sich Akira zu. »Also muß Graham als der Agent ebenfalls ständige Bedrohung fürchten.«

»Und absolut zuverlässig muß er sein. Er darf niemals das Vertrauen eines Klienten mißbrauchen«, meinte Savage.

»Und er darf niemals die wahre Identität eines Beschützers verraten?« fragte Rachel.

»So ist es. Deshalb hatten wir keine Ahnung davon, daß wir vom gleichen Agenten vermittelt wurden. Hätte Graham mir den Namen eines anderen Beschützers verraten, wäre ich sofort mißtrauisch geworden und hätte mir einen anderen Agenten genommen.«

Savage kam um den Tisch herum. »Graham hat ethisch also ganz richtig gehandelt, indem er uns nicht verriet, daß wir von den gleichen Alpträumen geplagt wurden?«

»Sie brauchten sechs Monate, um sich zu erholen. Genau wie ich. Hat er Sie besucht?«

»Jeden Sonnabend«, sagte Savage. »An der Chesapeake Bay.«

»Bei mir war er an jedem Donnerstag. In Marthas Vineyard.«

»Und während der ganzen Zeit wußte er, daß ich glaubte, Sie seien getötet worden.«

»Genauso wie ich glaubte, Sie seien umgebracht worden.«

»Das geht über das hinaus, was man von einem Agenten an Verschwiegenheit erwarten muß. Er hätte es uns sagen müssen.«

»Glauben Sie, daß er irgendwie mit drinsteckt?«

»Es sieht verdammt so aus«, meinte Savage.

Akiras Züge verhärteten sich.

Rachel ergriff die Hände ihrer Beschützer. »Nun werdet bloß nicht nervös, Freunde, und...«

»Wir werden nicht den nächsten Flieger nehmen und Sie hier allein lassen, falls Sie das befürchten«, sagte Savage. »Sie gehen allem anderen vor.«

»In diesem Falle...«, Rachel ließ die Schultern hängen. Die Augenlider fielen ihr zu. »Ich bin so schrecklich müde.«

»Gehen Sie schlafen.«

Rachel gähnte. »Und was machen Sie?«

»Keine Sorge. Akira und ich werden abwechselnd schlafen. Einer von uns wird Sie Tag und Nacht bewachen.«

Ihr Kopf sank auf die Tischplatte.

Savage trug sie ins Schlafzimmer.

Als Savage in die Küche zurückkehrte, war Akira verschwunden. Rasch durchsuchte er die anderen Räume. Sie waren leer. Er öffnete die Vordertür. Akira saß auf der Verandatreppe und hielt sein braunes Gesicht der Sonne entgegen.

»Sorgen?« fragte Savage.

»Ich hielt es für an der Zeit, mich einmal umzusehen.«

»Und?«

Akira deutete auf die Felder voller Rebstöcke. »Alles scheint in Ordnung. Die Trauben sind abgeerntet. Man kann zwischen den Reihen hindurchsehen. Niemand arbeitet auf den Feldern. Es war gut, daß Sie dieses Haus ausgesucht haben.«

»Danke.« Savage setzte sich neben den Japaner. »Angesichts Ihres Könnens ist das ein richtiges Kompliment.«

»Nur die Feststellung einer Tatsache.«

Die beiden Männer grinsten einander an. Auch dabei verschwand der traurige Ausdruck aus Akiras Augen nicht.

»Sie sprechen ein ausgezeichnetes Englisch«, sagte Savage »Wo haben sie das her?«

»Das erzähle ich Ihnen später einmal.«

»Vorausgesetzt, Sie sind in Stimmung. *Omote* und *ura*. Nicht wahr?«

Akira drehte sich zu ihm herum. »Die öffentlich geäußerte und die private Meinung? Sie sind mit der japanischen Logik vertraut?«

»Ich gebe mir jedenfalls Mühe.«

»Wie geht es der Frau?« wollte Akira wissen.

»Sie hat sich tadellos gehalten. Wirklich eindrucksvoll. Natürlich ist sie völlig erschöpft. Sie hat sich nicht gerührt, als ich sie zudeckte. Wahrscheinlich wird sie bis zum Abend durchschlafen.«

»Auch wir brauchen unseren Schlaf. Wenn es Ihnen recht ist, übernehme ich die erste Wache. Sie können ein Bad nehmen und...«

»Darüber können wir bis zum Mittag debattieren«, meinte Savage. Er nahm zwei kleine Steine auf und schüttelte sie in den geschlossenen Handflächen. Dann nahm er ein Steinchen in jede geschlossene Faust und hielt sie Akira hin. »Wer den kleineren Stein zieht, geht zuerst ins Bett.«

»Ein Kinderspiel?«

»Warum nicht? Irgendwie muß die Entscheidung ja getroffen werden.«

Akira zeigte lächelnd auf die linke Faust. Savage öffnete sie und verglich den Stein mit dem in der anderen Hand.

»Sieht so aus, als ob Sie bald ein Schläfchen machen können«, lachte Savage.

Akira verbeugte sich und entgegnete, ebenfalls lachend: »*Hai.*«

»Das heißt doch auf Japanisch ›Ja‹?«

»Unter anderem. Es heißt auch natürlich, in der Tat, auf alle Fälle – das kommt auf den Zusammenhang an.« Akira sah ihm in die Augen. »Sie sind, wie wir es nennen, ein ernsthafter Mensch, erfüllt von gutem Willen.«

»Und mit einem scheußlichen Problem behaftet.«

»Mit zwei Problemen«, verbesserte Akira. »Zunächst muß Ihr Schützling zu der Auftraggeberin gebracht werden.«

»Die Vorbereitungen dafür sind getroffen.«

»Sie haben bisher hervorragende Arbeit geleistet. Um den Rest zu beschleunigen schlage ich vor, daß wir zusammenarbeiten.«

»Das sollte mir eine Ehre sein.« Savage drückte die Handflächen aneinander und senkte das Haupt.

»Danach fliegen wir nach New York.«

»Um aus Graham Antworten herauszupressen«, sagte Savage.

»Aber es gibt etwas, worüber wir noch nicht gsprochen haben«, meinte Akira. »Hier geht es nicht nur um uns beide.«

»Ich weiß«, sagte Savage. »Kamichi.«

Akira sah ihn überrascht an.

»Die siebenundvierzig *ronin*«, fügte Savage hinzu.

»Sie kennen die Geschichte?«

»Es dauerte zwei Jahre, doch haben sie schließlich den Tod ihres Herrn gerächt.«

»Kamichi ist der erste und einzige Prinzipal, den ich verloren habe.« Akiras Stimme wurde rauh.

»Auch für mich war er der einzige Prinzipal, den ich jemals nicht schützen konnte.« Savage zog die Augenbrauen zusammen. »Wenn Graham etwas damit zu tun hat, wenn er mitbeteiligt ist an unserem gemeinsamen Alptraum... wenn er mitschuldig ist an dem, was Kamichi zugestoßen ist...«

»Dann werden wir ihn rächen.« Akira stand auf. »Wenn wir uns über dieses Ziel einig sind, dann könnten wir...«

»Freunde werden«, sagte Savage.

Akira kniff die schmalen Lider zusammen. »Freunde?«

Da bin ich zu weit gegangen, dachte Savage.

»Partner auf Zeit«, sagte Akira. »Um meinen Respekt vor Ihrem Respekt zu bekunden, will ich mich der westlichen Sitte anschließen.«

Sie schüttelten einander die Hände. Akiras Griff war so fest wie der eines Samurai um seinen Schwertknauf.

Dieser Vergleich erinnerte Savage an das Schwert, mit dem Kamichis Körper zerschnitten und Akiras Kopf abgetrennt worden war.

Er umklammerte Akiras Hand.

Und dachte an Graham.

Zweiter Teil

DIE ZEIT VERGEHT

Jagen und Gejagtwerden

1

Der Abflug vom Athener Flughafen kam nicht in Frage. Dort hätten Papadropolis' Leute zuallererst gelauert. Die beiden nächsten internationalen Flughäfen waren Saloniki, mehrere hundert Kilometer weiter im Norden, und Korfu, etwa genauso weit im Nordwesten gelegen. Ganz klar, daß auch diese beiden Plätze überwacht wurden. Bei seiner chronischen Ungeduld würde Papadropolis als selbstverständlich annehmen, daß die Fliehenden das schnellste Transportmittel benutzen wollten.

Eine andere Möglichkeit bestand darin, mit dem Wagen zu reisen. Das aber hätte unendliche Strapazen bedeutet. Um eine halbwegs sichere Route zu wählen, hätten Savage, Akira und Rachel nordwärts nach Jugoslawien fahren müssen, ein Land, viermal so groß wie Griechenland. Weiter hätte der Weg durch die Alpenregionen Norditaliens geführt, dann durch ganz Frankreich bis zu dem Inselfürstentum vor der Côte d'Azur, in dem Rachels Schwester regierte.

Der am besten geeignete Weg schien der über See zu sein. Selbst ein Papadropolis mit seinen schier unerschöpflichen Mitteln konnte nicht jeden griechischen Hafen überwachen lassen. Natürlich würde er die Häfen in der Nähe Athens unter Kontrolle halten, deshalb fuhren Savage, Akira und Rachel vier Stunden lang nach Patrai an der Westküste von Griechenland. Dort überdachten sie kurz die Möglichkeit, einen Fischer zu bestechen, der sie nach Italien hinüberbringen sollte. Aber war dem Fischer zu trauen? Er sollte immerhin zum Verstoß gegen internationale Grenzregelungen überredet werden. Also würde er das Unternehmen vielleicht der Polizei verraten. Der normale Touristenweg schien am sichersten.

»Ich bin in jeder Beziehung skeptisch«, meinte Akira. Es war neun Uhr abends. Er stand mit Savage und Rachel in einer dunklen Seitengasse. Sie beobachteten Autos und Fußgänger vor einem

Fahrkartenschalter neben einer hell beleuchteten Pier, an der eine Fähre festgemacht hatte. »Sicher geht es schneller, als wenn wir mit dem Wagen fahren. Aber Fliegen wäre noch schneller.«

»Wir sind übereingekommen, daß Fliegen zu gefährlich wäre«, wandte Savage ein.

»Der Fahrkartenschalter kann genauso gefährlich sein wie ein Flughafenbüro.«

»Sicher. Ich werde das überprüfen. Unsere Gegner wissen, daß ich Kaukasier bin und amerikanische Papiere habe. Vom Äußeren her kann ich auch als Europäer durchgehen. Ein Japaner würde auf der Stelle erkannt.«

Zehn Minuten später kehrte Savage zurück. »Ich habe keine Überwacher gesehen.«

»Das bedeutet nicht, daß nicht doch welche da sind.«

Savage nickte zustimmend und reichte Akira und Rachel ihre Fahrscheine. »Ich gehe davon aus, daß eher die Fähre als das Fahrkartenbüro überwacht wird.«

Akira nickte. »Ganz meine Meinung. Man hat dort mehr Übersicht.«

»Das gilt auch für uns«, sagte Savage. »Wir können unsere Überwacher dort leichter herausfinden.«

Akira dachte darüber nach. »Ja.«

»Wie lange brauchen wir bis nach Italien?« wollte Rachel wissen.

»Neunzehn Stunden.«

»Was, so lange?«

»Die Fähre läuft noch zwei andere Häfen an, bevor sie die Adria überquert«, erläuterte Savage. »Die Tatsache, daß sie so lange braucht, gefällt mir. Papadropolis wird nicht glauben, daß wir uns für die Flucht ein so langsames Verkehrsmittel ausgesucht haben. Wir legen in fünfzehn Minuten ab. Gehen wir zurück zum Wagen.«

2

Savage und Rachel fuhren auf die Pier und reihten sich in die Schlange von Personenwagen und kleinen Lastwagen ein, die auf die Zollabfertigung warteten. Zwar mußte man auch in Italien durch den Zoll, aber die Griechen kontrollierten das Gepäck der

Ausreisenden, um zu verhindern, daß antike Kunstgegenstände ins Ausland geschmuggelt wurden. Auf alle Fälle mußte man seinen Reisepaß vorweisen.

Savage hatte seinen Paß aus dem Schließfach in Athen geholt, wo er zusammen mit anderen Wertsachen verwahrt gewesen war. Akira hatte seinen Paß, von dem er sich nie trennte, in einer wasserdichten Plastikhülle bei sich.

Rachel war der Paß von Papadropolis abgenommen worden, weil er sie so besser unter Kontrolle zu haben glaubte.

Die einfachste Lösung wäre für sie gewesen, sich bei der amerikanischen Botschaft zu melden und anzuzeigen, daß sie ihren Paß verloren habe und einen neuen benötige. Das konnte allerdings Tage in Anspruch nehmen. Rachel besaß keinerlei Dokumente, mit denen sich ihre amerikanische Staatsbürgerschaft beweisen ließ. Darüber hinaus würde Papadropolis damit rechnen, daß seine Frau einen neuen Paß beantragen würde und ließ deshalb bestimmt die Botschaft überwachen. Als Ausweg bot sich an, Rachel mit einem gefälschten Paß zu versorgen. Aber Rachel hatte im Gesicht viele Beulen und blaue Flecken. Jedem Zollbeamten wären diese Verletzungen aufgefallen, die bewiesen, daß das Paßbild weniger als einen Tag alt und der Paß damit gefälscht war.

Bevor er zu ihrer Rettung aufgebrochen war, hatte Savage nichts von den Entstellungen im Gesicht der Frau gewußt. Da er nicht damit rechnen konnte, Rachels Paß in die Hände zu bekommen, hatte er deshalb für eine Ausweichmöglichkeit gesorgt. Joyce Stone hatte ihm Bilder von ihrer Schwester gezeigt. Schon dabei war ihm die unheimliche Ähnlichkeit zwischen den beiden Frauen aufgefallen. Man hätte sie für Zwillinge halten können, obwohl Rachel zehn Jahre jünger war.

Savage hatte Joyce Stone auf ihr Inselfürstentum zurückgeschickt mit dem Auftrag, ihren Paß nicht abstempeln zu lassen. Bei ihrem Status und ihrer Autorität konnte das nicht schwerfallen. Ein Bote hatte dann Joyces Paß nach Athen zurückgebracht und ihn Savage übergeben. Folglich gab es keinen Beweis dafür, daß Joyce Stone Griechenland verlassen hatte.

Bei aller verblüffenden Ähnlichkeit gab es zwei Unterschiede: Joyce war hellblond, während Rachels Haar kastanienrot leuchtete. Und Joyce Stone sah immer noch wie ein Filmstar aus, Rachel dagegen wie eine verprügelte Ehefrau.

Den Aufenthalt in dem Bauernhaus hatte er dazu benutzt, Rachel ein Mittel zu besorgen, mit dem sie ihr Haar blond färbte.

Während er den Wagen zum Zollgebäude steuerte, sah er Rachel von der Seite her bewundernd an. Mit dem blondgefärbten Haar sah Rachel genauso aus wie ihre Schwester. Die Beulen und Flekken verstärkten den Eindruck noch, weil sie dadurch älter wirkte.

Der Zollbeamte beugte sich zum offenen Fenster. »Keine Koffer?«

»Nur diese zwei Reisetaschen«, sagte Rachel, wie Savage es ihr geraten hatte.

»Die Pässe, bitte.«

Rachel und Savage reichten ihre Dokumente hin. Akira wollte zu Fuß auf die Fähre kommen, damit man die drei nicht zusammen sah.

»Joyce Stone?« Der Beamte starrte Rachel überrascht an. »Ich bitte um Entschuldigung... Ich habe nicht sogleich... ich bewundere Sie immer in Ihren Filmen... bin ein Fan von Ihnen, aber...«

»Sie meinen meine Beulen?«

»Sie sehen aus, als ob Sie Schmerzen hätten. Was ist denn...«

»Ein Verkehrsunfall in der Nähe von Athen.«

»Ich drücke mein tiefes Bedauern aus. Meine Landsleute sind ungeschickte Fahrer.«

»Nein, es war meine Schuld. Zum Glück ist niemand ernsthaft verletzt worden. Ich habe dem Mann Geld gegeben für die Reparatur seines Wagens und für die Arztkosten.«

Der Beamte richtete sich auf. »Euer Majestät sind überaus freundlich. Selbst mit Ihren Verletzungen sind Sie genauso schön wie in Ihren Filmen. Und auch so großzügig.«

»Darf ich Sie um einen Gefallen bitten?«

»Stets zu Ihren Diensten.«

Sie ergriff die Hand des Mannes. »Sagen Sie niemandem, daß Sie mich an Bord gesehen haben. Natürlich freue ich mich über die Aufmerksamkeit meiner Bewunderer. Ich habe mich zwar vom Film zurückgezogen, aber ich fühle mich immer noch den Fans verpflichtet, die sich meiner erinnern.«

»An Sie, Hoheit, wird man sich immer erinnern.«

»Aber nicht, wenn ich so wie jetzt aussehe. Scheußlich.«

»Für uns sind Sie immer schön.«

»Sie sind sehr freundlich.« Rachel hielt immer noch die Hand des

Mannes fest. »Aber vielleicht sind Pressefotografen an Bord. Wenn Ihnen meine Filme gefallen haben...«

»Ich habe Eure Hoheit in jedem Film angebetet.«

»Dann sollen Sie mich in guter Erinnerung behalten.« Rachel drückte ihm noch einmal die Hand und ließ sie dann los.

Der Beamte trat zurück. »Gute Reise, Euer Hoheit. Sagen Sie Ihrem Chauffeur, daß er losfahren kann.«

»Vielen Dank.« Rachel belohnte ihn mit einem strahlenden Lächeln.

Savage lenkte den Wagen auf die Fähre. »Sie sind als Schauspielerin noch besser als Ihre Schwester«, sagte er. »Sehr, sehr gut.«

»He, ich habe meine Schwester immer beneidet. Stets war sie besser als ich. Aber jetzt, wo ich solche Angst habe, kann ich auf einmal beweisen, daß ich auch etwas kann.«

»Dem wird nicht widersprochen.« Savage parkt auf dem Wagendeck. »Wir warten hier auf Akira.«

3

Zwanzig Minuten später legte die Fähre von der Pier ab. Akira war immer noch nicht aufgetaucht.

»Bleiben Sie im Wagen«, sagte Savage zu Rachel.

Er reckte sich, stieg aus und überblickte die langen Wagenreihen im Zwischendeck. Es roch nach Öl und Auspuffgasen. Alle anderen Fahrzeuge waren leer. Die Passagiere hatten sich auf die oberen Decks verteilt, um zu schlafen, zu essen oder das vom Mond beschienene Meer zu bewundern. Das Wagendeck vibrierte unter dem Grummeln der Maschinen des Schiffes.

Von Akira war nichts zu sehen.

»Ich habe es mir anders überlegt«, sagte Savage. »Steigen Sie aus. Bleiben Sie dicht bei mir. Falls etwas passieren sollte, laufen Sie so schnell wie möglich auf die Brücke. Dort stellen Sie sich unter den Schutz des Kapitäns.«

Rachel drängte sich an ihn. »Stimmt etwas nicht?«

»Ich weiß es noch nicht.« Savage blickte prüfend die Wagenreihen entlang. »Aber Akira müßte jetzt eigentlich schon bei uns sein.«

»Vielleicht hält er sich damit auf, die Passagiere zu überprüfen.«
»Kann sein..., oder er ist in Schwierigkeiten geraten.«

Trotz des Schutzes, den die Wagen boten, fühlte sich Savage wie auf dem Präsentierteller.

Er hatte es sich angewöhnt, niemals im Besitz einer Feuerwaffe eine internationale Grenze zu überschreiten. Gewiß, an manchen Grenzübergängen wurden die Bestimmungen lax gehandhabt. Es gab auch Waffen, die zum großen Teil aus Plastik bestanden, sie wurden von Röntgenstrahlen kaum registriert; vor allem nicht, wenn man sie auseinandergenommen transportierte. Aber Savage hatte einen schweren, ganz aus Metall gefertigten Magnum-Revolver mit sich geführt, der sich, mit Ausnahme der Trommel, nicht auseinandernehmen ließ. Hinzu kam, daß Griechenland und Italien der Terroristenszene gegenüber relativ nachsichtig gewesen waren. Die Fanatiker aber hatten den guten Willen ihrer Gastländer mißbraucht und neue Anschläge begangen, worauf in Griechenland und Italien die Grenzkontrollen verschärft worden waren. Deshalb hatten Savage und Akira ihre Handfeuerwaffen schweren Herzens in einen Gully geworfen, bevor sie die Fähre erreichten.

Jetzt wünscht sich Savage sehr, daß er die Waffe behalten hätte. Oben auf der Treppe erschien ein Mann. Savage hoffte, daß es Akira wäre, aber nein, der Mann war Mitteleuropäer und trug eine Uniform. Er gehörte zur Besatzung der Fähre. Nach einem prüfenden Blick über die Wagenreihen wandte er sich an Rachel und Savage. »Tut mir leid, Sir, aber hier unten dürfen sich Passagiere nicht aufhalten.«

»In Ordnung. Meine Frau hatte nur ihre Handtasche vergessen, und wir sind noch einmal heruntergekommen, um sie zu holen.«

Der Mann wartete, bis Savage und Rachel an ihm vorübergegangen waren.

»Nun müssen wir uns wohl oder übel unter die Menschenmenge mischen« sagte Rachel mit unsicherer Stimme.

»Vor allem müssen wir Akira finden. Und denken Sie daran«, sagte Savage, »die Leute Ihres Mannes haben keine Ahnung, wie ich aussehe. Und sie suchen nach einer Frau mit kastanienrotem Haar, nicht nach einer Blondine.«

»Aber alle meine Beulen und Schwellungen kann ich aber nicht verbergen.«

»Sie lehnen sich an die Reling, stützen das Kinn in die Hand und betrachten das Meer. So wird niemand Ihr Gesicht zu sehen bekommen. Alles klar?«

Sie zitterte ein wenig und nickte dann. »Halten Sie mich nur bei der Hand.«

4

Die große Fähre konnte sechshundert Passagiere aufnehmen. Über dem Wagendeck befanden sich die Decks A und B mit Kabinen und Reihen von Schlafsesseln. Savage hatte eine Kabine genommen, aber er getraute sich nicht, sie zu benutzen, bevor er nicht wußte, wo Akira steckte. Er hätte darin wie in einer Falle gesessen.

Sie stiegen die Treppe zum Hauptdeck hinauf, um sich herum ein internationales Sprachengewirr. Eine leichte Seebrise trocknete ihm den Schweiß von der Stirn. Er drückte Rachels zitternde Hand und zog sie durch ein Schott. Sofort waren sie von einer schiebenden Menge umgeben.

Rachel verzog das Gesicht.

Savage legte ihr einen Arm um die Schultern und zog sie aus dem hellen Lichtschein weg an die im Dunkel liegende Reling. Rachel lehnte sich dagegen und betrachtete das Meer. Savage drehte sich um und musterte die sich drängenden und schiebenden Passagiere.

Wo war Akira?

Vom Promenadendeck der Fähre konnte man durch Fenster in ein mittschiffs gelegenes Restaurant und in eine Bar hineinschauen.

Wo, zum Teufel, steckte Akira?

Fünf Minuten vergingen, dann zehn. Savage fühlte sich flau im Magen. Obwohl er sich dringend auf die Suche machen wollte, wagte er es nicht, Rachel sich selbst zu überlassen. Nicht einmal in der Kabine.

Aus der Masse der Mitteleuropäer löste sich die Gestalt eines Orientalen.

Akira!

»Zwei sind hinter mir her«, flüsterte er im Vorbeigehen.

Savage schaute ins Restaurant, dann auf die See hinaus. Den Japaner, der an ihm vorbeiging, schien er nicht zu bemerken. »Führen Sie die beiden noch einmal herum«, murmelte er.

Als er der Reling den Rücken kehrte, war Akira bereits in der Menge verschwunden.

Zwei grimmig dreinblickende Männer, unter deren Anzügen sich Muskelberge wölbten, folgten ihm.

Savage fragte sich, ob die beiden nur als Ablenkung dienten, während weitere Verfolger Akiras Reaktionen beobachteten. Das war immerhin möglich. Aber die beiden Männer stellten sich geschickt an. Nicht Akira war offenbar ihr Ziel, sondern Rachel. So lange Akira die ihn verfolgenden Männer ignorierte, konnten diese nicht sicher sein, ob sie den richtigen Japaner verfolgten. Und sie konnten Akira auch nicht gut aus der Menschenmenge gewaltsam herauszerren und ihn befragen. Sie mußten also abwarten, ob der Japaner mit einem Europäerpaar Kontakt aufnehmen würde. Trotz Rachels veränderter Haarfarbe konnten die Verfolger dann sicher sein, ihre Zielpersonen gefunden zu haben.

Was machen wir also? fragte sich Savage. Auf der ganzen Fähre Verstecken spielen?

Vorsichtig ließ er den Blick über die Menge gleiten, um zu sehen, ob sich jemand für ihn und Rachel interessierte. Als Akira zum zweiten Mal an ihm vorüberbummelte und von den gleichen zwei Männern verfolgt wurde, kam er zu dem Schluß, daß diese beiden allein waren.

Aber damit war das Problem noch nicht gelöst.

Was machen wir nur mit ihnen?

Am einfachsten wäre es gewesen, die beiden von Akira so lange spazierenführen zu lassen, bis das Deck sich leerte und die Passagiere schlafen gingen. Dann konnte Savage die Verfolgten verfolgen und versuchen, sie auszuschalten.

Hatten die beiden Männer vielleicht Order, sich in regelmäßigen Abständen über das Funktelefon bei ihren Auftraggebern zu melden? Bei den SEALs hatte das zur normalen Routine gehört. Wenn sich eine Mannschaft nicht zur vorgeschriebenen Zeit meldete, ging der Kommandeur davon aus, daß die Leute gezwungen worden waren, sich irgendwie in Sicherheit zu bringen. Meldete sich die Mannschaft gar nicht mehr, mußte man annehmen, daß die Leute in Gefangenschaft geraten oder tot waren.

Wenn man die beiden Männer daran hinderte, sich zu melden,

gab man also Papadropolis einen Hinweis darauf, wo er suchen lassen mußte.

Als Savage über dieses Problem nachdachte, kam ihm eine weitere Möglichkeit in den Sinn: Angenommen, die beiden Männer hatten sich bereits gemeldet und berichtet, sie hätten einen Japaner gefunden, auf den Akiras Beschreibung paßte? In diesem Fall würde Papadropolis Verstärkung schicken, die am kommenden Morgen in Igoumenitsa an Bord kommen konnte.

Zu viele unbekannte Größen.

Aber der gegenwärtigen Situation mußte ein Ende bereitet werden.

Irgend etwas mußte er unternehmen.

Durch eines der Fenster sah Savage, wie Akira einen Teebeutel im heißen Wasser schwenkte. Ein paar Tische weiter hinten hatten die beiden Männer Platz genommen. Einer sagte etwas, der andere nickte. Woraufhin der erste aufstand und das Restaurant durch eine Tür in der jenseitigen Wand verließ.

Savage richtete sich auf. »Rachel, kommen Sie mit.«

»Aber wohin...?«

»Ich habe jetzt keine Zeit für lange Erklärungen.« Er führte sie durch die überfüllte und verräucherte Bar neben dem Restaurant und schaute hinaus auf die gegenüberliegende Promenade. Auf einem Bord stand eine Reihe von Telefonen. Der Mann steckte seine Kreditkarte in eine der Apparate und wählte eine Nummer.

»Rachel, lehnen Sie sich wieder an die Reling wie vorher.«

Rasch ging Savage zu den Telefonen hinüber und griff nach dem Hörer neben dem Apparat des Mannes.

»Wir wissen es noch nicht«, sagte er soeben, drehte sich zu Savage um und zog die Augenbrauen zusammen. Savage tat, als habe er das nicht bemerkt. Aufs Geratewohl wählte er eine Nummer.

»Ja, ein Japaner«, sagte der Mann. »Die Beschreibung paßt, aber wir wissen zu wenig Einzelheiten. Alter, Größe und Figur reichen nicht aus.«

»Hallo, Liebling«, sagte Savage in seinen Apparat, aus dem das Besetztzeichen ertönte. »Ich wollte dir nur sagen, daß ich die Fähre von Patrai aus gekriegt habe.«

»Wie wollen wir uns Sicherheit verschaffen?« fragte der Mann. »Wie können wir...?«

»Ja, wir legen morgen um fünf Uhr in Italien an«, fuhr Savage fort.

»Ihn befragen?« Der Mann ließ abermals einen zornigen Blick über Savage gleiten. Er fühlte sich offenbar darin behindert, frei und offen zu reden. »Wenn er es wirklich ist, müssen wir doch abwarten, ob er sich mit den beiden anderen trifft. Nach allem, was wir über ihn gehört haben, dürften wir zwei kaum ausreichen, um ihn zur Zusammenarbeit zu überreden.«

»Ich freue mich auf dich«, sagte Savage in sein Telefon.

»Ja, die Idee gefällt mir viel besser. Schickt noch ein paar Leute, die uns bei den Verhandlungen helfen.«

»Nein, alles ist gut gegangen. Ich habe alle Kunden auf meiner Liste besucht«, fuhr Savage mit seiner imaginären Geliebten zu reden fort. »Und ich habe ein paar große Aufträge an Land gezogen.«

»Korfu?« Der Mann war offenbar überrascht. »Aber das ist doch erst der zweite Hafen. Warum können sie nicht in Igoumenitsa an Bord kommen? Ach so, ich verstehe. Wenn die Leute schon im Hafen und auf dem Flugplatz von Korfu sind, sollen sie natürlich dort bleiben. Außerdem hätten sie sowieso keine Möglichkeit, um diese Uhrzeit die Insel zu verlassen. Sie würden es nicht schaffen, die Meerenge zwischen Korfu und Igoumenitsa rechtzeitig zu überqueren, um die Fähre zu erreichen.«

»Ich liebe dich auch, Schatz«, sagte Savage zu seinem Apparat.

»Alles klar. Wir sehen uns dann morgen früh um neun«, sagte der Mann. »Wenn sich inzwischen noch etwas ergibt, werde ich mich melden.«

Er hängte den Hörer ein und verschwand im Restaurant.

Savage rief noch ein paar Worte in das tote Telefon und ging dann zu Rachel, die in der Dunkelheit an der Reling wartete.

»Wir werden unsere Pläne ändern müssen«, sagte er zu ihr.

»Was gibt es? Ist etwas passiert?«

»Noch bin ich meiner Sache nicht sicher.« Savage runzelte die Stirn. »Ein paar Einzelheiten fehlen mir noch.«

5

Um ein Uhr nachts war das Promenadendeck fast leer. Die meisten Passagiere hatten sich in die Kabinen zurückgezogen oder einen Schlafsessel erobert. Einige hielten sich noch in der Bar und im Restaurant auf. Einer der Gäste im Restaurant war Akira. Er hatte sich ein Essen bestellt, mit dem er sich Bissen für Bissen so lange beschäftigte, bis einer der Beobachter, die immer noch an dem Tisch in der Ecke saßen, sehr mißtrauisch dreinblickte.

Es war zu erwarten, daß sie sich bald einen besseren Beobachtungsposten suchen würden.

»Es ist so weit«, sagte Savage zu Rachel. Sie hatte sich außer Sichtweite gehalten, während Savage hin und wieder einen Blick in das Restaurant geworfen hatte. Ja, sagte er sich, es wird Zeit. Die Männer waren argwöhnisch geworden.

»Sind Sie sicher, daß alles klappen wird?« Rachels Stimme klang brüchig.

»Nein, aber etwas besseres fällt mir nicht ein.«

»Das erfüllt mich nicht gerade mit Zuversicht.«

»Sie werden es schon schaffen. Betrachten Sie es als eine Bewährungsprobe dafür, daß Sie eine bessere Schauspielerin sind als Ihre Schwester.«

»Mir ist vor Angst alles gleichgültig.«

»Los, Mädchen, scheren Sie sich hinein.«

Savage lachte sie an und gab ihr einen kleinen Schubs.

Sie erwiderte das Lächeln, holte tief Luft und betrat das Restaurant.

Von der im Dunkel liegenden Reling aus beobachtete Savage die beiden Männer. Bei Rachels Anblick ließen sie fast ihre Kaffeetassen fallen. Im Gegensatz dazu aß Akira ruhig weiter.

Rachel setzte sich zu ihm. Akira legte Messer und Gabel weg, als habe er Rachel und niemand anderen erwartet. Er sagte etwas zu ihr, wobei er sich nahe zu ihr hinüberbeugte. Sie antwortete gestenreich und deutete schließlich nach unten. Akira zog die Schultern hoch und nickte.

Im Hintergrund stand der Mann, der vorher den Anruf getätigt hatte, auf und verließ das Lokal.

Savage lauerte im Schatten. Triumph leuchtete in den Augen des Mannes, als er sich dem Telefonbord zuwandte.

Mit einem raschen Blick nach rechts und links vergewisserte sich Savage, daß keine anderen Passagiere auf dem Promenadendeck waren. Er packte den Mann am linken Arm, stieß mit dem rechten Bein zu und schleuderte ihn über Bord.

Der Mann war so überrascht, daß er nicht einmal einen Schrei ausstieß. Er fiel fünf Stockwerke tief. Bei einem Sturz aus dieser Höhe war das Wasser hart wie Beton.

Sich immer im Schatten haltend, drehte sich Savage zum Fenster um. Im Restaurant war Akira aufgestanden. Er bezahlte seine Rechnung und ging mit Rachel durch die gegenüberliegende Tür hinaus.

Der Aufpasser zögerte. Offenbar fragte er sich, wo sein Kollege blieb, der zum Telefon gegangen war. Andererseits durfte er Akira und Rachel nicht aus den Augen verlieren. Wie Savage erwartet hatte, sprang der Mann auf, warf Geld auf den Tisch und folgte dem Paar.

Savage schritt über das leere Promenadendeck. Er brauchte den Verfolger auf der anderen Seite nicht zu verfolgen. Er wußte ja, wo die Verfolgung enden würde.

Er ließ sich Zeit, mußte sich Zeit lassen. Denn es war wichtig, daß der Verfolger zunächst sah, in welche Kabine Akira und Rachel gingen. Er mußte hören, wie der Schlüssel herumgedreht wurde. Ganz klar, daß er dann davoneilen würde, um seinem Partner zu berichten, wo sich die Frau ihres Auftraggebers verborgen hielt.

Während Savage scheinbar betrunken die Treppe zum A-Deck hinunterwankte, wühlte er mit den Händen in den Taschen, so als könne er seinen Schlüssel nicht finden. Der Bewacher rannte auf ihn zu. Er hatte es eilig, seinen Partner zu finden. Savage schlug ihm die linke Faust in den Magen. Die Schwielen an der Kante seiner rechten Hand trafen den Mann hart am Kinn. Er brach bewußtlos zusammen. Savage schleppte den – offensichtlich Betrunkenen – durch den menschenleeren Korridor und klopfte dreimal an die Kabinentür. Sie wurde vorsichtig geöffnet.

»Kabinenservice«, sagte Savage und trat ein.

6

Die Kabine war klein und sparsam mit einer Kommode, einem zweistöckigen Bett, einem winzigen Schrank und einer Waschecke ausgestattet. Der für zwei Personen gedachte Raum war mit vier Menschen reichlich überfüllt. Während Rachel die Tür verschloß, half Akira Savage dabei, den Bewußtlosen auf das untere Bett zu verfrachten. Mit seinem Gürtel fesselten sie ihm die Hände hinter dem Rücken, die Knöchel banden sie ihm mit seiner Krawatte zusammen. Eine Durchsuchung erwies, daß er keine Waffe bei sich hatte.

»Er sieht so schrecklich blaß aus«, sagte Rachel. »Sein Kinn ist ganz geschwollen.«

Die Besorgnis in ihrer Stimme ließ Savage herumfahren. Ihm ging plötzlich auf, daß sie zum ersten Mal Spuren von Gewalt bei anderen und nicht nur bei sich selbst registrierte.

»Und sein Atem klingt...«

»Machen Sie sich keine Sorgen«, beruhigte sie Savage. »Er wird bald zu sich kommen. Ich habe ihn nicht ernsthaft verletzt.«

»Wollen mal sehen, ob wir ihn wach bekommen.« Akira brachte ein Glas Wasser und goß es dem Mann ins Gesicht.

Blinzelnd öffnete er die Augen. Als er Akira, Rachel und Savage entdeckte, wollte er aufspringen. Es dauerte Sekunden, bis er begriff, daß er gefesselt war.

»Liegen Sie still«, ermahnte ihn Savage. »Seien Sie nicht so dumm, um Hilfe zu rufen. Ihr Freund kann Sie nicht hören.«

»Wo ist er?«

»Er ist über Bord gefallen«, erklärte Savage.

»Sie Mistkerl«, stöhnte der Mann.

»Wir hätten Ihnen einen Vorschlag zu machen«, mischte sich Akira ein. »Wir möchten gern, daß Sie sich ordentlich ausschlafen und morgen früh für uns ein Telefongespräch erledigen.«

»Sie wollen mich nicht umbringen?«

»Das wäre auch eine Möglichkeit.« In Akiras Augen lag tiefere Trauer denn je. »Wenn Sie unseren Wunsch erfüllen, brauchen Sie sich nicht vorzeitig zu Ihren Ahnen zu begeben.«

»Ahnen? Ist das so eine japanische Sache?«

»Wenn Sie es so nennen wollen, ja.« Um Akiras Lippen spielte ein dünnes, bitteres Lächeln. »So eine japanische Sache.«

»Mit wem soll ich telefonieren?«

»Die Fähre legt früh um sieben Uhr in Igoumenitsa an. Wenn wir von dort unterwegs nach Korfu sind, rufen Sie Ihren Auftraggeber an und sagen ihm, daß wir Sie und Ihren Partner erkannt hätten. Sie berichten ihm, wir drei wären in Panik geraten und in Igoumenitsa von Bord der Fähre gegangen. Wir wären unterwegs nach Osten landeinwärts auf Ioannina zu.«

»Dabei sind wir aber in Wirklichkeit alle zusammen hier an Bord der Fähre auf dem Weg nach Korfu?« fragte der Mann.

»Richtig. Auf diese Weise werden Ihre Freunde, die in Korfu an Bord kommen sollten, abgezogen.«

Der Mann wurde mißtrauisch. »Und dann? Was passiert, wenn wir in Korfu ankommen? Fahren wir nach Italien weiter?«

»Unsere Pläne gehen Sie nichts an.«

»Ich meine, was geschieht mit mir? Warum sollte ich telefonieren? Sie haben meinen Partner getötet, also werden Sie auch mich umbringen.«

»Sie haben unser Wort, daß Ihnen nichts geschieht«, sagte Akira.

Der Mann lachte. »Ihr Wort? Daß ich nicht lache. Ihr Wort ist einen Dreck wert. Sobald ich euch nicht mehr nützen kann, bin ich erledigt. Sie können es sich gar nicht leisten, mich am Leben zu lassen, damit ich Papadropolis verrate, wohin Ihr wirklich gefahren seid.«

Akiras Augen blitzten. »Mein Wort ist nicht, wie Sie meinen, einen Dreck wert.«

Der Mann wandte sich an Savage. »Hören Sie, wir beide sind Amerikaner. Wollen Sie wirklich einen Landsmann umbringen? Verdammt, haben Sie kein Verständnis für mein Problem?«

Savage hockte sich zu ihm auf die Kojenkante. »Natürlich. Auf der einen Seite befürchten Sie, daß wir Sie erledigen, sobald Sie für uns den Anruf getätigt haben. Wir hätten dann keine Verwendung mehr für Sie. Andererseits müssen Sie damit rechnen, daß Papadropolis Sie umbringt, wenn er herausbekommt, daß Sie uns zur Flucht verholfen haben. Ihm ist völlig gleichgültig, ob Sie unter Zwang gehandelt haben, um Ihr Leben zu retten, oder nicht. Auf alle Fälle wird er Sie bestrafen. Er meint, Sie haben ihn betrogen. Das ist Ihr Problem. Sie haben jetzt zu entscheiden, ob Sie bald sterben wollen oder später.«

»Wenn Sie sich weigern, folgen Sie Ihrem Partner ins Meer« warf

Akira ein. »Wir haben andere Möglichkeiten, der Falle zu entgehen.«

»Dann, in Gottes Namen, benutzen Sie die.«

»Und was machen wir mit Ihnen?« fragte Savage. »Im Augenblick macht uns Papadropolis weniger Sorgen als Sie. Wie soll es also weitergehen?«

Der Mann ließ seine verzweifelten Blicke zwischen Akira und Savage hin- und herwandern. Schließlich wandte er sich an Rachel.

»Mrs. Papadropolis, Sie werden doch nicht zulassen...«

»Ich hasse diesen Namen«, erwiderte sie. »Nennen Sie mich nicht so. Ich werde ihn nie wieder benutzen. Ich heiße Stone.«

»Miß Stone, bitte lassen Sie nicht zu, daß diese Männer mich töten. Sie wurden blaß, als Sie hörten, daß dieser Mann« – sein Kopfnicken deutete auf Savage – »meinen Partner umgebracht hat. Sie werden sich noch elender fühlen, wenn Sie zulassen, daß ich ermordet werde. Schließlich haben Sie mich jetzt kennengelernt und mit mir gesprochen. Ich heiße Paul Farris und bin vierunddreißig Jahre alt. Ich bin kein Mörder, sondern ein Sicherheitsfachmann. Ich habe Frau und Tochter. Wir leben in der Schweiz. Wenn Sie zulassen, daß diese Männer mich umbringen, werden Sie für den Rest Ihres Lebens ein schlechtes Gewissen haben.«

Rachel zog die Augenbrauen zusammen und schluckte schwer.

»Guter Versuch«, sagte Savage. »Aber wir haben natürlich Ihre Taschen durchsucht, als Sie ohnmächtig waren. Sie heißen nicht Paul Farris, sondern Harold Trask. Das Einzige, was an Ihrer Aussage stimmt, ist Ihr Alter. Rachel, werden Sie nicht sentimental wegen so einem Kerl.«

»Glauben Sie, ich bin so dumm und trage meine echten Papiere bei der Arbeit mit mir herum?« fragte Farris oder Trask. »Wenn Leute, gegen die ich ermittle, meine wahre Identität herausfinden, rächen sie sich vielleicht an meiner Frau oder an meiner Tochter. Ich bin sicher, daß ihr beiden auch nicht unter euren richtigen Namen auftretet.«

»Da hat er wiederum recht«, sagte Akira. »Aber das tut nichts zur Sache. Damit ist Ihr Problem nicht gelöst. Selbst wenn Rachel uns bäte, Sie nicht zu töten, spielte das keine Rolle. Rachels Leben ist nicht in Gefahr. Wenn Sie Papadropolis in die Hände fiele oder freiwillig zu ihm zurückginge...«

»Niemals!« rief Rachel. »Ich werde nie zu ihm zurückkehren.«

»...würde sie sicherlich von ihrem Gatten geschlagen werden, und bestimmt schlimmer als je zuvor. Er würde uns umbringen, wenn er herausbekäme, wer wir sind. Sie zum Schweigen zu bringen, wäre also Notwehr.«

»Entschließen Sie sich«, sagte Savage. »Werden Sie mit uns zusammenarbeiten?«

»Ich rufe meinen Auftraggeber an..., und dann laßt ihr mich gehen?«

»Das haben wir bereits versprochen.«

Der Mann überlegte. »Offenbar bleibt mir nichts anderes übrig.«

»Jetzt wird er endlich vernünftig«, warf Akira ein.

Die Augen ihres Gefangenen blickten verschlagen. »Trotzdem...«

»Ich werde allmählich ungeduldig.«

»Einen kleinen zusätzlichen Anreiz müßte ich schon haben.«

»Geld? Fordern Sie Ihr Glück nicht heraus«, sagte Savage.

Rachel mischte sich ein. »Bezahlen Sie ihn.«

Savage drehte sich zu ihr um und runzelte die Stirn.

»Er geht ein Risiko ein«, fuhr Rachel fort. »Mein Mann wird sich furchtbar rächen, wenn er sich von ihm hintergangen fühlt.«

»Das ist richtig, Miß Stone. Ich muß mit meiner Familie für eine Weile untertauchen. Das wird teuer.«

»Vorausgesetzt, Sie haben überhaupt Frau und Tochter«, fiel Savage ein. »Also, wieviel?«

»Eine Viertelmillion.«

»Sie spinnen ja.«

»Dann wenigstens zweihunderttausend«, sagte der Mann.

»Sie kriegen fünfzigtausend und werden dafür dankbar sein.«

»Woher weiß ich, daß Sie so viel haben?«

Savage schüttelte angewidert den Kopf. »Können Sie denn wählen?«

Der Mann erbleichte.

»Bringen Sie mich nicht auf die Palme«, drohte Savage.

»Nun gut.« Er schluckte. »Abgemacht. Da wäre nur noch eine Sache...«

»Sie sind unmöglich«, fuhr Akira dazwischen.

»Nein, hören Sie zu. Ich brauche Ihre Hilfe. Wir müssen gemeinsam nach einer Möglichkeit suchen, Papadropolis von mir abzulenken.«

»Das werden wir mal überschlafen«, sagte Savage.
»Binden Sie mir wenigstens Hände und Füße los.«
»Nein, viel lieber würde ich Sie zusätzlich knebeln«, entgegnete Akira.
»Ich muß mal auf die Toilette.«
Akira hob verzweifelt die Hände. »Ich glaube nicht, daß ich die Gegenwart dieses Menschen bis morgen früh ertragen kann.«
Rachel lachte. »Wenn Sie jetzt Ihr Gesicht sehen könnten...«

7

Zehn Minuten nach sieben am nächsten Morgen verließ die Fähre den Hafen der kleinen Stadt Igoumenitsa auf der Fahrt zu der westlich gelegenen Insel Korfu. Savage, Akira und Rachel standen dicht um den Mann herum, während er telefonierte. Savage hielt ihn am Arm fest und lauschte auf jedes Wort.
»He, ich weiß, daß das eine dumme Geschichte ist. Das brauchen Sie mir nicht zu sagen. Aber, verdammt, das ist nicht meine Schuld. Mein Partner war ihnen zu dicht auf den Fersen. Der Japaner entdeckte ihn – gerade als wir in Igoumenitsa anlegten. Der Japaner rannte weg. Wir brauchten eine Weile, um ihn wieder aufzustöbern, und da waren schon der Amerikaner und Missis Papadropolis bei ihm. Sie müssen in einer der Kabinen geschlafen haben. Was sollte ich denn machen? Etwa an jede Tür klopfen und fragen: ›Missis Papadropolis, sind Sie da drin?‹. Der Japaner diente offenbar als Lockvogel. Er sollte herausfinden, ob die Fähre überwacht wurde. Hätten Sie sich sicher gefühlt, wären sie nach Korfu weitergefahren.«
Savage hörte jemanden am anderen Ende der Leitung schreien und fluchen.
»Nein, wir konnten sie nicht aufhalten, als sie mit dem Wagen von der Fähre herunterfuhren. Mein Partner bekam Angst, weil er alles verpatzt hat und lief einfach auf und davon. Er fürchtet, daß Papadropolis ihn umbringt.«
Am anderen Ende wurde so laut geschimpft, daß der Mann den Hörer ein Stück vom Ohr entfernt hielt.
»Schön, soll er ihn am Arsch kriegen. Mich geht das nichts an. Ich

mache meinen Job weiter. Es ist verdammt schwer, sie allein zu verfolgen. Ich habe sie gerade noch erwischt, bevor sie Igoumenitsa verließen. Ostwärts auf der Landstraße 19. Warum ich nicht früher angerufen habe? Wie konnte ich das tun, ohne sie aus den Augen zu verlieren? Ich könnte nicht einmal jetzt telefonieren, wenn sie nicht an der Tankstelle angehalten hätten. Ich bin in einer Kneipe ein Stück die Straße hinunter und kann sie durch das Fenster beobachten. Moment mal... sie fahren weiter. Ich glaube, sie wollen nach Ioannina. Die jugoslawische Grenze ist weniger als eine Fahrstunde von hier entfernt. Lassen Sie alle Grenzübergänge bewachen. Jetzt fahren sie los! Muß Schluß machen. Melde mich später wieder!« Die letzten Worte hatte er wie atemlos hervorgestoßen. Er knallte den Hörer auf die Gabel und zitterte. »Okay?«

»Durchaus glaubwürdig«, meinte Akira.

»Und nun?« Der Mann sah die drei gespannt an, so als befürchte er, doch noch getötet zu werden.

»Wir ruhen uns aus und genießen die Seefahrt«, sagte Akira.

»Wirklich?«

»Sie haben Ihren Teil der Abmachung erfüllt.«

Der Mann holte tief Luft und straffte die Schultern. »Ich glaube, ich bin Papadropolis losgeworden. Alle suchen jetzt nach meinem Partner.«

»Den sie niemals finden werden«, meinte Akira. »Ja, es sieht so aus, als seien Ihre Sorgen vorüber.«

»Und unsere auch«, fiel Rachel ein. »In Korfu wird uns niemand erwarten. Sie werden versuchen, uns den Weg nach Jugoslawien abzuschneiden.«

»Wo wir keineswegs hinwollen«, sagte Savage. Er wandte sich an den Mann. »Sehen Sie zu, daß Sie so schnell wie möglich aufs Festland kommen. Sie müssen so tun, als verfolgten Sie uns. Geben Sie weiter telefonisch falsche Berichte durch.«

»Darauf können Sie sich verlassen. Wenn ich mich nicht bald zu einem der Trupps an der Grenze geselle, wird man mir meine Geschichte nicht glauben. Aber bis dahin habe ich Sie aus den Augen verloren.«

»Genau.«

»Da ist nur noch eine Kleinigkeit«, sagte der Mann.

»Oh, was denn?«

»Sie haben vergessen, mir mein Geld zu geben.«

8

Neunzig Minuten später legte die Fähre auf Korfu an. Sie sahen dem Mann nach, als er von Bord fuhr und sich in den Verkehr einfädelte.

»Er könnte uns immerhin betrügen«, meinte Akira.

»Das glaube ich nicht«, erwiderte Savage. »Rachels Instinkt war richtig – ich meine wegen der Bezahlung. Er weiß, daß wir ihn hochgehen lassen, wenn er verrät, wo wir uns wirklich befinden. Papadropolis würde ihn sicher umbringen, weil er sich bestechen ließ.«

»Jetzt fahren wir also hinüber nach Italien?« fragte Rachel.

»Warum?« Savage lächelte. »Der Flughafen von Korfu wird sicherlich nicht mehr überwacht. Wir nehmen das nächste Flugzeug nach Frankreich. Heute abend werden Sie bei Ihrer Schwester sein.«

Rachel schaute keineswegs glücklich drein.

Warum wohl? fragte sich Savage.

»Und dann steigen Sie und ich ins Flugzeug nach New York«, sagte Akira zu Savage. Die Trauer in seinem Blick wurde durch aufsteigenden Zorn vertieft. »Um aus Graham ein paar Antworten herauszuholen. Wir zwingen ihn, uns zu sagen, warum wir einander sterben sahen.«

9

»Aufgeregt? Natürlich. Wer wäre das an meiner Stelle nicht?« sagte Rachel.

Sie hatten den Wagen am Flughafen von Korfu stehen lassen und die Alitalia-Maschine nach Rom genommen. Dort stiegen sie in ein nach Nizza bestimmtes Düsenflugzeug der Air France um.

Das Wetter war prächtig. Rachel hatte den Fenstersitz eingenommen. Die Nachmittagssonne glitzerte auf dem Mittelmeer. Im Westen sah man Korsika liegen.

»Sie schienen mir nicht gerade vor Freude außer sich, als ich vorhin auf der Fähre sagte, daß Sie noch heute abend bei Ihrer Schwester sein würden«, sagte Savage.

Rachel schaute weiter zum Fenster hinaus. »Haben Sie erwartet, daß ich vor Freude umherhüpfen würde? Nach allem, was ich hinter mir habe, bin ich wie ausgebrannt. Ich kann immer noch nicht glauben, daß ich entkommen bin.«

Savage warf einen Blick auf ihre Hände, die sie verkrampft in ihrem Schoß hielt. Ihre Knöchel waren weiß.

»Rachel...«

Ihre Fäuste ballten sich noch härter.

»Sehen Sie mich mal an.«

Ihr Blick blieb auf die Fensterscheibe gerichtet.

»Erfreut darüber, bald meine Schwester zu sehen? Natürlich. Sie ist mir mehr als eine Schwester. Sie ist meine beste Freundin. Wenn meine Schwester nicht eingegriffen und Sie geschickt hätte, wäre ich nicht von Mykonos entkommen. Mein Gatte hätte mich weiter verprügelt.«

Sie zitterte.

»Rachel, bitte, Sie sollen mich anschauen.«

Langsam wandte sie Savage ihr Gesicht zu.

Er ergriff ihre Faust und löste die Finger einen nach dem anderen aus ihrer Verkrampfung. Dann umschloß er ihre Hand mit seiner. »Was ist los?«

»Ich versuche dauernd mir vorzustellen, was alles auf mich zukommt. Meine Schwester... Eine glückliche Wiedervereinigung... Die Möglichkeit, mich auszuruhen, um innerlich und äußerlich zu gesunden. Oh, gewiß wird man mich verwöhnen. Alles vom Feinsten. Aber danach? Ein Käfig bleibt ein Käfig, ob er vergoldet ist oder nicht. Ich werde eine Gefangene bleiben.«

Savage wartete. Er spürte Akiras Blick auf seinem Rücken. Der Japaner saß hinten in der Kabine und beobachtete die anderen Passagiere.

»Mein Mann wird keine Ruhe geben, bis er mich nicht wieder bei sich hat. Sobald er herausgefunden hat, wo ich mich aufhalte, wird er das Fürstentum meiner Schwester ständig beobachten lassen. Ich werde es niemals verlassen können.«

»Ja und nein. Es gibt immer eine Möglichkeit, sich davonzustehlen.«

»Davonstehlen! Genau. Aber außerhalb des Landes meiner Schwester werde ich mich nirgendwo sicher fühlen können. Wohin ich mich auch wende, ich werde den Namen wechseln und mich verkleiden müssen. Ich darf nirgendwo auffallen. Davonstehlen muß ich mich für den Rest meines Lebens.«

»So schlimm wird es nicht werden.«

»Wird es doch!«

Rachel sah sich halb erschrocken nach den anderen Passagieren um. Es war ihr peinlich, daß sie laut geworden war. Flüsternd fuhr sie eindringlich fort: »Ich fürchte mich. Was ist aus den anderen Leuten geworden, die Sie gerettet haben?«

Savage sah sich zu einer Lüge gezwungen. Er wußte aus Erfahrung, daß die Leute, die sich einen Beschützer von seinen Qualitäten leisteten, ihre Sorgen nur zeitweise los wurden. Er konnte die Gefahr nicht beseitigen, sondern nur hinausschieben. »Sie leben weiter.«

»Quatsch. Raubtiere geben niemals auf.«

Darauf wußte Savage keine Antwort.

»Habe ich recht?«

Savage blickte den Gang hinunter.

»He, verdammt, ich habe Sie angeschaut. Nun sehen Sie mich an.«

»Okay, wenn Sie meine Meinung hören wollen«, sagte Savage. »Ihr Mann ist viel zu arrogant, als daß er eine Niederlage einstecken könnte. Ja, Sie werden sehr auf sich aufpassen müssen.«

»Zu nett, wie Sie das sagen.«

Rachel entriß ihm ihre Hand.

»Sie wollten die Wahrheit hören.«

»Die habe ich jetzt zu hören bekommen.«

»Man könnte Verhandlungen führen.«

»Reden Sie nicht wie ein Rechtsanwalt mit mir.«

»Was wollen sie also?«

»Während der letzten Tage, mögen sie auch schrecklich gewesen sein, habe ich mich niemals besser und sicherer gefühlt als in Ihrer Nähe. Sie haben mir das Gefühl vermittelt – ich sei wichtig und werde respektiert. Wenn nötig, haben Sie mich getröstet. Sie haben mich behandelt, als bedeute ich Ihnen viel.«

»So ist es auch.«

»Ja, als Klientin«, wandte Rachel ein. »Jetzt liefern Sie mich bei meiner Schwester ab und kassieren Ihren Lohn.«

»Sie wissen überhaupt nichts von mir«, sagte Savage. »Ich setze nicht mein Leben aufs Spiel, um so mein Geld zu verdienen. Ich mache es, weil die Leute mich brauchen. Aber ich kann nicht für immer...«

»Gilt das für jeden, der Ihre Hilfe braucht?«

»Früher oder später muß ich mich verabschieden. Ihre Schwester erwartet Sie.«

»Und dann vergessen Sie mich?«

»Niemals«, versicherte Savage.

»Dann nehmen Sie mich mit.«

»Wohin? Nach New York?«

»Ohne Sie werde ich mich nirgendwo sicher fühlen.«

»Rachel, in spätestens drei Wochen werden Sie am Swimmingpool Ihrer Schwester sitzen, Champagner schlürfen und kaum noch wissen, wer ich war.«

»Dem richtigen Mann bin ich treu bis zur Sturheit.«

»Ich habe solche Gespräche schon manchmal geführt«, sagte Savage. »Oft. Mein Ausbilder...«

»Graham?«

»Ja. Er hat mir immer wieder eingetrichtert, daß man sein Herz nicht an einen Klienten oder eine Klientin verlieren darf. Er hat recht. Gefühle führen dazu, daß man Fehler macht. Und Fehler haben tödliche Folgen.«

»Ich würde alles für Sie tun«, versicherte Rachel.

»Wie zum Beispiel mir bis in die Hölle folgen?«

»Das habe ich versprochen.«

»Und Sie haben es überlebt. Akira und ich leben in unserer eigenen Art von Hölle. Glauben Sie mir, Sie würden in unsere Angelegenheiten hineingezogen werden. Freuen Sie sich auf den Aufenthalt bei Ihrer Schwester..., und denken Sie an zwei Männer, die sich von einem Alptraum befreien wollen.«

»Halten Sie mal still.«

»Warum?«

Rachel beugte sich zu ihm hinüber und umfaßte sein Gesicht mit ihren Händen.

Savage wollte seinen Kopf zurückziehen.

»Nein«, sagte Rachel. »Stillhalten.«

»Aber...«

»Still.« Rachel küßte ihn. Zuerst berührten ihre Lippen kaum die seinen. Dann verstärkte sie den Druck und preßte ihren Mund voll auf den des Mannes. Ihre Zunge schob sich zwischen seine Zähne.

Savage leistete keinen Widerstand. Aber trotz seiner fühlbaren Erregung erwiderte er den Kuß nicht. Langsam zog sie sich von ihm zurück.

»Rachel, Sie sind wunderbar.«

Sie schaute ihn voller Leidenschaft an.

Savage fuhr mit einem Finger über ihre Wange, und sie erschauerte.

»Ich muß mich an die Regeln halten«, sagte er. »Ich bringe Sie zu Ihrer Schwester. Dann fliege ich mit Akira nach New York.«

Mit einem Ruck warf sie sich in ihren Sitz zurück. »Ich kann es kaum erwarten, meine Schwester zu sehen.«

10

Kurz nach vier Uhr nachmittags landeten sie auf dem Flughafen bei Nizza. Vor der Abreise von Korfu hatte Savage bei Joyce Stone angerufen, und jetzt betraten sie die Zollabfertigung des Flugplatzes. Ein schlanker Mann in einem tadellos sitzenden grauen Anzug kam ihnen entgegen. An seinem Jackenaufschlag steckte ein Erkennungszeichen, dessen Farben Savage nicht zu deuten wußte. Ein uniformierter Wachmann folgte ihm.

»Monsieur Savage?« fragte der vornehm aussehende Mann.

»Ja.«

»Würden Sie mir bitte mit Ihrer Begleitung folgen?«

Akira zeigte kein Anzeichen von innerer Spannung, bis auf einen fragenden Blick zu Savage hinüber. Dessen Kopfnicken deutete an, daß alles in Ordnung sei. Er hielt Rachels Hand.

Sie betraten einen Seitenraum. Der Wachmann schloß die Tür. Der vornehm aussehende Mann nahm hinter dem Schreibtisch Platz.

»Monsieur, wie Sie wohl wissen, brauchen Passagiere, die nach Frankreich einreisen, nicht nur einen Paß, sondern auch ein Visum.«

»Ja, ich bin sicher, diese Papiere sind in Ordnung.« Savage legte seine Ausweise auf den Tisch. Er hatte Joyce Stone gleich zu Beginn des Unternehmens gebeten, Visa für ihn und Rachel zu beschaffen.

Der Beamte blätterte in den Papieren.

»Und das ist Miß Stones Paß«, fügte Savage hinzu. Rachel war ja gezwungen gewesen, nicht ihren, sondern den Paß ihrer Schwester zu benutzen. Ihre Schwester hatte die französische Staatsangehörigkeit, demzufolge brauchte sie bei der Einreise kein Visum.

Der Beamte überprüfte den Paß. »Ausgezeichnet.« Er schien keineswegs dadurch beeindruckt zu sein, daß er theoretisch mit einer Dame von Macht und Ansehen sprach.

Savage deutete auf Akira. »Mein Freund hat seinen Paß bei sich. Aber ich fürchte, er hat sich kein Visum besorgt.«

»Deshalb hat eine einflußreiche Bekannte von Ihnen diesen Fall mit mir besprochen. Während Sie unterwegs waren, ist das kleine Versehen korrigiert worden.« Er legte ein amtliches Visum auf den Tisch und nahm Akiras Paß entgegen.

Nachdem er ihn durchgeblättert hatte, stempelte er alle Papiere und gab sie zurück. »Haben Sie etwas zu verzollen?«

»Nichts.«

»Dann folgen Sie mir bitte.«

Sie verließen das Büro, kamen an Menschentrauben vorüber, die sich vor den Einreise- und Zollschaltern drängten, und verließen das Flughafengebäude durch eine Seitentür.

»Ich wünsche einen angenehmen Aufenthalt«, sagte der Mann.

»Wir wissen Ihre Hilfsbereitschaft zu schätzen«, entgegnete Savage.

Der Beamte zuckte mit den Schultern. »Ihre einflußreiche Bekannte hat die Sache als dringlich bezeichnet – ganz charmant allerdings. Ich bin froh, daß ich ihre Wünsche erfüllen konnte. Ich soll Ihnen ausrichten, daß der Weitertransport arrangiert ist. Durch diese Tür, bitte.«

Savage gelangte mit Rachel und Akira auf einen Parkplatz, vor dem eine zweispurige Straße vorüberführte. Den Hintergrund bildeten Palmen. Was Savage sah, wollte ihm überhaupt nicht gefallen. In Athen hatte er Joyce Stone dringend gebeten, immer einen unauffälligen Wagen zu benutzen. Heute hatte sie ihm einen Rolls Royce geschickt. Und hinter dem Steuerrad saß einer der bulligen Kerle, die er vor ihrem Apartment nahe der Akropolis kennengelernt hatte.

»Das gefällt mir nicht«, sagte Akira.

Rachel blieb stehen. »Warum?«

»So macht man das einfach nicht«, erklärte Savage. »Jetzt fehlt nur noch ein Schild an der Wagenseite mit der Aufschrift ›VIPs‹. Da können wir ja gleich außen eine Zielscheibe anbringen.«

Der stämmige Fahrer stieg aus, reckte sich und grinste Savage an. »Sie haben es tatsächlich geschafft. He, als ich das hörte, habe ich wirklich gestaunt.«

Savage füllte innere Unruhe. »Man hat es Ihnen gesagt? Sie wußten, daß Sie uns fahren sollten?«

»Die Chefin hat während der letzten drei Tage ständig auf ihren Nägeln gekaut vor Aufregung. Sie mußte es mir einfach erzählen.« Der Mann grinste immer noch.

»Mist.«

»Was gibt's? Hier ist alles in Ordnung!« rief der Mann.

»Nein«, warf Akira ein, »das ist es nicht.«

Dem Fahrer verging das Grinsen. »Wer sind denn Sie?«

Akira achtete nicht auf ihn, sondern wandte sich an Savage. »Sollen wir einen anderen Wagen nehmen?«

»Was ist an diesem hier auszusetzen?« fragte der untersetzte Mann.

»Das würden Sie doch nicht verstehen.«

»Kommen Sie nur, der Wagen hat allen Komfort – alles, was Sie brauchen.«

»Im Augenblick interessieren wir uns wenig für Stereo und Klimaanlage«, sagte Akira.

»Nein, ich meine – alles, was man so braucht.«

Der Strom von Wagen und Fußgängern beunruhigte Savage. Er begriff nicht sogleich, was der Mann gesagt hatte. »Was man so braucht?«

»Automatik-Schrotflinten rechts und links unter der vorderen Stoßstange. Auf jeder Seite Abschußmöglichkeiten für Raketen. Rauchgranaten im Kofferraum. Kugelsicher. Der Benzintank ist stahlarmiert. Sollte der Tank trotzdem von einer Rakete getroffen werden, schnellt eine Stahlplatte in die Höhe, so daß keine Flammen ins Wageninnere dringen können. Wie gesagt – was man so braucht. Die Chefin will Sicherheit vor den Terroristen, daher diese Vorkehrungen.«

Akira sah Savage stirnrunzelnd an. »Möglich ist das schon.«

»Wenn der Wagen nur nicht so verdammt auffällig wäre«, meinte Savage.

»Aber vielleicht nicht in Südfrankreich. Ich sah inzwischen

fünf dieser volkstümlichen Fahrzeuge auf der Straße vorüberrollen.«

»Da haben Sie auch wieder recht. Ich bin versucht, diesen zu nehmen«, meinte Savage.

»Volkstümlich?« mischte sich der stämmige Mann ein. »Dieser Wagen ist nicht volkstümlich. Er ist ein Traum.«

»Kommt darauf an, was Sie für Träume haben«, meinte Savage.

Rachel trat von einem Fuß auf den anderen. »Ich mag nicht länger hier draußen herumstehen.«

»Okay«, entschied Savage. »Wir nehmen ihn.« Er bot Rachel Deckung, während sie rasch in den Wagen schlüpfte. »Akira, setzen Sie sich neben Rachel.« Dann drehte er sich zu dem Mann um. »Ich fahre.«

»Aber...«

»Nehmen Sie den Beifahrersitz, oder gehen Sie zu Fuß.«

Der Mann schaute unglücklich drein. »Sie müssen aber der Chefin sagen, daß ich keine Schuld habe.«

»Abgemacht.«

»Was?«

»Daß Sie keine Verantwortung haben. Steigen Sie endlich ein.« Savage drückte sich hinter das Steuerrad. Der Mann schob sich neben ihn und knallte die Tür zu.

»Wie liegen die Gänge?«

»Automatik.«

»Und die Raketen, Rauchbomben und Schrotflinten?«

»Da ist eine Konsole rechts neben dem Wählhebel.«

Savage fand sauber markierte Druckknöpfe. Er startete den Wagen und fuhr schnell los.

Auf der Straße hielt er nicht ostwärts auf Nizza zu. Er nahm die N 98 nach Westen, eine kurvenreiche Küstenstraße entlang der Côte d'Azur, die ihn nach Antibes, Cap d'Antibes und schließlich nach Cannes führte. Auf einer der Inseln vor dieser herrlichen Stadt befand sich das kleine Fürstentum, das Joyce Stone für ihren Mann verwaltete und regierte.

»Ja, richtig«, sagte der stämmige Mann. »Bleiben Sie auf dieser Straße, bis...«

»Ich bin schon mal in Südfrankreich gewesen«, schnitt ihm Savage das Wort ab.

Vor anderthalb Jahren hatte er einen amerikanischen Filmproduzenten zu den Filmfestspielen nach Cannes begleitet. Damals hatten Terroristen gedroht, die Vertreter der imperialistischen rassistischen Unterdrückung – wie sie es nannten – anzugreifen. Angesichts der angespannten politischen Lage hatte Savage es begrüßt, daß sein Auftraggeber nicht in einem Hotel in Cannes abgestiegen war, sondern in einem der umliegenden Dörfer Quartier bezogen hatte. Hier draußen war sein Prinzipal vor den angedrohten Gewalttaten sicher. Zur Vorbereitung auf diese Aufgabe war Savage schon einige Tage früher eingetroffen und hatte sich mit Cannes und der Umgebung vertraut gemacht. Straßenzüge und Umgehungswege hatte er sich für den Fall gemerkt, daß er seinen Boß aus einer Gefahrenzone wegbringen mußte.

»Ja, ich war schon in Südfrankreich«, fügte Savage hinzu. »Und ich bin sicher, daß ich den Weg zu Ihrer Chefin finden kann.«

Die Verkehrsdichte ließ nach, je weiter sie sich von dem Flugplatz entfernten. Die meisten Autos fuhren über die etwas nördlicher gelegene Autobahn; sie verlief parallel zu der von ihm benutzten Straße und hätte ihn rascher nach Cannes gelangen lassen. Aber er wollte gar nicht in die Stadt fahren. Er hatte Joyce Stone dahingehend instruiert, daß sie ein Motorboot etwa einen halben Kilometer vor der Stadt am Strand warten lassen sollte. Das Motorboot sollte sie zu einer Yacht bringen, mit der sie zu Joyce Stones Insel schippern konnten. Weitere Vorkehrungen, um Rachel sicher zu ihrer Schwester zu geleiten, hatten sich nicht treffen lassen.

»Ich sage es zwar ungern«, meldete sich Akira vom hinteren Sitz, »aber ich glaube, wir haben Gesellschaft bekommen.«

Savage warf einen Blick in den Rückspiegel. »Der Möbelwagen?«

»Er hat sich schon am Flugplatz hinter uns gehängt.«

»Vielleicht ist er zu einem der Bäder an der Küste unterwegs.«

»Aber er läßt sich dauernd von anderen Wagen überholen, um hinter uns zu bleiben. Wenn er es eilig hätte, würde er uns überholen.«

»Das werden wir gleich sehen.«

Savage nahm Gas weg. Auch der Möbelwagen fuhr langsamer. Ein Porsche überholte beide.

Savage gab Gas. Der Möbelwagen fuhr schneller.

»Ist es zu viel zu erwarten, daß Sie ein paar Pistolen oder Revolver mitgebracht haben?« wandte er sich an den Mann auf dem Beifahrersitz.

»Es erschien mir nicht notwendig.«

»Wenn wir hier heil herauskommen, werde ich Ihnen alle Knochen im Leib brechen.«

In Rachels Augen stand nackte Angst. »Wie haben sie uns nur gefunden?«

»Ihr Gatte hat vermutet, daß Ihre Schwester hinter der Entführung steckt.«

»Aber er meint doch, daß wir über Jugoslawien geflüchtet sind.«

»Die meisten seiner Leute dürften uns dort auch suchen«, sagte Savage und gab Gas. »Aber einen Suchtrupp hat er nach Südfrankreich geschickt für den Fall, daß wir uns bis hierher durchschlagen konnten. Der Flugplatz muß überwacht worden sein.«

»Ich habe keine Beobachter gesehen«, meinte Akira.

»Nicht im Flughafengebäude. Draußen hat man uns aufgelauert, und als dieser Idiot mit dem auffälligen Rolls ankam...«

»He, passen Sie mal auf, wen Sie einen Idioten nennen«, rief der Stämmige dazwischen.

»... hat man die Falle zuschnappen lassen. Die Leute im Wagen hinter uns sind wahrscheinlich nicht allein. Vor uns wartet irgendwo ein zweiter Wagen, mit dessen Besatzung unsere Verfolger in Funkkontakt stehen. Und«, Savage warf dem Beifahrer einen bösen Blick zu, »wenn Sie nicht den Mund halten, lasse ich Sie von Akira erwürgen.«

Savage überholte einen mit Küken beladenen Kleinlaster. Der Möbelwagen folgte ihm.

Links, unterhalb eines Abhanges, erstreckte sich Antibes an der Küste entlang – das Seebad mit den herrlichen Blumengärten, einer eindrucksvollen romanischen Kathedrale und altertümlichen engen Straßen. Rechts lehnten malerische Villen wie Farbtupfer am Hügelhang.

Savage erreichte eine Kurve. Als er sie halbwegs hinter sich hatte, gab er kräftig Gas. Die Automatikschaltung reagierte zögernd und schwerfällig.

»Ein automatisches Getriebe«, knurrte er unzufrieden. »Kaum zu glauben.« Wieder traf ein böser Blick den Mann neben ihm. »Wissen Sie nicht, daß ein handgeschaltetes Getriebe flexibler reagiert, wenn man verfolgt wird?«

»Ja, aber mit der Automatik kommt man im dichten Verkehr besser zurecht. Die Straßen in diesen Städten hier sind die reinsten

Hindernisstrecken. Man kriegt das dauernde Schalten mit dem Knüppel schnell satt.«

Fluchend fuhr Savage in die nächste Kurve. Links zog sich jetzt eine Kette von Hotels über den Abhang hinunter, so daß man die See kaum sah.

Der Möbelwagen schloß näher auf.

»Es gibt vielleicht eine andere Erklärung«, sagte Akira.

»Wie man uns ausfindig gemacht hat?«

»Ihr Anruf vor dem Abflug von Korfu. Der dumme Kerl neben Ihnen hat gesagt, daß seine Arbeitgeberin ganz offen über die Entführung gesprochen hat.«

»He, was soll das heißen – dummer Kerl?«

»Wenn Sie weiter dazwischenreden«, sagte Akira, »drehe ich Ihnen vielleicht doch noch den Hals um.«

Savage ging in die nächste Kurve.

»Ich vermute, daß das Telefon Ihrer Auftraggeberin abgehört wurde«, fuhr Akira fort. »Außerdem habe ich den Verdacht, daß es im Haushalt der Fürstin Spione gibt.«

»Ich habe sie gewarnt«, sagte Savage. »Bevor ich an die Ausführung dieses Auftrages ging, habe ich ihr ausdrücklich klargemacht, daß Rachels Sicherheit absolute Geheimhaltung erfordert.«

»Da hat sie sich nicht lange dran gehalten. Nachher glaubte sie, frei über ihre Sorgen reden zu können.«

Savage schaute in den Rückspiegel. Der Möbelwagen war noch näher gekommen. »Ich glaube, Sie haben recht. Unter den Beschäftigten der Fürstin hat Papadropolis einen Spion sitzen. Deshalb waren unsere Verfolger auf dem Posten.«

»Und was machen wir jetzt?« wollte der stämmige Mann wissen.

»Wenn Sie wissen wollen, was ich am liebsten machen würde«, sagte Savage, »dann würde ich Sie am liebsten aus dem Wagen werfen.«

»Aufpassen, da vorn!« schrie Akira.

Savage stockte der Atem, als ein zweiter Möbelwagen auftauchte. Dessen Fahrer trat auf die Bremse und riß das Steuer herum. Der Wagen stellte sich quer und blockierte die schmale Straße.

»Rachel, prüfen Sie, ob Ihr Sicherheitsgurt fest sitzt!«

Der Verfolgerwagen holte weiter auf.

Savage setzte den linken Fuß auf die Bremse, während der andere Fuß das Gaspedal durchdrückte. Zugleich ließ er das Steuerrad herumwirbeln. Das Manöver war schwierig – wenn er zu stark bremste, blockierten die Hinterräder, zwischen Gasgeben und Bremsen mußte sorgfältig, aber blitzschnell abgewogen werden. Die gegeneinander wirkenden Kräfte brachten den Wagen zum Schleudern, und er drehte sich um die eigene Achse. Reifen quietschten, Gummi qualmte.

Der Möbelwagen, der die Straße blockierte, befand sich nun hinter ihnen, während sie den Verfolgerwagen vor sich hatten. Savage nahm den Fuß vom Bremspedal und drückte das Gaspedal voll durch. Der Rolls raste auf den näher kommenden Möbelwagen zu. Der Fahrer versuchte, das Fahrzeug querzustellen, doch Savage schoß kurz vorher an ihm vorüber. Hinten war der Wagen, der die Straße verstellt hatte, wieder angefahren. Er raste an dem immer noch stehenden Fahrzeug vorüber und nahm die Verfolgung erneut auf.

»Jetzt haben wir jedenfalls beide hinter uns«, meinte Savage. »Vielleicht können wir sie abhängen, wenn wir nach Antibes hineinfahren.«

Schrecken durchzuckte ihn, als ein dritter Möbelwagen aus der vor ihm liegenden Kurve auftauchte.

»Jesus«, sagte der untersetzte Mann. »Sie haben eine Nachhut.«

Der Wagen vollführte eine halbe Wende und versperrte die Straße. Im Rückspiegel sah Savage, wie einer der anderen Verfolger die Straße blockierte, während das dritte Fahrzeug auf ihn zukam.

»Wir sitzen fest!« rief Savage.

Die Straße war zu schmal. Savage konnte nicht um das querstehende Hindernis herumfahren. Jetzt hatte er den Steilhang nach oben links vor sich, während sich der noch steilere Abhang abwärts an seiner rechten Seite befand.

Entschlossen langte er nach den Knöpfen neben der Konsole. »Hoffentlich funktioniert das Zeug auch«, murmelte er dabei.

Das System war von den Drogenkönigen in Südamerika ausgetüftelt worden. Er drückte auf den ersten Knopf. Über jedem der beiden Scheinwerfer ging eine Klappe auf. Er drückte auf den zweiten Knopf und spürte wie der schwere Rolls Royce unter dem Rückstoß der großkalibrigen Schrotflinte erzitterte. Die Gewehre feuerten durch Schächte über den Scheinwerfern.

Der Möbelwagen voraus ruckte unter den Einschlägen mehrerer

Treffer. Die automatischen Schrotflinten feuerten weiter. Die Scheiben des Möbelwagens zerbarsten. Schrotkugeln durchschlugen Metall und rissen kreisförmige Löcher, die immer dichter nebeneinander saßen, je näher der Rolls herankam. Das fortgesetzte Feuer zerfetzte den Möbelwagen fast in Stücke.

Savage ließ den Knopf los und trat auf die Bremse. Der Rolls schleuderte und rutschte. Knapp vor dem Wrack des Möbelwagens kam er zum Stehen.

Er drehte sich um. Hinter ihm blockierte der eine Wagen immer noch die Straße, während der andere rasch näher kam und anhielt. Bewaffnete Männer sprangen heraus.

»Rachel, schließen Sie die Augen und halten Sie sich die Ohren zu!«

Savage drückte auf zwei weitere Knöpfe und folgte sofort seinem eigenen Befehl. Er kniff die Lider zusammen und deckte die Ohren mit seinen Händen ab. Trotzdem verzog er schmerzlich das Gesicht, als das Chaos losbrach.

Der Druck auf die beiden Knöpfe löste den Abschuß der Blitz-Knall-Granaten aus, die seitlich im Wagen eingebaut waren. Beim Aufschlag auf die Straße detonierten sie. Die Bezeichnung Blitz-Knall-Granaten ließ zunächst an Feuerwerkskörper denken, aber der Blitz und der Knall waren so stark, daß Menschen davon vorübergehend erblindeten und taub wurden. Schon eine dieser Raketen hatte schreckliche Folgen. Mehrere Dutzend davon wirkten mit unheimlicher Gewalt.

Im Rolls sah Savage trotz der fest geschlossenen Augen grelle Blitze zucken. Schreie drangen ihm durch die Hände hindurch in die Ohren. Draußen vor dem Wagen brachen die Verfolger zusammen. Oder vielleicht ertönten die Schreie innerhalb des Wagens? Waren es seine eigenen? Der Rolls zitterte, Savages Ohren dröhnten.

Plötzlich trat Stille ein.

»Raus aus dem Wagen!« schrie Savage.

Er schob sich hinter dem Steuerrad hervor. Draußen hüllte ihn dichter Rauch ein. Er stammte nicht von den Blitz-Knall-Sprengkörpern, sondern kam aus Kanistern, die unter der rückwärtigen Stoßstange angebracht waren. Einer der wahllos gedrückten Knöpfe hatte die Rauchentwicklung ausgelöst.

Blitz-Knall-Raketen und Rauch waren dazu gedacht, den Angreifer zu verwirren, so daß die Überfallenen bei dem allgemeinen Durcheinander entkommen konnten. Allerdings konnten die Blitz-Knall-Granaten tödlich wirken, wenn sie unmittelbar neben einem Menschen einschlugen. Von Rauchschwaden umgeben konnte Savage nicht erkennen, ob es auf der Gegenseite Tote gegeben hatte. Bestimmt aber lagen die Leute für die nächste halbe Minute betäubt auf der Straße und krümmten sich vor Schmerzen.

Er tastete sich um den Rolls herum, stieß gegen den stämmigen Mann, schubste ihn zur Seite und fand Akira, der Rachel bewachte. Kein Wort war nötig. Sie wußten beide, daß es nur einen Fluchtweg gab – den Abhang hinunter zu den Hotels an der See.

Rachel zwischen sich haltend, stolperten sie über den Straßenrand und ertasteten sich über Felsen und Gras im dichten Rauch den Weg nach unten. Plötzlich endete die Nebelwand. Sie standen im gleißenden Sonnenlicht.

»Laufen Sie los!« rief Savage.

Es hätte dieser Aufforderung nicht bedurft. Rachel rannte vor den Männern her, sprang über einen Felsenvorsprung und landete anderthalb Meter tiefer wieder auf dem Abhang. Der Aufprall brachte sie aus der Balance. Sie rollte, rutschte auf dem Rücken, kam auf die Füße und rannte weiter.

Savage und Akira setzten ihr nach. Jeden Augenblick mußten ihre Verfolger zu sich kommen. Sie würden sich orientieren, aus dem Rauch auftauchen, ihre Beute erblicken und die Jagd fortsetzen.

Rachel begann zu stolpern. Savage und Akira holten sie ein. Weiter unten kamen sie an Tennisplätzen vorüber, die in den Abhang hineingebaut worden waren. Die Spieler hatten den Ballwechsel unterbrochen und starrten zu der Rauchwolke über der Straße hoch oben hinauf. Einige sahen Rachel, Savage und Akira vorüberrennen, interessierten sich aber gleich wieder für den Rauch.

Der Abhang ging in ebenes Gelände über. Die Hotels wurden größer. Hinter einem Geräteschuppen, nahe einem Swimmingpool unter Palmen, blieben die drei stehen. Von den Verfolgern war auf dem Abhang nichts zu sehen.

Nur der stämmige Mann kam keuchend und taumelnd auf sie zugerannt. Savage sah ihn voller Enttäuschung ankommen.

»Jesus, ich hätte Sie beinahe aus den Augen verloren. Danke, daß Sie auf mich gewartet haben.«

»Wir haben nicht auf Sie gewartet«, sagte Akira. »Wir überlegen, was jetzt zu tun ist. Nur über eines sind wir uns einig.«

Der Mann wischte sich den Schweiß aus dem Gesicht. »Ja? Sagen Sie mir rasch, was Sie beschlossen haben.«

»Wir wollen Sie nicht bei uns haben. Wohin wir uns auch wenden, Sie gehen in die entgegengesetzte Richtung.«

»Machen Sie keine Scherze. Wir stecken hier gemeinsam drin.«

»Nein«, sagte Akira.

»Da oben kommen sie!« rief Savage.

Akira folgte Savages Blick hangaufwärts, wo die ersten Verfolger auftauchten.

»Nein, wir stecken hier nicht gemeinsam drin«, sagte Akira. Er packte den Mann im Genick und preßte ihm einen Finger hinter das linke Ohr.

Vor Schmerz ging der Mann in die Knie. Er winselte und wand sich, kam aber aus Akiras Griff nicht frei.

Akira drückte kräftiger zu. »Sie werden uns nicht folgen.«

Das Gesicht des Mannes war bleich geworden. »Okay, ich verschwinde«, stieß er hervor.

»Hauen Sie ab!« Akira gab ihm einen Stoß.

Der Mann warf Akira einen letzten furchtsamen Blick zu und taumelte zu dem nächsten Hotel hinüber.

In der Ferne heulten Sirenen.

»Wir sollten abhauen«, sagte Savage. Er deutete auf die Reihe der Verfolger, die bereits ein Viertel des Abhanges hinter sich gebracht hatten. Er packte Rachels Arm und zog sie mit sich. Zwischen zwei Hotels hindurchlaufend erreichten sie eine belebte Straße. Savage winkte ein Taxi heran. Der Wagen hielt. Rasch stiegen sie ein.

»Ich habe vor anderthalb Jahren mal in dieser Gegend gearbeitet. Ich kenne da einen Mann, der mir noch einen Gefallen schuldig ist.«

In französischer Sprache nannte er dem Fahrer das Ziel. »Wir sind unterwegs zu einer Party und haben uns verspätet. Ich verdopple das Fahrgeld, wenn Sie uns innerhalb fünf Minuten hinbringen.«

»Abgemacht, Monsieur.« Während der Fahrer sich auf den Weg nach Antibes machte, deutete er auf den Rauch über der oberen Straße. »Was ist das?«

»Ein Autounfall.«

»Schlimm?«
»Ich glaube ja.«
»Welches Unglück.«
»Die Leute passen auf der Straße eben nicht auf.«
»Wie wahr, mein Herr, wie wahr.« Der Fahrer hatte sich halb zu Savage herumgedreht. Als er wieder nach vorn blickte, mußte er das Steuer herumreißen, um nicht in einen Lastwagen zu donnern.

Vom Rücksitz aus hielt Savage die Straße hinter ihnen im Auge. Die Verfolger waren noch nicht zwischen den Hotels hindurch auf der von Palmen gesäumten Straße aufgetaucht. Unmöglich konnten sie die Nummer des Taxis erkennen.

Antibes hatte rund sechzigtausend Einwohner. Die Touristensaison war jetzt im Oktober so gut wie zu Ende, dennoch waren die engen Straßen überfüllt. Der Wagen kam nur noch langsam voran. Savage ließ den Fahrer halten, bezahlte den versprochenen doppelten Fahrpreis und stieg mit Rachel und Akira aus.

Sie verschwanden in einer Gasse. Über ihnen hing Wäsche auf Leinen. Rechts von sich hörte Savage die Brandung an die Küste donnern. Links über der Gasse erhob sich ein jahrhundertealtes Schloß.

Rachel eilte die enge Gasse hinauf, die durch Unrat und Abfall noch enger gemacht wurde. Mit besorgtem Blick wandte sie sich an Savage. »Sie haben dem Taxifahrer eine Adresse genannt. Die Leute meines Mannes werden sie aus ihm herausquetschen. Dann wissen sie, wohin wir uns gewandt haben.«

»Die Adresse war natürlich falsch«, sagte Savage.

»Das ist bei uns so üblich«, fügte Akira hinzu.

Sie erreichten das Ende der Gasse.

Rachel blieb stehen und rang nach Atem. »Eigentlich ist alles Lüge, wie?«

»Nein«, erwiderte Savage. »Unser Versprechen, Sie zu beschützen ist keine Lüge.«

»Solange ich mein Geld wert bin.«

»Ich habe Ihnen schon einmal gesagt, daß es mir nicht um das Geld geht. Wichtig sind nur Sie.« Savage zog sie in die gegenüberliegende Gasse.

»Ihr Mann bezahlt Spione im Land Ihrer Schwester«, meinte Akira. »Wenn wir versuchen, Sie dorthin zu bringen, werden wir uns einer neuen Falle gegenüber sehen und dann einer weiteren. Schließlich wird man Sie fangen.«

»Was bedeutet, daß meine Lage hoffnungslos ist«, entgegnete Rachel.

»Nein«, sagte Savage. »Sie müssen mir nur weiterhin vertrauen.«

Sie überquerten eine Straße, verschwanden in der Menschenmenge und bogen in eine weitere Gasse ein.

»Wie gesagt, vor anderthalb Jahren hatte ich hier mal zu tun. Ich brauchte ein paar Veränderungen an meinem Wagen und fand in Antibes einen Mann, der die Arbeiten ausführen wollte. Er nannte keine feste Summe, sondern war mit dem zufrieden, was ich freiwillig bezahlte. Geld bedeute ihm nichts, sagte er, wenn er sich damit nicht einen großen Wunsch erfüllen könne. Er hätte ein besonderes Anliegen an mich. ›Welcher Art?‹ fragte ich. Ratet mal, was er von mir wollte. In meinem Wagen lagen einige Kinoposter, die mein Klient dagelassen hatte. Der Mechaniker schloß daraus, daß ich etwas mit den Filmfestspielen in Cannes zu tun hatte. Er wollte seinem größten Idol, Arnold Schwarzenegger, vorgestellt werden. Das konnte ich dank meiner Beziehungen arrangieren. Natürlich konnte sich der Mann mit der Filmgröße nicht unterhalten, aber die Hand drücken durfte er ihm wenigstens. Damals sagte ich, halb im Scherz, ich würde eines Tages wiederkommen und von ihm auch einen Gefallen verlangen. ›Wird gemacht‹, sagte er.«

»Und den wollen Sie jetzt einfordern?« fragte Akira.

»Er muß uns einen Wagen besorgen.«

»Und dann?« fragte Rachel.

»Wir unterliegen dem Zwang der Gegebenheiten«, erklärte Savage. »Wir haben unseren Alptraum, und Ihnen sind wir verpflichtet. Also wird mir wohl nichts anderes übrig bleiben, als Ihnen den Wunsch, den Sie vorhin im Flugzeug äußerten, zu erfüllen.«

»Sie nehmen mich mit?« keuchte Rachel. »Nach New York?«

»Und zu Graham«, sagte Akira »Jedoch muß ich wohl erst noch zustimmen.«

»Warum?« wollte Savage wissen.

»Weil es von jetzt an nicht mehr nur um den Schutz für diese Frau geht. Wir beschützen auch uns, indem wir unseren gemeinsamen Alptraum lösen – das Rätsel um Ihren Tod und meinen. Wenn uns dabei die Frau in den Weg gerät...«

»Werden Sie sie verteidigen.«
»Selbstverständlich«, sagte Akira mit einem Blick voller Trauer. »Arigato dafür, daß Sie mich daran erinnert haben. Also sind wir drei fest miteinander verbunden. Aber unsere Wege kreuzen sich.«
»Wir haben keine andere Wahl«, stellte Savage fest.

Akt des Verschwindens

1

Sechsunddreißig Stunden später trafen sie auf dem Kennedy Flughafen in New York ein. Unterdessen waren sie nach Marseille gefahren und von dort nach Paris geflogen und hier kam Savage zu dem Schluß, daß Rachels Beulen und blaue Flecken inzwischen so weit verblaßt waren, daß man mit Hilfe von ein wenig Kosmetik brauchbare Paßbilder von ihr anfertigen lassen konnte. Sie wollte nicht länger das Risiko tragen, öffentlich Aufsehen zu erregen, indem sie sich als die eigene Schwester ausgab. Natürlich hatte Savage auch in Paris seine Beziehungen, die es ihm ermöglichten, Rachel einen kompletten Satz neuer Papiere zu verschaffen, die auf den Namen Susan Porter lauteten. Wenn sie von jemandem – vor allem von Grenzbeamten – auf ihre Ähnlichkeit mit Joyce Stone hin angesprochen werden sollte, hatte ihr Savage geraten, mit einem freundlichen »Danke für das Kompliment« zu antworten. Doch alles ging gut. Zusammen mit Savage verließ sie den Flughafen.

Akira hatte sich während der Abfertigung im Hintergrund gehalten. Es sollte nicht so aussehen, als seien sie zusammen angekommen. Später traf er mit ihnen zusammen. »Ich habe die Einreisenden und die Wartenden beobachtet. Für uns hat sich niemand interessiert.«

»Das habe ich gehofft. Papadropolis kann nicht wissen, wo wir uns befinden. Wahrscheinlich nimmt er an, wir seien noch in Südfrankreich und versuchten, die Insel ihrer Schwester zu erreichen.«

Sie schritten durch die von Lärm erfüllte Ankunfthalle.

»Dann wäre ich also frei?« fragte Rachel.

»Sagen wir lieber, Sie sind nicht mehr in unmittelbarer Gefahr«, verbesserte Savage. »Um es ehrlich zu sagen, Ihr Problem ist aufgeschoben, nicht aufgehoben.«

»Ich gebe mich mit dem gegenwärtigen Zustand zufrieden«, sagte Rachel. »Es ist schon eine Erleichterung, wenn man nicht dauernd hinter sich schauen muß.«

»Aber vorausblicken müssen wir«, fiel Akira ein. »Wir haben es immer noch mit Graham zu tun.«

»Ich verstehe – ich halte Sie auf. Tut mir leid. Aber wenn ich nicht euch beide hätte... ich weiß nicht, was dann wäre... Nun, es klingt so unzulänglich – aber danke für alles!«

Sie umarmte die beiden Männer.

2

Ein Taxi brachte sie zur Grand Central Station. Sie betraten den Bahnhof von der 42. Straße aus, verließen ihn an der Lexington Avenue und nahmen einen anderen Wagen zum Central Park. Dort gingen sie zwei Häuserblocks zu Fuß und gelangten schließlich zu einem Hotel in einer Seitenstraße der Fifth Avenue.

Die Suite, die Savage telefonisch bestellt hatte, erwies sich als recht geräumig.

»Rachel, das Schlafzimmer gehört Ihnen«, bestimmt Savage. »Akira und ich werden abwechselnd auf dem Sofa schlafen.«

Sie packten ihre Reisetaschen aus, die sie in Paris gekauft hatten.

»Hat jemand Hunger?« Savage bestellte beim Zimmerservice Lachssandwiches, Salat, Früchte und Tafelwasser.

Während der nächsten Stunden wurde geruht, gebadet und gegessen. Obwohl sie im Flugzeug geschlafen hatten, machte sich der gefürchtete Jet lag bemerkbar, sie brauchten Zeit, um sich körperlich umzustellen. Auf einen weiteren Anruf hin brachte der Zimmerservice Kaffee und Tee herauf. Diese Muntermacher belebten sie. Kurz vor fünf Uhr ging Savage in ein nahes Warenhaus, um Mäntel und Handschuhe zu kaufen. Der Wetterbericht im Fernsehen hatte vorausgesagt, daß die Nacht feucht und frostig werden würde.

Sie warteten bis neun Uhr.

»Fertig?« fragte Savage.

»Noch nicht«, wandte Akira ein. »Wir haben einiges zu besprechen. Ich kenne zwar die Antwort, doch muß die Frage ausgesprochen werden: Wäre es nicht besser, Rachel hierzulassen?«

»Wir glauben, daß uns hierher niemand gefolgt ist«, meinte Savage. »Aber genau wissen wir es nicht. Wenn wir sie ohne Schutz zurücklassen, kann sie in Gefahr geraten.«

»Kann...«

»Dieses Risiko will ich nicht eingehen.«

»Dem stimme ich zu«, sagte Akira.

»Wo liegt also die Schwierigkeit?«

»Da ist mir plötzlich etwas eingefallen, das ich hätte vorher bedenken müssen. Es geht um Ihren Auftrag, Rachel zu retten«, sagte Akira.

»Was ist damit?«

»Ich war beauftragt, Rachels Gatten zu beschützen und kam einen Tag vor Ihnen in Mykonos an. Graham hat mein Honorar ausgehandelt. Und Graham schickte sie zu Rachel. Fällt es Ihnen nicht auf, daß derselbe Mann, der uns beide damit betraute, Kamichi zu beschützen, uns sechs Monate später, kaum daß unsere Verletzungen geheilt waren, nach Mykonos schickte?«

»Wir sollten uns also treffen?« Savage lief es kalt den Rücken hinunter.

»Natürlich konnte niemand mit Sicherheit wissen, ob wir aufeinandertreffen würden. Aber gejagt hätte ich Sie bestimmt.«

»Genauso wie ich Sie im umgekehrten Falle gejagt haben würde«, entgegnete Savage. »Graham wußte, daß er sich auf unser Pflichtgefühl verlassen konnte.«

»Und auf mein Können. Mochte es noch so lange dauern, irgendwann hätte ich Sie gefunden.«

»Es gibt nur wenige Leute, denen ich das zutraue. Aber ja, Sie sind tüchtig genug und hätten mich irgendwann erwischt. Wir sollten einander von Angesicht zu Angesicht gegenüberstehen«, sagte Savage.

»Und mit unseren beiderseitigen Alpträumen konfrontiert werden.«

Savage schüttelte den Kopf. »Mit einem Alptraum, den es nicht gegeben hat. Warum aber glauben wir, daß es ihn gegeben hat? Warum hat Graham vor sechs Monaten dafür gesorgt, daß wir einander treffen mußten – und jetzt wieder?«

»Das will ich von ihm wissen. Sollte Rachel mit in so etwas hineingezogen werden? Wobei wir noch gar nicht wissen, was auf uns zukommt? Sie könnte durch uns in noch größerer Gefahr geraten?«

»Was machen wir also? Hierbleiben?«

»Ich muß herauskriegen, warum ich einen toten Mann vor mir gesehen habe.«
»Ich auch«, sagte Savage.
»Dann müßt ihr hingehen«, erklärte Rachel.
Die Männer drehten sich überrascht zu ihr um.
»Und ich komme mit.«

3

Die Wettervoraussage erwies sich als richtig. Ein kalter, feuchter Wind blies durch die Fifth Avenue und trieb Savage Tränen in die Augen. Er rieb die Lider, schloß den obersten Knopf seines Mantels und sah den Rückleuchten des Taxis nach, das sich auf den Weg nach Greenwich Village machte.

Rachel stand zwischen ihm und Akira.

»Ich wiederhole noch einmal«, sagte Savage. »Wenn es irgendwelche Schwierigkeiten gibt, laufen Sie fort. Kümmern Sie sich nicht um Akira und mich. Kehren Sie ins Hotel zurück. Wenn wir uns bis mittag nicht gemeldet haben, ziehen Sie aus und verlassen die Stadt. Ich habe Ihnen zehntausend Dollar gegeben. Das genügt für den Anfang. Ich habe Ihnen erklärt, wie Sie sich mit Ihren Eltern und Ihrer Schwester in Verbindung setzen können und wie Sie Geld von Ihrer Familie erhalten können, ohne daß Papadropolis dadurch Ihren Aufenthaltsort erfährt. Wählen Sie irgendeine Stadt. Beginnen Sie ein neues Leben.«

»Irgendeine Stadt? Aber wie wollen Sie mich dann finden?«

»Überhaupt nicht. Und Sie werden auch von anderen nicht gefunden werden. Darauf kommt es an. Ihr Mann kann Ihre Spur nicht aufnehmen, solange Sie sich von allem und jedem aus Ihrem früheren Leben fernhalten. Dann sind sie in Sicherheit.«

»Das hört sich so«, Rachel erschauerte, »nach Einsamkeit an.«

»Die Alternative ist schlimmer.«

Sie gingen die Fifth Avenue hinunter.

Drei Blocks weiter, nahe dem Washington Square, erreichten sie ein Sträßchen, dessen Zugang mit einem schmiedeeisernen Tor verschlossen war. Oben auf der Querschiene befanden sich spitze Eisendornen. Unter dem Türgriff war ein Schloß angebracht. Savage drückte auf den Griff. Die Tür war abgeschlossen. Das überraschte ihn nicht.

Er betrachtete die hohen Eisenstäbe. Wenn hier eine Frau mit zwei Männern drüberkletterte, mußte das bestimmt auffallen. Viele Fußgänger gingen vorüber, Wagen fuhren die Straße entlang. Man sagte zwar, daß die New Yorker sich nur um den eigenen Mist kümmern würden, aber es war doch wahrscheinlich, daß irgend jemand die Polizei anrief.

»Dann spielen Sie mal den Empfangschef, Akira.«

Auf dem Weg hierher hatten sie kurz vor einer Taverne an der East Side angehalten. Der Besitzer gehörte zu Savages Kontaktleuten. Von ihm hatte er einen Satz Dietriche gekauft.

Akira hatte im Handumdrehen das Schloß aufgebrochen, so schnell, als besäße er den richtigen Schlüssel dafür. Beide Männer waren schon öfter hier gewesen, daher wußten sie, daß das Tor nicht durch eine Alarmanlage gesichert war. Akira stieß das Tor auf, ließ Rachel und Savage an sich vorüber und stieß es wieder zu. Aber er schloß es nicht ab für den Fall, daß eiliger Rückzug geboten schien. Wenn andere Anwohner des Sträßchens das Tor unverschlossen vorfanden, würden sie sicherlich über einen unverantwortlich handelnden Mitbewohner schimpfen.

Vor sich hatten sie die Gasse. Hundert Jahre zuvor war sie von Ställen und Remisen flankiert gewesen. Bei der Altstadtsanierung hatte man sorgfältig darauf geachtet, äußerlich den Zustand von früher zu konservieren. Schmale Türen wechselten mit zweiflügeligen Toren ab, durch die man früher in Scheunen eingefahren war. Auch das Kopfsteinpflaster stammte aus alter Zeit. Die Laternen waren zwar elektrisch, aber äußerlich alten Lampen nachgebildet. Alles vermittelte den Eindruck, als sei hier die Zeit stehengeblieben.

Ein exklusives und teures Wohnviertel.

Die Gasse war breit. Ursprünglich auf die Maße von Pferdewagen ausgelegt, erlaubte sie heute den Anwohnern, ihre Autos in renovierten Garagen unterzubringen. Viele Fenster waren beleuchtet, aber die einzigen Lichter, für die sich Savage interessierte, drangen aus den Fenstern des vierten Hauses an der linken Seite.

Er ging mit Rachel und Akira darauf zu und drückte auf den Knopf unter der Gegensprechanlage.

Die Eichentür war innen mit einer Stahlplatte verkleidet. Trotz-

dem hörte man das schwache Schrillen einer Klingel. Zehn Sekunden später ließ er die Glocke abermals schellen und dann weitere zehn Sekunden später noch einmal. Jetzt mußte eigentlich Grahams Stimme aus dem kleinen Lautsprecher ertönen. – Nichts.
»Sollte er schlafen?« fragte Savage verwundert.
»Um zehn Uhr und bei brennenden Lichtern?«
»Dann will er wohl nicht gestört werden. Oder er ist ausgegangen.«
»Das läßt sich leicht herausfinden«, sagte Akira. »Wenn er daheim ist, hat er nicht nur die Tür abgeschlossen, sondern von innen eine Eisenstange dagegen gestemmt.«
In der Tür befanden sich zwei Riegelverschlüssel. Akira knackte sie in rascher Folge, und die Tür ließ sich öffnen.
Savage ging hindurch. Er war so oft hier gewesen, daß er sich mit Grahams Sicherheitsvorkehrungen auskannte. Die Fenster waren vergittert und obendrein mit Alarmsensoren ausgestattet. Genauso waren die Türen zu Grahams Garage gesichert. Und dann die Haustür – sobald die Riegel weggezogen waren, mußte man nach dem Eintreten auf der linken Seite eine Schranktür öffnen und eine Reihe von Knöpfen drücken, um die Alarmanlage auszuschalten. Das mußte innerhalb von fünfzehn Sekunden geschehen, sonst wurde die Alarmanlage ausgelöst, die in der ganzen Nachbarschaft zu hören war. Überdies wurde auch das zuständige Polizeirevier alarmiert. Ein Streifenwagen war sofort unterwegs, sobald auf dem Monitor in der Wache das Blinklicht aufleuchtete.
Savage riß die Schranktür auf. Vor einem Jahr war es ihm gelungen, eigentlich nur aus beruflicher Gewohnheit heraus sich die Reihenfolge der Knöpfe zu merken, die Graham nach dem Eintreten gedrückt hatte.
Diese Knöpfe drückte er jetzt. Eine rote Lampe erlosch.
Kein Sirenengeheul.
Savage lehnte sich an die Schranktür.
Im Türrahmen erschien Akiras Schattenriß. »Ich habe in der Diele nachgesehen. Kein Anzeichen von ihm.«
Savage hatte mit der Alarmanlage so viel zu tun gehabt, daß ihm die harten, dröhnenden Rhythmen der Musik entgangen waren, die aus einem der Zimmer tönte. »Heavy Metal?«
»Das Radio«, erklärte Akira. »Graham hat es offenbar nicht aus-

geschaltet, als er wegging. Vielleicht wollte er damit etwaige Eindringlinge vertreiben. Sie sollten meinen, jemand sei daheim.«

»Warum sollte sich Graham so viel Mühe machen? Jeder Eindringling mußte doch die Sirene auslösen. Die würde ihn viel rascher vertreiben als Musik aus dem Radio. Außerdem, als wir draußen standen, habe ich durch die Tür die Flurglocke ganz leise gehört, von der Musik aber nichts vernommen. Das Radio ist kaum ein Abschreckungsmittel.«

»Aber es sieht Graham gar nicht ähnlich, auszugehen und das Radio laufen zu lassen. Heavy Metal? Graham haßt diese Musik. Er hört nur Klassisches.«

»Da stimmt etwas nicht. Durchsuchen Sie das Obergeschoß. Ich nehme mir die unteren Räume vor. Rachel, Sie bleiben hier.«

Akira schlich die Treppe zur Linken hinauf. Savage krampfte sich der Magen zusammen. Er durchquerte das große Zimmer im Untergeschoß, das Graham als Büro diente. Allerdings erinnerte nur der aus Glas und Chrom bestehende Schreibtisch im Hintergrund an diese Zweckbestimmung, sonst glich der Raum eher einem Wohnzimmer. Rechts flankierten Bücherregale einen offenen Kamin, links stand eine umfangreiche Stereoanlage. Von dorther ertönte die scharf rhythmische Musik. In der Mitte gab es einen Teetisch aus Glas und Chrom zwischen zwei Ledersofas. Er paßte zu dem Schreibtisch. Ein Afghan-Teppich bedeckte den Fußboden. In jeder Ecke standen große Pflanzentöpfe. An den strahlend weißen Wänden hingen nur einige Gemälde von Monet. Alles war darauf angelegt, durch sparsames Mobiliar räumliche Weite zu suggerieren.

Savage wußte, daß Graham seine Geschäftspapiere in Stahlfächern hinter den Buchreihen verwahrte. Und die große Stereoanlage diente dem Zweck, daß Graham Gespräche mit den wenigen Leuten, denen er so weit vertraute, daß sie ihn hier aufsuchen durften, mit Beethovens glorreicher Eroica übertönen konnte – für den Fall, daß irgendwo ein nicht entdecktes Mikrofon mithörte.

Auf dem Teetisch sah Savage drei leere Champagnerflaschen. Auf dem Schreibtisch stand ein mit Zigarrenstummeln gefüllter Aschenbecher neben einem langstieligen Glas, auf dessen Boden der Rest einer Flüssigkeit eintrocknete.

Vorsichtig öffnete er die Tür links neben dem Schreibtisch. Schlecht beleuchtete Stufen führten ins Kellergeschoß hinunter.

Savage knöpfte seinen Mantel auf und zog die 45er Pistole aus dem Hosenbund. Er hatte sie zusammen mit einer gleichen Waffe für Akira und mit den Dietrichen bei dem Gastwirt an der East Side gekauft. Die Waffe fest in der im Lederhandschuh steckenden Faust tastete Savage mit der freien Hand nach dem Lichtschalter. Im Keller ging das Licht an. Schweiß brach ihm aus, als er eine Stufe hinunterging, dann noch eine und noch eine.

Er hielt die Luft an, legte die letzten Stufen mit einem Satz zurück und hob die Waffe.

Drei Tische. Sauber aufgestapelte Drähte, Batterien und scheibenförmige Objekte lagen herum. Sie gehörten zu einer im Aufbau befindlichen Abhöranlage.

Ein Heizkessel. Mit vorgehaltener Pistole schaute Savage dahinter. Niemand. Schweiß tropfte ihm von der Stirn. Andere Verstecke gab es hier nicht. Er stieg die Treppe hinauf.

Aber er war keineswegs erleichtert.

4

Das unruhige Gefühl hielt auch an, als Akira ihm meldete, im Obergeschoß sei nichts Ungewöhnliches zu sehen gewesen.

Rachel ließ sich auf ein Sofa fallen.

Akira steckte die Pistole ins Holster. Die elektrischen Gitarren jaulten weiter.

»Vielleicht hat alles eine ganz einfache Erklärung, auch sein seltsamer Geschmack hinsichtlich der Musik.«

»Sehr überzeugend klingt das nicht.«

Rachel hielt sich die Ohren zu. »Vielleicht quält er sich gern selbst.«

»Dann wollen wir uns mal einen Gefallen tun«, meinte Savage und knipste das Stereogerät aus. Wohltuende Stille umgab sie.

»Gott sei Dank«, stöhnte Rachel. »Haben Sie schon die leeren Flaschen auf dem Tisch gesehen?«

Akira nickte. »Champagner ist Grahams Lieblingsgetränk.«

»So viel? Drei Flaschen an einem Abend?«

»Vielleicht hatte er Besuch«, sagte Akira.

»Ich sehe nur ein Glas«, stellte Rachel fest. »Wenn er die Gläser der Gäste weggeräumt hat, warum ließ er dann sein eigenes und die Flaschen stehen? Und da ist noch etwas... Habt ihr mal die Etiketten an den Flaschen genauer angesehen?«

»Nein«, erwiderte Savage. »Was ist damit?«

»Als wir auf dem alten Bauernhof bei Athen waren, habt ihr über Graham gesprochen. Dabei hörte ich, daß er nur Champagner Dom Pérignon trinkt. Die dritte Flasche ist aber Asti Spumante.«

»Was?« Savage fuhr zusammen.

»Und was ist das für ein Geräusch?« fragte Rachel.

Savage schaute sich im Zimmer um. Seine Ohren hatten sich nach der dröhnenden Musik noch nicht wieder an die Stille gewöhnt, aber jetzt hörte auch er das gedämpfte Summen.

»Ja, ein schwaches Vibrieren«, sagte Akira. »Wo kommt das her?«

»Vielleicht von einem Kühlschrank«, meinte Savage.

»Nein, Grahams Küche befindet sich im Obergeschoß«, sagte Akira. »Auf diese Entfernung hört man keine Geräusche von einem Kühlschrank.«

»Vielleicht ist die Heizung angesprungen«, vermutete Savage.

Akira hielt eine Hand vor ein Lüftungsgitter. »Kein Luftzug.«

»Was kann nur...«

»Es scheint von daher zu kommen«, meinte Rachel stirnrunzelnd und ging an Savage vorüber. »Hier von der Tür neben dem Bücherregal.«

Sie öffnete die Tür und fuhr zurück. Dichter grauer Rauch hüllte sie ein. Das schwache Summen wuchs zu einem Grollen an. Rachel keuchte und hustete.

Das war kein Rauch, stellte Savage fest. Grahams Garage! Er eilte durch die Tür. In der Garage war es dunkel, doch reichte das aus dem Wohnzimmer hereinfallende Licht aus, um sich zu orientieren. Der Motor des Cadillac lief auf Hochtouren. Hinter dem Steuer saß zusammengekrümmt ein rundlicher, glatzköpfiger Mann.

Hastig langte Savage durch das offene Fenster und drehte den Zündschlüssel herum. Der Motor verstummte. Möglichst flach atmend riß er die Fahrertür auf, packte Graham und zerrte ihn über den Zementfußboden ins Wohnzimmer.

Rachel schloß rasch die Tür, damit nicht noch mehr Auspuffgase hereindrangen. Als Savage endlich wieder tief Luft holen konnte, mußte er husten und würgen.

Akira kniete neben Graham und suchte nach dem Puls.

»Sein Gesicht ist ganz blau«, stellte Rachel fest.

»Kohlenmonoxyd.« Akira legte das Ohr auf Grahams Brust. »Sein Herz schlägt nicht mehr.«

Savage kniete auf der anderen Seite nieder. »Versuchen Sie es mit Mund-zu-Mund-Beatmung. Ich werde sein Herz massieren.«

Akira öffnete Grahams Mund und atmete heftig hinein. Savage beklopfte die Brust, dann legte er beide Hände nebeneinander über das Herz und begann, es zu massieren.

»Rachel, rufen Sie den Rettungsdienst an«, stieß Savage hervor. Dabei drückte er Grahams Brust, ließ locker, drückte erneut.

Rachel lief zu dem Telefon auf Grahams Schreibtisch. Sie nahm den Hörer auf und begann damit, Nummern zu drücken.

»Nein, Rachel, lassen Sie es sein«, stöhnte Akira. »Es hat keinen Zweck mehr.« Er sah Graham an und erhob sich langsam.

»Versuchen Sie es trotzdem!« rief Savage.

Akira schüttelte den Kopf. »Fühlen Sie mal seine Haut. Er ist schon ganz kalt. Und sehen Sie sich seine Beine an. Sie sind immer noch in den Knien gebeugt, als säße er. Genau in dieser Stellung haben Sie ihn hereingeschleift. Er muß schon eine ganze Weile tot sein. Da haben alle Wiederbelebungsversuche keinen Sinn.«

Savage betrachtete die Knie des Toten, schluckte und hörte auf, ihm die Brust zu massieren.

Rachel legte den Telefonhörer hin.

Mehrere Sekunden lang rührte sich keiner von ihnen.

Savage zitterten die Hände. Akiras gespannte Nackenmuskeln traten wie Stricke hervor.

Rachel kam näher. Sie bemühte sich, Grahams Leiche nicht anzuschauen.

Savage bemerkte plötzlich, wie bleich sie war. Er konnte sie gerade noch auffangen, als ihre Knie nachgaben und führte sie zu dem Sofa, von dem aus Rachel den Toten nicht sehen konnte. »Legen Sie die Hände zwischen die Knie.«

»Ich habe nur für eine Sekunde das Gleichgewicht verloren.«

»Schon gut.«

»Es geht mir besser.«

»Ich hole Ihnen etwas Wasser«, sagte Akira.

»Nein, vielen Dank, ich bin schon wieder in Ordnung.« Ihre Wangen färbten sich wieder. »Mir wurde nur für einen Moment schwarz vor den Augen. Jetzt geht es mir gut.« Sie nahm alle Kraft zusammen und fuhr fort: »Machen Sie sich keine Sorgen. Ich werde nicht ohnmächtig. Ich habe es mir und Ihnen versprochen, daß ich Ihnen niemals zur Last fallen werde.« Ihre blauen Augen blitzten.

»Zur Last fallen?« rief Savage. »Das Gegenteil ist richtig. Ohne Sie hätten wir vielleicht nicht entdeckt, daß...« Er biß sich auf die Unterlippe und drehte sich zu Grahams Leiche um. »Der arme Teufel. Als ich ankam, war ich bereit, ihn abzumurksen. Nun würde ich ihn umarmen, wenn er noch am Leben wäre. Himmel, wie wird er mir fehlen. Also, was zum Teufel ist hier geschehen?«

»Sie meinen, was ist scheinbar geschehen«, meinte Akira.

»Genau.«

Rachel schaute ein wenig verwirrt drein.

»Drei leere Flaschen«, zählte Akira auf.

»Richtig. Ein betrunkener Mann beschließt, noch ein wenig auszugehen. Er läßt seinen Wagen an, doch bevor er die Garagentür öffnen kann, wird er ohnmächtig. Die Auspuffgase töten ihn.«

»Der Leichenbeschauer wird diese Erklärung nicht hinnehmen.«

»Natürlich nicht«, erklärte Savage.

»Das verstehe ich nicht«, mischte sich Rachel ein.

»Die Garage war dunkel, und die Tür zum Wohnzimmer war geschlossen«, erläuterte Akira. »Selbst einem Betrunkenen muß auffallen, daß die Garagentür geschlossen ist, während er in der Finsternis herumtaumelt. Sein Instinkt würde ihm sagen, daß er zunächst die Außentür öffnen müsse.«

»Wenn er aber einen automatischen Toröffner hat, könnte man annehmen, er wollte nach dem Starten der Maschine von seinem Wagen aus durch Knopfdruck die Tür öffnen.«

»Grahams Garage hat sogar zwei Türen wie der Stall, der sie einstmals gewesen ist und dem sie äußerlich ähneln soll. Die Türflügel schwenken aber seitwärts und müssen von Hand bewegt werden.«

»Also hielt man die Garage absichtlich geschlossen.«

»Irgendwie paßt das nicht zusammen«, meinte Rachel. »Es hört sich so an, als habe Graham Selbstmord begangen.«

»Er sitzt hier ganz allein. Musik dröhnt aus der Stereoanlage, während er raucht und trinkt. Nachdem er sich genügend Mut angetrunken hat, geht er hinaus in die Garage. Die Stereoanlage läßt er weiterlaufen. Warum sich jetzt noch darum kümmern? Er vergewissert sich, daß die Wohnzimmertür zu und damit die Garage luftdicht abgeschlossen ist – und dreht den Zündschlüssel um. Die Auspuffgase stinken fürchterlich. Aber nach einigen tiefen Atemzügen fallen ihm die Augenlider zu. Er segelt hinüber und stirbt schließlich. Ja«, schloß Savage, »diese Geschichte nimmt jeder Coroner als wahr ab.«

»Es ist auch leicht zu erklären, warum Graham auf diesem Weg aus dem Leben schied«, sagte Akira. »Wir wissen, wie penibel er immer war. Deshalb hat er sich keine Kugel durch den Kopf geschossen. All das Blut hätte seinen feinen Anzug ruiniert.«

Rachel schaute verwirrt drein.

»Er müßte einen Grund für den Selbstmord gehabt haben«, sagte Savage.

»Vielleicht Gesundheitsprobleme?«

Savage zuckte mit den Schultern. »Als ich ihn vor drei Wochen zum letzten Mal gesehen habe, schien alles in bester Ordnung. Übergewichtig zwar, ansonsten aber robust wie immer. Selbst wenn die Ärzte ihm plötzlich eröffnet hätten, er müsse bald an Krebs sterben, würde er sich bis zum letzten Augenblick verwöhnt und das Leben genossen haben. Erst wenn ihm die Ärzte gesagt hätten, daß alles Bemühen aussichtslos sei, würde er sich selbst umgebracht haben.«

»Vielleicht hatte er geschäftliche Schwierigkeiten?«

»Das schon eher«, meinte Savage.

»Damit ist für mich gar nichts erklärt«, warf Rachel ein.

»Um Geld kann es nicht gegangen sein«, meinte Akira. »Graham war wohlhabend. Er ließ sein Geld für sich arbeiten. Also könnte es sich nur um einen Klienten gehandelt haben, der sich gegen ihn gewandt hatte, oder es war der Feind eines Klienten, der herausgefunden hatte, daß Graham hinter einer Attacke auf ihn steckte.«

Savage überlegte diese Möglichkeit. »Gut, so könnte es gewesen sein. Als Graham noch zu den britischen Kommandoeinheiten gehörte, nahm er jede Herausforderung an, aber nachdem er sich zur Ruhe gesetzt hatte, wurde er fett und träge von zuviel Champagner und Kaviar. Sicher wußte er, daß er seine Kondition verloren hatte. Er hat mich zwar ausgebildet, aber seine eigenen Fähigkeiten waren Jugenderinnerungen. Er hat sogar mir gegenüber einmal zugegeben, daß er im Kampf Mann gegen Mann heute keine Chance mehr hätte. Wenn er herausbekommen hat, daß man ihm auf den

Fersen war, würde er wahrscheinlich einen friedlichen Selbstmord einem schmerzreichen, brutalen Ende vorgezogen haben.«

»Um so eher, wenn er herausgefunden hat, daß wir hinter ihm her waren«, sagte Akira.

»Andererseits – als Graham uns beide nach Mykonos schickte, mußte er doch damit rechnen, daß wir eines Tages auftauchen und Antworten auf ein paar Fragen verlangen würden. Und er wußte auch, daß wir ihn nicht umbringen würden, wenn wir auch noch so wütend auf ihn waren. Nebenbei bemerkt, der Leichenbeschauer hat von uns keine Ahnung. Und ich meine auch, daß er uns nicht zu Gesicht bekommen sollte.«

Akira nickte. »Trotzdem muß der Coroner zu der Meinung gebracht werden, daß jemand hinter Graham her gewesen ist. Sonst stimmt die ganze Geschichte nicht. Irgendwo – vielleicht in den Stahlfächern hinter den Buchreihen dort – wird die Polizei den Beweis dafür finden, daß Graham um sein Leben fürchten mußte.«

»Und daß er würde leiden müssen.«

»Weshalb er einen Freitod in Würde vorzog.« Akira zog die Augenbrauen hoch. »Sehr japanisch.«

»Würde mir das vielleicht jemand erklären?« fragte Rachel.

»Graham hat sich nicht selbst umgebracht«, antwortete Akira.

»Aber Sie haben doch geredet, als ob...«

»Wir haben uns in die Lage des amtlichen Totenbeschauers versetzt«, meinte Savage. »Sein Spruch würde auf Selbstmord lauten. Aber der Coroner weiß nicht, daß Graham niemals eine Rundfunkstation mit Heavy-Metal-Musik gewählt haben würde. Und er weiß auch nicht, daß Graham niemals Dom Pérignon und Asti Spumante durcheinander getrunken hätte. Graham wurde ermordet. Er wurde – wie ich annehme von mehrern Männern – dazu gezwungen, den Champagner zu trinken, der gerade vorhanden war. Aber zwei Flaschen genügten nicht. Also wurde jemand losgeschickt, um eine weitere Flasche zu kaufen. Die suchte er nach seinem und nicht nach Grahams Geschmack aus. Nachdem Graham besinnungslos geworden war, wurde er in den Wagen gesetzt und die Maschine angelassen. Bei geschlossener Wohnzimmertür warteten sie, bis er tot war. Dann verschwanden sie.«

»Um sich die Zeit zu vertreiben, hatten sie das Radio eingeschaltet«, sagte Akira. »Sie wählten den Sender nach ihrem Geschmack. Vielleicht bildeten sie sich ein, die Musik würde das Gesamtbild realistisch abrunden. Also ließen sie das Radio laufen, stellten die Alarmanlage an der Außentür an und verschwanden.«

»Nahezu perfekt«, meinte Savage. »Diese Lumpen. Ich werde...«

»...sie bezahlen lassen?« Akiras Augen schossen Blitze. »Das ist selbstverständlich.«

5

Savage nahm Graham unter den Armen, während Akira die Beine der Leiche anhob. Rachel öffnete die Wohnzimmertür. Sie kehrte den eindringenden Abgaswolken den Rücken, während die beiden Männer den Toten in die Garage brachten.

Sie schoben ihn hinter das Steuerrad des Cadillac. Die Wolken waren immer noch so dicht, daß Savage den Atem anhielt, während er die Leiche in deren ursprüngliche Sitzposition brachte. Nach dem Aussetzen der Blutzirkulation hatte die Schwerkraft das Blut der Leiche in mehrere Gewebetaschen hinabsickern lassen, die sich im Bauchraum, an den Hüften und in den Beinen bildeten. Dabei waren rötliche Verfärbungen auf der Haut entstanden. Falls sich solche Verfärbungen in höher gelegenen Körperteilen zeigten, war dem Coroner klar, daß die Leiche bewegt worden war.

Grahams Körper war bewegt worden, hatte jedoch nicht lange genug im Wohnzimmer gelegen, um das Blut zurückfließen zu lassen, wodurch Verfärbungen im Rückenbereich hätten entstehen können.

Savage drehte den Zündschlüssel. Die Maschine des Cadillac begann erneut zu grummeln. Er schlug die Fahrertür zu und rannte mit Akira ins Wohnzimmer.

Ätzende Schwaden trieben durch den Raum. Savage hustete. Rachel schloß hinter ihm die Tür.

»Fenster aufmachen«, keuchte Akira.

Sie eilten jeder zu einem der beiden Fenster, drückten Knöpfe, um die Alarmanlagen auszuschalten, schoben die Scheiben hoch und atmeten frische Luft.

Der kalte Wind ließ die Vorhänge wehen. Die Schwaden lösten sich auf und trieben durch die offenen Fenster hinaus.

Savage hörte trotz des sausenden Windes das Summen des Automotors in der Garage. »Tut mir leid, mein Freund«, sagte er leise.

»War er wirklich ein Freund?« sagte Akira. »Ein richtiger Freund hätte uns nicht in unsere jetzige Lage gebracht. Warum hat er das getan?«

Ärger überschattete die Trauer. »Wir wollen es herausfinden«, sagte Savage heiser. Er durchquerte das Zimmer und zog an den Bücherregalen. Sie schwangen nach außen und gaben den Blick frei auf weitere Regale, auf denen Metallcontainer standen. Sie enthielten Aktenordner.

Savage und Akira blätterten eifrig darin.

Rachel hielt sich im Hintergrund. »Sie sagten vorhin, der amtliche Leichenbeschauer dürfe von Ihrer Anwesenheit nichts erfahren. Was haben sie damit gemeint?«

»Zuviel der Zufälle. Graham wird ermordet, während wir auf dem Weg zu ihm sind, um ihm einige Fragen zu stellen. Da gibt es einen Zusammenhang.« Savage blätterte in den Akten.

»Das können Sie nicht beweisen.«

»Doch, wir können«, sagte Akira. Er nahm sich einen weiteren Container vor. »Graham hebt diese Akten nur auf, um vor dem Steueramt sein Einkommen nachweisen zu können. Natürlich war er so vorsichtig, für seine Leute und für seine Klienten Tarnnamen zu verwenden. Wenn diese Akten in unrechte Hände gerieten, könnte niemand etwas damit anfangen, denn die wahre Identität der aufgeführten Personen ließe sich nicht feststellen. Die Tarnnamen waren in einer gesonderten Liste aufgeführt, die wiederum separat in einem Tresor verwahrt wurde. Mit der Bank ist vereinbart worden, daß dieser Tresor nur von Graham in Gegenwart seines Rechtsanwaltes geöffnet werden durfte. Die Tarnnamen waren also sicher verwahrt. Wir brauchen die Liste nicht, denn wir wissen, welche Pseudonyme Graham für uns verwendete. Im übrigen haben wir sie für uns selbst ausgewählt. Auch die Namen, unter denen Sie uns kennen, sind Pseudonyme.«

Er wühlte in weiteren Akten.

»Was suchen Sie eigentlich?« fragte Rachel.

»Graham verwahrte zwei Sätze von Akten, aus denen sich kreuzweise Beziehungen ableiten ließen, nämlich einen Satz mit Akten seiner Mitarbeiter und deren Aufgaben, und einen Satz mit

Angaben über die Klienten und deren Aufträge. Haben Sie sie gefunden?«

Akira war bei dem letzten Container angekommen. »Nein.«

»Ich habe sie auch nicht.«

»Was haben Sie nicht gefunden?« fragte Rachel.

»Unsere Akten«, erklärte Savage. »Sie sind verschwunden.«

»Wir haben keine Ahnung, welches Pseudonym Graham für Kamichi erfunden hat. Das gilt auch für Ihre Schwester und Ihren Ehemann«, sagte Akira. »Aber da unsere Akten nicht hier sind, nehme ich an, daß die anderen ebenfalls fehlen. Das ist der Beweis, von dem ich sprach. Grahams Mörder muß die Akten mitgenommen haben. Der Coroner darf von unserer Existenz nichts erfahren. Nicht einmal unsere Tarnnamen darf er wissen. Graham wurde getötet, damit er uns nicht verraten kann wie es kam, daß wir einander sterben sahen.«

»Und hier ist der Abschiedsbrief, ganz wie Akira vermutet hat. Natürlich getippt, denn er stammt nicht von Graham.«

»Den Brief haben die Mörder hinterlassen«, sagte Rachel. »Nun gut, ich bin überzeugt. Aber wieso konnten die Täter so sicher darauf rechnen, daß die Polizei hinter den Bücherreihen nachschauen würde?«

»Die Regale waren nicht ganz geschlossen.«

»Wir sollten besser von hier verschwinden«, gab Akira zu bedenken. »Der Nachbar auf der anderen Seite könnte sich über den laufenden Motor wundern und die Polizei verständigen.«

Sie brachten Aktenordner und Container in ihre ursprüngliche Lage. Savage schob die Bücherregale an ihren Platz, dabei ließ er die beweglichen Teile einen kleinen Spalt offen, so wie es auch Grahams Mörder gemacht hatten.

Akira schaltete den Rundfunkempfänger wieder an. Die Gitarren jaulten und heulten immer noch.

»Das Zimmer ist gelüftet. Ich rieche keine Auspuffgase mehr«, stellte Rachel fest und schloß die Fenster.

Savage schaute in die Runde. »Ist alles so, wie wir es vorgefunden haben? Wir haben Handschuhe getragen, also gibt es keine Fingerabdrücke.«

Akira verließ das Haus, ließ den Blick über die Gasse schweifen und winkte Rachel, daß sie ihm folgen sollte.

Savage schaltete die Alarmanlage in dem Schrank ein, schloß die

Schranktür, ging nach draußen und zog die Vordertür ins Schloß. Dann gab er Akira den Vortritt, der die beiden Riegel zuschnappen ließ.

Savage hielt Rachel am Arm fest, während sie die Gasse hinuntergingen.

Sie zitterte. »Vergeßt nicht, hinter uns das Gassentor abzuschließen.«

»Keine Sorge, das vergessen wir nicht. Trotzdem vielen Dank dafür, daß Sie uns daran erinnern«, sagte Akira. »Sie machen sich, Rachel. Alle Achtung.«

»So wie sich die Dinge entwickeln, werde ich aus diesem Abenteuer als Expertin hervorgehen – sofern es überhaupt jemals endet.«

6

Sie gingen die Fifth Avenue hinunter und erreichten bald den finsteren Washington Square. Der kalte, feuchte Wind trieb Savage wieder die Tränen in die Augen. »Ob die Mörder wohl die Gegend hier verlassen haben?«

»Das nehme ich an. Ihre Arbeit war getan«, entgegnete Akira.

»Aber haben Sie alles getan, was zu tun war? Wenn es darauf ankam, Graham am Reden zu hindern, müssen sie zumindest vermutet haben, daß wir hier auftauchen.«

»Woher sollten sie etwas über uns wissen?«

»Die einzige Erklärung, die mir einfällt, wäre...«

»Sagen Sie es schon.«

»...daß Graham mit den Leuten zusammengearbeitet hat, die seinen Tod auf dem Gewissen haben. Vielleicht war er für sie tätig.«

»Aber warum sollte er das tun? Um Geld ging es ihm nicht. Er hatte genug davon. Und er wußte Treue zu schätzen. Warum hat er sich dann gegen uns gewandt?«

»Hey«, mischte sich Rachel ein, »wie soll ich das verstehen? Wollt ihr behaupten, daß wir von Grahams Mördern beobachtet werden?« Sie schaute furchtsam hinter sich. »Und daß sie versuchen werden, uns auszulöschen?«

»Sie werden uns verfolgen«, erklärte Akira. »Aber töten? Nein, das glaube ich nicht. Irgendwer hat mit offenbar sehr viel Aufwand arrangiert, daß Savage und ich einander sterben sehen. Keine Ahnung, warum. Aber wir müssen für irgendwen sehr wichtig sein. Wer auch immer das sein mag, er wird wollen, daß seine Investitionen sich lohnen.«

Savage winkte ein Taxi heran. Sie stiegen ein.

»Times Square«, sagte er zu dem Fahrer.

Während der nächsten Stunde stiegen sie von einem Taxi ins andere, fuhren ein Stück mit der U-Bahn und unternahmen schließlich einen Bummel durch den Central Park.

Rachel war überrascht, hier so viele Jogger zu sehen. »Ich war der Meinung, der Park sei bei Dunkelheit nicht sicher.«

»Die Jogger schließen sich zu Gruppen zusammen. Dann werden sie nicht von Junkies belästigt.«

Überrascht stellte sie fest, daß Akira nicht mehr an ihrer Seite ging. »Wohin...?«

»Er geht zwischen den Bäumen und über die Felsen den Weg zurück, auf dem wir gekommen sind. Wenn wir verfolgt werden, wird er eingreifen.«

»Er hat nicht erklärt, was er vorhat.«

»Das ist auch nicht nötig.«

»Könnt ihr eure Gedanken lesen?« wollte Rachel wissen.

»Wir wissen, was getan werden muß.«

Zehn Minuten später tauchte Akira hinter Büschen auf. »Falls uns jemand verfolgt, ist er jedenfalls nicht so dumm, uns um Mitternacht im Central Park nachzuschleichen.«

Der dunkle Pfad teilte sich.

»Hier entlang, Rachel.« Savage zog sie nach rechts. »Wir sind so weit in Sicherheit, daß wir ins Hotel zurückkehren können.«

7

Der vierte Mann schwang sein Katana. Die rasiermesserscharfe Klinge zischte, traf Kamichi in der Mitte des Leibes und fuhr hindurch wie durch Luft. Er wurde in der Mitte durchgeschnitten. Kamichis obere und untere Hälfte fielen in entgegengesetzter Richtung zu Boden. Blut spritzte.

Akira stieß einen wütenden Schrei aus. Er stürzte vorwärts, um dem Mörder die Handkante an die Kehle zu schlagen, bevor dieser zum nächsten Schlag ausholen konnte.

Zu spät. Der Angreifer packte sein Katana mit beiden Händen und schlug zu.

Savage hatte, auf dem Fußboden liegend, den Eindruck, daß Akira rechtzeitig zurücksprang, um der Klinge auszuweichen. Aber der Gegner schlug nicht noch einmal zu. Statt dessen sah er wie unbeteiligt zu, als Akira der Kopf von den Schultern fiel.

Blut schoß aus Akiras durchschnittenem Hals.

Der kopflose Körper blieb drei groteske Sekunden lang stehen, bevor er zusammenbrach.

Akiras Kopf schlug auf den Boden auf wie ein Kürbis. Er rollte ein Stück und blieb genau vor Savage liegen. Er stand auf dem Stumpf des durchtrennten Halses. Die Augen waren auf gleicher Höhe mit denen von Savage.

Die Augen waren weit geöffnet.

Und sie blinzelten.

Savage schrie auf.

Mit aller Kraft versuchte er, den Schmerz in seinen gebrochenen Armen und Beinen zu überwinden. Er wollte sie zwingen, sich zu bewegen, damit er vom Fußboden aufstehen konnte. Er hatte seine Aufgabe nicht erfüllt, Kamichi zu beschützen und Akira zu helfen. Aber er fühlte sich immer noch dazu verpflichtet, den Tod dieser Männer zu rächen, bevor die Mörder ihn umbrachten.

Er fühlte, daß seine gelähmten Glieder gehorchten. Er wollte sich aufrichten, doch Hände drückten gegen seine Brust. Er kämpfte. Arme umschlangen ihn, hielten seine Arme fest, drückten gegen seinen Rücken, so daß ihm die Luft aus den Lungen gepreßt wurde.

»Nein«, sagte Akira.

Savage wollte um sich schlagen.

»Nein«, wiederholte Akira.

Plötzlich gab Savage auf. Er blinzelte. Schweiß tropfte von seiner Stirn. Im Gegensatz dazu fühlte sich seine Haut eiskalt an. Er erschauerte.

Akira...

Unmöglich!

...hielt ihn fest in den Armen.

»Nein, Sie sind doch tot!«

Er hatte Akiras Gesicht wenige Zoll vor dem eigenen. Seine von Trauer erfüllten Augen verengten sich. Augen, die Savage soeben noch aus einem abgeschnittenen Kopf zugeblinzelt hatten, der aufrecht vor ihm auf dem Fußboden stand.

Akira wiederholte noch einmal, diesmal flüsternd: »Nein.« Savage sah sich um. Das Trugbild des mit Blut bespritzten Korridors im Medford Gap Mountain Hotel verwischte sich, löste sich auf und machte dem Anblick eines geschmackvoll eingerichteten Zimmers, einer Suite in einem Hotel nahe der Fifth Avenue Platz.

Das Zimmer war fast dunkel. Neben einem Sessel in der Ecke, links neben der Tür zum Korridor, brannte eine schwache Stehlampe. Akira hatte dort Wache gehalten. Er war an der Reihe gewesen.

Savage holte tief Luft. »Okay.« Er entspannte sich.

»Alles in Ordnung?« fragte Akira, der ihn immer noch in den Armen hielt.

»Ein Alptraum.«

»Gewiß derselbe, den ich auch träume.«

Savage nickte. Akira lockerte den Griff

Die Schlafzimmertür flog auf. Rachel kam herein und warf einen fragenden Blick auf Savage und Akira. Dann kam sie rasch näher. Sie trug ein blaues Nachtgewand, das ihr bis zu den Oberschenkeln reichte. Das Baumwollgewebe spannte sich über ihren Brüsten. Der Saum wurde bei ihren schnellen Bewegungen angehoben.

Das schien ihr keineswegs peinlich zu sein. Und Savage und Akira achteten nicht darauf. Sie gehörte zum Team.

»Ich hörte jemanden schreien«, sagte Rachel. »Was ist los?«

»Ein Alptraum«, erklärte Savage.

»*Der* Alptraum?«

Savage nickte und sah Akira an.

»Den träume ich auch«, sagte Akira. »Jede Nacht.«

Savage beobachtete Akira in peinvoller Verwirrung. »Nachdem wir einander zum zweitenmal begegnet waren, hoffte ich, der Traum würde endgültig entschwinden.«

»Die gleiche Hoffnung hegte ich auch. Aber der Traum blieb.«

»Ich hatte mir vorgenommen, nicht mehr darüber zu reden.« Savage hob die Hände. »Ich komme immer noch nicht darüber hinweg, daß ich Sie bestimmt sterben sah. Ich sehe Ihr Gesicht vor mir! Ich höre Ihre Stimme! Ich kann Sie berühren! Verdammt – wir sind nun seit einigen Tagen zusammen, und dennoch bin ich sicher, daß ich Sie sterben sah.«

»Und ich sah Sie sterben!« rief Akira. »Jedesmal, wenn mir Zweifel kommen, denke ich an die sechs Monate meiner Rekonvaleszenz. Die Narben an meinen Armen und Beinen lassen die Erinnerung nicht einschlafen.«

Savage knöpfte sein Hemd auf, schob die Hose nach unten und zeigte zwei Operationsnarben. Die eine saß links unter dem Rippenbogen, die andere rechts etwas seitlich über dem Schambein.

»Da, man mußte mir den Blinddarm und die Bauchspeicheldrüse herausnehmen als Folge der Schläge, die ich hinnehmen mußte.«

»Genau wie bei mir.« Akira zeigte seinen muskulösen Körper, der die gleichen Narben aufwies.

»Wir wissen also – und können beweisen –, daß ihr beide geschlagen worden seid«, sagte Rachel. »Aber offensichtlich ist der wichtigste Teil eurer Alpträume, nämlich euer ›Tod‹, nichts anderes als eben ein Traum.«

»Begreifen Sie nicht, daß es darauf nicht ankommt?« fragte Savage. »Daß Akira am Leben ist, ändert nichts an dem, was ich gesehen habe. Das ist schlimmer als das unheimliche Gefühl, daß ich das alles schon einmal erlebt habe. Es ist eher das Gegenteil. Ich weiß nicht, wie ich es bezeichnen soll... Ich will mir einreden, daß niemals geschehen ist, was ich sah. Und doch ist es Tatsache. Was ich jetzt sehe, kann nicht sein. Ich muß herausfinden, warum ich einem Gespenst gegenüberstehe.«

»Das gilt für uns beide«, meinte Akira.

»Aber Graham ist tot. Wer sonst könnte uns erklären, was sich zugetragen hat? Wie und wo finden wir die Antwort? Wo fangen wir an?«

»Warum nicht im...«, Rachel verstummte.

»Ja? Reden Sie weiter«, sagte Savage.

»Es wäre nur ein Vorschlag.«

»Ihre Vorschläge waren bisher immer gut«, murmelte Akira

»Anscheinend liegt es auf der Hand«, fuhr Rachel fort. »Wahrscheinlich habt ihr auch schon daran gedacht und die Idee wieder fallen lassen.«

»Was denn?« fragte Akira.

»Ihr fangt dort an, wo das Problem begann. Vor sechs Monaten. An dem Ort, von dem ihr so oft redet. – Im Medford Gap Mountain Hotel.«

8

Sie ließen sich Frühstück aufs Zimmer bringen und reisten kurz nach sieben Uhr ab. Das Mietwagenbüro öffnete um acht. Sie erreichten es auf vielen Umwegen, wie es die Vorsicht gebot. Savage hatte die Möglichkeit erwogen, sich bei einem seiner Kontaktleute einen Wagen zu besorgen, doch schien es ihm besser, wenn möglichst wenig Leute erfuhren, daß er in der Stadt war. Vor allem jetzt, nach Grahams Tod.

Rachel berichtete, daß auch sie von einem Alptraum heimgesucht worden war. Sie hatte Graham hinter dem Steuerrad seines Cadillac inmitten wabernder Gasschwaden gesehen, wie er in die Ewigkeit hinüberging.

»Das Benzin muß doch einmal zu Ende gehen«, meinte sie dann. Wenn kein Nachbar auf das Brummen der Maschine aufmerksam geworden war, würde Graham womöglich tagelang hinter dem Steuer sitzen, verwesend... Schließlich würde der Verwesungsgestank die Nachbarschaft alarmieren. Der Traum hatte jedenfalls damit geendet, daß dem Toten Würmer aus der Nase krochen.

»Warum können wir nicht bei der Polizei anrufen als angebliche Nachbarn, die sich über das Geräusch in Grahams Garage wundern?« fragte sie.

»Weil bei der Polizei alle eingehenden Anrufe per Computer aufgezeichnet werden, eben für den Fall, daß jemand die Polizei alarmiert, ohne seinen Namen zu nennen. Wenn wir aus Grahams Haus oder von einer Zelle aus anrufen würden, hätte man bald festgestellt, daß wir keine Nachbarn sind. Da wir nicht wissen, was Grahams Mörder vorhaben, lassen wir die Sache besser so weiterlaufen, wie sie es beabsichtigt haben.«

Savage lenkte den Taunus zur Stadt hinaus. Rachel war in brütendes Schweigen verfallen. Akira schlief auf dem Hintersitz.

Savage nahm den gleichen Weg, den er vor sechs Monaten gefahren war. Er verließ Manhattan über die George Washington

Brücke, kam dann durch New Jersey und auf die Interstate Autobahn 80. Nach etwa zwanzig Minuten begann er, die Motels an den Ausfahrten in Augenschein zu nehmen.

Die ersten hießen Holiday Inn und Best Western.

»Da!« rief Savage, »Howard Johnson's. Hier hat Kamichi die Aktenkoffer getauscht, worüber ich mich wunderte.«

Leichte Morgennebel wichen dem hellen Licht der Oktobersonne. Sie verließen New Jersey und kamen nach Pennsylvanien. Die Autobahn war hier mit Felsrücken gesäumt. Eine halbe Stunde später wurden aus den Felsen Berge.

Rachel wurde gesprächig. »Ich habe den Herbst immer geliebt. Die Blätter werden so schön bunt.«

»Als ich das letzte Mal hier entlang fuhr, waren die Blüten noch nicht aufgegangen. Stellenweise lag noch Schnee. Dreckiger Schnee. Es dämmerte. Die Wolken sahen aus wie Kohlestaub. Akira, aufwachen! Wir verlassen gleich die Autobahn.«

Savage steuerte eine Ausfahrt an. Er folgte den schmalen Straßen, deren Verlauf er sich vor sechs Monaten eingeprägt hatte. Endlich sah er ein Schild: Medford Gap.

Die Stadt war klein und ärmlich. Fast kein Verkehr. Wenige Fußgänger. Viele Schaufensterscheiben waren mit Brettern zugenagelt.

»Akira, erinnern Sie sich an diesen Weg?«

»Wir kamen hier nach Einbruch der Dunkelheit an. Abgesehen von den Straßenlaternen habe ich so gut wie nichts gesehen. An der Hauptkreuzung sind wir nach links abgebogen.«

»Da vorn die Stoppstraße.« Savage bremste und bog auf eine dreispurige, von Bäumen umsäumte Bergstraße ein. Sie führte im weiten Bogen nach Medford Gap zurück.

»Das war offenbar nicht die Hauptkreuzung.« Er fuhr weiter. »Hier, ja, das ist sie.«

An einer Ampelkreuzung bog er nach links ab und gelangte auf eine steile, kurvige Straße. Vor sechs Monaten hatte er befürchtet, daß ihm Wagen von oben entgegenkommen könnten. Die schmale Bergstraße bot keine Ausweichmöglichkeit, es sei denn, man wollte riskieren, sich im aufgeweichten Straßenrand unter den Bäumen festzufahren.

Aber es kamen ihm, genau wie damals, keine Fahrzeuge von oben entgegen. Im Gegensatz zu der Auffahrt im Frühling war jetzt die Straße trocken und fest. Bei Tageslicht wäre es jetzt sicherlich leichter gewesen, einem entgegenkommenden Wagen auszuweichen.

Er steuerte den Wagen durch eine Haarnadelkurve weiter nach oben. Im dichten Wald standen vereinzelt Wochenendhäuser.

»Warten Sie ab, bis Sie es sehen werden, Rachel. Das seltsamste Gebäude der Welt, zusammengesetzt aus allen möglichen Stilrichtungen. Das ganze Ding ist dreihundert Meter lang.«

Er erreichte den Gipfel, wich einem Felsen aus und bremste so stark, daß ihn der Sicherheitsgurt an der Brust drückte. Der Wagen schleuderte und stand.

Savage blickte mit ungläubigem Staunen um sich.

Vor ihm endete die Straße. Dahinter war nichts außer Felsen und buntgefärbten Bäumen.

»Was?«

»Sie haben schon wieder die falsche Straße erwischt«, meinte Akira.

»Nein, das war die Bergstraße von damals.«

»Damals war finstere Nacht. Sie können Ihrer Sache nicht sicher sein. Versuchen Sie es noch einmal.«

Das tat Savage.

Nachdem er alle von Medford Gap nach links abbiegenden Straßen ausprobiert hatte, hielt er vor einer Kneipe an.

Vor dem Eingang standen einige Männer, die Kautabak um sich spuckten.

»Wie komme ich zum Medford Gap Mountain Hotel?« fragte Savage.

»Mountain Hotel?« Ein hagerer Mann rückte seine Mütze zurecht und sah Savage aus zusammengekniffenen Lidern an. »Den Namen habe ich noch nie gehört.«

9

Savage fuhr schneller. Er konnte dem Drang zu fliehen nicht widerstehen. Sein Blick war starr auf die stellenweise verwischte Mittellinie der Straße geheftet. Von den Felsen rechts und links mit den sich darüber türmenden bunten Bäumen sah er nichts.

»Aber es ist doch dagewesen!« Savage fuhr noch schneller. »Wir beide, Akira und ich, haben es gesehen. Wir haben dort geschlafen und gegessen. Drei Tage lang. Wir haben Kamichi durch jeden der Korridore geleitet. Drei Nächte! Drei Tage!«

»Ein ganz altes Gebäude«, fiel Akira ein. »Wagenräder als Lampenträger. Das uralte Treppenhaus. Ich habe immer noch den Modergeruch der Lobby in der Nase. Und dann der Rauch von den im Kamin brennenden Scheiten.«

»Aber es ist nicht da«, sagte Rachel.

Der Taunus schlitterte auf quietschenden Reifen durch die Kurve. Savage stellte plötzlich fest, daß er viel zu schnell fuhr und nahm den Fuß vom Gas. Jenseits eines kahlen Bergrückens mit einem Schild ›Vorsicht, Steinschlag‹ entdeckte er eine aufgegebene Tankstelle. Das Schild baumelte im Wind, die Fensterscheiben waren zerbrochen. Savage fuhr von der Straße herunter und hielt auf der Betonplatte an, auf der einst die Tanksäulen gestanden hatten.

»Wir haben ein Dutzend verschiedener Leute befragt.« Savage umklammerte immer noch das Steuerrad. »Kein Mensch hatte eine Ahnung, wovon wir redeten.«

Ihm wurde die Kehle eng, er riß die Fahrertür auf, sprang aus dem Wagen und füllte seine Lungen mit frischer Luft.

Akira und Rachel gesellten sich zu ihm.

»Es handelt sich nicht um ein kleines Hotel, so weit von der Stadt entfernt, daß die Einwohner nichts davon gehört hätten.« Savage starrte zu den Berghängen jenseits der Tankstelle hinüber, ohne sie richtig wahrzunehmen. »Das Hotel war eine Attraktion für Touristen und lag so nahe, daß Medford Gap sogar ein Teil seines Namens war.«

»Und wir haben jede Straße abgesucht, die zum Gipfel des Berges führt«, warf Akira ein.

»Wir sind sogar dort weitergegangen, wo jene Straße, von der Sie sicher sind, daß Sie sie vor sechs Monaten schon einmal benutzt haben, endete«, sagte Rachel. »Wir haben die Bäume auf Anzeichen eines Brandes hin abgesucht. Nirgendwo waren Brandspuren zu sehen. Binnen einem halben Jahr kann der Wald nicht alle Spuren überwuchert haben, so daß von einem großen Haus nichts mehr zu sehen ist.«

»Nein«, fiel Savage ein. »Hier im Wald könnte nicht einmal ein Wochenendhaus abbrennen, ohne Aufmerksamkeit zu erwecken, ganz zu schweigen von einem großen Hotel. Die Einwohner könnten ein solches Feuer nicht so schnell vergessen haben. Selbst wenn es ein Feuer gegeben haben sollte, könnte es nicht den See neben dem Hotel ausgetrocknet haben. Aber auch von dem See ist keine Spur zu finden!«

»Und dennoch sind wir sicher, daß es hier einen See und ein Hotel gegeben hat!« rief Akira.

»Sicher?« fragte Savage. »So wie wir sicher sind, einander sterben gesehen zu haben? Und doch sind wir am Leben.«

»Also« – Akira zögerte – »hat es das Berghotel nie gegeben.«

Savage nickte. »Ich weiß nicht... Wie ich schon gestern abend im Hotel sagte – nichts scheint wirklich zu sein. Ich kann meinen Sinnen nicht mehr trauen. Man könnte darüber den Verstand verlieren.«

»Was ist mit uns geschehen?« fragte Akira.

»Und wo?« fügte Savage hinzu. »Und warum?«

»Verfolgt doch mal eure Spuren rückwärts«, riet Rachel. »Wohin seid ihr von hier aus gelangt?«

»In ein Krankenhaus«, sagte Savage.

»Meines war in Harrisburg«, erklärte Akira. »Etwa hundert Meilen südlich von hier. Ich mußte mit einem Hubschrauber dorthin gebracht werden.«

»Harrisburg?« rief Savage. »Das haben Sie bisher niemals erwähnt.«

»Das ist mir irgendwie entfallen. Warum sehen Sie mich so an? Sagen Sie nur nicht, sie wären ebenfalls dorthin geflogen worden.«

»Hatten Sie einen blonden Arzt?«

»Ja.«

»Mit Sommersprossen?«

»Und einer Brille?«

»Und er hieß...?«

»Hamilton.«

»Unglaublich«, sagte Savage.

Sie rannten zum Wagen.

10

»Wo bleibt sie so lange?« fragte Akira.

»Sie ist doch erst seit zehn Minuten weg.« Savage hatte keinen Parkplatz finden können, darum ließ er Rachel aussteigen und fuhr dann mehrere Male um den Häuserblock herum. Obwohl er sich Akira gegenüber gelassen gab, war ihm nicht wohl bei dem Gedanken, daß Rachel jetzt schutzlos war. Sein Beschützerinstinkt und die wachsende Zuneigung zu Rachel machten ihn innerlich unruhig.

Der Nachmittagsverkehr verdichtete sich. Savage fand endlich einen freien Parkplatz und deutete nach vorn. »Da kommt sie.«

Voller Erleichterung sah er Rachel aus der öffentlichen Bücherei von Harrisburg kommen. Sie erkannte den Taunus und lief darauf zu. Rasch stieg sie ein. Savage fuhr weiter.

»Ich habe im Telefonbuch nachgeschlagen«, berichtete sie. »Und hier ist eine Liste der Krankenhäuser in dieser Gegend. Und dazu ein Stadtplan. Die Nachforschungen werden länger dauern, als ihr angenommen habt. Es gibt viele Krankenhäuser. Wißt ihr wirklich nicht mehr, wie eures geheißen hat?«

»Der Name ist nie erwähnt worden«, sagte Akira.

»Aber auf dem Bettzeug und den Krankenhemden ist doch immer der Name aufgenäht oder aufgedruckt.«

»Ich stand unter Betäubungsmitteln«, sagte Savage. »Wenn der Name aufgedruckt war, habe ich nicht darauf geachtet.«

Akira las die Liste laut vor: »Community General Osteopathic Hospital. Harrisburg Hospital. Harrisburg State Hospital.«

»Osteopathie?« fragte Savage. »Ist das nicht so etwas wie Chiropraktik?«

»Nein, Osteopathie ist die medizinische Bezeichnung für Knochenleiden«, erläuterte Akira.

Savage schüttelte den Kopf. »Wir sind nach konventionellen Methoden behandelt worden. Laßt uns unser Glück versuchen...«

»Tut mir leid, Sir«, sagte die ältliche Sekretärin hinter dem Informationstisch des Harrisburg Hospitals. »Wir haben hier keinen Doktor Hamilton.«

»Bitte«, sagte Akira eindringlich, »überprüfen Sie es noch einmal.«

»Ich habe die Liste bereits dreimal durchlaufen lassen. Im Computer taucht kein Doktor Hamilton auf.«

»Vielleicht gehört er nicht zu den ständig Beschäftigten«, meinte Akira. »Vielleicht ist er Belegarzt und schickt Patienten hierher.«

»Ja, das wäre natürlich möglich«, meinte die Frau hinter dem Schreibtisch.

»Nein«, fiel Rachel ein.

Savage und Akira drehten sich zu ihr um.

»Als ich im Telefonbuch nachschlug, habe ich auch bei den Privatärzten nachgesehen. Er steht nicht drin.«

»Dann arbeitet er in einem anderen Krankenhaus«, meinte Akira.

Sie durchquerten die Eingangshalle.

»Was mir zu denken gibt«, sagte Rachel, »ist die Tatsache, daß es im ganzen Telefonbuch keinen Doktor Hamilton gibt.«

»Vielleicht hat er eine Geheimnummer.«

»Welcher Arzt hat schon eine Geheimnummer?«

Die Ausgangstür öffnete sich zischend.

12

Der dicke Mann hinter dem Schreibtisch in der Information des Harrisburg State Hospitals schüttelte den Kopf, sah auf den Bildschirm des Computers und schürzte die Lipen.

»Nix, kein Doktor Hamilton, tut mir leid.«

»Aber das ist unmöglich«, sagte Savage.

»Nach Medford Gap ist gar nichts mehr unmöglich«, meinte Akira.

»Es muß aber eine Erklärung geben.« Savage fiel plötzlich etwas ein. »Wir waren vor sechs Monaten hier. Vielleicht ist er ausgeschieden und in eine andere Stadt verzogen.«

»Wer kann uns sagen, ob ein Doktor Hamilton vor einiger Zeit hier gearbeitet hat?« fragte Rachel den Mann hinter dem Schreibtisch.

»Da müßten Sie sich an die Personalabteilung wenden. Mein Computer erfaßt nur die zur Zeit angestellten Mitarbeiter.«

»Und wo...?«

Der Mann erklärte ihr den Weg zum Personalbüro. »Aber Sie sollten sich beeilen. Es ist fast fünf Uhr. Die machen gleich dicht.«

»Da laufe ich hin«, sagte Akira schnell. »Savage, Sie sollten die Personalabteilungen der anderen Krankenhäuser anrufen.«

Akira eilte den Korridor entlang, Savage ging langen Schrittes durch die Menschenmenge zu der Reihe von Münzfernsprechern an der einen Seite der Halle.

»Wir treffen uns nachher wieder hier«, sagte Rachel.

»Wohin wollen...?«

»Ich hab' da so eine Idee.«

Auf dem weiteren Weg zu den Telefonen hörte Savage sie den Mann in der Information fragen: »Wie komme ich zur Geschäftsleitung?«

Savage fragte sich, was sie dort wohl wollte, im Augenblick aber beschäftigte ihn mehr die Tatsache, daß alle Apparate besetzt waren. Er warf einen Blick auf seine Uhr – sechs Minuten vor fünf –, nahm Münzen aus der Jackentasche und überflog die Liste der Telefonnummern, die Rachel ihm gegeben hatte. Eine Frau legte den Hörer auf die Gabel. Savage nahm ihn schnell wieder auf und während der Ruf rausging, überblickte er die Eingangshalle. Rachel war verschwunden.

13

Etwas später saßen sie in der Cafeteria des Krankenhauses und tranken Kaffee aus Kunststofftassen.

»Während der letzten fünf Jahre hat die Personalabteilung keinen Doktor Hamilton in ihren Akten gehabt«, berichtete Akira.

»In einem der anderen Krankenhäuser gab es einen Doktor Hamilton«, sagte Savage.
Akira sah auf.
»Vor drei Jahren«, fuhr Savage fort. »Eine ältere Dame, die inzwischen einem Schlaganfall erlegen ist.«
Akira ließ sich in den Sessel zurücksinken.
»Es sieht allmählich so aus, als ob unser Doktor Hamilton genauso wenig existiert hat wie unser Medford Gap Mountain Hotel.« Savage schüttelte den Kopf.
»Und das ist nicht alles, was es nicht gibt«, fiel Rachel ein. »Ihr beiden mögt euch für wirkliche Menschenwesen halten, aber das seid ihr nicht.«
»Wovon reden Sie?« fragte Akira.
»Jedenfalls gibt es euch nicht für die Krankenhäuser von Harrisburg. Ich ging zur Geschäftsleitung. Während die Leute dort nach dem forschten, was ich wissen wollte, habe ich von einem Patiententelefon aus die anderen Krankenhäuser angerufen und den Geschäftsleitungen dieselbe Frage gestellt.«
»Welche Frage?« warf Akira ein.
»Die Geschäftsleitungen versenden die Rechnungen an die Patienten. Ich gab mich als Versicherungsagentin aus und sagte den Leuten, daß meine Gesellschaft vor einigen Monaten eure Krankenhausrechnungen bezahlt habe. Und dann fragte ich alle Krankenhäuser, warum an euch beide Mahnungen wegen fälliger Krankenhausrechnungen geschickt wurden. Die Leute waren recht gefällig. Das würde man gleich haben, sagten sie. Sie ließen ihre Computer laufen. Aber ihr werdet es nicht glauben, die Computer kennen euch überhaupt nichts. Es gibt keinen Beweis dafür, daß ihr jemals in einem der Krankenhäuser gelegen habt.«
Savage drückte seine Kunststofftasse so heftig, daß sie knirschte. »Wo, zum Teufel, sind wir dann gewesen?«
»Vielleicht doch in dem Osteopathic Hospital«, meinte Rachel. »Aber ich fürchte, wenn wir morgen während der Geschäftsstunden dort hingehen, werden wir die gleiche Antwort erhalten.«
»Natürlich«, sagte Akira. »Es gibt kein Medford Gap Mountain Hotel. Wir sahen einander nicht sterben. Einen Doktor Hamilton haben wir auch niemals getroffen. Wir waren überhaupt nicht im Krankenhaus in Harrisburg. Was sonst ist nicht geschehen?«
Savage sprang plötzlich auf und ging forschen Schrittes davon.

Rachel und Akira liefen ihm nach. »Wohin wollen Sie?«
»Zur Information.«
»Aber warum? Wir haben doch schon nach allem gefragt, was uns einfallen konnte.«
»Nein, nach einer Sache haben wir nicht gefragt – wie man nämlich zu der verdammten Intensivstation kommt.«

14

In dem hell erleuchteten Vorraum saß eine müde Krankenschwester hinter dem Empfangstisch.
Sie schaute auf. »Ja, Sir, kann ich...«
Als sie die Spannung in Savages Gesicht bemerkte, zog sie die Augenbrauen zusammen. Besorgt wandte sie sich Rachel und Akira zu.
»Ich will einen Arzt sprechen«, sagte Savage mit Bestimmtheit.
»Hat es einen Unfall gegeben?« Sie erhob sich. »Sie haben keine sichtbaren Verletzungen. Gibt es jemand, der Hilfe braucht?«
»Ich will einen Arzt sprechen«, wiederholte Savage.
Die Schwester blinzelte überrascht. »Natürlich, Sir.« Sie trat ängstlich einen Schritt zurück. »Bitte, warten Sie hier.« Sie verschwand in einem Korridor.
»Bleiben Sie ruhig«, mahnte Akira.
»Ich versuche, aber es gelingt mir nicht. Ich muß es wissen.«
Die Schwester kehrte zurück. Mit ihr kam ein hochgewachsener Mann in grüner Krankenhauskleidung.
»Ja, Sir?« Der junge Mann verlangsamte den Schritt und näherte sich vorsichtig Savage. »Ich bin Doktor Reynolds, Chefarzt dieser Abteilung. Ist etwas...?«
»Ich möchte geröntgt werden.«
»Warum?« Der Arzt betrachtete ihn eingehend. »Haben Sie Schmerzen?«
»Darauf können Sie wetten, daß ich Schmerzen habe.«
»Aber wo? In der Brust? In einem Arm?«
»Überall.«
»Was?«

»Ich möchte... Was ich brauche, ist eine Röntgenaufnahme des ganzen Körpers.«

»Des ganzen Körpers? Warum wollen Sie...? Beschreiben Sie mal die Symptome.«

»Ich habe von Kopf bis Fuß unerträgliche Schmerzen. Ich muß herausbekommen, was sich da in meinem Körper tut. Also röntgen Sie mich bitte.«

»Aber wir können doch nicht...«

»Ich bezahle ja dafür.«

»Trotzdem können wir nicht... Weiß Ihr Hausarzt etwas von Ihren Beschwerden?«

»Ich bin viel unterwegs und habe deshalb keinen Hausarzt.«

»Aber ohne Diagnose...«

»Ich sagte doch, daß ich für alles bezahle.«

»Um das Geld geht es uns nicht. Wir können nicht grundlos jemanden röntgen. Wenn Ihre Schmerzen wirklich so schlimm sind, wie Sie angeben, dann kommen Sie lieber auf die Station und lassen sich von mir untersuchen.«

»Ihr Name, bitte«, sagte eine junge Frau.

Savage drehte sich zu der Frau in Straßenkleidung um, die jetzt anstelle der Schwester hinter dem Empfangstisch saß.

»Und die Anschrift Ihrer Versicherungsgesellschaft.«

»Ich habe es mir anders überlegt«, sagte Savage.

Der Arzt zog die Augenbrauen hoch. »Sie wollen sich nicht untersuchen lassen?«

Savage schüttelte den Kopf. Der Argwohn des Arztes machte ihm Sorgen. »Ich dachte, das ginge so einfach... Mein Freund hier hat mir den Rat gegeben.«

»Aber irgend etwas stimmt nicht bei Ihnen.«

»Da haben Sie vollkommen recht. Die Frage ist nur, was. Machen Sie sich keine Sorgen. Ich werde mir einen Hausarzt suchen.«

15

Der ältliche Arzt mit dem grauen Schnurrbart hatte die fünftausend Dollar eingestrichen und ohne langes Fragen beiden Patienten Röntgenaufnahmen des ganzen Körpers verordnet. Anstatt die

Männer in ein öffentliches Krankenhaus einzuweisen, hatte er sie in eine radiologische Privatklinik mitgenommen. Jetzt kam er durch eine Tür mit der Aufschrift: ›Zutritt nur für Personal.‹ Als er das Wartezimmer durchquerte, erhoben sich Savage, Akira und Rachel von ihren Plätzen.

»Nun?« fragte Savage

»Die Röntgenbilder sind ausgezeichnet. Wir brauchen die Aufnahmen nicht zu wiederholen. Ich habe sie sorgfältig betrachtet.«

Savage konnte die Besorgnis nicht aus seiner Stimme verbannen. »Was haben Sie gefunden?«

»Sie haben sehr anständig dafür bezahlt, daß diese Aufnahmen gemacht wurden. Warum kommen Sie nicht herein und sehen sie sich selbst an?«

Der Arzt geleitete sie durch die Tür in einen halbdunklen Raum. Rechts stand ein langer Tisch mit Regalfächern darüber und darunter. Links an einer leuchtenden Mattscheibe hingen Röntgenbilder an Klammern, auf denen sich als graue Schattenrisse die Knochen abhoben.

»Das sind Ihre«, sagte der Arzt und deutete auf Savage. »Und die weiter oben gehören Ihnen«, ließ er Akira wissen.

Sie betrachteten eingehend die Filme. Nach dreißig Sekunden schüttelte Akira den Kopf. »Ich kann darauf nichts erkennen.«

»Sie baten mich festzustellen, wie gut Ihre Verletzungen verheilt seien. Meine Frage ist: Was für Verletzungen?«

»Himmel«, entfuhr es Savage, »ich habe recht gehabt.«

»Ich weiß zwar nicht, was Sie meinen, aber ich bin meiner Sache sicher.« Der Doktor fuhr mit einem Stift an den Knochenumrissen auf den Filmen entlang. »Ich erspare Ihnen die medizinischen Fachausdrücke. Dieses ist Ihr rechter Oberschenkel, das hier der Unterschenkel. Ihr linkes Bein, oben und unten. Rechte Rippen, linke Rippen. Verschiedene Einstellungen von den Schädeln. Alles völlig intakt. Es gibt keine Anzeichen von Kalziumansammlungen, wo die Knochen angeblich wieder zusammengewachsen sind. Warum sagen Sie beide übereinstimmend, daß Sie gebrochene Arme und Beine sowie Schädelverletzungen gehabt hätten? Verletzungen, die es offenbar niemals gegeben hat.«

»Wir haben gemeint, daß es so sei«, sagte Akira.

»Gemeint? So extensive Traumata werden wie Wirklichkeit wahrgenommen. Sie müßten entsetzlich gelitten haben.«

»Haben wir auch«, sagte Savage. Er zitterte. Rachel ergriff seinen Arm.

»Wie könnten Sie gelitten haben, wo doch die Verletzungen überhaupt nicht nachzuweisen sind?« fragte der Arzt.

»Das ist eine verdammt gute Frage. Glauben Sie mir, ich werde es herausfinden.«

»Weil wir gerade dabei sind, sollten wir etwas anderes herausfinden«, fuhr der Doktor fort. »Ich halte nichts von Zufällen. Sie behaupten beide, die gleichen Verletzungen davongetragen zu haben, obwohl es sie gar nicht gegeben hat. Aber Sie beide haben Anzeichen von operativen Eingriffen« – der Doktor zeigte auf zwei der Filmbilder –, »die nichts mit gebrochenen Knochen zu tun haben.«

»Ja, uns beiden ist die Bauchspeicheldrüse und der Blinddarm herausgenommen worden«, erklärte Akira.

»Sie haben mir die Operationsnarben gezeigt«, nickte der Doktor. »Sie sehen genauso aus, wie sie aussehen müßten, wenn Ihnen diese Organe entfernt worden wären. Die Röntgenbilder lassen keinen genauen Schluß zu. Dazu wäre eine erneute Operation vonnöten. Aber darum geht es mir gar nicht. Die operativen Eingriffe, von denen ich rede, geschahen nicht an der Brust und am Unterleib. Sie wurden an Ihren Schädeln vorgenommen.«

»Was soll das heißen?« fragte Savage.

»Natürlich, wegen der Brüche«, meinte Akira.

»Nein.« Der Arzt deutete auf Röntgenbilder, die etwas abgesondert von den anderen hingen. »Sehen Sie diese winzigen Kreise? Bei beiden über dem linken Ohr. Das sind unwiderlegbare Beweise.«

»Wofür?«

»Daß man bei Ihnen einen Eingriff am linken Schläfenlappen des Gehirns vorgenommen hat.« Der Doktor deutete erst auf Savage und dann auf Akira. »Und Sie wollen beide behaupten, daß Sie von diesen Eingriffen nichts wissen?«

Savage zögerte.

»Ich habe Ihnen eine Frage gestellt.«

»Nein«, antwortete Savage, »wir haben es nicht gewußt.«

»Das ist kaum zu glauben.«

»Sie würden uns glauben, wenn sie während der letzten Tage mit uns zusammen gewesen wären. Bitte« – Savage schluckte schwer – »helfen Sie uns.«

»Wie denn? Ich habe getan, was ich kann.«

»Sie können uns sicher raten, wo wir uns weitere Informationen holen können. Wen können wir fragen?«

»Ich kann Ihnen nur sagen« – der Arzt wandte sich den Filmen zu –, »der Chirurg, der diese Eingriffe vollzogen hat, muß ein Genie sein. Ich bin nur ein kleiner Landarzt, der sich sowieso bald zur Ruhe setzen will. Aber ich habe die Fachliteratur gelesen und mich auf dem laufenden gehalten. Derart kunstvolle Operationen sind mir dabei nicht untergekommen. Die Wunde zwischen dem Knochenpfropf und dem Schädel ist fast unsichtbar. Eine großartige Operation. Wohin Sie sich noch wenden könnten? An die größten und besten neurochirurgischen Institute. Dort kann man für Geld Superstars kaufen.«

Nie zuvor gesehen

1

Der Neurochirurg hießt Anthony Santizo. Er hatte dichtes, dunkles Haar, eine braungetönte Hautfarbe und außergewöhnlich intelligent dreinblickende Augen. Seine männlich schönen Züge wirkten etwas hager. Er war offenbar völlig erschöpft von sieben Stunden Arbeit im Operationssaal. Im Gegensatz dazu wirkte sein Körper geschmeidig und kräftig. Er erklärte das damit, daß er regelmäßig Squash spiele. Die nächste Runde war für ihn in einer Stunde angesetzt.

»Ich weiß, daß Sie wenig Zeit haben«, sagte Savage. »Um so dankbarer sind wir, daß Sie uns empfangen.«

Santizo hob die Schultern. »Normalerweise hätte ich es abgelehnt. Aber der Neurochirurg, mit dem Ihr Hausarzt in Harrisburg sprach, ist zufällig ein früherer Kommilitone von mir. Wir haben zusammen in Harvard studiert. Harrisburg hat hervorragende Chirurgen. Aber nach allem, was mir mein Freund über Ihre Probleme berichtet hat, war es vielleicht am besten, Sie zu mir zu schicken.«

Sie befanden sich im Krankenhaus der Universität von Pennsylvanien in Philadelphia.

»Mich haben Geheimnisse von jeher gefesselt«, fuhr Santizo fort. »Sherlock Holmes. Agatha Christie. Diese verwirrenden Spuren. Und immer neue wunderbare Rätsel. Aber das größte Geheimnis ist das menschliche Gehirn, der Schlüssel zum Tor unseres Bewußtseins. Deswegen habe ich es zu meinem Spezialgebiet gemacht.«

Eine Sekretärin trat ein. Sie trug auf einem Tablett Tassen und eine Teekanne.

»Ausgezeichnet«, sagte Santizo. »Ganz pünktlich. Mein Kräutertee. Mögen Sie auch...?«

»Ja«, sagte Akira. »Gern.«

»Ich fürchte, dieser ist nicht so stark, wie Sie ihn in Japan gewöhnt sind.«

Akira verbeugte sich. »Bestimmt ist er erfrischend.«

Auch Santizo machte eine Verbeugung. »Ich habe in Harvard zusammen mit einem Landsmann von Ihnen studiert. Ich werde nie vergessen, was er zu mir gesagt hat. Wir hatten gerade beide als Assistenzärzte angefangen und wurden stramm herangenommen. Manchmal dachte ich, das überlebst du nicht. Ihr Landsmann sagte: ›Wenn Sie nicht im Dienst sind, müssen Sie eine körperliche Betätigung finden, an der Sie Freude haben.‹ Ich meinte, daß ich das nicht verstünde. Warum sollte ich mich noch körperlich betätigen, wenn ich sowieso schon müde war? Wissen Sie, was er antwortete? ›Ihre Erschöpfung kommt vom Geist her. Sie müssen diese Ermüdung mit körperlicher Erschöpfung bekämpfen. Die letztere wird die erstere auslöschen.‹ Das ergab für mich keinen Sinn, und ich sagte ihm das. Er antwortete mit einem einzigen Wort.«

»Wa!« rief Akira.

Santizo lachte. »Ja! Beim Himmel, Sie erinnern mich an Ihren Landsmann.«

»Wa?« fragte Rachel und runzelte die Stirn. Als die Männer sie anstarrten, griff sie verlegen nach ihrer Tasse.

»Es bedeutet Balance«, erklärte Akira. »Geistige Erschöpfung wird neutralisiert durch...«

»Körperliche Betätigung«, fiel Santizo ein. »Ihr Landsmann hatte vollkommen recht. Die Zeit dafür läßt sich manchmal nur schwer abzweigen. Nach den vielen Tagen und vor allem Nächten im Dienst bin ich meistens so erschöpft, daß ich es am liebsten aufgeben möchte. Aber ich muß es tun. Denn Squash macht mich zu einem besseren Chirurgen.« Er warf einen Blick auf die Uhr. »Und in fünfzig Minuten muß ich in der Halle auf der Matte stehen. Also zeigen Sie mir mal diese angeblich so wunderlichen Röntgenbilder.«

Er nahm den übergroßen Umschlag mit den Aufnahmen an sich.

2

»Mhhmmm.«

Santizo stand in einer Ecke seines Büros, in das er mit ihnen gegangen war. Er hatte zwei Schädelaufnahmen vor die Mattscheibe gehängt. Seine Blicke wanderten zwischen beiden hin und her. Unterdessen berichtete Savage in groben Zügen, welche Abenteuer sie hierher geführt hatten.

»Beschützer also?« Santizo betrachtete weiter die Filmbilder. »Das hört sich so an, als gingen Sie beide einer faszinierenden Tätigkeit nach. Obwohl...«

Er trat vor Savage und Akira hin, zog eine kleine Stableuchte aus der Hemdentasche und betrachtete eingehend die linken Schädelseiten der beiden Männer.

»Mhhhmmm«, machte er wieder und setzte sich hinter seinen Schreibtisch, nahm einen Schluck Kräutertee und dachte nach.

»Der Chirurg hat hervorragende Arbeit geleistet. Er muß in seinem Fach ein Künstler sein, schon wenn man die kosmetische Seite der Prozedur betrachtet. Die Operationsnarben sind außerordentlich geschickt versteckt worden. Es gibt fast keine Kalkränder dort, wo winzige Teile des Schädels herausgenommen und später wieder eingesetzt wurden. Sehen Sie, die Standardmethode besteht darin, daß in Abständen kleine Löcher in die Schädeldecke gebohrt werden. Deren Tiefe muß man genau berechnen, um nicht das Gehirn zu beschädigen. Dann wird durch ein Loch ein haarfeiner, sehr scharfer Draht eingezogen. Man führt ihn an der Oberfläche des Gehirns entlang zum nächsten Loch, wo er wieder herausgezogen wird. Der Chirurg nimmt diese beiden Enden in seine Hände und sägt den Knochen durch. Das wird mit immer neuen paarweise angeordneten Löchern so lange fortgesetzt, bis sich der gewünschte Teil des Schädelknochens herauslösen läßt. Der Draht ist sehr dünn, wie gesagt, aber nicht dünn genug, um nach einer späteren Einpflanzung des herausgesägten Knochenstücks eine Wulstbildung verhindern zu können. Selbst wenn es keine solche deutliche Deformierung gäbe, wären die Löcher im Schädel auf keinem Röntgenbild zu übersehen. Aber in diesem Falle« – der Arzt rieb sein Kinn – »gibt es überhaupt keine Löcher, nur diese kleinen Kreise, so als wären Pfropfen aus dem Knochen gelöst und später wieder eingepflanzt worden. Die Grenzlinie zwischen Propfen und

Schädel ist so fein, daß eine Kalkablagerung beim Heilen der kleinen Wunde kaum auftritt. Mich hat es überrascht, daß Ihr Hausarzt diesen Eingriff überhaupt erkannt hat. Wer nicht bewußt danach sucht, kann diese kleinen, kreisförmigen Narben leicht übersehen.«

»Wenn nicht nach einer herkömmlichen Methode operiert worden ist«, sagte Savage, »was hat der Chirurg dann gemacht?«

»Damit wären wir bei der Hauptfrage, nicht wahr«, meinte Santizo. »Der Chirurg hätte einen Bohrer von fünf Millimeter Durchmesser ansetzen können, um ein Loch vom Umfang dieses Knochenpfropfens zu bohren. Aber er wollte keine auffallenden Spuren hinterlassen. Die einzige Möglichkeit, die mir dazu einfällt, wäre eine Operation mit Laserstrahlen. Laser werden bereits bei sehr schwierigen Operationen eingesetzt, z. B. um eine Arterie zu reparieren oder die Netzhaut eines Auges. Es ist nur eine Frage der Zeit, daß Laser auch auf anderen Gebieten der Chirurgie zu den Selbstverständlichkeiten gehören werden. Ich habe schon selbst Experimente damit angestellt. Der Arzt, der diese Operation durchgeführt hat, muß – wie gesagt – ein Künstler auf seinem Gebiet sein. Allerdings steht er nicht allein da. Ich kenne mindestens ein Dutzend Topchirurgen, die eine gleiche Leistung vollbringen könnten – mich eingeschlossen. Aber ich kann die Qualität dieser Arbeit an Ihren beiden Köpfen nicht beurteilen, solange wir nicht wissen, warum die Operationen ausgeführt wurden und ob der behandelnde Arzt sein Ziel erreicht hat.«

»Aber« – Akira zögerte – »könnten diese Operationen erklären...?«

»Ihren seltsamen Zustand? Vielleicht«, sagte Santizo. »Und andererseits vielleicht auch nicht. Wie sagten Sie? Sie glauben, etwas gesehen zu haben, ohne es wirklich vor Augen gehabt zu haben. Wissen Sie, wenn es nicht diese Röntgenbilder gäbe, würde ich Sie als Spinner bezeichnen.«

»Ich gebe zu, was ich zu berichten hatte, klingt unglaublich«, sagte Savage. »Aber wir mußten das Risiko eingehen, daß Sie uns nicht glauben würden. Wir sind genauso Pragmatiker wie Sie. Wir müssen uns in unserem Beruf an Tatsachen halten. Wie bringen wir unsere Auftraggeber sicher von einem Ort zum anderen? Wir müssen im voraus wissen, welchen Weg die Kugel eines Attentäters nehmen wird. Oder wie man einen verfolgenden Wagen abhängt.

Auf einmal aber passen Tatsachen und Realität nicht mehr zusammen. Oder unsere Wahrnehmung davon. Wir sind verwirrt und nervös. Mehr noch, wir fürchten uns.«

»Das ist offensichtlich«, sagte Santizo. »Man sieht es Ihnen an. Ich will mal ganz ehrlich sein: Ich hätte Sie nie empfangen, wenn nicht mein Studienfreund gemeint hätte, der Fall würde mich interessieren. Was nunmehr Tatsache ist.« Er schaute auf die Uhr. »In einer halben Stunde beginnt meine Squashrunde. Danach habe ich einige Besuche zu erledigen. Wir treffen uns hier wieder in« – er überlegte kurz – »in zweieinhalb Stunden. Ich werde versuchen, noch einen Kollegen hinzuzuziehen. Unterdessen schicke ich Sie zur Radiologie.« Er griff zum Telefon.

»Noch mehr Röntgenbilder, um festzustellen, ob die ersten genau genug waren?« fragte Savage.

»Nein. Ich schicke Sie zur Computertomographie.«

3

Als sie zurückkehrten, saß ein gebrechlich wirkender alter Herr mit graumeliertem Bart, gekleidet in ein Sportjackett, das ihm eine Nummer zu groß war, Santizo gegenüber. »Das ist Doktor Weinberg«, stellte Santizo vor.

Alle schüttelten einander die Hände.

»Doktor Weinberg ist Psychiater«, fügte Santizo hinzu.

»Oh?« Savage spürte, wie sich seine Rückenmuskeln spannten.

»Beunruhigt Sie das?« fragte Dr. Weinberg vergnügt.

»Nein«, sagte Akira. »Wir haben ein Problem, das wir lösen wollen.«

»Und zwar mit allen Mitteln«, warf Savage ein.

»Ausgezeichnet.« Weinberg zog einen Notizblock und einen Stift aus der Jacke seines Sportsakkos. »Es macht Ihnen hoffentlich nichts aus?«

Savage war nicht ganz wohl dabei. Bisher hatte er jede Dokumentation seiner Gespräche umgangen, jetzt blieb ihm nichts anderes übrig als zu sagen: »Notieren Sie nur, was Sie für nötig halten.«

»Gut.« Weinberg kritzelte ein paar Worte nieder. Aus Savages Perspektive sahen sie aus wie Ort und Datum.

»Ihre CT-Aufnahmen werden mir heraufgeschickt. Während wir darauf warten«, sagte Santizo, »könnte Ihnen Doktor Weinberg vielleicht einige Fragen stellen.«

Savage nickte sein Einverständnis, und Dr. Weinberg begann: »Bitte, führen Sie mich in die Einzelheiten ein.«

Savage beschrieb die Ereignisse. Hin und wieder warf Akira eine Ergänzung ein. Rachel lauschte aufmerksam.

Weinberg schrieb mit. »Ich fasse also zusammen: Sie beide glaubten, Sie hätten einander sterben sehen? Sie haben das Hotel nicht wieder gefunden, in dem sich die Todesfälle zugetragen haben? Und Sie können das Krankenhaus nicht finden, noch den Arzt ausfindig machen, der sich um Ihren Fall bemühte?«

»Stimmt«, sagte Savage.

»Und die Vorfälle, die zu Ihrem Trauma führten, ereigneten sich vor sechs Monaten.«

»Ja«, sagte Akira.

Weinberg seufzte. »Für den Augenblick...«, er legte seinen Stift weg, »betrachte ich Ihr Dilemma aus dem hypothetischen Blickwinkel.«

»Betrachten Sie es, wie immer Sie wollen«, meinte Savage. »Meine Darlegungen waren nicht widersprüchlich.«

»Ich versuche, es zu erklären.« Weinberg lehnte sich in seinem Sessel zurück. »Im allgemeinen werden mir meine Patienten mit einer Empfehlung zugeschickt. Ich bekomme den Fall betreffende Dokumente oder Fallgeschichten. Falls nötig, kann ich mich mit Familienangehörigen unterhalten oder mit den Arbeitgebern. Aber in Ihrem Fall weiß ich so gut wie nichts über Sie. Es gibt keine Beweise für Ihre Behauptungen. Und es gibt keinen Grund, Ihnen Glauben zu schenken. Von mir aus gesehen, könnten Sie ganz gewöhnliche, pathologische Lügner sein, die die Aufmerksamkeit der Öffentlichkeit auf sich lenken wollen. Oder vielleicht sind Sie sogar Journalisten, die die Verläßlichkeit von Ärzten prüfen wollen, die man gern als Klapsdoktoren bezeichnet.«

Santizos Augen blitzten. »Max, ich habe Ihnen die Geschichte vorgetragen. Die Röntgenaufnahmen sind hochinteressant. Was ist Ihre Theorie?«

»Zunächst nur eine logische Schlußfolgerung«, sagte Weinberg. »Nur mal als Diskussionsgrundlage.«

»Ja, was sonst?« warf Santizo ein.

Weinberg seufzte noch einmal und hob die Hände. »Die wahrscheinlichste Erklärung ist, daß Sie beide unter einer geistigen Verwirrung leiden, die hervorgerufen wurde durch fast tödliche Schläge.«

»Wie das?« wendete Savage ein. »Die Röntgenbilder beweisen, daß wir nicht zusammengeschlagen wurden.«

»Da muß ich widersprechen. Die Röntgenbilder zeigen, daß Ihnen weder Arme noch Beine noch Rippen gebrochen wurden. Und daß Sie keine Schädelbrüche davontrugen. Aber damit ist nicht bewiesen, daß Sie nicht geschlagen worden wären. Ich will erklären, was sich wahrscheinlich zugetragen hat. Sie beide hatten den Auftrag, einen Mann zu beschützen?«

»Ja.«

»Er nahm an einer Konferenz in einem ländlichen Hotel teil. Dabei wurde er in einer unglaublich brutalen Art getötet. Mit einem Schwert, das seinen Körper durchschnitt.«

Akira nickte.

»Sie haben den Mann verteidigt und wurden dabei bis zur Bewußtlosigkeit geschlagen. Die einsetzende Ohnmacht hat Ihren Blick so getrübt, daß Sie fälschlicherweise annahmen, der jeweils andere sei getötet worden. Da aber keiner von Ihnen starb, muß diese Halluzination durch irgend etwas hervorgerufen worden sein. Dafür bietet die Kombination von Schmerz und zunehmender Verwirrung eine logische Erklärung.«

»Aber wie kommt es, daß beide genau die gleiche Halluzination haben?« warf Rachel ein.

»Schuldgefühle.«

»Dem kann ich nicht folgen.« Savage runzelte die Stirn.

»Wenn ich alles richtig verstanden habe, dann bedeutet Ihnen der Beruf mehr als nur ein Job. Offensichtlich liegt der Drang, andere zu beschützen, in Ihrem Charakter begründet. Anderen das Leben zu retten, ist Ihnen moralische Verpflichtung. In dieser Hinsicht sind Sie mit Ärzten zu vergleichen, denen der Beruf gleich Berufung ist.«

»Das mag stimmen«, nickte Akira.

»Aber im Gegensatz zu Ärzten, die immer wieder mal einen Patienten verlieren und deshalb einen Schleier über ihre Gefühle legen müssen, haben Sie beide in ihrem Beruf beträchtlichen Erfolg. Sie haben bisher niemals einen Klienten verloren. Bisher hatten Sie stets hundertprozentigen Erfolg.«

»Mit Ausnahme...«

»... der Ereignisse in einem ländlichen Hotel vor sechs Monaten. Zum ersten und einzigen Male haben Sie einen Klienten verloren«, sagte Weinberg. »Sie fühlten sich in Ihrer Identität bedroht. Sie hatten keine Erfahrungen mit Mißerfolgen. Sie waren auf diesen Schock nicht vorbereitet. Dieser Schock wurde verstärkt durch die sichtlich grausame Art, in der Ihr Klient ums Leben gebracht wurde. Schuldgefühle sind da eine ganz natürliche Reaktion. Noch verstärkt durch die Tatsache, daß Ihr Klient starb, während Sie am Leben blieben. Die Sicherheit Ihres Klienten ging Ihnen über alles. Sie waren bereit, Ihr Leben für ihn einzusetzen – aber die Dinge liefen ganz anders. Er starb. Sie sind noch am Leben. Also werden Ihre Schuldgefühle unerträglich. Ihr Unterbewußtsein wehrt sich dagegen. Das führt zu dem verschwommenen Eindruck, Ihr Kollege sei gleichfalls getötet worden. Das Unterbewußtsein drängt auf die Erkenntnis, daß Sie Ihren Klienten nicht mehr verteidigen konnten, weil Sie ja beide tot waren. Sie haben sich heroisch, aber vergeblich bemüht, Ihren Auftrag zu erfüllen. Dabei sind Sie fast zu Tode gekommen. In Anbetracht Ihrer beider Charaktere ist das Entstehen einer solchen Halluzination verständlich, ja, sogar vorhersehbar.«

»Warum können wir dann das Hotel nicht finden?« wollte Savage wissen.

»Weil Sie sich tief in Ihrem Inneren dagegen wehren, daß Ihr Versagen jemals Wirklichkeit gewesen ist. Da gibt es für Ihr Unterbewußtsein einen einfachen Ausweg: Das Hotel, in dem Sie ihren Klienten verloren haben, existiert einfach nicht. Auch das Krankenhaus und den Doktor gibt es nicht. Falls wir Ihre Aussagen als wahr unterstellen, gibt es natürlich das Hotel, das Krankenhaus und den Arzt. Nur der Weg dorthin ist von Ihrem Unterbewußtsein blockiert, weil Sie vor sich selbst alles abstreiten müssen.«

Savage und Akira sahen einander an. Sie schüttelten die Köpfe.

»Wieso haben wir beide gewußt, wo sich das Hotel befunden hatte?« fragte Akira skeptisch. »Und der Arzt und das Krankenhaus?«

»Das ist ganz leicht zu erklären. Sie haben sich gegenseitig – wie man so sagt – hochgeschaukelt. Was der eine sagte, wurde vom anderen sofort aufgenommen. Um damit von den wahren Geschehnissen abzulenken und die Schuldgefühle zu mindern.«

»Nein«, sagte Savage.

Weinberg hob die Schultern. »Ich habe doch gesagt, daß das alles nur eine Hypothese ist.«

»Warum«, fragte Akira, »wurden wir in Gips gelegt, wenn unsere Arme und Beine nicht gebrochen waren? Warum mußten wir lange, schreckliche Monate hinter uns bringen, um unsere Muskeln wieder aufzubauen?«

»Gipsverbände?« fragte Weinberg. »Wollte man nicht vielleicht die Glieder nur zur Untätigkeit verdammen? Waren die Verbände an der Brust wirklich dicke Gipsschichten, die gebrochene Rippen an ihrem Platz festhalten sollten? Vielleicht waren es nur leichte Verbände, um gequetschte, nicht aber gebrochene Rippen zu schützen. Vielleicht wiesen Ihre bandagierten Schädel tatsächlich Brüche auf, aber haarfeine, die perfekt abheilten, so daß sie auf dem Röntgenschirm nicht zu entdecken sind. Sie geben zu, daß Ihnen Demerol verabreicht wurde. Dieses Medikament beeinträchtigt den Wirklichkeitssinn.«

»Unsinn«, fiel Rachel ein. »Natürlich war ich nicht dabei. Ich habe keine Schmerzen gelitten, und ich gestehe, daß ich diese beiden Männer mag. Wir haben zusammen viel durchgemacht. Von uns dreien darf ich wohl am ehesten behaupten, völlig objektiv zu sein. Meine Freunde haben sich mit ihren Irrungen und Wirrungen nicht gegenseitig hochgeschaukelt.«

»Sicherlich haben Sie schon mal etwas vom Stockholmprinzip gehört«, belehrte sie Weinberg. »Unter Stress neigen die Menschen dazu, sich mit denen zu identifizieren, von denen ihre Sicherheit abhängt.«

»Und Sie haben sicherlich schon vom Straußprinzip gehört«, fuhr Rachel auf. »Das betrifft einen Psychiater, der den Kopf in den Sand steckt, weil er nicht mit einem Problem fertig wird, von dem er zuvor noch nie gehört hat.«

Weinberg beugte sich vor, zog die Augenbrauen zusammen und brach plötzlich in Lachen aus.

»Sie hatten recht«, sagte er zu Santizo, »das macht wirklich Spaß.«

»Sie verstellen sich, Max. Geben Sie es zu. Miß Rachel hat Sie wütend gemacht.«

»Nur hypothetisch.«

Jetzt lachte Santizo. »Fein, dann schreiben wir mal einen hypothetischen Artikel über das Phänomen, daß jemand hypothetisch wütend sein kann.«

»Was soll das alles heißen?« mischte sich Savage ein.

Santizo hörte auf zu lachen. »Ein Test, um herauszufinden, ob wir es mit Verrückten zu tun haben. Mir blieb nichts anderes übrig. Und Max ist wunderbar. Er hat eine ausgesprochene schauspielerische Begabung.«

»Ich habe nicht geschauspielert«, wendete Weinberg ein. »Was ich zu hören bekam, war so verwunderlich, daß ich mehr darüber wissen möchte.«

Jemand klopfte an die Tür.

Santizo fuhr herum. »Herein!«

Die Sekretärin, die vorhin den Tee gebracht hatte, reichte dem Arzt jetzt einen großen braunen Umschlag.

»Die CTs.« Santizo erhob sich.

Zwei Minuten später war er mit der Prüfung der Filmbilder fertig. »Vielen Dank, Max. Von hier an kann ich alleine weitermachen.«

»Bestimmt?«

»Ja. Ich schulde Ihnen die Einladung zu einem Dinner.« Santizo deutete auf die Bilder. »Von hier an liegt das Problem wieder in meinen Händen. Denn mit Psychiatrie läßt sich das hier nicht erklären.«

4

Savage stand neben Akira und Rachel. Sie betrachteten die verschwommenen Aufnahmen. Jeder Film zeigte zwölf Bilder, die in vier Reihen waagerecht und drei Reihen senkrecht angeordnet waren. Sie als Laien konnten damit noch weniger anfangen als vorher mit den Röntgenbildern.

»Wundervoll«, sagte Santizo. »Klarere Bilder kann man nicht verlangen.«

»Das sagt mir gar nichts«, warf Akira ein. »Für mich sind das Tintenkleckse.«

»Das könnte man wirklich auf den ersten Blick meinen.« Der Arzt lächelte verhalten. »Damit Sie mich verstehen, erkläre ich erst einmal die Grundlagen, obwohl auch die kompliziert und sehr technisch sind. Die Computertomographie ist eine Fortentwicklung der Röntgenaufnahme oder auch der Ultraschalluntersuchung. Auf dem Wege über dieses Schnittbildverfahren dringen wir gleichsam in Ihr Gehirn oder in jedes andere Organ vor. Es erscheint dreidimensional.«

»Was haben Sie diesen Bildern entnommen?« fragte Akira.

»Nur noch ein wenig Geduld.« Santizo deutete auf die Filmbilder. »Das Gehirn besteht aus vielen Teilen. Hier ist die rechte und da die linke Hemisphäre. Merkwürdigerweiser wird die rechte Körperhälfte von der linken Hemisphäre kontrolliert und umgekehrt. Unsere Fähigkeit, räumlich zu denken, entstammt der rechten Hemisphäre, die Sprachfähigkeit der linken. Die Hemisphären wiederum werden unterteilt in sogenannte Hirnlappen, und diese wiederum haben zahlreiche Unterabteilungen. Dieses unheimlich komplexe Organ kann nur arbeiten mit Hilfe von Billionen untereinander verbundener Nerven. Das sind die Träger von Energie und Information. Diese Nervenbündel nennen wir Neuronen. Man kann sie mit elektrischen Leitungsdrähten oder Telefonkabeln vergleichen. Allerdings wäre das eine Vereinfachung. Hier müssen alle Vergleiche hinken... übrigens, haben Sie mal an Epilepsie gelitten?«

Die Frage kam so unerwartet, daß Savage blinzelte.

»Epilepsie? Nein. Warum? Wie kommen Sie darauf?«

»Ich suche nach dem Grund für eine bestimmte Beobachtung.« Santizo deutete auf einen dunklen Fleck inmitten einer hellen, durchsichtigen Stelle auf einem der Bilder. Der Fleck saß links, in der Nähe der Mitte. »Das ist die Ansicht Ihres Gehirns von hinten. Der Fleck sitzt im mesialen Temporallappen. Er befindet sich auf gleicher Höhe mit dem Knochenpropfen, den man aus Ihrer Schädeldecke geschnitten und später wieder eingesetzt hat.«

Savage schluckte schwer. »Ein Fleck? Himmel, was...?«

»Eine Verletzung. Deshalb fragte ich wegen der Epilepsie. Eine Abnormalität in dieser Hirngegend führt manchmal zu dieser Krankheit.«

»Wollen Sie damit sagen, daß in meinem Gehirn irgend etwas wächst?«

»Nein.« Santizo wendete sich an Akira und deutete auf ein anderes Filmbild. »In der gleichen Gegend Ihres Gehirns befindet sich ein identischer Fleck. Dieser unmögliche Zufall führt mich zu dem Schluß, daß es sich nicht um ein Gewächs oder Geschwür handelt.«

»Was könnte es denn sonst sein?« fragte Akira.

»Da kann ich nur raten. Wahrscheinlich ist es eine Vernarbung von der Manipulation, die man an Ihrem Gehirn vorgenommen hat.«

5

Voller Entsetzen hörte Savage dem Arzt zu, der an seinen Schreibtisch zurückkehrte. »Zurück zu den Grundlagen. Eliminieren wir zunächst das Offensichtliche. Durch die Gehirnoperationen an Ihnen beiden sollten nicht Tumore entfernt werden. Dazu hätte es eines größeren Zuganges zu den Gehirnen bedurft, also hätte man mehr Knochenmasse herausnehmen müssen.«

»Und nicht«, ließ sich Rachel vernehmen, »einen Knochenpfropf von fünf Millimeter Durchmesser.«

»Genau. Den einzigen Grund für einen so kleinen Zugang zum Gehirn sehe ich darin« – der Arzt überlegte –, »daß man eine Elektrode einführen wollte.«

»Wozu das?« Savage hatte Mühe, ruhig zu atmen.

»Wenn wir von bekannten, aber schwerwiegenden Umständen ausgehen, gibt es viele Gründe. Epilepsie habe ich schon erwähnt. Mit einer ins Gehirn eingeführten Elektrode kann man die elektrischen Impulse messen, die von verschiedenen Ansammlungen von Neuronen ausgehen. Bei einem Epileptiker laufen unterschiedliche elektrische Ströme durch unterschiedliche Gehirnteile. Wenn wir die Ursache für den nicht normalen Strom finden, können wir durch eine Operation das Gleichgewicht der Ströme herstellen.«

»Aber wir sind keine Epileptiker«, sagte Savage.

»Ich habe ja nur ein Beispiel angeführt«, erklärte der Arzt. »Nehmen wir ein anderes. Es gibt Patienten, die können vom Gehirn her

– und nicht durch äußere Schädigungen – schlecht sehen, riechen oder hören. Manchmal lassen sich solche Leiden dadurch beheben, daß wir die inneren Rezeptoren im Gehirn durch Elektroden stimulieren.«

»Aber wir können sehen und hören und riechen«, wandte Akira ein.

»Und Sie glauben, daß Sie einander sterben sahen. Sie können das Hotel nicht finden, in dem man Sie zusammengeschlagen hat. Und nicht das Krankenhaus, in dem Sie behandelt wurden. Und nicht den Arzt, der sich Ihres Falles angenommen hat. Irgendwer hat in Ihre Hirnfunktionen eingegriffen und etwas ausgelöscht.«

»Das Erinnerungsvermögen«, sagte Savage.

»Noch interessanter ist die Frage, ob Ihnen jemand die Erinnerung an etwas eingepflanzt hat, das sich niemals ereignet hat.«

»Damit wir uns an etwas erinnern, das niemals geschah? Ich hätte nie geglaubt...«

»Ich kann Sie mit hinunter nehmen in die Pathologie«, sagte Santizo. »Dort kann ich das Gehirn eines Leichnams sezieren und Ihnen jede – sagen wir – Abteilung einzeln vorführen. Ich kann Ihnen erläutern, warum Sie sehen, hören, schmecken und warum Sie Berührungen oder auch Schmerz empfinden. Obwohl das Gehirn selbst schmerzunempfindlich ist. Aber ich kann Ihnen keinen Gedanken zeigen. Und ich kann Ihnen keine bestimmte Stelle im Gehirn vorführen, die Ihnen das Erinnerungsvermögen sichert. Ich habe mich mit gerade diesem Thema während der letzten zehn Jahre befaßt. Je mehr ich darüber lerne, desto mehr muß ich staunen... Beschreiben Sie mal, was sich abspielt, wenn Sie sich an ein vergangenes Ereignis erinnern.«

Savage und Akira zögerten.

Rachel hob die Hand. »Nun, das ist, als ob in meinem Kopf ein Film abläuft.«

»So wird es von den meisten Leuten beschrieben. Wir sind Zeugen eines Vorfalls, und es sieht so aus, als arbeite unser Gehirn wie eine Kamera, die eine Serie von Bildern jenes Ereignisses festhält. Je mehr wir erleben, desto mehr solcher Filme stapelt unser Gehirn. Wenn die Umstände es erfordern, wenn wir uns zum Beispiel Vergangenes ins Gedächtnis rufen, um die Gegenwart verstehen zu können, suchen wir die entsprechende Filmrolle heraus und lassen sie über unsere geistige Mattscheibe laufen. Dabei nehmen wir natürlich an, daß die Filme unverrückbar in unserem Gehirn sitzen, daß sie von unbegrenzter Dauer sind.«

Rachel nickte.

»Aber ein Film ist nicht von Dauer. Er bekommt Risse, und die Farben verändern sich. Man kann ganze Szenen herausschneiden. Nun, in unserem Gehirn gibt es keine Filme. Es gibt keine Mattscheibe. Wir bilden uns nur ein, daß da eine sei. Wir erklären unser Gedächtnis als eine Abfolge von Analogien. Aber das Gedächtnis ist noch schwerer zu begreifen, wenn wir von tatsächlichen Ereignissen zu angelernten Abstraktionen übergehen. Wenn ich an das mathematische Prinzip von Pi, dem Verhältnis von Kreisdurchmesser und Kreisumfang denke, sehe ich keinen Film in meinem Kopf. Ich verstehe irgendwie intuitiv, was Pi bedeutet. Ich sehe auch keinen Film, wenn ich an ein abstraktes Wort wie ›Ehre‹ denke. Ich weiß ganz einfach, was mit ›Ehre‹ gemeint ist. Wieso bin ich in der Lage, mir solche Abstraktionen zu merken und sie zu verstehen?«

»Wissen Sie darauf eine Antwort?« fragte Savage, dem die Brust eng wurde.

»Die vorherrschende Theorie besagt, daß Erinnerungen als eine Art Code in den Neuronen des Gehirns gespeichert werden. Diese Billionen von Nerven – so sagt die Theorie – transportieren nicht nur Elektrizität und Informationen. Sie behalten auch die Informationen, die sie übermitteln. Um den Vorgang zu erläutern, bedient man sich immer wieder der Analogie zu einem Computer. Aber diese Analogie bietet keine Erklärung. Denn es ist nun einmal Tatsache, daß wir in unserem Gehirn keine Mattscheibe haben. Das Gedächtnissystem unseres Gehirns ist unendlich viel größer als jeder Computer. Einerseits scheinen die Neuronen dazu in der Lage zu sein, Informationen von einem Netzwerk in ein anderes zu übertragen. Dadurch werden gewisse Erinnerungen geschützt, falls ein bestimmter Teil des Gehirn beschädigt würde. Andererseits gibt es zwei Arten von Erinnerungen – kurzzeitige und langzeitige. Sie stehen in einer paradoxen Beziehung zueinander. ›Kurzzeit‹ bezieht sich auf eine erst jüngst erhaltene Information, die ich mir nur vorübergehend merke. Zum Beispiel die Telefonnummer meines Zahnarztes. Wenn ich einen Termin haben will, suche ich die Nummer im Telefonbuch heraus und merke sie mir genau so lange, wie ich brauche, um in seiner Praxis anzurufen. Wenn ich den nächsten

Termin brauche, geht dieses Spiel von neuem los. ›Langzeit‹ bezieht sich auf bleibende Erinnerungen an notwendige Informationen. Zum Beispiel meine eigene Telefonnummer daheim. Welcher physikalische Mechanismus bewirkt, daß ich die Telefonnummer meines Zahnarztes sofort wieder vergesse, die eigene aber ständig im Gedächtnis habe? Warum kann, bei bestimmten Arten von Gedächtnisschwund, ein Patient sich nicht an Dinge, mögen sie wichtig sein oder nicht, erinnern, die sich erst kürzlich zugetragen haben, während er auf der anderen Seite bis ins Detail genau weiß, was vor vierzig Jahren passiert ist? Es gibt keine Erklärung für diese Vorgänge.«

»Was glauben Sie?« fragte Akira.

»Ich denke da an ein Musical von Lerner und Loewe.«

»Was soll...«

»Das Musical heißt Gigi: Darin singen Maurice Chevalier und Hermione Gingold ein wunderbares Lied mit dem Titel ›Ich erinnere mich gut‹. In ihren Rollen sind sie ein früheres Liebespaar, das bei einem Zusammentreffen in Erinnerungen schwelgt. ›Wir fuhren hierhin.‹ – ›Nein, wir fuhren dahin.‹ – ›Du trugst dieses Kleid.‹ – ›Nein, ich hatte das andere an.‹ – ›Ach ja, ich erinnere mich gut.‹ Aber sie erinnern sich eben nicht. Der Song läuft darauf hinaus, daß das zunehmende Alter ihnen die Erinnerungen verwirrt. Ich fürchte, daß wir alle irgendwie vergessen. Viele Einzelheiten. Und früher, als uns bewußt wird. Doktor Weinberg und ich gehen an jedem Sonnabend, wenn wir keinen Bereitschaftsdienst haben, mit unseren Frauen ins Kino und anschließend zum Essen. Nach einer Woche voller Stress freuen wir uns immer auf diese Abwechslung. Erst gestern erinnerte sich Max mit Vergnügen an einen Film, den wir angeblich alle vier zusammen gesehen hatten. ›Aber nein, Max‹, sagte ich, ›ich habe diesen Film im Kabelfernsehen gesehen und nicht im Kino.‹ – ›Unsinn‹, beharrte Max, ›wir haben ihn zusammen in der Altstadt gesehen.‹ – ›Nein, ich war an jenem Wochenende bei einer Konferenz. Sie, Ihre Frau und meine Frau, ihr habt den Film im Kino ohne mich gesehen.‹ Wir befragten unsere Frauen, die sich an jenen Abend nicht erinnern konnten. Bis heute kennen wir die Wahrheit nicht.«

»Natürlich«, sagte Savage. »Sie haben uns ja gerade erklärt, daß Kurzzeiterinnerungen nicht lange vorhalten.«

»Aber wo endet Kurzzeit und wo beginnt Langzeit? Und woher

beziehen wir die Gewißheit, daß Langzeiterinnerungen wirklich vorhalten? Im Grunde geht es doch um die Begrenztheit des Bewußtseins. Wir wissen nur, daß wir erinnern, wenn wir uns erinnern. Wenn wir etwas vergessen haben, bleibt es vergessen... Beschreiben Sie mir doch die Zukunft.«

»Das kann ich nicht. Zukunft existiert nicht«, antwortete Savage.

»Genauso wenig wie die Vergangenheit. Unser Erinnerungsvermögen gaukelt uns allerdings vor, daß die Vergangenheit existiert – in unserem Geist. Meiner Meinung nach sind unsere Erinnerungen keine feststehenden Signale, nachdem sie einmal codiert worden sind. Ich glaube, unsere Erinnerungen verändern sich ständig. Einzelheiten werden weggenommen, andere hinzugefügt oder verändert. Endlich schafft sich jeder seine eigene Version von der Vergangenheit. Was macht es schließlich aus, ob Max und ich einen Film gemeinsam oder getrennt angesehen haben? Gelegentlich spielen Unterschiede aber eine große Rolle. Max hatte einmal eine neurotische Patientin, die in ihrer Kindheit mehrfach von ihrem Vater mißbraucht worden war. Ihre Erinnerungen verfolgten sie als Alpträume, deshalb flüchtete sie sich in die Erinnerung an eine idyllische Jugend mit einem liebenden, fürsorglichen Vater. Um ihre Neurose zu kurieren, mußte Max sie dazu bringen, ihren falschen Erinnerungen abzuschwören und den Schrecken, die sie durchgemacht hatte, ins Auge zu sehen.«

»Falsche Erinnerungen«, warf Savage ein, »gut. Aber unsere falschen Erinnerungen beruhen nicht auf psychologischen Problemen. Die bisherigen Untersuchungen lassen den Schluß zu, daß jemand operativ unser Erinnerungsvermögen verfälscht hat. Ist so etwas möglich?«

»Falls Sie wissen wollen, ob ich so etwas tun könnte, lautet die Antwort nein. Ich kenne auch keinen anderen Neurochirurgen, der dazu in der Lage wäre. Aber ob es möglich ist? Ja, in der Theorie. Selbst wenn ich wüßte, wie man es macht, würde ich es nicht tun. Man nennt es Psychochirurgie. Und man verändert damit eine Persönlichkeit, was sich aus ethischen Gründen verbietet. Denkbar ist ein solcher Eingriff nur, um einen Epileptiker zu heilen, oder um einen Menschen von selbstmörderischen Ideen abzubringen.«

»Wie aber, mal theoretisch gesehen, würden Sie es machen?« fragte Rachel.

Santizo zögerte mit der Antwort.

»Bitte.«

»Ich gestehe mit einigem Stolz, daß ich neugierig bin. Aber manchmal weigere ich mich gegen die eigene Natur, bestimmte Vorgänge im Gehirn weiter zu erforschen. Wo es nötig war, habe ich Elektroden in die Gehirne von Patienten eingeführt und sie gebeten, mir ihre Empfindungen dabei zu schildern.«

»Moment mal!« rief Akira dazwischen. »Wie konnten die Patienten ihre Empfindungen beschreiben, wo sie doch ohne Bewußtsein waren?«

»Ach so«, entgegnete Santizo, »da habe ich zu viel als bekannt vorausgesetzt oder zu viele Stufen ausgelassen. Offenbar sind Sie der Meinung, daß die Offenlegung des Herzens und des Gehirns gleichzusetzen sind. Ich wiederhole, was ich vorhin schon sagte: Der Empfänger unserer Sinne, das Gehirn, hat keinen eigenen Empfänger. Es empfindet keinen Schmerz. Mit örtlicher Betäubung wird die Schädeldecke schmerzunempfindlich gemacht, dann kann ich einen Teil des Schädelknochens herauslösen und damit das große Geheimnis bloßlegen. Indem ich eine Elektrode einführe, kann ich den Patienten Apfelsinen riechen lassen, die nicht existieren. Je nach meinem Willen kann ich den Patienten Musik aus seinen Kindertagen hören oder ihn Äpfel schmecken lassen. Ich kann ihn sogar zum Orgasmus bringen. Ich kann seine Rezeptoren so beeinflussen, daß er sich an Bord eines Segelbootes am Großen Barriereriff bei Australien wähnt. Er spürt den Wind in den Haaren, fühlt die Sonne auf seinem Gesicht, und er hört das Rauschen der Wellen. Das alles hat er vor Jahren auf einer Urlaubsreise erlebt.«

»Würde er sich aber an die Illusionen erinnern, die Sie ihm vermittelten?« fragte Rachel.

»Natürlich. Genauso wie er sich an das eigentliche Ereignis, nämlich die Operation erinnert.«

»Damit wäre also erklärt, wie alles abgelaufen ist«, meinte Savage.

»Bei Ihnen und Ihrem Freund? Keineswegs. Was ich soeben als Möglichkeit geschildert habe ist nichts anderes, als das Erinnerungsvermögen des Patienten zu aktivieren, indem ich unterschiedliche Neuronen elektronisch stimuliere. Sie aber haben Erinnerungen an Geschehnisse, die offenbar...«

»Niemals passierten«, fiel ihm Akira ins Wort. »Wieso erinnern wir uns dann daran?«

»Wie gesagt, es ist nur eine Theorie«, meinte Santizo. »Aber wenn ich den linken Temporallappen Ihres Gehirns bloßlege und die Neuronen mit Elektroden stimuliere – und wenn ich dann ganz genau schildere, an was Sie sich später erinnern sollen... Wenn ich Ihnen dazu Filme zeige oder angebliche Geschehnisse durch Schauspieler darstellen lasse... Wenn ich den Lernprozeß durch Amphetamine beschleunige..., und wenn ich zum Schluß mit einer Elektrode bestimmte Neuronen lahmlege, um Ihnen die Erinnerung an die Operation zu nehmen, dann werden Sie sich an Dinge erinnern, die niemals geschehen sind, und Sie werden vergessen, was sich wirklich zugetragen hat.«

»Dann sind wir einer Gehirnwäsche unterzogen worden?«

»Nein«, erklärte Santizo weiter. »›Gehirnwäsche‹ ist ein ziemlich grobschlächtiger Ausdruck aus dem Koreakrieg. Man beschreibt damit den Prozeß der ›Umerziehung‹ eines Gefangenen, dem seine politischen Überzeugungen ausgetrieben werden sollen. Die Methode an sich stammt aus der Sowjetunion und geht auf Pavlows Theorien über die Reaktion auf bestimmte Stimuli zurück. Wenn man einen Gefangenen quält, ihm moralisch das Kreuz bricht und ihm dann eine Belohnung dafür anbietet, wenn er sein geliebtes Vaterland verrät – so nennt man das Gehirnwäsche. Wie wir wissen, ist das bei einigen Soldaten gelungen. Es ist ein Wunder, daß es bei den meisten nicht gelungen ist. Man hat Pavlows Theorien, wonach Menschen in bestimmter Weise konditioniert werden können, in Verbindung mit Psychodrogen angewandt. Wenn Sie sich an Filmberichte aus den fünfziger Jahren erinnern, dann dürfte Ihnen aufgefallen sein, daß man es den Gefangenen ansieht, ob sie konditioniert worden sind. Hagere Züge, zitternde Hände, glasige Augen. Was sie über Kriegsverbrechen aussagten, war nicht überzeugend. Bei Ihnen beiden ist keines dieser Symptome zu beobachten. Sie haben Angst, ja, aber Sie reagieren richtig, und an Ihrer inneren Haltung scheint sich nichts geändert zu haben. Ihre Identität ist intakt geblieben. Sie sind immer noch entschlossen zu helfen. Nein, man hat Sie nicht konditioniert. Ihr Problem reicht nicht in die Zukunft hinein. Man hat Sie sicherlich nicht programmiert, bestimmte Dinge zu tun. Bei Ihnen geht es um Dinge, die in der Vergangenheit geschahen. Oder auch nicht geschahen. Aber Sie haben aus dem Gedächtnis verloren, was sich wirklich zugetragen hat.«

»Warum hat man uns so etwas angetan?« fragte Savage.

»Warum? Darauf wüßte ich nur eine einzige Antwort...«
Das Telefon klingelte. Santizo griff nach dem Hörer. »Hallo?« Sein Gesicht wurde ernster, als er gespannt lauschte. »Ich komme sofort.«
Er legte den Hörer auf. »Ein Notfall. Ich muß sofort in den Operationssaal.« Er stand auf. Im Hinausgehen deutete er auf eine Bücherwand. »Da haben Sie ein paar Grundlagentexte. Youngs ›Programm des Gehirns‹ oder Baddeleys ›Die Psychologie des Gedächtnisses‹ und Horns ›Gedächtnis, Eindruck und Gehirn‹. Lesen Sie darin. Rufen Sie morgen meine Sekretärin an und verabreden Sie einen weiteren Termin. Ich muß jetzt wirklich gehen.«
Akira sprang von seinem Sessel auf. »Aber Sie haben doch gerade damit angefangen, uns zu erklären, warum Sie meinen...«
»... daß man Ihnen falsche Erinnerungen eingepflanzt hat?« Santizo drehte sich an der Tür um. »Nein, das kann ich mir nicht vorstellen. Was ich sagen wollte war: Nur der Chirurg, der diese Operation vollbrachte, weiß den Grund dafür.«

6

Sie fanden in der Nähe des Krankenhauses eine passende Hotelunterkunft. Die untergehende Sonne wurde durch den Smog verschleiert. Beim Zimmerservice bestellten sie Fisch und Reis für Akira, Steaks und Bratkartoffeln für Rachel und Savage. Danach lasen sie eine Weile in den mitgebrachten Büchern. Später unterhielten sie sich über das Gelesene.
»Ich kann diese medizinischen Ausdrücke nur schwer übersetzen«, meinte Akira. »Es ist mir peinlich einzugestehen, daß mein Englisch doch nicht so gut ist, wie ich immer dachte.«
»Nein«, erwiderte Rachel, »Ihr Englisch ist perfekt. Für mich sind diese medizinischen Fachausdrücke das reinste Japanisch.«
»Das Kompliment freut mich. Sie sind sehr liebenswürdig. *Arigato*«, sagte Akira.
»Und das heißt...?«
»Danke.«
»Und was soll ich darauf erwidern?«
»Ganz einfach ausgedrückt: *Domo arigato.*«

Rachel wiederholte: »*Domo arigato*.«

Akira lächelte. Aber das Lächeln reichte nicht bis in seine melancholischen Augen.

»Während ihr zwei bei einem kulturellen Austausch seid, könnte ich...«, begann Savage.

»Nun werden Sie mal nicht knurrig«, wandte sich Rachel an ihn.

Savage sah sie an, bewunderte sie und mußte lächeln. »So sollte es nicht klingen. Ich glaube, ich verstehe wenigstens einen Teil dieses Buches, und das jagt mir Angst ein.«

Rachel und Akire wurden aufmerksam.

»Das mit dem Erinnerungsvermögen ist komplizierter, als ich bisher glaubte. Kein Mensch weiß wirklich, wie die Neuronen im Gehirn Informationen speichern. Und dann kommt die Erkenntnis, was es bedeutet, sich erinnern zu können. Das jagt mir wirklich Angst ein.« Savage bekam Kopfschmerzen. »Wir stellen uns das Gedächtnis vor als die geistige Aufzeichnung der Vergangenheit. Aber eine Vergangenheit – so die Definition – gibt es gar nicht. Sie ist das Phantombild dessen, was einmal Gegenwart war. Dabei geht es nicht um etwas, das vor einem Jahr geschah, oder im vergangenen Monat oder gestern. Vergangenheit ist alles, was nur einen Augenblick zurückliegt. Was ich jetzt sage, ist bereits Vergangenheit, befindet sich aber in eurem Gedächtnis.«

Rachel und Akira schwiegen abwartend.

»In diesem Buch geht es um folgende Theorie: Wir sehen einen Apfel vom Baum fallen, wir hören, wie er aufplumpst, wir heben ihn auf, riechen ihn, beißen hinein – wir erleben alle diese Vorgänge nicht zugleich mit dem Ergebnis. Da gibt es einen Zeitverzug, sagen wir von einer Millionstel Sekunde, bis die sinnlichen Eindrücke das Gehirn erreichen. Wenn wir den Apfel kosten, glauben wir, uns in der Gegenwart zu befinden. In Wirklichkeit ist dies aber bereits Vergangenheit. Dieser Zeitverzug wäre eine Erklärung für das, was man *déjà vu* nennt. Wir betreten ein Zimmer und haben das unheimliche Gefühl, schon einmal hier gewesen zu sein, obwohl wir genau wissen, daß das nicht der Fall sein kann. Warum? Wegen der Millionstel Sekunde, die das Gehirn braucht, um die von den Augen ausgehende Information zu verarbeiten und uns zu sagen, was wir da sehen. Wenn die beiden Hemisphären unseres Gehirns vorübergehend nicht synchron arbeiten, wird die eine Seite des Gehirns die Information um ein wenig später empfangen als die andere. Wir sehen den Raum zweimal. Die andere Seite des Gehirns empfängt den Eindruck um einen winzigen Augenblick früher als die andere.«

»Aber unser Problem liegt nicht im *déjà vu*«, wandte Akira ein. »Wieso beunruhigt Sie dann, was Sie soeben gelesen haben?«

»Weil ich meiner Gegenwart nicht sicher sein kann, ganz abgesehen von der Vergangenheit. Denn es gibt keine Gegenwart, jedenfalls nicht, soweit es mein Gehirn anbelangt. Alles, was ich von ihm erfahre, kommt mit einer Verspätung an.«

»Das mag schon stimmen«, sagte Rachel. »Aber im praktischen Dasein ist Gegenwart doch, was wir im Moment erleben, selbst unter Berücksichtigung des Zeitverzuges. Das Problem ist so schon groß genug, ohne daß wir es übertreiben.«

»Ich übertreibe? Ich bin beunruhigt, weil ich mich mit falschen Erinnerungen abzuplagen glaube, die mir vor sechs Monaten jemand eingepflanzt hat. Aber war es wirklich vor sechs Monaten? Woher soll ich wissen, ob nicht die Operation erst kürzlich vorgenommen worden ist? Wie kann ich dessen sicher sein, was gestern geschah oder erst heute vormittag?« Savage wandte sich an Rachel. »Als Sie in Frankreich unsere Decknamen erfuhren und unsere falschen Lebensläufe, die wir erfinden mußten, da sagten Sie, alles an uns sei anscheinend Lüge. Vielleicht haben Sie recht, aber auf eine Art, die ich mir bisher nicht vorstellen konnte. Wie viele falsche Erinnerungen trage ich in mir herum? Woher soll ich wissen, wer ich bin? Woher soll ich wissen, ob Sie und Akira wirklich die Menschen sind, die Sie zu sein scheinen? Angenommen, Sie wären Schauspieler, die mir etwas vormachen, um mich in meinen Irrtümern zu bestärken?«

»Das sind wir ganz offensichtlich nicht«, meinte Akira. »Dafür haben wir allzu viel gemeinsam durchgemacht. Rachels Befreiung. Die Flucht im Hubschrauber. Die Reise mit der Fähre. Die Möbelwagen, die uns in Frankreich aufhalten wollten.«

»Ich stelle mir vor, daß nichts von alledem wirklich geschehen ist. Meine falschen Erinnerungen könnten mit dem heutigen Tag begonnen haben. Meine gesamte Lebensgeschichte – alles über mich – könnte erlogen sein, ohne daß ich mir dessen bewußt bin! War ich jemals bei Rachels Schwester? Ist Graham wirklich tot?«

»Wenn Sie weiter so denken«, sagte Akira, »werden Sie glatt verrückt.«

»Richtig«, nickte Savage. »Genau das meine ich – und ich fürchte mich davor. Mir kommt es so vor, als sähe ich alles wie durch einen Dunst, der Boden wankt unter meinen Füßen. Ich fühle mich wie in einem herunterstürzenden Lift. Völlige Verwirrung. Mein ganzes Sein ist darauf eingestellt, andere Menschen zu beschützen. Aber wie kann ich mich vor meinem eigenen Verstand schützen?«

Rachel legte ihm den Arm um die Schultern. »Sie müssen uns einfach glauben, daß wir keine Schauspieler sind. Wir sind im Augenblick alles, was Ihnen bleibt. Vertrauen Sie uns.«

»Wie könnte ich? Ich vertraue mir nicht einmal selbst.«

7

Auch in der folgenden Nacht schlief Savage schlecht. Alpträume plagten ihn. Als eine Hand seine Wange streichelte, fuhr er auf. Er packte die Hand und war bereit, sich zu verteidigen.

Doch er gab diesem Impuls nicht nach. In dem schwachen Licht der Lampe in der Ecke sah er Rachels besorgtes Gesicht neben sich.

»Was ist los?« fragte Savage und schaute sich um. »Wo ist Akira?«

»Im Korridor draußen. Ich habe ihn gebeten, uns allein zu lassen.«

»Warum sollte er...?«

»Weil ich ihn darum gebeten habe.« Ihr blondes Haar schimmerte im Schein der Lampe.

»Aber warum haben Sie ihn hinausgeschickt?«

»Weil ich mit Ihnen allein sein wollte.«

»Damit ist meine Frage nicht beantwortet.«

»Schschsch«, machte Rachel und legte ihm den Finger auf die Lippen. »Sie denken zu viel und Sie fragen zu viel.«

»Es ist unmöglich, zu viele Fragen zu stellen.«

»Aber manchmal ist es weiser, nicht zu fragen.«

Savage hatte den Duft ihres Parfums in der Nase. »Ich kann mir nicht vorstellen...«

»Stimmt«, sagte sie. »Ich weiß, daß Sie es nicht können. Sie sind argwöhnisch, weil Sie schon zu lange als Beschützer gearbeitet haben. Sie fragen ganz automatisch, weil die Antworten für Sie Sicherheit bedeuten könnten. Und Sicherheit ist für Sie das höchste Gut.« Sie streichelte seine Wange. »Es ist viele Jahre her, seit ich das zu jemandem gesagt habe.«

»Gesagt – was?«

»Ich liebe Sie.«

Savage schob ihre Hand zur Seite. »Das wäre doch absurd.«

»Genau das sagt Kierkegaard in seinem Buch ›Furcht und Zittern‹: ›Abraham glaubte an Gott, weil er das Absurde verkörperte.‹ Jeder Glaube ist absurd. Genau wie die Liebe. Weder Glaube noch Liebe haben einen Sinn. Vielleicht gibt es keinen Gott, und vielleicht ist Liebe nur Lüge.«

»Das müssen Sie mir erklären.«

»Seit Sie auf Mykonos in mein Schlafzimmer kamen, haben Sie mich behandelt, als sei ich das Kostbarste auf der Welt für Sie. So etwas erlebt man nicht oft. Ich weiß zwar, daß wir nur deshalb zusammen sind, weil Sie angeheuert wurden, mich zu beschützen. Dennoch kann ich nicht umhin, Sie zu lieben. Dabei sollte ich klüger sein und Sie nicht lieben. Aber es ist nun einmal so. Ich liebe Sie, gerade weil es so absurd ist.«

»Denken Sie an das, was Weinberg gesagt hat: Leute unter Streß neigen dazu, sich mit jenen zu identifizieren, von denen ihre Sicherheit abhängt.«

»Ja, ich hänge von Ihnen ab«, sagte Rachel. »Und ich identifiziere mich mit Ihnen. Mehr als alles andere in der Welt möchte ich mit Ihnen – möchte ich mit dir schlafen.«

»Nein, ich...«

»Ja!«

»Aber...«

»Verdammt, halt still.«

Während sie ihn küßte, löste sie ihm den Hosengurt.

Zu seiner eigenen Überraschung ließ Savage sie gewähren.

8

Im Traum liebte er Rachels Schwester, und der Traum war identisch mit der berühmten Filmszene in ›Cat's Claw‹, in der Joyce Jones eine reiche Amerikanerin dargestellt hatte, die an der Französischen Riviera lebte. Ein berufsmäßiger Juwelendieb hatte mehrfach versucht, sie zu verführen. Schließlich hatte sie ihn verführt, um sein Vertrauen zu gewinnen und seine Beweggründe zu erforschen. Der Gauner hatte immer von sich geglaubt, er werde genug Selbstkontrolle haben und sich nicht in sie verlieben. Darin irrte er. Zum Schluß stahl sie ihm die Seele.

Joyce Stone und Rachel Stone. In Savages Traum verschmolzen die beiden Schwestern miteinander. Er liebte nicht nur eine weltberühmte Filmschauspielerin, sondern auch eine Klientin, zu deren Schutz er berufen worden war. Noch als er ihre Brüste streichelte, ihre weichen, schlanken Arme, die schmalen Hüften, sagte er sich, daß dies falsch sei, unprofessionell, verrückt und beinahe wie ein Inzest. In allen seinen Jahren als Beschützer hatte er sich der Verführungen erwehrt, denen ihn so manche Klientin ausgesetzt hatte. Graham hatte ihm immer wieder eingetrichtert, daß es für einen Beschützer keine sexuellen Beziehungen zu einer Klientin geben dürfe. Man verlöre dann jede Objektivität, würde sorglos und könne leicht an ihrem Tod schuldig werden.

Im Traum erlebte Savage noch einmal, wie er Rachels schlanken Körper genoß. Es gab kein Halten mehr. Schuldgefühle rangen mit dem Verlangen. Alle Regeln waren wie ausgelöscht. Rachel stöhnte auf, als er seinen Höhepunkt erreichte. Sie stemmte sich ihm entgegen, fuhr ihm mit den Fingern durch die Haare und wiederholte »Ich liebe dich«. Doch Savage fühlte sich leer und wie ausgehöhlt. Er hatte sich selbst verraten. Tiefe Melancholie befiehl ihn. »Nein!« hätte er am liebsten geschrien. Ich war verpflichtet, Widerstand zu leisten. Warum bin ich schwach geworden?

Plötzlich veränderte sich das Traumbild. In seine Ejakulation mischte sich der scharfe Knall eines .45er Colts. Er wachte auf und war plötzlich wieder das verschreckte Kind, das seit Tagen gespürt hatte, daß etwas im Hause nicht mehr stimmte. Er hatte unruhig geschlafen. Er taumelte aus dem Bett und schlich die Treppe hinunter zum Arbeitszimmer des Vaters. Die Mutter wollte sich ihm in den Weg stellen. Sie kam zu spät. Der Junge konnte durch die halb geöffnete Tür schauen. Das Blut – da war so viel Blut. Und der Körper seines Vaters auf dem hölzernen Fußboden des Arbeitszimmers. Ein Handtuch war unter die Ausschußwunde an der linken Schläfe gelegt worden, um das Blut aufzuhalten, aber das hatte wenig genützt. Der hingestreckte Vater hatte ausgesehen wie ein lumpiges Kleiderbündel.

Savage hatte geheult. Die Tränen waren ihm über die Wangen geströmt. Und dann hatte er gerufen, was aus dem Mund eines so kleinen Jungen ungeheuerlich klang: »Und du gottverdammter Bastard hast versprochen, uns nie wieder allein zu lassen!«

Die Mutter hatte ihm eine Ohrfeige gegeben.

9

Zunächst begriff Savage nicht, warum er sich nicht vor der Tür zu Vaters Arbeitszimmer befand, hinter der Schreckliches geschehen war. Dann erwartete er auf einmal, sich in der eleganten Hotelsuite an der Französischen Riviera wiederzufinden, in der Joyce Stone den Juwelendieb verführt hatte. Verwirrt blinzelnd gewahrte er schließlich Akira, der in einem Sessel in einer Ecke der Hotelsuite in Philadelphia saß. Er legte das Magazin zur Seite, erhob sich, warf einen Blick zu der geschlossenen Tür hinüber und kam mit zusammengezogenen Augenbrauen näher.

»Sie haben unruhig geschlafen. Das tut mir leid.«

Savage rieb sich die Augen. »Dachten Sie vielleicht, ich könnte ruhig bleiben, wenn ich mit Rachel schlafe?«

»Ich habe überhaupt nichts gedacht.« Akira hockte sich neben das Sofa. »Sie hat mich gebeten, im Korridor Wache zu halten, weil sie privat etwas unter vier Augen mit Ihnen zu besprechen hätte.«

»O ja, privat – das stimmt.«

»Ich möchte keine Einzelheiten wissen.«

»Wozu auch? Sie hat es Ihnen sicherlich erzählt.«

»Nein, sie hat mir nichts erzählt. Sie bat mich nur, mich wieder in dieses Zimmer zu setzen. Danach ging sie in ihr Schlafzimmer. So viel ich weiß, schläft sie jetzt.«

»Ich wünschte, ich könnte es auch.«

»Was zwischen euch beiden vorgefallen ist, geht mich überhaupt nichts an. Sie haben sich völlig einwandfrei verhalten.«

»Wirklich?«

»Unsere Prinzipalin fühlt sich deutlich zu Ihnen hingezogen.

Und, wenn ich mir die Bemerkung erlauben darf, Ihnen ist sie auch nicht gleichgültig.«

»Den Beweis dafür brachte die heutige Nacht. Es war falsch.«

»Unter normalen Bedingungen vielleicht«, sagte Akira. »Dies aber sind keine normalen Verhältnisse. Sie sind zu selbstkritisch. Sie fühlen sich bedroht und...«

»Damit ist mein Verhalten nicht entschuldigt. Sie fühlen sich gleichfalls bedroht, aber Sie verlieren nicht die Selbstbeherrschung.«

»Ablenkende Gefühle zu unterdrücken, wurde mir durch meine Erziehung beigebracht... Ich will Ihnen eine Geschichte erzählen.« Akira holte tief Luft. »Mein Vater diente im Großen Ostasiatischen Krieg als Pilot.«

Savage wußte zunächst nicht, wovon die Rede war.

»Für Sie war es der Zweite Weltkrieg«, half ihm Akira. »Nach der Kapitulation meines Landes kehrte Vater heim, nur um festzustellen, daß er kein Heim mehr hatte. Er wohnte in Hiroshima. Seine Eltern, seine Frau und seine zwei Kinder waren beim Abwurf der Atombombe durch Ihr Land umgekommen. Jahrelang brütete er vor sich hin und konnte den Verlust nicht verwinden. Trost und Befriedigung fand er schließlich, indem er beim Wiederaufbau Japans mithalf. Als geschickter Ingenieur baute er Kriegsmaschinen in zivile Flugzeuge um. Damit hatte er schließlich finanziellen Erfolg. Er heiratete noch einmal. Ich ging als einziges Kind aus dieser Ehe hervor. Meine Mutter hatte sich beim Abwurf der Atombombe in der Nähe von Hiroshima aufgehalten. Am linken Arm trug sie radioaktive Verbrennungen davon, und als Spätwirkung stellte sich Knochenkrebs ein, woran sie starb. Die Trauer meines Vaters war grenzenlos. Er konnte sie nur überwinden, indem er seine ganze Liebe auf mich konzentrierte.«

Akira schloß für Sekunden die Augen. »Japan ist so oft von Wirbelstürmen, Überschwemmungen und Erdbeben heimgesucht worden, daß Fatalismus zu einer Nationaleigenschaft der Bevölkerung wurde. Und das Streben nach Sicherheit ist eine nationale Besessenheit. Mein Vater hat mir beigebracht, daß wir alle Nöte mit Würde und Anstand hinzunehmen hätten, wenn wir uns ihrer schon nicht erwehren können. Er schickte mich zu einem *sensei*, der die höchsten Anforderungen stellte. Ich lernte Judo, Jiu Jitsu, Aikido, die verschiedenen japanischen Formen von Karate und natürlich den Schwerterkampf. In jener Zeit beschloß ich, das so Erlernte anzuwenden und ein Beschützer gegen die Unbilden dieser Zeit zu werden. Inzwischen mußte ich einsehen, daß auch Disziplin und Würde keinen ausreichenden Schutz gegen das Schicksal bieten. Nichts kann uns letztendlich wirklich schützen. Mein Vater kam bei einem Verkehrsunfall ums Leben, als er eine Straße überquerte.«

»Das bedaure ich«, sagte Savage. »Ihre Familie hat viel durchgemacht. Ich verstehe allmählich, warum Sie so selten lächeln und warum selbst dann Trauer in Ihren Augen ist.«

»Mein *sensei* nannte mich immer den Mann, der keine Freude kennt.« Akira hob die Schultern. »Aber die trüben Erlebnisse meiner Familie sind nicht der einzige Grund dafür, warum ich selten lächle. Doch das werde ich Ihnen eines Tages erklären. Für heute habe ich Ihnen einen kleinen Einblick in meine Familiengeschichte gewährt, um Ihnen darzutun, daß auch ich mich bedroht fühle. Was man unserem Erinnerungsvermögen angetan hat, stellt für mich meine ganze Persönlichkeit in Frage. Vielleicht ist nichts von dem wahr, was ich Ihnen erzählt habe. Und diese Möglichkeit fühle ich nicht nur als Bedrohung. Ich bin darüber wütend. Habe ich Eltern und andere Angehörige betrauert, die es nie gegeben hat? Das muß ich herausfinden.«

»Ja«, sagte Savage. »Auch ich will herausfinden, wie viel von dem, an das ich mich jetzt erinnere, niemals geschehen ist.«

»Angenommen, das erweist sich als unmöglich?«

»Es muß möglich sein.«

»Aber wie...?«

»Morgen fahren wir nach Baltimore. Dort muß ich jemanden besuchen. Ich kann das jetzt nicht erklären. Zwingen Sie mich nicht, darüber zu sprechen.«

»Du sagtest soeben ›Wir fahren nach Baltimore‹«, ließ sich Rachel unerwartet von der Tür her vernehmen. »Bedeutet das, daß du uns wieder vertraust?«

Savage drehte sich zu ihr um. Sie stand in der offenen Schlafzimmertür in einem kurzen blauen Nachtgewand, das ihre Brüste straff betonte. Sie sah wundervoll aus, obwohl man ihr anmerkte, daß sie unruhig geschlafen hatte.

»Drücken wir es mal so aus«, sagte Savage: »Ich will euch vertrauen.«

10

Baltimore liegt südwestlich von Philadelphia und ist in neunzig Minuten schneller Fahrt zu erreichen. Savage hielt den Wagen vor einem zweistöckigen Haus in einem gepflegten Vorstadtviertel an. Er betrachtete eine Weile die wie Skulpturen geschnittenen immergrünen Büsche in einem makellos gepflegten Garten. Dann schaltete er die Zündung aus. Obwohl es ein kühler Oktobertag war, standen ihm Schweißtropfen auf der Stirn.

»Wer wohnt hier?« wollte Rachel wissen.

»Das ist eine verdammt gute Frage«, entgegnete Savage. Er stieg aus dem Wagen und erschauerte.

»Brauchen Sie Hilfe?« fragte Akira und griff nach der Türklinge.

»Nein«, erwiderte Savage mit Entschlossenheit. »Ich muß es allein herausfinden.«

»Herausfinden?« fragte Rachel.

»Wenn ich es euch sage, würdet ihr mich für verrückt erklären. Klappt alles, winke ich euch zu und ihr kommt herein. Auf jeden Fall wird es nicht lange dauern.«

Savage reckte sich, ging an Blumenbeeten vorüber zur Veranda und dort mit hallenden Schritten zur Vordertür. Zunächst wollte er anklopfen, dann überlegte er es sich anders und tat, was er auch sonst immer machte – er ging einfach hinein.

Die halbdunkle Diele roch moderig. Der Geruch wurde überlagert von dem Duft nach Roastbeef, gewürzt mit Knoblauch und Wein. Rechts befand sich ein großes, mit Möbeln vollgestelltes Wohnzimmer, die Möbel alle mit Plastiktüchern zugedeckt.

Von der Küche her ertönten Stimmen. Das Fernsehgerät lieferte eine Seifenoper. Dazwischen hörte er, wie in einer metallenen Schüssel Teig angerührt wurde.

Im Gegensatz zum halbdunklen Hausflur war die Küche hell erleuchtet. Beim Eintreten sah Savage eine runzlige, gebeugte, grauhaarige Frau. Während sie in der Schüssel einen Teig anrührte, schaute sie auf die Mattscheibe eines Kleinfernsehgeräts.

Lächelnd näherte er sich dem Küchentisch, an dem sie arbeitete. »Da bin ich, Mom!«

Sie fuhr herum und ließ den Rührlöffel fallen. »Sie...«

»Ich weiß, ich besuche dich nicht oft genug. Aber ich habe so viel zu tun. Wenigstens schicke ich dir jeden Monat etwas Geld. Du hast das Haus gut in Schuß, wie ich sehe.« Savage lächelte immer noch.

»Was wollen Sie hier?«

»Das sagte ich doch. Ich besuche dich leider viel zu selten. Aber ich gelobe Besserung. Tut mir leid, Mom.«

»Beantworten Sie meine Frage. Was wollen Sie hier?«

»Ich bin nicht in Schwierigkeiten, falls du das denkst. Du brauchst mich nicht zu verstecken und einen Arzt kommen lassen, wie letztes Mal. Ich hatte gerade in der Gegend zu tun und wollte auf einen kleinen Plausch vorbeischauen. Über frühere Zeiten und über Dad mit dir reden.« Savage wollte sie umarmen.

Sie wich zurück.

»Komm schon, Mom. Sei mir nicht böse. Ich sagte doch...«

»Bleiben Sie mir vom Leibe. Wer sind Sie?«

Von diesem Augenblick an wußte Savage, daß seine schlimmsten Befürchtungen wahr geworden waren. Ihm schwindelte, und seine Knie wollten nachgeben.

Er machte noch einen Schritt auf die Frau zu. »Ich bin dein Sohn!« Sie schrie.

»Nein, bitte, mach nicht...«

Sie schrie weiter, noch lauter, noch schriller, verzweifelter.

Auf der Kellertreppe wurden Schritte hörbar. Ein untersetzter älterer Mann stürzte in die Küche. Er hatte die Hemdsärmel aufgekrempelt. Seine Unterarme waren sehnig und stark. Das weiße Haar war dünn. Im Gesicht hatte er Leberflecke. Trotz seines Alters wirkte er kräftig. »Gladys, was ist los?«

Das Gesicht der Frau war so blaß wie der Teig, in dem sie gerührt hatte. Sie hörte auf zu schreien und lehnte sich an den Tisch neben dem Abwaschbecken. Keuchend deutete sie mit zitterndem Finger auf Savage.

»Wer, zum Teufel, sind Sie?« knurrte der Mann.

»Frank, er sagt...« Die Frau schnappte nach Luft. »Er kam einfach hier hereinmarschiert. Ich bin zu Tode erschrocken. Er nannte mich... Er bildet sich ein, er sei unser Sohn.«

Die Wangen des Mannes färbten sich rot. Er sprang zu einem Arbeitstisch, riß die Schublade auf und hatte plötzlich einen Hammer in der Hand. »Zunächst sollten Sie wissen, Fremder, wir hatten nur einen Sohn, und der ist vor zwanzig Jahren gestorben.« Der Mann schwang den Hammer und kam auf Savage zu. »Zweitens gebe ich

Ihnen sieben Sekunden Zeit, von hier zu verschwinden. Oder ich schlage Ihnen den Schädel ein und rufe die Polizei.«

Savage hob beide Hände. Der Magen wollte sich ihm umdrehen. Er konnte seinen Schrecken kaum mehr bezwingen. »Nein, hört mich an. Etwas Schreckliches ist geschehen. Ihr mißversteht mich. Laßt es mich erklären.«

»Etwas Schreckliches ist wirklich geschehen. Sie sind in mein Haus eingedrungen und haben meine Frau zu Tode erschreckt. Und etwas wirklich Schreckliches wird geschehen, wenn Sie sich nicht sofort zum Teufel scheren.«

Die Frau griff zum Telefon, das neben dem Kühlschrank hing.

»Warte!« rief Savage.

Sie drückte auf drei Tasten.

»Bitte! Ihr müßt mich anhören!« flehte Savage.

»Hallo, Polizei, wir sind überfallen worden!«

»Raus hier«, schnauzte der alte Mann Savage an.

Er hob den Hammer. Savage stieß rückwärts gehend gegen den Türpfosten. Er konnte sich plötzlich nicht bewegen, war vom Schock wie gelähmt.

Vom Entsetzen.

Denn der ältliche Mann, der mit dem Hammer auf ihn losging, war sein Vater. Nicht so, wie ihn Savage in Erinnerung hatte. Kurz bevor sein Vater sich erschoß, hatte der kleine Junge noch mit ihm gespielt. Und so hatte Savage ihn in Erinnerung. Der Mann vor ihm sah genau so aus, wie sein Vater wohl ausgesehen hätte, wäre er älter geworden. Savage erkannte ihn an den Grübchen im kantigen Kinn, an der kleinen Lücke in der unteren Zahnreihe und an der Narbe auf dem linken Handrücken.

Die Frau stammelte zitternd die Adresse ins Telefon.

»Nein!« rief Savage. »Ihr seid meine Eltern. Ich bin euer Sohn!«

»Verrückt sind Sie, sonst nichts!« entgegnete der alte Mann. »Wenn Sie den Hammer über den Schädel gekriegt haben, werden Sie vielleicht...«

»Warum erinnert Ihr euch nicht an mich?«

Savage duckte sich. Der Hammer krachte gegen den Türpfosten. Der Schlag war so laut, daß ihm die Ohren klangen.

»Halt!«

Der Mann holte abermals aus.

Savage taumelte durch den Hausflur davon. Er kam an dem Zimmer vorbei, in dem sein Vater sich erschossen hatte. Eine Katze sprang ihn aus dem Halbdunkel an und krallte sich in sein Bein.

»Weg hier!« Der Mann kam mit geschwungenem Hammer näher.

»Wenn Sie nicht mein Vater sind, wer sind Sie dann?« Savage griff hinter sich, um die Haustür aufzustoßen. Die Katze hing immer noch an seinem Bein. Savage schüttelte sie ab. »Um Himmels willen, wer bin ich?«

Er lief über die Veranda davon, stolperte die Stufen hinunter und rannte durch den Garten.

Akira und Rachel sahen ihm vom Wagen aus verwundert entgegen.

Savage stieg hastig ein.

»Sie Bastard!« schrie der Mann und ließ plötzlich den Hammer fliegen. Er knallte gegen die Wagentür.

Savage trat das Gaspedal durch. Auf quietschenden Reifen fegte der Wagen davon. In der Ferne hörte man das Heulen einer Sirene.

»Was ist passiert?« fragte Akira.

»Ich habe soeben einen toten Mann gesehen.« Savage griff sich an die Kehle und massierte sie. Seine Stimme klang heiser, als sei er gewürgt worden.

»Das ergibt doch keinen Sinn«, meinte Rachel.

»Das ist der springende Punkt. Überhaupt nichts ergibt einen Sinn. Der Himmel helfe mir. Was hat man mit uns gemacht?«

11

»Ich hatte mir vorgestellt, daß es wahr sein könnte, aber daran geglaubt habe ich nie.« Savage fuhr wie ein Besessener und überholte einen Wagen nach dem anderen. »Eine erschreckende Möglichkeit. Deshalb mußte ich mich selbst davon überzeugen, daß meine Befürchtungen nicht Wirklichkeit waren. Ich wollte beweisen, daß meine falschen Erinnerungen auf das Medford Gap Mountain Hotel und das Krankenhaus in Harrisburg beschränkt seien. Aber jetzt? Diese Frau und dieser Mann sind meine Eltern. Ich bin in diesem Haus aufgewachsen. Ich habe meine Mutter vor einem Jahr besucht. Sie sah genauso aus wie die Frau in dem Haus. Und mein Vater, wäre er am Leben geblieben, müßte genauso aussehen wie der Mann in jenem Haus!«

Rachel und Akira schwiegen.

»Glaubt Ihr mir etwa nicht?« fragte Savage. »Glaubt Ihr, ich wäre in das erstbeste Haus hineingegangen?«

»Nein«, sagte Akira. »Ich glaube Ihnen. Es ist nur...«

»Was? Sie wissen, daß wir einander sterben sahen. Also müssen Sie auch den Rest glauben.«

»Ich denke, Akira will dir nicht glauben«, warf Rachel ein. »Was du in der vergangenen Nacht gesagt hast... Ich nahm an, du warst übermüdet und standest unter zu großem Streß. Jetzt verstehe ich endlich. Nein, ich erfühle es. Wenn dein Gedächtnis vollständig umgeformt wurde, kannst du dich auf überhaupt nichts verlassen. Auch Dinge, deren du bisher sicher warst, werden in Zweifel gezogen.«

»Aus diesem Grund fahren wir jetzt nach Little Creek in Virginia«, sagte Savage. »Um herauszufinden, was ich sonst noch anzuzweifeln habe.«

Die Wälder blieben zurück. Die Straße führte durch Marschland und schließlich an der Küste entlang.

Am südlichen Ende der Chesapeake Bay verließ Savage die Route 60 und erreichte zwei Meilen weiter die Little Creek Base der Marinetruppen.

»Mein Gott, ist das eine große Anlage!« rief Rachel.

Vom Rand der Basis aus sahen sie Gruppen von Verwaltungsgebäuden und Wohnquartieren, einen Golfplatz mit achtzehn Löchern, zwanzig Tennisplätze, zwei Grillplätze, eine Turnhalle, ein Schwimmbecken und einen See, auf dem Kanus und Paddelboote schwammen. Der Eindruck von Größe und Weite dieser Basis wurde unterstrichen durch die am Kai vertäuten zweiunddreißig Schiffe und eine Menge von Soldaten.

»Wie viele sind denn hier stationiert?« fragte Rachel verwundert.

»Neuntausend, plus etwa dreitausend zivile Hilfskräfte«, gab Savage Auskunft. »Man kann sie übrigens nicht alle als Seeleute einstufen. Die meisten gehören den traditionellen Einheiten an. Nur wenige dienen in Sondereinheiten. Wir befinden uns hier vor dem östlichen Ausbildungszentrum für die SEALs der Navy.«

Voller Stolz ließ er seine Blicke über die Anlage schweifen. »Genau so habe ich alles in Erinnerung.« In seiner Stimme schwang

Ehrfurcht mit. »Ich hatte es eilig, hierher zu gelangen. Jetzt möchte ich am liebsten nicht...«

Er zwang sich dazu, aus dem Wagen zu steigen und zu dem Posten neben der Schranke zu gehen. Die Sonne stand tief am Himmel. Sein Herz klopfte.

»Ja, Sir?« Der Posten nahm Haltung an.

»Ich möchte Captain James MacIntosh besuchen.«

»Aus welchem Grund, Sir?«

»Wir sind befreundet. Ich habe ihn schon jahrelang nicht mehr gesehen. Weil ich gerade in dieser Gegend zu tun habe, wollte ich ihm einen Besuch abstatten.«

Der Posten schaute unsicher drein.

»Ich will die Basis nicht betreten«, fuhr Savage fort. »Ich werde die Sicherheit nicht gefährden. Sagen Sie ihm nur, daß ich hier bin. Wenn er mich nicht empfangen kann, auch gut.«

»Welche Einheit, Sir?«

Savages Herz schlug schneller. »Er ist doch hier noch stationiert?«

»Das kann ich Ihnen erst sagen, Sir, wenn ich weiß, bei welcher Einheit er ist.«

»Beim SEAL Ausbildungsteam.«

»Einen Augenblick, Sir.« Der Posten verschwand im Wachhäuschen. Durch die offene Tür sah Savage, wie der Soldat zum Telefon griff. Gleich darauf kehrte er zurück. »Sir, Captain MacIntosh hat die Basis verlassen. Er besitzt einen Ausgangsschein für vierundzwanzig Stunden.«

»Hat man Ihnen gesagt, wohin er gefahren ist?«

Der Soldat stand wieder stramm. »Nein, Sir.«

»Natürlich nicht. Vielen Dank. Vielleicht versuche ich es morgen noch einmal.«

Im Wagen erklärte er Rachel und Akira: »Ich habe keine Lust zu warten. Ich glaube, ich weiß schon, wo ich ihn finden kann.«

Savage fuhr auf der Straße nach Virginia Beach weiter.

12

Die Ship-to-Shore Taverne lag einen Häuserblock von der Küste entfernt. Savage spürte das Salz in der Luft und hörte die Möwen schreien. Zugleich aber roch er den Zigarettenrauch und hörte einen Schlager von Elvis. Zusammen mit Rachel und Akira verließ er die von der untergehenden Sonne beleuchtete Straße und betrat die halbdunkle Bar.

An den Tischen saßen stramme junge Männer, die sich in Zivilkleidung offenbar nicht ganz wohl fühlten. Sie redeten und tranken nicht gerade wenig. Auf Regalen an den Wänden standen in Glaskästen die Modelle von Flugzeugträgern, Schlachtschiffen, Zerstörern, U-Booten, Minensuchern, Landungs- und Schnellbooten. Dazwischen gab es Modelle von der Merrimack und der Monitor, den ersten bewaffneten Kriegsschiffen Amerikas, die während des Bürgerkrieges ironischerweise aneinander geraten waren.

»Der Gastwirt war früher ebenfalls bei den SEALs«, erklärte Savage. Er führte Akira und Rachel zu dem letzten freien Platz an der überfüllten Theke. »Nachdem er den Dienst quittiert hatte, konnte er sich von seiner Truppe nicht lösen. Also machte er die Ship-to-Shore Taverne auf. Hier verkehren viele Matrosen und auch SEAL-Leute.«

Der Barkellner trat heran. Er war in den fünfziger Jahren, hatte militärisch kurzgeschnittene Haare und war gebaut wie ein Rugbyspieler. Er trug ein kurzärmeliges weißes Hemd, wie es bei den Marines üblich war. Auf dem rechten Unterarm war ein Seehund tätowiert. »Was soll es sein, Leute?« fragte er.

»Selterswasser.« Rachel und Akira bestellten gleichfalls Wasser. Der Barkellner zuckte mit den Schultern.

»Harold, kennst du mich noch?« fragte Savage.

»Kann ich nicht sagen.« Der Wirt schaute genauer hin. »Sollte ich Sie kennen?«

»Ich habe früher oft in diesem Lokal verkehrt.«

»Hier kommen viele Seeleute durch. Wie lange ist es denn her?«

»Oktober 1983.«

»Tut mir leid. Mit der Zeit sehen alle Leute gleich aus. Mein Gedächtnis ist auch nicht mehr das, was es einmal war.«

Der Wirt warf einen Blick auf Akira und ging fort, um das Wasser zu holen.

»Daß er mich nicht erkennt, beweist gar nichts«, sagte Savage. »Aber es muß etwas bedeuten, daß ich mich an ihn erinnere. Ich kannte diese Bar.«

Rachel schaute unsicher drein.

»Genauso wie ich wußte, wo meine Mutter wohnt« fuhr Savage fort. »Denkst du was?«

Sie konnte nicht antworten, denn der Wirt kam mit den Drinks. »Das macht dreifünfundsiebzig.«

Savage gab ihm einen Fünfer. »Stimmt so.«

»Vielen Dank.«

»Kommt Captain MacIntosh immer noch hierher?«

»Mac? Gewiß, ich sehe ihn mehrere Male im Monat.«

»War er heute abend hier?«

»Nicht daß ich wüßte. Kann natürlich sein, daß ihn eine der Kellnerinnen bedient hat.«

Der Wirt schaute abermals Akira an und ging dann zur Registrierkasse.

»Ich glaube, der mag keine Japaner«, sagte Akira.

»Vielleicht ist noch nie ein Japaner hier gewesen. Der Wirt ist nicht der einzige, der Sie anstarrt«, meinte Rachel.

»Das ist mir schon aufgefallen.«

»Vielleicht bist du hier die Attraktion«, wandte sich Savage an Rachel. »Wenn du alleine hier wärst, würden dir hundert Matrosen einen Drink spendieren wollen.«

»Ich weiß nicht, ob das ein Kompliment oder eine Drohung ist.« Rachel lächelte.

»Erzählen Sie uns etwas über Captain MacIntosh«, forderte ihn Akira auf.

»Wir dienten zusammen bei den SEAls. Nach dem Einsatz in Grenada quittierte ich den Dienst. Er wurde befördert und übernahm die Ausbildungsgruppe.« Savage schüttelte den Kopf. »Wir waren befreundet. Ich erinnere mich genau an ihn. Wir haben zusammen gelernt und gekämpft. Wie oft haben wir hier einen gehoben und unseren Spaß gehabt. Er kann keine falsche Erinnerung sein... Übrigens« – Savages Schultern strafften sich – »da kommt er ja.«

Ein gut gebauter Mann mit sandblondem Haar, etwa Mitte der Dreißig, betrat die Taverne. Seine von der Sonne gebräunten Gesichtszüge waren scharf geschnitten. Er trug Turnschuhe zu Jeans und Baumwollhemd. Die oberen drei Knöpfe waren nicht geschlossen und gaben den Blick frei auf eine goldbraun behaarte Brust. Am Handgelenk trug er eine Taucheruhr.

Er winkte einer Gruppe Männer an dem Ecktisch zu, lächelte und ging auf sie zu. Savage drängte sich durch die Menge, um ihm den Weg abzuschneiden. »Mac!«

Der Mann blieb überrascht stehen und drehte sich um.

»Mac!« rief Savage noch einmal, als er ihn erreichte. »Wie geht es dir?«

Mac starrte den Frager mit forschendem Gesichtsausdruck an.

Savage unterdrückte das unruhige Gefühl und bemühte sich um ein freundliches Lächeln. »Was ist denn los mit dir? Erinnerst du dich nicht an mich nach allem, was wir gemeinsam erlebt haben?«

»An Sie soll ich mich erinnern?« Mac zog die Stirn in tiefe Falten.

Nein! dachte Savage, nicht schon wieder! Er fühlte sich wie durch einen schweren Schlag betäubt. Arme und Beine waren gefühllos.

Mac zog die Mundwinkel herunter und wollte weitergehen. Savage baute sich vor ihm auf. »Warte, bitte. Weißt du wirklich nicht mehr...?«

»Ich habe Ihnen gesagt, daß Sie ihr Geld kriegen werden. Verdammt, da nehmen Sie Ihre zwanzig Piepen. Hören Sie auf, mich zu belästigen und verschwinden Sie.«

Savage betrachtete stirnrunzelnd das Geld, das ihm in die Hand gedrückt wurde. Die Sinne wollten ihm schwinden. »Aber...«

Der Captain wollte weitergehen.

»Du schuldest mir doch kein...« Wie benommen folgte ihm Savage. »Was hat das alles zu bedeuten?«

Mac blieb stehen und flüsterte: »Eine verdammt gute Frage. Was machen Sie hier? Sind Sie verrückt geworden, Doyle? Sie wissen doch, daß man uns nicht zusammen sehen darf.«

»Was?«

»Hauen Sie ab.«

»Aber...«

Macs Stimme war kaum vernehmbar. »In der Gasse. Fünfzehn Minuten.«

Während Savage verwirrt blinzelte, ging Mac weiter zum Tisch seiner Freunde in der Ecke.

»Der Kerl hat mir neulich zwanzig Piepen gepumpt und glaubt jetzt, ich würde sie ihm nicht zurückgeben. Das hat man davon, wenn man mit Zivilisten Karten spielt«, hörte ihn Savage zu den anderen sagen.

Der Lärm in der Taverne erschien ihm plötzlich lauter. Die verrauchte Luft ließ sich kaum noch einatmen. Savage kam sich vor wie gefangen und gefesselt. Er sah zu Rachel und Akira hinüber und deutete auf den Ausgang.

Die Abenddämmerung war völliger Dunkelheit gewichen. Auf der von Lärm erfüllten Straße blieb Savage stehen und schüttelte den Kopf. Er konnte kaum sprechen. »Mac hat mich Doyle genannt.«

»Also erinnert er sich an dich?« fragte Rachel.

»Nein, du hast mich falsch verstanden«, sagte Savage. »Mein wirklicher Name ist nicht Doyle. Warum sollte er...? Himmel, hat man mir meinen Namen genommen und mir einen anderen aufgezwungen?« In seinen Schläfen pochte es. »Verdammt, wer bin ich denn?«

13

Die Gasse war fast verstellt mit Kartons und Abfalleimern. Etwa auf halbem Weg durchdrang der schwache Schein einer Glühbirne über einer Tür die Finsternis.

»Dort ist der Hinterausgang der Taverne«, erklärte Savage. »Da ich das weiß, muß ich schon einmal hier gewesen sein.«

»Wenn nicht...«

Savage begriff sofort, was Akira sagen wollte. »Noch eine falsche Erinnerung? Irgend etwas muß doch Wirklichkeit sein. Mac hat mich erkannt. Dessen bin ich sicher, auch wenn er mich mit einem Namen anredete, an den ich mich wiederum nicht erinnern kann.« Savage holte tief Luft. »In fünfzehn Minuten, hat er gesagt. Die Zeit ist bald um. Ich will endlich Antworten haben.«

Savage ging in die Gasse hinein.

»Warten Sie!« rief ihm Akira nach.

Savage schaute nervös über seine Schulter. »Was gibt es?«

»Ich kann nicht zulassen, daß Sie sich allein mit ihm treffen.«

»Aber Rachel...«

»Ja, sie kann nicht unbeschützt hier zurückbleiben«, sagte Akira.

»Wenn sie mit mir geht, steht sie im Weg, falls es Ärger gibt. Seit Sie in New York entschieden, Rachel mit uns zu nehmen, habe ich gewußt, daß dieser Augenblick kommen wird. Ich kann nicht Ihre Nachhut bilden und zugleich auf Rachel aufpassen.«

»Als ich entschieden habe? Sie waren damit einverstanden.«

»Zögernd.«

»Ich habe versprochen, daß es wegen mir keine Schwierigkeiten geben wird«, sagte Rachel. »Gehen Sie mit ihm, Akira. Ich kann auf mich selber aufpassen.«

»Nein, so lange Sie bei uns sind, werden wir für Sie verantwortlich sein«, lehnte Akira ab.

»Die Leute meines Mannes können nicht wissen, wo ich mich befinde. Also wird mir hier nichts passieren.«

»Im Augenblick machen wir uns keine Sorgen wegen Ihres Mannes. Aber was soll geschehen, wenn diese Zusammenkunft gefährlich wird?«

Trotz der Dunkelheit konnte Savage sehen, wie Rachels Augen funkelten.

»Ich bin um Savages Sicherheit genauso besorgt wie Sie!« rief Rachel. »Mehr als um meine eigene Sicherheit. Wenn Sie mich hier nicht allein zurücklassen wollen, gehen wir eben beide mit ihm. Es gibt keine andere Möglichkeit.«

»Ich fürchte, sie hat recht«, meinte Savage.

»Und wenn es Krach gibt?« fragte Akira.

»Dann haue ich ab und verstecke mich«, antwortete Rachel.

»Und wenn wir getrennt werden?«

»Für diesen Fall müssen wir Treffpunkte vereinbaren. Zunächst einmal dort, wo der Wagen steht. Wenn wir diesen Platz nicht erreichen können, treffen wir uns in einem Holiday Inn hier in der Nähe. Ich miete uns dort ein. Eure Pseudonyme kenne ich von euren Kreditkarten her. Und ich laufe unter Susan Porter. Wir rufen alle Holiday Inns an, bis wir uns gefunden haben. Wenn innerhalb von zwei Tagen kein Kontakt zustande kommt, wissen wir, daß etwas schiefgegangen ist. Von da an steht jeder auf eigenen Füßen.«

»Klingt nicht schlecht«, sagte Savage.

Akira zog die Augenbrauen hoch, womit er gelinden Respekt andeuten wollte.

»Ich habe zwei ausgezeichnete Lehrmeister«, sagte Rachel. Sie wandte sich an Savage. »Deine fünfzehn Minuten sind fast um. Jeden Moment kann dein Freund durch die Tür dort kommen.«

Savage warf Akira einen Blick zu und wartete auf die Reaktion des Japaners.

Akira hob die Schultern. »Na gut«, seufzte er. Dicht neben Rachel gehend folgte er Savage die Gasse hinunter. »Hier«, flüsterte er Rachel zu, »wir verbergen uns in dieser Nische.«

Savage ging auf den Hintereingang der Taverne zu.

14

Die Tür sprang auf. Lautes Stimmengewirr und das Lied der Everly Brothers ›Bye Bye Love‹ tönten auf die Gasse hinaus. Savage stand am Rand des schwachen Lichtscheins, den die Glühlampe verbreitete. Er sah Mac, der mit Blicken die Gasse absuchte. Hinter Mac führte ein schmaler Flur zum Gastraum der Taverne. Links befand sich eine Tür mit dem Schild ›Männer‹.

Mac sah Savage und schloß die Tür hinter sich. Stimmengewirr und Musik wurden gedämpft.

»Die Freunde, mit denen ich zusammen bin, halten mich für bekloppt. Ich kann nicht lange bleiben. Was soll das bedeuten, Doyle? Zum Teufel, warum lassen Sie sich hier sehen? Wenn Sie jemand erkennt...«

»Das ist schwer zu erklären. Wir müssen miteinander reden. Über vielerlei Dinge. Das braucht Zeit. Hier geht das nicht.«

»Ich habe doch gesagt, ich kann nicht lange wegbleiben. Angenommen, man sieht uns hier draußen zusammen...«

»Warum sollte das nicht geschehen?«

»Verdammt, Doyle, Sie kennen doch die Spielregeln. Sie haben es so gewollt. Um uns noch einmal zu treffen, müßten wir die Geheimnummern und die sicheren Häuser benutzen, auf denen Sie bestanden haben.«

»Wovon reden Sie?«

»Doyle, ticken Sie nicht richtig?«

»Ich habe Sie drinnen gefragt, ob Sie mich kennen.«

»Reden Sie keinen Unsinn.«

»Wieso schulde ich Ihnen angeblich Geld?«

»Etwas anderes ist mir nicht eingefallen, um Ihr Verhalten zu erklären. Oder ich hätte Sie niederschlagen müssen. Das hätte ich natürlich auch gekonnt. Es paßt zu Ihrer getürkten Lebensgeschichte. Aber irgendwer hätte sicherlich die Militärpolizei und die Stadtpolizei alarmiert und... Moment mal, Doyle. Wollten Sie darauf hinaus? Sollte ich noch einmal gegen Sie antreten?«

»Beim Himmel, ich weiß überhaupt nicht, wovon Sie reden. Warum nennen Sie mich Doyle?«

Mac straffte die Schultern, reckte den Kopf und schaute mißtrauisch um sich. Seine Stimme wurde zu einem Knurren. »Okay, wo sind sie?«

»Wer?«

»Die Blondine und der Japaner, die nach Ihnen die Bar verließen. Sie gehören doch offenbar zusammen. Was soll das? Wollten Sie absichtlich Aufsehen erregen? Verdammt, wenn Sie einen bestimmten Plan haben, warum sprechen Sie ihn nicht vorher mit mir ab. Ich kann Ihnen nicht helfen, wenn ich nicht Bescheid weiß. Noch einmal, wo sind sie?«

Savage winkte. Auf dem halben Weg zwischen dem Eingang der Gasse und Savage traten Rachel und Akira aus der Nische hervor in den Halbschatten, den die Lampe über der Tür warf.

»Na also«, sagte Mac. Zorn verzerrte seine kantigen Züge. »Aufpassen und lauschen, wie? Ich sollte auf die Probe gestellt werden. Was geschieht jetzt? Sie haben mich dazu gebracht, mehr zu sagen als ich durfte. Worin besteht meine Strafe? In einem besonders harten Auftrag? Oder soll ich zwangsweise in den Ruhestand versetzt werden? Sie sind ein Schweinehund, Doyle. Ich dachte immer, wir wären Freunde, obwohl wir uns nach außen hin wie Feinde aufführen mußten.«

»Ich weiß wirklich nicht, wovon Sie reden. Hören Sie zu, Mac, irgendwer hat mir etwas angetan. Wie gesagt, das alles ist schwer zu erklären. Ich erinnere mich an Dinge, die nie geschehen sind. Und ich weiß nicht, was wirklich geschah. Ich weiß nicht, warum ich von Ihnen Doyle genannt werde. Ich weiß nicht, was...«

Savage fuhr erschrocken herum. Er hörte das Geräusch eines starken Motors und sah, wie ein großer Wagen in die Gasse einbog und zwar aus der gleichen Richtung, aus der er selbst gekommen war. Das Fahrzeug hatte einen seltsamen Aufbau. Seine Scheinwerfer blendeten ihn. Er hob die Hand, um seine Augen zu beschatten. Akira und Rachel verschwanden in der Nische, in der sie schon vorher gesteckt hatten. Plötzlich ging ihm auf, daß es für ihn selbst kein Versteck gab. Er unterdrückte den Drang davonzulaufen und schob sich näher an Mac heran. Mit der rechten Hand griff er nach dem Kolben der Fünfundvierziger, die er unter der Jacke hinten in den Hosenbund geschoben hatte. In diesem Augenblick erkannte er das Fahrzeug, das sich geräuschvoll näherte.

»Das ist nur der Müllwagen«, sagte Mac. »Irgend etwas muß mit Ihnen passiert sein, Doyle. Sie sind total mit den Nerven fertig. Hat man Ihnen deswegen eine Begleitung mitgegeben? Um zu beobachten, wie Sie sich verhalten? Was sagten Sie soeben? Sie erinnern sich an Sachen, die nie geschehen sind? Was ist passiert? Zu viele Aufträge? Zu viel Stress? Hatten Sie einen Nervenzusammenbruch? Sagen Sie es mir, Doyle. Ich will Ihnen ja helfen.«

Der Müllwagen rumpelte heran. Ruhe, sagte Savage zu sich selbst. Ganz kühl bleiben. Es war unmöglich, daß jemand innerhalb von fünfzehn Minuten diese Falle aufgestellt hatte. Niemand hatte vorher gewußt, daß er sich in dieser Gasse aufhalten würde. Außer Mac.

Savage schaute mißtrauisch den Mann an, den er als Freund in Erinnerung hatte. Konnte es sein, daß der Captain von der Bar aus angerufen hatte, während er draußen wartete?

Nein! Ich muß mich auf meinen Instinkt verlassen können. Ich muß glauben, daß er mein Freund war – oder noch ist. Selbst wenn Mac angerufen hatte – warum sollte er wohl? –, erschien es ausgeschlossen, in so kurzer Zeit einen Müllwagen hierher zu zitieren.

Als das Fahrzeug schwerfällig heranpolterte, sah Savage in der Kabine den Fahrer – und nur den Fahrer. Der müde wirkende Mann steuerte einen großen Müllcontainer an, drückte auf einen Knopf auf dem Armaturenbrett und setzte damit die große Metallgabel in Bewegung, die auf dem Dach des Wagens befestigt war. Sie paßte in zwei Schlitze des Containers.

Der Wagen hielt auf Savages Höhe an. Er preßte sich mit dem Rücken an die schmierige Ziegelwand.

Neben sich spürte er Mac, dessen Stimme den Krach des Motors nur schwer übertönte. »Du machst mir Sorgen, mein Freund. Wer sind diese Leute, die Blonde und der Japaner? Sind sie Wachhunde von der Agentur?«

Die Auspuffgase und der Motorenlärm des Müllwagens benahmen Savage fast die Sinne.

»Agentur? Meinst du den CIA?«

»Was gibt es denn sonst noch für eine Agentur? Doyle, meinst du im Ernst, daß jemand dein Gedächtnis manipuliert hat?«

»Warum nennst du mich Doyle? So heiße ich doch gar nicht.«

»Doch. Mit Vornamen heißt du Robert. In unserem Team gab es zwei Bobs, deswegen haben wir euch immer mit dem Familiennamen gerufen, um Verwechslungen zu vermeiden. Erinnerst du dich nicht?«

»Nein! Erkläre mir bitte, warum wir so tun sollten, als wären wir verfeindet.«

»Weil das zu deinem erfundenen Lebenslauf gehört.«

»Was?«

Der Motor des Lastwagens brüllte auf, als die Gabeln den Container anhoben und dessen Inhalt auf die Ladefläche des Lastwagens kippten. Der Gestank würgte Savage im Hals. Mit einem dumpfen Stoß wurde der Container auf das Pflaster zurückgesetzt.

»Erfundener Lebenslauf?«

»Da, sieh mal!« schrie Mac und deutete die Gasse hinunter. Der weiterrollende Müllwagen gab den Blick frei. Vor der Nische, in der sich Akira und Rachel versteckt hatten...

Akira und ein hochgewachsener Mann traten und schlugen aufeinander ein. Weiter unten schleppten zwei weitere Männer Rachel, die schrie und um sich trat, zwischen sich auf ein Auto zu, das die Gasseneinfahrt blockierte.

Die Angreifer hatten sich im Schutz des Müllwagens angeschlichen, das war Savage sofort klar. Als Savage die Sicht versperrt war, hatten sie Rachel und Akira überraschend angegriffen.

Die beiden Männer schleppten Rachel auf den Wagen zu. Die Frau schrie noch lauter.

Akira wich einem Hieb seines Gegners aus und wirbelte blitzschnell herum. Mit Händen und Füßen attackierte er den Mann. Er schlug ihm die Nase ein, trat ihn in die Rippen und zerschmetterte seinen Kehlkopf. Sterbend sank sein Gegner zu Boden.

Savage war sofort losgelaufen, nicht um Akira zu helfen, der wahrscheinlich keine Hilfe brauchte, sein Ziel war Rachel, um deren Befreiung es ihm vor allem ging. Sie war seine Klientin, zu deren Schutz sie sich verpflichtet hatten.

Im Weiterlaufen gewahrte er Akira neben sich. Am Ende der Gasse ließ der Fahrer den Motor des Wagens aufheulen. Die beiden Männer zerrten Rachel auf die offene rückwärtige Tür des Autos zu.

Savage war zu weit entfernt, um ihr rechtzeitig beistehen zu können. Er wußte, was jetzt getan werden mußte.

Stehen bleibend, zog er seine Pistole. Akira stand neben ihm und griff gleichfalls zur Waffe. Als ob sie das Simultanmanöver eingeübt hätten, spannten sie gleichzeitig die Hähne. Ein wenig nach rechts gerichtet, standen sie mit leicht gespreizten Beinen fest und sicher, benutzten beide Hände, um ihre Waffen zu packen. Der linke Arm wurde gerade ausgestreckt, der rechte war leicht gebogen.

Sie feuerten in der gleichen Sekunde. Die Schüsse dröhnten in der engen Gasse und hallten von den Wänden wider.

Obwohl beide Kugeln ihr Ziel fanden und den Männern in die Brust drangen, feuerten Savage und Akira noch einmal, um ihrer Sache sicher zu sein. Aus jeweils zwei Wunden in der Brust und im Kopf blutend, stürzten die Gangster zu Boden.

Rachel hörte auf zu schreien. Sie wußte genug, hatte genug gelernt, um nicht verwirrt umherzutaumeln. Statt dessen warf sie sich auf das Pflaster der Gasse und rollte sich aus der Schußlinie.

Der Fahrer riß einen Arm hoch.

Selbst auf diese Entfernung erkannte Savage die Pistole in der Hand des Mannes.

Savage zielte.

Der Fahrer schoß zuerst. Die Kugel zischte über Savages Kopf. Er warf sich nach links zu Boden, Akira nach rechts, und sofort drehten sich beide Männer um und stützten sich auf die Ellbogen, um den Fahrer aus liegender Stellung unter Feuer zu nehmen.

Zu spät. Der Fahrer gab Vollgas. Nur eine Rauchwolke blieb zurück.

Savage sprang auf und rannte zu Rachel hinüber. »Alles in Ordnung?«

»Die Kerle haben mir fast die Arme ausgerissen.« Sie rieb sich beide Schultern. »Sonst ist nichts weiter... Wie steht es mit dir?«

Savage und Akira schauten einander schwer atmend an.

»Und was wurde aus...«, Rachels unvollendeter Satz endete in einem Stöhnen.

Mac lag neben dem Eingang zur Gaststätte in einer Blutlache, die sich rasch vergrößerte.

»Nein!« Savage rannte auf den Mann zu. Seine Augen waren weit geöffnet, aber sie blinzelten nicht. Savage fühlte nach dem Puls, horchte an Macs Brust und legte einen Finger an die unbeweglichen Nasenlöcher.

»Bitte«, mahnte Akira, »für ihn können wir nichts mehr tun. Tut mir leid, aber wir müssen fort.«

Die Hintertür der Taverne flog auf.

Savage fuhr herum und hob die Pistole.

Ein Mann mit kurzem Haarschnitt, dem Körperbau eines Rugbyspielers und der Tätowierung eines Seehunds auf einem Unterarm starrte Macs Leiche an, dann Savage, Akira und Rachel sowie die beiden anderen Toten.

Harold, der Wirt von der Ship-to-Shore Taverne.

Savage ließ die Waffe sinken.

»Ich wußte sofort, als ihr hereinkamt, daß es Ärger geben würde«, sagte Harold.

Beim Blick auf Akira zog er die Augenbrauen zusammen. »Ihr Lumpen habt meinen Vater auf Iwo Jima getötet.« Er hob die Arme. »Ich brauchte etwas Zeit. Aber jetzt erinnere ich mich – Doyle. Los doch, erschieß mich. Dann werde ich zusammen mit Mac als Held sterben. Sie sind der Schandfleck der ganzen Truppe. Sie verdienen es nicht, bei den SEALs gedient zu haben.«

Damit griff Harold ihn an.

Savage stand da wie gelähmt.

Akira fing den Angreifer mit einem Tritt zwischen die Beine ab und zerrte Savage mit sich fort.

Harold fiel auf das Pflaster. Rachel griff ebenfalls zu und zog Savage davon.

Schließlich siegte seine Disziplin. Er stieß die Hände weg, die ihn hielten.

»Ich bin wieder in Ordnung«, sagte er. »Machen wir, daß wir fortkommen.«

In der Ferne heulten Sirenen. Obwohl er es eilig hatte, fuhr Savage streng nach Vorschrift und fädelte sich unauffällig in den rollenden Verkehr ein. Rachel saß mit angezogenen Knien vor dem Beifahrersitz auf dem Teppich. Akira lag hinten im Wagen auf dem Boden.

»Ich glaube, wir haben den Wagen ungesehen erreicht«, sagte Savage. »Also ist unsere Nummer unbekannt. Man wird doch wohl nicht gerade nach diesem Wagentyp fahnden.«

»Aber zwei Männer und eine Frau, eine Blondine und ein Japaner, das fällt auf«, meinte Rachel. »Harold wird der Polizei eine genaue Personenbeschreibung geben. Wenn ein Polizist, sei es auch nur zufällig, neben uns herfährt, kann er uns auf dem Fußboden sehen.«

»Bei Tageslicht vielleicht«, entgegnete Savage. »Aber bei Nacht? Wenn er nicht gerade eine Taschenlampe benutzt, kann er euch nicht bemerken.«

Savage versuchte, die Frau zu beruhigen, tatsächlich aber wurden die beiden in ihrem Versteck durch Straßenlampen oder die Scheinwerfer anderer Autos angeleuchtet. Er blickte starr geradeaus und bewegte beim Sprechen die Lippen so wenig wie möglich.

»Harold wird natürlich die Polizei informieren.« Akiras Stimme drang gedämpft vom Wagenboden herauf. »Ich hätte ihn töten können. Jetzt glaube ich, daß ich es hätte tun sollen.«

»Nein«, widersprach Savage. »Sie haben richtig gehandelt. Wir sind Beschützer, keine Mörder. Wir waren gezwungen, die beiden Männer umzulegen, um Rachel zu retten. Damit haben wir, ethisch betrachtet, richtig gehandelt. Aber Harold umzubringen wäre...«

»Sinnlos gewesen?« fiel ihm Akira ins Wort. »Was er sah und was er der Polizei berichten wird, bedroht uns. Wenn es gerechtfertigt war, diese beiden Männer abzuknallen, dann wäre es auch gerechtfertigt gewesen, Harold zu töten, um uns zu schützen.«

»Das ist nicht das gleiche«, sagte Savage. »Ich kann nicht erklären, weshalb ich dessen so sicher bin. Aber ich bin mir sicher. Harold muß die Schüsse gehört haben. Warum seine Gäste nicht? Wer weiß das? Vielleicht kam Harold aus der Herrentoilette in den Gang hinaus. Als die Schüsse fielen, öffnete er die Hintertür – im unglücklichsten Augenblick. Der Captain muß richtig in die Kugel hineingelaufen sein. Ich wiederhole, wir sind keine Mörder. Wir erschießen keinen Unschuldigen, nur weil er im unrechten Moment auftaucht.«

»Die Schuld liegt allein bei mir.« Rachel sprach verkrampft. »Wenn ich euch nicht gebeten hätte, mitkommen zu dürfen...«

»Wir haben zugestimmt und waren einverstanden«, sagte Savage. »Dieses Thema ist ausgestanden und abgehakt.«

»Laß mich weiterreden«, eiferte sich Rachel. »Wäre ich nicht mitgekommen, hätte ich mich nicht in der Gasse aufgehalten, dann hätten die Häscher meines Mannes nicht versucht, mich dort zu ergreifen. Ihr hättet die Entführer nicht erschossen. Und dein Freund wäre nicht einer verirrten Kugel zum Opfer gefallen. Er war im Begriff, dir zu sagen, was du so dringend wissen willst. Und du wärst nicht auf der Flucht vor der Polizei. Alles, alles ist allein meine Schuld.«

»Du quälst dich mit unnötigen Selbstvorwürfen«, sagte Savage. »Begreifst du nicht, was geschehen ist? Die Männer, die dich angegriffen haben, wurden nicht von deinem Mann ausgeschickt.«

»Was?«

»Ihr Ehemann kann nicht wissen, wo wir uns aufhalten«, erklärte Akira. »Wir haben unsere Spur sorgfältigst beseitigt. Seit dem Angriff auf Sie in Südfrankreich haben wir jede nur denkbare Vorsichtsmaßnahme ergriffen, um Ihren Gatten abzuschütteln. Seine Leute können uns nicht bis hierher gefolgt sein.«

»Vielleicht sind sie besser, als Sie meinen«, erwiderte Rachel.

»Wenn dem so wäre, hätten sie schon längst zugegriffen, um Sie zu entführen. Zum Beispiel in oder vor einem der Hotels, wo wir gewohnt haben. Oder bei einem der Krankenhäuser, wo wir Auskünfte einholen. Ich wußte ein Dutzend besserer Gelegenheiten, um einen solchen Plan auszuführen. Warum hätten sie so lange warten sollen? Warum erst in einer völlig unübersichtlichen Situation angreifen?«

»Vielleicht wollten sie sich gerade dieser Situation bedienen, um dich und Akira abzulenken«, meinte Rachel.

Savage unterbrach sie. »Die Leute deines Mannes können ganz einfach nicht gewußt haben, daß ich mich mit Mac in dieser Seitengasse treffen wollte. Aber gut, folgen wir deiner Theorie weiter. Dann müßten wir davon ausgehen, daß vermutlich sehr gut geschulte Leute ohne Plan und nur um sich den plötzlich auftauchenden Müllwagen zunutze zu machen, den Angriff wagten. Sie verließen sich auf ihr Glück und packten zu.«

»Das haben sie sehr gut gemacht«, widersprach Rachel. »Es ist ihnen gelungen, mich von Akira zu trennen.«

»Das ist noch etwas, das mir zu denken gibt«, meldete sich Akira von hinten. »Eigentlich hätten die Männer mich töten müssen, bevor sie sich Rachels bemächtigten. Die Möglichkeit dazu hatten sie. Statt dessen lenkte mich ein Mann ab, während die beiden anderen Rachel fortzerrten. Ich kam nicht dazu, meine Pistole zu ziehen, und sah mich gezwungen, den Nahkampf zu wagen.«

»Sie wollten das momentane Durcheinander ausnutzen«, beharrte Rachel.

»Was für ein Durcheinander? Wenn der Müllwagen Teil eines festen Planes war, konnten Savage und ich vielleicht die Nerven verlieren. Nicht aber die Leute Ihres Mannes. Sie wären darauf vorbereitet gewesen, das Notwendige zu tun, nämlich mich zu töten.«

»Das haben sie aber nicht getan«, sagte Savage. »Daraus läßt sich schließen, daß sie Akira nicht töten wollten. Sie hatten keinen Befehl dazu.«

»Und Ihr Ehegatte ist so arrogant, daß er bestimmt befohlen hätte, Savage und mich zu töten, weil wir den großmächtigen Herrn in seinem Stolz getroffen haben«, meinte Akira. »Seine Leute hätten erst uns getötet und dann Sie entführt.«

»Das wäre leichter und sicherer gewesen«, erklärte Savage. »Statt dessen mußte Mac sterben. Gott helfe ihm. Er ist nicht zufällig getroffen worden, weil ich mich duckte und so der Kugel auswich. Der Fahrer hätte mich getroffen, wenn er auf mich gezielt hätte. Er schoß aber, bevor ich mich duckte. Sein Ziel war Mac. Was oder wer auch immer dahinter steckt, Mac durfte nicht reden. Und, Rachel, du warst nur im Wege, du hattest mit dem Plan eigentlich nichts zu tun. Unser geheimnisvoller Gegner hat auf eine mir unerklärliche Art und Weise vorhersagen können, wann wir uns in der Gasse aufhalten würden. Da beschloß er, beide Probleme auf einmal zu erledigen. Dich von uns zu trennen und Mac am Reden zu hindern. Obendrein wollte er Akira und mich weiter in Verwirrung stürzen.«

»Aber warum nur?« fragte Rachel.

16

Das Zimmer in dem Motel in North Carolina war klein und dürftig eingerichtet, aber wenigstens sauber. Der Eingang lag im rückwärtigen Teil des Gebäudes. Rachel und Akira waren ungesehen hineingeschlüpft. Am späten Abend fand Savage eine Pizzeria, und nun saßen sie auf dem Fußboden des Zimmers und kauten lustlos an der dick überkrusteten, aus fünf Zutaten bestehenden Pizza ›Supreme‹. Sie hatten keinen Hunger, aber sie wußten, daß sie bei Kräften bleiben mußten. Eine Sechserpakkung Coke half ihnen, den zu stark gewürzten und nur halb garen Teig hinunterzuwürgen. Akira, der seiner Herkunft gemäß Gemüse, Reis und Fisch bevorzugte, entfernte die Sauce von seinem Pizzastück.

»Wir wollen noch einmal alles genau durchgehen«, begann er. »Mac nahm an, Sie wüßten bestimmte Dinge, von denen Sie aber keine Ahnung hatten. Also machte er sich nicht die Mühe, Ihnen etwas zu erklären. Folglich klang, was er sagte, sehr geheimnisvoll. Gibt es überhaupt etwas, dessen wir sicher sein können?«

»Mac erkannte mich«, entgegnete Savage.

»Doch nannte er Sie Doyle, was wiederum nicht Ihr Name ist.«

»Oder vielleicht doch«, erwiderte Savage. »Eine falsche Erinnerung. Woher soll ich wissen, was wahr ist? Vielleicht hat man bei der Operation an meinem Gehirn dafür gesorgt, daß ich meinen wirklichen Namen vergaß und eines meiner Pseudonyme für den richtigen Namen, unter dem ich geboren wurde, halten muß.«

»Alles ist Lüge«, sagte Rachel und ließ angewidert ihr halb gegessenes Pizzastück in die Schachtel fallen.

Savage warf ihr einen Blick zu und fuhr fort: »Mac und ich waren in der Tat Freunde. Das ist bestimmt keine falsche Erinnerung. Er hat mehrere Male davon gesprochen. Allerdings sagte er auch, wir seien Feinde, oder jedenfalls sollte man glauben, wir seien verfeindet. Er sprach von Regeln. Wenn wir einander treffen wollten, mußten wir bestimmte Codes anwenden und sichere Häuser aufsuchen.«

»Diese Ausdrücke stammen aus der Sprache der Spione«, warf Akira ein.

»Stimmt. Mac glaubte, Sie und Rachel wären das, was er meine Wachhunde nannte, die auf mich aufpassen sollten, weil ich unter Stress stand. Dauernd sprach er von Regeln und daß er sie immer noch befolgte. Er schien zu befürchten, daß ihr ihn testen solltet.«

»Aber für wen – glaubte er – arbeiten wir?« wollte Rachel wissen.

Savage zögerte. »Für den CIA.«

»Was?«

»Er wurde wütend und glaubte wohl bestraft zu werden, weil er die Regeln gebrochen und sich mit mir in der Gasse getroffen hatte.«

Akira hob den Kopf. »Mac gehörte zum CIA?«

»Genau weiß ich es nicht. Ich halte es für sinnlos, wenn ein SEAL als Mitarbeiter der Civilian Intelligence auftritt. Dann schon eher bei der NAVY Intelligence. Ich gewann den Eindruck, daß Mac glaubte, ich hätte euch verraten, daß ich für die Agentur arbeite.«

»Mein Gott«, sagte Rachel, »wie ist so etwas möglich?«

»Die letzten Tage haben uns bewiesen, daß alles möglich ist. Aber wenn ihr mich fragt, ob ich mich erinnere, für den Spionagedienst gearbeitet zu haben, lautet die Antwort nein. Natürlich könnt ihr annehmen, daß ich lüge.«

Akira schüttelte den Kopf. »In Philadelphia haben Sie gesagt, Sie wüßten überhaupt nicht mehr, was Wahrheit und was Lüge sei. Sie waren so unsicher, daß Sie sogar Rachel und mir mißtrauten. Vielleicht waren wir gar nicht die Leute, als die wir uns ausgaben? Vielleicht waren wir beauftragt, Sie hereinzulegen? Wir bestanden darauf, daß Sie Vertrauen zu uns haben sollten. Es gab keine Alternative. Nun richte ich mich nach meinem eigenen Ratschlag und lege ein Glaubensbekenntnis ab. Mein Freund, ich vertraue Ihnen und ich verwahre mich gegen den Verdacht, daß Sie lügen.«

»Abraham glaubte an das Absurde«, sagte Rachel.

Akira sah sie verwundert an.

»Das sagte ich gestern abend in Philadelphia zu Savage. Es hat mit glauben zu tun.«

»Dann bleibt die Frage offen, ob ich mich richtig erinnere«, fuhr Savage fort. »In Philadelphia hat Doktor Santizo erklärt, daß man erst die wahre Erinnerung auslöschen muß, bevor man einem Gehirn eine falsche einpflanzen kann. Andernfalls würde ich mich nicht konsequent verhalten. Vielleicht gehörte oder gehöre ich zum CIA und weiß es nur nicht mehr.«

»Mit vielleicht und womöglich kommen wir nicht weiter«, sagte Akira.

Savage rieb sich die schmerzende Stirn. »Mac hat da noch etwas anderes gesagt: ›Sollte ich noch einmal gegen Sie antreten?‹ Ja, das hat er gesagt. Es ergibt keinen Sinn. Noch einmal gegen mich antreten – das bedeutet doch, daß wir früher einmal gegeneinander gekämpft haben. Aber warum, wo wir doch Freunde waren? Als ich ihn in der Bar anhielt, tat er so, als ob er mir Geld schuldig sei. Etwas anderes wäre ihm nicht eingefallen, um mein Verhalten vor den anderen Männern zu erklären. Dann sagte er noch: ›Oder ich hätte Sie niederschlagen müssen. Das hätte ich natürlich auch gekonnt. Es paßt zu Ihrer getürkten Lebensgeschichte.‹«

»Getürkte Lebensgeschichte?« Akira zog die Augenbrauen zusammen.

»Mac hat diesen Ausdruck mehrfach benutzt.«

»Freunde, die sich wie Feinde benehmen. Erfundener Lebenslauf. CIA«, sagte Rachel. »Ich fange an ... Als Harold in der Gasse auf uns traf, erinnerte er sich plötzlich an dich. Er sagte, du hättest dich der SEALs als unwürdig erwiesen. Er wurde so wütend, daß ihn nicht einmal deine Pistole aufhalten konnte. Er sagte, er würde als Held sterben, wenn er dich angriffe. Erfundene Lebensgeschichte ...«

»Das begreife ich nicht«, meinte Savage.

»Gehen wir mal von einer Annahme aus. Wenn du für den CIA tätig warst, brauchtest du eine erfundene Lebensgeschichte, um interessierten Kreisen darzutun, daß du Amerika den Rücken gekehrt hattest. Dann nimmst du bei den SEALs deinen Abschied, und die Agentur stellt dich ein. Du wirst ein tätiger Beschützer. Während du deine Klienten betreust – wichtige Leute mit Einfluß und so viel Reichtum, daß sie deine Honorare bezahlen können –, sammelst du Informationen über sie. Weil sie Macht haben oder weil ihr Wissen von strategischem Wert ist, oder weil sie so viel Dreck am Stecken haben, daß die Agentur deine Klienten erpressen kann.«

Savage starrte zu Boden. Die pochenden Schmerzen hinter seiner Stirn wurden schlimmer.

»Wie aber sollten deine Klienten davon überzeugt werden, daß du als freier Agent arbeitest?« fuhr Rachel fort. »Indem du dich von der Regierung löst. Warum?«

»Weil ich zur ersten Landungswelle bei der Invasion von Grenada gehörte«, erklärte Savage. »Was ich dabei zu sehen bekam, überzeugte mich davon, daß die marxistische Regierung der Insel – mochte sie auch noch so verrückte Dinge tun – keinesfalls eine Bedrohung für Amerika darstellte. Die ganze Geschichte war ein Propagandagag, um die Bevölkerung von der Niederlage in Beirut abzulenken, wo 230 Marines bei einem Anschlag der Terroristen zu Tode kamen. Mit einem Sieg auf Grenada wollte der Präsident seine Popularität steigern. Viele meiner Kameraden sind sinnlos verheizt worden. Ich habe angewidert meinen Dienst quittiert.«

»Und mit einem Kameraden von den SEALs einen Kampf ausgetragen, mit einem Mann, der glaubte, Sie hätten sich in Ihrer Einheit als Nestbeschmutzer betätigt. Ein Kampf in aller Öffentlichkeit?« fragte Akira. »Aus zwei Freunden werden Feinde. Wirklich eine überzeugende Tarngeschichte.«

Savage hob den Kopf und rieb wieder seine Schläfen. »Vor allem, wenn mein Vater Selbstmord begangen hat, weil er sich von seinem Vaterland verraten fühlte, weil das Weiße Haus einen Prügelknaben brauchte, um die Katastrophe in der Schweinebucht plausibel zu erklären. Verdammt, diese Invasion ging schief, weil Politiker in den Staaten die Nerven verloren. Sie lenkten den Angriff in einen gottverdammten Sumpf um.«

»Aber das paßt doch zu deiner Hintergrundgeschichte«, warf Rachel ein. »Cuba und Grenada. Zwei Invasionen. Eine erscheint notwendig, bleibt aber erfolglos. Die zweite ist nicht notwendig...«

»...aber erfolgreich«, fiel ihr Savage ins Wort. »Und beide Invasionen beruhen auf...«

»Lügen?«

»Desinformation. Graham war von diesem Konzept fasziniert. Dinge, die nie geschahen und dennoch die Welt veränderten. Hitler steckte ein paar seiner Soldaten in polnische Uniformen und ließ sie auf die deutschen Linien feuern. Damit konnte er den Überfall auf Polen rechtfertigen. Die Vereinigten Staaten schickten einen Zerstörer tief in die Bucht von Tonking und forderten damit die Nordvietnamesen dazu heraus, das Feuer zu eröffnen. Die Amerikaner benutzten diesen Zwischenfall als Vorwand, um ihre

Präsenz in Südvietnam zu verstärken. Überzeugende Irreführung – oder plausibles Abstreiten jeder Schuld.«

»Falsche Erinnerungen«, fiel Akira ein. »Ganze Nationen erinnern sich an Dinge, die nie geschahen. Im Augenblick geht es uns aber nur um Ihre falschen Erinnerungen. Gehen wir davon aus, daß Ihr Vater – der richtige und nicht der Mann in Baltimore – Selbstmord begangen hat. Von da aus gesehen wird es glaubwürdig, daß Sie sich von den SEALs trennten, weil die Invasion von Grenada sinnlos war und so viele Ihrer Kameraden geopfert wurden. Das wäre wirklich ein guter Hintergrund für einen freien, unabhängigen Agenten.«

»Falsche Erinnerungen. Erfundene Lebensläufe. Lügen. Wir wissen nicht... wir können nicht sicher sein...«

»Nichts ist sicher«, sagte Rachel. »Diese Pizza... mir wird schlecht. Mein Kopf... ich kann vor Erschöpfung nicht mehr denken.« Sie langte nach einem Einkaufsbeutel mit den Dingen, die Savage in einem Tag und Nacht geöffneten Laden erstanden hatte. »Eines ist sicher – ich muß mir die Haare färben. Ich werde also wieder kastanienrot sein und nicht mehr blond wie meine Schwester. Und dann...« Sie deutete auf das schmale Bett.

»Einer von uns wird Wache halten, während der andere auf dem Fußboden schläft«, sagte Akira.

»Kommt nicht in Frage«, antwortete Rachel. »Macht unter euch aus, wer die erste Wache haben soll. Wer außer Dienst ist, schläft im Bett neben mir. Ich möchte morgen nicht von jemandem beschützt werden, der ein steifes Kreuz hat. Ich lege ein Kissen dazwischen, damit ich niemandem den Seelenfrieden raube. Wir sind doch wie eine Familie. Klar? Wir teilen alles miteinander. Akira, du hast hoffentlich nichts dagegen, wenn ich mich umdrehe und Savage umarme, sobald er an der Reihe ist?«

17

Der Morgen war in North Carolina frisch und klar. Nachdem er auf dem Parkplatz des Motels Umschau gehalten hatte, verließ Savage das Haus durch den Hintereingang. Er überquerte die Straße, um bei McDonald's ein Frühstück einzukaufen. Auf dem Rückweg entnahm er einem Automaten mehrere Zeitungen. Akira verschloß die Tür hinter ihm und besah sich die Plastikbehälter mit den Lebensmitteln, die Savage auf der Kommode ausbreitete. »Gulasch? Soße? Rühreier? Englische Weißbrote?«

»Und dazu Erdbeermarmelade. Sicherlich entspricht das nicht deiner normalen Diät, aber es ist das beste, was sich auftreiben ließ«, sagte Savage. »Offen gesagt, das Gulasch sieht doch sehr gut aus.«

Akira riß die Deckel von dampfenden Behältern. »Kaffee? Kein Tee?«

»Hier, mein Freund.« Savage reichte Akira einen Teebeutel und öffnete eine Plastiktasse mit heißem Wasser.

»*Arigato.*« Nachdem er von dem Tee getrunken und ein wenig von dem Fleisch gegessen hatte, sagte Akira: »Meine Vorfahren mögen mir verzeihen. Ich bin korrumpiert. Das schmeckt ja köstlich.«

»Stärke«, sagte Savage. »Das gibt dir Kraft, um den Tag zu bestehen.«

»Und das wirst du nötig haben«, ließ sich Rachel vernehmen.

Akira zog die Augenbrauen zusammen. »Was willst du damit sagen?«

Rachel saß auf der Bettkante. Ihr Haar schimmerte kastanienrot. Neben ihr lag eine aufgeschlagene Zeitung. Sie war im Begriff, eine Gabel voll Rührei zu essen und hielt mitten in der Bewegung inne. »Das hier wird euch nicht gefallen.« Mit verzweifelter Geste ließ sie die Gabel sinken. Savage und Akira stellten sich hinter sie. Rachel deutete auf eine Meldung aus Virginia Beach. »Hinter der Ship-to-Shore Taverne wurden vier Männer getötet, drei von ihnen durch Schüsse, der vierte durch einen Schlag gegen die Kehle.«

»Das war zu erwarten«, meinte Savage. »Zu viele Tote. Das ergibt eine längere Meldung.« Rachel deutete immer noch auf den Artikel. »Harold hat dich als einen gewissen Robert Doyle identifiziert. Er erzählt hier, daß du mit Mac befreundet warst, daß ihr euch in aller Öffentlichkeit geprügelt habt und daraufhin Feinde wurdet. Das war im Jahre 1983. Er berichtet weiter, daß du mit der Invasion von Grenada nicht einverstanden warst und daß du den Tod so vieler SEALs als unnütz bezeichnet hast. Harold erwähnt mich – eine Blondine – und dich, Akira, einen Japaner. Selbst nachdem ich mein Haar umgefärbt habe, dürften wir drei – ein amerikanisches Paar und ein Japaner – bald den Verdacht auf uns lenken.«

Savage warf einen Blick auf seine Uhr und ging zum Fernsehgerät. »Es ist gleich halb acht. Vielleicht bringen die Morgennachrichten mehr.«

Nach einigem Suchen fand er den Sender von Virginia Beach. Der erste Teil der Sendung Good Morning America ging gerade zu Ende. Joan Lunden lächelte in die Kamera. »Und in der nächsten halben Stunde wird Sie Tony Bennet unterhalten, nicht als Sänger, sondern als Maler.«

Die anschließende Zahnpastareklame wollte kein Ende nehmen. Savage schmerzten die Schultern. Er hatte den Atem angehalten.

Endlich begannen die lokalen Nachrichten. Filmbilder von Polizei- und Krankenfahrzeugen mit blinkenden Warnlichtern, Sanitäter, die mit Laken zugedeckte Leichen durch die Gasse trugen. Ein Sprecher las den Bericht dazu. Dann kam die Personenbeschreibung von Savage, Rachel und Akira. Der Bericht war neunzig Sekunden lang.

»Eindrucksvoll und kurz, aber nichts, was wir nicht schon aus der Zeitung wissen«, sagte Akira. Erleichtert wollte er den Apparat ausschalten.

»Warte noch!« rief Savage. »Wollen mal sehen, ob wir auch in den Landesnachrichten erscheinen.«

»Wenigstens zeigten sie keine Phantombilder von uns, die auf Harolds Beschreibung beruhen«, sagte Rachel.

»Bestimmt arbeitet die Polizei schon daran.« Savage griff nach seinem Koffer. »Laßt uns packen. Nach den Landesnachrichten müssen wir schnellstens von hier verschwinden.«

»Aber wie geht es weiter?« fragte Rachel besorgt. »Selbst wenn wir unbemerkt von hier wegkommen, ist unser Problem nicht gelöst. Die Polizei wird überall nach uns suchen.«

»Richtig, nach uns – und darin liegt die Schwierigkeit«, sagte Savage. »Rachel, du hast keinerlei Schuld an allem, was geschehen ist. Aber man wird dich als Komplizin belangen, wenn man uns faßt, und du bist immer noch bei uns. Wenn du dieses Haus verläßt, geh weiter, ohne dich umzusehen. Geh zur nächsten Bus-Haltestelle und fahre so schnell wie möglich so weit wie möglich fort. Fange irgendwo ein neues Leben an.«

»Nein! Warum begreifst du nicht endlich, daß ich dich liebe!«
Savage war sprachlos.

»Ich gehe nicht von dir weg«, fuhr Rachel fort. »Dann sehe ich dich womöglich niemals wieder. Ich frage also noch einmal – wie soll es weitergehen, falls uns die Flucht von hier gelingt? Wie können wir... Da fällt mir etwas ein. Angenommen Mac hatte recht, und du gehörst wirklich zum CIA. Könnten die uns nicht helfen?«

Savage schüttelte den Kopf. »Selbst wenn es stimmt, daß ich mit dem CIA zu tun habe oder hatte, so habe ich doch keine Möglichkeit, mich mit dem Büro in Verbindung zu setzen. Ich weiß nicht, wer meine Kontaktleute sind. Ich weiß nicht, wo und wie ich einen Brief hinterlassen oder unter welcher Nummer ich anrufen sollte. Ich kann doch nicht einfach den Hauptsitz der Agentur in Langley anrufen und der Telefonistin erzählen, daß ich wegen verschiedener Morde gesucht werde und daß ich womöglich für die Regierung arbeite und das sei mein Name, den ich angeblich geführt habe, und würde mir bitte jemand helfen. Wer immer das Gespräch entgegennimmt, muß mich für verrückt halten. Selbst wenn ich dem Büro bekannt wäre, müßte man mich verleugnen. Zum Teufel, alles ist so verdreht und verworren, daß ich fast zu der Ansicht neige, daß das Büro selbst dahinter steckt. Nein, wir müssen versuchen, uns allein durchzuschlagen.«

»Da kommen die Landesnachrichten«, sagte Akira.

Savage drehte sich zum Fernsehgerät um. Joan Lunden strahlte von der Mattscheibe. »Good Morning, America!« Sean Connery würde in der nächsten halben Stunde unter den Zuschauern sein, dazu Tony Bennett und seine Gemälde, dann sollte ein Bericht folgen über Verletzungen beim Hochschulsport, ferner war ein Streitgespräch darüber vorgesehen, ob hinter den Festlichkeiten am Halloween-Tag Teufelsanbeterei stecke oder nicht. Doch zunächst die Nachrichten.

Ein verheerender Hurricane in Zentralamerika. Ein massiver Skandal im Rüstungswesen. Ein Wolkenkratzerbrand in New York.

Savage schaute auf die Uhr. »Die Nachrichtensendung dauert fünf Minuten. Vier davon sind vergangen. Es sieht so aus, als sei der Vorfall in der Gasse nicht in die Hauptnachrichten aufgenommen worden.«

»Gott sei Dank«, sagte Rachel. »Wenn wir uns an der Küste weiter nach Süden absetzen könnten, nach South Carolina oder sogar nach Georgia...«

»Ja«, meinte Savage dazu, »die Polizei weiter unten im Süden hält nicht so scharf Ausschau nach uns.«

Plötzlich deutete Akira mit dem Finger auf das Fernsehgerät. Seine braune Haut schien zu erbleichen. Er sprach ein paar Worte in seiner Muttersprache – die klangen wie ein scharfer, plötzlicher Ausbruch von Schock und Überraschung. Als Savage sah, worauf Akira deutete, lief es ihm kalt über den Rücken. Jäh ließ er sich in einen Sessel fallen und starrte unverwandt das entsetzliche Geschehen auf dem Bildschirm an.

Der Bericht kam aus Tokio. Der Film zeigte einen japanischen Diplomaten, der Tausende von japanischen Studenten aufhetzte. Die jungen Leute skandierten antiamerikanische Slogans und hielten vor der amerikanischen Botschaft Plakate mit antiamerikanischen Sprüchen in die Höhe. Der Diplomat war um die Mitte der fünfzig, hatte leicht angegrautes Haar und fanatisch verkniffene Gesichtszüge. Er war mittelgroß, etwas übergewichtig und hieß Kunio Shirai, wie der Sprecher in seinem Text sagte. Sein Äußeres glich dem eines Geschäftsmannes. Aber das täuschte. Er war der radikale Anführer einer antiamerikanischen Gruppe im Parlament, deren Macht so schnell wuchs, daß sie Japans größte, nämlich die Liberaldemokratische Partei zu spalten drohte. Was den Bericht interessant machte, waren nicht die wild demonstrierenden Studenten, die auch aus anderen Anlässen mit gleicher Wildheit auf die Straße gingen. Allerdings hatte es einen solchen Aufstand wie in diesem Filmbericht seit den siebziger Jahren nicht mehr gegeben. Das Einmalige an diesem Bericht war das Verhalten Kunio Shirais. Japanische Politiker waren aus Tradition wahre Musterknaben an Zurückhaltung, die in der Öffentlichkeit leidenschaftslos und würdevoll auftraten, doch so wie Shirai die Feindseligkeit gegen Amerika schürte, benahm er sich eher wie ein Amerikaner. Etwas später stellte Joan Lunden den Wetterpropheten dieser Sendung vor, der auf Linien und Pfeile auf der Wetterkarte deutete.

Wie hypnotisiert starrten Savage und Akira weiter auf den Bildschirm.

»Was ist los?« fragte Rachel.

»Kunio Shirai«, flüsterte Savage.

»Aber so heißt er nicht wirklich«, keuchte Akira.

»Jedenfalls ist das nicht der Name, den man uns genannt hat.« Savage drehte sich zu Rachel um. »Muto Kamichi nannte er sich oben im Medford Gap Mountain Hotel. Wir waren angeheuert, ihn zu beschützen. Das ist der Mann, der vor unseren Augen in zwei Hälften zerschnitten wurde.«

»Obwohl wir einander sterben sahen, sind wir am Leben geblieben«, flüsterte Akira. »Aber ich habe nie daran gezweifelt, daß Kamichi tot ist. In meinen Alpträumen sehe ich immer noch, wie das Schwert durch seinen Leib fuhr...«

»Wie die beiden Körperhälften zu Boden fielen. Und das viele Blut.«

Akiras Züge verhärteten sich. »Jetzt wissen wir, was zu tun ist.«
»Ja«, knurrte Savage, »und wohin wir uns zu wenden haben.«
»Ich verstehe euch nicht«, sagte Rachel.
»Auf nach Japan.«

Dritter Teil

DAS LAND DER GÖTTER

Die Künste des Friedens
und des Krieges

1

Savage fuhr vom Motelparkplatz herunter und hoffte, daß sie von niemandem beim Einsteigen beobachtet worden waren.

Akira hatte sich wieder hinten versteckt. Rachel saß vorn neben Savage. Sie war sicher, daß man sie mit dem kastanienrot gefärbten Haar nicht erkennen würde und studierte eine Straßenkarte. »Der nächste größere Flugplatz ist in Raleigh. Das wären hundertfünfzig Meilen nach Westen.«

»Nein, Raleigh geht nicht«, meinte Savage. »Von dort fliegen zu wenige Japaner ab, vielleicht gar keine. Also würde Akira bestimmt Aufsehen erregen.« Von der nächsten Autobahnauffahrt an schlug er die Richtung nach Nordwesten ein. »Führt diese Straße im Bogen um Virginia Beach herum?«

Rachel blickte auf die Karte. »Kein Problem. Wohin fahren wir nun?«

»Washington. Dulles International Airport. Wir können damit rechnen, daß dort viele Japaner ein- und ausreisen. Kein Mensch wird von Akira Notiz nehmen.«

Einige Meilen weiter verließ Savage die Autobahn und hielt auf einem Parkplatz für Lastzüge an. Dabei achtete er auf gebührende Entfernung vom nächsten Fahrzeug, damit niemand in den rückwärtigen Teil des Wagens hineinblicken konnte. In der Telefonzelle zeigte ein Plakat die Nummern von mehreren Fluglinien, die man kostenlos anrufen konnte. Es wäre einfacher gewesen, vom Motel aus zu telefonieren, aber dort wären seine Anrufe aufgezeichnet worden. Und das wollte er vermeiden.

»Wir haben Glück«, berichtete er, als er wieder in den Wagen stieg. »Ich bekam drei Plätze in einem Flug der American Airlines.«

»Wann fliegt die Maschine ab?« fragte Akira.

»Morgen früh um zehn vor acht.«

»Aber Dulles Airport muß doch mindestens...«

»Wir haben bis dorthin vierhundert Meilen zu fahren, einschließlich des Umweges um den östlichen Teil von Virginia herum«, sagte Savage. »Bei Überseeflügen dauert die Sicherheitsinspektion etwas länger. Wir haben nur Handgepäck bei uns. Das spart Zeit. Trotzdem müssen wir um fünf Uhr dort sein, um unsere Tickets zu holen und unsere Plätze reservieren zu lassen.«

»Ist das zeitlich zu schaffen?« wollte Rachel wissen.

Savage schaute auf die Uhr. »Vierundzwanzig Stunden für vierhundert Meilen? Bestimmt werden wir heute nacht in Washington sein, selbst wenn wir in dichten Verkehr geraten sollten.«

Trotz seines selbstsicheren Tones beschleunigte er unwillkürlich das Tempo des Wagens. Nur um sogleich den Fuß vom Gas zu nehmen und sich an die Geschwindigkeitsbegrenzung zu halten. Er konnte es sich nicht leisten, von einem Verkehrspolizisten angehalten zu werden. »Wir haben auf alle Fälle genug Zeit.«

»Dann sollten wir sie gut nutzen«, sagte Akira. »Ihr habt viel zu lernen.«

»Was sollen wir lernen?« fragte Savage.

»Ich nehme an, daß ihr noch nicht in Japan gewesen seid.«

Savage und Rachel nickten.

»Da habt ihr wirklich viel zu lernen.«

»Ich habe ein paar Bücher über Japan gelesen«, meinte Savage.

»Nicht alles, was in Büchern steht, ist auch richtig«, entgegnete Akira. »Vielleicht hast du gerade das Wichtigste überlesen. Und Rachel weiß offenbar so gut wie nichts über Japan.«

»Stimmt«, gab sie zu.

»Ihr müßt auf alles vorbereitet sein. Bald werdet ihr euch einer Kultur gegenüber sehen, die ganz anders ist als eure. Was euch an eurem Benehmen selbstverständlich ist, wird womöglich als Flegelei aufgefaßt. Und was Ihr vielleicht als Beleidigung empfindet, ist ein Zeichen für Respekt. Als ich in den Westen ging, habe ich gelernt, mich wie ein Mann aus dem Westen zu verhalten. Ich habe mir eure Art zu Denken angewöhnt und gelernt, mich nach euren Wertmaßstäben zu richten. Daraus habt ihr vielleicht geschlossen, daß es so große Unterschiede zwischen Amerikanern und Japanern gar nicht gibt, bis auf die Nahrungsmittel, die wir bevorzugen, unsere unterschiedliche Hautfarbe und natürlich die Sprache. In Wirklichkeit sind die Unterschiede sehr viel größer. Tiefgreifender. Wenn ihr die Gefahren, die vor uns liegen, überleben wollt, müßt ihr meine Lebensart übernehmen, genauso wie ich die eure übernommen habe. Lernt, wo immer es euch möglich ist. Mir bleibt nicht viel Zeit, um euch einzuweihen.«

2

Die 747 schoß in vierzigtausend Fuß Höhe über den glitzernden Atlantik. Savage bedauerte, daß Akira seine Belehrungen nicht während des Fluges fortsetzen konnte. Er wollte noch so vieles wissen und in sich aufnehmen, aber die drei letzten verfügbaren Sitze lagen weit auseinander in verschiedenen Abteilungen des Flugzeuges. Savage konnte Akira nicht sehen, geschweige denn mit ihm sprechen.

Auch von Rachel saß er weit entfernt.

Diese Isolation machte ihn nervös. Es ging seinem Beschützerinstinkt wider den Strich, daß er so weit von seinem Schützling entfernt sitzen mußte. Außerdem empfand er Furcht. Wie konnte er sich seiner und seiner Umwelt sicher sein, so lange in seinen Alpträumen die Toten wieder auferstanden? Wie weit konnte er seinem Wirklichkeitssinn vertrauen? Er mußte sich auf irgend etwas verlassen können. Die Liebe gab ihm Hoffnung.

Er blickte zum Fenster hinaus. Seit Stunden gab es dort unten nichts zu sehen als den Ozean. Er verstand jetzt, was Akira meinte, wenn er sagte, daß er ostwärts von Japan nur noch den Westen gäbe. Und ihm wurde klar, warum sich Japan so stark mit der Sonne identifizierte. Die strahlende Kugel, die sich jeden Tag scheinbar aus den unendlichen Weiten der See erhob, mußte in alten Zeiten zum Sinnbild der Allmacht geworden sein. Das Land der aufgehenden Sonne. Das Symbol auf der Staatsflagge. Akira hatte ihn belehrt: »Japan ist das einzige Land auf Erden, dessen Bewohner ihren Ursprung direkt auf die Götter zurückführen, insbesondere auf eine Göttin. Amaterascu, die Göttin der Sonne.«

Savage spürte den Druck in seinen Ohren wachsen. Er brauchte nicht die Ankündigung des Kapitäns abzuwarten, um zu wissen, daß die Maschine in den Sinkflug übergegangen war, öffnete den Mund weit und hörte ein ›Plopp‹ hinter seinem Trommelfell. Durchs Fenster sah er, daß der Himmel wolkenlos war, bis auf einen leichten Dunst über dem Horizont. Daraus schälte sich allmählich eine Küstenlinie heraus, je tiefer die 747 sank. Auf dem Wasser ließen sich Schiffe ausmachen. Fünfzehn Minuten später war die mit Gebäuden bepflasterte Küste zu erkennen.

»Japan hat eine Bevölkerung von hundertfünfundzwanzig Millionen«, hatte Akira erklärt. »Das bringt uns unter den am dichtesten bevölkerten Ländern der Erde auf den sechsten Platz. Nach Quadratmeilen berechnet ist ganz Japan so groß wie euer Staat Montana. Aber drei Viertel des Landes bestehen aus unbewohnbaren Bergen, deshalb drängt sich der größte Teil der Bevölkerung an den Küsten zusammen. Das wirklich bewohnbare Land entspricht in seiner Fläche eurem Bundesstaat Connecticut.«

Die Maschine flog langsamer, ging tiefer. Savage bewunderte die Gebäude, die die ganze Küste zu bedecken schienen. Akira hatte ihm erklärt, wie die Japaner ihre Landprobleme angesichts einer schnell wachsenden Bevölkerung lösen wollten. Da sie ihre Grenzen nicht ausweiten konnten, mußten sie dem Meer Land abgewinnen. Riesige Eindeichungsprojekte, die immer noch fortgesetzt wurden, hatten neues Land gebracht. Vierzig Prozent der Küste bestanden aus eingedeichtem Land einschließlich eines Teiles von Tokio.

Der Dunst, dem sich das Flugzeug entgegensenkte, bestand nicht aus Nebel oder tief hängenden Wolken. Es war Smog, wie Savage bald feststellte. Trotzdem gewann er einen Blick auf die zerklüfteten Berge im Inland und die überwältigende Anzahl von ineinander übergehenden Städten. Es lag eine gewisse Ironie des Schicksals darin, erkannte Savage, daß ausgerechnet ein so naturliebendes Volk wie die Japaner im Dunstkreis der Städte leben mußte. Der internationale Flughafen von Narita, auf den die Maschine zuhielt, bot ein gutes Beispiel dafür, wie Sachzwänge zur Naturzerstörung führten.

Die rasche wirtschaftliche Entwicklung in Japan machte seit 1966 den Bau eines größeren Flughafens von internationalem Zuschnitt notwendig. Die japanische Regierung wählte als Standort unersetzliches Bauernland östlich von Tokio. Anstatt mit den zögernden Bauern zu verhandeln, enteignete die Regierung den Grund und Boden zu einem nicht angemessenen Preis. Die Bauern demonstrierten wütend zusammen mit ihren Nachbarn, die eine Störung der ländlichen Ruhe durch brüllende Düsenflugzeuge befürchteten. Studenten und gegen die Regierung arbeitende Gruppen schlossen sich den Protesten an. Die Unruhen nahmen einen solchen Umfang an, daß der inzwischen fertiggestellte Flughafen von Narita während der folgenden sieben Jahre nicht eröffnet werden konnte. Die Proteste dauerten immer noch an. Bombenwerfer und bewaffnete Angreifer hatten mehr als achttausend Menschen verwundet, mindestens dreizehn wurden getötet. Staatsbesucher mußten immer noch aus Sicherheitsgründen auf dem alten Flugplatz von Haneda in Tokio landen. Auch jetzt sah Savage Polizeistreifen an stählernen Barrikaden, Wachtürme und mehrere hohe Zäune, die sich um Narita herumzogen. Während die Maschine landete, erkannte er Wasserwerfer und bewaffnete Fahrzeuge. Jenseits der Landebahnen hatte man weitere Gebäude errichtet, womit noch mehr von der einst idyllischen Landschaft zerstört worden war.

Nach dem siebzehnstündigen Flug schmerzten Savage die Beine. Der Ortszeit nach war es vier Uhr fünf am Nachmittag. Sein Körper aber sagte ihm, es sei ein Uhr morgens. Erschöpft verließ Savage das Flugzeug und ließ sich von einer schiebenden, stoßenden Menge zur Abfertigung treiben. Rachel und Akira erwarteten ihn bereits. Ohne recht zu wissen, was er tat, umarmte Savage die Frau.

»Gott, bin ich müde«, sagte Rachel. »Ich komme mir vor, als hätte ich zehn Pfund zugenommen. Jedesmal wenn ich eingeschlafen war, kam jemand und weckte mich zur nächsten Mahlzeit.«

Akira lächelte, aber die Trauer blieb in seinem Blick. »Zum Zoll und zur Einreisebehörde geht es hier entlang.«

Die Amtshandlung dauerte lange, verlief aber ohne Schwierigkeiten. Auf dem Weg durch die überfüllte Halle zum nächsten Ausgang fühlte sich Savage völlig fehl am Platz. Noch nie war es ihm so peinlich bewußt geworden, daß er zu den Weißen gehörte. Seine Haut erschien ihm unnatürlich blaß, sein Körper zu groß und seine Bewegungen kamen ihm tolpatschig vor. Obwohl die Japaner seiner Erscheinung manchen Blick schenkten, hüteten sie sich doch gleichzeitig, auch nur seine Schultern zu berühren. Ob sich Akira genauso gefühlt hatte, als er sich nach der Ankunft im Westen von lauter Weißen umringt sah?

»Ich werde uns ein Taxi besorgen«, sagte Akira.

»Wohin fahren wir?« fragte Rachel.

Für einen Augenblick wich die Trauer in seinen Augen sichtlichem Stolz. »Ich bringe euch an den kostbarsten Ort auf dieser Welt.«

3

Der lederbekleidete Taxifahrer steuerte den Wagen kreuz und quer durch ein Wirrwarr lärmerfüllter und von Verkehr verstopfter Straßen und Gassen im nördlichen Tokio. Lärm und Durcheinander waren unheimlich selbst für einen Mann, der New Yorker Verhältnisse gewohnt war. Während der halbstündigen Fahrt durch die City konnte Savage nur den Kopf schütteln ob der kulturellen Schizophrenie, die sich in den Gebäuden längs der Straße kundtat: Hotels im westlichen Stil und ebensolche Bürogebäude erhoben sich neben Tempeln und Kirschgärten. Im Mittelpunkt der City dominierte allerdings westliche Architektur mit Wolkenkratzern, Einkaufszentren und Wohnblöcken.

»Während der letzten Monate des Großen Ostasiatischen Krieges« – Akira verbesserte sich –, »den ihr als den Zweiten Weltkrieg bezeichnet, wurde Tokio durch die amerikanischen Brandbomben und die sich daraus entwickelnden Feuerstürme beinahe ganz in Trümmer gelegt. Fast hunderttausend Zivilisten kamen dabei ums Leben. Das Durcheinander war so groß und der Zwang, neue Häuser zu bauen so dringlich, daß niemand sich die Zeit für eine ordentliche Stadtplanung genommen hat. Es ging ums Überleben, nicht um Logik. Daraus ergab sich Tokios verwirrendes Straßenlabyrinth. Die traditionelle wurde von der westlichen Architektur weitgehend abgelöst. Das war die Folge der siebenjährigen amerikanischen Besatzung, die dem Krieg folgte.«

Savage betrachtete die Leute, die sich auf den Gehsteigen drängten. Sie trugen fast alle westliche Kleidung. Neben einer Sushi-Bar gab es eine Hähnchenbraterei, die auch in Kentucky hätte stehen können. Neben Reklameschildern mit rein japanischer Aufschrift waren solche in westlicher Schrift angebracht.

Akira wies den Fahrer ein. Der Wagen bog um eine Ecke, fuhr an mehreren modernen Läden und Wohngebäuden vorüber und hielt vor einer hohen Steinmauer, in deren Mitte sich eine Tür aus poliertem Holz befand.

Während Akira den Fahrer bezahlte, fragte sich Savage, warum sie wohl ausgerechnet hierher gebracht worden waren. Fast hätte er nach dem Türgriff gesucht, im letzten Augenblick entsann er sich aber der einmaligen Einrichtung in japanischen Taxis. Er wartete, bis der Fahrer einen Bowdenzug betätigt hatte, der automatisch die Türen für die Fahrgäste öffnete. Eine Geste der Höflichkeit, die aber auch zahlungsunwillige Fahrgäste am Verschwinden in der Menge hinderte. Savage mußte lächeln.

Das Lächeln verging ihm, als er mit Rachel und Akira auf der Straße stand. Wo sind wir denn hier? fragte er sich. Sie entnahmen dem Kofferraum, dessen Deckel ebenfalls automatisch geöffnet wurde, ihre Reisetaschen, und Rachel sah ihn mit einem ratlosen Blick an.

Akira trat vor eine Gegensprechanlage, die neben der hölzernen Tür angebracht war. Er drückte auf einen Knopf. Sekunden später meldete sich eine dünne Frauenstimme, die etwas auf Japanisch sagte. Akira meldete sich. Die Frau antwortete rasch. In ihrer Stimme schwangen Respekt und Freude mit.

Akira drehte sich zu Rachel und Savage um. »Gut. Für einen Augenblick fürchtete ich schon, ich hätte euch zu einer weiteren falschen Erinnerung geführt.«

»Der kostbarste Ort in dieser Welt?«

Akira nickte.

Hinter der Tür wurden Geräusche vernehmbar. Sie wurde nach innen geöffnet, und zu seinem Erstaunen sah Savage vor sich eine ältliche Frau in einem grellfarbigen Kimono und mit Sandalen an den Füßen. Es war der erste Kimono, den er in Japan zu sehen bekam. Er bestand aus reiner Seide, auf der ein kunstvolles Blumenmuster glänzte. Savage hörte, wie Rachel vor Bewunderung tief ausatmete.

Die Frau hatte ihr graues, langes Haar am Hinterkopf in einem Knoten befestigt, der von einem geschnitzten Bambuskamm festgehalten wurde. Sie lehnte einen kräftigen hölzernen Verriegelungspfosten innen gegen die Wand, preßte die Handflächen zusammen und verbeugte sich vor Akira.

Er verbeugte sich vor ihr, sagte ein paar Worte, die ein Lächeln auf ihr Gesicht zauberten, und winkte Savage und Rachel zu sich.

Mit verwunderten Blicken traten sie ein. Die Frau schloß die Tür und legte den hölzernen Riegel in metallene Halterungen zu beiden Seiten. Savage war so überwältigt von dem Anblick, der sich ihm bot, daß er stehenblieb und sein Gepäck absetzte.

Der Anblick offenbarte vollkommene Harmonie, doch war alles so arrangiert, daß nichts besondere Aufmerksamkeit auf sich zog. Erst nach und nach konnte Savage die Eindrücke sortieren. Er stand auf einem Pfad aus weißen Kieselsteinen. Rechts und links davon war goldfarbener Sand ausgestreut und mit der Harke in kunstvollen Mustern geordnet worden. In offenbar genau berechneten Abständen hatte man vulkanische Felsbrocken aufgestellt, die von unterschiedlicher Größe und Form waren. Sie wurden eingerahmt von zwei geschmackvoll hergerichteten Zederbüschen. Die hohe Mauer dämpfte die Straßengeräusche so weit, daß Savage von irgendwoher Wasser tröpfeln hörte.

Am Ende des Pfades, dessen Kurven denen der Harkenmuster im Sand entsprachen, sah Savage ein einstöckiges Haus. Es war schlicht, rechteckig und bestand aus Holz. Das Schindeldach hing nach beiden Seiten ein Stück über. Die Giebel des Hauses waren leicht nach oben gebogen und erinnerten Savage wiederum an das Bogenmuster im Sand. Jede Ecke des Daches wurde von einem Pfahl gestützt. Die Entfernungen der Pfosten zur Tür und zu den dazwischen eingelassenen Fenstern waren genau symmetrisch. Bambusblenden bedeckten die Fenster, hinter denen jeweils eine Lampe glühte.

Reinheit, Ausgeglichenheit, Schönheit, Ordnung überall. »Ja«, sagte Rachel und ließ den Blick über die bedrückenden Betonklötze zu beiden Seiten schweifen, die die Mauer überragten. Sie wendete ihre Aufmerksamkeit wieder dem Garten und dem Haus zu. »Der kostbarste Ort in dieser Welt.«

»Ich komme mir vor, als sei ich soeben durch ein Loch in eine andere Zeit gefallen«, sagte Savage. »Oder halbwegs hindurch. Ein Teil von mir lebt immer noch in der Gegenwart, der andere jedoch...«

»In der Vergangenheit«, fiel Akira mit trauriger Stimme ein. »Dort draußen wirft die Vergangenheit Probleme auf. Hier drinnen finde ich Trost und Frieden.«

»Wer hat...? Wo...?« Savage fehlten die Worte.

»Dieses Haus gehörte meinem Vater. Ich habe dir bereits erzählt, daß er es nach dem Krieg zu einigem Reichtum gebracht hat, indem er Kampfflugzeuge zu Zivilmaschinen umbaute. Einen großen Teil dieses Geldes steckte er in dieses Grundstück. Das war im Jahre 1952. Diese Gegend gehörte damals zum Umland von Tokio, die Straße da draußen war noch nicht vorhanden. Trotzdem war Land teuer. Mein Vater blickte in die Zukunft und sehnte sich nach der Vergangenheit und nach dem Frieden, den er als Junge vor vielen Jahren auf einem Bauernhof gefunden hatte. Er ließ dieses Haus im überkommenen Stil aufführen und umgab das Grundstück mit hohen Mauern. An jedem Feierabend kam er hierher, um den Garten anzulegen. Fünfzehn Jahre brachte er damit zu. Jede Pflanze und jeder Stein bekamen einen bestimmten Platz. Nachdem mein Vater meditiert hatte, wurde oft manches wieder und wieder verändert, bis der höchstmögliche Grad an Vollkommenheit erreicht schien. Manchmal betrachtete er stundenlang sein Werk. Dann bückte er sich, um ein paar Kieselsteine anders hinzulegen. Nachdem er von einem Wagen angefahren worden war, lag er noch einige Zeit im Krankenhaus. Kurz bevor er starb sagte er zu mir, er bedaure sehr, daß er nun seinen Garten nicht mehr fertigstellen könne. Ich arbeite immer noch daran für ihn.«

Rachel legte ihm die Hand auf den Arm. »Er ist wunderschön.«

»*Arigato.*« Akira schluckte schwer und richtete sich gerade auf, so als müsse er seine Gefühle unterdrücken. Er deutete auf die ältliche Japanerin. »Das ist Eko. Sie hat meinem Vater den Haushalt geführt.« Er sagte ein paar Worte auf Japanisch zu ihr.

Inmitten der ihm unbekannten Worte vernahm Savage seinen und Rachels Namen.

Eko verbeugte sich.

Savage und Rachel verbeugten sich ebenfalls.

Auf dem Pfad wurden Schritte hörbar. Vom Haus her näherte sich ein schlanker junger Mann. Er hatte ein schmales Gesicht und eine hohe Stirn, trug Sandalen wie Eko und einen beigefarbenen *Karate-gi*, um den ein brauner Gürtel geschlungen war.

»Das ist Churi, Ekos Enkel«, erklärte Akira. Der junge Mann verbeugte sich lächelnd, was Akira erwiderte. Akira sprach freundlich mit ihm und stellte die Weißen vor.

Churi verbeugte sich erneut, und Savage und Rachel erwiderten die Begrüßung.

»Wenn ich daheim bin«, sagte Akira, »versuche ich Churis *sensei* zu sein. Er hat in den Kampfsportarten großartige Fortschritte gemacht. Nur im Schwerterkampf muß er sich noch verbessern. Churi und Eko sprechen übrigens kein Englisch. Aber ich bin sicher, sie werden alle eure Wünsche erraten.«

»Wir danken für deine Gastfreundschaft«, sagte Rachel.

»Du hast den Geist einer Japanerin.« Akira sah die Frau voller Bewunderung an. Dann sprach er ein paar Worte zu Churi und Eko, die sich alsbald zurückzogen.

Das überhängende Dach warf Schatten auf die niedrige Veranda. Dort zog Savage seine Schuhe aus. Er beeilte sich, um vor Akira fertig zu sein. Damit wollte er seinem Freund zeigen, daß er nichts von dem vergessen hatte, was Akira ihm vor dem Abflug von Dulles Airport beigebracht hatte. Rachel folgte seinem Beispiel. Akira nickte zufrieden, stellte seine Schuhe neben die der Gäste und öffnete die Tür. Er trat einen Schritt zurück, damit sie vor ihm eintreten konnten.

Die Lampen an den Fenstern erfüllten das Zimmer mit einem warmen Licht. Savage sog Weihrauchduft ein und bewunderte die Zedernholzbalken unter der Decke. Die Abstände zwischen ihnen waren so berechnet, daß das kleine Zimmer dadurch geräumiger erschien. Die weißen Wände bestanden aus Papier. Gegenstände, die in anderen Zimmern aufgestellt waren, warfen ihre Schatten darauf. Der Fußboden war mit rechteckigen Matten aus Reisstroh bedeckt, die *tatami* genannt wurden, wie sie von Akira erfuhren. Durch seine Strümpfe hindurch verspürte Savage die von den verwobenen Fasern verursachte Massage der Füße.

Rachel trat vor eine Federzeichnung an der Wand, die eine mit sparsamen Strichen hingehauchte Taube auf einem kahlen Ast zeigte. »Ich glaube, so etwas Schönes habe ich noch nie...« Sie drehte sich um. Ihre Augen glitzerten.

»Aus dem siebzehnten Jahrhundert«, erläuterte Akira. »Ich sammle klassische japanische Kunst. Ein teures, aber sehr befriedigendes Hobby.« Er schob einen Teil der Papierwand nach rechts, womit eine Tür ins Nebenzimmer entstand. »Möchtest du noch mehr sehen?«

»Bitte, gern.«

Während der nächsten zwanzig Minuten sah sich Savage von reiner Schönheit umgeben. Das unheimliche Gefühl, durch ein Loch in eine andere Zeit gefallen zu sein, verstärkte sich, als Akira seine

Gäste von einem Zimmer ins andere führte. Seidene Vorhänge, Skulpturen, Keramiken und weitere Federzeichnungen von eleganter Einfachheit bezauberten ihn. Ein Teil der Bilder war nach der Natur gezeichnet, andere zeigten kämpfende Krieger. Unwillkürlich hielt Savage die Luft an, so als fürchte er, durch lautes Atmen die Besonderheit dieser Augenblicke zu stören.

»Alles, was ich euch hier zeige, hat etwas gemeinsam, nämlich die Herkunft«, erklärte Akira. »Alles wurde von Samurai geschaffen.«

Rachel schaute überrascht drein.

»Krieger, die sich mit Kunstwerken des Friedens befaßten«, fuhr Akira fort.

Savage erinnerte sich an das, was Akira ihm erzählt hatte. Die Samurai tauchten während des zwölften Jahrhunderts auf, als die Grundbesitzer, die man Daimyo nannte, dringend wehrhafte Beschützer ihrer Güter suchten. Im folgenden Jahrhundert wurde der Zen-Buddhismus von Korea nach Japan eingeführt. Diese Religion sprach die Samurai an, weil durch sie Körper und Geist geschult wurden. Die Krieger erkannten bald den Wert dieses Glaubens, der den Schwertarm zu einer Verlängerung des Geistes machte und sie in die Lage versetzte, instinktiv und ohne langes Überlegen zu reagieren und dadurch zu siegen. Damit waren sie jedem Gegner überlegen, der erst planen mußte, bevor er zuschlug. Ein weiterer Vorteil des Zen-Buddhismus bestand darin, daß zu seiner Ausübung die Meditation gehörte, die wiederum zur Seelenruhe führte. Die Samurai lernten, weder den Tod zu fürchten, noch auf den Sieg zu hoffen. Diese Krieger gingen mit einer neutralen Leidenschaftslosigkeit in den Kampf. Sie waren auf alles gefaßt und vorbereitet.

»Eine Zeitlang wurden die rauhen Krieger von der herrschenden Schicht verachtet und verlacht, obwohl doch deren Sicherheit von den Samurai abhing«, sagte Akira. »Die Samurai reagierten darauf, indem sie sich höfische Sitten und Künste aneigneten. Schließlich vertrieben sie die versnobte Elite, die sich über sie lustig gemacht hatte. Diese Bilder, Skulpturen und Keramiken sind perfekte Beispiele für die Hingabe der Samurei an Zen. Sie alle beruhigen den Geist. Sie alle tragen zum Frieden in Seele und Geist bei. Aber das größte Kunstwerk ist für den Samurai sein Schwert.«

Akira schob eine weitere Tür zur Seite und führte seine Gäste vor eine Wand, an der in Scheiden steckende Schwerter aufgehängt waren.

»Der Samurai meditierte, bevor er daran ging, das Instrument seines Berufes zu erschaffen. Er reinigte sich und die Werkstatt, zog eine weiße Robe an und begann damit, sein Schwert zu schmieden. Langsam und geduldig legte er eine Lage Stahl nach der anderen in und über das Kernstück. Immer wieder wurde das entstehende Schwert erhitzt, gefaltet und behämmert, bis es allen Ansprüchen genügte. Die Klinge erhielt eine ideale Schärfe, die immer bestehen blieb. Gleich der des Samurai in Geist und Körper. Das lange Schwert wurde im Kampf gebraucht. Und dieses kurze Schwert« – Akira nahm eines von der Wand und zog es aus der Scheide – »diente zum rituellen Selbstmord, *seppuku* genannt. Versagte ein Samurai in der Schlacht oder beleidigte er seinen Herrn, dann war es seine Pflicht, sich mit dem kurzen Schwert oder einem Dolch den Bauch aufzuschlitzen. Damit erfüllte er die letzte Forderung seines Ehrenkodex.«

Seufzend schob Akira den Stahl in die Scheide und hängte sie an die Wand zurück. »Ich benehme mich wie ein Westler. Entschuldigt bitte, daß ich so viel rede.«

»Nichts zu entschuldigen«, entgegnete Rachel. »Ich war fasziniert.«

»Sehr nett von dir.« Akira schien noch etwas hinzufügen zu wollen, drehte sich dann aber zu der eintretenden Eko um, die sich verbeugte und ein paar Worte sagte. »Gut. Unser Bad ist fertig.«

4

Nacheinander benutzten sie die blütenweiße Dusche im hinteren Teil des Hauses, hüllten sich in Tücher und trafen sich wieder auf der schwach beleuchteten Veranda.

»Diese Reinigung unter der Dusche dient nur der Vorbereitung auf das eigentliche Bad«, sagte Akira. »Baden bedeutet einweichen.«

»In einer beheizten Wanne?« wunderte sich Rachel.

»Das ist neben Elektrizität und Wasserleitung einer meiner

Kompromisse mit dem zwanzigsten Jahrhundert. Eine nützliche Vorrichtung, um das Wasser auf der richtigen Temperatur zu halten.«

Die Seiten der großen Wanne waren mit Zedernholz beschlagen, doch ihr Inneres bestand aus Plastik. Sie stand am linken Ende der Veranda, wo das überhängende Dach vor neugierigen Blicken schützte. Das Wasser dampfte.

Rachel stieg die Stufen zur Umrandung der Wanne hinauf. Sie steckte einen Fuß hinein und zuckte sofort zurück. »Puh, da verbrüht man sich ja.«

»Das kommt dir nur anfangs so vor!« rief Akira. »Steige langsam hinein. Dein Körper gewöhnt sich daran.«

Sie schaute nicht sehr überzeugt drein.

»Ein Bad muß so warm sein«, erklärte Akira. »Steige langsam hinein.« Ohne Zögern stieg er selbst in die Wanne und ließ sich das heiße Wasser bis an den Hals schwappen.

Rachel biß sich auf die Lippen und glitt langsam ins Wasser.

Savage gesellte sich zu ihnen, schlug um sich und wäre am liebsten wieder hinausgestiegen. »Mein Gott, ist das heiß!«

Rachel lachte laut.

Darüber mußte Savage seinerseits lachen. Er bespritzte sie mit Wasser. Das brachte Akira zum Lachen, woraufhin Savage ihn mit Wasser bespritzte.

Als das Gelächter verstummte, fiel Savage auf, daß er die Hitze des Wassers kaum mehr spürte. Sie drang bis in die verhärteten Muskeln ein, löste die Krämpfe in den Beinen und im Nacken und brachte die Erschöpfung nach siebzehnstündigem Flug zum Verschwinden. Er lehnte sich an den Wulst, der die Wanne umgab, ließ sich das heiße Wasser über die Schultern spülen und bewunderte Rachel. Sie hatte das von der Dusche feuchte Haar hinter die Ohren zurückgekämmt, was ihre Kopfform und die feine Linie ihres Profils deutlich zur Geltung brachte. Wassertropfen glitzerten auf ihren Wangen und gaben ihnen Farbe. Ihre hellblauen Augen erinnerten ihn an Saphire. Er fühlte, wie sie mit dem großen Zeh seinen Fuß streichelte. Lächelnd schaute er über die Veranda in den Garten hinter dem Haus.

Inzwischen war es ganz dunkel geworden. Im Licht der Fensterlampen und der Verandabeleuchtung ließen sich die Umrisse der großen Steine und der Gebüsche dazwischen erkennen.

Dahinter hörte er Wasser plätschern.

»Den Teich kannst du in der Finsternis nicht sehen«, sagte Akira, als hätte er die Gedanken des Freundes erraten.

»Mit Goldfischen und Lilienbeeten?«

»Ohne die gibt es keinen Gartenteich.«

»Natürlich.« Savage lächelte wieder.

»Man fühlt sich so... Warum gehst du überhaupt jemals von hier fort?« wollte Rachel wissen.

»Um mich nützlich zu machen.«

»Damit begannen unsere Schwierigkeiten«, warf Savage ein.

»Nicht nur diese«, entgegnete Akira. Damit zerriß er den Zauber der Stunde und brachte Savage von der Vergangenheit in die Gegenwart zurück. »Ich war nicht mehr in Japan, seit Muto Kamichi mich zu seinem Schutz anheuerte.«

»Seit du glaubst, er habe dich geholt, um ihn zu beschützen«, sagte Savage.

Akira stimmte dem zu. »Falsche Erinnerungen.«

»Wie wir inzwischen herausgefunden haben, heißt er gar nicht Muto Kamichi, sondern Kunio Shirai.«

»Ein militanter, neo-nationalistischer Politiker. In den Monaten bevor unsere Alpträume begannen, als ich noch in Japan war, oder als ich glaubte, noch in Japan gewesen zu sein, habe ich nichts von ihm gehört. Zugegeben, da existieren immer mal wieder ultrakonservative Gruppen mit anitamerikanischen Ansichten, aber sie sind klein und haben wenig Einfluß. Der Mann, den wir im Fernsehen sahen, hat jedoch Tausende von Studenten um sich geschart. Der Reporter sprach davon, daß Shirai stark genug geworden sei, um Japans Hauptpartei zu zersplittern. Das verstehe ich nicht. Wer ist dieser Mann? Woher ist er gekommen? Womit und wodurch hat er in so kurzer Zeit so viel Einfluß gewonnen?«

»Und was habt ihr beide mit ihm zu tun?« fragte Rachel. »Wer will euch glauben machen, daß ihr vor sechs Monaten gesehen habt, wie Shirai in zwei Teile zerschnitten wurde?«

»Morgen werden wir mehr wissen«, sagte Akiro.

»Wie das?« fragte Savage zweifelnd.

»Indem wir mit einem weisen alten Mann sprechen.«

Das verstand Savage nicht. Aber bevor er Akiro um eine Erklärung bitten konnte, betrat Eko die Veranda. Sie verbeugte sich und sagte ein paar Worte.

»Sie will wissen, ob ihr hungrig seid«, übersetzte Akira.

»Himmel, nein«, lachte Rachel. »Ich habe noch mit der Tonne Essen zu tun, die man mir im Flugzeug aufgenötigt hat.«

»Ich mag auch nichts essen«, sagte Savage.

Akira schickte Eko fort.

»Diese Hitze ist so beruhigend, daß ich in der Wanne einschlafen könnte.« Rachel gähnte.

»Wir können alle etwas Schlaf gebrauchen«, sagte Akira. Er stieg aus der Wanne. Das nasse Badetuch umschloß seine muskulösen Hüften. Wie auf ein Signal hin erschien Eko wieder mit drei Bademänteln. Er zog einen an und reichte die beiden anderen Savage und Rachel, als sie aus der Wanne stiegen. »Ich zeige euch eure Zimmer.«

In einem langen Korridor des Hauses schob Akira zwei Wandteile zur Seite und gab den Blick in zwei nebeneinander liegende Zimmer frei. In jedem spendete eine auf einem Tischchen stehende Lampe goldschimmerndes Licht. Eine *futon*-Matratze – sie wurde tagsüber zusammengerollt in einem Schrank verwahrt, wie Akira erklärte – war aufgerollt und über die *tatami*-Matten gebreitet worden. Kissen und Decken lagen bereit. Rachels Reisetasche stand in dem linken, die von Savage in dem rechten Zimmer.

»Mein Zimmer liegt jenseits des Korridors den euren gegenüber«, sagte Akira. »Das Haus ist durch Alarmanlagen geschützt. Auch an den Mauern rund um den Garten befinden sich welche. Außerdem wird Churi Wache halten. Er ist zuverlässig und schlau. Schlaft also in Frieden. *O-yasumi nasai,* oder wie ihr sagt: Gute Nacht.«

Akira verbeugte sich, trat in sein Zimmer und schloß die Gleittür.

Nachdem er sich vor Akira verbeugt hatte, drehte sich Savage zu Rachel um. Irgendwie war die Situation peinlich. »Wir sehen uns morgen früh«, stieß er hervor.

Auch Rachel schaute peinlich berührt drein. »Ja, dann also...«

Savage gab ihr einen Kuß. Ihre Brüste waren unter dem Bademantel weich, doch fest. Als sein Körper reagierte, hätte er sie am liebsten gefragt, ob sie zu ihm ins Zimmer kommen wolle, aber in diesem Hause herrschte die Atmosphäre eines Tempels. Akira hatte ihnen getrennte Zimmer zugewiesen, und darum erschien es ihnen unangebracht, sein Arrangement auf eigene Faust abzuändern. Außerdem waren die Wände buchstäblich papierdünn. Akira wäre es sicherlich peinlich gewesen, ihre Geräusche beim Liebesspiel zu vernehmen.

Rachel war die Kehle wie zugeschnürt. »Gute Nacht, Liebster«, sagte sie heiser. »*O-yasumi nasai.*«

Savage streichelte ihre Wange. Flüsternd erwiderte er den japanischen Gutenachtgruß.

Sie sahen einander in die Augen. Zögernd betrat Savage sein Zimmer und schloß die Tür. Bewegungslos blieb er stehen und wartete darauf, daß sein Atem sich beruhigte und sein Herz aufhörte zu rasen. Auf dem Tischchen lag ein schwarzer Pyjama. Während er ihn anlegte sah er, daß man eine Zahnbürste, eine kleine Tube mit Zahnpasta und ein Glas Wasser bereitgestellt hatte. Eine orange und blau gefärbte Keramikschüssel wartete auf einem Ständer.

Aufmerksam bis zur geringsten Kleinigkeit, dachte Savage.

Die Erschöpfung nahm zu. Lustlos putzte er sich die Zähne. Dann blieb nichts anderes mehr, als die Lampe auszuschalten und sich auf dem *futon* niederzulassen. An der Wand sah er Rachels sich bewegenden Schatten, dann verlöschte auch bei ihr das Licht. Er hörte, wie sie sich auf ihre Matratze legte.

Lange starrte er an die finstere Decke und überdachte noch einmal, was sie hierher geführt hatte, was morgen auf sie zukam und ob es überhaupt eine Überlebenschance gab.

Uns bleibt keine Wahl, dachte er. Wir müssen das Risiko eingehen. Und was soll aus Rachel und mir werden, falls wir mit dem Leben davonkommen? Braucht sie mich nur, um sich sicherer fühlen zu können?

Oder ist es wirklich Liebe? Will sich nicht jeder sicher fühlen? Aber vergiß andererseits nicht, daß sie ja die Möglichkeit hatte, sich von dir zu trennen. Sie geht das Risiko ein, bei dir zu bleiben.

Wo liegt also das Problem? Was gibt es da noch zu bedenken?

Ich fürchte, wenn ich mich noch mehr in sie verliebe... Wenn sie dahinterkommt, daß auch ein berufsmäßiger Beschützer menschlicher Regungen fähig ist, daß auch er seine Schwächen hat, dann zieht sie vielleicht weiter.

Er schüttelte den Kopf. Grüble nicht so viel, Junge. Mach dir keine Sorgen um die Zukunft. Wichtig ist nur die Gegenwart.

Er drehte sich auf dem *futon* um zu der Wand, die ihn von Rachel trennte. Plötzlich fiel ihm auf, daß Akira angeordnet hatte, Rachels

Matte dicht an seiner Wand zu plazieren. Ebenso dicht lag seine Matratze an der Wand zu ihrem Zimmer. Hätte es die Wand nicht gegeben, wäre es ihm möglich gewesen, hinüber zu langen und Rachel zu streicheln.

Die Wand. Savages Herz schlug schneller als ihm aufging, wie wahrhaft rücksichtsvoll Akira gehandelt hatte. Anstatt die peinliche Frage zu stellen, ob sie ein Zimmer haben wollten oder zwei, hatte er ihnen die Wahl überlassen. Savage brauchte ja nur...

Er langte hinüber und schob einen Teil der Wand zur Seite. Unter der Decke sah er die Umrisse ihres Körpers. Sie lag kaum drei Fuß von ihm entfernt. Seine Augen hatten sich inzwischen so an die Dunkelheit gewöhnt, daß er ihre Augen sehen konnte. Sie waren offen. Rachel lächelte. Sie lag, ihm zugekehrt, auf der Seite.

Sein Herz schmerzte. Savage hob seine Decke etwas an. Sie schob sich unter der ihren hervor und kroch auf seine Matratze. Als er die Decke über seinen und Rachels Kopf zog, kam er sich vor wie in einem Schlafsack in einem Zelt.

Ihr Mund suchte und fand seine Lippen. Sein Herz schlug schneller. Sie umarmten einander und hielten sich fest umschlungen. Mal lag er auf ihr, dann sie auf ihm, bis ihre Küsse heißer und begehrlicher wurden. Gleichzeitig zogen sie einander das Gummiband der Pyjamahose herunter – über die Schenkel, Knie, Knöchel. Seine Finger glitten über ihre Beine hinauf und schlossen sich über einer Brust.

»Bitte«, murmelte sie.

Mit dem Kopf unter der Decke zog er ihre Pyjamajacke hoch und küßte ihre Brüste. Ihre Nippel wurden härter und schwollen zwischen seinen Lippen.

»Bitte«, flüsterte sie.

Tief atmend nahm sie ihn in sich auf. Schauer liefen über seinen Rücken. Er wollte tief eindringen, ganz eins mit ihr sein. Sie grub ihre Fingernägel in seinen Rücken, packte ihn am Haar, küßte ihn mit weit offenen Lippen.

Und als sie auf dem Höhepunkt angelangt waren, wühlten sich ihre Lippen so ineinander, daß sie ihr Stöhnen gegenseitig auffingen. Akira konnte nichts hören.

5

Als Savage aufwachte, hatte die Dunkelheit noch zugenommen. Die Lampen im Korridor und in den anderen Teilen des Hauses waren erloschen, ihr Schimmer durchdrang nicht mehr die Papierwände seines Zimmers. Im Haus herrschte Stille. Rachel lag neben ihm. Sie hatte einen Arm über ihre Brust gelegt, und ihr Kopf ruhte an seinem. Er atmete den Duft ihres Haares ein und die Süße ihrer Haut. Bei dem Gedanken an das vergangene Liebesspiel mußte er lächeln. Er empfand es als ein Privileg, diese Frau neben sich zu wissen, die für ihn Erfüllung bedeutete.

Wohlig streckte und rekelte er sich auf dem bequemen *futon*. Dann sah er auf die Leuchtziffern seiner Uhr. Siebzehn Minuten nach drei. Er hatte länger als sechs Stunden geschlafen. Normalerweise genügte ihm diese Zeit, auch nach dem anstrengenden Flug und dem Liebesspiel mit Rachel hatte er nicht länger geschlafen als gewöhnlich. Das überraschte ihn. Vielleicht hatte sich seine innere Uhr noch nicht auf die veränderte Zeitzone eingestellt? Vielleicht, so dachte er, sagte ihm sein Unterbewußtsein, daß es jetzt in Amerika früher Morgen war, anstatt mitten in der Nacht in Japan.

Rachel seufzte im Schlaf und kuschelte sich an ihn. Schlaf weiter, sagte er zu sich selbst. Ruh dich aus, so gut du kannst. So lange du es kannst. Er gähnte und schloß die Augen.

Nur um sie sofort wieder weit aufzureißen.

Er hörte ein unterdrücktes Husten. Es kam von links aus dem rückwärtigen Teil des Hauses, möglicherweise auch von außerhalb der Wände. Gespannt lauscht er weiter. Dann beruhigte ihn der Gedanke daran, daß Churi, der draußen Wache hielt, wohl gehustet haben mußte.

Savage lauschte weiter. Innerhalb der nächsten fünf Minuten war kein weiteres Husten zu vernehmen. Beruhige dich, befahl er sich selbst. Aber er fragte sich trotzdem, ob Churi, der von Akira ausgebildet worden war, sich erlaubt hätte, zu husten. Und wenn seine Bronchien unbedingt Erleichterung brauchten, warum hatte er dann nicht so leise gehustet, daß man es im Haus nicht hören konnte? Von Akira hatte er bestimmt gelernt, daß man niemals verraten durfte, wo man sich befand.

Immerhin hatte Akira erwähnt, daß Churis Ausbildung noch

nicht beendet sei. Es mochte sein, daß der junge Mann für einen Augenblick das Erlernte vergessen hatte.

Savage schmiegte sich enger an Rachel und genoß die Wärme ihres Körpers. Plötzlich fuhr er mit dem Kopf hoch.

Er starrte die Wand an, hinter der sich der Korridor befand. Ein leises, raschelndes Kratzen hatte ihn auffahren lassen. Es hörte sich an, als werde auf das trockene Reisstroh der *tatami*-Matte vorsichtiger Druck ausgeübt.

Als sich das Geräusch wiederholte, gab es für Savage keinen Zweifel mehr – er hörte Schritte. Sorgfältig Fuß vor Fuß gesetzt, leise und langsam. Der Verursacher war entweder barfuß oder er trug Strümpfe. Nur die papierdünnen Wände machten es möglich, daß man sie überhaupt hörte.

War Akira unterwegs zur Toilette?

Nein, sagte sich Savage sofort. Dann hätte er vorher hören müssen, daß eine Tür zurückgeschoben wurde.

Sah Churi im Korridor nach dem rechten?

Warum? Das Hausinnere war durch Alarmanlagen geschützt. Churi konnte nur von Nutzen sein, wenn er draußen Wache hielt.

Eko? Vielleicht war sie früh aufgewacht, wie das bei älteren Leuten häufig der Fall ist. Womöglich wollte sie sich schon an die Vorbereitung des Frühstücks machen, wo sie doch einmal wach war.

Nein, überlegte Savage. Die Haushälterin bewohnte ein Zimmer weiter unten, mehr nach hinten hinaus. Und er war sicher, daß er es gehört haben würde, hätte Eko ihre Tür zurückgeschoben.

Außerdem kamen die leisen Geräusche der vorsichtigen Schritte nicht aus dem rückwärtigen Teil des Hauses, wo sich die Küche und das Badezimmer befanden. Der Schleicher mußte sich unmittelbar zwischen Akiras und Savages Zimmer befinden.

Fast hätte er Rachel geweckt, um sie zu warnen. Mit klopfendem Herzen entschied er sich dagegen. Selbst wenn er ihr eine Hand über den Mund legte, konnte sie ein Geräusch verursachen, das den Eindringling warnen mußte. Vorsichtig faltete er die Decke so, daß sie doppelt über Rachels Körper zu liegen kam. Seine Nerven zitterten, ein Adrenalinstoß durchflutete ihn. Das Blut strömte aus seinen Gliedern zum Magen zurück und verursachte dort ein brennendes Gefühl. Er spannte die Muskulatur seines Oberkörpers an und verbot sich, seinem Reflex zu folgen und rascher zu atmen. Vorsichtig erhob er sich bis zur Hocke.

Aber er wagte es nicht, sich von dem *futon* zu entfernen. Wenn er die Matten betrat, mußte er genau das gleiche Geräusch verursachen wie der Eindringling, womit dieser gewarnt worden wäre. Er mußte unbeweglich verharren, alle Muskeln gespannt, bis die Umstände ihn dazu zwangen, tätig zu werden.

Savage besaß keine Schußwaffe. Er und Akira hatten noch vor dem Erreichen des Dulles Airport ihre Pistolen in ein Gully geworfen. Sie konnten nicht hoffen, daß ihre Waffen beim Passieren der Röntgenuntersuchung und der Metalldetektoren an den Flughafenzugängen unentdeckt bleiben würden. Wenn der Fremde in Savages Zimmer kam, blieb diesem nur der Kampf Mann gegen Mann übrig.

Seine Muskeln verhärteten sich. Er starrte durch die Finsternis und hörte ein leises Kratzen – eine Tür in der Wand wurde vorsichtig beiseite geschoben.

Es war nicht die Wand von Savages Zimmer. Jenseits des Korridors verschaffte sich jemand Zutritt zu Akiras Schlafraum.

Jetzt. Savage mußte handeln, bevor Akira im Schlaf überrascht wurde.

Er setzte zum Sprung an und fuhr zurück, als die Papierwand seines Zimmers plötzlich in Fetzen flog. Zwei Gestalten warfen sich zu Boden. Einer von beiden landete so hart, daß ihm die Luft wegblieb. Er gab einen grunzenden Laut von sich.

Zwei Männer.

Savage sah die Silhouette Akiras, der dem anderen die Handkante ins Gesicht schlug. Der Eindringling war vollkommen schwarz gekleidet und hatte eine schwarze Kapuze über den Kopf gezogen. Er grunzte abermals, diesmal unter Akiras Schlag, und feuerte einen Schuß aus einer Pistole mit Schalldämpfer ab. Die Kugel durchschlug die Decke. Savage schnellte hoch.

Er sprang nicht hinüber, um Akira zu helfen, weil er davon ausging, daß sein japanischer Freund allein mit der Situation fertig werden würde. Statt dessen warf er sich nach rechts, über Rachel hinweg, landete neben ihr und zerrte sie ins Nebenzimmer. Sie hatte einen Schrei ausgestoßen, als die Männer durch die zerplatzende Wand ins Zimmer gestürzt waren und schrie jetzt abermals, als Savage sie packte und aus der Schußlinie zerrte.

Obwohl Akira ihm schwere Schläge versetzte, schoß der Eindringling noch einmal.

Die Kugel fuhr neben Rachel und Savage durch die Wand.

Rachel war nach dem erneuten Schrei so atemlos, daß sie nur noch wimmern konnte. Sie folgte Savages Beispiel und rannte tief gebückt vor ihm her. In der Finsternis verlor sie jede Orientierung in dem ihr unbekannten Haus und hatte plötzlich eine Papierwand vor sich. Es blieb keine Zeit, ein Stück der Wand beiseite zu schieben, sie krachte voll dagegen und durch das Papier hindurch. Jenseits fiel sie auf die Matten im nächsten Zimmer.

Savage riß sie auf die Füße und schob sie weiter. »Lauf fort, so schnell du kannst. Bück dich und versuche, den vorderen Teil des Hauses zu erreichen.

Kaum war sie von ihm fortgetaumelt, machte Savage kehrt, um Akira zu helfen. Als er begriff, wo er sich befand, klopften plötzlich seine Schläfen. Es war das Zimmer, in dem Akira ihm und Rachel die Samuraischwerter gezeigt hatte. Savage riß eines von der Wand und zog es aus der Scheide. Die Länge der Waffe überraschte ihn. Er richtete die Spitze des Schwertes zur Zimmerdecke, um sich nicht selbst zu verletzen, und sprang durch das Loch in der Wand zurück.

Die Pistole des Eindringlings bellte gedämpft, und das Geschoß riß ein Loch in die Wand, als Savage durch Rachels Zimmer in sein eigenes stürmte. Er sah, wie Akira dem Mann mehrmals die Handkante ins Gesicht schlug, bis er still liegen blieb.

Savage atmete aus.

Zugleich schrie er: »Akira, hinter dir!«

Eine dunkle Gestalt füllte das Loch in der Wand aus. Der Mann hob eine Schußwaffe.

Akira brachte sich mit einer Schulterrolle aus der Schußlinie. Mit einem gedämpften ›Plopp‹ schlug die Kugel in den bewegungslos am Boden liegenden Mann, nachdem sie Akiras Rücken verfehlt hatte.

Savage hielt das Schwert immer noch mit der Spitze nach oben gerichtet. Er packte den Griff mit beiden Händen und schlug mit aller Kraft zu. Zugleich löste er seinen Griff und schleuderte so das Schwert gegen den Mann im Korridor.

Er hatte die Spitze der Klinge auf die Brust des Gegners gerichtet. In der Finsternis konnte er das Schwert nicht fliegen sehen, hoffte aber, ein Stöhnen zu hören. Statt dessen klang Metall gegen Metall.

Die Klinge hatte die Pistole des Gegners getroffen. Sie fiel mit einem dumpfen Laut zu Boden.

Der Eindringling machte kehrt, und seine undeutliche Silhouette verschwand. Seine Schritte verklangen im rückwärtigen Teil des Hauses.

Savage hörte, wie zwei Körper zusammenprallten. Eko stieß einen unterdrückten Schrei aus. Irgendwer fiel zu Boden. Savage stürzte auf das Loch in der Wand zu.

Akira kam ihm zuvor, er bückte sich und tastete die Matten ab. »Wo ist die Pistole?« Er stieß einen japanischen Fluch aus, als er sie nicht finden konnte. Mit einem erneuten Fluch packte er das Schwert und sprang durch das Loch in der Wand.

Savage blieb hinter ihm und sah gerade noch, wie sich der Eindringling zu einer weiteren Gestalt am Boden bückte, ein Schwert an sich riß und durch die offene Hintertür hinaussprang.

Auf dem Boden lag Churi, seine Beine in Richtung Veranda ausgestreckt.

Mit einem Wutschrei sprang Akira über ihn hinweg. Einen Moment blieb er mit erhobenem Schwert stehen für den Fall, daß ihm der Gegner auflauerte. Dann verschwand er in dem finsteren Garten.

Savage war im Begriff, sich an der Verfolgung zu beteiligen, da stieß sein Fuß an einen auf dem Boden liegenden Gegenstand. Das war die Pistole, nach der Akira vorher vergeblich gesucht hatte. Er riß sie an sich und rannte weiter.

Eko taumelte aus ihrem Zimmer, immer noch benommen von dem Zusammenstoß mit dem Eindringling.

Savage sprang zur Seite, rannte um die Frau herum, duckte sich auf der Veranda und zielte mit der Pistole in den Garten.

Die Umrisse der Waffe verrieten Savage, daß es sich um eine Beretta vom Kaliber neun Millimeter handelte, wie sie bei der NATO und den amerikanischen Streitkräften in Gebrauch war. Ihr Magazin enthielt fünfzehn Schuß. Auf der Mündung steckte ein Schalldämpfer.

Savage duckte sich in den Schutz der Stufen, die zur Badewanne hinaufführten. Der zu drei Vierteln volle Mond im Verein mit dem Widerschein der Straßenlichter jenseits der hohen Mauer ließ den Garten etwas heller erscheinen als das finstere Innere des Hauses. Man sah die Schatten der Felsen und Gebüsche auf dem goldfarbenen Sand. Man konnte sogar die mit der Harke im Sand gezogenen Bogenmuster identifizieren.

Savage sah die Abdrücke von zwei Fußspuren. Hier hatte Akira den anderen in den hinteren, dunkleren Teil des Gartens verfolgt.

Trotz aller Anstrengung konnte Savage höchstens dreißig Schritt über die Veranda hinaus etwas erkennen. Weiter hinten im Garten schien alles dunkel. Man hörte die Geräusche des Straßenverkehrs von jenseits der Mauer. Bremsen quietschten, Hupen ertönten. Plötzlich hörte man aus dem Dunkel des Gartens heraus Stahl gegen Stahl klirren. Das Geräusch war unverkennbar. Dort schlugen Schwerter gegeneinander.

Savage rannte in den Garten hinaus. Der Sand war kalt, Savage sank mit seinen bloßen Füßen tief ein, als er an einem Felsen vorüberlief und Deckung hinter einem Busch fand. Je weiter er in den Garten vordrang, desto deutlicher konnte er seine Umgebung wahrnehmen. Mondlicht glitzerte auf Schwertern. Das Geräusch von Stahl auf Stahl wurde lauter. Savage blieb stehen, als eine dunkle Gestalt mit erhobenem Schwert rückwärts auf ihn zukam. Der Mann fing einen Hieb ab, sprang nach rechts und schlug seinerseits zu.

Die Bewegungen waren so schnell, so fließend, daß Savage nicht zu unterscheiden vermochte, ob die Gestalt vor ihm Akira war oder der andere. Er hob die Beretta und war bereit zu feuern, sobald sich ihm ein unverkennbares Ziel bot. Die beiden Gestalten umkreisten einander, beide hielten ihre Schwerter mit den Spitzen nach oben gerichtet.

Akira! Savage erkannte ihn.

Akira war also die Gestalt gewesen, die so plötzlich vor ihm aufgetaucht war. Savage zielte mit der Beretta. Aber bevor er auf Akiras Gegner feuern konnte, hieben die beiden Männer aufeinander ein, parierten die Schläge, sprangen zur Seite, schlugen abermals zu und gingen im Kreis umeinander herum.

Savage konzentrierte sich und zielte über den Lauf der Beretta. Sein Finger spannte sich um den Abzug. Wenn sie doch für eine Sekunde still stehen blieben, dachte er. Mehr brauche ich nicht! Eine Sekunde! Nicht mehr! Nur die Zeit für einen sauberen Schuß.

Aber die beiden Gestalten sprangen hin und her, hieben aufeinander ein und wechselten die Stellung. Ehe Savage abdrücken konnte, nahm Akira bereits wieder den Platz des anderen ein.

Die Schwerthiebe fielen dichter.
Savage zielte immer noch.
»Halte dich da raus, Savage! Der gehört mir! Für Churi!«
Zögernd ließ Savage die Waffe sinken. Akira würde es ihm nie vergeben, wenn Savage jetzt eingriff und ihm nicht die Ehre ließe, den Tod seines Schülers zu rächen.

Savage trat ein paar Schritte zurück und verfolgte gespannt das Gefecht.

Akiras blitzende Klinge war auf die Brust des Eindringlings gerichtet. Der Mann sprang gewandt zurück und schlug nach Akiras Kopf. Es sah jedenfalls so aus, denn der Hieb war eine Finte. Als Akira ausholte, um den Hieb abzublocken, drehte sich der Gegner blitzschnell auf die Seite und schlug mit atemberaubender Geschwindigkeit nach Akiras rechtem Oberschenkel.

Der Hieb hätte ihm glatt das Bein durchschnitten, wenn Akira nicht einen Luftsprung gemacht hätte. Im Moment als er wieder Sand unter den Füßen hatte, duckte er sich nach links, um einem weiteren blitzschnellen Schlag zu entgehen. Während die Klinge an ihm vorüberzischte, holte Akira aus, sprang vorwärts und schlug zu – wobei er erwartete, daß sich sein Gegner nach links wegducken werde.

Doch der andere änderte seine Richtung und griff erneut an. Akira wich ihm geschickt aus und attackierte mit einer Serie von schnellen Hieben – aufwärts, seitwärts, abwärts. Dabei drang er mit erstaunlicher Geschwindigkeit und Grazie vor.

Plötzlich drehte er sich zur Seite und hob den angewinkelten linken Arm vor die Brust. Er legte die flache Klinge auf den Unterarm, packte das Schwert mit der anderen Hand und richtete die Spitze der Klinge nach vorn. Dabei stürmte er mit kurzen, leichten Sprüngen auf seinen Gegner ein.

Der Mann wich zurück.

Und Akira griff weiter an.

Der Gegner wich noch weiter zurück, wandte sich dann unversehens nach links und versuchte, Akira zu umlaufen, der zwangsläufig dieser Bewegung folgen mußte. Die Kämpfer standen einander wieder Auge in Auge gegenüber.

Der Eindringling griff an. Als sich Akira duckte, rutschte er auf dem feuchten Sand aus, taumelte zurück und stieß gegen einen Felsen. Savage stöhnte auf, hob die Beretta und zielte.

Der Fremde schlug auf Akira ein, doch der wich seitlich aus. Das Schwert des Gegners riß Splitter aus dem Felsen – und in diesem Moment zog Akira einen blitzschnellen Hieb von unten nach oben durch. Er schlitzte den Körper des Mannes von unten links nach oben rechts auf. Es hörte sich an, als würde ein Reißverschluß aufgezogen.

Blut spritzte, stöhnend ließ der Eindringling sein Schwert fallen, grotesk zuckend taumelte er zurück und fiel kopfüber in ein schwarzes Loch hinter sich.

Das Loch war der Teich. Platschend und spritzend fiel er hinein, und als die Wellen sich beruhigt hatten, trieb der Körper nach oben. Die Augen des Toten waren weit aufgerissen.

Benommen trat Savage näher. In der Finsternis konnte er nicht sehen, wie sich das Wasser rötlich verfärbte, aber er konnte es sich vorstellen.

Akira starrte den Leichnam an. Er atmete schwer. Hörbar schluckend wandte er sich an Savage. »Ich danke dir dafür, daß du nicht eingegriffen hast.«

»Es hat mich all meine Selbstkontrolle gekostet.«

»Doch wußte ich, daß ich mich auf dich verlassen konnte.« Im Mondlicht glänzte der Schweiß auf Akiras Gesicht.

»Hör zu«, sagte Savage, »vorhin im Haus habe ich nicht gleich versucht, dir zu helfen, weil...«

»Du mußtest zunächst unseren Schützling in Sicherheit bringen.«

»Ganz recht. Ich habe völlig automatisch reagiert. Das hatte nichts mit meinen Gefühlen für sie zu tun.«

»Und wenn sie nicht unser Schützling gewesen wäre, sondern einfach die Frau, die du liebst?« fragte Akira.

Darauf wußte Savage keine Antwort.

»In diesem Falle halte ich es für einen glücklichen Umstand«, sagte Akira, »daß die Frau, die du liebst, unser Schützling ist.«

»Ja«, sagte Savage unzufrieden und zugleich erleichtert darüber, daß Akira ihm keinen Vorwurf machte. »Ein großer Glücksfall.«

»Wie sind die Leute hereingekommen? An jeder Wand befinden sich Alarmgeräte.« Akira schritt an dem Teich vorüber. Für den Toten hatte er keinen Blick mehr. Er erreichte die hintere Gartenwand und ging nach rechts daran entlang.

Savage folgte ihm bis zur Ecke und dann an der anderen Wand

entlang. Fünfzehn Sekunden später entdeckten sie ein Seil, dessen Ende im Sand verschwunden war. Das Seil führte hinauf zum Dach des vierstöckigen Nachbargebäudes. Akira grub mit beiden Händen im Sand und brachte einen schweren Bolzen zum Vorschein, an dem das Seil befestigt war.

»Der Bolzen wurde vom Dach des Gebäudes aus abgeschossen«, erklärte Akira. »Das Gerät, mit dem der Bolzen abgefeuert wurde, muß einen Schalldämpfer haben. Oder sie benutzten ein extrem starkes Katapult, vielleicht auch einen Bogen, so daß Churi von dem Abschuß nichts hören konnte.«

»Sobald das Seil mit dem Bolzen tief in der Erde verankert war, kletterten sie daran herunter«, meinte Savage. »Aber dein Haus ist doch gleichfalls mit Alarmanlagen ausgestattet. Wie sind die Leute hereingekommen?«

Akira ging raschen Schrittes auf das Haus zu. »Churi hat sie eingelassen.«

»Was? Ich dachte, du vertrautest ihm.«

»Das tue ich jetzt noch.« Sie näherten sich der Veranda. Akira deutete auf Churis Leichnam. »Beachte seine Lage. Die Tür ist offen. Er fiel so, daß er halb im Hause liegt, zur anderen Hälfte aber draußen. Er liegt auf dem Bauch. Der Kopf befindet sich innerhalb des Korridors.« Er betastete den Körper. »Da ist Blut an seinem Körper, ein Einschuß.«

»Er war im Begriff, das Haus zu betreten, als er von hinten erschossen wurde«, stellte Savage fest.

Akira kniete nieder und berührte Churis Schulter. Seine Stimme ließ seine Trauer erkennen. »Alles spricht für diese Schlußfolgerung. Hinter der Badewanne auf der Veranda befindet sich ein Schalter, mit dem man die Alarmanlage außer Betrieb setzen kann. Nachdem Churi stundenlang Wache gehalten hatte, wollte er aus irgendeinem Grund ins Haus gehen, vielleicht zur Toilette. Als er die Anlage abgeschaltet hatte und die Tür öffnete, wurde er niedergeschossen.«

Und das Husten, das ich hörte, muß sein letzter Atemzug gewesen sein, dachte Savage. Sicherlich bin ich davon aufgewacht, daß die Tür geöffnet wurde und Churi in den Korridor fiel, aber ich wußte die Geräusche nicht zu deuten. Auch Akira ist davon aufgewacht.

»Faustfeuerwaffen werden in Japan sehr streng kontrolliert«, fuhr Akira fort. »Deshalb hatte Churi das Schwert bei sich. Der Mann, der jetzt im Teich liegt, riß es an sich, als er aus dem Haus rannte. Wahrscheinlich wollte Churi die Alarmanlage wieder einschalten, nachdem er das Haus betreten und die Tür abgeschlossen hatte. Da, rund um seine Hüften ist alles naß von seinem Urin.« Akira streichelte Churis Kopf. »Mein lieber junger Freund, wie konntest du nur so dumm handeln? Wie oft habe ich dir beigebracht, niemals den Umkreis dessen zu verlassen, was du zu bewachen hast. Verlasse nie deinen Posten. Geh zur Toilette, bevor du deinen Dienst antrittst. Und wenn du später dennoch Urindrang verspürst, dann laß ihn geräuschlos in deine Hose fließen. Das ist ein wenig unbequem, aber nichts im Vergleich zu der Pflicht, die du als Beschützer zu erfüllen hast. Warum, Churi? Habe ich dich nicht genug unterrichtet? War ich es nicht wert, dein *sensei* zu sein?« Akiras Schultern zuckten. Er schluchzte, beugte sich nach vorn und küßte Churis Nacken.

Hilflos sah ihm Savage zu. Ihm fiel kein Wort des Trostes ein. Was er auch hätte sagen können, es hätte in diesem Augenblick pathetisch geklungen.

Endlich lehrte ihn sein Mitleid, was zu tun sei. Keine lange Rede, keine Erklärungen, kein Versuch, die Schwere des Verlustes herunterzuspielen oder in dem Tod des Jungen einen Sinn zu suchen. Vier von Herzen kommende Worte würden alles sagen.

»Ich leide mit dir.« Savage legte die Hand auf Akiras zuckende Schulter.

Akira wischte sich die Tränen aus den Augen, rang nach Atem und konnte endlich sprechen. »*Domo arigato*«, sagte er mit unsicherer Stimme.

Eine Bewegung im Korridor weckte Savages Aufmerksamkeit. Eko stand vor Churis Leichnam. Tränen strömten ihr über das Gesicht. Sie kniete langsam nieder, dann setzte sie sich und legte den Kopf ihres Enkels in ihren Schoß.

Eine weitere Bewegung im Korridor. Wie hypnotisiert kam Rachel unsicher näher. Ihr Gesicht war so blaß, daß es in der Dunkelheit fast leuchtete, aus ihren Blicken sprach blankes Entsetzen.

Anscheinend begriff sie nicht, wo sie sich befand. Sie starrte geradeaus und schien Eko nicht wahrzunehmen, die vor ihr saß, noch sah sie Akira, der Churis Haar streichelte, noch Savage, der die Hand auf die Schulter des Freundes legte. Sie starrte blicklos in den Garten hinaus und blinzelte nicht einmal.

Savage stellte zu seinem Entsetzen fest, daß Rachel in der rechten Hand eine Pistole hielt, deren Mündung direkt auf ihren rechten Fuß gerichtet war. Nachdem wir das Haus verlassen hatten, überlegte er, muß sie in mein Zimmer zurückgekehrt sein. Dort hat sie die Pistole neben der Leiche des ersten Eindringlings gefunden, den Akira außer Gefecht gesetzt hatte.

Dabei habe ich ihr gesagt, daß sie in den vorderen Teil des Hauses fliehen soll. Warum hört sie nicht auf mich? Was hat die Pistole in ihrer Hand zu bedeuten?

Savage erhob sich vorsichtig. In seinen Ohren sauste es. Er hatte Angst, Rachel zu erschrecken, die dann womöglich den Finger um den Abzug krümmen würde. Er ging um Eko und Akira herum auf sie zu und legte seine Hände auf ihre beiden Arme. Unmerklich richtete er die Waffe gegen die Wand, schob ihren Zeigefinger vom Abzug weg und löste ihre anderen Finger von dem Pistolengriff.

»Ganz ruhig«, sagte er und ließ die Waffe auf den Fußboden fallen. »So ist es gut. Ich weiß, du hast Angst. Aber du hättest die Pistole nicht aufheben sollen. Du hättest dich selbst verletzen können, oder einen von uns.«

Sie gab keine Antwort, schien nicht einmal zu gewahren, daß er ihr die Pistole weggenommen hatte. Unentwegt starrte sie in die Nacht hinaus.

»Bevor du wieder einmal eine Pistole in die Hand nimmst«, fuhr Savage fort, »warte damit, bis ich dir beigebracht habe, wie man damit umgeht.«

»Ich kann es«, flüsterte sie.

»Du kannst es?«

»Ich weiß, wie man damit umgeht.«

»Natürlich weißt du es.« Savage hoffte, seine Stimme klänge nicht so, als wolle er sich über Rachel lustig machen.

»Vater hat es mir beigebracht.« Obwohl sie dicht vor ihm stand, klang ihre Stimme wie aus weiter Ferne.

Savage legte den Arm um ihre Schulter und wartete. Ihr Rücken war brettsteif vor Anspannung.

»Gewehre, Pistolen, Schrotflinten. Jeden Sonntag war Tontaubenschießen. Einmal hat er mich dazu gebracht, einen Fasan zu töten.« Sie erschauerte spürbar.

»Das ist lange her«, beruhigte sie Savage. »Und was heute nacht geschah, ist vorbei. Du bist jetzt in Sicherheit.«

»Ja, für jetzt. Doch es wird kein Ende nehmen. Andere werden kommen. Es wird nie ein Ende geben.«

»Da irrst du dich«, sagte Savage. »Es wird aufhören. Dafür werden wir sorgen. Und ich beschütze dich...«

»Ich mußte... da war die Pistole, die ich aufhob... es waren drei.« Ihre Stimme versagte.

»Ich verstehe nicht recht...«

Doch dann begriff er plötzlich, was sie meinte. »Drei?«

Sie drehte sich ganz langsam um und starrte in den dunklen Korridor.

Entsetzt hob Savage die Pistole auf und rannte den Gang hinunter. Irgendwo fand er einen Lichtschalter und knipste ihn an. Das helle Licht ließ ihn blinzeln. Durch die zerstörte Wand betrat er sein Zimmer. Auf dem Fußboden lag der dunkel gekleidete Mann, den Akira als ersten getötet hatte. Blut trocknete auf seiner Brust. Der Schuß stammte von dem zweiten Eindringling, der Akira verfehlt und seinen Partner getroffen hatte.

Drei sollten es sein?

Savage schaute in Rachels Zimmer. Dort war niemand. Gespannt betrat er das nächste Zimmer, schaltete eine Lampe an und fand es gleichfalls leer. Für einen Augenblick betrachtete er die Samuraischwerter an der Wand.

Er öffnete eine Schiebetür und befand sich wieder im Korridor. Am unteren Ende stand Rachel noch immer bewegungslos. Wie in Trance starrte sie ihn an. Hinter ihrem Rücken streichelten Akira und Eko trauernd Churis Leichnam.

»Rachel, bist du dir sicher?«

Dann sah er die leeren Patronenhülsen auf den Matten zwischen Akiras und seinem eigenen Zimmer. Die Pistole halb erhoben, näherte er sich der offenen Tür zu Akiras Zimmer.

Drinnen lag ein schwarz gekleideter Mann flach auf dem Rücken. Seine Augen waren vor Überraschung weit aufgerissen. Blut umgab ihn. Seine Brust war von Kugellöchern durchsiebt. Zu seinen Füßen lagen leere Patronenhülsen.

Savage untersuchte die leeren Hülsen im Korridor und in seinem

Zimmer. Einige mußten aus der Pistole des Eindringlings stammen, der auf Akira gefeuert hatte.

Wie oft hatte der Mann geschossen? fragte sich Savage.

Vier- oder vielleicht fünfmal, Savage konnte sich nicht genau erinnern. Fast fürchtete er sich vor dem, was er entdecken würde, als er das Magazin aus dem Griff der Waffe zog, die er in der Hand hielt.

Das Magazin war leer.

Er zog den Schlitten der Pistole zurück. Auch die Patronenkammer war leer.

Jesus, dachte er, während er seinen Blick über die Spur leerer Patronenhülsen von seinem Zimmer über den Korridor bis in Akiras Zimmer schweifen ließ. Der dritte Einbrecher mußte sich im Haus versteckt haben als er sah, daß das Vorhaben fehlgeschlagen war. Rachel kam in mein Zimmer und fand die Pistole. Dann mußte sie den dritten Mann gehört oder gesehen haben.

Und dann hatte sie geschossen, bis das Magazin leer war, mindestens zehn Kugeln, während sie in Akiras Zimmer trat. Noch als sie über dem Mann stand, hatte sie weitergefeuert.

Jesus, wiederholte er bei sich, sie hatte so viel Angst, daß sie völlig die Kontrolle über sich verlor. Kein Wunder, daß sie wie ein Gespenst aussieht. Sie steht nicht unter einem Schock, weil wir angegriffen wurden. Vielmehr rührt ihr Schock daher...

Er ging den Korridor entlang und nahm sie fest in die Arme. »Du hattest keine Wahl.«

Sie hielt die Arme seitlich an den immer noch starren Körper gepreßt.

»Rachel, du mußtest dich verteidigen. Denk doch mal darüber nach. Sonst hätte er dich umgebracht. Wahrscheinlich hast du Akira, Eko und mir das Leben gerettet. Du hast völlig richtig gehandelt.«

Sie atmete schwer an seiner Brust. »Leichen. Wohin ich auch komme, immer müssen Menschen sterben. Und jetzt bin ich obendrein eine Mörderin.«

Sie brauchte nicht hinzuzufügen: Wegen dir, weil ich bei dir geblieben bin, weil ich mich in dich verliebt habe.

Was für ein Preis dafür, daß man jemanden liebt, dachte Savage.

»Ich habe ihn nicht nur niedergeschossen, ich habe ihn hingerichtet«, schluchzte Rachel.

Endlich fing sie an zu weinen. Ihre Tränen benetzten Savages Pyjamajacke. Sie brannten auf seiner Haut.

Weil ich dir erlaubte, bei mir zu sein, dachte Savage. Es ist meine Schuld. Weil ich mich mit dir eingelassen habe. Churi ist in dieser Nacht nicht der einzige, der Fehler gemacht hat.

Verdammt, ich habe gegen so viele Regeln verstoßen.

Wäre Rachel nur mein Schützling gewesen und nicht meine Geliebte, dann hätte ich gewußt, wie ich mich zu verhalten habe. Meine Aufgabe war es, bei ihr zu sein. Akira kannte die Risiken. Ich habe mich schuldhaft verhalten, indem ich die eigenen Interessen wahrnahm und Akira im Stich ließ.

Akira. Das ist noch eine Regel, die ich verletzt habe. Indem ich sein Freund wurde. Ein Beschützer sollte niemals der Freund eines anderen Beschützers werden. Denn dann weiß man nicht, ob man den Freund oder seinen Auftraggeber beschützen soll!

Himmel, was für ein Durcheinander. Nachdem ich Rachel in Sicherheit glaubte, hätte ich nicht hinlaufen und Akira helfen sollen. Ich hätte das verdammte Haus absuchen müssen, um mich davon zu überzeugen, daß es keine weiteren Einbrecher gab. Rachel wurde gezwungen, diesen Mann zu erschießen, weil ich alles falsch gemacht habe.

Rachel schluchzte immer noch. Ihre Schultern zitterten.

Savage zog sie enger an sich. »Es tut mir leid, Rachel.«

Das habe ich heute nacht schon einmal gesagt, dachte er.

Und wie oft werde ich diese Worte noch sagen müssen?

»Ich würde alles dafür geben, könnte ich diese Nacht ungeschehen machen...«

Er war im Begriff ihr zu sagen: Je eher du dich von mir trennst, desto besser für dich. Da überraschte sie ihn damit, daß sie ihre Arme um ihn schlang.

»Wer auch immer diese Leute auf uns gehetzt hat, wer mich zum Töten gezwungen hat, soll seine Strafe finden, so wahr mir der Himmel helfe«, sagte sie fest. »Ich bin wütend genug, um abermals töten zu können.«

Ihr Ausbruch schockierte ihn. Stirnrunzelnd über ihre Schulter blickend sah er, daß Eko und Akira immer noch den toten Jungen streichelten.

Endlich stand Akira auf. Mit vor Trauer zitternder Stimme rief er in den Garten hinaus: »Fünfzehn Jahre hat mein Vater gebraucht, um diesen Garten zu erschaffen. Fast genauso lange habe ich weiter daran gearbeitet. Seht euch das an! Fußspuren haben zerstört, was Harken verzierten. Blut durchtränkt den Sand. Der Teich ist entweiht worden. Die Anstrengungen eines halben Lebens sind zunichte gemacht worden. Wer auch immer diese Feiglinge entsandt hat, ist ein so minderwertiges Subjekt, daß ich ihn nicht als ebenbürtigen Gegner betrachten und behandeln kann. Wenn ich ihn zu fassen kriege, werde ich ihn voller Verachtung umbringen, ihn verstümmeln und ins Meer werfen. Sein Geist soll nicht friedlich mit dem seiner Ahnen vereint werden. Ich schwöre, daß ich das tun werde als Vergeltung für das, was dem Garten meines Vaters angetan wurde.« Akira atmete tief durch. »Und für Churi.«

Akiras und Rachels Wutausbrüche machten Savage das Herz schwer. Ihre Racheschwüre ließen ihm das Blut in den Adern erstarren. Was hatte Rachel gesagt? Leichen. Wohin ich auch gehe, müssen Menschen sterben. Ja, so viele Tote, dachte er. Wir sitzen in der Falle. Früher habe ich einmal an das geglaubt, was Graham mir beigebracht hat, daß nämlich Rache eine ehrenwerte Angelegenheit sei. Und jetzt? Die Bitterkeit in Rachels Stimme, die Wut auf Akiras Gesicht... Was wir auch unternehmen, um diesen Alptraum zu überleben, es kann uns selbst vernichten.

Rachel schluchzte immer noch an seiner Brust. Er drückte sie fester an sich.

6

Sie saßen auf Kissen um einen niedrigen schwarzen Tisch in einem Zimmer, das nicht zerstört worden war.

»Wer hat diese Männer geschickt? Wie haben sie uns gefunden?« fragte Savage. Akiras sonst eher melancholische Züge waren jetzt vom Zorn gezeichnet. »Sie haben uns nicht zufällig in der Nacht nach unserer Ankunft überfallen. Sie haben auf uns gewartet.«

»Das bedeutet – jemand hat damit gerechnet, daß wir von Amerika aus direkt hierher kommen würden«, meinte Rachel. »Erst Virginia Beach und nun hier...«

»Ich glaube nicht an einen Zusammenhang zwischen beiden Angriffen«, wandte Savage ein. »In Virginia Beach ging es wohl mehr darum, Mac zu ermorden, damit er uns keine Informationen geben konnte und darum, dich von Akira und mir zu trennen, damit du nicht... Ja, was? Damit du nicht den Gründen im Wege stehen konntest, aus denen man uns falsche Erinnerungen eingepflanzt hat? Offensichtlich solltest du mit dem allen nichts zu tun haben.«

»Im Gegensatz dazu war der Angriff während der heutigen Nacht ein Verbrechen, das gegen uns drei gerichtet war«, sagte Akira. »Ich lade nur absolut vertrauenswürdige Leute in mein Haus ein. Eko würde niemals jemandem verraten, was hier drinnen vor sich geht. Das galt auch für Churi. Die Eindringlinge konnten nicht wissen, wo mein Schlafzimmer lag und wo sich die Gästezimmer befanden. Sie hatten es nicht auf einen einzelnen von uns abgesehen. Wäre es darum gegangen, Rachel von uns zu trennen, hätten die Unbekannten einen günstigeren Augenblick abwarten können, in dem Rachel deutlich zu sehen war. Aber sich in mein Haus einzuschleichen? Wie ich es sehe, wollten sie uns alle drei umbringen.«

Rachel zog die Augenbrauen zusammen. »Das Team in Virginia Beach und die drei Männer von heute nacht wurden von unterschiedlichen Auftraggebern ausgeschickt?«

»Sieht ganz so aus«, erwiderte Savage. »Die beiden Überfälle wurden von verschiedenen Leuten veranlaßt und kontrolliert. Die eine Seite wünscht, daß wir unsere Ermittlungen fortsetzen. Die andere will, daß wir damit aufhören. Beide verfolgen unterschiedliche Ziele. Aber wer? Verdammt, was geht hier vor?«

Rachel wandte sich an Akira. »Du sprachst von einem Mann, mit dem du reden willst. Du hast ihn weise und heilig genannt.«

Akira nickte. »Ich hatte gehofft, ihn heute vormittag aufsuchen zu können. Jetzt fürchte ich, daß ich den Besuch aufschieben muß... wegen Churi.« Die Muskeln an Akiras Nacken traten wie Stränge hervor. »Wir müssen Vorbereitungen treffen.«

Aus dem hinteren Teil des Hauses hörte man Eko weinen. Savage stellte sich vor, daß sie immer noch den Kopf des Enkels in ihren Schoß gebettet hielt. Man hatte die Leiche hereingebracht und die Tür verschlossen.

»Wenn nur die drei Einbrecher getötet worden wären, würde ich dazu neigen, die Leichen einfach verschwinden zu lassen«, sagte Akira. »Aber ich besitze keinen Wagen, um sie fortzuschaffen. Bis ich einen Mietwagen hierher gebracht habe, ist es taghell und die

Straßen sind belebt. Man würde uns dabei beobachten, wie wir die Toten aus dem Haus schaffen, mögen wir sie auch noch so gut tarnen. Eine andere Lösung läge darin, die noch herrschende Dunkelheit auszunutzen und die Toten im Garten zu vergraben. Diese Lösung ist für mich unannehmbar. Ich verwahre mich dagegen, daß der Garten meines Vaters noch weiter geschändet wird. Die Eindringlinge spielen für mich keine Rolle. Mir geht es um Churi. Er muß mit allen Ehren beigesetzt werden. Für Eko und mich ist es wichtig, daß wir oft sein Grab aufsuchen und davor beten können. Es ist meine unabweisbare Pflicht, die Polizei zu verständigen.«

Savage nickte. »Ja.«

»Ihr solltet nicht hier sein, wenn die Beamten eintreffen«, fuhr Akira fort. »Wenn zwei Amerikaner in diese Angelegenheit verwickelt sind, würde die Polizei viel genauere Nachforschungen anstellen. Dabei käme heraus, daß ihr mit gefälschten Pässen ins Land gekommen seid. Man würde euch einsperren. Selbst wenn der Polizei an euren Pässen nichts auffiele, gäbe es so viel Publicity, daß unsere eigenen Nachforschungen behindert würden.«

»Was willst du denn der Polizei berichten?« fragte Rachel.

»Drei Männer sind in mein Haus eingedrungen, um meine wertvolle Sammlung zu stehlen. Dabei haben sie Churi erschossen. Der Lärm hat mich geweckt. Im Zweikampf Mann gegen Mann habe ich den einen Mann getötet. Ich benutzte seine Pistole, um den zweiten zu erschießen. Dabei habe ich das ganze Magazin leergeschossen. Schließlich packte ich ein Schwert, um den dritten Eindringling zu verfolgen, der sich ebenfalls ein Schwert angeeignet hatte. Er war mir nicht gewachsen und fiel unter meinen Hieben. Daß ich ein Schwert gebraucht habe, läßt mich als Helden erscheinen und wird zu meinen Gunsten ausgelegt werden.«

Savage dachte darüber nach. »Die Einzelheiten stimmen. Es müßte klappen.« Hoffentlich, fügte er im stillen für sich hinzu.

»Dazu ist aber nötig, daß ich eure Fingerabdrücke von den Pistolen abwische, die ihr in Händen gehalten habt. Dann muß ich die Fingerspitzen der Toten in eurem Zimmer und draußen im Garten gegen die Pistolengriffe drücken. Außerdem muß ich eine Pistole abfeuern, damit sich Schmauchspuren auf meiner Hand bilden für den Fall, daß die Polizei meine Haut untersuchen läßt, um zu beweisen, daß ich wirklich geschossen habe... Fällt euch sonst noch etwas ein?«

»Ja«, sagte Savage. »Meine Fingerabdrücke befinden sich auf einem der Schwerter.«

»Darum werde ich mich kümmern. Ihr solltet sofort von hier verschwinden. Wenn wir zu lange zögern, dürfte dem Polizeiarzt der Zustand der Leichen auffallen. Man würde mir vorhalten, daß ich die Polizei viel zu spät alarmiert habe.«

Rachel zögerte. »Wohin sollen wir uns wenden? Wie nehmen wir wieder Kontakt mit dir auf? Ich habe mich so sehr daran gewöhnt, daß wir drei zusammen sind... der Gedanke an eine Trennung...«

»Ich stoße so bald wie möglich wieder zu euch«, beruhigte sie Akira. »Ihr bekommt meine Telefonnummer, aber ihr solltet hier nur im äußersten Notfall anrufen. Ich beschreibe euch den Weg zu einem Restaurant, das mir gut bekannt ist. Seid dort um die Mittagsstunde. Wenn ich nicht hinkommen kann, rufe ich an. Der Wirt kennt mich. Ich vertraue ihm.«

»Was geschieht, wenn du keine Möglichkeit hast, dort anzurufen?« fragte Rachel mit zitternder Stimme.

»Dann seid um sechs Uhr nachmittags abermals dort.«

»Und wenn du dich dann immer noch nicht meldest?«

»Dann versucht es am folgenden Morgen um neun Uhr noch einmal. Wenn ich mich auch dann noch nicht gemeldet habe, ruft bei mir daheim an. Wenn Eko am Apparat ist und ›*moshi, moshi*‹ sagt, was so viel bedeutet wie euer ›hallo‹, dann wißt ihr, daß ich aus gutem Grund abwesend bin. Ruft später noch einmal an. Wenn Eko sich aber mit ›*hai*‹ meldet, was eurem ›ja‹ entspricht und bei uns als sehr unhöfliche Art gilt, sich zu melden, dann ist etwas schiefgegangen. Verschwindet dann so schnell wie möglich aus Japan.«

»Das geht nicht«, warf Savage ein.

Akira kniff die Lider zusammen. »Oh?«

»Ich bin weit gereist und habe vieles durchgemacht. Und ich bin entschlossen, diese Sache zu Ende zu führen, ganz gleich ob mit dir oder ohne dich«, sagte Savage.

»Du würdest keinen Erfolg haben, allein und ohne die Kenntnis der Landessprache. Erinnere dich an das, was ich dir gesagt habe. In Japan hat sich eine Inselgesellschaft herausgebildet. Weniger als fünfzehntausend Amerikaner leben unter einhundertfünfundzwanzig Millionen Japanern. Ausländer werden beargwöhnt. Niemand würde dich bei deiner Suche unterstützen. Und wo wolltest du damit anfangen?«

»Am selben Ort, an dem du die Suche fortsetzen willst«, sagte Savage. »Wo finde ich diesen heiligen Mann, von dem du gesprochen hast?«

»Er würde nicht mit dir reden.«

»Vielleicht. Aber ich muß es trotzdem versuchen. Also, wo finde ich ihn?«

»Wie kann man nur so stur sein.« Akira schaute zweifelnd drein. Dann entnahm er dem Schubfach eines schmalen Lacktischchens eine Feder und einen Bogen Papier, auf den er eine Reihe von Zahlen und Ortsbeschreibungen schrieb. »Der heilige Mann ist mein *sensei*. Er sollte hier zu finden sein.« Akira deutete auf das Papier. »Aber zuerst versuchst du es in dem Restaurant.«

Savage erhob sich. »Alles klar.« Damit nahm er den Papierbogen an sich.

»Ich ziehe mich so schnell wie möglich an«, sagte Rachel.

Savage ging hinter ihr her den Korridor hinunter.

Am hinteren Ende kniete immer noch Eko. Sie streichelte das Haar ihres Enkels, und ihre Tränen tropften auf das Gesicht des Toten.

Gott helfe ihr, dachte Savage.

Gott helfe uns allen.

7

Fünfzehn Minuten später trugen Savage und Rachel ihre Reisetaschen über den Pfad aus weißen Kieseln. Der einst so friedvolle Garten wirkte jetzt unheimlich. Am Tor drehte sich Savage um und verbeugte sich vor Akira.

Der Japaner verbeugte sich ebenfalls. »*Sayonara.*«

»*Sayonara.* Hoffentlich nicht für allzu lange.«

»Ich erledige die Angelegenheit mit der Polizei und stoße so rasch wie möglich wieder zu euch.« Dann machte Akira eine so unerwartete Bewegung, daß Savage zunächst nicht begriff, was er vorhatte.

Akira hatte den Arm ausgestreckt. Ganz entgegen japanischer Sitte wollte er Savage die Hand schütteln.

Savage wurde es warm ums Herz, als ihre Hände sich fanden.

Akiras Griff war herzlich und fest. Er ließ die Kraft des Schwertkämpfers erkennen.

Akira hob den hölzernen Riegel aus den Halterungen zu beiden Seiten des Tores. Vorsichtig zog Savage das Tor auf und blickte auf die menschenleere, finstere Straße hinaus. Da er nichts Bedrohliches wahrnehmen konnte, schritt er aufmerksam um sich blickend den Gehweg hinunter. Dabei war er darauf bedacht, daß Rachel durch seinen Körper gedeckt war. Unter der Jacke trug er die Pistole eines der Einbrecher. Er und Akira hatten das kalkulierte Risiko auf sich genommen, daß die Polizei natürlich fragen würde, warum drei Einbrecher nur zwei Schußwaffen bei sich gehabt hatten.

Leise schloß sich das Tor hinter ihnen. Mit dumpfem Geräusch wurde der Riegel eingehängt. Trotz Rachels Gegenwart fühlte sich Savage wie ausgebrannt, als sie um die nächste Ecke bogen.

Irgend etwas oder irgendwer fehlte.

Einsam.

Amaterasu

1

Sie legten mehrere Meilen zu Fuß zurück. Savage überzeugte sich immer wieder davon, daß ihnen niemand folgte. Unterdessen war die Sonne aufgegangen, und die lärmerfüllten Straßen hatten sich belebt. An den Kreuzungen mußte sich Savage immer wieder ins Gedächtnis rufen, daß in Japan – wie in England – Linksverkehr herrscht und daß man als Fußgänger nach rechts blicken mußte, weil sich die Fahrzeuge von dieser Seite her näherten.

Zunächst hatte Savage daran gedacht, ein Taxi zu nehmen, aber er und Rachel hatten vorerst kein bestimmtes Ziel. Selbst wenn sie ein Ziel gehabt hätten, wäre es ihnen doch unmöglich gewesen, sich mit dem Fahrer zu verständigen. Akira hatte zur Lösung des Problems beigetragen, indem er in Englisch und Japanisch aufgeschrieben hatte, wo das Restaurant lag und wo sein *sensei* zu erreichen war. Vorerst aber nutzten diese Instruktionen überhaupt nichts. Rachel und Savage kamen sich richtig verloren vor.

Irgendwohin mußten sie sich jedoch wenden. Das sinnlose Umherirren war ermüdend. Die Reisetaschen wurden zur Last.

»Vielleicht sollten wir einen Bus nehmen«, meinte Rachel. »Da könnten wir wenigstens sitzen.«

Sie überlegten es sich bald anders. Die Busse waren überfüllt. An Sitzplätze war überhaupt nicht zu denken.

Savage blieb an einem Zugang zur Untergrundbahn stehen.

»Die Züge sind bestimmt genauso überfüllt wie die Busse«, meinte Rachel.

»Das ist wahrscheinlich. Aber wir wollen es uns einmal ansehen.«

Sie stiegen inmitten eines wahnwitzigen Trubels die Stufen hinunter. Leute hasteten an ihnen vorüber, die sich nicht einmal Zeit für einen neugierigen Blick auf die beiden Weißen inmitten all der Japaner nahmen. Savage wurde die Reisetasche schmerzhaft gegen das Schienbein geknallt. Immerhin war der Bahnhof, im Gegensatz zu den Verhältnissen in New York, sauber und hell. An der Wand hing eine Karte, auf der bunte Linien eingezeichnet waren. Unter der japanischen Erläuterung sah Savage englische Buchstaben.

»Das ist die Karte mit den Strecken der Untergrundbahn«, sagte Rachel.

Mit einiger Mühe entzifferten sie die Karte und kamen zu dem Schluß, daß sie sich auf einem Bahnhof der Chiyoda-Linie befanden. Von hier aus führte ein grüner Strich mitten nach Tokio hinein. Östlich davon befand sich ein schwarzer Strich mit der Bezeichnung Ginza.

Savage betrachtete das Papier, das Akira ihm gegeben hatte. »Das Restaurant liegt im Stadtviertel Ginza. Wenn wir den nächsten Zug nehmen und ihn auf einem Bahnhof der Innenstadt verlassen, befinden wir uns schon nahe an dem Treffpunkt.«

»Oder wir verlaufen uns noch mehr.«

»Habe Geduld und Vertrauen«, meinte Savage. »Das sagst du doch auch immer zu mir. Nicht wahr?«

Reisende standen Schlange vor einem Fahrkartenautomaten. Savage schloß sich ihnen an. Auf dem Flugplatz hatte er japanisches Geld eingetauscht. Als ein Zug einlief, stürzte sich die wartende Menge auf die sich öffnenden Türen. Rachel und Savage wurden einfach mitgerissen. Der Schwung des rasch anziehenden Zuges und die Menschenmasse preßten sie aneinander.

Nach einigen Stationen verließen sie den Zug, stiegen eine Treppe hinauf und befanden sich mitten in Tokios Verkehrsgewühl. Bürogebäude und Warenhäuser erhoben sich vor ihnen.

»Wir können die Taschen nicht länger mit uns herumschleppen«, keuchte Rachel.

Sie beschlossen, ein Hotel aufzusuchen. Statt dessen fanden sie einen großen Bahnhof der Eisenbahn. In der Halle befanden sich lange Reihen von Schließfächern, und dort verstauten sie ihr Gepäck und fühlten sich endlich von jeder Last befreit.

»Es ist erst neun Uhr«, stellte Savage fest. »Vor der Mittagsstunde sollen wir nicht im Restaurant sein.«

»Dann suchen wir uns halt ein paar Sehenswürdigkeiten.«

Savage spürte sofort, daß Rachels munterer Ton erzwungen war, ein Versuch, die Ereignisse und Ängste der vergangenen Nacht zu überspielen. Ihre scheinbar sorglose Haltung reichte aber nur bis zum oberen Rand der Treppe. Neben dem Ausgang des Bahnhofs befand sich ein Zeitungsautomat. Erschrocken deutete sie auf eine der Zeitungen. Auf der ersten Seite erkannte man ein großes Bild des Japaners, den sie schon in North Carolina auf dem Bildschirm gesehen hatten.

»Muto Kamichi«, stöhnte Savage. Er konnte die Erinnerung daran, wie Kamichis Körper zerschnitten worden war, nicht unterdrücken. Sofort verbesserte er sich und nannte den Namen, den er von dem Fernsehsprecher für den antiamerikanischen Politiker gehört hatte: »Kunio Shirai.«

Das Bild zeigte den grauhaarigen Japaner, wie er eine aufgeregte Gruppe von jungen Leuten, die wie Studenten aussahen, aufhetzte.

Warum soll ich nur glauben, daß ich ihn sterben sah? fragte sich Savage. Ein unheimlicher Schauder überlief ihn. Hat er vielleicht uns sterben sehen?

»Laß uns jetzt endlich weitergehen«, sagte Savage. »Vielleicht finden wir einen Ort, der nicht so von Menschen wimmelt. Ich muß erst mal nachdenken.«

2

Vom Bahnhof aus wanderten sie westwärts weiter bis zu einem großen Platz, der Kokyo Gaien genannt wurde. Auf einem breiten Kiespfad strebten sie dem südlichen Rand des Platzes zu. Unterwegs versuchte Savage, seine Gedanken zu ordnen. »Es sieht fast so aus, als seien Akira und ich dazu motiviert worden, nach Japan zu kommen.«

»Ich wüßte nicht, wie so etwas möglich sein sollte. Wir haben die Reise von Griechenland über Südfrankreich und Amerika hierher nach Japan ganz aus freien Stücken unternommen«, entgegnete Rachel.

»Irgendwer hat gewußt und darauf gewartet, daß wir in Akiras Haus eintreffen würden. Das Angreiferteam stand bereit. Irgendwer ahnt im voraus, was wir unternehmen werden.«

»Aber wie?«

Sie erreichten eine Straße und wandten sich abermals nach Westen. Links befand sich das Parlamentsgebäude, rechts lagen die kaiserlichen Gärten. Savage war zu sehr mit seinen Gedanken beschäftigt, als daß er einen Blick dafür übrig gehabt hätte.

Eine ganze Weile wanderten sie in besorgter Stille weiter. »Wenn zwei Männer glauben, sie hätten ihren beidseitigen Tod erlebt, und diese Männer lernen einander dann persönlich kennen«, sagte er schließlich, »was würden die beiden unternehmen?«

»Ganz klar.« Rachel hob die Schultern. »Genau das, was du zusammen mit Akira gemacht hast. Sie werden sich verzweifelt bemühen, Licht in die Sache zu bringen.«

»Und wenn sie dann entdecken, daß ein gemeinsamer Bekannter für diesen Kontakt gesorgt hat?«

»Sie würden sich an diesen Bekannten wenden und Aufklärung verlangen«, meinte Rachel.

»Logisch und vorhersehbar. Also fuhren wir zu Graham und mußten feststellen, daß er ermordet worden war. Von ihm bekamen wir keine Antwort. Wir brauchten aber Klarheit. Wo konnten wir noch danach suchen?«

»Da gab es nur eine Möglichkeit«, sagte Rachel. »Ihr mußtet dort weitersuchen, wo ihr glaubtet euch gegenseitig sterben gesehen zu haben. Im Medford Gap Mountain Hotel.«

»Da mußten wir erkennen, daß das Haus überhaupt nicht existierte. Also war vorauszusehen, daß wir versuchen würden herauszufinden, was noch alles nicht geschehen war. Oder nicht?« fragte Savage. »Mußten wir nicht nach Harrisburg fahren, wo wir – so glaubten wir – von unseren Verletzungen geheilt wurden. Und wo wir uns an den gleichen Arzt erinnerten.«

»Von da an stimmt aber deine Theorie nicht mehr«, wandte Rachel ein. »Denn niemand konnte voraussehen, daß du dich röntgen lassen würdest, um herauszufinden, ob du wirklich verletzt worden warst. Und ganz bestimmt konnte niemand voraussehen, daß du schließlich in Philadelphia mit Doktor Santizo sprechen würdest.«

Sie kamen an zwei Institutsgebäuden vorüber. Ein Park lud zum Verweilen ein. Am Eingang stand ein Schild, unter dessen japanischen Buchstaben in Englisch zu lesen war: ›Innerer Garten des Meiji-Schreines‹.

»Eine Gruppe von unseren Bewachern könnte uns am Krankenhaus erwartet haben«, fuhr Savage fort. »Oder vielleicht auch schon am Medford Gap, wo wir leichter auf unserer Suche nach dem Hotel beobachtet werden konnten. In New York haben wir uns davon überzeugt, daß uns niemand verfolgt hat. Nach der vergeblichen Suche am Medford Gap aber waren wir so verwirrt, daß wir Verfolger vielleicht nicht bemerkt haben. Als wir in Harrisburg den Wagen verließen, um die verschiedenen Krankenhäuser abzusuchen, können unsere Überwacher das Fahrzeug leicht mit einem kleinen Sender versehen haben. Danach konnten sie uns unschwer bis nach Virginia Beach verfolgen, wo sie Mac umlegten und versuchten, dich von uns zu trennen. Wenn ich es mir im nachhinein überlege, wurden wir durch Macs Tod nicht nur daran gehindert, Informationen zu erhalten. Man hielt uns ja für seine Mörder, und dadurch wurden wir unter Druck gesetzt und mußten die Flucht eilig fortsetzen.«

»Und als wir im Fernsehen Kunio Shirai sahen, wußten wir auch genau, wohin wir fliehen sollten«, meinte Rachel. »Japan. Und doch stimmt diese Logik nicht ganz.« Sie schüttelte den Kopf. »Wie konnte unser unbekannter Gegner dessen sicher sein, daß wir ein Bild von Shirai sehen würden?«

»Weil er davon ausgehen konnte, daß wir gezwungen wären, die Zeitungen zu lesen, um zu erfahren, wie es um die Nachforschungen in der Mordsache stand. Wenn nicht im Fernsehen, wären wir früher oder später in einer Zeitung oder einem Magazin auf ihn gestoßen.«

»Das meine ich auch.«

Savage zog die Augenbrauen zusammen. »Aber die Mannschaft, die Mac umbrachte, hat einen anderen Auftraggeber als das Team, das in der vergangenen Nacht versuchte, uns zu töten. Der eine will, daß wir weiter suchen. Der andere möchte, daß wir damit aufhören.«

Vor ihnen führte ein breiter Weg durch ein riesiges Zypressentor. Die hohen Seitenpfähle wurden oben durch einen Querbalken verbunden, und darüber befanden sich weitere Querbalken, die von Stück zu Stück breiter wurden. Die gesamte Struktur erinnerte Savage an ein japanisches Ideogramm. Büsche und Bäume flankierten den Pfad und lenkten den Blick auf eine Pagode. Rechts und links davon erstreckten sich lange, flache Gebäude – der Meiji-Schrein. Das Dach der Pagode war flach. An den Seiten hing es schräg nach unten, die unteren Ränder jedoch zeigten wieder nach oben, womit eine Verbindung zwischen Himmel und Erde hergestellt wurde. Savage war von der Eleganz und Harmonie des Gebäudes entzückt.

Eine englisch sprechende Stimme ließ ihn aufhorchen. Rachel packte seinen Arm. Nervös drehte er sich um und sah etwas völlig Überraschendes.

Amerikaner!

Nicht einige wenige, sondern mehrere Dutzend. Obwohl er erst gestern in Japan eingetroffen war, hatte sich Savage schon daran gewöhnt, sich von Japanern umgeben zu sehen. Diese Gruppe von Weißen kam ihm und Rachel in dieser Umgebung unpassend vor, so wie er und Rachel sich inmitten der Japaner fehl am Platz vorkamen, die mit ihnen zum Schrein schritten.

Die Stimme, die er vernommen hatte, gehörte zu einer hübschen Japanerin von etwas über zwanzig Jahren. Ihr roter Rock mit Blazer erinnerte an eine Uniform. Sie hatte einen Schreibblock in der Hand. Im Gehen wandte sie den Kopf und sprach zu der Gruppe, die ihr folgte.

Touristen, erkannte Savage.

»Der Meiji-Schrein ist einer der berühmtesten Wallfahrtsorte in Japan«, erklärte sie in fast einwandfreiem Englisch.

Der Pfad führte auf einen Hofplatz, und dort bildete die Gruppe einen Halbkreis.

»Im Jahre 1867«, sagte die Fremdenführerin, »nach mehr als zweieinhalb Jahrhunderten, in denen ein Shogun die absolute Herrschaft über Japan ausgeübt hatte, wurde die Macht von einem Eroberer übernommen. Der Name seiner Kaiserlichen Hoheit war Meiji« – sie verneigte sich – »und der geschichtliche Vorgang wurde als die Meiji-Restauration bezeichnet. Sie gilt als eine der vier größten Umwälzungen in der Geschichte Japans.«

»Was waren die anderen drei?« unterbrach sie ein Mann in einer blaukarierten Hose.

Die junge Japanerin antwortete sofort. »Im fünften Jahrhundert kam das Land unter chinesischen Einfluß, dem folgte um sechzehnhundert die Einführung des Shogunates und dann die Besetzung durch die Vereinigten Staaten nach dem Zweiten Weltkrieg.«

»Hat damals nicht MacArthur den Herrscher dazu gezwungen zuzugeben, daß er kein Gott sei?«

Das Lächeln der Fremdenführerin erstarrte. »Ja, Ihr hochgeschätzter General verlangte von Seiner Kaiserlichen Majestät, seiner Gottheit abzuschwören.« Ihr Lächeln wurde noch starrer, als sie auf die Pagode deutete. »Als 1912 Kaiser Meiji starb, wurde ihm zu Ehren dieser Schrein errichtet. Das Originalgebäude wurde 1945 zerstört. Der originalgetreue Neubau wurde 1958 errichtet.« Sie war taktvoll genug nicht zu erwähnen, daß das Original bei amerikanischen Bombenangriffen vernichtet worden war.

Savage schaute ihr nach, als sie die Gruppe quer über den Hofplatz führte. Bereits im Begriff, ihr zum Schrein zu folgen, blickte er instinktiv über seine Schulter zurück. Sein Magen krampfte sich zusammen, als er erkennen mußte, daß sich einige Amerikaner der Gruppe nicht angeschlossen hatten. Sie waren dreißig Yards weiter zurück auf dem von Bäumen umsäumten Pfad stehen geblieben.

Savage schaute wieder nach vorn. »Komm, wir schließen uns der Gruppe an«, sagte er zu Rachel. Er konnte die Dringlichkeit in seiner Stimme nicht ganz verbergen.

Sofort drehte sie den Kopf zu ihm herum. »Was ist los?«

»Schau nur geradeaus und passe dich meinem Schritt an. Gib dir den Anschein, als würden dich die Erklärungen der Fremdenführerin so faszinieren, daß du in ihrer Nähe bleiben möchtest.«

»Aber was ist...?«

Er spürte sein Herz klopfen. »Dreh dich nicht um, wenn ich es dir sage.«

Sie hatten die Gruppe fast erreicht. Der weite Hof war in Sonnenlicht gebadet. Savage lief es kalt über den Rücken.

»Schon gut, ich werde mich nicht umdrehen«, versprach Rachel.

»Auf dem Pfad stehen fünf Männer. Zuerst dachte ich, sie gehörten zu den Touristen. Aber sie sind ganz anders angezogen, sie tragen Straßenanzüge. Außerdem scheinen sie sich mehr für die Büsche am Weg zu interessieren als für den Schrein. Und für uns. Sie interessieren sich sehr für uns.«

»O Gott – schon wieder.«

»Ich weiß nicht, wie sie uns gefunden haben.« Savage bekam taube Finger, als der Adrenalinstoß das Blut in seine Muskeln jagte. »Wir haben doch aufgepaßt. Und die verdammte Untergrundbahn war so überfüllt, daß man uns kaum im Auge behalten haben kann.«

»Vielleicht gehören sie doch zu den Touristen. Geschäftsleute haben sich vielleicht für eine Weile freigenommen, um die Reisemüdigkeit zu überwinden. Vielleicht bedauern sie es schon, sich für den Schrein interessiert zu haben, anstatt ein Geisha-Haus aufzusuchen.«

»Nein«, sagte Savage. Seine Pulse hämmerten. Er mußte seine Stimme senken, weil sie die Touristengruppe erreicht hatten. »Einen von ihnen habe ich erkannt.«

Rachel zuckte zusammen. »Bist du sicher?«

»Genauso sicher wie ich bin, Akira ohne Kopf und Kamichi in zwei Hälften geschnitten gesehen zu haben. Einer von diesen Männern war im Medford Gap Mountain Hotel.«

»Aber dieses Hotel...«

»Gibt es nicht. Ich weiß. Und doch bin ich sicher, ihn dort gesehen zu haben.« In Savages Kopf drehte sich alles.

Obwohl er seine Verzweiflung zu verbergen suchte, hatte sie ihn lauter als beabsichtigt sprechen lassen. Mehrere Leute drehten sich nach ihm um. Eine etwa fünfzigjährige Frau mit blaugefärbtem Haar machte »Schschsch!« Die japanische Führerin zögerte und schaute den Störenfried fragend an.

Savage murmelte eine Entschuldigung. Er führte Rachel um die Gruppe herum zu dem hochragenden Schrein. »Falsche Erinnerung, ja«, sagte er zu Rachel. »Das ändert aber nichts an der Tatsache, daß ich sie in meinem Kopf habe. Für mich ist es Wirklichkeit. Akira und ich erinnern uns genau daran, daß Kamichi eine Konferenz mit drei Männern hatte. Der eine sah aus wie ein Italiener, der andere wie ein Spanier oder Mexikaner. Der dritte aber war ein Amerikaner! Und den habe ich hinter uns auf dem Pfad erkannt.«

»Aber die Konferenz hat doch niemals stattgefunden.«

»Ich bin ihm noch bei einer anderen Gelegenheit begegnet.«

»Wo?«

»Im Krankenhaus, während ich gesundgepflegt wurde.«

»In Harrisburg? Aber du bist niemals in Harrisburg in einem Krankenhaus gewesen. Wie kannst du einen Mann erkennen, dem du niemals begegnet bist?«

»Wie können Akira und ich Kunio Shirai erkennen, einen Mann, dem wir als Kamichi begegnet sind?«

»Du hast auch Kamichi niemals gesehen.«

Savage verspürte schreckliche Angst. Er mußte sich gewaltig zusammennehmen, um nicht in Panik zu reagieren. Die Wirklichkeit – der Schrein vor ihm – schien wie ein Traumbild. Die falschen Erinnerungen beharrten darauf, als einzige Wahrheit angesehen zu werden. Wenn meine Erinnerungen nicht wahr sind, überlegte Savage, woher soll ich dann die Gewißheit nehmen, daß diese Gegenwart wahr ist?

Sie betraten den Schrein. Ein Gang erstreckte sich in schimmerndem Licht nach links und rechts. Savage sah verzierte Türen, geschmückt mit goldenen Sonnen. Die Falttüren waren zurückgeschoben und gaben den Blick auf einen tempelartigen Raum frei. Absperrgitter verhinderten den weiteren Zutritt.

»Hier entlang«, sagte Savage und drängte Rachel nach links. Er störte die Andacht, mit der Japaner ehrfurchtsvoll in das Innere des Schreines blickten und die einzigartigen Kunstwerke betrachteten, die ihre edle Herkunft aus einer Welt bekundeten, die existiert hatte, lange bevor die Amerikaner kamen.

Im Weiterlaufen schaute Savage durch eine Tür zur Linken, die nach draußen führte. Die fünf Amerikaner, angeführt von dem gutgekleideten, vornehm wirkenden Mann, an den er sich vom Mountain Gap und vom Krankenhaus in Harrisburg her erinnerte, überquerten mit langen Schritten den Hof und gingen auf den Schrein zu. Savage nahm an, daß die Männer nur deshalb nicht im Laufschritt näherkamen, weil sie schon durch ihre Hautfarbe genügend Aufmerksamkeit erregt hatten. Wenn sie hier Unruhe stifteten, war mit einem baldigen Eingreifen der Polizei zu rechnen.

Der nach Jasmin duftende Korridor bog nach rechts ab. Immer darauf bedacht, nicht weitere meditierende Japaner zu stören, liefen Rachel und Savage im Zickzack hierhin und dorthin auf der Suche nach einem Ausgang.

Plötzlich standen sie im grellen Sonnenlicht in einem weiteren Hof. Hinter sich hörten sie die empörten Ausrufe betender Japaner, die mit Entschuldigungen auf englisch beantwortet wurden.

Rachel und Savage liefen weiter. Jenseits des Hofes fanden sie einen Pfad, der von Bäumen gesäumt war. »Der gutgekleidete Mann mit dem Schnurrbart, der ihr Anführer zu sein scheint, ist etwa Mitte der fünfzig, hellblond und hat die kalten Augen eines Politikers?«

»Ja, ich habe ihn durch ein Fenster vom Schrein aus gesehen, genau so, wie du ihn beschreibst«, keuchte Rachel im Weiterhasten.

»Meiner Erinnerung nach hat er mich im Krankenhaus in Harrisburg besucht. Er nannte sich Philip Hailey. Ein Name wie tausend andere. Typisch amerikanisch und damit anonym.«

»Kamichi und Akira – was ist mit ihren Leichen geschehen?«
»Sie wurden eiligst weggebracht.«
»Die Polizei?«
»Wurde nicht geholt.«
»Das viele Blut...«
»Der Korridor des Hotels ist neu hergerichtet worden.«
»Wer, verdammt, hat sie getötet und warum?«

Was hatte Philip Hailey damals gesagt? »Das Motiv der Mörder hängt wohl mit der Konferenz zusammen. Wir werden herausfinden, wer dahinter steckt. Betrachten Sie die Angelegenheit als erledigt. Mit einem Besuch will ich Ihnen unser Mitleid ausdrücken und Ihnen versichern, daß alles getan werden wird, um diese Untat zu sühnen.«

»Mit anderen Worten, ich soll mich nicht weiter einmischen.«

»Haben Sie eine Wahl? Nehmen Sie das Geld als Ausgleich. Auch die Krankenhausrechnung ist bereits beglichen. Wir bekunden damit unseren guten Willen. Als Gegenleistung rechnen wir mit Ihrer Einsicht. Enttäuschen Sie uns nicht.«

Und der gute alte Phil hatte nicht hinzufügen müssen: »Wenn Sie nicht mitspielen, wenn Sie die Finger nicht von unseren Angelegenheiten lassen, dann vermengen wir Ihre Asche mit der von Akira und Kamichi.«

Von Furcht getrieben, rannte Savage schneller. Japanische Pilger sprangen zur Seite und quittierten mit wütenden Blicken diese Störung des heiligen Friedens. Rachels Schuhe mit den niedrigen Absätzen klapperten auf dem Betonboden des Hofes. Der Weg schien breiter zu werden. Savage rannte – zehn Yards, noch fünf. Schwitzend erreichte er den Schutz der Bäume und hörte Rachel neben sich aufatmen.

Er hörte auch Rufe. Mit einem Blick zurück sah er die fünf Männer, angeführt von Philip Hailey, aus dem Tempel und über den Vorhof stürzen.

»Forsyth!« schrie Hailey. »Bleiben Sie stehen!«

Forsyth? Mit Schrecken erkannte Savage, was dieser Name bedeutete. Als Roger Forsyth hatte er sich im Krankenhaus eintragen lassen. Aber in jenem Krankenhaus bin ich doch nie gewesen! Ich habe Philip Hailey nie in Wirklichkeit gesehen! Woher weiß er also...?

»Verdammt, Forsyth, stop!«

Vor sich sah er ein merkwürdiges Schimmern, so als ob der Weg, die Bäume und Büsche nicht wirklich da wären. Aber die eiligen Schritte der Männer hinter sich hörten sich sehr wirklich an.

Savage bemühte sich, noch schneller zu laufen. »Rachel, kannst du durchhalten?«

»Diese Schuhe« – sie keuchte – »sind nicht gerade für einen Marathonlauf gemacht.« Sie sprintete neben ihm her, ihr weiter Baumwollrock wehte.

»Forsyth!« schrie Hailey abermals. »Doyle! Um Himmels willen, bleiben Sie stehen!«

Doyle? In Virginia Beach hat Mac behauptet, das sei mein Name! dachte Savage. Robert Doyle! Und einen Mann dieses Namens hat der Gastwirt bei der Polizei als Macs Mörder angezeigt.

Weiter vorn bog der Pfad nach rechts ab. Kurz vor der Kurve kreuzte diesen ein weiterer Weg.

Savage lief langsamer. Er konnte nicht ahnen, was ihn hinter der Biegung erwartete. Vielleicht eine Schranke? Verzweifelt nach rechts blickend sah er, daß der kreuzende Weg über eine beträchtliche Strecke geradeaus verlief. Er war fast menschenleer. Da draußen bilden wir leicht zu treffende Ziele, fuhr es ihm durch den Kopf. Er floh nach links und sah, daß sich an dieser Seite des Weges mehrere Abzweigungen befanden.

Entschlossen packte er Rachels Hand und riß sie mit sich nach links. Hailey und seine Männer rückten näher.

»Doyle!«

Savage war fast im Begriff, die Beretta unter der Jacke hervorzuziehen. Bisher hatten die Verfolger nicht erkennen lassen, ob sie bewaffnet waren, doch waren sie offenbar dazu entschlossen, Savage bei seinen Nachforschungen zu behindern. Hatten sie den Angriff in der vergangenen Nacht veranlaßt? Jedenfalls waren sie nicht so dumm, hier eine Schießerei anzufangen. Unter den japanischen Wallfahrern wäre eine Panik ausgebrochen, und die Bewacher des Schreines hätten sofort die Polizei alarmiert. Hailey und seine Leute wollten sie wohl heimlich umlegen, weil sonst die Polizei sofort alle Ausgänge sperren würde, damit die Täter den Park nicht verlassen konnten. Wenn es eine Schießerei gab, würde man jeden Weißen in der Gegend, und sei er mehrere Häuserblocks entfernt, zunächst einmal festnehmen.

An der Buschreihe entlang rennend entdeckte Savage einen weiteren Weg nach rechts und zwanzig Yards voraus noch einen, der nach links führte. Aber in dieser Richtung lag der Schrein. Für einen verwirrenden Augenblick fühlte sich Savage in das Labyrinth von Mykonos zurückversetzt, durch das er mit Rachel vor des Reeders Leuten geflohen war.

Ein Labyrinth. Auch der nach rechts abzweigende Pfad hatte viele Nebenwege. Er war von dichten Büschen und Bäumen umgeben. »Hier entlang!« keuchte er und bog nach rechts ab.

»Doyle!«

Noch eine Kreuzung. Wohin jetzt? fragte sich Savage. Nach rechts bogen Pfade ab. Geradeaus führte der Weg in scharfem Bogen ebenfalls nach rechts. Links gab es keine Fluchtmöglichkeit. Sie sahen sich vor einer Barriere aus Bäumen und Büschen.

Wir dürfen uns nicht in eine Falle treiben lassen. Er wollte geradeaus weiterrennen, als ihm einfiel, daß Hailey vielleicht genau das voraussehen würde.

Aber warum sollten Büsche und Bäume sich als Falle erweisen?

Savage änderte plötzlich die Richtung und riß Rachel mit nach links. Der Weg war kurz. Savage erkannte eine Lücke zwischen den Büschen, packte Rachels Hand fester und zerrte sie hindurch. Er drückte sich mit ihr an Bäumen vorüber, kroch unter Ästen entlang, schlich um Felsen herum und versteckte sich schließlich in einem Dickicht. Seine Schuhe versanken in tiefem, feuchtem, fauligem Mulch. Büsche umgaben sie. Der Park zeigte bewußt eine perfekte Mischung aus künstlich Geschaffenem und wilder Natur. Die sauberen und gepflegten Pfade sollten einen gewollten Gegensatz zu unberührter Wildnis bilden. Einer Wildnis mitten in Tokio.

Im Schutz dichter Büsche und kitzelnder Farne atmete Savage den fauligen Geruch des Mulchs ein und zog die Beretta. Rachels Brüste wogten, Schweiß rann ihr von der Stirn. Aus weit geöffneten Augen starrte sie gespannt in die Büsche. Er bedeutete ihr, nicht zu sprechen und behielt den kleinen Abhang im Auge, auf dem sie zuletzt emporgeklettert waren. Das Gehölz war so dicht, daß er den Pfad nicht zu sehen vermochte.

Die Blätter dämpften alle Geräusche. Eilige Schritte, schweres Keuchen, unterdrückte Flüche hörten sich wie aus weiter Ferne kommend an. Dabei befanden sich die Verfolger keine zwanzig Yards unterhalb des Verstecks.

»Wo, zum Teufel...«

»...entlang. Woher soll ich wissen, ob sie...«
»Müssen hier entlang gelaufen...«
»...nein, da drüben.«
»...nein, sie werden doch nicht...«
»...in eine Falle laufen. Der andere Weg...«
»...führt zurück, wo wir schon...«
»...führt zum westlichen Ausgang. Verdammt, gib mir das Funkgerät.« Die besorgte Stimme gehörte Hailey. Aber sie hatte damals im Krankenhaus nicht so besorgt geklungen wie vorhin, als er Rachel und Savage aus dem Schrein vertrieben hatte. In Erinnerung hatte Savage die Stimme eines kultivierten, selbstsicheren Politmanagers, der ihn mit einem Todesurteil bedrohte, falls Savage nicht aufgab.

Falsche Erinnerung. Jawohl! Aber das machte keinen Unterschied. Ich habe nicht aufgegeben, dachte Savage. Und wenn wir über den Tod reden wollen – Savage umklammerte die Beretta fester –, dann laß uns die Debatte beginnen.

Weiter unten, hinter dem Dschungel aus Büschen und Bäumen, hörte er Hailey rufen: »Beta, hier ist Alpha. Wir haben sie aus den Augen verloren! Blockiert sofort alle Parkausgänge!«

In der Ferne heulten Polizeisirenen. Sie kamen rasch näher. War das Durcheinander am Schrein so aufgefallen, daß die Wärter die Polizei informiert hatten?

»Verdammt!« rief Hailey. »Beta, bleibt zurück! Vermeidet jeden Kontakt mit...!«

Die Sirenen wurden leiser.

»Moment mal!« rief Hailey.

Die Sirenen wurden immer leiser.

»Hallo, Beta, Kommando erneut zurück. Bewacht weiter alle Ausgänge, und zwar gut getarnt. Ende!« Seine Stimme erklang leiser, so als spräche er zu den Männern neben sich. »Los, weiter.«

»Wohin denn?« fragte einer der Männer.

»Woher, zum Teufel, soll ich das wissen? Schwärmt aus! Sucht alle Wege ab! Vielleicht sind sie umgekehrt. Jedenfalls können wir sicher sein, daß sie den Park nicht verlassen. Sie fallen bestimmt auf!«

Schritte verloren sich auf verschiedenen Wegen in der Ferne.

»Was machen wir, wenn sie sich im Wald versteckt haben?« fragte eine leiser werdende Stimme.

»Hoffentlich nicht!« Haileys Stimme war kaum noch zu vernehmen. »Hundertachtzig Hektar! Wir würden Spürhunde brauchen. Nein, sie fühlen sich bestimmt wie in einer Falle und werden versuchen, so schnell wie möglich den Park zu verlassen, bevor wir die Zugänge besetzen.«

Eine leichte Brise raschelte in den Zweigen. Vögel sangen. In diesem Teil des Parks kehrte wieder Ruhe ein.

Savage atmete langsam und vorsichtig aus. Er ließ die Beretta sinken.

Rachel hatte sich hinter ihm in die Büsche gehockt. Er sah, wie sie den Mund öffnete, um etwas zu sagen. Rasch legte er die Finger der freien Hand über die Lippen, deutete auf den unsichtbaren Pfad weiter unten und gab ihr zu verstehen, daß vielleicht einer der Männer unten auf dem Pfad geblieben sei.

Sie nickte zum Zeichen, daß sie ihn verstanden hatte. Er hockte sich neben sie auf den feuchten Waldboden. Schweiß tropfte ihm von der Stirn.

Immer noch beseelte ihn Furcht. *Wie lange werden die Kerle nach uns suchen? Wie viele stehen Hailey zu Gebot außer denen, die uns hierher gejagt haben? Wer ist er? Warum stelle ich für ihn eine Bedrohung dar? Wie hat er uns gefunden?*

Die quälenden Fragen verursachten Savage Kopfschmerzen.

Forsyth. Zuerst hat er mich Forsyth genannt und dann Doyle. Warum beide Namen? Und warum die Familiennamen? Warum hat er mich nicht Roger oder Bob gerufen?

Weil man mit dem Taufnamen nur einen Freund ruft. Mit dem Familiennamen redet man jemanden an, den man haßt oder...

Ja? Oder was sonst? Jemanden, über den man Macht hat. Während der Kriegsschule bei den SEALs wurden die Männer immer nur bei ihrem Familiennamen angeredet, und das klang jedesmal so, als würde man sie Scheißkerle nennen.

Aber wir sind hier – nicht bei den SEALs. Hailey sieht aus wie ein Generaldirektor oder ein Politiker. Fest steht nur, daß er mich aus dem Wege räumen möchte.

Plötzlich ertönten auf dem Pfad erneut Stimmen. Savage runzelte die Stirn. Was gesprochen wurde, war nicht zu verstehen. Anfangs glaubte er, die Büsche dämpften die Stimmen, dann erkannte er, daß Japanisch gesprochen wurde. Die Stimmen klangen nicht bedrohlich oder aufgeregt, vielmehr schien man sich über die

Schönheit des Parks zu unterhalten. Er lockerte den Griff um seine Pistole, schaute zu Rachel zurück und mußte lächeln. Sie zog an ihrer Baumwollbluse und versuchte die Schweißtropfen wegzuwedeln, die sich auf ihrer Brust angesammelt hatten. Ihre Anspannung ließ sichtlich nach.

Plötzlich schien ihr etwas einzufallen. Sie runzelte die Stirn und deutete auf ihre Rolex. Savage begriff, was sie meinte. Es war fast elf Uhr geworden. Zur Mittagsstunde sollten sie im Restaurant im Ginza-Viertel auf Akiras Anruf warten. Falls er die Möglichkeit hatte, zu telefonieren. Vielleicht hatte ihm die Polizei nicht geglaubt, daß er allein drei Einbrecher überwältigt hatte? Womöglich war Akira mit zur Wache genommen worden, wo er eingehend verhört wurde.

Vielleicht.

Vielleicht aber auch nicht. Falls Akira zur vorgesehenen Zeit in dem Lokal anrief und Savage und Rachel nicht da waren, dann würde er...

Dann würde er abends um sechs Uhr noch einmal anrufen, wie es verabredet worden war. Das war der Hauptpunkt des Planes, daß er nämlich auf unvorhergesehene Zwischenfälle abgestellt war.

Wenn wir aber bis sechs Uhr hier nicht herauskommen? überlegte Savage. Als nächster Kontaktzeitpunkt war neun Uhr am nächsten Morgen festgelegt worden. Und wenn das nicht klappte, wenn Savage und Rachel bis dahin Hailey nicht abgeschüttelt hatten...

Dann mußte Akira das Schlimmste annehmen. Die einzige Möglichkeit war dann ein Anruf in Akiras Haus. Eko verstand kein Englisch. Sie war dahingehend instruiert worden, daß sie sich mit »*moshi, moshi*« – hallo – melden sollte, falls sich Akira in Sicherheit befand, oder mit dem groben »*hai*« – für Ja –, wenn Akira in der Klemme saß und wollte, daß Savage mit Rachel fliehen solle.

Wir haben nicht sorgfältig genug geplant, sagte er sich vorwurfsvoll. Wir sind berufsmäßige Beschützer – aber wir sind daran gewöhnt, andere zu beschützen, nicht uns selbst. Jetzt sitzen wir in der Tinte. Wir sind davon ausgegangen, daß nur Akira in Gefahr geraten könnte. Aber jetzt...

Nimm dich zusammen, rief sich Savage selbst zur Ordnung. Im Augenblick bist du sicher. Selbst wenn wir bis zum Mittag nicht in dem Lokal sein können, bleibt uns bis sechs Uhr abends noch eine Menge Zeit.

Trotzdem, dachte er, das macht mir wirklich Sorgen. Alles mögliche kann passieren. Wenn Hailey und seine Männer stur sind – und Savage meinte, davon ausgehen zu müssen –, können wir uns erst bei Dunkelheit aus dem Park davonstehlen.

Und dann?

Wir können hier nicht einfach hinausmarschieren. Wir werden über eine Mauer klettern müssen. Das erweckt natürlich Argwohn in einer Stadt mit zwölf Millionen Japanern, unter denen sich nur einige tausend Amerikaner befinden.

Schiet! Savage unterdrückte seine wachsende Unruhe und Verzweiflung. Er drehte sich noch einmal nach Rachel um. Blätter auf ihrem Rock. Schmutz auf den Wangen. Zerzaustes kastanienrotes Haar. Trotz alledem war sie schön... von innen her glühend, mit feinen Zügen... eben so, wie nur Rachel aussehen konnte.

Ich liebe dich, hätte ihr Savage jetzt gerne gesagt. Aber dabei wäre ein Risiko gewesen. Er beugte sich nach vorn, küßte sie auf die Nasenspitze und schmeckte die süßsalzigen, mit Staub vermengten Schweißtropfen auf ihrer Haut. Sie schloß die Augen, erschauerte, öffnete die Lider wieder, blinzelte nervös und strich ihm über das Haar.

Vergiß es nicht, rief sich Savage selbst zur Ordnung – bis dies alles vorüber ist, bleibt sie dein Schützling, nicht deine Geliebte. Außerdem wartet Akira. Vielleicht. Und draußen lauern Haileys Leute. Bestimmt.

Was ist also zu tun?

Auf und los!

Savage packte Rachel am Ellenbogen, küßte sie noch einmal und deutete auf die dichten Büsche hinter ihnen.

Ihre Lippen formten unhörbare Worte. Es dauerte einen Augenblick, bis er sie zu deuten wußte. Er kannte sie.

Ich folge dir bis in die Hölle.

Über den mulchigen Waldboden drängten sie sich durch die Büsche.

3

Der Park erstreckte sich über mehrere niedrige Hügel. Hin und wieder wichen die Büsche hüfthohem Farnbewuchs. Savage und Rachel umgingen solche Stellen; sie wollten nicht im niedergetretenen Farn Spuren hinterlassen, falls ihnen Haileys Männer folgten. Savage hielt sich mit Rachel unter Bäumen, richtete sich nach der Sonne und fand so seinen Weg nach Westen. Er machte sich Sorgen darüber, daß sie vielleicht auf einen bewachten Pfad stoßen würden, wo man sie bemerken mußte, wenn sie ihn eilig überquerten. Aber dieser Teil des Parks war offenbar weit abgelegen, und sie stießen auf keinen Weg. Obwohl die Luft recht kühl war, vergleichbar mit der von New England im Oktober, schwitzten beide vor Erschöpfung. Rachel zerriß sich an einem Busch den Rock. Noch schlimmer war, daß sie sich die nackten Füße bald wund lief. Während sie vor Hailey und seinen Männern davongerannt waren, hatte sie ihre Schuhe abgestreift und verloren. Trotz des weichen Mulchs waren ihre Füße bald zerkratzt und blutig. Savage zog seine Schuhe aus und gab ihr seine Socken. Er hätte ihr gern auch seine Schuhe gegeben, aber die waren für Rachel viel zu groß, sie hätte dann bald außer den Kratzwunden auch noch Blasen an den Füßen gehabt. Ohne Socken an den Füßen hatte nun er bald Blasen. An manchen Stellen, wo der Mulch zum Morast wurde, mußte er Rachel tragen, und so kamen sie nur langsam vorwärts. Um ein Uhr ließen sie sich erschöpft zu Boden sinken.

»Dieser Park ist riesengroß«, stellte Rachel fest. »Aber darüber beklage ich mich nicht.« Sie massierte ihre Füße. »Hailey hätte uns längst erwischt, wenn der Park nicht...« Sie hob den Kopf. »Hörst du die Straßengeräusche?«

Savage lauschte angespannt. Die dichten Bäume ringsum dämpften die Geräusche, aber es hörte sich an wie...

»Ich gehe mal nachsehen.« Vorsichtig bahnte er sich den Weg durch die Büsche, lächelte bei dem Anblick, der sich ihm bot, und kehrte zurück. »Ungefähr fünfzig Yards vor uns befindet sich eine Mauer. Wir haben eine Straße erreicht.«

»Gott sei Dank.« Dennoch schaute sie besorgt drein. »Aber was nun? Haileys Leute suchen wahrscheinlich immer noch nach uns. Vermutlich nehmen sie an, daß wir irgendwo über eine Mauer klettern werden.«

»Wer immer Hailey auch sein mag, seine Hilfskräfte sind begrenzt. Er müßte seine Leute in großen Abständen aufstellen, um diese lange Mauer zu überwachen. Aber du hast recht – sobald uns einer von ihnen sieht, ruft er über Funk die anderen zusammen, und wir würden bei deinen verletzten Füßen jedes Wettrennen verlieren.« Savage dachte eine Weile nach. »Wir schleichen an der Mauer entlang.«

Es blieb ihm keine Wahl. Er mußte sich nach Norden wenden. Die Mauer war hoch genug, um die Fliehenden zu verbergen, andererseits war sie niedrig genug, um sie im Notfall überklettern zu können. Rachel hinkte um die Büsche herum. Savage konnte sich Akiras Unruhe vorstellen, falls er zur Mittagsstunde im Lokal angerufen hatte und sie nicht dagewesen waren. Wie würde Akira reagieren? Was würde er bis zum nächsten verabredeten Anruf um sechs unternehmen?

Die Mauer führte nach Osten, dann wieder nach Norden. Nach sechzig Yards hörte Savage japanische Stimmen. Gespannt bückte er sich, um unter schützenden, tief herabhängenden Ästen hindurchzusehen. Vor ihm lag ein von Osten nach Westen führender Weg. Die Verkehrsgeräusche waren lauter geworden. Zur Linken befand sich eine Öffnung in der Mauer. Dort konnte man den Park verlassen. Dahinter hasteten Fußgänger und fuhren Autos vorüber.

Savage warf einen prüfenden Blick auf die vom Auspuffqualm vernebelte Straße und drängte sich dann rückwärts durch die Büsche, bis er mit Rachel reden konnte, ohne daß man es auf dem Weg hätte hören können. Überhängende Zweige verbargen sie in ihrem Schatten.

»Ich habe keine Amerikaner gesehen«, berichtete er. »Aber das hat wohl nichts zu bedeuten. Sie werden kaum in aller Öffentlichkeit auf uns lauern. Ich kann mir nur vorstellen, daß sie unmittelbar jenseits der Mauer rechts und links von dem Zugang warten. Oder sie stecken in einem Lastwagen, der am Rand der Straße parkt. Oder...«

»Anders ausgedrückt, es hat sich nichts verändert. Wir können immer noch nicht von hier verschwinden.«

Savage zögerte. »Ja.«

»Was fangen wir also an?«

»Wir müssen warten, bis es dunkel wird.«

Rachel riß die Augen weit auf. »Dann verpassen wir Akiras nächsten Anruf in dem Restaurant.«

»Wenn wir versuchen, uns jetzt hinauszustehlen, stehen die Chancen gegen uns. Haileys Leute würden uns abfangen, wir kämen nie bis zu dem Restaurant. Ich habe keine Ahnung, warum Hailey so hinter uns her ist und verlasse mich lieber darauf, daß Akira Geduld hat als darauf, daß Hailey die Geduld verliert.«

»Ich fühle mich so... Lebst du immer so?«

»Immer! Wenn man das leben nennen kann.«

»Ich bin mit dir noch keine zwei Wochen zusammen und komme mir bereits so vor, als hätte ich mehrere Kriege hinter mir. Wie verkraftest du das?«

»Im Augenblick, nachdem ich mich in dich verliebt habe« – Savage schluckte schwer – »frage ich mich das auch. Was ich mir wünsche, weshalb ich weitermache ist...«

»Sag es mir.«

»Es ist blöd, jetzt daran zu denken. Der Strand in der Nähe von Cancun. Ich würde dir den Badeanzug ausziehen. Ich würde dich gern in der vom Mond beschienenen Brandung lieben.«

»Sprich weiter. Beschreibe, wie die Wellen sich anfühlen.«

»Das kann ich nicht. Oder, genauer gesagt, ich traue mich nicht.«

»Mich zu lieben?«

»Ich wage nicht, mich ablenken zu lassen«, sagte Savage. »Meine Liebe zu dir könnte mich so unaufmerksam machen, daß du deshalb sterben mußt.«

»Im Augenblick... Wie lange, sagst du, müssen wir noch warten?«

»Bis es dunkel wird.«

»Also haben wir noch viel Zeit. Wenn ich die Augen schließe, kann ich die Brandung hören.«

Sie griff nach ihm.

Und sie behielt recht. Als er die Augen schloß und als sie einander liebevoll umarmten, konnte Savage die Brandung hören.

4

Rachel schlief, während Savage Wache hielt. Die Schatten wurden dunkler. Kurz vor Sonnenuntergang erwachte sie, immer noch schön, trotz der vom Schlaf verquollenen Augen.

»Jetzt bist du dran«, sagte sie.

»Nein, ich muß...«

»Du mußt schlafen. Wenn du erschöpft bist, taugst du zu gar nichts.« In ihren blauen Augen saß der Schalk.

»Aber angenommen, Haileys Leute...«

Rachel nahm ihm sanft die Beretta aus der Hand. Savage wußte seit der vergangenen Nacht, daß sie damit umgehen konnte, zugleich erinnerte er sich aber des Traumas, das Rachel zu unterdrücken hatte. Für einen Augenblick zitterte ihre Hand um den Pistolengriff. Dann packte sie fester zu.

»Bist du sicher?« fragte Savage.

»Wie sollten wir sonst nach Cancun gelangen?«

»Wenn dir etwas Angst einflößt...«

»Dann wecke ich dich. Vorausgesetzt, ich habe Zeit dazu und kein Ziel, das einen schnellen Schuß erfordert.«

Savage kniff die Augenlider zusammen.

»Du befürchtest, ich könnte wieder durchdrehen«, sagte Rachel. »Und vielleicht ohne Grund wie verrückt um mich schießen?«

»Nein«, sagte Savage. »Ich finde nur, daß du nicht in meine Welt gehörst.«

»Zum Teufel mit deiner Welt. Ich will zu dir gehören. Leg deinen Kopf in meinen Schoß und schlafe.« Er weigerte sich.

»Leg dich in meinen Schoß«, drängte Rachel. »Wenn du übermüdet bist, machst du Fehler. Los, leg dich hin. Ja, so ist es gut. In meinen Schoß. Das fühlt sich gut an.« Sie erschauerte. »Genau da.«

»Es ist sechs Uhr vorbei. Wir haben Akiras nächsten Anruf verpaßt. Er wird...«

»Er wird sich Sorgen machen, ja, aber er wird um neun Uhr morgen früh noch einmal anrufen.«

»Sofern er nicht inzwischen selbst in Schwierigkeiten steckt. Wir hätten uns niemals trennen dürfen.«

»Uns blieb nichts anderes übrig. Die Art, wie du über ihn redest – das Freundschaftsband zwischen euch –, das macht mich fast eifersüchtig.«

Savage lächelte. »Denk mal dran, wo mein Kopf liegt.«
»Laß ihn dort und mach die Augen zu.«
»Ich bezweifle, daß ich schlafen werde.«
»Du wirst einschlafen, wenn du an den Strand von Cancun denkst. Stell dir den Rhythmus der Brandung vor. Auch wenn du nicht schläfst, wird dir die Entspannung guttun. Dann wirst du dem gewachsen sein, was vor uns liegt.«
»Sobald es dunkel ist...«
»Werde ich dich wecken«, sagte Rachel. »Ich verspreche es. Glaube mir, auch ich will so schnell wie möglich fort von hier.«

5

Rachels Zähne klapperten – weniger vor Furcht als vor Kälte. Mit dem Einsetzen der Dunkelheit war die Temperatur gefallen. Er legte ihr seine Jacke um die Schultern und führte sie weiter an der Mauer entlang. Er war zu dem Schluß gekommen, daß der Weg durch das Tor nach draußen während der Nacht vielleicht noch gefährlicher war als bei Tageslicht. Haileys versteckte Leute hatten dann eine bessere Möglichkeit, die Fliehenden niederzuschießen und im Lichtergewirr von Tokios Nachtleben zu entkommen.

Savage wechselte abermals die Richtung und führte Rachel nach Süden. Schwer auszumachende Zweige zerrten an seinem Hemd und bedrohten seine Augen. Ohne den Widerschein des dichten Autoverkehrs jenseits der Mauer hätte er seinen Weg nicht gefunden. Hupen jaulten und Maschinen donnerten.

»Genug«, sagte Savage. »Hailey kann mir gestohlen bleiben. Diese Stelle ist so gut wie jede andere. Wenn wir noch weiter laufen, umrunden wir den ganzen Park. Wir versuchen es hier.«

Savage hob die Arme und zog sich bis zur Mauerkrone hoch, so daß er die Straße unter sich überblicken konnte. Autoscheinwerfer rasten vorüber. Eine Japanerin und ein Japaner bummelten unter ihm den Gehweg entlang. Weitere Fußgänger waren nicht zu sehen.

Savage ließ sich zurück auf den Erdboden fallen. »Draußen ist nichts zu sehen, was mir gefährlich erschiene. Bist du bereit?«

»Wie immer.« Rachel reckte sich in den Schultern. »Hilf mir mal hinauf.«

Savage legte seine Arme um ihre Beine und hob Rachel hoch. Er spürte ihren Rock und ihre Oberschenkel an seiner Wange. Im nächsten Moment wand sie sich aus seinem Griff und verschwand nach oben. Schnell kletterte er ihr nach. Zusammen ließen sie sich auf der anderen Seite herunter. Savage fing Rachel auf, damit sie nicht ohne Schuhe mit vollem Gewicht auf dem Pflaster des Gehweges landete.

Sie schauten rechts und links. »Schnell, über die Straße!« schrie Savage.

Ein Mann war, etwa hundert Yards zur Linken, aus der Dunkelheit aufgetaucht. Im Licht der Scheinwerfer war sein Gesicht zu erkennen. Ein Weißer. Er schrie etwas in das Funksprechgerät in seiner Hand und rannte auf Rachel und Savage zu. Dabei bemühte er sich, etwas unter seiner Jacke hervorzuziehen.

»Los, hinüber«, sagte Savage.

»Aber...!«

Die daherrasenden Wagen folgten einander dicht.

»Hier können wir nicht bleiben!« Rechts von Savage war ein zweiter Weißer aufgetaucht, der ihnen den Weg abzuschneiden trachtete. »Jetzt!« rief Savage, der eine Lücke im Verkehr erspäht hatte. Er packte Rachel an der Hand und rannte los. Scheinwerfer schossen auf sie zu. Bremsen quietschten. Savage rannte weiter, Rachel fest an der Hand.

Auf der zweiten Spur schoß ein Wagen heran. Die Hupe schrillte, Bremsen quietschten. Es roch nach verbranntem Gummi.

Endlich erreichten sie den Mittelstreifen. Der Fahrtwind der vorüberrasenden Autos ließ Rachels Rock wehen. Keuchend sah sich Savage um. Er erkannte die beiden Weißen drüben auf dem Bürgersteig. Sie beobachteten den Verkehr und warteten auf eine Lücke, um die Fahrbahn überqueren zu können.

Der Fahrer eines Toyota nahm Gas weg. Savage ergriff die Gelegenheit und spurtete los. Rachel blieb ihm auf den Fersen. Sie wichen einem weiteren Wagen aus und erreichten den Gehweg.

Eine Gasse schien Sicherheit zu bieten. Savage sah, daß die beiden Verfolger eine Lücke im Verkehr ausnutzten und auf die Fahrbahnen sprangen. Zugleich entdeckte er, daß er von einem Lastwagen bedroht wurde, dessen Fahrer die Bahn verließ und auf die Gasse zuhielt. Die Windschutzscheibe des Lastwagens zerplatzte plötzlich. Kugellöcher zerrissen das Glas.

Der Lastwagen knallte gegen die Gehwegkante, schleuderte hin und her und landete schließlich in einem Schaufenster, links von der Einmündung der Gasse.

Metall kratzte, Glas zersplitterte. Trotz des Lärms glaubte Savage, Schreie aus dem Wageninneren zu vernehmen. Ganz bestimmt hörte er Fußgänger schreien. Und die Rufe der Männer von jenseits der Straße.

Mehrere Wagen hielten auf quietschenden Rädern an.

Rachel zitterte und schien wie unter einem Schock erstarrt.

»Weiter!« befahl Savage.

Er zerrte sie mit sich.

Angst ließ sie ihre Lähmung überwinden. Sie rannten an Mülltonnen vorüber die dunkle Gasse entlang.

Hoffentlich ist das nicht eine Sackgasse, die uns zur Falle wird, dachte Savage plötzlich.

Angenommen, Haileys Leute lauerten hier irgendwo.

Nein! Sie konnten doch nicht überall zugleich sein.

Wer hat auf den Lastwagen geschossen? Wer fuhr ihn?

Savage war so durcheinander, daß er allmählich an seinem Verstand zweifelte.

Irgendwer will, daß wir aufgeben. Ein anderer will, daß wir weitermachen.

Wer? Warum?

Was, zum Teufel, fangen wir jetzt an?

Sie erreichten die nächste Straße. Ein Taxi näherte sich. Savage krampfte sich die Brust zusammen. Er hielt den Wagen an, schob Rachel hinein und kletterte hinter ihr her. Dabei stieß er das Wort ›Ginza‹ hervor in der Hoffnung, der Fahrer würde verstehen, daß sie in jenes Stadtviertel gefahren werden wollten.

Der Fahrer trug eine Mütze und weiße Handschuhe. Zunächst betrachtete er den zerzausten Zustand seiner beiden weißen Fahrgäste und schien zu überlegen, ob er sie überhaupt mitnehmen sollte. Savage hielt ihm mehrere Tausend-Yen-Scheine unter die Nase.

Der Fahrer nickte, gab Gas und fädelte sich geschickt in den rollenden Verkehr ein.

Savage hörte lauter werdende Sirenen. Er hatte keinen Zweifel daran, wohin die Polizeiwagen fuhren und gab sich Mühe, seine Anspannung zu verbergen. Er konnte nur hoffen, daß der Fahrer nicht auf die Idee verfiel, seine Passagiere könnten etwas mit dem Polizeieinsatz zu tun haben.

Das Taxi bog um die nächste Ecke. Auf der gegenüberliegenden Fahrbahn flitzten Polizeifahrzeuge mit Sirenen und Blaulicht vorüber. Der Fahrer schaute ihnen zwar nach, hielt aber nicht an. Savage streichelte Rachels Hand. Ihre Finger zitterten.

6

Inmitten des dichten Verkehrs, der trotzdem irgendwie von der Stelle kam, erreichten sie den Stadtteil Ginza. Akira hatte ihm erklärt, daß Ginza soviel bedeutete wie ›Ort des Silbers‹. Vor einigen Jahrhunderten hatte sich hier die staatliche Silbermine befunden, und seither hatte sich diese Gegend zu Tokios Hauptgeschäftszentrum entwickelt. Endlose Reihen von Warenhäusern, Bars und Restaurants säumten die Straßen.

Als einziges Gegenstück dazu hatte Savage den Times Square in Erinnerung wie er gewesen war, bevor Junkies, Nutten und Pornoläden seinen einstigen Glanz verdunkelten. Savage hatte nie zuvor so viele Neonlichter auf einmal gesehen. Ihr Gefunkel verwandelte die Nacht zum Tag. Ein ungeheuerliches Gewirr von bunten Lichtern. Sie waren teilweise fest angebracht, die Leuchtschrift anderer lief waagerecht oder senkrecht über die Wände wie strahlende Zeilen auf dem Band eines Fernschreibers. Hinzu kamen die Scheinwerfer der vielen Autos. Gutgekleidete Fußgänger bevölkerten die aufregenden Straßen.

Savage dachte nicht daran, dem Fahrer Akiras Blatt mit den Angaben über das Lokal, wo der Japaner anrufen wollte, zu zeigen. Vielleicht wurden alle Fahrer mit weißen Passagieren von der Polizei vernommen, und Savage durfte auf keinen Fall irgendwelchen Argwohn auf dieses Lokal lenken. Außerdem wollten sich Savage und Rachel dort nicht vor neun Uhr morgens blicken lassen, wenn Akiras nächster Anruf fällig wurde.

Savage hatte andere Gründe, dieses Stadtviertel aufzusuchen.

Die meisten der verhältnismäßig wenigen Weißen in der Stadt hielten sich in diesem Geschäftsviertel auf, so daß Savage und Rachel hier weniger auffallen würden. Außerdem mußten sie sich neu einkleiden, denn angesichts des außerordentlichen Geschicks ihrer Verfolger wagten sie es nicht, zum Bahnhof zurückzukehren und ihre Reisetaschen abzuholen. Vielleicht wurden die Schließfächer überwacht.

»*Arigato*«, sagte Savage zu dem Fahrer, wobei er auf den Straßenrand deutete. Der Mann mit den weißen Handschuhen hielt an, zählte das Geld, das Savage ihm gab, und nickte zufrieden. Mit einem Ruck an seinem Hebel neben dem Vordersitz öffnete er die rückwärtigen Türen. Savage und Rachel stiegen aus.

Als das Taxi weiterfuhr, gewahrte Savage erst recht die ihn umgebende Lichterfülle. Die Verkehrsgeräusche und die Musik aus den Bars überwältigten ihn. Auspuffgase quälten seine Lungen. Aus den Restaurants quollen Essensgerüche auf die Straße.

Am liebsten wären sie losgelaufen, doch mußten sich Savage und Rachel der Geschwindigkeit der übrigen Fußgänger anpassen, um nicht aufzufallen. Sie fielen trotzdem auf. Japaner starrten sie an. Weil Weiße im Ginza-Distrikt doch auffielen? fragte sich Savage. Oder ist es wegen unserer schmutzigen Gesichter und zerrissenen Kleidung? Rachel hinkte auf bloßen Füßen mit durchlöcherten Strümpfen einher, was die Sache noch verschlimmerte.

Savage führte sie zu einem der großen Geschäfte. »Wir müssen uns zunächst einmal...«

Plötzlich blieb er vor einem Elektroladen stehen. Im Schaufenster liefen mehrere Fernseher. Zu hören war durch das Glas nichts, aber das spielte auch keine Rolle. Er hätte den Text des Reporters sowieso nicht verstanden.

Er brauchte keinen Dolmetscher, um zu verstehen, was da über die Bildschirme lief. Abermals sah er ein Gespenst. Muto Kamichi... Kunio Shirai... der Mann, der vor seinen Augen in dem nicht existierenden Medford Gap Mountain Hotel in zwei Hälften zerschnitten worden war, hetzte schon wieder Tausende von Japanern auf, die vor einer Flugbasis der Amerikaner Plakate mit antiamerikanischen Parolen hochhielten. Jenseits des Zaunes hielten nervöse Soldaten Wache.

Der Bericht ähnelte dem, den Savage drei Tage vorher in Amerika gesehen hatte. Auch die Fotos, die er am Morgen in den Zeitungsautomaten am Zentralbahnhof gesehen hatte, glichen denen in amerikanischen Zeitungen. Auf der Reihe von Fernsehschirmen erschienen grimmig dreinblickende amerikanische Politiker und Beamte. Savage erkannte den U. S. Staatssekretär, der – verärgert und mit gefurchten Augenbrauen – interviewt wurde. Dann kam der Pressesprecher des Präsidenten ins Bild, der etwas gequält die Fragen der Reporter beantwortete.

Dann war plötzlich wieder Kamichi – Shirai – im Bild, der weiter die Demonstranten aufhetzte. Wie immer er auch heißen mochte, dieser grauhaarige Mitfünfziger mit dem Bauchansatz und den Hängebacken strahlte ein unerwartetes Charisma aus, sobald er vor einer Menschenmenge auftrat. Seine bezwingenden Blicke und kraftvollen Gesten wiesen ihn als machtvolle Persönlichkeit aus. Seine Hände mit den typischen Karateschwielen an den Kanten hetzten mit jeder Geste die Menge zu noch größerer Wildheit auf. Die Gesichter der Leute begannen sich vor Wut zu verzerren.

»Diese erneute Demonstration muß heute stattgefunden haben, während Hailey uns im Park herumscheuchte«, sagte Savage. Er drehte sich zu Rachel um. Ihre Blässe machte ihm Sorgen. »Bist du in Ordnung?«

Sie zuckte ungeduldig mit den Schultern, so als spielte es keine Rolle, daß ihre Socken von Blut durchtränkt waren. »Was geht da vor? Was ist der Grund dafür?«

»Irgendein Ereignis, von dem wir noch nichts wissen?« Savage schüttelte den Kopf. »Ich glaube, Kamichi« – rasch verbesserte er sich – »Shirai braucht keinen Grund. Ich glaube, ihm geht es um Amerika... um Amerika in Japan.«

»Aber die Amerikaner und die Japaner sind doch befreundet!«

»Nicht, wenn man diese Demonstranten sieht.« Savage verspürte Bewegung hinter sich und fuhr herum. Japanische Fußgänger drängten an das Schaufenster mit den Fernsehgeräten heran.

»Laß uns weitergehen«, sagte er. »Ich fühle mich von allen Seiten beobachtet.«

Sie drängten sich durch die dichter werdende Menschenmenge. Kälte schoß durch seine Adern. Seine verkrampften Muskeln lokkerten sich erst, nachdem sie den normal bevölkerten Gehweg erreicht hatten.

»Alles kam so plötzlich«, meinte Rachel. »Warum? Die Demonstrationen werden größer und gefährlicher.«

»Angeheizt von Kamichi.«

»Shirai.«

»Ich kann mich an diesen Namen nicht gewöhnen«, widersprach Savage. »Für mich ist er der Mann, den ich nach Pennsylvanien gefahren habe.«

»Zu einem Hotel, das es nicht gibt.«

»In meiner Wirklichkeit habe ich ihn dorthin gebracht. Für mich existiert dieses Hotel. Aber, meinetwegen« – Savages Gedanken wirbelten – »nennen wir ihn Shirai. Er steckt hinter diesen Demonstrationen. Ich weiß nicht, warum. Ich weiß nicht, woher er seine Macht nimmt. Aber er, Akira und ich sind irgendwie miteinander verbunden.«

Ein plötzlicher Gedanke ließ ihn zu Rachel herumfahren. »Der frühere Kaiser Hirohito ist im Januar 1989 gestorben.«

Rachel ging weiter. »Ja. Und?«

»Nachdem Japan im Zweiten Weltkrieg unterlegen war, bestand MacArthur darauf, daß das Land eine demokratische Verfassung erhielt. Noch davor, nämlich im Jahre 45, als sich Japan ergab, bestand Amerika darauf, daß Hirohito in einer Rundfunkansprache nicht nur die bedingungslose Kapitulation bekanntgab, sondern auch seinen göttlichen Status ablegte. Er mußte dem Volk sagen, er sei auch nur ein Mensch, kein Gott.«

»Ich erinnere mich, davon gelesen zu haben«, entgegnete Rachel. »Diese Bekanntgabe war ein Schock für ganz Japan.«

»Sie half aber MacArthur bei der Einführung der Demokratie in diesem Land. Einer der wichtigsten Artikel in der neuen Verfassung hatte die Trennung von Kirche und Staat zum Inhalt. Von nun an waren Kirche und Staat von Gesetzes wegen nicht mehr miteinander verbunden.«

»Was hat das mit Hirohitos Tod zu tun?«

»Denk an sein Begräbnis. Dabei wurde die Verfassung verletzt. Politische Feiern und religiöse Riten wurden abgehalten, ohne daß Amerika eingegriffen hätte. Japan stellt eine große Wirtschaftsmacht dar, deshalb schickten alle wichtigen Staaten ihre höchsten Repräsentanten zur Beerdigungsfeier. Alle standen sie völlig passiv unter hölzernen Dächern, während der Regen auf die japanische Ehrenwache niederprasselte, die Hirohitos Sarg in einen Schrein geleitete. Hier wurden hinter einem Wandschirm die traditionellen japanischen Shinto-Riten vollzogen, wie sie von jeher bei

Begräbnissen üblich gewesen waren. Und niemand mischte sich ein. Keiner rief: Moment mal, das ist gegen das Gesetz. Damit hat der Pazifische Krieg angefangen.«

»Man erwies einem großen Mann die letzte Ehre«, sagte Rachel.

»Oder die Vertreter der anderen Staaten machten sich fast in die Hose vor Angst, daß die Japaner ihnen die Kredite kündigen würden, wenn gegen die Shinto-Riten Einspruch erhoben würde. Zum Teufel, mit japanischen Geldern wird die größte Lücke im amerikanischen Staatshaushalt gestopft. Kein fremdes Land würde heute Einspruch erheben, wenn Japan zu seiner früheren Staatsform zurückkehrte. Die japanische Regierung kann tun und lassen, was sie will, solange Japan das Geld und damit die Macht besitzt.«

»Von da an stimmt deine Beweisführung nicht mehr«, sagte Rachel. »Japans Regierung ist sich ihrer Verantwortung bewußt.«

»Weil sie von gemäßigten Männern gebildet wird. Was aber, wenn Kamichi – Shirai – ans Ruder kommt? Angenommen, man besinnt sich auf die alten Zeiten, und eine radikale Partei übernimmt die Macht. Weißt du, daß Japan als angeblich waffenfreies Land mehr Geld für seine Verteidigung ausgibt als jeder NATO-Staat, ausgenommen Amerika? Sie beargwöhnen Südkorea! Und vor China haben sie sich seit jeher gefürchtet. Und...«

Savage bemerkte, daß er zu laut geworden war. Japanische Fußgänger sahen ihn vorwurfsvoll an.

Rachel hinkte weiter.

»Komm, wir müssen für deine Füße sorgen.«

Savage entdeckte einen hell erleuchteten Laden für Sportbekleidung. Er trat mit Rachel ein. Es gab kaum andere Kunden. Ein junger Mann und eine junge Frau verbeugten sich und sahen verwundert auf Rachels Füße.

Savage und Rachel erwiderten rasch die Verbeugungen. Das Geschäft führte neben Sportkleidung auch Jeans, T-Shirts und Nylonjacken. Rachel lud sich die Arme voll und blickte die Verkäuferin fragend an, die sofort begriff, daß die Kundin eine Umkleidekabine suchte.

Sie deutete auf einen kleinen Raum weiter hinten, dem ein Vorhang als Tür diente. Rachel legte noch ein Paar dicke weiße Laufsocken und ein Paar Sportschuhe zu dem Haufen auf ihrem Arm. Damit verschwand sie hinter dem Vorhang.

Inzwischen hatte Savage ein Paar braune Socken gefunden, um

die zu ersetzen, die er Rachel gegeben hatte. Er suchte nach Ersatz für seine schmutzige Hose und sein verschwitztes, schmutziges Hemd. Rachel kam aus der Umkleidekabine, gekleidet in verwaschene Jeans, ein rotes Oberteil und eine blaue Nylonjacke, deren Blau zu dem ihrer Augen paßte. Savage ging in die Kabine, um sich umzuziehen. Hin und wieder schaute er durch einen Spalt im Vorhang in den Laden. Mit einem besorgten Rundblick überzeugte er sich davon, daß niemand den Laden betreten hatte, der für Rachel eine Bedrohung darstellen konnte. Zehn Minuten später bezahlten sie, packten ihre schmutzigen Sachen in einen Beutel und verließen den Laden. Den Beutel mit den alten Sachen warfen sie in den nächsten Müllbehälter.

»Diese Schuhe sind fabelhaft«, sagte Rachel. »Es tut gut, nicht mehr hinken zu müssen.«

»Ganz abgesehen davon sehen wir nicht mehr so aus, als hätten wir im Straßengraben übernachtet.« Savage trug eine Khakisporthose, ein gelbes Hemd und eine braune Windjacke. Eine Kombination, die seine grünen Chamäleonaugen braun gesprenkelt erscheinen ließ. Er hatte, genau wie Rachel, in der Umkleidekabine sein Haar gekämmt. »Bis auf ein paar Dreckflecken im Gesicht sehen wir wieder ganz passabel aus. Und du siehst natürlich bezaubernd aus«, sagte Savage.

»Unsinn, aber ein Kompliment höre ich natürlich gerne. Unser Vorteil ist, daß uns etwaige Zeugen in der veränderten Kleidung nicht ohne weiteres erkennen können, falls die Polizei uns aufgreift.«

Savage sah sie voller Bewunderung an. »Du machst wahrhaftig Fortschritte.«

»Wenn ich den richtigen Lehrer und die nötige Motivation, nämlich Angst, habe, lerne ich verdammt schnell.« Sie runzelte die Stirn. »Dieser Lastwagen am Park. Er schien aus dem Verkehr auszuscheren und direkt auf die Gasse und uns zuzuhalten.«

»Wahrscheinlich hat Hailey mehrere Wagen ständig um den Park herumfahren lassen. Die Fahrer wurden durch Funk auf uns gehetzt, sobald wir auftauchten. Wir hatten insofern Pech, als sich dieser Lastwagen gerade in der Nähe befand.«

»Unser Pech? Schlimm dran waren doch die Leute in dem Wagen«, meinte Rachel. »Als der Fahrer auf uns zuhielt, zerplatzte die Windschutzscheibe. Habe ich Kugellöcher gesehen, oder bilde ich mir das nur ein?«

Savage nickte. »Irgendwer war dazu entschlossen, Haileys Leute daran zu hindern, uns zu fangen.«

»Aber wer, und wieso wußten sie, wo wir uns befanden?«

»Hier erhebt sich auch die Frage, wie Haileys Leute uns in der U-Bahn verfolgen konnten. Wir haben gut aufgepaßt. Als wir den Bahnhof verließen, habe ich sorgfältig nach irgendwelchen Verfolgern Ausschau gehalten. Doch plötzlich tauchen sie im Park auf. Es ist fast so, als dächten sie das Gleiche wie wir oder als dächten sie uns voraus.«

»Du hast vorhin gesagt...«, Rachel überlegte. »Vieles von dem, was wir gemacht haben, war vorhersehbar in Anbetracht der Probleme, die wir zu lösen haben. Aber dieser Park hatte nichts mit unseren Problemen zu tun. Den haben wir ganz zufällig aufgesucht.«

»Ja«, meinte Savage, »wir sind immer wieder abgefangen worden. Ich verstehe nicht, wie man uns ständig auf die Spur kommen kann.«

»Mein Gott« – Rachel drehte sich um – »da fällt mir etwas ein. Wir sind immer davon ausgegangen, daß Hailey derjenige ist, der uns aufhalten will.«

»Richtig.«

»Was aber, wenn es andersherum läuft? Was, wenn Hailey uns beschützen will? Nehmen wir mal an, die Männer in dem Lastwagen gehörten zu demjenigen, der uns umbringen möchte, und es waren Haileys Leute, die in die Windschutzscheibe feuerten, damit wir unsere Ermittlungen fortsetzen können?«

Zuerst begriff Savage nicht, worauf sie hinauswollte. Hinter seinen Ohren saß ein merkwürdiger Druck. Irgend etwas schien in seinem Gehirn einzurasten. Seine Erinnerung verblaßte. Überall türmten sich Widersprüche auf. Nichts schien gewiß. Alles war falsch. Aber irgend etwas mußte doch wahr sein! Es mußte eine Lösung geben! Er konnte nicht länger ertragen...

Nein! Vor drei Wochen hatte ihm nur daran gelegen, sich selbst wieder als ganzer Kerl zu erweisen. Und jetzt?

Totale Verwirrung!

Er taumelte.

Rachel packte seinen Arm. »Du bist auf einmal so blaß geworden?« Sie sah ihn besorgt von der Seite her an.

»Ich glaube... für einen Augenblick war... Es geht mir schon wieder... Nein, mir ist schwindlig.«

»Mir geht es ganz ähnlich. Wir haben seit gestern nichts mehr gegessen.« Sie deutete auf ein Haus. »Da ist ein Restaurant. Wir müssen mal eine Weile sitzen, uns ausruhen und einen Happen zu uns nehmen. Außerdem müssen wir nachdenken.«

Jetzt wurde nicht Rachel von Savage geführt, sondern er von ihr. Und er fühlte sich so hilflos, daß er sich nicht dagegen wehrte.

7

Die Kellnerin hatte weißes Make-up aufgelegt, sie trug einen Kimono und Sandalen. Als Savage die Speisekarte aufschlug, fühlte er sich abermals verwirrt. Die Zeilen liefen nicht horizontal, wie es im Westen der Fall war, sondern vertikal. Diese Tatsache trug dazu bei, daß ihm alles unwirklich erschien und brachte seine Gedanken vollends durcheinander. Zum Glück entdeckte er auf der Karte neben den japanischen Ideogrammen auch englische Buchstaben. Mit den amerikanisierten japanischen Gerichten kannte er sich erst recht nicht aus. Auf gut Glück deutete er auf eine Spalte auf der linken Seite. Hier empfahl das Restaurant ein Dinner für zwei.

»Sake?« fragte die Kellnerin mit einer Verbeugung.

Savage schüttelte den schmerzenden Kopf. Alkohol hätte ihm jetzt gerade noch gefehlt.

»Tee?« fragte er in der Hoffnung, verstanden zu werden.

»*Hai*, Tee«, sagte die Bedienung lächelnd und entfernte sich mit kurzen Schritten in ihrem engen Kimono, der ihre Hüften und Oberschenkel betonte.

Weiter hinten im Restaurant befand sich eine überfüllte Cocktail-Bar. Ein japanischer Westernsänger imitierte makellos Hank Williams Version von ›I'm So Lonesome I Could Cry‹.

Savage fragte sich, ob der Sänger wohl den Text verstand oder ob er die Worte auswendig gelernt hatte. ›The midnight train is...‹

»Vielleicht stecken nicht nur wir in Schwierigkeiten. Auch Akira könnte etwas passieren...« Savage schüttelte den Kopf.

»Ich weiß, ich mag mir gar nicht vorstellen, was ihm heute zugestoßen sein mag.« Sie langte über den Tisch nach seiner Hand.

»Aber wir können im Augenblick nichts tun, um ihm zu helfen. Ruh dich aus. Bald bekommen wir etwas zu essen. Du mußt versuchen, dich zu entspannen.«
»Begreifst du eigentlich, wie verkehrt das alles ist?«
»Weil ich mich um dich kümmere?« fragte Rachel. »Ich tue es nur zu gern.«
»Ich mag nicht...«
»...die Kontrolle verlieren? Du wirst noch genug Gelegenheit haben, die Kontrolle auszuüben. Du wirst tun, was du am besten kannst. Und bald. Aber zum Glück muß es nicht jetzt sein.«
›Can't you hear the whipporwill...‹
Das Restaurant war von Zigarettenrauch verqualmt, überdeckt vom Geruch scharfer Soßen. Savage und Rachel saßen auf Kissen an einem niedrigen Tisch, unter dem sich eine kastenartige Aushöhlung befand. Das war eine architektonische Konzession an langbeinige Gäste aus dem Westen. Sie konnten so nach alter japanischer Tradition sitzen und dennoch ihre Beine baumeln lassen.
»Kamichi oder Shiray, wir müssen ihn treffen«, sagte Savage. »Akira und ich müssen in Erfahrung bringen, ob auch er uns sterben sah, wie wir ihn haben sterben sehen.«
»Wenn ich antiamerikanische Demonstrationen anführen würde, hätte ich eine Leibwache um mich versammelt, die selbst du nicht durchbrechen könntest«, wandte Rachel ein. »So leicht wird es nicht sein, ihn zu treffen. Als Amerikaner kannst du ihn wohl kaum anrufen und eine Unterredung verlangen.«
»Oh, wir werden mit ihm reden. Verlaß dich darauf.«
Die Kellnerin brachte warme, feuchte Servietten. Dann kam die Mahlzeit: Eine klare Suppe mit Zwiebeln und Pilzen, die mit gebeiztem Ingwer gewürzt war. Yamswurzeln in einem Gemisch aus Sojasoße und süßem Wein. Reis mit Currysoße. Gekochter Fisch in Teriyaki-Gemüse. Die verschiedenen Soßen waren hervorragend aufeinander abgestimmt, und Savage merkte erst jetzt, wie hungrig er war. Obwohl reichliche Portionen aufgetragen wurden, vertilgte er alles bis auf den letzten Happen, wobei ihm nur wenig hinderlich war, daß er mit Stäbchen essen mußte.
Während des ganzen Mahls mußte er an Akira denken und was ihm wohl in den achtzehn Stunden seit ihrer Trennung zugestoßen sein mochte. Er bedauerte, daß keine weiterreichenden Ab-

machungen darüber, wie man Verbindung aufnehmen könnte, getroffen worden waren.

»Bis morgen früh kann ich nicht warten«, sagte Savage. Er trank seine Teetasse aus, legte ein großzügiges Trinkgeld neben den Rechnungsbetrag und erhob sich. »Draußen in der Diele sah ich vorhin einen Münzfernsprecher.«

»Was hast du vor?«

»Ich rufe Akira an.«

Das Telefon hing in der Ecke, weit entfernt vom Zugang zu dem Restaurant und der Garderobe. Hinter einem Wandschirm, der mit aufgemalten Sonnenblumen geschmückt war, steckte Savage Münzen in den Apparat und wählte die Nummer, die Akira ihm gegeben hatte.

Das Telefon klingelte viermal.

Savage wartete. Seine Finger umkrampften den Hörer.

Es klingelte zum fünften Male.

Plötzlich meldete sich eine Frauenstimme. Eko. Savage erkannte ihre Stimme.

»*Hai.*« Bei dieser kurzen, groben Meldung wurden Savage die Knie schwach. Dieses eine Wort besagte, daß sich Akira in Schwierigkeiten befand. Savage mußte jetzt Japan so schnell wie möglich verlassen.

Sein Herz klopfte schneller. Er wollte mit Eko reden, ihr Fragen stellen, aber Akira hatte mehrfach betont, daß Eko kein Wort Englisch verstand.

Ich kann den Kontakt nicht abreißen lassen, dachte er. Ich muß mir etwas einfallen lassen, um Verbindung mit ihm aufzunehmen! Es muß doch eine...!

Im Hörer waren ratternde Geräusche zu vernehmen. Plötzlich meldete sich eine andere Stimme, die eines Mannes – auf Japanisch.

Verzweifelt lauschte Savage in der Hoffnung, wenigstens ein ihm bekanntes Wort oder einen Namen aufzuschnappen. Er verstand nichts.

Abrupt ging die Stimme ins Englische über.

»Doyle? Forsyth? Verdammt, wer immer Sie auch sein mögen, hören Sie gut zu, alter Freund. Wenn Sie sich selbst einen Gefallen tun und wenn Sie Ihren Arsch in Sicherheit bringen wollen, dann sollten Sie sofort...«

Ohne nachzudenken und reflexartig knallte Savage den Hörer auf die Gabel. Der Schock saß tief. Seine Knie zitterten.
Wahnsinn.
Im Hintergrund, in der lautstarken Bar, war der japanische Westernsänger immer noch mit Hank Williams Song beschäftigt. ›So lonesome I could die...‹ so einsam, daß ich sterben möchte.

8

»Wer war dran?« fragte Rachel.
Sie umgingen den Fußgängerschwarm auf der von flirrendem Neonlicht überfluteten Straße. Die Häuserwände strahlten Wärme aus.
Savage krampfte sich der Magen zusammen. Er fürchtete schon, er würde die enorme Menge, die er gegessen hatte, wieder ausspucken müssen. »Ich habe die Stimme noch nie gehört. Den japanischen Akzent kann ich nicht beurteilen. Sein Englisch war jedenfalls perfekt. Ich nehme an – Amerikaner. Auf welcher Seite er steht, läßt sich nicht sagen. Er war ärgerlich, ungeduldig und grob. Ich habe nicht gewagt, länger in der Leitung zu bleiben. Wenn eine Fangschaltung eingerichtet war, kann man den Anruf zurückverfolgen. Die Gegner wüßten dann, daß sie uns im Stadtteil Ginza zu suchen haben. Eines steht fest, Akira würde keine Fremden in sein Haus einlassen, und Eko würde sich nicht ohne Grund mit ›Hai‹ gemeldet haben.«
»Vielleicht die Polizei?«
»Die Polizei hat kaum Amerikaner in ihren Diensten. Und wieso wußte er, daß man mich ›Forsyth‹ oder auch ›Doyle‹ nennt? Akira hat es ihnen bestimmt nicht verraten.«
»Vielleicht unfreiwillig.«
Savage wußte, daß es verschiedene Chemikalien gab, mit deren Hilfe man Leute zum Reden bringen konnte. »Ich muß davon ausgehen, daß Akira sich in Schwierigkeiten befindet. Aber ich weiß nicht, wie ich ihm helfen kann.«
Das Heulen einer Sirene ließ ihn zusammenzucken. Fast wäre er in Laufschritt verfallen. Ein Krankenwagen fuhr vorüber.
Er atmete aus.

»Wir können nicht ewig auf der Straße herumlaufen«, meinte Rachel.

»Wo können wir in Sicherheit die Nacht verbringen?«

»Ich könnte sowieso nicht schlafen«, sagte Rachel. »Ich bin so überdreht, daß ich...«

»Wir haben zwei Möglichkeiten. Wir müssen uns ein Versteck suchen, in dem wir bis zum Morgen ausharren können. Und dann bleibt uns nichts als zu hoffen, daß Akira sich um neun Uhr in dem Restaurant meldet.«

»Und was wäre die zweite Möglichkeit?« fragte Rachel.

»Wir lassen die ganze Geschichte fallen. Doch ich habe zu Akira gesagt, daß ich Japan nicht verlassen werde, auch nicht, wenn mir Eko über das Telefon das verabredete Warnsignal gibt. Ich bleibe hier und verlange Antworten auf meine Fragen.« Vom Grollen in der eigenen Stimme überrascht, entfaltete Savage den Plan, den ihm Akira gegeben hatte. »Ein weiser und heiliger Mann, hat Akira gesagt. Sein *sensei*. Mit ihm wollte er reden. Na gut, wollen mal sehen, wie weise der heilige Mann ist.«

9

Im Gegensatz zum Ginza-Distrikt war dieses Viertel von Tokio finster und dunkel. Die wenigen Straßenlampen und ein gelegentlich aufflackerndes Licht in einigen Fenstern ließen das Straßenbild unheimlich erscheinen. Nachdem er den Taxifahrer entlohnt hatte, stieg Savage mit Rachel aus, die sich beklommen umschaute. »Vielleicht war das doch keine sehr gute Idee«, sagte sie.

Savage ließ den Blick über die dunkle Straße schweifen. Die Stille wurde durch fernen Verkehrslärm noch unterstrichen. Der Bürgersteig schien leer und verlassen. Trotz der Dunkelheit entdeckte Savage mehrere Gassen und Nischen. Hier konnten überall heimliche Beobachter lauern. »Das Taxi ist fort, und ich sehe kein anderes. Es ist zu spät.«

»Toll... woher wissen wir überhaupt, daß uns der Taxifahrer an die richtige Adresse gebracht hat?«

»Auch Abraham hat an das Absurde geglaubt«, sagte Savage

und erinnerte Rachel damit an ihr Lieblingszitat. »Wir müssen jetzt einfach Vertrauen haben.«

»Toll«, wiederholte Rachel. Es klang wie barer Hohn.

Savage hob beide Hände und ließ sie wieder sinken. »Nach den Vorschriften meines Berufes hätten wir das Taxi ein paar Häuserblocks entfernt verlassen müssen, um uns dann hierher zu schleichen und zu prüfen, ob eine Falle lauert.« Er schaute um sich. »In Tokio gibt es nur wenige Straßennamen. Ohne die Hilfe des Fahrers hätten wir wahrscheinlich nicht hierher gefunden, selbst wenn wir nur einige Blocks weiter entfernt gewesen wären.«

Er schaute an einem fünfstöckigen Gebäude aus schmutzigem Beton hoch. Es hatte keine Fenster, sah aus wie ein Lagerhaus und schien völlig fehl am Platz in einer Reihe mit zahlreichen kleinen Wohngebäuden entlang der Straße. Auch diese Häuser wirkten verkommen und schmutzig.

Das große Gebäude lag in totaler Finsternis.

»Ich kann mir nicht vorstellen, daß hier jemand wohnt«, sagte Rachel. »Da liegt ein Irrtum vor.«

»Den aufzuklären gibt es nur eine Möglichkeit.« Noch einmal ließ Savage den Blick über die dunkle Straße gleiten. Er schob die Finger um den Griff der Beretta unter seiner Windjacke und näherte sich der Vordertür.

Sie bestand aus Stahl.

Einen Klingelknopf oder eine Sprechanlage gab es nicht. Savage fand nicht einmal ein Schloß.

Er griff nach dem Türknopf. Er drehte sich.

»Hier kümmert sich offenbar niemand darum, ob Fremde ein- und ausgehen«, sagte Savage mit deutlicher Verwunderung in der Stimme. »Bleib dicht bei mir.«

»He, wenn ich dir noch näher sein wollte, säße ich in deiner Unterwäsche.«

Savage grinste trotz der bedrückenden Situation, aber Rachels Scherz verringerte seine Anspannung nicht. Er stieß die schwere Tür auf und befand sich in einem schwach beleuchteten Gang. »Rasch«, flüsterte er und zog Rachel hinter sich durch die Tür, bevor ihre Silhouetten als Zielscheiben dienen konnten.

Schnell schloß er die Tür und stellte dabei fest, daß sich auch an der Innenseite kein Schloß befand. Mit zunehmender Verwunderung sah er sich in dem Korridor um. Er endete zehn Fuß vor ihm.

An beiden Seiten gab es keine Türen. Vorn führte eine Betontreppe nach oben.

»Was für ein...?« begann Rachel zu fragen.

Doch Savage legte den Finger über seine Lippen, und sie verstummte.

Er wußte auch so, was sie hatte sagen wollen und nickte verständnisvoll. Noch nie hatte er so ein Gebäude gesehen, weder als Lager- noch als Wohnhaus. An den Wänden gab es keine Schilder oder sonstigen Hinweise darauf, wo sie sich hier befanden. Keine Briefkästen mit Namen daran, keine Klingelknöpfe. Es gab auch keine weitere Tür mit einem Sicherheitssystem, das ein weiteres Vordringen in das Innere des Gebäudes verhindert hätte.

Die Treppe bestand aus Beton. Savage und Rachel stiegen hinauf. Ihre Schuhe kratzten auf den Stufen, was ein leises Echo hervorrief.

Auch der nächste Treppenflur war schwach beleuchtet. Es gab keine Türen, aber eine Treppe, die weiter nach oben führte.

Sie stiegen weiter. Savage wurde nervöser. Warum waren Akiras Hinweise so ungenau? Wie, zum Teufel, soll ich hier jemanden finden, wenn es keine Türen mit Namensschildern gibt?

Gleich darauf wurde ihm klar, daß Akiras Informationen doch komplett waren.

Da es keine Türen gab, konnte man keinen Irrtum begehen. Es gab nur eine Richtung, die nach oben. Nach dem gleichfalls leeren dritten und vierten Stockwerk gab es nur noch das fünfte, wo das Treppenhaus endete.

Auch hier war der Gang nur kurz.

Aber an seinem Ende winkte eine Stahltür.

Savage zögerte. Seine Hand ruhte auf der Pistole unter der Jacke. Die Tür schien größer zu werden, je näher er ihr kam. Auch an dieser Tür gab es keine Klingel, kein Schloß und keine Gegensprechanlage.

Voller Spannung und Verwunderung kniff Rachel die Augenlider zusammen.

Savage drückte ihren Arm, um ihr Mut zu machen. Dann griff er nach dem Türknauf. Er überlegte es sich anders. Diese scheinbar ungesicherte Tür schien in eine Wohnung zu führen, in die man nicht ohne weiteres eindringen konnte.

Mit angehaltenem Atem hob er die Faust und klopfte mit den Knöcheln an.

Die Stahltür reagierte mit dumpfem Poltern.

Savage klopfte abermals, diesmal stärker.

Jetzt erzitterte die ganze Stahltür und rief im Inneren des dahinterliegenden Raumes ein schepperndes Echo hervor.

Fünf Sekunden. Zehn Sekunden.

Fünfzehn. Nichts.

Keiner daheim, dachte Savage. Oder hinter der Tür gibt es gar kein Apartment, oder Akiras *sensei* schläft tief und fest.

Nein, Akiras *sensei* mußte ja ein Meister sein. Von denen schlief keiner so tief.

Verdammt.

Savage drehte den Türknauf herum, stieß die Tür auf und trat ein.

Rachel klammerte sich hinten an seiner Jacke fest. Savage achtete nicht auf sie. Vor sich hatte er einen weiten Saal in schummerigem Licht.

Nein, nicht schummerig. Die unsichtbaren Lampen einer hinter Leisten verborgenen indirekten Beleuchtung unter der Decke spendeten ein Licht, das man nicht als schummerig bezeichnen konnte. Zwielicht. Nachgeahmte Dämmerung. Auch diese Beschreibung traf noch nicht den Kern. Die Beleuchtung war dunkler als das Licht von Kerzen, reichte aber aus, um einen riesigen *dojo* zu enthüllen. Auf dem Boden lagen unzählige *tatami*-Matten. Wände und Decken waren mit rötlich schimmerndem poliertem Zypressenholz bedeckt, das das schwache Licht reflektierte.

Wie Mondenschein.

Zwischen den einzelnen verborgenen Lichtquellen gab es Strecken voller geheimnisträchtiger Schatten.

Savage fühlte sich überwältigt und hingerissen, so als beträte er einen Tempel. Von dem *dojo* ging, obwohl er im Halbdunkel lag, eine Aura voller Heiligkeit und Frömmigkeit aus.

Dieser heilige Ort atmete förmlich den ganzen Mystizismus der fernöstlichen Kampfkünste aus. Man spürte die Spuren von Schmerzen und Schweiß, von Disziplin und Demut in der Luft. Geist und Körper, Seele und Sehnen sind eins. Savage nahm den Duft wahr und machte einen Schritt nach vorn. Da vernahm er das Geräusch, mit dem poliertes Metall über poliertes Metall gleitet.

Das war kein Kratzen, kein knirschender Laut, sondern ein weiches, gleitendes, gut geöltes Zischen, das Savages Kopfhaut prickeln ließ.

Nicht ein Zischen, sondern viele. Rings um ihn her. Die dunklen Wände schienen sich zu beleben. Sie schwollen an und spuckten Gestalten aus. Glitzernde Gegenstände erschienen, die das weiche Licht der weit voneinander unter der Decke befestigten Lichtquellen reflektierten. Dann traten Schatten aus den Wänden hervor. Sie nahmen die Gestalten von völlig schwarz gekleideten Männern an, die Kopfhauben und Gesichtsmasken trugen. Sie waren gegen die dunkle Wand nicht zu sehen gewesen. Jeder hielt ein Schwert in der Hand, das er aus der Scheide gezogen hatte.

Savage hatte einige Schritte in den *dojo* hinein getan. Als er sich umdrehte, sah er, daß die Schwertträger auch rechts und links von ihm aufgetaucht waren. Er zog die Beretta aus dem Hosenbund.

Rachel stöhnte.

Mit einem Blick zu der offenen Tür überlegte Savage, wie er es wohl bewerkstelligen sollte, Rachel zu beschützen und gleichzeitig dafür zu sorgen, daß sie unbehelligt die Tür erreichte. Im Magazin der Beretta steckten fünfzehn Patronen, aber er hatte sicherlich mehr als fünfzehn Gegner. Die Schüsse würden ohrenbetäubend sein, und die Mündungsblitze würden die Gegner gewiß ablenken und verwirren. Vielleicht zögerten die Schwertkämpfer für ein paar Sekunden. Diese Zeit mußte ausreichen, um die Tür zu gewinnen und die Treppe hinunter zu hasten.

Aber noch während er darüber nachsann, wurde die Tür zugeschlagen, Männer mit Schwertern nahmen davor Aufstellung. Verzweifelt zielte er auf die Gegner, die die Tür blockierten.

Plötzlich flammte blendendes Licht auf. Der halbdunkle *dojo* lag da wie in Sonnenlicht getaucht. Savage riß eine Hand vor seine Augen, um sie vor der gleißenden Helligkeit zu schützen. Den Schwertkämpfer, der mit einer blitzschnellen Bewegung auf ihn zustürzte, konnte er nicht sehen. Er spürte nur dessen Bewegung, die einen leichten Luftzug verursachte. Die Beretta wurde ihm aus der Hand gerissen. Kraftvolle Finger lähmten die Nerven seiner Hand und hinderten ihn am Schießen. Verzweifelt blinzelte Savage. Seine Augen wollten sich nicht auf die gleißende Helligkeit einstellen, die wie viele Sonnen auf seine Netzhaut brannte.

Endlich stellten sich seine Pupillen auf das grelle Licht ein. Er senkte die Hand. Trotz der Lampenhitze fror er. Nun konnte er seine Gegner erkennen. Ihre Masken hatten ihnen nicht nur zur Tarnung gedient, sondern auch als Schutz gegen die grellen Scheinwerfer. Ohne Waffe hatte er keinerlei Aussicht darauf, sich dieser Männer erwehren zu können. Er und Rachel würden bald in Stücke gehauen sein. Rachel stöhnte, aber Savage zwang sich dazu, mit voller Aufmerksamkeit seine Gegner zu beobachten.

Der Mann, der mir die Pistole entriß, hätte mich doch genauso leicht niederhauen können, dachte Savage. Ich war ja praktisch blind. Stattdessen trat er an die Wand zurück und hob sein Schwert wie die anderen. Soll ich daraus schließen, daß die Männer nicht wissen, was sie mit uns anfangen sollen? Ob sie uns töten sollen oder...?

Wie auf Kommando – jedoch ohne daß man ein solches vernommen hätte – machten die Schwertkämpfer einen Schritt nach vorn. Der *dojo* schien kleiner zu werden. Dann senkten sie ihre Schwerter und richteten die Spitzen auf Rachel und Savage. Der *dojo* wurde noch enger.

Wieder ein Schritt vorwärts. Die Schritte blieben auf den *tatami*-Matten fast unhörbar.

Savage drehte sich langsam um die eigene Achse auf der Suche nach einer schwachen Stelle in dem sie umgebenden Ring. Aber selbst wenn ich eine Fluchtmöglichkeit entdecke, habe ich keine Chance, Rachel an den drohenden Schwertern vorbei ins Freie zu bringen. Ohne Waffe kann ich Rachel nicht befreien!

Die maskierten Gestalten mit den Kopfhauben machten noch einen Schritt nach vorn. Ihre Schwerter blitzten. Savage schaute sich weiter um und richtete seine Aufmerksamkeit auf die Wand gegenüber der Tür, durch die er mit Rachel hereingekommen war. In diesem Augenblick schien ein weiteres unhörbares Kommando die Schwertträger zu erreichen. Sie blieben stehen. Der *dojo* – in dem es sowieso ruhig war – erschien auf einmal totenstill. Nur Rachels Stöhnen war zu hören.

Die Schwertträger, die von der Wand am jenseitigen Ende des *dojo* gekommen waren, schwenkten rechts und links ein. Durch diese Lücke kam ein Mann, der bisher hinter den anderen verborgen gestanden hatte. Auch er trug ein Schwert und war vollkommen schwarz gekleidet, einschließlich Haube und Gesichtsmaske. Im Gegensatz zu den anderen war er klein, er schien hager zu sein, und seine zögernden Schritte ließen ihn gebrechlich erscheinen. Er schlug die Haube zurück, nahm die Gesichtsmaske ab und enthüllte dabei den fast kahlen Kopf und die faltigen Züge eines alten Japaners. Der graue Bart und die dunkel glühenden Augen verhinderten, daß er wie mumifiziert wirkte.

Savage gewann jedoch – jeder Nerv in ihm bebte – den Eindruck, daß die zögernden Schritte mehr ein Anschleichen waren, daß die Gebrechlichkeit nur scheinbar war. Ihm wurde klar, daß dieser uralte Mann klüger und gefährlicher als alle anderen war.

Er schaute Savage und Rachel finster an. Dann machte er mit dem Schwert eine Bewegung, als wolle er zuschlagen und sprang plötzlich blitzschnell vor. Aber sein Schwert zielte nicht auf Savage. Sondern auf Rachel!

Savage warf sich vor sie in der Hoffnung, mit geschwungenen Armen die Klinge ablenken zu können. Vielleicht konnte er sich unter der Waffe hindurch ducken und dem gebrechlich wirkenden Alten den Kehlkopf einschlagen. Der Gedanke daran, was die Klinge ihm zufügen würde, wenn sein Angriff fehlschlug, kam ihm gar nicht. Er mußte Rachel schützen, ganz gleich, was ihm dabei geschah!

Savage handelte aus einem Reflex heraus. Instinktiv erfüllte er die Forderungen seines Berufes – zu beschützen.

Er war bereit, es mit der blitzenden Klinge des Alten aufzunehmen. Sie wirbelte so schnell vor seinen Augen, daß sie als Gegenstand kaum mehr wahrnehmbar war. Abwehrend hob er den Arm. Dabei wußte er tief in seiner Seele, daß sein Versuch vergebens bleiben mußte.

Ich kann doch nicht einfach aufgeben!

Ich darf nicht zulassen, daß Rachel von diesem Schwert getroffen wird.

Vor seinem geistigen Auge sah er das Schwert durch seinen Unterarm gleiten. Aus dem Stummel seines Handgelenks schoß rotes Blut. Er wich nicht zurück, als er einsehen mußte, daß er die Geschwindigkeit des alten Mannes falsch eingeschätzt hatte. Er hob den Arm...

Plötzlich verhielt die Klinge in der Luft, als sei sie von einer unsichtbaren Kraft aufgehalten worden. Der gleißende, glitzernde Stahl hielt wie erstarrt vor Savages Jackenärmel an. Die Angst ließ ihn alles wie durch eine Lupe vergrößert sehen. An seinem Jackenärmel waren die obersten Fäden durchschnitten worden.

Jesus.

Savage atmete tief durch, Adrenalin schoß durch seine Adern. In seiner Brust brannte es wie vulkanisches Feuer.

Der alte Mann sah ihn scharf an, senkte das Kinn in einem kurzen Nicken und stellte kurz angebunden eine unverständliche Frage.

Doch war die Frage nicht an Savage gerichtet, sondern an jemanden hinter ihm. Savage war sich aber dessen nicht ganz sicher, denn der Alte behielt ihn dabei scharf im Blick.

»*Hai*«, antwortete jemand im Hintergrund. Savage schwoll das Herz in der Brust, als er die Stimme erkannte.

»Akira?« Savage stieß den Namen voller Spannung und Verwirrung hervor.

»*Hai*«, antwortete Akira und trat durch eine Lücke in der Reihe der Schwertträger. Wie die anderen war er schwarz gekleidet, fast wie in einen Pyjama, nur war das Material gröber gewoben. Im Gegensatz zu den anderen trug er keine Kapuze und keine Maske. Sein männlich schönes rechteckiges Gesicht erschien noch eckiger dadurch, daß er sein kurzes schwarzes Haar glatt von links nach rechts gekämmt hatte. Akira war so ernst, daß Savage fragend die Stirn runzelte. Ja, Akiras melancholischer Gesichtsausdruck hatte sich vertieft.

»Was geht hier vor?« fragte ihn Savage.

Akira verkniff die Lippen. Seine Wangenmuskeln traten hart hervor. Er öffnete den Mund zu einer Antwort, wurde jedoch von dem Alten mit einer erneuten unverständlichen Frage unterbrochen.

Akiras Antwort blieb gleichfalls unverständlich.

Der alte Mann und Akira wechselten zwei weitere Sätze in einer hastigen, von Spannung erfüllten Art, die Savage nicht zu deuten wußte.

»*Hai*.« Diesmal kam dieses harte, zustimmende Wort nicht von Akira, sondern von dem Alten. Er nickte noch einmal mit herabgezogenem Kinn und löste die Klinge seines Schwertes von den durchtrennten Fäden an Savages Jackenärmel.

Die Klinge funkelte, als sie von dem alten Mann mit bemerkenswerter Geschwindigkeit in die Scheide zurückgeschoben wurde, aus der die Luft zischend entwich.

Akira trat vor. Er schaute melancholisch drein wie immer, und seine Züge blieben undurchdringlich. Er stellte sich neben den alten Mann und verbeugte sich vor Rachel und Savage. Den ganzen Tag über hatte sich Savage leer und verlassen gefühlt. Akira hatte ihm gefehlt, aber erst jetzt, beim Auftauchen seines japanischen Freundes erkannte er, wie sehr er Akira vermißt hatte. In Amerika hätte Savage seinem Impuls nachgegeben und Akiras Hand ergriffen, ihm vielleicht die Hand auf die Schulter gelegt, um seine Zuneigung zu bekunden. Aber er gab dem Drang nicht nach, sich wie ein Westler zu benehmen. Da sich Akira so strikt an das hielt, was seine Umgebung von ihm offenbar erwartete, übernahm Savage die japanische Sitte für sich und verbeugte sich, genau wie Rachel, vor ihm.

»Ich freue mich, dich wiederzusehen«, sagte Savage. Er wollte damit seiner innerlichen Bewegung Ausdruck verleihen, ohne Akira in peinliche Verlegenheit vor den anderen zu bringen. »Mit Freude sehe ich auch, daß du in Sicherheit bist.«

»Ich freue mich auch.« Akira schluckte, zögerte. »Ich fürchtete schon, daß wir uns niemals wiedersehen würden.«

»Weil Eko mir das Signal gab, demzufolge ich eigentlich hätte fliehen müssen?«

»Ja, aber auch aus anderen Gründen«, entgegnete Akira.

Diese Antwort hätte mit einer Gegenfrage beantwortet werden müssen, aber Savage unterdrückte sie. Natürlich wollte er Akira erzählen, was ihm inzwischen zugestoßen war, und er wollte erfahren, was sein Freund alles erlebt hatte. Aber im Augenblick standen wichtigere Fragen an.

»Du hast mir nicht geantwortet.« Savage deutete auf die Männer mit Schwertern. »Was bedeutet das alles?«

Der alte Mann fiel mit tiefer, rauher Stimme ein.

»Erlaube mir, dich mit meinem *sensei* bekannt zu machen«, sagte Akira. »Sawakawa Taro.«

Savage verbeugte sich und sagte, was der Respekt vor dem Alten heischte. »Taro-sensei.« Er hatte ein weiteres kurzes Nicken erwartet, doch überrascht sah er, wie der alte Mann sich in den Schultern reckte und Savages Verbeugung erwiderte.

»Deine Tapferkeit hat auf ihn Eindruck gemacht«, erläuterte Akira.

»Weil wir hier eingedrungen sind?« Savage hob die Schultern.

»In Anbetracht dessen, was beinahe passiert wäre, war ich dumm und nicht tapfer.«

»Nein«, verbesserte Akira. »Er meint deinen Versuch, diese Frau vor seinem Schwert zu beschützen.«

»Das meint er?« Savage zog die Augenbrauen hoch. »Du kennst doch unsere Regeln. Darüber habe ich gar nicht nachgedacht, sondern so gehandelt, wie wir es gelernt und geübt haben.«

»Genau«, sagte Akira. »Tapferkeit bedeutet für Taro-sensei instinktiv seine Pflicht zu tun ohne Rücksicht auf die Folgen.«

»Und das allein hat uns gerettet?«

Akira schüttelte den Kopf. »Ihr wart überhaupt nicht in Gefahr, oder jedenfalls nur ganz kurz als ihr eintratet. Nachdem die Tür zugeschlagen worden war und Taro-sensei euch nach meiner Beschreibung erkannt hatte, wußte er, daß von euch keine Gefahr drohte.«

»Was? Du meinst...? Diese Männer, die auf uns eindrangen, meinten es nicht ernst? Dieser alte Knabe hat mich nur auf die Probe gestellt?«

Taros krächzende Altmännerstimme mischte sich ein. »Kein alter Knabe.«

Savage blieb der Mund offen stehen.

»Sie enttäuschen mich«, fuhr der Alte fort. Obwohl er anderthalb Fuß kleiner war als Savage, schien er ihn zu überragen. »Ich hatte mehr erwartet. Gehen Sie niemals davon aus, daß jemand Ihre Sprache nicht versteht, nur weil er Sie in seiner eigenen angeredet hat.« Taros Augen blitzten.

Savage schoß die Röte ins Gesicht. »Ich bitte um Entschuldigung. Das war dumm von mir und grob dazu.«

»Und was noch wichtiger ist, es war unvorsichtig«, sagte Taro. »Den Regeln des Berufes widersprechend. Ich wollte schon lobende Worte für den finden, der Sie ausgebildet hat. Aber nun...«

»Schimpfen Sie auf den Schüler, nicht auf den Ausbilder«, meinte Savage. Voller Trauer dachte er an Grahams Leichnam hinter dem Steuerrad des Cadillac in der von Auspuffgasen erfüllten Garage. »Alles meine Schuld. Für mein Benehmen gibt es keine Entschuldigung. Bitte, vergeben Sie mir, Taro-sensei.«

Die Schärfe wich aus dem Blick des Alten. »Sie bessern sich allmählich... Wenigstens haben Sie bei ihrem Ausbilder gelernt, eigene Fehler einzusehen.«

»In diesem Falle«, fuhr Savage fort, »war Akira mein Lehrmeister hinsichtlich der Sitten in ihrem Lande. Auch hier trifft die Schuld den Schüler und nicht den Lehrer. Er hat mich oft genug davor gewarnt, nicht in irgendwelche Fettnäpfchen zu treten. Ich werde mich stärker darum bemühen, mich wie ein Japaner zu verhalten und zu benehmen.«

»Versuchen Sie es jedenfalls«, sagte Taro. »Aber Sie werden schwerlich Erfolg damit haben. Kein Außenseiter, kein *gaijin*, kann einen Japaner verstehen und sich wie ein solcher verhalten.«

»Ich lasse mich nicht so leicht entmutigen.«

Taros faltenreiche Lippen zogen sich zusammen, vielleicht zu einem Lächeln. Er sagte etwas auf japanisch zu Akira.

Akira antwortete, dann wandte sich Taro an Savage. »Man hat mir berichtet, daß Sie ein ernsthafter Mensch sind. Dieser Begriff sollte nicht verwechselt werden mit dem, was Sie im Westen ernsthaft nennen, indem Sie so tun, als seien ihre öffentlich geäußerten Gedanken mit denen identisch, die ihre private Meinung darstellen.« Der alte Mann überlegte. »Vielleicht war ich voreilig. Ihr Fehltritt sei vergeben. Ich lade Sie ein, meine bescheidene Gastfreundschaft anzunehmen. Vielleicht mögen Sie und ihr Schützling Tee mit mir trinken.«

»Ja, sehr gern«, erwiderte Savage. »Wenn ich mich fürchte, bekomme ich immer einen trockenen Mund.« Er deutete auf Taros Schwert und gab sich Mühe, mit einem Augenzwinkern zugleich respektvoll, demütig und ironisch zu wirken.

»*Hai.*« Taro zog das Wort etwas in die Länge, so daß es wie ein leichtes Lachen klang. »Bitte« – er verbeugte sich – »folgen Sie mir.«

Taro führte Savage, Rachel und Akira auf die Schwertträger im rückwärtigen Teil des *dojo* zu. Der alte Mann machte eine kurze Bewegung mit der Hand, und die Kapuzenmänner schoben mit einem Ruck ihre Klingen in die Scheiden. Das scharfe Zischen von Stahl gegen Stahl jagte Savage einen Schauder über den Rücken.

»Taro-sensei«, begann Savage, »eine Frage. Ich bin im Zweifel. Bitte verstehen Sie mich nicht falsch, meine Frage ist nicht unverschämt gemeint.«

»Sie haben meine Erlaubnis«, sagte der alte Mann.

»Wir traten ein, und Sie erkannten bald, daß wir nicht als Feinde kamen...« Savage zögerte. »Ich kann verstehen, weshalb Sie uns auf die Probe stellten. Sie wollten wissen, wie wir reagieren, wenn wir offensichtlich bedroht werden. Sie wollten erproben, ob Sie sich auf uns verlassen konnten, auf uns Außenseiter oder *gaijin*. Und dennoch...« Savage zog die Augenbrauen zusammen. »Sie hatten doch keine Garantie dafür, daß ich nicht in Panik verfallen würde. Angenommen, ich hätte die Nerven verloren und zu schießen angefangen, obwohl ich keinen Fluchtplan hatte und dabei nur Munition verschwendet hätte, die ich vielleicht später dringend brauchen würde. Dabei wären doch viele Ihrer Männer zu Tode gekommen.«

»Ihre Frage ist berechtigt«, sagte Taro. »Aber natürlich waren in den Test Sicherungsvorkehrungen eingebaut.«

»Oh? Welcher Art? Ich bin sicher, diese Männer sind ausgezeichnete Schwertkämpfer, die blitzschnell zuschlagen können. Aber sie sind nicht so schnell wie eine Kugel.«

»Wenn Sie ihre Waffe gehoben hätten...«

Taro brauchte nicht weiterzureden. Als sich Savage dem rückwärtigen Teil des *dojo* näherte, sah er zwei Männer, die bisher hinter der Reihe der Schwertträger verborgen gewesen waren...

Jeder von ihnen hielt einen gespannten Bogen aus Bambusholz mit aufgelegtem Pfeil schußbereit in den Händen.

Ja, dachte Savage, ich hätte nie eine Chance gehabt zu feuern.

Weitere Fragen drängten sich ihm auf. Aber er hielt den Mund. Kalter Schweiß lief ihm den Rücken herunter. Hätten die Bogenschützen auf seine Hand gezielt, die die Pistole hielt?

Oder hätten sie geschossen, um ihn zu töten?

10

»Taro-senseis Gebäude ist eine Welt für sich«, erklärte Akira.

Sie saßen mit untergeschlagenen Beinen auf Kissen vor einem niedrigen Tisch aus Zypressenholz. Das kleine Zimmer hatte dünne Papierwände, an denen wunderschöne Feder- und Tuschezeichnungen hingen. Die ganze Umgebung erinnerte Savage an Akiras Heim.

Taro entließ die Dienerin und unterzog sich, zu Ehren der Gäste, selbst der Mühe, den Tee in kleine, dünne, hübsch bemalte Porzellantassen zu gießen. Jedes Täßchen zeigte ein anderes Bild – einen

Wasserfall, einen blühenden Kirschgarten –, das mit möglichst wenigen Pinsel- oder Federstrichen hingehaucht war.

Akira setzte seine Erläuterungen fort. »Hier im fünften Obergeschoß befindet sich natürlich der *dojo*. Die anderen Stockwerke enthalten Schlafsäle, einen Schrein, eine Bibliothek, in einem Stockwerk wird gekocht und gegessen, es gibt einen Schießstand... kurz alles, was Taro-senseis Schüler benötigen, um Geist, Seele und Körper zu einer Einheit zu formen.«

Akira griff nach seiner Teeschale. Er setzte sie auf die linke Hand, benutzte die Rechte, um sie von der Seite her zu stützen, und nahm einen Schluck Tee. »Ausgezeichnet, Taro-sensei.«

Savage beobachtete den japanischen Freund aufmerksam und ahmte nach, wie jener die Teeschale hielt. Als sie noch in Amerika gewesen waren, hatte ihnen Akira die feierliche Teezeremonie erklärt. Diese geheiligte Tradition reichte bis ins 14. Jahrhundert zurück. Durch den Zen-Buddhismus beeinflußt, wurde das gemeinsame Trinken von Tee zu einer Zeremonie, in der Reinheit, Ruhe und Harmonie erzeugt wurden. Die Japaner haben dafür das Wort *wabi*. Genau nach den Vorschriften vollzogen, dauert so eine Teezeremonie mehrere Stunden. Dazu gehört, daß an drei verschiedenen Stellen des Hauses serviert wird und daß es mehrere Mahlzeiten gibt. Der Tee-Meister bereitet alles vor, gibt den Tee in heißes Wasser und verquirlt ihn mit einem Bambuszweig. Gesprochen wird nur über einfache, beruhigende Themen. Die Teilnehmer fühlen sich losgelöst von der Zeit und dem Lärm der Welt draußen.

Bei der gegenwärtigen Gelegenheit war die Tee-Zeremonie stark abgekürzt worden, dennoch wurde das Ritual mit allem Respekt eingehalten. Savage beobachtete, mit welcher Ernsthaftigkeit Akira und sein *sensei* bei der Sache waren, deshalb unterdrückte er die ihn bedrängenden Fragen. Statt dessen führte er die heiße Schale an seine Lippen und nahm einen Schluck von deren fein duftendem Inhalt. »Mein Geist kommt hier zur Ruhe, Taro-sensei.« Savage verbeugte sich.

»Das stillt den Durst meiner Seele«, fügte Rachel hinzu. »Arigato, Taro-sensei.«

Taro lächelte. »Mein nicht ganz unbegabter Schüler« – er zeigte auf Akira – »hat euch vieles beigebracht.«

Über Akiras braunes Gesicht huschte eine leise Röte. Demütig senkte er den Blick.

»Man trifft so selten einen gebildeten *gaijin*.« Taro lächelte und setzte seine Teeschale ab. »Akira erwähnte, daß es in diesem Haus eine Bibliothek gibt. Die meisten *sensei* erlauben ihren Schülern nicht zu lesen. Gedanken widersetzen sich der Tat. Worte vergiften die Reflexe. Tatsachen können zur Waffe werden. Meine Schüler dürften niemals Fantasiegeschichten lesen.« Er machte eine wegwerfende Geste. »Mit der Poesie ist es etwas anderes. Ich rate meinen Schülern, ihren Geist zu schärfen, indem sie *haiku*-Verse dichten oder Klassiker wie den unvergleichlichen Matsuo Basho studieren. Meine Schüler lesen am häufigsten Sachbücher und Geschichtswerke. Zum Beispiel über die Geschichte von Japan und Amerika. Handbücher über moderne und historische Waffen. Sie machen sich mit der Konstruktion von Schlössern, Alarmanlagen, elektronischen Überwachungsgeräten und vielen anderen Geräten vertraut, die sie zur Ausübung ihres Berufes benötigen. Hinzu kommen die Sprachen. Ich verlange von jedem, daß er außer Japanisch noch mindestens drei weitere Sprachen beherrscht. Eine davon muß Englisch sein.«

Savage blickte mehrfach Akira an. Jetzt begriff er, woher sein Freund die profunden Englischkenntnisse hatte. Warum aber wurde auf Englisch so großer Wert gelegt? Lag es daran, daß Amerika im Zweiten Weltkrieg gesiegt hatte? Warum sah Akira noch melancholischer drein, als Taro unterstrich, daß seine Schüler sich mit der amerikanischen Geschichte und Sprache besonders gut auskennen müßten?

Taro hörte auf zu reden und nippte an seinem Tee.

Akira beobachtete seinen *sensei* genau. Offenbar wollte der Alte nichts weiter sagen, also erschien es Akira nicht unhöflich, die Stille zu unterbrechen und mit seinen Erläuterungen fortzufahren.

»Als ich zehn Jahre alt wurde«, sagte Akira, »schickte mich mein Vater zu Taro-sensei, um das Kriegshandwerk zu erlernen. Bis zum Abschluß in der Oberschule kam ich fünfmal in der Woche für zwei Stunden hierher. Daheim übte ich fleißig, was ich hier lernte. Die meisten japanischen männlichen Teenager vervollständigen ihre Ausbildung an der Oberschule durch zusätzlichen Privatunterricht, um sich auf die Aufnahmeprüfung zur Universität vorzubereiten, die immer im Februar und März stattfindet. Man nennt sie die Höllenprüfung. Es gilt als große Demütigung, die Aufnahmeprüfung für eine Universität, besonders die von Tokio, nicht zu schaffen. Meine Studien bei Taro-sensei erforderten immer mehr Fleiß und Hingabe, und mir wurde klar, daß eine Universität für mich nicht der richtige Platz gewesen wäre. Meine Universität war hier bei ihm und in seinem Institut. Trotz meiner Untauglichkeit nahm mich Taro-sensei in seine Oberstufe auf. An meinem neunzehnten Geburtstag traf ich hier mit meinen paar Habseligkeiten ein. Während der nächsten vier Jahre habe ich keinen Fuß vor die Tür dieses Hauses gesetzt.«

Savage drehte sich zu Rachel um. Der Ausdruck ihres Gesichtes verriet größte Überraschung. »Vier Jahre?« fragte sie verwundert.

»Gar keine so lange Zeit, wenn man an das Ziel denkt.« Akira hob die Schultern. »Es geht um den Versuch, ein Samurai zu werden. In unserem korrupten und ehrlosen zwanzigsten Jahrhundert hat ein Japaner, der etwas auf die noblen Traditionen seines Volkes gibt und deshalb ein Samurai werden möchte, nur eine Möglichkeit. Er muß den Fünften Beruf ergreifen. Damit wird er zum modernen Gegenstück eines Samurai. Zu einem tätigen Beschützer. In unserer Zeit ist – genau wie damals – ein Samurai ohne einen Herrn ein nutzloser Krieger, ein zielloser Wanderer, ein umherschweifender *ronin*.«

Savage preßte die Hand so fest um seine Teeschale, daß er fürchtete, das dünne Material würde in seinen Fingern zerbrechen. »Und alle die Männer im *dojo*...«

»Sind Taro-senseis fortgeschrittene Schüler. Viele stehen vor dem Abschluß, nachdem sie das Privileg genossen haben, vier Jahre unter der Anleitung meines Herrn gelernt und geübt zu haben«, erwiderte Akira. »Ihr mögt sie mit Mönchen vergleichen oder mit Einsiedlern. Außer dem Gemüsemann und den anderen Kaufleuten, die lebensnotwendige Waren bringen, darf hier niemand ins Haus.«

»Die äußere Tür war nicht verschlossen, und die Tür zum *dojo* ebenfalls nicht«, sagte Savage. »Ich habe in der Tat nicht einmal ein Schloß gesehen. Jeder konnte hereinspazieren.«

Akira schüttelte den Kopf. »Jede Tür besitzt einen verborgenen Riegel, der elektronisch aktiviert werden kann. Heute abend blieben die Riegel offen für den Fall, daß es meinen Feinden gelänge, mich bis hierher zu verfolgen. Eine Fangvorrichtung, um sie zu fassen und zum Reden zu bringen. Das Treppenhaus ist natürlich eine Falle, sobald die Riegel vorgeschoben sind.«

Savage schürzte die Lippen und nickte.

Taro holte leise Luft.

Akira wendete sich an ihn, weil er erkannte, daß sein Meister zu reden wünschte.

»Obwohl meine Schüler sich von der Welt abschließen«, sagte Taro, »will ich nicht haben, daß die Welt ihnen fremd bleibt. Sie werden durch Zeitungen, Magazine, Rundfunk und Fernsehen auf dem laufenden gehalten. Aber in unserer Abgeschlossenheit werden sie daraufhin ausgebildet, die Gegenwart mit dem gleichen Abstand zu betrachten wie die Vergangenheit. Sie stehen abseits als Beobachter, nicht als Teilnehmer. Ein Beschützer kann nur wirksam arbeiten, wenn er völlig objektiv bleibt. Ein Samurai ist absolut neutral, er erwartet nichts und ist innerlich vollkommen ruhig.«

Taro dachte noch einmal über seine Worte nach, nickte mit seinem altersgrauen Kopf und nippte an seinem Tee. Das war für die anderen das Zeichen, daß sie nun weiterreden durften.

»Ich bitte um Entschuldigung, Taro-sensei. Aber mich quält eine weitere neugierige Frage«, begann Savage.

Taro nickt zum Zeichen seines Einverständnisses.

»Akira sprach von dem korrupten Zeitalter, in dem wir leben. Nur wenige junge Männer – auch Japaner – dürften willens sein, sich von der Welt abzusondern und sich einer so harten Erziehung zu unterwerfen.«

»Ja, wenige, aber ihre Zahl reicht aus«, erwiderte Taro. »Es liegt im Sinne des Wortes, daß nur die zu allem Entschlossenen Samurai werden können. Wie man mir berichtet hat, haben Sie doch selbst bei einer der tüchtigsten amerikanischen Truppen, den SEALs, gedient.«

Savage erstarrte. Es kostete ihn Mühe, Akira nicht mit einem strafenden Blick zu bedenken. Was sonst noch hatte Akira über ihn ausgeplaudert? Er strengte sich an, nach außen hin ruhig zu erscheinen, als er erwiderte: »Aber ich wurde nicht von der Welt abgeschlossen, und außerdem wurde ich für meine Ausbildung bezahlt. Diese Schule... vier Jahre in völliger Abgeschiedenheit... da können sich sicherlich nur wenige Kandidaten das Schulgeld leisten...«

Taro kicherte. »Sie haben mich gewarnt. Ihre Frage ist neugierig. Amerikaner sagen eben, was sie denken.« Sein humoriger Tonfall konnte kaum übertünchen, daß er mit dieser Fragerei keineswegs einverstanden war. Er wurde ernst. »Keiner meiner Schüler hat ein Schuldgeld zu bezahlen. Die einzigen Kriterien für eine Aufnahme sind Tüchtigkeit und Entschlossenheit. Ausrüstung, Essen und Unterkunft, kurz alles, dessen sie bedürfen, erhalten sie.«

»Wie können Sie es sich leisten...?« Savage unterbrach sich. Er konnte eine weitere neugierige Frage nicht zu Ende bringen. Taro half ihm nicht weiter, sondern sah ihn nur an. Das Schweigen dehnte sich.

Akira griff ein. »Mit ihrer Erlaubnis, Taro-sensei.«

Ein kurzes Blinzeln bedeutete Zustimmung.

»Mein Meister ist zugleich mein Agent«, erklärte Akira. »Das gilt auch für alle anderen Absolventen der Schule, sofern sie Kraft und Disziplin genug haben, die Abschlußprüfung zu bestehen. Taro-sensei sorgt für Beschäftigung. Er unterweist mich weiter und erhält einen Teil dessen, was ich verdiene – für den Rest meines Lebens.«

Savage wäre am liebsten aufgesprungen. Die Gedanken rasten in seinem Kopf. Wenn Taro Akiras Agent war...

Taro mußte etwas über Kunio Shirai wissen, über den Mann, den Savage als Muto Kamichi kannte und der vor seinen Augen im Medford Gap Mountain Hotel in zwei Stücke zerhackt worden war.

Akira hatte gesagt, er arbeite mit einem amerikanischen Agenten zusammen, wenn es für ihn Arbeit in Amerika gebe, mit Graham. Also war Graham nicht sein Hauptagent gewesen. Taro war es. Demnach hatte vielleicht Taro die Antworten parat, die Savage dringend suchte.

Aber Kamichi oder Shirai war niemals in dem Berghotel gewesen, genauso wenig wie wir, überlegte Savage.

Er kniff die Lider zu. Alles drehte sich und verzerrte sich.

Wenn wir Kamichi nie gesehen haben, können wir doch nicht angeheuert worden sein, um ihn zu beschützen. Also wußte Taro vielleicht gar nichts von ihm.

Aber irgendwer hat das alles veranlaßt. Irgendwer hat dafür gesorgt, daß Akira und ich uns einbilden, wir wären für ihn angeheuert worden. Wer und wann? Überschnitt sich seine Erinnerung an diesem Punkt mit der Wirklichkeit?

Eines stand fest, erkannte Savage – Akira hatte mit Informationen hinter dem Berg gehalten. Indem er Graham als einen Agenten bezeichnete, hatte er absichtlich vermieden, Taro ins Spiel zu bringen.

War Akira sein Feind? Der bereits einmal aufgetauchte Argwohn griff ihm wie eine eiskalte Hand ans Herz. Sein Sinn für die Wirklichkeit war ihm so weit abhanden gekommen, daß er fürchtete, niemandem mehr vertrauen zu können.

Vielleicht sogar Rachel nicht? Nein, ihr muß ich vertrauen! Wenn ich mich auch auf Rachel nicht verlassen kann, ist sowieso alles sinnlos und vorbei.

Abermals überdachte er das Dilemma, das darin lag, daß er Rachel und zugleich sich selbst zu beschützen hatte. Eigentlich brauchte er einen neutralen Beschützer, doch diesen Luxus konnte er sich im Augenblick nicht leisten.

»Ich fürchte, ich muß jetzt unhöflich sein«, begann Savage. »Ich weiß, daß man beim Tee nur über beruhigende Dinge redet. Aber ich bin zu aufgeregt. Ich muß die Regeln durchbrechen. Akira, was – zum Teufel – ist seit unserem letzten Beisammensein passiert?«

11

Die Frage hing fast greifbar im Raum. Akira hatte die Teeschale am Mund und gab nicht zu erkennen, ob er sie überhaupt vernommen hatte. Er nahm noch einen Schluck, schloß die Augen, schien den Geschmack zu genießen, dann setzte er die Schale ab und sah Savage an.

»Die Polizei war ziemlich rasch zur Stelle.« Akira sprach, als berichte er von etwas, das andere erlebt hatten. »Zuerst kam ein Wagen, dann zwei weitere, als die Beamten den Ernst der Lage erkannten. Der Leichenbeschauer kam, dann die Polizeifotografen und die Mordkommission. Schließlich tauchten hochrangige Polizisten auf. Einmal habe ich zweiundzwanzig Mann in meinem Haus gezählt. Sie hörten sich meine Geschichte an. Ich mußte sie mehrfach wiederholen. Die Fragen wurden immer bohrender, die Gesichter immer ernster. Ich hatte mir vor dem Eintreffen der Polizei noch einmal alles genau überlegt und hatte noch einige Veränderungen vorgenommen, damit alle äußerlichen Anzeichen mit der Geschichte von dem geplanten Raub und der mörderischen Reaktion der Eindringlinge nach ihrer Entdeckung übereinstimmten. Aber wir sind hier nicht in Amerika, wo Mehrfachmorde an der Tagesordnung zu sein scheinen. Hier kommen Schießereien höchst selten vor. Die Kriminalbeamten gingen grimmig und methodisch zur Sache. Ich hatte eine der Pistolen der Einbrecher abgefeuert, also hatte ich Schmauchspuren an der Hand. Aber ich hatte auch zum Schwert gegriffen, um mein Heim zu verteidigen. Das brachte mir, wie erwartet, Pluspunkte ein.

Gegen mittag wurde ich immer noch vernommen. Ich konnte mir eure Besorgnis vorstellen, wenn ich nicht anrief, also erbat ich die Erlaubnis, ein dringendes Gespräch erledigen zu dürfen. Stellt euch mein Entsetzen vor, als ich hörte, daß ihr gar nicht in dem Restaurant eingetroffen wart. Ich verbarg meine Gefühle und beantwortete weitere Fragen. Am frühen Nachmittag waren die Leichen fortgeschafft worden. Trotz ihrer Trauer nahm Eko alle Kräfte zusammen und begleitete Churi zum Leichenhaus. Dort traf sie die erforderlichen Anordnungen für seine Beisetzung. Inzwischen hatten die Beamten bestimmt, daß ich mit aufs Revier kommen müsse, um eine förmliche Aussage aufzunehmen. Auf der Straße hatte sich um die Polizeiwagen ein Schwarm von Reportern versammelt. Ich konnte mich nicht verhalten wie einer, der etwas zu verbergen hat, wich aber, so gut es ging, den Kameras aus. Aber mindestens ein Fotograf hat ein Bild von mir geschossen.«

Akiras Stimme war ernst geworden. Savage wußte warum. Ein Beschützer muß anonym bleiben. Sobald ein Bild von ihm veröffentlicht wurde, war es mit Akiras Laufbahn als Beschützer vorbei. Ein Angreifer, der es eigentlich auf seinen Auftraggeber abgesehen hatte, würde ihn erkennen und erst ihn erledigen, bevor er sich seinem eigentlichen Opfer zuwandte. Im vorliegenden Fall waren noch schlimmere Folgen zu erwarten. Ein Zeitungsbild von Akira mußte seine und Savages Verfolger auf sie aufmerksam machen. Ihre Nachforschungen konnten dadurch schwer behindert werden.

»Daran ist nichts zu ändern«, sagte Savage.

»Während ich im Revier meine Aussage diktierte, erforschten die Polizisten meine Vergangenheit. Als Beruf hatte ich Sicherheitsspezialist angegeben. Ich nannte mehrere große Firmen, die mir auf die Fragen der Polizei hin sehr positive Zeugnisse ausstellten. Aber ich spürte, daß die Polizei noch andere Quellen anbohrte. Ich wurde immer unfreundlicher behandelt und konnte diese Reaktion nicht verstehen. Natürlich hatte ich nichts dagegen einzuwenden, als man mich schließlich mit der Auflage entließ, die Stadt nicht zu verlassen. Man machte mir klar, daß weitere Vernehmungen folgen würden.«

»Und danach?« fragte Rachel gespannt.

»Ein Feind hätte bestimmt keine Schwierigkeit damit gehabt, den Polizeiwagen zu verfolgen, der mich zum Revier brachte«, berichtete Akira weiter. »Die Polizei war sogar so liebenswürdig, mich heimbringen zu wollen. Ich habe höflich abgelehnt und gesagt, mir würde der Weg zu Fuß gut tun, ich müsse erstmal meinen Kopf auslüften. Ich fand einen Seiteneingang zum Polizeigebäude und mischte mich unter die Menschenmenge auf dem Bürgersteig. Bald mußte ich aber feststellen, daß ich Begleitung hatte. Japaner. Sie verfolgten mich geschickt, aber nicht geschickt genug. Während der nächsten zwei Stunden bemühte ich mich, sie abzuhängen. Bald wurde es sechs Uhr. Von einem öffentlichen Fernsprecher aus rief ich das Restaurant an. Mir war klar, daß ihr euch Sorgen machen würdet, wenn ich mich nicht meldete. Aber auch diesmal wart ihr nicht da. Da stimmte offenbar etwas nicht. Was ist denn mit euch passiert?«

»Später«, sagte Savage. »Erzähle du erst zu Ende.«

Akira starrte in seine Teetasse. »Ich suchte zunächst Zuflucht in einer Bar, die nicht so überfüllt war, daß ich meine Verfolger nicht hätte hereinkommen sehen. Im Fernsehen liefen gerade die Nachrichten. Kunio Shirai agierte auf einer weiteren Demonstration.« Er schüttelte voll Unverständnis den Kopf. »Diese war noch größer als die vorigen, fast schon ein Aufstand vor einem U.S.-Militärflugplatz. Shirai hat den Druck erheblich verstärkt, was immer er auch vorhaben mag.«

»Wir haben den Bericht auch gesehen«, warf Rachel mit gefurchter Stirn ein.

»Und irgendwie sind wir mit Shirai verbunden«, sagte Savage. »Oder mit dem Mann, den wir als Muto Kamichi kannten und mit dem wir nie zusammengetroffen sind.«

»Aber wir haben gesehen, wie er in dem nicht existierenden Medford Gap Mountain Hotel in zwei Stücke gehauen wurde.« Die Adern an Akiras Schläfen pochten. »Wahnsinn.« Seine Augen blitzten. »Ich wußte, daß es für mich nur einen einzigen sicheren

Platz gab – hier bei meinem Lehrer.« Er warf Taro einen Blick zu. »Ich habe es nicht gewagt, nach Hause zu gehen, aber ich war auch für Ekos Sicherheit verantwortlich. Deshalb riskierte ich es, von der Bar aus daheim anzurufen in der Hoffnung, daß Eko aus dem Leichenhaus zurückgekehrt sei, nachdem sie alles für Churis Beisetzung geregelt hatte. Zu meiner Überraschung meldete sie sich mit ›Hai‹, was als Warnungssignal verabredet worden war. Rasch fragte ich ›warum‹. ›Fremde‹, stieß sie hervor. ›*Gaijins*. Pistolen.‹ Irgendwer riß ihr den Hörer aus der Hand. Die Stimme eines Amerikaners meldete sich in japanischer Sprache. ›Wir wollen Ihnen helfen‹, sagte er. ›Kehren Sie hierher zurück.‹ Ich hängte den Hörer ein, bevor ich mit dem Gespräch in eine Fangschaltung geraten konnte. Amerikaner mit Pistolen in meinem Haus? Und sie behaupten, daß sie mir helfen wollen? Höchst unwahrscheinlich. Sicherlich hatte die Polizei Posten aufgestellt, schon um die Reporter vom Eindringen in mein Haus abzuhalten. Wie waren Amerikaner hineingelangt?« Akira konnte seine Gefühle nicht länger verbergen. »Wenn ich nur zur Eko könnte, um ihr zu helfen...«

»Wir haben auch bei ihr angerufen«, berichtete Savage. »Abends um elf. Sie rief das Warnungswort in den Hörer, bevor er ihr von einem Amerikaner entrissen wurde. Wahrscheinlich braucht man sie. Man wird sie befragen, aber sie weiß von nichts. Die Kerle werden die alte Frau in Angst und Schrecken versetzen, aber ich glaube nicht, daß man ihr etwas antun wird.«

»Ich glaube nicht, ist für mich nicht gut genug«, fiel Akira ein. »Für mich ist sie wie eine Mutter.«

Taro hob seine faltigen Hände und gebot Ruhe. Er sprach mit Akira auf Japanisch.

Der jüngere Mann antwortete. Ein wenig von seiner Melancholie wich aus seinem Blick, als er sich an Savage wandte. »Mein *sensei* hat gelobt, Eko zu retten. Seine fertig ausgebildeten Schüler werden einige Wochen früher als geplant entlassen. Heute abend findet ihre Graduation statt – durch Ekos Befreiung.«

Darauf kann man wetten, dachte Savage. Die Burschen da oben machten ganz den Eindruck, als gäbe es für sie kein unüberwindliches Hindernis. Die Besetzer von Akiras Haus werden sich wundern, was über sie kommt.

Savage verbeugte sich vor Taro. »Ich danke ihnen auch im Namen meines Freundes.«

Taro zog die Augenbrauen zusammen. »Sie nennen Akira einen Freund?«

»Wir haben viel zusammen durchgemacht.«

»Aber eine solche Freundschaft ist unmöglich«, sagte Taro.

»Warum? Weil ich ein *gaijin* bin? Ich mag diesen Mann. Nennen Sie es meinetwegen Respekt.«

Taro lächelte undurchsichtig. »Und ich mag Sie – wie Sie es nennen. Dennoch werden wir niemals Freunde sein.«

»Dann eben nicht.« Savage zuckte mit den Schultern.

Taro sah ihn mit deutlicher Verwirrung an.

Akira mischte sich ein und sprach ernsthaft mit Taro.

Der alte Mann nickte. »Ja, ein mißverstandener Versuch zu scherzen. Typisch amerikanisch. Immer so humorvoll. Aber auch das ist ein Grund, weshalb wir nie Freunde sein werden.«

»Dann drücken wir es mal so aus: Ich bin als Beschützer sein Kollege, und zwar ein guter. Deshalb erwarte ich die unter Kollegen übliche Höflichkeit.« Savage ließ dem Alten keine Möglichkeit zu einer Erwiderung, sondern drehte sich rasch zu Akira um. »Danach kamst du also hierher?«

»Ich habe abgewartet, ob meine Feinde mich bis in dieses Haus verfolgen würden. Ich konnte mir nicht vorstellen, warum ihr nicht wie verabredet zum Restaurant gegangen wart. Ich fürchtete schon, ihr würdet auch am Morgen nicht da sein, wenn ich den Anruf wiederholte.«

»Genauso wie wir um dich fürchteten, nachdem Eko uns gewarnt hatte.«

»Was ist passiert?«

Savage nahm seine Gedanken zusammen, um möglichst objektiv zu berichten, wie alles abgelaufen war: Die Verfolgung im Meiji-Schrein, die Flucht durch den Park, der Angriff auf der Straße.

»Aber wir wissen nicht, ob sich Haileys Leute in dem Lastwagen befanden oder ob sie es waren, die auf das Fahrzeug feuerten.« In Rachels Stimme klang Verzweiflung mit. »Immer mehr Fragen, und die Antworten rücken in weite Ferne.«

»Vielleicht kommt es unseren Gegnern gerade darauf an«, sagte Savage. »Sie wollen uns verwirren und aus der Ruhe bringen.«

»Das Jagen und Gejagtwerden«, sagte Savage.

Akira schaute verwundert drein.

»Das war Grahams Lebensanschauung. Sie paßt. Während wir

suchen, versuchen wir denen zu entkommen, die uns aufhalten wollen.«

»Aber wir wissen nicht, wer das Eine tut oder das Andere will«, sagte Akira. Dann fügte er ein Wort hinzu, das er schon früher gebraucht hatte. »Wahnsinn.«

»Vielleicht kann ich euch helfen«, warf Taro ein. »In bezug auf Kunio Shirai.«

Es dauerte einen Moment, bis Savage begriff, was Taro gesagt hatte. Überrascht schaute er den gebrechlichen alten Mann an.

»Bevor ich es erkläre, fühle ich, daß Sie einer Zusicherung bedürfen«, sagte Taro zu Savage. »Ich kenne den Mann nicht unter dem Namen, der Ihnen geläufig ist..., oder an den Sie sich fälschlich zu erinnern glauben.«

Savage richtete sich gespannt auf.

»Sie brauchen sich keine Sorgen zu machen. Mein ausgezeichneter Schüler« – er deutete auf Akira – »hat mir die unglaublichen Geschehnisse geschildert, die sich in dem nicht existierenden Berghotel zugetragen haben sollen. Ihr habt einander sterben sehen. Ihr habt gesehen, wie ein Mann namens Muto Kamichi in zwei Stücke zerhauen wurde. Nun seht ihr denselben Mann unter dem Namen Kunio Shirai wieder. Nichts davon ist wirklich geschehen. In der Tat – ich bin Buddhist und glaube an die Welt als Vorstellung. Aber ich glaube auch, daß Erdbeben, Ebbe und Flut und Vulkanausbrüche Wirklichkeit sind. Also zwinge ich mich dazu, zwischen Wahn und Wirklichkeit zu unterscheiden. Kunio Shirai gibt es wirklich. Doch habe ich niemals meinen ausgezeichneten Schüler damit beauftragt, diesen Mann – mag er sich nennen wie er will – nach Amerika zu begleiten. Ich habe ihn persönlich nie getroffen. Ich habe auch nicht durch Mittelsmänner mit ihm verhandelt. Das müssen Sie mir einfach glauben.«

Savage ließ die Schultern sinken und nickte. Er fühlte sich eingehüllt in ein Dunkel, aus dem es kein Entrinnen gab. Im Geist wiederholte er Rachels Lieblingszitat: Abraham glaubte an das Absurde.

»Nun gut«, Taro wandte sich an Akira. »Seit ich dich vor sechs Monaten sah, ist in Japan vieles geschehen. Oder jedenfalls im japanischen Untergrund.« Der Blick des Alten schien in weite Fernen gerichtet. »Ganz im Geheimen hat eine kleine Gruppe an Macht gewonnen. Das begann schon vor mehr als sechs Monaten, genauer gesagt im Januar 1989. Damals verstarb unser hochverehrter Kaiser Hirohito. Bei seiner Beisetzung wurden verbotene Shinto-Rituale abgehalten.«

Savage fühlte, wie Rachel an seiner Seite zusammenzuckte. Ihr war offenbar eingefallen, daß sie im Stadtteil Ginza über den gleichen Vorfall gesprochen hatten.

Taros Blicke fanden plötzlich aus unendlicher Ferne in seine Umgebung zurück und richteten sich wie zwei Laserstrahlen auf Savage. »Religion und Politik müssen nach der dem Krieg folgenden Verfassung streng voneinander getrennt bleiben. Niemals wieder sollte Gottes Wille Kontrolle über die Regierung des Landes ausüben. Aber die von einem *gaijin*-Sieger aufgezwungenen Gesetze können keine Tradition auslöschen, noch die Seele eines Volkes unterdrücken. Privat haben die alten Sitten und Gebräuche fortgedauert, in kleinen Gruppen und bei Patrioten, zu denen Kunio Shirai gehört. Seine Vorfahren entstammen dem Zenith der japanischen Kultur, als im Jahre 1600 das Tokugawa-Shogunat begann. Er will die Rückkehr zu den alten Gepflogenheiten. Er ist reich und entschlossen, seinen Weg zu gehen. Unsere gegenwärtige korrupte Lebensart widert ihn an. Andere teilen seine Vision. Machtvolle andere. Sie glauben an die Götter. Sie glauben daran, daß Japan das Land der Götter ist und daß jeder Japaner von den Göttern abstammt. Sie glauben an *Amaterasu*.«

12

Dieser unheimlich vielsagende Name ließ Savage eine Gänsehaut über den Rücken laufen. Er dachte darüber nach, wo er ihn schon einmal gehört hatte – und entsann sich plötzlich, daß Akira ihn erwähnt hatte, bevor sie von Dulles Airport aus den Flug nach Japan antraten. Akira hatte damals versucht, Savage und Rachel einiges Wissen über Japan beizubringen.

»*Amaterasu*.« Savage nickte. »Ja, die Göttin der Sonne. Die Vorfahrin eines jeden Kaisers. Die Urmutter aller Japaner vom Anbeginn der Zeit.

Taro neigte seinen Altmännerschädel auf die Seite. Er hatte offenbar nicht erwartet, daß Savage diesen Namen kennen würde.

»Nur wenige *gaijin* würden... Mein Kompliment für Ihre Kenntnis unserer Kultur.«

»Ich gebe es an Akira weiter. Er ist als Lehrer genauso tüchtig, wie er es als Ihr Schüler gewesen ist... *Amaterasu*. Was ist mit ihr?«

Der alte Mann sprach mit deutlicher Verehrung in der Stimme. »Sie ist das Symbol für die Größe Japans, für unsere Reinheit und Würde, wie sie bestand, bevor das Land durch das Neue vergiftet wurde. Kunio Shirai hat sie als Sinnbild seines Strebens und als die Quelle seiner Inspiration erwählt. In der Öffentlichkeit nennt er seine Gruppierung die Japanische Traditionspartei. Privat jedoch nennen er und seine engsten Gefolgsleute ihre Gruppe ›Allmacht der *Amaterasu*‹.«

Savage reckte sich. »Wovon reden wir? Geht es um Imperialismus? Versucht Shirai wiederzubeleben, was sich in den Jahren um 1930 abspielte? Eine Mischung aus Religion und Patriotismus. Soll das der Vorwand für die Vorherrschaft im pazifischen Raum sein...?«

»Nein«, sagte Taro. »Im Gegenteil. Er möchte Japan von der Welt abschließen.«

Diese Aussage war so erstaunlich, daß sich Savage nach vorn beugte und Mühe hatte, nicht laut zu werden. »Das richtet sich doch gegen alles, was...«

»... was Japan seit dem Ende der amerikanischen Besetzung erreicht hat«, fiel ihm Taro ins Wort. »Das Wirtschaftswunder. Japan ist zur finanziell stärksten Nation auf der Erde geworden. Was es in den dreißiger und vierziger Jahren militärisch nicht erreicht hat, schaffte es industriell in den siebziger und achtziger Jahren. Es unterwirft andere Länder auf ökonomischem Wege. Im Jahre 1941 haben wir Hawaii zwar bombardiert, aber nicht erobert. Jetzt kaufen wir es. Und dazu weite Strecken im amerikanischen Mutterland und in anderen Ländern. Wir geben viel Geld dafür aus und nehmen eine schreckliche Strafe dafür in Kauf – die zunehmende Zerstörung unserer Kultur.«

»Ich verstehe immer noch nicht...«, begann Savage hilflos. »Was will Shirai eigentlich?«

»Ich erwähnte bereits, daß er seine Ahnenreihe bis 1600 zurückverfolgen kann, bis zum Beginn des Tokugawa-Shogunats. Hat Ihnen Akira schon erklärt, was damals geschah?« fragte Taro.

»Nur kurz. Wir hatten so wenig Zeit und es gab so vieles zu lernen... Erklären Sie es mir.«
»Ich hoffe, Sie wissen den Wert der Geschichte zu schätzen.«
»Man hat mir beigebracht zu glauben, daß es wichtig ist, aus Fehlern zu lernen, wenn Sie das meinen«, sagte Savage.
»Nicht nur aus Fehlern, auch aus Erfolgen kann man lernen.« Taro reckte sich. Trotz seines gebrechlichen Körpers schien er an Größe zuzunehmen. Seine Blicke wanderten wieder in weite Fernen. »Ja, Geschichte... Im Mittelalter wurde Japan von fremden Kulturen überflutet. Da kamen die Chinesen, die Koreaner, die Portugiesen, die Engländer, die Spanier und die Niederländer. Gewiß, nicht alle diese Einflüsse waren schlecht. Die Chinesen gaben uns, zum Beispiel, den Buddhismus und den Konfuzianismus. Von ihnen übernahmen wir auch die Schrift und das Verwaltungssystem. Auf der negativen Seite stehen die Portugiesen, die uns Schießgewehre brachten. Diese Waffen verbreiteten sich rasch über ganz Japan und verdrängten beinahe *bushido,* die uralte und edle Kunst des Schwertkampfes. Die Spanier führten das Christentum ein, um unsere Götter zu vertreiben und um zu bestreiten, daß die Japaner göttlicher Herkunft seien, weil sie von *Amaterasu* abstammten.

Um sechzehnhundert besiegte Tokugawa Iyeyasu mehrere Gegner und beherrschte bald ganz Japan. Er und seine Nachfolger sorgten dafür, daß Japan wieder den Japanern gehörte. Er vertrieb die Fremden einen nach dem anderen. Die Engländer, die Spanier, die Portugiesen... sie alle wurden vertrieben. Die einzige Ausnahme bildete ein kleiner holländischer Handelsposten auf einer Insel in der Nähe von Nagasaki. Das Christentum aber wurde ausgelöscht. Niemand durfte ins Ausland reisen. Alle Schiffe, mit denen man das asiatische Festland hätte erreichen können, wurden zerstört. Nur kleine Fischerboote durften gebaut werden, die ihrer Konstruktion nach nur zur Küstenfahrt taugten. Und die Folgen?« Taro lächelte. »Japan blieb für mehr als zwei Jahrhunderte von aller Welt abgeschlossen. Wir erlebten hocherfreut dauernden Frieden und eine Hochblüte der japanischen Kultur. Ein Leben wie im Paradies.«

Plötzlich verfinsterten sich die Züge des alten Mannes. »Alles das endete 1853, als Ihr Landsmann, Commodore Perry, mit seiner Flotte amerikanischer Kriegsschiffe in der Bucht von Yokohama ankerte. Ihre Farbe schien etwas zu prophezeien – schwarz. Perrys schwarze Flotte. Er forderte, daß Japan seine Grenzen für den Handel öffnen sollte. Das Shogunat brach zusammen. Der bis dahin in Kyoto verborgen gehaltene Kaiser wurde nach Edo gebracht, das bald in Tokio umbenannt wurde. Dort wurde der Kaiser zur Galionsfigur für machthungrige Politiker. Man nennt diese Zeit die Meiji-Restauration. Ich glaube an den Kaiser, aber durch diesen Machtwechsel verstärkte sich der vergiftende Einfluß der *gaijin*, er wurde immer stärker und schlimmer...«

Taro schwieg und beobachtete, welchen Eindruck seine Darlegungen gemacht hatten.

Rachel holte tief Luft. »Und Kunio Shirai will Japan zurück in die Quarantäne führen, wie sie unter dem Tokugawa-Shogunat bestanden hatte?«

»Seine Absichten sind leicht zu verstehen«, erwiderte Taro. »Als Volk sind wir längst vom herkömmlichen Weg abgewichen. Die jungen Leute haben keinen Respekt mehr vor den Älteren und halten Tradition für Blödsinn. Fremdes umgibt uns. Westliche Kleidung und Musik, westliche Eßgewohnheiten mit Hamburger und Brathähnchen. Dazu Heavy Metal.« Taro verzog angewidert den Mund. »Nach und nach wird Japan wie ein Schwamm das Schlechteste von anderen Kulturen aufsaugen. Dann wird Geld – nicht *Amaterasu* – zu unserer Gottheit.«

»Das klingt, als ob Sie mit Shirai sympathisieren«, warf Savage ein.

»Mit seinen Motiven, nicht mit seinen Methoden. Dieses Gebäude hier, die vier Jahre der Isolation, der sich meine Schüler unterwerfen müssen – das ist meine Version der Quarantäne, wie sie unter Tokugawa herrschte. Ich verachte, was ich außerhalb dieser Mauern beobachten muß.«

»Sie haben sich ihm angeschlossen?«

Taro kniff den Mund zusammen. »Als Samurai, als Beschützer, muß ich objektiv bleiben. Ich verfolge die Ereignisse. Ich rufe sie nicht hervor. Meine Aufgabe ist es, Abstand zu wahren und dem jeweiligen Herrn ohne innere Anteilnahme zu dienen – ohne rechten oder richten zu wollen. Das Tokugawa-Shogunat bestand auf dieser Verbindung zwischen Diener und Herrscher. Ich hoffe, Shirai wird Erfolg haben. Aber vielleicht geht es auch schief. Die Geschichte schreitet rascher voran als zurück. Shirai kann seinen

Reichtum und seinen Einfluß benutzen, um Demonstranten anzulocken, zu bestechen und einzuwickeln, aber ich habe im Fernsehen die Gesichter beobachtet, vor allem die Augen der Demonstranten. Sie agieren nicht aus Hingabe an ihre glorreiche Vergangenheit. Sie sind zerfressen vom Haß auf Andersdenkende und auf alle, die nicht zum Volk gehören. Gehen Sie bitte nicht von falschen Voraussetzungen aus. Der Stolz treibt diese Leute an und auch lange unterdrückte Wut über den verlorenen Pazifischen Krieg. Und weil man Atombomben auf unsere Städte geworfen hat.«

Entsetzt gewahrte Savage, daß Akiras Blick noch melancholischer geworden war. Voller Mitleid dachte er daran, daß Akiras Vater seine erste Frau, seine Eltern und seine Geschwister bei dem Angriff mit Atombomben auf Hiroshima verloren hatte. Und seines Vaters zweite Frau, Akiras Mutter, war an Krebs gestorben, der von der Strahlung nach der Explosion hervorgerufen worden war.

Taros spröde Stimme krächzte. »Irrt euch nicht. Wann immer ihr mit einem Japaner sprecht, denkt er an die Bomben mit Namen Fat Man und Little Boy, mag er nach außen hin noch so freundlich und höflich erscheinen. Und diese lange unterdrückte Wut ist die Kraft, die hinter Shirais aufgehetzten Scharen steckt. Er will die Rückbesinnung auf die glorreiche Vergangenheit. Seine Leute aber wollen Rache. Sie verlangen den seit langem fälligen Angriff auf Gottes eigenes Land. Sie wollen herrschen.«

»Das wird niemals geschehen«, erklärte Savage scharf.

»Nicht unter den gegenwärtigen Umständen. Aber wenn Shirai nicht aufpaßt, kann ihm eines Tages die Kontrolle über seine Anhänger entgleiten. Ihnen geht es um Landbesitz und Geld. Sie interessieren sich nicht für Frieden und das Gleichgewicht der Kräfte. Sie wollen keine Harmonie. Shirai protestiert mit Recht gegen Amerikas Anwesenheit in Japan. Fort mit euch! Mit euch allen! Aber eure Abwesenheit könnte ein Vakuum hinterlassen, das uns zum Fluch und nicht zum Segen gereicht.«

Savages Muskeln waren verkrampft. Er lehnte sich zurück und versuchte, die Spannung abzuschütteln. »Woher wissen Sie das?« Seine Stimme klang gepreßt, war fast ein Flüstern.

»Ich lebe in Abgeschiedenheit. Aber meine vielen früheren Schüler halten Kontakt mit mir. Sie haben verläßliche Quellen. Kunio Shirai hat – aus Gründen, die ich bewundere – die Macht, ein großes Unglück herbeizuführen. Er sucht die Aggression und nicht den Frieden. Ich will nur Ruhe und Ordnung. Aber wenn Shirai sich weiter vordrängt, wenn es ihm gelingt, seine Gefolgschaft noch zu vergrößern...«

Savage drehte sich zu Akira um. »Hat alles, was im Medford Gap Mountain Hotel geschah – oder nicht geschah – irgend etwas damit zu tun?«

Akira sah ihn aus tief melancholischen Augen an. »Taro-sensei sprach von Weltabgeschiedenheit. Im Heim meines Vaters, das ich weiterhin pflege, habe ich mir ein Stück Vergangenheit bewahrt, obwohl ich selten da war, um mich daran zu erfreuen. Ich wünsche mir nun, ich hätte öfter meine Freude daran gesucht. Nach allem, was geschehen ist, glaube ich nicht mehr an meine Fähigkeit, andere zu beschützen. Ich muß mich selbst schützen. Also werde ich meinen Beruf aufgeben.«

»Dann, meine ich, sollten wir verdammt schnell mit Shirai reden«, sagte Savage. »Ich habe es satt, mich manipulieren zu lassen.« Er schaute Rachel an und legte einen Arm um sie. »Ich habe es satt«, fügte er hinzu, »ein Gefolgsmann zu sein, oder ein Diener, ein Wachhund, ein Schutzschild. Es wird Zeit zu tun, was ich will.« Wieder schaute er Rachel mit unverhohlener Liebe an.

»In diesem Fall werden Sie Ihre Seele einbüßen«, sagte Taro. »Die Lebensart des Beschützers, des Fünften Berufes, ist die edelste...«

»Genug davon«, unterbrach ihn Savage. »Ich will doch nur... Akira, was meinst du? Bist du bereit, mir zu helfen und diese Sache zu Ende zu bringen?«

Schwarze Schiffe

1

»Was schreien sie da?« fragte Savage.

Die sich drängende Menge schrie lauter. Einige Demonstranten hielten Plakate hoch, andere schüttelten die Fäuste. Die wilden Bewegungen erinnerten Savage an einen über die Ufer tretenden Fluß. Es war zehn Uhr vormittags, und trotz des Smogs blendete ihn die Sonne. Savage hob die Hand, um seine Augen zu beschatten. Die tobende Menge füllte die Straße bis hin zur Amerikanischen Botschaft. Wie viele mögen das sein? fragte sich Savage. Es war unmöglich, die Köpfe zu zählen. Eine Schätzung? Sicherlich waren mehr als zwanzigtausend Demonstranten hier versammelt. Sie schrien im Rhythmus immer die gleichen Worte. Das Geschrei hallte von den Hauswänden wider und pochte an Savages Schläfen.

»Sie rufen ›Schwarze Schiffe‹«, erklärte Akira.

Im Augenblick nutzte ihm die Übersetzung nicht viel, denn die Demonstranten verfielen ins Englische. Aus dem Gespräch mit Taro in der vergangenen Nacht kannte Savage den Zusammenhang. Schwarze Schiffe. Gemeint war die Armada des amerikanischen Commodore Perry, der 1853 in der Bucht von Yokohama vor Anker gegangen war. Die Erinnerung daran fachte die Wut der Menge an. Die schwarzen Schiffe waren zum Symbol für Amerikas Anwesenheit in Japan geworden. Schlau gewählt und wirkungsvoll.

Doch für den Fall, daß dies nicht von allen verstanden wurde, brüllte die Menge jetzt einen anderen Slogan: ›Amerika raus, alle *gaijin* raus!‹ Das Gebrüll wurde immer lauter. Savage klangen die Ohren. Er stand mit Akira in einem Hauseingang am Rand der aufgebrachten Demonstrantenmenge und fühlte sich hier genauso auffällig wie damals bei seiner Ankunft am Narita Airport, wo er einer von sehr wenigen Weißen unter Tausenden von Japanern gewesen war. Ja, noch auffälliger und bedrohter.

Jesus, dachte er bei sich, im Fernsehen zeigt man, wie groß die Demonstrationen sind, aber das Feeling kommt nicht rüber, die nackte Wut einer Menschenmenge, die jeden Augenblick zu explodieren droht. Von der Masse strahlte Wut aus. Es roch nach Schweiß und Ozon wie vor dem Ausbruch eines Tornados.

»Bei diesen vielen Menschen werden wir niemals nahe genug an ihn herankommen«, übertönte Savage das Geschrei. Mit ›ihn‹ meinte er Kunio Shirai, der weit unten in der Straße auf einem rasch aufgeschlagenen Podest stand und die vor der Botschaft versammelte Masse aufputschte. In Abständen verstummte das Geschrei, und dann hetzte Shirai die Menschen zu noch größerem Haß auf.

»Wenn wir uns am Rande der Menge halten, haben wir einen besseren Überblick«, meinte Akira.

»Ich kann nur hoffen, daß sich die Leute nicht umdrehen. Wenn die einen Amerikaner hinter sich erkennen...«

»Mehr können wir im Augenblick nicht unternehmen. Vielleicht hältst du es für richtiger, zu Taro-senseis Haus zurückzukehren und abzuwarten?«

Grimmig schüttelte Savage den Kopf. »Ich habe lange genug gewartet. Ich will diesen Kerl endlich vor mir sehen.«

Die Nacht hatte Savage im dritten Stockwerk in einem Schlafraum auf einem *futon* zugebracht. Vergebens hatte er zu schlafen versucht. Kaum war er eingenickt, wurde er von Alpträumen hochgescheucht. Immer wieder sah er, wie Kamichis Körper zerhackt wurde, dann wieder blitzte ein Schwert, das Akira den Kopf abschlug. Sein Körper blieb aufrecht stehen, während der Kopf über den Fußboden rollte. Dann waren es auf einmal viele Köpfe, die – einer über den anderen springend – auf ihn zurollten, vor ihm anhielten, auf den Stümpfen stehend ihn anblinzelten.

Auch Rachel hatte unruhig geschlafen. Heiser klang ihr Flüstern durch die Dunkelheit. Immer wieder erlebte sie in ihren Alpträumen, wie ihr Ehemann sie verprügelte und vergewaltigte. Tröstend hielten sie einander in den Armen. Savage fragte sich, wie wohl Taros Schüler mit ihrem Vorhaben vorankamen, Eko in Akiras Haus zu befreien. Er hatte darum gebeten, daß man ihn wekken solle, sobald die Rettungsmannschaft zurückgekehrt sei. Aber bis zur Morgendämmerung hatten sich die jungen Männer noch nicht gemeldet. Beim Frühstück hatte Taro stumm vor sich hingebrütet. Dann konnte er seine privaten Gedanken nicht mehr von denen trennen, die er vor anderen äußerte.

»Ich kann nicht glauben, daß sie abgefangen wurden«, sagte Taro. »Sie würden niemals eindringen, wären sie des Erfolges nicht sicher. Sie müssen also... abwarten.«

Das taten Taro, Akira, Savage und Rachel während des ganzen frühen Morgens.

»Das hat doch keinen Sinn«, meinte Akira schließlich. »Die jungen Männer kennen ihren Auftrag. Sie werden ihn so bald wie möglich ausführen. Inzwischen sollten wir unsere Aufgaben wahrnehmen.«

»Das heißt Kunio Shirai auftreiben.« Savage hatte die Eßstäbchen beiseite gelegt. Sein Magen rebellierte gegen die Nudeln in Sojasoße. »Irgendwie müssen wir ihn stellen und mit unserem Anliegen konfrontieren. Und zwar allein. Hat er uns sterben gesehen, genauso wie wir ihn sterben sahen?«

Aber mit Shirai Kontakt aufzunehmen hatte sich als nahezu unmöglich erwiesen. Ein Anruf bei seiner Firma – einem Mischmasch aus Immobilienhandel und Presseunternehmen – hatte ergeben, daß sich Shirai wahrscheinlich in seinem Parteibüro aufhielte. Der Anruf dort erbrachte die Antwort, man könne Shirai ganz leicht ausfindig machen, wenn man sich an die nachfolgende Adresse wenden wolle. Sie hatten bald herausgefunden, daß sich diese Adresse in der Nähe der U.S.Amerikanischen Botschaft befand.

»Eine weitere Demonstration?« fragte Akira und runzelte die Stirn.

»Rachel, du bleibst da.« Von der Tür her hatte Savage ungeduldig Akira gewinkt, ihm zu folgen.

»Aber...«

»Nein, wir stehen vor einer veränderten Situation. Du kannst nicht mitkommen. Bisher hatte ich eine zweifache Aufgabe. Ich mußte herausfinden, was mir und Akira passiert ist, und zugleich mußte ich dich beschützen.« Er holte tief Luft. »Jetzt bist du vorerst in Sicherheit. Du bleibst bei Taro-sensei. Die noch hier verweilenden Schüler machen es unmöglich, in diese Festung einzudringen. Meine Aufmerksamkeit wird nicht abgelenkt. Ich kann ungestört meiner Arbeit nachgehen.«

Sie sah ihn gekränkt an.

»Rachel, das mache ich doch auch für dich. Mir kommt es doch nur auf zweierlei an.« Er kehrte zu ihr zurück und küßte sie zärtlich. »Ich muß mit meinen Alpträumen fertig werden. Und dann will ich den Rest meines Lebens mit dir verbringen.«

Akira und Taro hatten angesichts dieser offen zur Schau gestellten Gefühle betreten zur Seite geschaut.

»Aber dabei muß ich allein sein«, hatte Savage hinzugefügt. »Nein, nicht ganz allein. Akira wird bei mir sein.«

Ihre blauen Augen hatten aufgeblitzt. Aus Eifersucht? hatte sich Savage gefragt. Nein. Das wäre verrückt.

Aber Rachels nächste Worte ließen Savage daran zweifeln, ob sie nicht wirklich eifersüchtig war.

»Ich habe dir bis hierher immer geholfen!« rief sie. »Ich habe Vorschläge gemacht... bei Graham... und in Harrisburg im Krankenhaus...«

»Rachel, ja. Da gibt es keinen Zweifel. Du hast uns geholfen. Aber was ich und Akira vor uns haben, kann mit unserem Tod enden. Du könntest ums Leben kommen, wenn du bei uns bleibst. Ich will dich lebendig vorfinden, wenn ich zurückkomme, und dann werden wir...«

»Geh, hau ab«, fauchte sie. »Wenn du tot zurückkehrst, werde ich nie wieder ein Wort mit dir reden.« Sie hob die Hände zum Himmel, als wollte sie bei Gott schwören. »Hör zu, was ich sage: Ich bin genauso verrückt wie du. Scher dich hinaus.«

Eine Stunde später, als die aufgebrachte Menge skandierte »Amerikaner raus, *gaijin* raus!« fühlte sich Savage wie ausgehöhlt, so sehr hatte er sich daran gewöhnt, in Stressituationen Rachel an seiner Seite zu haben. Aber Akira war ja bei ihm. In diesem fremden Land, mit brüllenden Japanern vor sich, fühlte er sich in Akiras Gegenwart seltsam sicher, ein *comitatus* – ein Gefolgsmann – und ein Samurai näherten sich gemeinsam vorsichtig Kunio Shirai, indem sie sich am Rande der Volksmenge entlangdrängten. Sie waren beide entschlossen, ihre Aufgabe zu erfüllen, damit sie endlich wieder ihr Leben leben konnten. Das mit ihrem früheren nichts mehr zu tun haben sollte.

Das Gedränge war überwältigend. Die Rücken der Protestierenden quetschten sich gegen Savage und drückten ihn an die Wand. Er schob sich seitwärts, war für kurze Zeit frei und wurde von der nächsten Woge erfaßt. Ihm war, als würde er von der Brandung gegen Felsen geworfen. Menschliche Wogen. Sie preßten ihm fast die

Luft aus den Lungen. Er hatte bisher nie unter Klaustrophobie gelitten, jetzt aber brach ihm der Schweiß aus, weil er kaum noch atmen konnte und sich plötzlich hilflos vorkam.

Er erreichte Akira, der einige Schritte vor ihm Schutz in einer Haustürnische gefunden hatte. »Das war ein Fehler«, sagte Akira.

Die nächststehenden Demonstranten drehten sich bei diesen amerikanischen Worten wütend um.

Akira hob eine Hand, als wolle er andeuten, daß er den Ami unter Kontrolle habe.

Die Menge schrie immer wieder »*gaijin* raus!« Kunio Shirai hieb mit seinen karateschwieligen Händen durch die Luft. Seine Stimme dröhnte lauter als das Brüllen der Menge und trieb die Menschen zu immer größerer Wildheit an.

»Auf diesem Wege kommen wir nie an ihn heran«, fuhr Savage fort. »Und wenn diese Menschenmenge plötzlich losbricht, werden wir einfach erdrückt.«

Akira nickte. »Wir müssen dennoch an ihn heran, um ihn genau zu sehen. Den Pressebildern und dem Fernsehschirm traue ich nicht. Kameras lügen. Wir müssen ihn von Angesicht zu Angesicht sehen. Wir müssen uns vergewissern, daß er Kamichi ist.«

»Das geht nicht auf diesem Wege. Aber wie sonst?«

Überall in der Straße brüllten Lautsprecher. Ihr Klirren verstärkte die Intensität von Shirais Ausbrüchen.

»Die Stimme klingt wie die von Kamichi. Wenn wir uns nur weiter durch die Menge schieben könnten«, sagte Akira, »kommen wir ihm vielleicht nahe genug, um...«

»Moment mal«, sagte Savage. »Mir fällt da etwas ein – vielleicht gibt es einen leichteren Weg.«

Akira wartete.

»Shirai geht ein gewaltiges Risiko ein, indem er sich so der Menge aussetzt«, erklärte Savage. »Sicherlich hat er vor dem Rednerpodium Leibwachen aufgestellt. Außerdem habe ich in der Menschenmenge Polizisten gesehen. Aber wenn alle diese Menschen außer Kontrolle geraten und plötzlich losbrechen, braucht er eine Armee zu seinem Schutz. Gewiß, sie beten ihn an, aber selbst das kann zur Bedrohung werden. Wenn ihn die Leute auf die Schultern heben oder ihm nur die Hände schütteln wollen, wird er glatt zerquetscht. Das überlebt er nicht.«

»Also hat er einen Plan, um den Platz ungefährdet verlassen zu können. Ich sehe kein Auto. Aber selbst wenn eines in der Nähe der Plattform stünde, könnte er es nicht erreichen. Oder die Leute ließen den Wagen einfach nicht durch. Wie will er also entkommen?« Akira schüttelte den Kopf.

»Genau das ist die Frage«, meinte Savage. »Sieh dir mal die Plattform näher an. Ein Geländer rings herum. Keine Stufen. Wie ist er hinauf gekommen? Das Gerüst steht auf dem Gehweg, nicht auf der Straße, angelehnt an ein Gebäude.«

Akiras Augen blitzten. Er verstand. »Und in dem Gebäude befindet sich eine Treppe. Er steigt von der Plattform direkt in das Haus, geht die Treppe hinunter...«

»...durch das Haus!« sagte Savage. »Wenn dieser Plan funktioniert, wird sich in der Nachbarstraße keine Menschenmenge ansammeln. Er eilt einfach durch die Tür, steigt in seinen Wagen, während die Wächter eine Gasse bilden, und ist davon, bevor die Demonstranten ahnen, wo er geblieben ist.«

Akiras Muskeln spannten sich. »Los, schnell. Wir wissen nicht, wie lange er noch reden wird.«

Es kostete Mühe, sich den Weg zurück zu bahnen. Savage sah einen Pressefotografen und duckte sich, dann umging er vorsichtig einen Polizisten. Gleich darauf wurde er mit der Schulter schmerzhaft gegen eine Wand gedrückt. Ein paar Schritte weiter hatte er alle Mühe zu verhindern, daß man ihn durch eine riesige Schaufensterscheibe quetsche.

Schweiß brach ihm aus, als er sich vorstellte, wie sein Körper von riesigen Glassplittern aufgespießt würde. Er drängte und schob sich durch die anbrandende Menschenflut. Vor sechs Monaten wäre er in dieser Situation nicht so nahe an eine Panik geraten wie jetzt. Allerdings mußte er sich auch sagen, daß er sich vor sechs Monaten nicht der Gefährdung durch eine so unkontrollierbare Menschenmasse ausgesetzt haben würde. Die schlimmen Erfahrungen der letzten Zeit hatten ihn verändert, hatten seine Urteilskraft geschmälert. Er war zum Opfer geworden. Er war nicht mehr der Beschützer, er brauchte selbst einen.

Verdammt, ich muß hier heraus. Mit einer letzten gewaltigen Anstrengung befreite er sich aus der Menge, schnappte nach Luft und konnte endlich wieder freier atmen. Er konzentrierte sich darauf, seine zitternden Muskeln zu beruhigen.

2

Ihm blieb nicht viel Zeit, sich zu erholen. Weiter vorn schaute Akira über die Schulter zurück, um sich zu vergewissern, daß Savage ihm folgte. Im Schnellschritt überquerte er die Straße. Schweißtropfen fielen von seiner Stirn, als Savage ihm folgte. Da alle Leute sich dem Protestredner zugewandt hatten, schien niemand die beiden davonrennenden Männer zu beachten. Sie erreichten eine Seitenstraße und rannten weiter auf der Suche nach der Rückseite des Gebäudes, vor dem sich Shirais Rednertribüne befand.

An der nächsten Ecke bog Savage nach rechts ab und stellte mit Erleichterung fest, daß es hier normalen Autoverkehr und die übliche Menge von Fußgängern auf dem Bürgersteig gab. Von der Masse der Demonstrierenden war nichts zu sehen, nur das Geschrei der Menge in der Parallelstraße echote von den Hauswänden wider: »*gaijin* raus!«

Mit langen Schritten hatte er Akira bald erreicht. Der *comitatus* und der Samurai tauschten einen Blick, nickten und ließen etwas wie ein Lächeln um ihre Lippen spielen. Sie liefen schneller, wichen Fußgängern aus, rannten einen Häuserblock entlang, dann noch einen und erreichten endlich das Haus, aus dem Shirai nach ihrer Berechnung herauskommen mußte.

Einen halben Häuserblock vor ihnen stand eine lange schwarze Limousine am Rinnstein. Muskulöse Japaner mit zweireihigen Anzügen, Sonnenbrillen und weißen Krawatten standen in Gruppen auf dem Gehweg. Einige behielten den Ausgang des Gebäudes im Auge, andere beobachteten vorüberrollende Wagen und die Fußgänger, die in die Nähe der Limousine kamen.

Savage brauchte den nächsten Schritt nicht mit Akira abzusprechen. Er ging langsamer. In seinem Inneren hatte er das Gefühl, als habe er Eis verschluckt.

Akira verfiel gleichfalls in einen gemächlichen Bummelschritt und betrachtete die Auslagen in den Schaufenstern. Sie paßten sich den anderen Fußgängern in der Straße an.

»Ich habe nicht den Eindruck, als hätten sie uns kommen sehen«, meinte Savage. »Falls sie doch etwas gemerkt haben, sind sie zu gut ausgebildet, als daß sie es hätten erkennen lassen.«

»Die Familie vor uns hat uns abgeschirmt. Die Wächter haben keinen Grund zur Besorgnis.«

»Mit Ausnahme dessen, daß ich ein Amerikaner bin. Als solcher bin ich verdächtig.«

»Wir haben keine Möglichkeit, dieses Problem zu lösen. So lange wir nicht bedrohlich wirken, werden uns die Leibwächter in Ruhe lassen. Wir wollen doch nur mal einen Blick aus nächster Nähe auf Shirai werfen. Das dürfte nicht schwerfallen, wenn wir es so einrichten, daß wir zum richtigen Zeitpunkt bei dem Wagen sind. Wenn die Wachleute nicht gar zu aufgeregt reagieren, können wir vielleicht ein paar Worte mit ihm reden.«

»Diese blauen Anzüge sehen wie Uniformen aus«, sagte Savage.

»Zweireiher, dazu weiße Krawatten und Sonnenbrillen. Das sind Uniformen«, erklärte Akira. »*Yakuza.*«

»Was? Ist das nicht...?«

»Ihr würdet von der japanischen Mafia sprechen. Bei euch in Amerika stehen solche Leute außerhalb der Gesellschaft. Bei uns ist es üblich, daß Politiker und Geschäftsleute Gangster als Schutztruppe anstellen. Bei Aktionärsversammlungen größerer Unternehmen stehen Gangster im Dienst der ganz Reichen. Sie bedrohen Kleinaktionäre, schüchtern sie ein und hindern sie daran, unbequeme Fragen zu stellen. Das ist allgemein so üblich. Die Polizei drückt ein Auge zu. Als Gegenleistung hält sich die *yakuza* aus dem Drogengeschäft heraus und unternimmt keine Überfälle unter Einsatz von Schußwaffen.«

Savage schüttelte den Kopf. Er hatte inzwischen allerlei über Japan gelernt, aber diese Symbiose zwischen Establishment und Unterwelt erschien ihm doch verwunderlich. Darüber hinaus wunderte er sich darüber, daß sich diese Gangster in eine Art von Uniform stecken ließen. Das widersprach völlig dem, was ihm Graham beigebracht hatte: Kleide dich immer so unauffällig wie möglich.

Im Augenblick fühlte er sich bei der Erwähnung von Feuerwaffen recht unbehaglich, denn man hatte ihn mehr oder weniger dazu gezwungen, seine Beretta in Taros Haus zurückzulassen. Das Risiko war zu groß, daß er bei irgendwelchen Zwischenfällen von der Polizei festgenommen und durchsucht wurde. Eine Pistole mitzuführen galt in Japan sowieso schon als schwere Straftat. Sich bewaffnet auch nur in der Nähe einer politischen Demonstration aufzuhalten, war mehr als verdächtig. »Darf ich daraus schließen, daß Shirais Leibwächter keine Waffen bei sich haben?«

»Das ist durchaus anzunehmen«, erklärte Akira. »Allerdings hat

Shirai für solchen Aufruhr gesorgt, daß er aufs höchste gefährdet sein dürfte. Deshalb ist es auch möglich, daß seine Beschützer die Spielregeln etwas verbiegen.«

»Mit anderen Worten, wir wissen nicht, was auf uns zukommt.«

»Natürlich«, erwiderte Akira. »Wir sind schließlich in Japan.«

Sie kamen den Wächtern immer näher. Von den Hauswänden echote das Geschrei der protestierenden Menge in der Nebenstraße. Savage und Akira handelten wie ein Mann. Es war, als ob einer die Gedanken des anderen lesen könne. Sie betraten einen Blumenladen. Irgendwo mußten sie ja warten, bis Shirai die Demonstration verließ. Savage hielt sich nahe der Tür auf, während Akira mit prüfenden Blicken an einer Reihe von Chrysanthemen entlang ging. Er wartete darauf, daß sich der Tonfall im Geschrei der Menge verändern würde. Shirai hatte während der letzten dreißig Sekunden die johlende Meute nicht mehr unterbrochen, sondern sich in eine endlose Haßtirade hineingesteigert.

Er gab Akira einen Wink. Eilig betraten sie die Straße und gingen nach rechts auf die breitschultrigen Wächter zu, von denen sie noch etwa dreißig Yards trennten. Die Gangster rückten ihre Sonnenbrillen und die Krawatten zurecht. Es war wie bei Soldaten, denen ein Offizier ›Achtung!‹ befohlen hatte. Die meisten schauten zur Tür des Hauses, die von zwei Männern offen gehalten wurde. Zwei andere öffneten die Türen der Limousine. Nur wenige behielten die Straße im Auge.

Die haben keine Ahnung, wie man so etwas macht, dachte Savage bei sich. Diese unübersichtliche Situation erinnerte ihn an den Mangel an Disziplin, der es John Hinckley Jr. im Jahre 1981 ermöglicht hatte, nahe genug an Präsident Reagan heranzukommen. Hinckley hatte unbehindert schießen und den Präsidenten sowie dessen Pressesprecher, einen Geheimdienstler und einen Polizeibeamten verwunden können. Reagan hatte in einem Hotelsaal eine Ansprache gehalten. Zwei Reihen von Leibwächtern waren aufgeboten worden, ihn auf dem Weg vom Hotel zum Wagen zu beschützen, aber die Männer hatten dem Drang nicht widerstehen können, ihren Filmstar-Präsidenten aus der Nähe zu sehen. Als ihre Aufmerksamkeit erlahmte, konnte Hinckley vorspringen und mehrere Schüsse abfeuern.

Savage dachte oft an die intensive Schulung, die er bei Graham erhalten hatte, nachdem er von den SEALs weggegangen war. Graham hatte ihm den Film dieses Mordversuchs vorgeführt, und auch andere ähnliche Vorfälle hatte sich Savage immer wieder ansehen müssen. ›Gönne deinem Schützling keinen Blick‹, hatte Graham ihm eingetrichtert. »Du weißt schließlich, wie er aussieht. Mag er auch noch so berühmt sein – du hast ihn nicht zu bewundern, sondern zu beschützen. Also behalte die Menschenmenge im Auge.«

Gerade das taten die Männer in den zweireihigen Anzügen mit weißen Krawatten nicht.

Vielleicht ist das unsere Chance, dachte Savage. Dabei ging ihm die Ironie des Schicksals auf, die ihn – einen berufsmäßigen Beschützer – die Taktiken eines Mörders anwenden ließ.

3

Savages Nackenmuskeln spannten sich, die Adern schwollen an, das Blut rauschte in seinem Kopf.

Eine Gruppe von Leibwächtern verließ das Gebäude, Shirai in ihrer Mitte. Die auf dem Gehweg befindlichen Wachmänner drehten sich zu ihm um und interessierten sich nicht für die Gaffer. Akira und Savage konnten sich der Gruppe bis auf wenige Fuß Entfernung nähern.

Savage holte tief Luft und bemühte sich, das Gefühl abzuschütteln, jemand drücke ihm die Kehle zu. Er war der Meinung gewesen, er habe sich innerlich genügend auf diese seit langem herbeigesehnte Konfrontation vorbereitet. Seine Reaktion überraschte ihn. Wieder kämpfte die Wirklichkeit gegen falsche Wahrnehmungen.

Im Geist durchlebte er noch einmal die Vorfälle im Medford Gap Mountain Hotel, die für ihn zum Alptraum geworden waren. Kameras können lügen. Vielleicht war Shirai nur auf Zeitungsfotos und im Fernsehbild jenem Kamichi ähnlich? Aber Savage sah jetzt mit eigenen Augen den Mann vor sich, der vor den gleichen eigenen Augen im Korridor jenes Hotels in zwei Stücke gehauen worden war. Selbst inmitten seiner Leibwächter war er nahe genug an Savage, um diesem Gewißheit zu geben: Shirai war Kamichi. Kamichi war Shirai!

Aber Kamichi war tot! Wie konnte er...? Die Wirklichkeit zerfloß und zerfaserte. Auch das Gedächtnis konnte trügen wie eine Kamera.

Shirai – grauhaarig, in den Fünfzigern, mit Hängebacken, nicht sehr groß, übergewichtig, aber trotz alledem mit einem erstaunlichen Charisma begabt – schwitzte nach der Anstrengung, die ihm seine energiegeladene, leidenschaftliche Rede abverlangt hatte. Auf dem Weg zu seiner Limousine wischte er sich mit einem Taschentuch den Schweiß aus dem Nacken. Sein Blick schweifte über die Menschengruppe, die sich hinter seinen Leibwächtern versammelt hatte.

Plötzlich erstarrte er und richtete den verwirrten Blick ein zweites Mal auf Savage und Akira.

Er schrie auf, taumelte zurück und deutete auf die beiden Männer.

Seine Leibwächter fuhren herum.

»Nein!« schrie Savage ihnen entgegen.

Shirai stieß Worte des Entsetzens aus. Das war zu erraten, auch wenn man kein Japanisch verstand. Unentwegt deutete er, immer weiter zurückweichend, auf Akira und Savage.

Endlich erkannten die Leibwächter, wen ihr Chef meinte. Sie machten Front gegen die beiden Männer.

»Wir müssen mit Ihnen reden!« rief Savage. »Erkennen Sie uns? Wissen Sie, wer wir sind? Wir müssen mit Ihnen reden. Wir haben einige Fragen an Sie! Wir müssen herausfinden, was sich im...!«

Shirai schrie einen Befehl.

Die Leibwächter griffen an.

»Hören Sie!« schrie Savage noch lauter. »Bitte, wir...«

Der vorderste der Leibwächter schlug nach Savage, der ihm geschickt auswich. »Wir wollen Ihnen nichts tun! Wir wollen doch nur...«

Der Gegner griff ihn mit schwieliger Karatehand an.

Savage sprang zurück und entging dem Hieb. Die Leibwächter bildeten eine Keilformation und drangen vor. Er wich ein Dutzend Schritte weiter zurück. Shirais Gesicht war vor Entsetzen verzerrt. Der Mann, den Savage als Kamichi gekannt hatte, kletterte in seine Limousine.

»Nein! Wir wollen doch nur mit ihm reden!« rief Savage.

Er hieb dem nächsten Angreifer den Ellenbogen gegen den Magen. Es fühlte sich an, als habe er einen Sack Zement getroffen; immerhin bewirkte der Schlag, daß sich der Leibwächter stöhnend krümmte und zurücktaumelte, wobei er mit seinem Hintermann zusammenstieß.

Shirais Limousine schoß auf quietschenden Reifen davon.

Die Leibwächter setzten ihren Angriff auf Savage und Akira fort. Einige zogen Totschläger aus den Jackentaschen. Akira wirbelte herum und teilte Fußstöße aus.

Einer der Angreifer ging in die Knie, einem zweiten wurde das Handgelenk gebrochen. Der Totschläger fiel ihm aus den Fingern.

Savage wandte sich zur Flucht. Er wußte Akira neben sich. Hinter ihm ertönten eilige Schritte und wütende Stimmen. Als sie eine Kreuzung überquerten, sah er zu seinem Entsetzen links von sich Demonstranten, deren Ansammlung sich aufzulösen begann.

Ein Totschläger, der ihm nachgeschleudert worden war, pfiff an seinem Kopf vorüber und knallte auf die Steine des Gehwegs. Der mit Leder umnähte Bleikopf verursachte ein häßliches Geräusch. Savage dachte mit Grauen daran, was der Totschläger bei einem Treffer an seinem Schädel angerichtet hätte.

Seine Lungen brannten, die Beine schmerzten ihn, sein Herz raste. Er konnte nur darauf hoffen, daß die Wächter professionell genug waren, die Verfolgung einzustellen, nachdem sie ihre Aufgabe, nämlich ihren Prinzipal zu beschützen, erfüllt hatten. Die Wächter müssen doch davon ausgehen, daß Akira und ich nur zur Ablenkung dienen und daß die wirkliche Gefahr weiter unten an der Straße lauert, schoß es ihm durch den Kopf.

Aber wir haben drei von ihnen verletzt, überlegte Savage. Vielleicht sind die Wächter darüber so wütend, daß sie uns fangen wollen, um uns aus Rache die Schädel einzuschlagen.

Oder vielleicht wollen sie auch nur feststellen, wer wir sind. Ein Beschützer muß wissen, wer hinter seinem Klienten her ist!

Wie können wir uns mit ihnen verständigen? Wie können wir ihnen beibringen, daß wir Shirai nichts antun, sondern nur mit ihm reden wollen?

Die Verfolger holten auf. Savage rannte um ein paar verdutzte Fußgänger herum. Ein schwerer Gegenstand traf seine Schulter. Ein weiterer Totschläger, der ihm nachgeworfen worden war. Er taumelte ein paar Schritte, dann erlangte er das Gleichgewicht zurück und rannte weiter. Die Schritte hinter ihm kamen immer näher.

Akira rannte über eine Kreuzung, um eine Seitenstraße zu gewinnen, fern von den Demonstranten. Savage hielt mit ihm Schritt. Sein Hemd war schweißnaß und seine Schulter schmerzte.

Plötzlich merkte er, daß er und Akira jetzt schneller vorankamen und von der Menge der Fußgänger nicht so aufgehalten wurden wie die Masse ihrer Verfolger.

Aber das erwies sich als Irrtum. Als er durch eine Gruppe Fußgänger sprang, hielt ihn einer am Jackenärmel fest. Er riß sich los. Sofort griff eine zweite Hand nach ihm. Er spürte den Schrecken bis in die Magengrube. Großer Gott, er hatte gedacht wie ein Weißer und so getan, als befände er sich hier in New York! In Manhattan ergriffen Fußgänger die Flucht, wenn sie sahen, daß zwei Männer von einer Gruppe anderer verfolgt wurden. Aber doch nicht hier! Savage hatte vergessen, was Akira gesagt hatte. Die Japaner gehörten zu den gesetzestreuesten Völkern dieser Erde. Sie hatten Stammesbewußtsein. Hier stand immer die Gruppe gegen den Einzelmenschen. Ordnung mußte sein. Zwei Männer, einer noch dazu Amerikaner, die von einer ganzen Gruppe verfolgt wurden, mußten etwas ausgefressen haben. Sie bedrohten die Gesellschaft, denn die Mehrheit war immer im Recht.

Eine dritte Hand packte Savage. Akira drehte sich um, griff nach Savage und riß ihn durch einen offenen Eingang. Sie befanden sich in einem hell erleuchteten Warenhaus. Draußen rannten die Verfolger mit voller Wucht gegen die Fußgänger an und versperrten sich selbst den Weg. Savage rannte an Ladentischen und erstaunten Verkäuferinnen vorüber. Links sah er einen Ausgang, der in eine Seitenstraße führte. Savage war so außer Atem, daß er kaum sprechen konnte. Im Weiterlaufen rief er Akira zu: »Wir müssen uns trennen!«

»Aber...«

»Du kannst in der Menschenmenge verschwinden! Sie sind hinter einem Japaner in Begleitung eines Amerikaners her. Wenn du dich verdrückst, wird man nur mich verfolgen, weil ich als Weißer sowieso verdächtig bin.«

»Ich verlasse dich auf keinen Fall«, antwortete Akira.

Sie flohen durch den Seitenausgang, während vorn im Laden die Verfolger durch den Haupteingang hereinplatzten.

»Bring dich in Sicherheit! Wir treffen uns bei Taro!«

»Nein! Ich lasse dich nicht im Stich«, wiederholte Akira.

Am Straßenrand sah Savage einen uniformierten Boten, der gerade sein Honda-Motorrad besteigen wollte. Savage stieß den jungen Mann zur Seite, packte das Motorrad und schwang sich darauf.

»Mach Platz!« rief Akira. Er sprang hinter Savage auf die Maschine und umklammerte mit beiden Armen die Brust des Freundes.

Savage schob den ersten Gang rein, drehte am Gasgriff und steuerte das Rad geschickt zwischen Autos hindurch auf die Straße. Von den Verfolgern war nichts mehr zu hören. Er konnte ruhiger atmen. Der Verkehrslärm hatte plötzlich etwas beruhigendes. Der Motor des Rades donnerte, und inmitten des dichten Verkehrs von Tokio fühlte er sich sicher.

»Wir werden das Rad bald stehen lassen müssen«, sagte Akira, als Savage um eine Ecke bog und noch mehr Gas gab. »Es wird schnell als gestohlen gemeldet sein, und dann ist die Polizei hinter uns her.«

»Vorerst mache ich mir mehr Sorgen wegen der Leibwächter.«

»Ich danke dir dafür, daß du dich von mir trennen und die sichere Flucht ermöglichen wolltest«, sagte Akira hinter ihm.

»Mir erschien es als eine notwendige Freundschaftsgeste.«

»Ja«, sagte Akira mit seltsam belegter Stimme. »Eine Freundschaftsgeste.« Er schien sehr verwundert zu sein.

Drei Häuserblocks weiter ließen sie das Motorrad neben einer U-Bahn-Treppe stehen. Das sollte die Polizei zu dem Schluß verleiten, Savage und Akira seien hier hinunter gerannt, um mit einem Zug zu entkommen. An der nächsten Kreuzung hielten sie ein Taxi an. Beide waren sich ohne ein Wort darüber einig, daß dieses nur das erste von vielen Taxis sein würde, mit denen sie im Zickzack durch die Stadt fahren mußten.

»Der Bote wird wohl sein Motorrad nicht wieder zu sehen bekommen«, vermutete Savage.

»Im Gegenteil«, erwiderte Akira. »Wahrscheinlich schiebt es jemand aus dem Weg, weil es die Fußgänger behindert. Niemand würde wagen, es zu stehlen. Wir sind hier in Japan.«

4

»Ich habe nichts verstanden. Was hat Shirai gesagt?« fragte Savage.

Er saß auf einem Stuhl in dem kleinen Behandlungszimmer im vierten Stockwerk von Taros Haus. Er hatte das Hemd ausgezogen, und der alte Mann untersuchte seine Schulter. Akira und Rachel standen seitwärts von ihm. Aus Rachels Gesichtsausdruck konnte er ablesen, daß der nach ihm geworfene Totschläger einen mächtigen Bluterguß hinterlassen hatte.

»Heben Sie mal den Arm«, sagte der Alte.

Savage gehorchte und biß sich dabei auf die Lippe.

»Jetzt nach vorn und hinten bewegen.«

Savage brachte es fertig, aber nicht ganz und nicht ohne Anstrengung.

»Beschreiben Sie den Schmerz.«

»Der sitzt tief drinnen. Zugleich verspüre ich ein Pochen.«

»Kein Gefühl, als ob irgendwo ein Knochensplitter sitzt?« fragte Taro.

»Nein, ich glaube nicht, daß etwas gebrochen ist.«

»Trotzdem sollten Sie es sich überlegen, ob Sie nicht lieber zum Röntgen in ein Krankenhaus gehen sollten.«

Savage schüttelte den Kopf. »Ich habe heute schon genug Aufsehen erregt.«

»*Hai*«, entgegnete Taro. »Ich gebe Ihnen ein Mittel gegen die Schwellung. Ihre Schulter ist so steif, daß Sie in einem Ernstfall nichts damit ausrichten können.«

»Glauben Sie mir – wenn ich muß, kann ich die Schulter bewegen.«

Um Taros schmale Lippen spielte ein Lächeln. Er rieb einen mit Alkohol getränkten Wattebausch über die verletzte Stelle.

Savage verspürte einen Stich. Taro zog die Nadel aus der Haut.

»Novocain, Epinephrin und ein Steroid«, erklärte der alte Mann. »Legen Sie die Hand auf den Oberschenkel und entspannen Sie den Arm.«

In der Schulter breitete sich ein taubes Gefühl aus. Savage atmete aus und schaute zu Akira hinüber.

»Also, was hat Shirai gesagt? Ich habe kein einziges Wort verstanden, obwohl ich begriff, daß ihn bei unserem Anblick panisches Entsetzen gepackt hatte.«

Akira zog die Augenbrauen zusammen. »Ja... panisches Entsetzen. Und das nicht, weil er uns für unbekannte Attentäter hielt und auch nicht, weil er plötzlich nach seiner antiamerikanischen Rede einen Ami so dicht vor sich sah. Er hat uns persönlich erkannt. Er schrie: ›Nein! Das kann nicht sein! Ihr seid... es ist unmöglich! Haltet mir die Männer vom Leib!‹«

»Mehr hat er nicht gesagt?«

»Er schrie noch etwas zurück, als er in seinen Wagen stieg. Der Sinn war der gleiche: ›Ihr! Wie ist... Haltet sie auf, laßt sie nicht an mich heran!‹ Das war alles.«

Savage hatte Mühe, seine Gedanken zusammenzuhalten. Seine Schulter war inzwischen völlig gefühllos geworden, aber auch im Kopf fühlte er sich nach den Ereignissen dieses Vormittags wie benommen. »Was dürfen wir also daraus schließen? Daß wir recht haben?«

»Ich sehe keine andere Erklärung«, seufzte Akira. »Er erinnert sich an uns, genauso wie wir uns an ihn erinnern.«

»Obwohl wir uns nie zuvor wirklich gesehen haben«, meinte Savage. »Er erinnert sich, genau wie wir, an Dinge, die nie geschehen sind.«

»Aber an welche Dinge?« fiel Akira ein. »Daß er uns erkannt hat, besagt noch lange nicht, daß er sah, wie wir getötet wurden, genauso wie uns unsere falschen Wahrnehmungen vorgaukeln, daß er umgebracht wurde. Wir können nicht davon ausgehen, daß seine falschen Wahrnehmungen mit den unseren identisch sind. Wir wissen nur, daß wir in seinen Alpträumen als Mörder auftauchen, denen er nur knapp entronnen ist.«

Rachel trat näher. »Das wäre eine Erklärung für das von euch beschriebene Entsetzen und für seinen verzweifelten Wunsch, euch zu entkommen.«

»Vielleicht.« Savage wiegte den Kopf. »Aber genau so hätte er sich bei der Begegnung mit zwei Männern verhalten können, bei deren Tod er zugegen gewesen ist. Der Mann hatte eine anstrengende Rede hinter sich, er war mitgenommen und erschöpft. Er hatte nichts anderes im Sinn, als sich in seinem Wagen in Sicherheit zu bringen... Da sieht er plötzlich zwei Gespenster und verfällt in Panik. Wärst du an seiner Stelle daran interessiert gewesen, auf ein Schwätzchen stehenzubleiben, oder wäre dein erster Impuls nicht auch gewesen, so schnell wie möglich zu verschwinden?«

Rachel dachte darüber nach und hob dann die Hände. »Wahrscheinlich das letztere. Wenn ich mir aber eingebildet hätte, zwei Gespenstern begegnet zu sein, wäre mein Entsetzen inzwischen neugieriger Verwunderung gewichen. Ich würde erfahren wollen, wieso Ihr noch am Leben seid, wie Ihr überlebt habt und was Ihr von mir wolltet. Und ich wäre wütend auf meine Leute, weil sie euch nicht gefangen haben, so daß ich euch befragen könnte.«

»Gut«, sagte Savage. »Das ergibt einen Sinn.« Er hob die Augenbrauen und wandte sich an Akira. »Was hältst du davon? Meinst du, er wäre jetzt bereit, mit uns zu sprechen?«

»Kann sein. Es gibt eine Möglichkeit, das herauszufinden.«

»Gut, wir werden ihn anrufen.«

Als Savage aufstand, baumelte sein Arm hilflos an der verletzten Schulter. Er rieb ihn besorgt, und dabei fiel ihm ein, daß es ein weiteres Problem zu lösen galt. »Taro-sensei, ihre Leute sind noch nicht zurück? Wir haben nichts mehr von ihnen gehört. Sie wollten versuchen, in Akiras Haus einzudringen und Eko zu befreien.«

Das Gesicht des alten Mannes schien auf einmal noch mehr Falten zu bekommen. Er wirkte kleiner, magerer, zwergenhafter in seinem losen *Karate gi*. »Fast zwölf Stunden sind vergangen, und sie haben sich nicht gemeldet.«

»Das braucht nichts Schlimmes zu bedeuten«, fiel Akira ein. »Taro-sensei hat uns beigebracht, ein Unternehmen nur durchzuführen, wenn wir des Erfolges sicher sein können. Wahrscheinlich liegen sie in Wartestellung, um den günstigsten Zeitpunkt abzupassen.«

»Hätten sie nicht inzwischen mal anrufen sollen?« fragte Savage.

»Es kann sein, daß ihr Plan jeden Mann an seinem Platz erforderlich macht«, sagte Taro. »Wir wissen nicht, was für Hindernissen sie gegenüberstehen.«

»Ich hätte mit ihnen gehen sollen«, warf Akira ein. »Sie machen das für mich. Ich sollte mich an ihrem Risiko beteiligen, wenn sie Eko herausholen.«

»Nein«, erwiderte Taro. »Du hast keinen Grund, dich zu schämen. Meine Jungen haben sich freiwillig dazu gemeldet, damit du die Möglichkeit haben solltest, mit Shirai Kontakt aufzunehmen. Du hast dich keiner Pflichtverletzung schuldig gemacht. Man kann immer nur eine Sache zur gleichen Zeit erledigen.«

Akiras Lippen zitterten. Er richtete sich kerzengerade auf und verbeugte sich dann tief. »*Arigato*, Taro-sensei.«

Taro hob abwinkend die Hand. Es war, als habe er eine Bürde von Akiras Schultern genommen. »Geht und erledigt euren Anruf.«

»Aber nicht von hier aus«, wandte Savage ein. »Wir dürfen Shirai keine Gelegenheit geben, den Anruf bis zu diesem Haus zurückverfolgen zu lassen.«

»Natürlich nicht«, sagte Taro. »Ich habe nicht daran gezweifelt, daß Sie den korrekten Weg gehen würden.« Er kniff die faltigen Lider zusammen. Trotz der Sorgen um seine Schüler umspielte abermals ein Lächeln seine Lippen. »Ihr *sensei* verdient Respekt.«

»Er ist tot«, sagte Savage. »Ich weiß nicht, welche Rolle er in dieser Sache gespielt hat, aber – ja – er verdient Respekt.« Savage holte tief Luft. »Ich habe noch eine Bitte.

»Mein Heim steht Ihnen zur Verfügung.«

»Ich möchte meine Beretta wiederhaben.«

5

Akira benutzte einen Münzfernsprecher in einem anderen Stadtteil von Tokio. Er wollte auf alle Fälle verhindern, daß das Gespräch etwa zu Taros Haus zurückverfolgt werden konnte. Der Münzfernsprecher hing hinten an der Wand in einem *Pachinko*-Spielsaal, einem grell beleuchteten riesigen Raum, in dem Spielmaschinen, sogenannte Daddelautomaten, in langen Reihen standen. *Pachinko*, so hatte Savage erfahren, gehörte zu den populärsten japanischen Unterhaltungseinrichtungen. Es gab über zehntausend Spielhallen und Millionen von Spielautomaten im ganzen Lande. Die Spieler standen dicht gedrängt an den Maschinen. Das Klappern der stählernen Kugeln machte es unmöglich, Akiras Worte mitzuhören, nur Savage verstand ihn, weil er dicht neben dem Telefon lehnte. Sie hatten vorher abgesprochen, was Akira sagen sollte.

Akira sprach natürlich Japanisch. Dennoch wußte Savage, was gesagt wurde.

Zuerst rief Akira im Parteibüro an. Dort bekam er zu hören, daß Shirai von der Demonstration noch nicht zurückgekehrt sei. Der nächste Anruf galt seinem Geschäftsbüro, aber auch dort behauptete die Telefonistin, Shirai sei nicht da. Während Akira und Savage bei der Demonstration gewesen waren, hatte Taro über seine vielfältigen Beziehungen Shirais Geheimnummer in Erfahrung gebracht. Akira konnte also auch im Heim des Politikers anrufen, aber auch dort wurde ihm gesagt, daß Shirai nicht zu erreichen sei.

Akira hängte den Hörer ein und erklärte: »Natürlich können die Telefondamen im Auftrag des Chefs lügen. Aber ich habe bei allen eine Botschaft hinterlassen: ›Die beiden Männer, die sich am Vormittag Shirais Wagen genähert haben, müssen dringend etwas mit ihm besprechen. Bitte geben Sie diese Information weiter.‹ Ich habe ferner gesagt, daß ich meinen Anruf jede Viertelstunde wiederholen werde.«

»Also müssen wir schon wieder warten«, murrte Savage mißmutig. Er wollte, daß etwas geschah, er wollte etwas unternehmen, um endlich seinen Alptraum loszuwerden. »Sollen wir uns ein anderes Telefon suchen?«

Akira zog die Schultern hoch. »Ich habe bei keinem Anruf länger als vierzig Sekunden gesprochen. Das ist nicht genug für eine Fangschaltung.«

»Trotzdem wollen wir vorsichtig sein«, meinte Savage.

»*Hai*. Gehen wir los.«

6

Die nächsten Anrufe wurden von einer Zelle neben einem überfüllten Spielplatz in einem kleinen Park getätigt. Von einer darüber hinwegführenden Schnellstraße dröhnte Straßenlärm herunter. Die Telefondame im Parteibüro wiederholte nur, der Chef sei von seiner Demonstration noch nicht zurückgekehrt. Danach rief Akira bei der Geschäftsadresse an. Nach ein paar Worten, die er mit der Telefonistin wechselte, zeigte sich Spannung in seinen Gesichtszügen. Doch gab er sich Mühe, ruhig weiterzusprechen. Schneller atmend schob sich Savage näher heran.

Akira drückte auf den Hebel und unterbrach die Verbindung.

»Shirai ist in seinem Geschäftsbüro. Wir sind in einer Stunde mit ihm verabredet.«

Savage ließ ein Lächeln der Erleichterung über sein Gesicht huschen. Gleich darauf wurde daraus ein Stirnrunzeln.

»Was hast du?« fragte Akira. Der Lärm erstickte fast seine Stimme.

»Verabredet, so ganz einfach?« fragte Savage. »Er hat sein Entsetzen bei unserem Anblick nicht erklärt und auch nicht, warum er in seine Limousine kletterte und davonrauschte, als säße ihm der Teufel im Nacken? Er hat auch nicht erklärt, warum er uns trotz seines Schreckens jetzt empfangen will?«

Akira bummelte neben Savage durch den Park. »Er konnte das nicht erklären, weil ich überhaupt nicht mit ihm gesprochen habe. Seine Sekretärin übermittelte die Einladung.«

Savage schüttelte den Kopf. »Nein!«

»Ich verstehe dich nicht«, sagte Akira. »Was gefällt dir daran nicht?«

»So einiges. Mir erscheint doch ziemlich schleierhaft, daß ein Mann, der nach der Demonstration voller Schreck vor uns floh, es sich so rasch anders überlegt haben soll.«

»Aber genau das macht diese Verabredung glaubwürdig«, meinte Akira. »Er war aufgeregt und reagierte entsprechend. Inzwischen hat er sich beruhigt. Er wird wie wir von falschen Wahrnehmungen geplagt. Er bildet sich ein, er habe uns sterben sehen. Vielleicht glaubt er, daß wir versucht haben, ihn umzubringen. Ganz egal wie, an seiner Stelle würde ich dringend nach Erklärungen suchen, genau wie wir. Ich würde wissen wollen, warum tote Männer plötzlich lebendig vor mir stehen oder warum sich meine damaligen Leibwächter gegen mich gewandt haben.«

»Sicher.« Savage ließ den Blick über den überfüllten Weg gleiten. Er war auf der Hut gegen etwa drohende Gefahren. Seine Beschützerinstinkte waren hellwach, noch nie hatte er sich so verwundbar gefühlt. »Gerade deshalb bin ich argwöhnisch. Wenn ihm seine Sekretärin ausgerichtet hat, daß du alle fünfzehn Minuten anrufen wolltest, warum hat er ihr dann nur aufgetragen, uns in einer Stunde von jetzt an hinzubestellen? Anstatt das Risiko einzugehen, uns von Angesicht zu Angesicht gegenüberzutreten, hätte er sich doch leicht den Anruf durchstellen lassen können. Das bedeutete keine Gefahr für ihn. Er konnte aus sicherer Entfernung mit dir reden.«

»Ich gehe davon aus, daß bei unserem Zusammentreffen mit ihm seine Leibwache zugegen sein wird. Er wird schon für seine Sicherheit sorgen.«

»Und wer sorgt für unsere Sicherheit? Wenn er die gleichen Leute bei sich hat, die uns heute vormittag verfolgt haben, dann werden diese Burschen mit breitem Grinsen und mit Totschlägern in den Taschen auf uns warten.« Savage rieb sich die Schulter. Die schmerzlindernden Mittel hörten auf zu wirken und er fühlte sich, als hätte er eins mit einem Baseballschläger abbekommen. »Ich weiß nicht, was dem ersten Mann passiert ist, den ich abgewehrt habe. Mit Sicherheit habe ich gehört, daß du einem anderen die Hand gebrochen hast. Sie werden uns nicht gerade mit Freuden empfangen.«

»Diese Burschen führten nur einen Auftrag aus, als sie uns verfolgten. In einer Stunde wartet ein anderer Auftrag auf sie. Sie sollten ihre Gefühle zurückstellen und nur die Wünsche ihres Prinzipals erfüllen.«

»Und was geschieht, wenn Shirais Wünsche sich mit den ihren decken, nämlich uns aus dem Weg zu schaffen?« fragte Savage.

»Ich bin überzeugt« – Akira zögerte –, »daß Shirai Informationen haben will.«

»Du meinst, wir suchen Informationen und sind deshalb bereit, dem Mann zu vertrauen, bei dessen Ermordung wir zugegen waren.«

»Was sagt Rachel immer? Wie lautet ihr Lieblingszitat?« fragte Akira.

»Abraham glaubte an das Absurde.«

»Jeder Glaube ist ein Mysterium. Manchmal, wenn wir nicht weiter wissen, müssen wir einfach vertrauen«, sagte Akira.

»Graham hätte mich für verrückt erklärt. Vertrauen? Das steht im Widerspruch zu allem, was ich gelernt habe. Und wenn dich Taro so reden hörte, wäre er entsetzt.«

Akira nickte mit dem Kopf und lächelte. »Mein *sensei* würde darauf bestehen, mir Nachhilfestunden zu geben.«

»Wir brauchen keine Nachschulung. Wir müssen nur so objektiv wie möglich sein und so tun, als ob wir irgendeinen anderen Menschen zu beschützen hätten.«

»Auf einmal hat die Sicherheit den Vorrang. Die Antworten können warten«, meinte Akira.

»Also laß uns machen, was wir am besten können und was wir gelernt haben.«

Akiras Stimme erinnerte Savage an das metallische Zischen eines aus der Scheide gezogenen Schwertes. »Sehen wir uns mal die Gefahrenzone näher an.«

7

Shirais Bürogebäude gehörte zu den nicht so zahlreichen mehrstöckigen Konstruktionen in dem an Erdbeben reichen Japan. Es bestand aus schimmerndem Glas und glänzendem Stahl, und Savage nahm an, daß es mit allen modernen Geräten ausgerüstet war, die unerwünschtes Eindringen verhindern konnten. Er betrachtete das schimmernde Gebäude von einer Straßenkreuzung zwei Häuserblocks entfernt aus. Langsam näherte er sich von Süden her. Dabei war er sich bewußt, daß kein Umweg und keine Verkleidung ihm halfen. Als Weißer war er hier verdächtig. Ein *gaijin*.

Er wußte, daß Akira sich von der anderen Seite her vortastete. Für den Fall einer Gefahr hatten sie mehrere Treffpunkte ausgemacht. Die Sorgfalt, mit der sie den Plan zur Beobachtung des Bürogebäudes ausgearbeitet hatten, erfüllte Savage mit Stolz. Zum ersten Mal seit seiner Ankunft in Japan fühlte er sich nicht als verfolgtes Opfer, sondern als Grahams Schüler, der einen Auftrag ausführte.

Einen Häuserblock von dem Wolkenkratzer entfernt blieb Savage stehen. Er stellte fest, daß es neben dem pompösen Haupteingang einen kleineren und weniger auffälligen Zugang gab. Die Straßen waren so verstopft, daß Parken nicht erlaubt war. Nur kurzes Anhalten war gestattet – zum Beispiel dem Lieferwagen vor dem Vordereingang. Unter den japanischen Buchstaben war ein Blumenstrauß aufgemalt, womit hinlänglich klar war, was hier abgeliefert wurde. Vor dem Seiteneingang parkte ein Lastwagen. Ein gelangweilt dreinschauender Mann mit Mütze und Overall lehnte an der vorderen Stoßstange, blätterte in einer Zeitung, sah mehrmals auf die Uhr und blickte zum Seiteneingang hin. Mit Seufzen und Schulterzucken zog er die ganze Schau eines Mannes ab, der auf seinen Kollegen wartet.

Nur etwas fiel Savage auf: Anstelle der eigentlich zum Overall gehörenden schweren Arbeitsschuhe trug der Mann blitzblanke, moderne Straßenschuhe.

Schiet, dachte Savage und bummelte den Weg zurück, den er gekommen war. In einiger Entfernung überquerte er die vielbefahrene Straße, ging mehrere Blocks nach Osten, bog um eine Ecke und ging wieder nach Norden, um Shirais Geschäftshaus von hinten zu beobachten und vielleicht einen Blick auf die Seite zu werfen, die er von seinem ursprünglichen Platz aus nicht hatte einsehen können.

Am Hintereingang parkte eine dunkle Limousine mit getönten Scheiben. An der Seite des Gebäudes sah er einen weiteren Lastwagen mit Telefon-Symbolen an den Türen.

Savage ballte die Fäuste. Er war entschlossen, genau nach den Verhaltensregeln vorzugehen, deshalb umkreiste er das Gebäude ein zweites Mal, bevor er sich auf den Weg zum Treffpunkt machte.

8

Vor dem Kino stand eine wartende Menschenschlange. Savage tat so, als betrachte er in dem hellerleuchteten Schaufenster ein Plakat, das einen amerikanischen Actionfilm ankündigte. Er wunderte sich darüber, daß das japanische Publikum von einem muskulösen, halbnackten Amerikaner fasziniert wurde, der mit einer Raketenwaffe auf den Betrachter zielte. Immerhin gehörte Japan zu den Ländern mit der niedrigsten Quote an Gewaltkriminalität.

Akira schob sich neben ihn und sagte halblaut: »Alle Eingänge werden bewacht.«

Savage betrachtete weiter das Poster. »Immerhin hat Shirai nicht unsere Intelligenz beleidigt, indem er ständig die gleichen Fahrzeuge vor dem Haus parken ließ. Als ich das Gebäude zum zweiten Mal umrundete, standen andere Lieferwagen, Lastwagen und Limousinen davor.«

»Wobei wir davon ausgehen müssen, daß in jedem Fahrzeug mehrere Männer lauern.«

»Vollkommen klar«, sagte Savage. Unauffällig drehte er sich um und ließ den Blick über die Straße schweifen, um sich davon zu überzeugen, daß man ihn nicht verfolgt hatte. »Dabei erhebt sich die Frage, ob die Leute aus Vorsicht postiert werden oder ob sie den Auftrag haben, uns zu greifen und auszulöschen.«

Akira spreizte die Finger. »Wärest du bereit, das Gebäude zu betreten, um das herauszufinden?«

»Dazu bin ich nicht verrückt genug«, entgegnete Savage.

»Ich auch nicht. Aber was tun wir sonst?«

»Ruf noch einmal in Shirais Büro an«, riet Savage. »Sage seiner Sekretärin, es täte uns leid, aber wir seien aufgehalten worden. Verlange ihn zu sprechen.«

»Das wird uns nicht weiterhelfen. Er hat uns eine Falle gestellt. Also wird er darauf beharren, uns in das Gebäude hineinzulokken.«

»Das ist auch meine Meinung«, antwortete Savage. »Wir sollten es aber trotzdem versuchen. Lehnt er ab, versuchst du einen Termin später am Tage zu bekommen. Ich schätze, er wird darauf eingehen.«

»Ohne Zweifel. Aber damit wird das Problem nur aufgeschoben, nicht gelöst. Einerseits müssen wir mit ihm sprechen, andererseits ist es uns unmöglich, das Gebäude zu betreten.«

»Versuchen wir eben, ihn anderswo zu treffen, an einem Ort, den er als Vorschlag nicht erwartet«, sagte Savage. »Als ich das zweite Mal um das Gebäude herumging, kam mir eine Idee. Sie läßt sich aber nur verwirklichen, wenn wir dafür sorgen, daß Shirai in seinem Büro bleibt, bis wir unsere Vorbereitungen getroffen haben. Also rufst du weiterhin an und verschiebst den Termin immer wieder. Inzwischen telefonieren wir mit Taro.«

»Warum das?«

»Wir müssen ihn fragen, ob er ein paar Schüler hat, die ihre Abschlußprüfung auf heute vorverlegen können.«

9

Im Lautsprecher krachte und rauschte es. Savage auf dem Beifahrersitz reckte und streckte sich, um seine Muskeln zu entkrampfen. Er konnte nur hoffen, daß Akira bei dem schlechten Empfang wenigstens in etwa verstehen konnte, was die Stimme am anderen Mikrofon sagte. Savage jedenfalls verstand nicht ein einziges Wort.

Akira steuerte den geliehenen Toyota durch den dichten Feierabendverkehr im Abstand von zwei Häuserblocks immer wieder um Shirais Bürogebäude herum. Er nahm das Funksprechgerät in die Hand und sagte einige Worte, nickte bei der Antwort darauf und fügte ein paar Sätze hinzu.

Als er die Erwiderung vernahm, verhärteten sich seine Züge. »*Hai. Arigato.*« Akira legte das Gerät zur Seite und packte mit beiden karateschwieligen Händen das Steuerrad. Eine plötzliche Lücke im Verkehr erlaubte es ihm, in die Nebenfahrbahn einzuschwenken. Dann bog er um die nächste Ecke, ordnete sich in den Verkehr ein und näherte sich Shirais Wolkenkratzer.

Obwohl Savage die Fragen auf der Zunge brannten, hielt er den Mund, um Akira nicht in seiner Konzentration zu stören.

Endlich durchbrach Akira das Schweigen. »Sie haben ihn gesehen.«

»Ah.« Savage lehnte sich zurück, aber seine Anspannung ließ nicht nach. Er konnte sich vorstellen, wie sich Taros Schüler, geübt in jeder Form der Tarnung, unauffällig unter die Fußgänger mischten und dabei Shirais Geschäftshaus von allen Seiten her beobachteten. Akira hatte ihnen Shirais Wagen beschrieben und das Kennzeichen durchgegeben, das er sich vormittags gemerkt hatte, als Shirai nach der Demonstration davongefahren war. Taro hatte seine Schüler mit Fotos des Gesuchten versorgt. Die Schüler hatten ihn auch im Fernsehen gesehen, wenn er für seine radikalkonservative Politik und für seinen Glauben an die Macht der *Amaterasu* warb. »Also ist Shirais Limousine endlich aus der Tiefgarage aufgetaucht?«

Akira steuerte den Wagen in eine weitere Lücke im Verkehr und konnte nicht antworten.

»Die Schwierigkeit liegt nur darin«, fuhr Savage fort, »daß Shirai womöglich gar nicht in seinem Wagen sitzt. Da sind wir schon wieder auf Glauben angewiesen.«

»Er sitzt darin, da gibt es keinen Zweifel«, erwiderte Akira und beobachtete aufmerksam den Verkehr.

»Kein Zweifel?«

»Sie haben ihn gesehen«, beharrte Akira.

»Wie und wo? Das ist doch nicht möglich. Die Fenster sind mit Jalousien abgeblendet, und in die Tiefgarage konnten wir keinen von Taros Schülern einschleusen. Niemand hat ihn seinen Wagen besteigen sehen.«

»Doch, er wurde gesehen, allerdings nicht in der Tiefgarage.«

»Wo denn sonst?«

»Vor zwei Minuten ist die Limousine am nördlichen Ausgang des Gebäudes vorgefahren«, erklärte Akira. »Gleich darauf bildeten Leibwächter eine Gasse. Shirai kam heraus und bestieg seinen Wagen. Er ist jetzt auf dem Weg nach Westen.«

Im Funksprechgerät knisterte und knackte es wieder. Akira hielt es ans Ohr und lauschte der von vielen Störungen überlagerten japanischen Stimme. Mit einem kurzen »*Hai*« legte er das Gerät wieder neben sich. »Sie fahren immer noch westwärts. Der Begleitschutz befindet sich in einem Wagen vor der Limousine und in einem dahinter.«

»Also ganz normal«, meinte Savage. Er wußte, daß Taros Schüler auf Motorrädern die Limousine in unverdächtigem Abstand verfolgten. Sie sollten den Wagen so lange im Auge behalten und per Funk dessen Bewegungen melden, bis sich für Akira die Möglichkeit bot, sich selbst hinter das Begleitfahrzeug zu hängen und ihm unauffällig zu folgen.

»Wie zu erwarten war, ist Shirai schließlich ungeduldig geworden«, meinte Akira. »Er hat erkannt, daß wir nicht die Absicht hatten, zu unserem immer wieder aufgeschobenen Treffen zu kommen.«

»Entweder ist er verwirrt oder ärgerlich. Wichtig ist nur, daß wir ihn dazu gezwungen haben, auf uns einzugehen und nicht umgekehrt.« Savage beobachtete Akira, wie er sich auf einer Bahn mit schneller fahrenden Wagen einfädelte. »Wenn sich aber jetzt Shirai irgendwo in der Öffentlichkeit zeigt, haben wir keine Möglichkeit, mit ihm allein zu reden.«

»Macht nichts«, winkte Akira ab. »Wir verfolgen ihn weiter. Irgendwann ergibt sich eine Gelegenheit, wo er uns am wenigsten erwartet. Wo er nicht von seiner Privatarmee umgeben ist.«

»Mit anderen Worten – ich soll mich entspannen und die Spazierfahrt genießen.«

»Entspannen?« Akira sah Savage von der Seite her an und zog die Augenbrauen hoch.« An diese amerikanische Ironie werde ich mich nie gewöhnen.« Eine Stimme meldete sich im Funkgerät. Nachdem Akira geantwortet hatte, sah er wieder zu Savage hinüber. »An der nächsten Kreuzung biege ich links ab. Dann sollte ich mich zwei Häuserblocks weit hinter der Limousine befinden.«

»Bei diesem Verkehr werden wir den Wagen kaum zu sehen bekommen«, wandte Savage ein.

»Taro-senseis Schüler werden ihn nicht verlieren. Auch in den Parallelstraßen wird er von Motorradfahrern verfolgt. Wir bekommen sofort Nachricht, falls Shirais Fahrer umkehrt.«

10

Die Fahrt inmitten dichten Verkehrs ging immer weiter nach Westen. Hin und wieder folgte Akira einer ihm zugefunkten Anweisung und nahm eine Seitenstraße, um schneller voranzukommen. Mit einsetzender Dämmerung nahm der Straßenverkehr ab, sie erreichten eine Autobahn und konnten etwas schneller fahren. Plötzlich hatten sie die Limousine vor sich. Sie war vorn und hinten von zwei großen Nissans gedeckt. Akira rief bei dem Verfolgerteam an. Er bedankte sich für die Hilfe und entließ die meisten nach Hause. Nur einige der jungen Männer wurden noch benötigt, um bei der Verfolgung Shirais zu helfen. Akira ließ mehrere Autos zwischen seinem Toyota und der großen Limousine.

Savage rieb die schmerzende Schulter. »Wohin Shirai auch fahren mag, für mich sieht es so aus, als hätten wir die Stadt gleich hinter uns.«

Akira zuckte mit den Schultern. »Hier kommt man immer gleich von einer Stadt in die nächste.«

»Trotzdem, Shirai muß einen zwingenden Grund haben, so weit zu fahren.« Savage starrte durch die Windschutzscheibe und meinte dann: »Ich bin immer noch überrascht, daß Shirai so viele Demonstranten aufbieten konnte.«

Akira ließ die Limousine nicht aus den Augen. »Laß dich nicht täuschen. Shirai muß immer noch um jede Stimme kämpfen. Die meisten Japaner wollen von ihm nichts wissen. Allerdings wächst sein Einfluß von Tag zu Tag. Das Wirtschaftswunder und die neue Prosperität verleitet dazu, daß meine Landsleute gern mit Fremden Handel treiben, solange der Vorteil auf ihrer Seite ist. Daß dabei unsere Kultur vor die Hunde geht, so sehr sich Shirai auch darüber ärgert, ist den Leuten, die nach dem Krieg geboren wurden, ziemlich schnuppe.«

»Warum ist die Zahl der Demonstranten dann so groß?« fragte Savage.

»Groß im Vergleich zu was? Im Jahre 1960 haben Hunderttausende gegen die Erneuerung des Verteidigungspaktes mit Amerika protestiert. Ein pro-amerikanischer Politiker wurde in aller Öffentlichkeit mit einem Schwert ermordet. Die Demonstranten wollten erreichen, daß Amerika das Land verlasse. Vor allem wollten sie keine Atombomben auf japanischem Boden dulden. Wir sind eben, wie Taro gestern abend erklärte, die einzige Nation, die Angriffe mit Atombomben zu erdulden hatte. 1965 verlor ein U.S.-amerikanischer Flugzeugträger vor der Küste Japans eine Wasserstoffbombe. Deine Regierung hat den Zwischenfall erst 1981 zugegeben, zugleich aber behauptet, die Bombe sei fünfhundert Meilen vor unserer Küste verlorengegangen. Eine glatte Lüge. Im Jahre 1989 erfuhren wir endlich, daß die Bombe nur achtzig Meilen vor der Küste lag. Solche Vorfälle und danach folgende irreführende Erklärungen sind natürlich Wasser auf die Mühlen der rechtsradikalen Amerikagegner... Hast du schon mal von Mishima gehört?«

»Natürlich«, sagte Savage.

Mishima war einer der bekanntesten japanischen Romanschriftsteller, als einziger ihm vergleichbarer Amerikaner fiel Savage nur Hemingway ein. Mishima pries in seinen Büchern Ehre und Disziplin. Bald hatten sich Getreue um ihn geschart, die eine Art von Privatarmee bildeten. Bei besonderen Anlässen trugen sie eine abgewandelte Militäruniform, die Mishima persönlich entworfen hatte. Angesichts seines Rufes und seines großen Einflusses hatten ihm Offiziere der japanischen Heimwehr erlaubt, mit seinen Leuten auf ihrem Gelände militärische Übungen zu veranstalten.

Im Jahre 1970 war Mishima mit einer Handvoll seiner Getreuen auf einem Truppenübungsplatz erschienen. Er hatte ein Gespräch mit dem Kommandeur verlangt, überwältigte den Offizier, übernahm die Befehlsgewalt und ließ die Soldaten des Stützpunktes antreten, um vor ihnen eine Rede zu halten. Der Kommandeur wurde als Geisel festgehalten. Die vorgesetzten Dienststellen waren nicht dazu in der Lage, den Gefangenen zu befreien. Sie beugten sich Mishimas Forderungen. Die Ansprache wurde zu einer bestürzenden Haßtirade. Vom Niedergang Japans war da die Rede und von der Notwendigkeit, seine Größe und Reinheit wiederherzustellen. Das Land müsse, so Mishima, zu seiner gottgefälligen Aufgabe zurückfinden: Militarismus in Verbindung mit dem Glauben an die Macht der *Amaterasu*, eine Idee, wie sie später von Shirai in etwas abgeänderter Form aufgegriffen wurde. Doch die Soldaten, die er zu dieser Haßtirade herbeigezwungen hatte, überschütteten ihn mit Hohn und Spott.

Gedemütigt und wütend kehrte Mishima in das Büro des Kommandanten zurück. Dort zog er sein Schwert – eine Anspielung auf die Samurai-Tradition –, kniete nieder und beging *seppuku*, indem er sich den Bauch aufschlitzte.

Vorher aber hatte er seinen getreuesten Anhänger aufgefordert, sich mit einem Schwert neben ihn zu stellen und das Ritual zu vollenden, indem er ihm den Kopf abschlug.

»Nach diesem Vorfall prallten die Meinungen aufeinander«, erklärte Akira. »Viele Japaner bewunderten Mishimas Prinzipien und seinen Mut. Andere fragten sich, was dieser spektakuläre Selbstmord für einen Zweck gehabt haben solle. Auf sozialem Gebiet gab es keinen Grund dafür. Hätte er seine Meinung nicht auf eine andere, konstruktivere und effektivere Weise ausdrücken können? Oder hatte er ernsthaft geglaubt, sein Selbstmord würde andere dazu bewegen, seine Sache weiterzuführen?«

Darauf wußte Savage keine Antwort. Er dachte an seinen Vater – nicht an den Fremden, dem er in Baltimore begegnet war –, sondern an den Mann, an den er sich aus seiner Jugendzeit erinnerte, den Mann, den er so geliebt hatte, den Mann, der sich eines Abends eine Kugel in den Kopf gejagt hatte. O ja – Savage konnte sich sehr gut vorstellen, welche Verzweiflung Mishima in den Tod getrieben hatte.

Aber Savage war unter dem Einfluß amerikanischer Werte aufgewachsen, die da hießen Pragmatismus, Überleben um jeden Preis, Ausdauer und sich nicht unterkriegen lassen.

Akira unterbrach das peinlich werdende Schweigen. »Mishima

ist das beste Beispiel. Ein Symbol. Zwanzig Jahre nach seinem Selbstmord denken die Leute noch an ihn. Man respektiert ihn. Also hat er vielleicht doch etwas erreicht.« Akira hob eine Hand vom Steuerrad. »Nicht sogleich, wie Mishima gehofft hatte. Aber später doch. Das mußt du verstehen. Linksgerichtete Demonstrationen kommen in Japan nicht weit. Man stellt solche Demonstranten auf eine Stufe mit den verhaßten Kommunisten. Sie predigen, alle Menschen seien gleich. Nein! In Japan gibt es ein Gefälle – der Shogun befiehlt dem Samurai, der Samurai dem Bauern. Dieses Land ist eine Hierarchie. Demonstrationen des rechten Flügels werden dagegen geduldet. Sie setzen sich ein für soziale Ordnung, Recht und Gesetz. Jeder hat in dieser Ordnung seinen Platz. Der Chef befiehlt seinem Diener, der Ehemann der Gattin, die Eltern befehlen dem Kind und die Arbeitgeber ihren Angestellten.«

»Das hört sich an« – Savage zögerte –, »als ob du damit einverstanden wärest.«

»Ich wollte damit erklären, daß der rechte Flügel hier eine Minderheit darstellt und trotzdem eine gewisse Macht ausübt. Ihm entstammen Shirais Anhänger. Ihm kommt es natürlich darauf an, eine möglichst große Anzahl sonst gemäßigter Kräfte zu Extremisten umzufunktionieren, was ihm bisher nicht gelungen ist. Also beobachtet die Mehrheit der Japaner solche Demonstrationen mit Interesse, vielleicht auch mit Sympathie, aber sie sind nicht genügend überzeugt, um tätig zu werden.«

»Noch nicht.«

Akira zuckte mit den Schultern. »Wir können versuchen, aus der Geschichte zu lernen, aber es ist sicherlich fast unmöglich, ihren Trend ins Gegenteil zu verkehren. Natürlich ist mir der Gedanke an Commodore Perrys ›schwarze Schiffe‹ verhaßt. Ich betrauere alles, was sie meinem Land angetan haben, glaube aber nicht, daß uns Shirai zu der kulturellen Reinheit des Tokugawa-Shogunats zurückführen kann. Dazu brauchte er ein überzeugenderes Programm, eine mitreißende Idee. Beides hat er bisher genauso wenig gefunden wie Mishima.«

»Womit nicht gesagt ist, daß er es nicht versucht.«

Akira nickte. In seinem Blick lag tiefe Trauer. Er starrte nach vorn, um Shirais Limousine nicht aus den Augen zu verlieren. Die Sonne war untergegangen. Im Dämmerlicht erhellten die Scheinwerfer entgegenkommender Wagen die drei Autos, auf die es ihm ankam. Manchmal war der Verkehr so dicht, daß sich Akira an den Rücklichtern der verfolgten Fahrzeuge orientieren mußte. Er achtete auf genügend Abstand.

Savage erkannte keine Anzeichen dafür, daß die Insassen der drei Wagen sich verfolgt glaubten.

»Um noch einmal auf dieses Thema zurückzukommen«, sagte Akira. »Ich verurteile Shirais Taktik, aber ich achte die inneren Werte, die er vermitteln will. Das verwirrt mich. Vielleicht würde ich mich sogar mit ihm identifizieren, aber die Umstände zwingen mich, ihn wie einen möglichen Feind zu behandeln.«

»Möglicherweise ist er ein Opfer – genau wie wir.«

»Das wird sich bald herausstellen. Seine Alpträume werden endlich die unseren erklären.«

11

Die drei Wagen verließen die Autobahn. Mit erhöhter Vorsicht und noch größerem Abstand verfolgte Akira die Limousine. Hin und wieder wurde er von anderen Wagen überholt, und dadurch veränderte sich laufend die Verkehrslage. Shirais Leibwächter konnten nicht auf ein bestimmtes Paar Scheinwerfer aufmerksam werden, die immer im gleichen Abstand hinter ihnen herkamen.

Eine Straße führte zur nächsten. Die verfolgten Wagen wechselten mehrfach die Richtung, bis Savage vollends die Orientierung verlor. Unruhig schaute er zum Seitenfenster hinaus. Die grellen Lichter der Städte waren den Lampen in den Fenstern vereinzelt auftauchender Dörfer gewichen. Dahinter erhoben sich riesige Schatten.

»Sind das Berge?« fragte Savage nervös.

»Wir nähern uns den Ausläufern der japanischen Alpen«, erklärte Akira.

Mit wachsendem Unbehagen schaute Savage an den steilen Abhängen hinauf. Er spürte eine unheimliche Spannung in sich wachsen, als der Toyota eine schmale Brücke überquerte. Tief unten schimmerte das Mondlicht auf einem gurgelnden Bach. Die Schlucht ging weiter oben in dunkle, bewaldete Steilhänge über.

»Alpen?« fragte Savage.

»Das ist natürlich übertrieben. Unsere Berge sind nicht mit denen in Europa zu vergleichen, so wild zerrissen sind sie nicht. Sie erinnern eher an das Bergland im Osten der Vereinigten Staaten.«

»Aber spürst du es nicht auch? Mir ist... mein Gott, mir ist so, als wären wir wieder in Pennsylvanien.« Savage erschauerte. »Finster. Nicht April, sondern Oktober. Die Blätter fangen nicht an zu wachsen, nein, sie fallen ab. Die Bäume sehen so kahl aus wie damals, als wir...«

»Als wir Kamichi zum Medford Gap Mountain Hotel hinauffuhren.«

»Was wir in Wirklichkeit nie gemacht haben.«

»Ja«, nickte Akira.

Kalte Schauer liefen Savage über den Rücken.

»Ich spüre es auch«, fuhr Akira mit belegter Stimme fort. »Dieses unheimliche Gefühl, daß ich schon einmal hier gewesen bin – was nicht der Fall ist.«

Der Toyota überquerte eine weitere steile Schlucht. Savage wurde schwindelig, und er sah Akira von der Seite her an, den Mann, dessen Enthauptung er beigewohnt hatte.

Die Straße wand sich bergauf und bergab durch eine Berglandschaft, die ihm unheimlich bekannt vorkam.

Japan. Pennsylvanien.

Shirai. Kamichi.

Falsche Erinnerungen.

Gespenster.

Savages Ängste verstärkten sich. Tiefinnerlich wuchs in ihm das Verlangen, Akira zum Anhalten und Kehrtmachen zu veranlassen. Sein Instinkt warnte ihn davor, die Suche fortzusetzen. Er wollte zu Rachel zurückkehren, sich von seinem Beruf zurückziehen und lernen, mit seinen Alpträumen zu leben.

Sein Inneres erbebte bei der schrecklichen Vorahnung, daß ihn ein noch schlimmerer Alptraum erwartete.

Akira las offenbar seine Gedanken, oder er hatte die gleichen beängstigenden Empfindungen.

»Nein«, sagte Akira laut. »Wir haben zu viel durchgemacht. Wir können nicht umkehren. Ich muß die Wahrheit ergründen. Ich weigere mich einfach, mich für den Rest meines Lebens von Phantomen jagen zu lassen.«

Als Savage abermals vor seinem geistigen Auge sah, wie Akiras

Kopf vom Rumpf abgeschnitten wurde, erfüllte ihn auf einmal ein ganz und gar anderes Gefühl, das stärker wurde als seine Furcht. Es erfüllte ihn vom Kopf bis zu den Zehen.

Wut – so wie er sie nie zuvor empfunden hatte. Graham hätte ihm Vorwürfe gemacht. Zeige keinerlei Gefühle. Das paßt nicht zu deinem Beruf, hatte ihn sein Mentor immer wieder belehrt. Wenn du nicht mehr objektiv bist, machst du Fehler.

Diesmal nicht! dachte Savage. Die Wut wird mich daran hindern, Fehler zu begehen. Ich werde sie unter Kontrolle halten und ausnutzen! Um die Furcht zu überwinden! Um mir Kraft zu geben! Und Ausdauer!

Savage grub die Fingernägel in seine Handflächen. »Irgendwer hat meinem Verstand etwas angetan, und – bei Gott – ich werde herausfinden, wer und warum. Und irgendwer, verdammt, wird dafür bezahlen.«

12

Hinter einer scharfen Kurve trat Akira plötzlich auf die Bremse. Die Straße vor ihnen war völlig finster. In der Ferne waren keine Rücklichter mehr zu sehen.

Die drei Autos waren verschwunden.

Savage zog seine Beretta aus dem Hosenbund. »Eine Falle. Sie haben mitbekommen, daß sie verfolgt wurden.«

»Nein, dazu war ich zu vorsichtig.«

»Während der letzten zehn Minuten haben wir keine anderen Fahrzeuge gesehen. Unsere Scheinwerfer waren die einzigen hinter ihnen. Vielleicht wollten sie auf Nummer sicher gehen und uns überprüfen. Sie haben die Wagen auf dem Seitenstreifen abgestellt, die Scheinwerfer ausgeschaltet und warten nun auf uns. Wenn wir an ihnen vorüberfahren, werden sie versuchen, uns mit den Geleitfahrzeugen von der Straße zu drängen, um herauszufinden, wer wir sind.«

Akira starrte in die Finsternis jenseits der eigenen Scheinwerferlichter. »Wenn deine Annahme stimmt, wissen sie jetzt genau, daß wir sie verfolgt haben – denn wir haben angehalten, als wir ihre Hecklichter nicht mehr sahen.«

Savage kurbelte sein Fenster herunter. »Stelle mal den Motor ab.«

Akira tat es. Er brauchte nicht zu fragen, was Savage vorhatte. In der plötzlichen Stille lauschte Savage auf etwaige Geräusche auf der Straße voraus: Auf das Grummeln von Automotoren, auf schleichende Schritte oder das Knacken von Ästen im Gebüsch neben der Straße.

Aber er vernahm nur die natürlichen Geräusche, wie sie in einem nächtlichen Wald vorkommen – das Zirpen von Grillen, hin und wieder Flügelschläge und das Rauschen des leichten Windes in den Bäumen.

»Ich mache auch die Scheinwerfer aus«, sagte Akira. »Sonst bilden wir ein nicht zu verfehlendes Ziel.«

Eine Wolke zog über den zu drei Vierteln vollen Mond. Die Straße vor ihnen lag in völliger Finsternis.

Vor Spannung bekam Savage einen trockenen Mund. Seine Finger schlossen sich fester um den Griff der Beretta. »Sie können uns trotzdem treffen, denn sie wissen, wo wir stehen.«

»Falls sie auf uns lauern«, meinte Akira.

»Davon müssen wir ausgehen. Falls sie Feuerwaffen bei sich haben, könnten sie diesen Teil der Straße mit einem Kugelhagel eindecken.«

»Das wäre ungenau und wenig professionell.«

»Aber eine ausgezeichnete Ablenkung, während sich einer durch den Wald schleicht und sein Magazin durch dieses offene Fenster leerfeuert.«

Akira startete den Motor und legte den Rückwärtsgang ein. Langsam schob er sich am Straßenrand entlang und zurück um die Kurve. Daß beim Anhalten die Bremslichter aufleuchteten, war nicht zu verhindern. Vielleicht befand sich der Toyota außerhalb der Sichtweite der anderen? Mindestens hatte das Aufleuchten der Bremslichter Akira eine Stelle gezeigt, wo er den Wagen neben der Straße abstellen konnte. Er nahm den Fuß vom Bremspedal, und die Lichter erloschen. Dann stellte er den Motor wieder ab. Abermals wurden sie von der Dunkelheit eingehüllt.

»Vielleicht übertreiben wir es mit unseren Befürchtungen«, sagte Akira. »Ich habe einen vernünftigen und unverdächtigen Abstand eingehalten. Es ist doch möglich, daß sie zu weit vor uns waren. Sie sind weiter unten um eine Kurve gefahren, bevor wir diese Biegung hinter uns brachten. Das würde erklären, warum wir ihre Rücklichter nicht mehr gesehen haben.«

»Mag sein. Denkbar wäre es«, erwiderte Savage gepreßt. »Aber willst du vielleicht das Risiko eingehen zu versuchen, sie einzuholen, während sie schon hinter der nächsten Kurve auf uns lauern?«

»Nicht unbedingt.« Akiras Finger trommelten auf dem Steuerrad. Plötzlich nahm er das Funksprechgerät und sprach ein paar Worte hinein. Das Knistern und Knacken machte die Antwort fast unverständlich, offenbar waren die Berge den Radiowellen im Weg. Akira konzentrierte sich, sagte noch etwas, lauschte auf die von Statikgeräuschen überlagerte Antwort, sagte noch etwas und legte das Gerät neben sich auf den Sitz.

Er drehte sich zu Savage um. »Sie werden uns informieren.«

»Je eher, desto besser«, antwortete Savage.

Es war abgesprochen worden, daß zwei der jungen Männer auf ihren Motorrädern Savage und Akira verlassen und die drei verfolgten Autos überholen sollten. Damit würde nach außen hin der Anschein erweckt, als wären zwei junge Japaner auf einem nächtlichen Ausflug und hätten es eilig, ihr Ziel zu erreichen. Nun hatte ihnen Akira aufgetragen, umzukehren und nachzusehen, ob die drei Autos immer noch auf dieser Straße unterwegs waren. Damit ließe sich klären, ob Akira tatsächlich nur den Anschluß verloren hatte.

Natürlich würden die jungen Männer mit ihren beiden Motorrädern Argwohn erwecken, wenn sie jetzt in umgekehrter Richtung wieder vorbeifuhren. Schlimmer noch, sie konnten unversehens in die Falle geraten, die Savage etwas weiter unten hinter der Kurve vermutete.

Savage unterdrückte seine unguten Gedanken, indem er sich sagte, daß Motorräder nur ein schlechtes Ziel boten, weil sie schnell und wendig waren. Die jungen Männer hatten eine ausgezeichnete – sei ehrlich, ermahnte er sich selbst – sie hatten eine gute Chance, bei einem Überfall zu entkommen, vor allem, wenn sie ihre Scheinwerfer löschten.

Er bewunderte ihre Tapferkeit und fühlte sich tief in ihrer Schuld.

Und er haßte die Notwendigkeit, ihr Leben aufs Spiel zu setzen.

Aber gab es eine andere Möglichkeit? fragte sich Savage.

Keine.

Er schluckte schwer und öffnete seine Wagentür. »Wenn wir warten müssen...«

Akira stieg an der Fahrerseite aus. »Im Wald sind wir viel sicherer als im Wagen.«

Die beiden Männer dachten wieder einmal wie einer. Geduckt krochen sie durch den Straßengraben und verschwanden in den Büschen. Schweigend und lauschend hockten sie da. Savage umklammerte den Pistolengriff. Sie warteten.

13

Hinter der Kurve wurde ein Summen hörbar.

Savage hob den Kopf.

Aus dem Summen wurde ein Dröhnen. Motorräder.

Savage war darauf gefaßt, jeden Moment Schüsse zu hören, dann Schreie und das Scheppern von Metall auf dem Beton der Straße.

Nichts geschah. Nur das Dröhnen der Maschinen wurde lauter.

Bald mußten sie die Kurve erreichen. Gebückt huschte Savage auf die Strraße zu. Akira, der das Funksprechgerät mitgenommen hatte, rief hastig ein paar Befehle auf Japanisch ins Mikro. Savage bückte sich hinter dem Toyota, öffnete die Fahrertür und drückte auf den Lichtschalter. Einmal, zweimal! Die aufblitzenden Scheinwerfer beleuchteten die Straße und die Bäume neben ihr. Der Widerschein mußte ausreichen, um die Motorradfahrer zu warnen. Savage hielt die Beretta schußbereit für den Fall, daß die Motorräder nicht von Taros Schülern gefahren wurden.

Die beiden Motorräder kamen um die Kurve geschossen. Als die Fahrer im Licht ihrer Scheinwerfer den Toyota erkannten, nahmen sie Gas weg und hielten hinter dem Wagen an. Ihre Maschinen brummten weiter. Savage blieb vorsichtig hinter dem Wagen. Die Männer schalteten die Motoren aus, ließen aber die Scheinwerfer brennen und leuchteten damit die Büsche am Straßenrand ab. Im Widerschein sah Savage zwei junge Männer auf den Motorrädern, aber ihre Helme und Sichtscheiben machten die Gesichter unkenntlich. Savage hätte sie sowieso nicht identifiziert, denn als er in der vergangenen Nacht in Taros *dojo* ihre Bekanntschaft machte, hatten sie Kapuzen und Masken getragen.

Erst als sie ihre Helme abnahmen, redete sie Akira hinter den Büschen hervor auf Japanisch an. Einer von ihnen antwortete. Akira tauchte auf und sagte zu Savage: »Alles in Ordnung. Sie gehören zu uns.«

Savage ließ die Beretta sinken. Die Motorradfahrer schalteten ihre Scheinwerfer aus.

Akira trat näher und redete wieder mit den jungen Männern. Nachdem er ihre Antworten abgewartet hatte, wandte er sich an Savage. »Sie sind auf dem Rückweg nicht an den drei Limousinen vorübergekommen.«

Savage reckte sich. »Dann haben wir also richtig vermutet. Die Wagen haben etwas weiter unten hinter der Kurve angehalten. Shirais Leute haben Verdacht geschöpft und uns hinter der Kurve eine Falle gestellt. Inzwischen haben sie sicherlich das Warten satt bekommen. Vermutlich schleichen sie sich bereits an uns heran. Wir müssen...«

»Nein.« Akiras Stimme klang verwundert. »Die Motorradfahrer haben nach am Straßenrand parkenden Wagen Ausschau gehalten. Vor allem in der Nähe dieser Kurve. Von Autos war nirgendwo etwas zu sehen.«

»Das ist unmöglich. Shirais Leute müssen ein Versteck für die Wagen gefunden haben. Taros Schüler haben sie einfach übersehen.«

»Die jungen Männer versichern, daß sie ganz genau aufgepaßt haben. Sie sind sicher, daß hier nirgendwo Wagen stehen.«

»Drei Autos können sich nicht einfach in Luft auflösen«, widersprach Savage. »Irgendwo müssen sie sein. Nichts gegen Taros Schüler, aber es bleibt nichts anderes übrig – wir müssen uns selbst überzeugen.«

Tief geduckt überquerten Savage und Akira die Straße. In Deckung der Büsche schlichen sie vorsichtig um die Kurve und dann die Straße hinunter. Jeden Augenblick waren sie bereit, mit einem Sprung den Schutz des Waldes zu erreichen.

Aber je weiter sie gelangten, desto überzeugter wurde Savage davon, daß Taros junge Männer recht hatten. Hier gab es weit und breit keine Autos.

Wie, zum Teufel...?

Seine Aufmerksamkeit war einzig und allein auf die Straße gerichtet, und es war wohl mehr sein Instinkt, der ihn nach oben blikken ließ. Dort sah er den schwachen Schein von Autoscheinwerfern. Es waren drei Paar. Sie wanden sich um Kurven, gewannen noch mehr an Höhe und wurden schwächer...

»Da oben sind sie«, knirschte Savage.

Akira folgte der Richtung seiner Blicke und murmelte etwas vor sich hin. Savage brauchte keine Übersetzung. Es war ein Fluch auf japanisch.

Sofort eilten sie über die Straße. Natürlich mußten sie damit rechnen, daß Wachtposten zurückgelassen worden waren, daß die Lichter hoch oben am Berg Savage und Akira zur Unvorsichtigkeit verlocken sollten, daß man sie in einen Hinterhalt locken wollte. Savage zielte mit der Beretta in den dunklen Wald hinein. Er war bereit, beim geringsten Anzeichen von Gefahr zu feuern.

Sie entdeckten keine lauernden Wachtposten, sondern fanden auf halbem Weg zwischen den beiden Kurven einen schmalen, hinter dichten Büschen verborgenen Waldpfad. Die Zufahrt war so sorgfältig kaschiert, daß die Stelle ganz natürlich aussah und sich der Umgebung anpaßte. Savage versuchte, mit seinen Blicken die Finsternis jenseits des Pfades zu durchdringen. Dann richtete er den Blick nach oben. Von seinem Standpunkt aus konnte er gerade noch sehen, wie die schwachen, geisterhaften Lichter hinter einer Kurve verschwanden und wohl dem Gipfel zustrebten.

»Das ist, zum Teufel, bestimmt kein Betriebsausflug«, sagte Savage.

»Vielleicht ein Treffen von so großer Wichtigkeit, daß es unter größter Geheimhaltung an diesem abgelegenen Ort stattfindet.«

»Mitten in der Wildnis? In der Nacht auf dem Gipfel eines Berges? Unter solchem Verfolgungswahn kann kein Mensch leiden, nicht einmal ich. Shirai hat viel zu viel am Hals, als daß er seine Zeit mit einem Treffen vergeuden würde, das sich unter gleichen Sicherheitsbedingungen in weniger primitiver Umgebung arrangieren ließe. Ob er mal austreten mußte? Ich kann mir nicht vorstellen, daß sich dieser arrogante Politiker ins Gebüsch fahren läßt, nur um zu pinkeln. Dann hat er noch den langen Rückweg vor sich. Selbst wenn er im Wagen ein Nickerchen macht, kommt er total erschöpft daheim an.«

»Der Waldpfad«, erinnerte ihn Akira.

»Er muß einem bestimmten Zweck dienen. Niemand würde ihn anlegen und so sorgfältig tarnen, nur um vom Gipfel des Berges aus die Aussicht zu genießen.«
»Da oben muß es etwas geben.«
»Ein Gebäude«, sagte Savage.
»Eine andere Erklärung fällt mir auch nicht ein.« Akira drückte auf einen Knopf an seiner Digitaluhr und ließ die Ziffern aufleuchten. »Wie spät ist es? Kurz nach elf. Shirai hat vor, die Nacht dort oben zu verbringen.«
Savages Schläfen pochten.
Wie von einem elektrischen Schlag getroffen rannten beide Männer gleichzeitig los und auf die Kurve zu, hinter der die beiden Taro-Schüler in den Büschen hockten, um ihre Räder und den Toyota zu bewachen.
Obwohl Savage von der Anstrengung schwitzte, fühlte er einen kalten Schauer, und das lag nicht an der kühlen Oktobernacht hier in den Bergen. »Kurz nach elf Uhr? Ist das nicht genau die Zeit, zu der wir...«
»...im Medford Gap Mountain Hotel eintrafen«, sagte Akira, der sich dicht neben ihm hielt. »Alles ist Lüge. Wir sind niemals...«
»...dort gewesen.«
»Aber ich erinnere mich so genau daran...«
»...ja, ganz genau«, keuchte Savage. Sein Herz jagte so, daß ihm fast schlecht wurde, vor Angst und auch vor Wut. »Es geschieht...«
»...wieder.« Akira rannte schneller.
»Aber es ist beim ersten Mal nicht wirklich geschehen!« Eine Vorahnung ließ Savage erschauern.
»Heute nacht...«, sagte Akira.
»...werden wir herausfinden, warum.«
Sie rannten um die Kurve auf den Toyota zu. Die beiden Motorradfahrer tauchten aus den Büschen auf, und Akira erteilte ihnen eilig Instruktionen, während er den Kofferraum des Toyota aufriß.
Im Licht der Innenbeleuchtung sah Savage zwei Rucksäcke. Schon in Tokio, wo Taro den Wagen für sie bereitgestellt hatte, war ihm von Akira erklärt worden, daß sein Meister immer darauf bestand, Überwachungsfahrzeuge für alle möglichen Fälle auszurüsten. Dazu gehörten Waffen, Infrarotgläser und Voltmesser, die

vor etwaigen Alarmanlagen warnten. Ferner dunkle Anzüge und Tarnschmiere.

»Sollten wir dem Waldpfad folgen?« fragte Savage, der sich rasch einen pyjamaähnlichen Anzug aus schwarzem Stretchmaterial überzog.

»Wir müssen davon ausgehen, daß der Weg mit Alarmgeräten bestückt ist«, entgegnete Akira.

»Ja.« Savage rieb sich Gesicht und Hände mit schwarzer Tarnschmiere ein. »Die Versuchung ist groß. Aber das wäre allzu leicht. Man kann die Falle förmlich riechen. Also müssen wir den beschwerlicheren Weg wählen.«

»Gibt es für uns einen anderen Weg? Jemals?« Akira prüfte die Pistole, die er seinem Rucksack entnommen hatte.

»Nicht daß ich wüßte. Auf geht's, wir erklimmen den Berg.«

Akira überzeugte sich davon, daß das Magazin der Pistole geladen war. »Okay, auf geht's. Kannst du klettern?«

»Willst du, daß wir uns ein Rennen liefern? Wie hoch ist dein Wetteinsatz?«

Akira lud die Pistole durch. »Unser Leben.«

»In diesem Fall sollten wir – auch wenn es dir nicht paßt – mit aller Vorsicht vorgehen.«

»*Hai.*« Akira schob die Pistole in ein Holster an der Seite des schwarzen Anzugs, den er angelegt hatte.

»Fertig?« fragte Savage.

»Noch nicht.« Akira sagte etwas zu den beiden jungen Männern.

Savage wartete, bis in den letzten Nerv gespannt.

Die Männer antworteten, und Akira nickte.

»Was hast du zu ihnen gesagt?« fragte Savage.

»Ich habe ihnen aufgetragen, hier zu warten«, erklärte Akira. »Zunächst aber muß einer, während wir klettern, den Toyota ins nächste Dorf fahren. Dort bleibt er stehen. Vielleicht suchen Shirais Leute die Straße in der Nähe des Waldpfades ab. Der andere Schüler fährt auf dem Motorrad hinterher. Gemeinsam kehren sie zurück und verstecken sich zusammen mit den Motorrädern im Wald. Wenn wir bis morgen abend nicht zurückgekehrt sind, melden sie sich bei Taro.«

»Und Taro wird uns rächen«, sagte Savage.

»Er ist mein *sensei* – mein Ziehvater.« Akira schluckte. »Er wird jeden vernichten, der mir das Leben nimmt.«

»Hör auf, wir reden jetzt nicht vom Sterben. Wir haben eine schwere Klettertour vor uns.«

Savage schnallte sich den Rucksack auf dem Rücken fest. Noch einmal hatte er das Gefühl, schon einmal hier gewesen zu sein – aber nicht, um zum Medford Gap Mountain Hotel hinaufzusteigen, sondern um in das Anwesen von Rachels Ehemann einzudringen und sie zu befreien. Mit Entsetzen begriff er, daß der Kreis sich schloß. Dann packte ihn wieder die Wut. Seit Monaten hatte er sich in einem verwirrenden Labyrinth bewegt... wie dem von Mykonos. Nur befand sich dieses Labyrinth in seinem gequälten Gehirn.

Heute nacht wollte er daraus entfliehen.

14

Sie verschwanden im Wald. Wolken zogen am Himmel dahin und gaben den zu drei Vierteln vollen Mond frei. Sein Licht erwies sich als hilfreich, doch Savage und Akira brauchten es nicht. Sie trugen beide Infrarotbrillen. Infrarotes Licht beleuchtete den vor ihnen liegenden Waldstreifen. Die Strahlen waren für jemand ohne entsprechende Brille nicht zu sehen, doch sie erkannten durch die Gläser vor sich ein grünes Glimmen. Die Bäume ähnelten stark denen in den Bergen von Pennsylvanien: Nußbäume wechselten ab mit Eichen und Ahorn. Die Blätter waren zum großen Teil abgefallen. Weiter oben sah Savage Fichten, deren harziger Duft ihn an Terpentin erinnerte. Aber der vorherrschende Duft stieg von dem feuchten, modrigen Waldboden unter ihren Füßen auf.

Der Waldboden war weich, bedeckt mit altem Laub, Zweigen und Fichtennadeln. Zwar ging es sich angenehm auf dem weichen Grund, aber es erwies sich als schwierig, darauf lautlos zu schleichen. Wo immer es möglich war, trat Savage auf nacktes Felsgestein. Der anfänglich ziemlich flache Anstieg wurde bald immer steiler. Das Gewicht des Rucksacks zerrte an seinen Schultern. Die rechte Schulter, die von dem Totschläger getroffen worden war, schmerzte immer noch. Er machte sich Sorgen darüber, daß er bei einem Kampf nicht voll einsatzfähig sein könnte, blieb stehen und entnahm der Flasche, die ihm Taro mitgegeben hatte, einige schmerzstillende Tabletten, die er schluckte. Als er weiter bergan stieg, fühlte er, wie ihm Schweiß den Rücken herunterlief. Zugleich aber atmete er weiße Wolken aus, so kühl war die Nacht geworden.

Akira kletterte voran. Sie erreichten die Baumgrenze und kamen auf eine grasige Hochebene. Nachdem sie diese rasch überquert hatten, erreichten sie einen weiteren bewaldeten Abhang. Der Anstieg wurde immer beschwerlicher. Zwischen den Bäumen lagen Felsblöcke. Sie hatten weder Kompaß noch Landkarte bei sich, deshalb mußten sie von Zeit zu Zeit stehenbleiben, um sich zu orientieren. Der Berggipfel war ihr Ziel, nach dem sie sich ausrichteten. Die Landschaft wurde rauher und zerrissener. Sie wateten durch eiskalte Bäche, überquerten scharfe Grate, kletterten an Felswänden hoch und legten schließlich eine Rast ein.

Über ihnen erhob sich der dunkle Berggipfel vor einem zunehmend bewölkten, sternenlosen Himmel. Savage nahm seine Infrarotbrille ab, um sich den Schweiß aus den Augenwinkeln zu wischen. Überrascht stellte er fest, daß ihm das Mondlicht jetzt viel heller erschien. Um die Bergspitze schien sich ein heller Schein zu legen. Er zog die Augenbrauen zusammen, als ihm plötzlich aufging, daß diese Helligkeit nicht vom Mond ausging. Die Lichtquelle mußte sich auf dem Berg befinden. Wir hatten recht, dachte Savage. Auf dem Gipfel steht ein Gebäude.

Auch Akira hatte den Lichtschein wahrgenommen. Er deutete nach oben und wollte weiterklettern. Savage hätte sich gewünscht, daß sich in den von Taro vorbereiteten Rucksäcken auch ein Paar Bergstiefel befunden hätten, aber niemand hatte vorhersehen können, daß ihr Ziel auf dem Gipfel eines steilen Berges liegen würde. Savage fand in seinen Straßenschuhen oft nicht den richtigen Halt auf dem felsigen Grund. Mehrere Male wäre er beinahe ausgeglitten und rücklings abgestürzt, darum schritt er nur sehr vorsichtig voran. Zeitweilig konnten sie einem Wildpfad durch den dichten Wald aufwärts folgen und kamen schneller voran. Dann hörte der Pfad plötzlich auf, und sie mußten sich durch dichtes Unterholz vorarbeiten.

Die Sachen, die Savage unter dem schwarzen Tarnanzug trug, klebten ihm mittlerweile auf der Haut. Nach der langen Autofahrt bis zu diesem Gebirge, auf der sich seine Muskeln verkrampft hatten, tat ihm die Bewegung gut. Er dachte an die ›Höllenwoche‹ während seiner Ausbildung bei den SEALs und wußte, daß ihm angesichts dieser Erinnerung die gegenwärtige Kletterei wie ein Schulausflug vorkommen würde. Also gab er der zunehmenden Erschöpfung nicht nach, sondern zwang sich zu immer größerer Anstrengung. Je näher das Ziel rückte, desto mehr Adrenalin schoß durch seinen Kreislauf. Er mußte sein Ziel erreichen und Antworten auf offene Fragen finden. Nur so konnte er seinen Alpträumen entrinnen. Die Aussicht darauf verdoppelte seine Kräfte.

Sie hielten zum zweiten Male an, aber nicht um zu rasten. Vielmehr entnahmen sie ihren Rucksäcken die Geräte, mit denen sich Alarmanlagen aufspüren ließen. Zufrieden sah Savage, daß ihnen Taro modernste Geräte mit auf den Weg gegeben hatte, ohne Leuchtanzeigen, die jedem Scharfschützen ein willkommenes Ziel geboten hätten, aber mit Ohrsteckern an Kabeln. Sollten Savage und Akira vor sich Mikrowellen oder ein elektrisches Strahlenfeld haben, würden die Ohrstecker sie durch ein leises Jaulen aufmerksam machen, nicht aber ihre Position verraten.

Zwar war Savage mit den Geräten zufrieden, die ihnen Taro mitgegeben hatte, doch beunruhigte ihn die Tatsache, daß diese Geräte genau denen entsprachen, die er beim Eindringen in das Anwesen von Rachels Ehemann benutzt hatte. Ihm schien, als sei er schon hier gewesen, als habe er das alles schon einmal durchgemacht. Die Wolken wurden dichter. Regentropfen rieselten durch das Blätterdach. Auch das erinnerte ihn daran, daß es in Strömen geregnet hatte, als er Rachel befreite. Die Erinnerungen, falsche und wahre, verfolgten ihn. Das Anwesen auf Mykonos. Das Medford Gap Mountain Hotel. Erschauernd sah er zu dem Lichtschein über dem Gipfel hinauf.

Es wurde Zeit, dachte er, höchste Zeit, um die Vergangenheit auszulöschen. Zum Teufel mit der Vergangenheit. Nur auf die Gegenwart kam es an – und auf die Zukunft mit Rachel.

Mit wilder Entschlossenheit schulterte er den Rucksack und steckte sich den Hörer des Mikrowellendetektors ins Ohr. Akira tat das gleiche mit dem Hörer des Voltmeters. Savage betrachtete ihn durch seine Infrarotbrille und richtete seinen Scheinwerfer auf ihn. Akiras unheimliches grünes Abbild biß die Zähne aufeinander.

Savage nickte ihm zu. Was er andeuten wollte, war klar: Laß uns die Sache zu Ende bringen.

15

Zwei Stunden waren mit der anstrengenden Kletterei vergangen. Sie erreichten eine Lichtung, die etwa hundert Yards unterhalb ihres Zieles lag. Von nun an war höchste Vorsicht geboten, die Männer brauchten nicht erst darüber zu reden. Beiden war klar, daß sie jetzt nicht weitergehen konnten. Sie mußten kriechen. Jedes Hindernis mußte genau untersucht und beobachtet werden. Mit angespannten Sinnen mußten sie sich jedweder Bedrohung gewachsen zeigen. Ohne Zweifel gab es hier Spürgeräte. Der Lichtschein auf dem Berg war sicherlich von Wachen, womöglich mit Hunden, umgeben. Savage streckte den linken Arm aus. Mit dem Mikrowellensucher tastete er das Gelände ab, hielt sich im Schutz der Bäume und vermied jede mögliche Falle. Der Regen nahm zu und wurde kälter. Akira paßte sich Savages Schritten an und hielt seinen Voltmeter vor sich. Beide waren bereit, sofort die Hand zu heben, wenn eines der Hörgeräte zu jaulen begann.

Der Lichtschein über dem Berg wurde heller, je näher Savage herankam. Durch seine Infrarotbrille suchte er die Bäume nach Fernsehkameras ab, während sein Infrarotscheinwerfer den Wald abtastete. Er erreichte einen Zaun aus metallenen Ketten, die ihn an den Zaun auf Mykonos erinnerten. Abermals fühlte er sich dazu verurteilt, die Vergangenheit noch einmal zu durchleben.

Durch die Brille erschien der Zaun grün. An den Pfählen hingen keine Kästen, keine Drähte, keine Alarmgeräte, die jede Bewegung angezeigt hätten. Unruhig stieg Savage darüber hinweg. Akira schob sich neben ihn. Der Regen fiel dichter. Sie krochen höher hinauf. Savage wußte plötzlich, was sie als nächstes entdecken würden. Seine Vorahnungen verschlimmerten sich. Er hatte recht. Durch die Bäume sah er vor sich das nächste Hindernis. Es war ein weiterer Zaun, doch hier waren an den Pfählen Kästen befestigt, und Drähte führten von einem Pfahl zum anderen.

Genau wie auf Mykonos, dachte Savage. Der Konstrukteur, der den Zaun um das Grundstück von Papadropolis gezogen hatte, war auch hier tätig gewesen. Also kannten sich Shirai und Papadropolis? Oder war dies ein Zufall?

Nein, es gibt keinen Zufall, alles hängt miteinander zusammen. Mykonos! Medford Gap! Kamichi, Shirai und Papadropolis. Das alles und sie alle standen miteinander in Verbindung.

Falsche Erinnerungen! Wir glaubten, wir seien frei in unseren Entscheidungen, dabei wurde jede unserer Bewegungen kontrolliert und von vornherein festgelegt.

Wir laufen herum wie Ratten in einem Labyrinth. In jeder Sackgasse sehen wir uns gezwungen, den vielversprechendsten Weg einzuschlagen, den Weg des geringsten Widerstandes.

Nun stehen wir hier, auf diesem Berggipfel.

Wie auf dem Grundstück von Rachels Mann, wie in Medford Gap. Und...

Savage packte Akira. Er wollte ihn herumreißen und mit ihm den Rückweg bergab einschlagen. Wir müssen von hier verschwinden. Das ist eine Falle. Shirai hat gewollt, daß wir hierher kommen. Mit seinen Tricks hat er das erreicht, was er wollte. Es ist...

Akira spürte, was in seinem Freund vor sich ging und riß sich los. Selbst hinter der Brille war zu erkennen, daß Savage außer sich war. Akira breitete die Arme aus. Was ist los? wollte er damit fragen.

Savage durfte nicht sprechen, um nicht ihre Position zu verraten. Mit wilden Bewegungen deutete er an, daß sie umkehren sollten.

Akira spreizte noch einmal die Arme und schüttelte verwirrt den Kopf.

Savage flüsterte leise: »Wir müssen von hier verschwinden.«

Die Geräusche von jenseits des Zaunes ließen ihn erstarren.

Oben auf dem Gipfel.

Inmitten des hellen Scheins.

Schüsse. Schnellfeuerwaffen ratterten. Pistolen knallten. Dazwischen dröhnten Schrotgewehre. Männer schrien. Tosender Lärm erfüllte die Nacht.

Der Regen hatte ihn bis auf die Haut durchnäßt. Savage wandte sich dem Zaun zu. Die Schüsse und Schreie dauerten an. Shirai wurde angegriffen! Wenn er stirbt, dachte Savage, wenn wir nicht noch rechtzeitig zu ihm gelangen, um ihn zu beschützen, werden wir niemals...

Eine Pistole bellte. Eine Maschinenpistole knatterte. Noch mehr Schreie.

Nein!

Savage unterdrückte das Verlangen, den Zaun anzufassen. Ruhe! Er mußte...

Um eine Handbreite davon entfernt, starrte er den Zaun an, betrachtete den Pfahl vor sich genauer.

Und fuhr zurück. In dem Kästchen vor seinen Augen befand sich ein Vibrationsmeldegerät. Die Drähte, die von diesem zum nächsten Kästchen führten, waren durchschnitten worden. Da ist schon jemand vor uns da gewesen, dachte Savage. Eine Einsatzgruppe war hinter...!

Wir müssen...!

Savage sprang los, packte zu, kletterte. Über das Geräusch der klirrenden Ketten und des prasselnden Regens hörte er, wie Akira ihm nachstieg. Auf der anderen Seite sprangen sie hinunter, taumelten, machten eine Schulterrolle und kamen auf die Füße. Mit schußbereiter Pistole und pochendem Herzen rannte Savage dorthin, woher die Schüsse und die Schreie kamen.

Plötzlich war die Nacht wieder totenstill.

16

Die Ruhe wirkte lähmend. Die Zeit schien stillzustehen.

Savage und Akira warfen sich auf die morastige Erde, achteten aber darauf, daß ihre Waffen nicht durch den Schmutz unbrauchbar wurden. Kriechend näherten sie sich dem Lichtschein, der über dem Gipfel zu schweben schien.

Das letzte Stück bis ganz nach oben bestand aus nacktem Fels. Savage fühlte sich an den Abhang erinnert, über den er zum Anwesen von Rachels Ehemann hinaufgeklettert war. Abermals wußte er im voraus, wie das nächste Hindernis aussehen würde: Eine Reihe von Pfosten, zwischen denen Mikrowellen pulsierten, die Alarm auslösten, sobald sie unterbrochen wurden. Ein unsichtbarer Zaun – doch die Strahlen ließen sich überwinden. Auf Mykonos war es Savage gelungen, also war es auch hier zu schaffen. Er kroch noch etwas höher, suchte die Gegend mit seinem Infrarotscheinwerfer ab und nickte, als er die Pfosten entdeckte.

Weiter oben durchbrach ein einzelner Gewehrschuß die Stille. Savage erstarrte in der Bewegung und richtete seine Beretta nach links, woher der Schuß gekommen war. Regen durchfeuchtete seinen Rücken. Morast klebte an seiner Brust. Angestrengt schaute er durch seine Infrarotbrille und lauschte, ob sich ihm vielleicht jemand näherte.

Stattdessen vernahm er, wie jenseits des Berggipfels Autotüren zugeschlagen wurden. Ein Motor sprang an.

Dann noch einer. Die Geräusche wurden lauter. Reifen drehten auf morastigem Untergrund durch, knirschten über Kies.

Akira stieß Savage an und deutete nach links. Scheinwerfer durchdrangen den Regenvorhang. Zwei Wagen schossen vorüber, rasten den vom Gipfel abwärts führenden Weg hinunter und verschwanden zwischen den Bäumen.

Das Motorengeräusch wurde leiser. Regen und Wald erstickten es. Nach dreißig Sekunden hörte Savage nicht einmal mehr ein Brummen in der Ferne.

Langsam erhob er sich und blieb geduckt stehen. Matsch tropfte an ihm herunter. Mißtrauisch näherte er sich der Pfostenreihe, jeden Augenblick darauf gefaßt, daß es in seinem Ohrknopf heulen würde. Aber alles blieb still.

Zögernd blieb er stehen. Konnte man annehmen, daß die Anlage abgeschaltet worden war?

Was macht es schon aus? dachte er plötzlich. Wer konnte hier noch alarmiert werden? Niemand hatte hinter den davonfahrenden Wagen hergefeuert. Die Eindringlinge hatten ihre Aufgabe erfüllt. Dieser letzte Schuß war ein Signal zum Aufbruch gewesen. Hier oben war alles tot!

Er trat durch den offenen Raum zwischen zwei Pfosten. Akira blieb an seiner Seite. Mit schußbereiten Waffen erklommen sie den letzten Teil des von Regen umwehten Gipfels. Oben sanken sie wieder in den Morast und legten kriechend die letzten Yards zurück, bis sie über den felsigen Rand den Lichtschein wahrnehmen konnten.

17

Was er zu sehen bekam, ließ sein Herz einen Schlag aussetzen. Neben ihm atmete Akira hörbar ein.

Beim Klettern und beim Überwinden der verschiedenen Hindernisse hatte sich Savage ständig daran erinnert, wie er auf Mykonos in das Anwesen von Papadropolis eingedrungen war, um Rachel zu befreien. Nun krampfte sich sein Magen zusammen beim Anblick eines Gebäudes, das ihn erschreckend an ein anderes erinnerte. Er schob die Infrarotbrille auf die Stirn. Vor sich sah er das Medford Gap Mountain Hotel.

Nein! Es war eine bizarre japanische Nachahmung davon.

Die Häuserreihe war lang, fast eine Meile. Rundherum waren Bogenlampen aufgestellt, alle Fenster waren erleuchtet, doch wurde der Lichtschein durch den Regen gedämpft. Das mittlere Gebäude erinnerte Savage an eine japanische Ritterburg. Es war fünf Stockwerke hoch, und jeder Stock wies eine Brüstung unter einem überhängenden Dach auf, das am unteren Rand nach oben gebogen war. Rechts und links von der Burg befanden sich weitere Gebäude, errichtet in ganz anderen Baustilen. Ein traditionelles, mit Schindeln gedecktes japanisches Bauernhaus war verbunden mit einem Haus, das wie ein Schrein mit Schieferdach aussah. Ein typisches Teehaus folgte einer Pagode mit Wänden aus Zypressenholz.

Savage schüttelte den Kopf. Er fühlte sich dem Wahnsinn nahe. Die Funktionen der meisten Gebäudeteile waren ihm unbekannt, nur eines schien ihm sicher – alle diese Entwürfe stammten vom gleichen Reißbrett. Sie stellten einen Querschnitt durch sämtliche Stufen der japanischen Architektur dar.

Überwältigt senkte er den Blick. Und sah im Licht der Bogenlampen die Leichen auf dem Rasen.

Männer.

Japaner.

Einige trugen westliche Anzüge, andere waren in Katatekleidung gehüllt. Alle hatten Blutflecken auf der Brust oder am Rücken, je nachdem wie die Männer gestanden hatten, ehe sie zu Boden sanken.

Savage zählte zehn.

Alles Japaner. Sie hielten Pistolen oder Schnellfeuerwaffen in den Händen.

Keiner bewegte sich mehr. Savage war, als zerrten Angelhaken an seinem Magen.

Trotz des strömenden Regens hing der Pulvergeruch immer noch in der Luft. Und der Geruch nach Blut.

Akira überschaute die Anordnung der Leichen. »Die Männer in Anzügen waren Wachtposten«, sagte er. »Als die Schießerei anfing, rannten sie den Angreifern entgegen. Die anderen, die im

Karateanzug, müssen ihnen aus dem Haus zu Hilfe gekommen sein.«

»Sie wurden alle überrascht.« Savage hob eine der Pistolen auf und schnüffelte am Lauf. »Daraus ist nicht geschossen worden.«

Akira untersuchte eine Uzi-Maschinenpistole. »Hieraus auch nicht.«

»Die Angreifergruppe war ausgezeichnet organisiert und ging ungewöhnlich geschickt zu Werke.«

»Die Leute müssen durch den Wald heraufgeschlichen sein«, meinte Akira.

Savage nickte.

»Sie erledigten ihren Auftrag, bemächtigten sich der Wagen und flohen.«

»Aber wann sind sie hierher gekommen?« fragte Savage.

»Vielleicht schon vor einigen Tagen. Sie wußten, daß die anderen eintreffen würden und haben geduldig auf sie gewartet. Ich selbst habe einmal bei einem Prinzipal achtundvierzig Stunden lang Wache gehalten.«

»Und mir wurde beigebracht, tagelang bewegungslos im Dschungel auszuharren«, sagte Savage. »Wir wissen nur, daß die Angreifer schon vor einiger Zeit hier angekommen sein müssen. Dann haben sie zugeschlagen und... alles eine Frage der Disziplin.«

»Aber wer ist ihr *Daimyo* – ihr Auftraggeber?«

Savage zog die Schultern hoch. »Eine Fanatikergruppe vom linken Flügel? Die japanische ›Rote Armee‹? Wer kann das wissen? Wir haben unsere Chance verpaßt. Wir sind zu spät gekommen. Wir werden niemals herausfinden, was wir wissen wollten.« Sein Blick wanderte über die Reihe der Leichen. »Aber eines ist mir klar: Diese Männer stellten sich uns in den Weg, sie standen zwischen uns und Shirai. Sie wurden gezwungen, ihn zu beschützen. Je näher wir ihm kamen, desto mehr mußten sie für seinen Schutz sorgen. Der Fünfte Beruf. Sie hielten sich an die Regeln. Sie kannten ihre Pflicht. Sie sind in Ehren gefallen.«

»Ja«, sagte Akira. Er wischte sich den Schweiß aus den melancholischen Augen, richtete sich kerzengerade auf und verneigte sich tief.

Dann murmelte er, als sage er ein Gebet auf.

»Was hast du gesagt?« fragte Savage.

»Ich habe sie ihren Ahnen anbefohlen. Ich habe geschworen, sie bis zu meinem eigenen Tod zu ehren. Ich habe geschworen, mein Bestes zu tun, sie und ihr *kami* in Ehren zu halten, bei Wind und bei Regen.«

»Gut«, meinte Savage. »In Amerika sagt man – jedenfalls wenn man wie ich katholisch erzogen worden ist – der Herr segne sie und sei ihnen gnädig.«

»Ihre Geister werden es verstehen.«

Savage hob den Kopf. »Shirai ist nicht unter den Toten. Vielleicht lebt er noch?« Die Hoffnung ließ sein Herz schneller schlagen. »Vielleicht ist er nur verwundet worden und konnte sich irgendwo verstecken.« Er rannte auf das Gebäude zu. »Wir müssen nach ihm suchen.«

Akira schloß sich ihm an. »Mach dir keine falschen Hoffnungen. So sehr auch ich auf Antworten warte ... es ist vergebens. Sie hatten keinen Grund zu einer überstürzten Flucht. Sie sind erst nach Erfüllung ihres Auftrages weggefahren.«

»Vielleicht haben wir doch noch eine Chance!«

18

Sie erreichten das Gebäude in der Mitte, das mit den fünf Stockwerken und den Brüstungen, die Savage an eine japanische Ritterburg denken ließen. Die Tür stand offen. Lichtschein erhellte eine Halle.

Savage sprang zu der einen Seite, Akira zur anderen, so daß sie die Eingangshalle für den Fall im Blick hatten, daß hier noch jemand am Leben war.

Als sie nichts Bedrohliches entdecken konnten, sprang Savage quer vor der Tür zur anderen Seite, während Akira seinen Weg kreuzte. Sie duckten sich, hoben ihre Waffen und suchten ihre Umgebung ab.

Keine Gefahr.

Weil nur Leichen vor ihnen lagen. Die große, mit poliertem Teakholz ausgekleidete Halle war mit Toten übersät. Über ihnen hingen Kronleuchter in der Form japanischer Laternen.

Savage richtete sich auf und senkte die Pistole. Auch hier herrschte der kupfrige Gestank von Blut und Pulvergasen vor.

Rechts von ihm, nahe einer Öffnung in der Holzwand, lagen fünf Leichen in einer Blutlache. Drei weitere sah er weiter hinten. Vier tote Männer waren auf einer Treppe nach links oben zusammengebrochen. Genau wie die Treppe im Mountain Hotel führte auch diese im Zickzack nach oben.

»Großer Gott«, murmelte Savage. Fast hätte er sich übergeben. Mühsam zwang er sich, weiter in die Halle vorzudringen. »Wie viele werden wir noch finden?«

Von Entsetzen gepeinigt durchsuchten sie die angrenzenden Räume, wo ebenfalls Leichen lagen.

»Das ist beinahe mehr als man...«, Savage lehnte sich an die nächste Wand. An ihr hingen Feder- und Tuschezeichnungen neben Schwertern. Die Künste von Frieden und Krieg. Er wischte sich die Mischung aus Regenwasser und Schweiß von der Stirn. »Ich habe mehr Kriege mitgemacht, als ich aufzählen kann. Ich habe so oft getötet, daß ich manchmal im Traum Heerscharen von Gefallenen vor mir sehe. Aber das hier...« Savage schüttelte den Kopf, als könne er damit den Anblick der Leichen zum Verschwinden bringen. Er kniff die Lider zu und öffnete sie zögernd wieder. Abermals befiel ihn Entsetzen. »Das ist zu viel. Wenn das hier vorüber ist, wenn wir endlich aufhören, wenn wir uns zur Ruhe setzen können, werde ich das willkommen heißen, was dein Volk und mein Volk Frieden nennt.«

»Frieden ja«, sagte Akira.

»Und ein Ende der Bedrohung.«

»Aber die wird es immer geben«, flüsterte Akira. Er senkte seinen melancholischen Blick. »Das ist nun mal der Lauf der Welt.«

»Der Unterschied ist nur...« Savage holte tief Luft. »Ich mag mein Leben nicht mehr für Fremde aufs Spiel setzen, nur noch für Rachel.«

»Du wirst immer so handeln müssen, wie du es gelernt hast«, entgegnete Akira. »Du wirst dich immer um andere Leute sorgen. Ich bin von jetzt an mein eigener Prinzipal. Ich werde mich selbst beschützen.«

»Dann wirst du sehr einsam sein.«

»Nicht mit dir als Freund an meiner Seite.«

Etwas griff Savage ans Herz. »Hast du wirklich Freund gesagt?«

Akira machte eine abschließende Handbewegung. »Wir müssen Shirai finden. Diese Sache wird kein Ende finden...«

»... bis wir ihn haben.« Savage stieß sich von der Wand ab. »Aber wo sollen wir ihn suchen? In den unteren Räumen ist er nicht...«

Sie durchquerten die Halle, stiegen die Treppe hinauf, von deren Stufen das Blut herunterrann, erreichten den ersten Treppenabsatz und stiegen in entgegengesetzter Richtung weiter.

»Erinnert dich das an etwas?« fragte Savage mit einer Stimme, die wie Kies knirschte.

»Genau so eine Treppe gab es im Mountain Hotel.«

Vorsichtig betraten sie das erste Stockwerk. Auch dort lagen überall Leichen herum.

»Das nimmt und nimmt kein Ende«, stöhnte Savage.

»Wenn wir ihn nicht in diesem Gebäude finden, durchsuchen wir auch die anderen Häuser«, sagte Akira. »Mir ist es egal, wie lange das dauert.«

Savage zielte mit seiner Pistole nach links, dann nach rechts. Der Korridor schien kein Ende zu nehmen.

»Der Gang muß mit den anderen Gebäuden in Verbindung stehen«, sagte Akira.

In der Luft hing die Stille des Todes. Savage atmete schwer. »Sieh dir mal die Zimmertüren an. Schiebetüren, aber sonst...«

»Alles sieht so aus wie im Medford Gap Mountain Hotel«, nickte Akira.

»Ich weiß, wo wir ihn finden werden – Kamichi oder Shirai.«

»Wo denn?«

»Wo er immer gewesen ist. Jedenfalls in meinem Alptraum. Wo wir ihn hingebracht haben, aber nicht in Wirklichkeit.« Savage deutete die Treppe hinauf. »Im dritten Stockwerk. Dort hat sich sein Zimmer befunden. Und dort werden wir ihn finden. Wo er gewesen ist und wo er sein wird.«

Sie stiegen die Treppe hinauf.

19

Und fanden noch mehr Leichen. Überall Blut. Savage krampfte sich das Herz zusammen. Es war nicht zu vermeiden, er mußte in die Blutlachen treten. Die Sohlen seiner Schuhe verursachten ein schlurfendes Geräusch. Von Vorahnungen geplagt, untersuchte

Savage die Handgelenke der Männer. Kein Pulsschlag. Er nahm die Waffen, die neben den Toten lagen und roch daran.

»Aus keiner dieser Waffen ist geschossen worden.«

»Was? Aber...«

Savage nickte. »Ich kann verstehen, daß die Außenwächter überrascht worden sind. Aber...«

»Die Leute hier drinnen müssen doch die Schießerei draußen gehört haben.«

»Und die in den Räumen unten und auf der Treppe. Die Angreifer mußten alle diese anderen umbringen, bevor sie bis hierher vordringen konnten.«

»Bei all dem Lärm waren diese Männer nicht genug gewarnt, um wenigstens einen einzigen Schuß abzufeuern?«

»Da stimmt etwas nicht«, meinte Savage.

Rücken an Rücken stehend, zielten sie in beide Richtungen des Korridors. Dann schoben sie sich langsam in den rechten Flügel hinein. An beiden Seiten sahen sie Schiebetüren. Vor der fünften auf der rechten Seite blieben sie stehen. Wenn sich hier eine richtige Tür anstelle der Schiebetür befunden hätte, und wenn dies das Medford Gap Mountain Hotel gewesen wäre, hätte sich dahinter Kamichis Zimmer befinden müssen.

Savage überwand das innerliche Zittern und riß sich zusammen. »Fertig?«

»Immer.«

»Dann gib mir Deckung.« Keuchend packte Savage den Rand des Holzrahmens, riß die Schiebetür zur Seite und zielte durch die Öffnung. Akira war an die andere Seite gesprungen und hielt gleichfalls die Waffe schußbereit. Er schnappte hörbar nach Luft.

Savage riß die Augen weit auf.

Kamichi... Shirai.

Die Namen vermischten sich. Vergangenheit und Gegenwart wurden eins. Mit einem schrecklichen Unterschied.

Kamichi-Shirai trug einen schwarzen Karateanzug. Er saß ihnen mit untergeschlagenen Beinen an einem kleinen Tisch gegenüber und nippte an seiner Teetasse. Der grauhaarige Fünfziger mit den Hängebacken und dem Bauchansatz, mit dem kalkulierenden Blick eines Politikers hob den Kopf und betrachtete die Männer an der Tür. Ihr plötzliches Auftauchen schien ihn nicht zu überraschen. Er nickte nur, setzte seine Tasse ab und seufzte.

Dann stützte er sich mit karateschwieligen Händen auf die Tischplatte und erhob sich langsam.

»Endlich«, sagte er.

»Aber wie sind...?« Savage ging auf ihn zu. »Wo...? Sie hätten sich verbergen müssen. Wir hätten doch auch Attentäter sein können, die Ihnen...« Savage verstummte benommen. Ihm fiel plötzlich auf, daß Kamichi – Shirai – Englisch gesprochen hatte, und noch größer war der Schock, mit dem ihm eine zweite Erkenntnis aufging, daß nämlich seine Fragen sinnlos waren. Kamichi-Shirai – war wohl niemals in Gefahr gewesen. Er war auch nicht gezwungen gewesen, sich zu verbergen.

»Bitte nehmen Sie meine ergebensten Komplimente entgegen.« Kamichi verbeugte sich. »Mit größtem Respekt stelle ich fest, daß Sie wirklich Meister Ihres Berufes sind. Sie haben sich bis zum Äußersten an Ihren Ehrenkodex gehalten.«

Savage holte tief Luft und zielte mit der Pistole auf ihn. »Die Spur war nicht zu verfehlen. Wir sind praktisch hierhergeführt worden.«

»Ja.«

»Warum?«

»Wenn Sie Ihre Waffe wegstecken, werde ich es Ihnen erklären.«

Savage zielte weiter auf ihn. »Nein. Sie werden es mir jetzt sagen oder...«

»Sie wollen mich erschießen?« Kamichi überlegte ein paar Sekunden und hob die Schultern. »Das glaube ich Ihnen nicht. In diesem Fall würden Sie nämlich niemals...«

»Sagen Sie es uns!« Die Pistole zitterte in Savages Fingern. »Sind wir einander schon einmal begegnet?«

»In gewisser Hinsicht – ja.«

»Was, zum Teufel, soll das heißen?« Savages Finger krümmte sich um den Abzug.

»Bitte lassen Sie die Waffe sinken«, sagte Kamichi. »Wir haben vieles zu bereden.« Er schüttelte den Kopf. »Und unter diesen bedrohlichen – ist das das richtige Wort? – Umständen ist mir nicht nach reden zumute.«

»Vielleicht ist mir das ganz egal«, entgegnete Savage. »Wenn ich Sie erschieße, werden vielleicht meine Alpträume...«

»Nein.« Kamichi kam langsam näher. »Sie würden nicht enden, sondern für immer andauern. Ohne Antwort auf Ihre Fragen werden Sie sich Ihr Leben lang verfolgt fühlen. Alle beide. Bis an Ihr Lebensende.«

Savage zielte auf Kamichis Brust. »Aber Sie wären tot.«

»Würde Ihnen das Befriedigung verschaffen?« Kamichi griff nach der Pistole.

»Stop!«

»Würde mein Tod Sie von Ihren Qualen erlösen? Denken Sie darüber nach. Was ist Ihnen wichtiger? Sie brauchen Antworten.«

»Ja. Aber im Augenblick ist es mir noch wichtiger, daß Sie Ihre Hand von meiner Pistole lassen, bevor ich...!« Er stieß die Hand des Japaners zurück. Dabei starrte er in die dunklen Augen, die nicht einmal blinzelten. Dann ließ Savage seine Waffe sinken. Akira blieb immer noch schußbereit. »Also beantworten Sie meine Frage: Sind wir einander schon einmal begegnet?«

»Ich würde lieber eine andere Frage beantworten, die Sie noch nicht gestellt haben.«

Wie unter einem fremden Zwang ließ er sich von Kamichi aus dem Zimmer geleiten. Akira ging vor ihnen rückwärts her und mit erhobener Pistole hinaus. Er zielte auf Kamichis Brust.

»Sie haben nicht nach Ihrem Namen gefragt. Möchten Sie nicht gern wissen, wie Sie heißen?« fragte Kamichi, als sie in den Gang gelangten.

Savage beschloß, sich auf das Wort des einstigen Freundes und früheren SEAL-Kameraden zu verlassen, bei dessen Tod er in Virginia Beach zugegen gewesen war. »Ich bin Robert Doyle.«

Man merkte Kamichi die Enttäuschung an. »Sie haben mehr in Erfahrung gebracht, als ich dachte.«

»Es gab noch die Möglichkeit, daß ich Roger Forsyth bin. Aber ich wußte, daß das nicht stimmen konnte, weil ich diesen Namen in meinem Alptraum führte. Und nichts, was in diesem Alptraum vorkommt, ist wirklich geschehen.«

»Ah, aber Sie haben den Namen Roger Forsyth gelegentlich als Pseudonym geführt.«

»Das habe ich mir gedacht«, sagte Savage. »Ein Mann, der in meinem Alptraum auftauchte und sich Philip Hailey nannte, hat mich in Tokio verfolgt. Als ich vor ihm aus dem Meiji-Schrein flüchtete, rief er diesen Namen hinter mir her, und als ich auf Forsyth nicht reagierte, nannte er mich Doyle. Ich kam zu dem Schluß, daß er mich wohl zuerst bei meinem falschen Namen genannt haben dürfte und erst dann, als ich darauf nicht reagierte, es riskierte, mich in der Öffentlichkeit bei meinem richtigen Namen zu rufen.«

»Sehr scharfsinnig«, meinte Kamichi.

»Wer ist der Mann?«

»Philip Hailey ist nicht sein richtiger Name. Das ist ein Pseudonym wie Roger Forsyth.«

»Ich fragte, wer er ist?«

»Ihr Kontaktmann zum CIA.«

20

»Was?«

Ein Schock folgte dem anderen. Savage hatte Kamichis Antwort noch nicht verdaut, da glitten den ganzen Korridor entlang Schiebetüren auf. Bewaffnete Japaner, westlich gekleidet, kamen zum Vorschein.

»Bitte, lassen Sie Ihre Pistolen sinken«, bat Kamichi.

Akira sagte ein paar Sätze in Japanisch. Kamichi antwortete in geduldigem Ton und wandte sich dann an Savage. »Ihr Partner meint, er würde eher mich erschießen.«

»Er ist nicht allein«, entgegnete Savage. »Wenn diese Leute einen Schritt näher kommen, sind Sie ein toter Mann.«

»Ich dachte doch, Sie suchen Antworten auf gewisse Fragen«, meinte Kamichi. »Außerdem, wenn Sie mich umbringen, werden Sie von meinen Leuten getötet. Was wäre damit erreicht? Nein, es ist wohl besser, wenn Sie mit mir zusammenarbeiten.«

Die Männer kamen vorsichtig näher. Savage sprang hinter Kamichi, preßte sich mit dem Rücken an die Wand und hielt ihm die Pistole hinter das Ohr. Rasch schob sich Akira neben ihn. Seine Pistole blieb auf die Männer gerichtet.

»Hailey ist mein Kontaktmann zum CIA?« fragte Savage.

»Ihnen ist nicht bekannt, daß Sie für die Agentur arbeiten?«

»Hätte ich sonst gefragt?«

»Gut. Die Irreführung hat also gewirkt«, sagte Kamichi. »Und Sie?« fragte er Akira. »Ist Ihnen klar geworden, daß Sie für die japanische Spionage arbeiten?«

Akira sah verwirrt drein.

»Ja«, fuhr Kamichi fort. »Ausgezeichnet. Der Plan bleibt intakt.«
»Sie Schuft, was haben Sie uns angetan?« Savage drückte fester mit der Pistole zu. Am liebsten hätte er Kamichi den Schädel eingeschlagen.
»Diese Frage haben Sie selbst vorhin beantwortet«, sagte Kamichi.
»Wie denn?«
»Indem Sie sagten, ich hätte Sie hierher geführt.«
»Allmählich verstehe ich«, fiel Akira ein. »Sie waren heute abend überhaupt nicht in Gefahr.«
»Stimmt. Können Sie auch erraten, warum nicht?«
Akiras Stimme klang, als müsse er sich gleich übergeben. »So viele Leichen. Dieses Haus ist überhaupt nicht angegriffen worden. Alle diese Männer sind nicht unter den Kugeln von Angreifern gefallen, die auf der Suche nach Ihnen waren, die Sie nicht finden konnten und deswegen wieder verschwanden. Es gab keine Angreifer. Diese Männer...« Der aufsteigende Ekel schnürte Akira die Luft ab.
»Sie sind freiwillig, tapfer und in Ehren gestorben«, sagte Kamichi. »Für ihren *Daimyo*, für ihr Vaterland und ihre Nachkommen. Vor allem natürlich für *Amaterasu.*«
»Mein Gott«, entfuhr es Savage. Um ihn drehte sich alles. Der Korridor schien unter seinen Füßen zu wanken. »Sie sind verrückt!«
Die Männer kamen näher und hoben ihre Waffen. Savage packte Kamichi hinten am Anzug und zerrte ihn zur Treppe.
Akira zielte auf die vordersten der Wachen. »Sagen Sie Ihren Leuten, sie sollen stehenbleiben – oder ich töte sie.«
»Verstehen Sie denn nicht?« Kamichi war unheimlich ruhig und sachlich. »Die Männer sind darauf vorbereitet zu sterben. Sie wollen ihr Leben für ihren *Daimyo* hingeben, für ihre Nation, für das Land der Götter. Sie wollen ihre Pflicht tun und sich dem *kami* ihrer Samurai-Kameraden anschließen.«
Savage zitterte, als er den Umfang von Kamichis Wahnsinn begriff. Ihm fiel das Massaker von Jonestown ein. Dort hatten sich die Anhänger eines charismatischen Religionsstifters seinem Willen so weit unterworfen, daß sie für ihn alles taten. Sie gaben ihren Kindern vergiftete Getränke und tranken schließlich selbst davon.

Aber er mußte auch daran denken, daß die ganz und gar Verrückten sich selbst für völlig normal halten.

Zugleich schoß ihm ein anderer Gedanke durch den Sinn. Er war hier im Osten, nicht im Westen. Er dachte an Mishima, der sich den Leib aufgeschlitzt hatte nach seinem vergeblichen Versuch, eine Gruppe von Soldaten für sein Vorhaben zu gewinnen, dem Vaterland wieder zu Macht und Größe zu verhelfen, damit es seiner gottgewollten Bestimmung gerecht werden könne.

Ihm fielen die legendären siebenundvierzig *ronin* ein, die zwei Jahre lang warteten, ehe sie die Beleidigung ihres toten Herrn rächten, den Kopf des besiegten Feindes auf sein Grab legten und dann *seppuku* verübten. Der Zelot von Jonestown wurde in Amerika als Monster angesehen. In Japan wurde Mishima immer noch verehrt als ein Mann, der für seine Prinzipien in den Tod gegangen war. Und die siebenundvierzig *ronin* wurden wegen absoluter Treue zu ihrem Herrn heute noch verehrt.

Irgendwie konnte Savage das auch als *gaijin* verstehen. Vielleicht weil sein Vater sich selbst umgebracht hatte.

Aber das milderte nicht das Entsetzen, das ihn befallen hatte.

»Jetzt weiß ich, warum aus ihren Waffen nicht geschossen wurde. Sie haben sich freiwillig...« Savage schüttelte den Kopf. Teils angewidert, teils respektvoll gedachte er der Tapferkeit, die für diese Toten dazu gehört hatte, sich im Glauben an *Amaterasu* hinschlachten zu lassen. Ihre Überzeugung war stärker gewesen als ihre Furcht.

Er zwang sich zum Weiterreden, obwohl ihm war, als drücke man ihm die Kehle zu. Seine Stimme klang heiser. »Sie nahmen freiwillig Haltung an und ließen sich niederschießen. Sie gaben ihr Leben hin. Ehrenvoll begingen sie eine einmalige Form von *seppuku*. Das Volk aber sollte glauben, daß die Morde von Ihren Feinden begangen wurden.«

»Für einen *gaijin* verstehen Sie unsere Wertmaßstäbe besser als ich erwartet hätte.«

»Wer hat die Männer erschossen?« fragte Akira. »Sie?«

»Nein, es waren ihre Samurai-Kameraden, die ihrerseits wiederum von anderen erschossen wurden, bis diese letzte Gruppe übrig blieb«, erklärte Kamichi.

Die Leibwächter rückten mit erhobenen Waffen einen weiteren Schritt vor. Savage zerrte Kamichi verzweifelt an der Wand entlang. Die Pistole blieb auf Kamichis Kopf gerichtet, während Akira auf die heranrückende Gruppe zielte.

»Dieses Gespräch ist durchaus von Nutzen«, erklärte Kamichi mit größter Sachlichkeit. »Ich begreife jetzt, daß ich einen Fehler begangen habe.«

»Verdammt richtig«, sagte Savage. »Diese Männer hätten nicht sterben müssen, nicht zum Wohle Ihrer verrückten...«

»Ich meine ihre Waffen«, unterbrach ihn Kamichi.

Savage drückte ihm die Pistole heftiger gegen den Schädel. »Waffen?«

»Ich war der Meinung, alles genau bedacht zu haben«, redete Kamichi weiter. »Aber mir ist jetzt klar, daß sie ein paar Schüsse in den Wald hinein hätten abgeben sollen. Ihr Tod hätte noch dramatischer gewirkt, wenn überall herumliegende Patronenhülsen von der Tapferkeit und Hingabe künden würden, mit der sie mich verteidigt haben.«

Fast hätte Savage der Versuchung nachgegeben, den Zeigefinger zu krümmen.

Nein, flüsterte ihm Grahams Geisterstimme zu, vermeide alle Gefühle. Ein professioneller Beschützer muß immer objektiv bleiben, kühl und beherrscht.

Vernünftig? dachte Savage. Wie Kamichi? Der ist so verdammt vernünftig, wie es nur ein Verrückter sein kann.

Du aber bist es nicht. Denke an deine Verpflichtungen. Es geht um den Fünften Beruf.

Er wußte nur zu gut, daß er und Akira nur so lange am Leben bleiben würden, als sie den *Daimyo* bedrohten. Seine Männer würden keinen Angriff wagen, um ihn nicht zu gefährden.

Trotzdem fühlte er sich versucht, dem Mann eine Kugel zu verpassen. Es wäre ein Vergnügen. Und obendrein wäre es richtig, gut und gerecht gewesen.

Kamichis entnervend sachlicher Tonfall störte ihn. »Dieses Problems werde ich mich später annehmen. Ich werde dafür sorgen, daß aus diesen Waffen geschossen wird. Die Hände der Leichen meiner getreuen Anhänger werden um die Waffen gelegt und mit ihrem eigenen Zeigefinger wird der Abzug betätigt, damit sich Schmauchspuren auf den Händen bilden. Das ist wichtig, falls forensische Tests gemacht werden. An meinem Plan muß alles stimmen.«

»Was wollten Sie denn damit erreichen?« fragte Akira.

Kamichi drehte gegen den Widerstand von Savages Pistolenlauf den Kopf. »Das enttäuscht mich. Sie haben schon so vieles erraten, und dennoch nicht das höchst ehrenwerte Motiv erkannt?«

»Vielleicht sind wir einfach zu dumm dazu«, erwiderte Akira.

»So sagen Sie es uns«, mischte sich Savage ein. »Überzeugen Sie uns davon, wie klug Sie sind.«

Kamichi reckte sich. »Die Geschichte wird lehren... ich werde in die Geschichte eingehen...«

»Sagen Sie uns nur wie«, drängte Savage.

»Dieser Abend wird beweisen«, begann Kamichi voller Stolz, »daß ich so groß und mächtig geworden bin, daß meine Gegner ihre Zuflucht zu Mord und Totschlag nehmen mußten. Die Feinde der Allmutter *Amaterasu* haben Mörder gedungen und ein Blutbad angerichtet, um mich fassen zu können. Das ist ihnen nicht gelungen. Eine mir treu ergebene Schar von Samurai hat sie in die Flucht geschlagen. Das gelang allerdings erst, nachdem die Anführer der Feinde ausgelöscht worden waren – nämlich Sie.« Er zeigte auf Savage. »Ein Mitglied des CIA, und Sie« – er deutete auf Akira – »ein Mitglied des japanischen Geheimdienstes. Ich brauchte einen Zwischenfall von starker Symbolkraft, so dramatisch und von so nationaler Bedeutung, daß sich meine Anhänger angespornt fühlen. Sie werden sich zu erhöhtem Eifer angetrieben sehen und wie Magneten *Amaterasu* neue Anhänger zuführen. Der Ort dieses Massakers wird zum Heiligtum für die ganze Nation werden. Er wird in die japanische Geschichte eingehen! Und seine Bedeutung wird unermeßlich sein.«

»Für wen?« fragte Savage.

»Für die amerikanische Regierung, die ihre Mörder ausgesandt hat, um mich zu töten. Noch dazu mit Hilfe des eigenen japanischen Establishments. Dieser Vorfall wird so viel Wut und Haß nach sich ziehen...«

»Niemand wird Ihnen glauben«, unterbrach ihn Savage.

»Vielleicht nicht in Amerika. Aber in Japan wird man daran glauben. Der Verlauf der Geschichte und der Weg dieser Nation werden sich in den nächsten Tagen gewaltig verändern. Ich werde den Fehler der Meiji-Restaurierung ausmerzen und mein Land zur kulturellen Reinheit zurückführen. Ich bringe ihm die heilsame und reinigende Kraft des Tokugawa-Shogunates wieder. Alle Fremden werden ausgewiesen. Damit wird auch die Vergiftung unseres Landes durch sie ausgelöscht.«

»Und Sie sind dann vermutlich der große Mann, der das Shogunat anführt.«

»Im Namen des Kaisers, der dann nicht länger seine göttliche Herkunft zu verleugnen braucht.«

»Sie sind so wahnsinnig« – Savage zerrte ihn näher an die Treppe heran –, »daß Sie den Rest Ihres Lebens in der Gummizelle zubringen werden.«

»Seltsam ist nur«, fiel Akira ein, der immer noch auf die Verfolger zielte, »ich stimme mit ihm überein.«

»Was?« keuchte Savage.

»Dann schließen Sie sich mir an!« rief Kamichi. »Ich kann den Plan abändern, so daß nur der *gaijin* sterben muß. Wir liefern den Beweis dafür, daß zwischen diesem Mann vom CIA und dem japanischen Geheimdienst Verbindungen bestehen. Ihr Können würde der guten Sache viel Nutzen bringen.«

»Ja, ich könnte Ihnen zustimmen«, sagte Akira. »Denn auch ich wünsche mir oft, in einer anderen Zeit zu leben. Ich wünsche, das Rad der Geschichte könnte zurückgedreht werden. Damit meine ich nicht nur die amerikanische Besetzung und die Verfassung, die uns aufgezwungen wurde – damit meine ich auch den Pazifischen Krieg und den Militarismus, der ihn hervorgerufen hat. Und vor allem Commodore Perrys ›Schwarze Schiffe‹! Unter dem Tokugawa-Shogunat haben wir unsere schönste Blütezeit gehabt. Damals waren wir unter uns, wir schlossen die Welt aus, schauten nach innen und vervollkommneten unsere Seelen. Ich wünschte, wir hätten nichts mit Amerika zu tun. Die Atombomben, die sie auf uns fallen ließen, waren die moderne Version von Perrys ›Schwarzen Schiffen‹. Sie haben uns dahin gebracht, daß wir jetzt nur noch wirtschaftlich herrschen und nicht mehr militärisch. Neid, Machthunger und ein Arbeitsethos, das uns keine Zeit für besinnliche Kontemplation mehr läßt – das alles haben wir den Amerikanern zu verdanken, alle diese Untugenden. Sie zerstören die Reinheit unserer Seelen. Wir sind nicht mehr das Land der Götter. Wir haben die Götter vergessen.«

Savage wußte nicht recht, ob Akira wirklich meinte, was er aussprach oder ob er nur Kamichi und dessen Männer hinhalten und ablenken wollte. Verwirrt zog er Kamichi näher an die Treppe heran, während Akira weiter auf die Verfolger zielte.

»Dann schließen Sie sich mir an«, wiederholte Kamichi.

»Nein!« rief Akira. »Was Sie heute nacht angerichtet haben, ist...« Ekel würgte ihn in der Kehle. »Daraus kann nichts Gutes erwachsen. Alle diese Menschenleben sind unnötig geopfert worden. Sie haben dem Ehrenkodex eine perverse Auslegung gegeben. Sie sind kein Heilsbringer, sondern ein Monstrum.«

»Dann sterben Sie mit dem *gaijin*.«

»Den Teufel werden wir tun«, knirschte Savage. »Wir werden von hier entkommen.«

Kamichi sprach auf Japanisch zu seinen Männern.

Sie standen stramm und verbeugten sich.

»Akira, was hat er zu ihnen gesagt?«

»Er sagte: Ihr wißt, was getan werden muß. Erfüllt euren Eid. Ich werde euch in Ehren halten und *Amaterasu* anbefehlen.«

»Oh, Schiet«, knurrte Savage.

Plötzlich quietschten unten die Treppenstufen. Er sah acht Männer heranschleichen. Sie hielten Schußwaffen im Anschlag.

»Das sind die Wachtposten, die den Überfall vortäuschten und dann mit den Wagen wegfuhren«, erklärte Kamichi die neue Lage. »Die Leute hatten Befehl, wieder hier heraufzukommen, sobald Sie eingetroffen waren. Einer meiner Männer hat sie über Funk verständigt.«

»Dann sagen Sie ihnen, daß sie verschwinden sollen«, verlangte Savage.

»Oder Sie würden mich erschießen? Dieses Argument zieht nicht mehr. Sie sehen, der letzte Akt wird sogleich beginnen.«

»Der letzte Akt?«

Einer der Männer am Fuß der Treppe schoß auf Savage.

Er fühlte, wie die Kugel an seinem Kopf vorüberzirpte. Savage riß die Pistole von Kamichis Ohr weg und feuerte. Der Mann brach zusammen.

Zugleich eröffneten die anderen das Feuer. Die Schüsse dröhnten in dem engen Treppenflur. Kugeln zersplitterten das Geländer und schlugen in die Wände.

Savage zog den Abzug durch – wieder und wieder. Die leeren Patronenhülsen flogen aus dem Verschluß seiner Pistole. Männer schrien und fielen um. Neben sich hörte er weitere Schüsse von

Akira und von den Wachleuten im Korridor. Als Savage einen Schuß nach dem anderen abfeuerte, spürte er...

Hier stimmte etwas nicht! Kugeln schlugen hinter ihm in die Wand. Akira schoß. Schreiende Männer fielen um. Überall spritzte Blut. Und plötzlich, als der letzte Mann fiel – im Treppenhaus und im Korridor herrschte ein schreckliches Durcheinander, es stank nach Pulverdampf, nach Blut und Erbrochenem –, begriff Savage voller Entsetzen, was hier nicht stimmte.

Ich müßte längst tot sein! Die Männer waren keine zehn Fuß von mir entfernt.

Kamichi duckte sich, als die Schießerei begann. Er kann mir nicht als Schutzschild gedient haben.

Die vielen Schüsse, die überall herumfliegenden Kugeln – und Akira und ich wurden nicht ein einziges Mal getroffen?

Unmöglich!

Wenn nicht...

Er erschauerte.

Wenn nicht Absicht dahinter steckte. Wenn uns die Männer überhaupt nicht treffen wollten.

Großer Gott! Sie wollten uns dazu zwingen, sie zu töten.

Sie haben Selbstmord begangen!

Eine Verrücktheit war der anderen gefolgt. Das war einfach zuviel. Savage fühlte, daß sein Verstand einer weiteren Belastung nicht gewachsen war. Am liebsten hätte er geschrien. Er fühlte, daß er körperlich und geistig am Ende war. Der völlige Zusammenbruch stand kurz bevor.

Zorn gewann die Oberhand. »Kamichi, Sie Hund!«

Savage fuhr herum und zielte in den Korridor, wo Kamichi beim Beginn der Schießerei Zuflucht und Deckung gesucht hatte.

Aber Kamichi war verschwunden.

»Wohin ist...«

»Dort!« schrie Akira. »Er rennt den Gang hinunter!«

Savage lief ihm nach, immer wieder den auf dem Boden liegenden Leichen ausweichend.

Akira jagte hinterher.

Als sich Savage Kamichis Zimmer näherte, sah er alles plötzlich wie im Zeitlupentempo ablaufen. In seinem Schädel stießen Wahn und Wirklichkeit zusammen. Hier bin ich schon einmal gewesen! Ich weiß, was jetzt...!

Bevor er anhalten und entsprechend seiner Vorahnung handeln konnte, lähmte ein schwerer Hieb die Nerven an seinem Handgelenk. Ihm fiel die Beretta aus der Hand. Hinter sich hörte er das Geräusch eines brechenden Knochens. Akira schrie auf. Seine Pistole polterte ebenfalls zu Boden.

Er fuhr herum. Nun war sein Alptraum vollständig.

Vor sich hatte er drei Männer. Muskulöse Japaner Mitte Dreißig. Sie trugen dunkle Anzüge.

Das waren die Angreifer vom Medford Gap Mountain Hotel. Sie waren aus dem Zimmer gesprungen, das Kamichis Raum gegenüber lag. Blitzschnell hatten sie mit ihren hölzernen Schwertern Savage und Akira entwaffnet.

Doch plötzlich fiel Savage ein, daß da vier Männer gewesen waren, nicht drei!

Und der vierte Mann hatte ein Samurai-Schwert geschwungen, nicht ein hölzernes *bokken*.

Die schreckliche Verwirrung endete, als Kamichi aus der Tür trat und ein glitzerndes Schwert schwang.

»Der Kreis schließt sich«, sagte Kamichi. »Dein Ende wird auch dein Anfang sein.«

Einer der Männer schwang sein *bokken*. Savage versuchte, dem Schlag auszuweichen. Zu spät. Das hölzerne Schwert traf seinen Arm mit solcher Wucht, daß er gegen die Wand geschleudert wurde.

»Ich habe versprochen, daß Ihre Alpträume entschwinden werden«, sagte Kamichi.

Der zweite Mann traf Savage mit seinem *bokken* in die Magengegend. Gelähmt sank Savage in die Knie und bückte sich nach vorn. Er preßte den Unterarm über den Bauch.

»Sie wollten doch Antworten auf verschiedene Fragen haben«, fuhr Kamichi fort. »Nun, ich habe alles so arrangiert, daß Sie diese Männer an der Treppe niedergeschossen haben. Für die Polizei ist die Sachlage klar. In den Medien wird es heißen, daß es eine schwere Schießerei gegeben hat, bei der meine Leibwächter mich erfolgreich verteidigten. Die Kugeln mußten aus Ihren Pistolen kommen. Auf Ihren Händen mußten sich Pulverspuren feststellen lassen. Als wir einander schließlich gegenüberstanden, waren mir nur noch diese drei Samurai mit ihren hölzernen Schwertern geblieben.«

»Und Sie«, stöhnte Savage, »haben kein *bokken*, sondern ein *katana*, ein Langschwert – denn Sie sind der Shogun und damit der Held der ganzen Geschichte.«

»Wie ich bereits erklärte – ich brauchte einen Zwischenfall, ein dramatisches Geschehen von solcher Wucht, daß sich das Volk meiner Führerschaft anschließen würde. Und sie werden zum Teil dieser Legende. Noch in tausend Jahren werden die Leute über diese Schlacht reden und im Gedächtnis bewahren, wie der böse *gaijin* und ein verräterischer Japaner mit einer Söldnertruppe versuchten, mich umzubringen. Schließlich wurde der Rest Ihrer Leute von meinen braven Samurai in die Flucht geschlagen. Zum Schluß stehen wir einander gegenüber, Sie und ich, Feuerwaffe gegen ein *katana*.«

»Und wer siegt?« Savage bückte sich nach seiner Pistole, bekam sie zu fassen und schrie auf, als hölzerne Schwerter seinen Kopf trafen, seinen Rücken, seine Arme und Beine.

Abermals!

Es geschah abermals! Er fühlte sich hilflos!

Alles war vorbestimmt!

Nein, nachbestimmt. Die Zeit lief umgekehrt ab! Er lebte rückwärts!

Er schrie abermals auf, aber nicht vor Schmerz, sondern von der wildesten Wut gepackt, die er jemals erlebt hatte.

»Sie Lump!«

Savage ließ sich über die Schulter abrollen und trat zu. Zufrieden hörte er das knirschende Geräusch einer brechenden Kniescheibe. Einer der Leibwächter jaulte auf, ließ sein *bokken* fallen und umklammerte sein Knie.

Savage rollte weiter. Er vernahm das zischende Geräusch eines *bokken* über seinem Kopf.

Das hölzerne Schwert knallte in den Fußboden. Savage trat noch einmal zu. Er hörte ein Stöhnen, packte seine Beretta und wollte aufspringen.

Da traf ihn ein anderes *bokken* mit brutaler Gewalt an der rechten Schulter, wo der Totschläger eine große Beule hinterlassen hatte. Sofort war der Arm wieder gelähmt. Die Beretta glitt ihm aus den gefühllosen Fingern.

Schmerz verdoppelte seine Wut. Er stieß mit dem linken Ellenbogen nach hinten und traf einen Mann, der hinter ihm stand.

Der Getroffene winselte und krümmte sich mit gebrochenen Rippen.

Savage holte nach der anderen Seite aus, um den dritten Leibwächter mit einem Tritt außer Gefecht zu setzen. Aber der Mann sprang zur Seite, schwang sein *bokken* und traf Savage genau oberhalb der linken Niere in den Leib. Der Schmerz war so stark, daß Savage fast die Sinne schwanden. Doch ohne zu wissen, was er tat, schlug er weiter um sich und stieß schließlich gegen eine Wand. Der Gegner zielte mit einem Schwertstreich nach seinem Kopf, und Savage hob den linken Arm, um sich zu schützen, obwohl er wußte, daß ihm der Arm wahrscheinlich zerschmettert werden würde.

Ein grauer Schatten fing den Hieb ab. Akira! Er hatte zusammengesunken auf den Knien gelegen und sich die Magengegend gehalten, wo ihn ein harter Stoß mit der stumpfen Spitze des Holzschwertes schwer getroffen hatte. Die Wächter waren offenbar davon ausgegangen, daß Akira erledigt sei, weshalb sie sich auf Savage konzentriert hatten.

Das war ein Irrtum gewesen. Akiras mit Karateschwielen bedeckte Handkante schoß nach oben und traf das Handgelenk des Mannes, der mit dem *bokken* Savage den Schädel einschlagen wollte. Akira fing den Hieb ab, während er mit der anderen Hand die Nase des Gegners traf. Ein Stoß mit dem Knie zwischen die Beine... Der Mann fiel um. Blut spritzte aus seiner Nase.

Savage gab sich alle Mühe, nicht bewußtlos zu werden. Immerhin konnte er erkennen, daß Akira auf Kamichi losging. Savage wollte ihm zu Hilfe eilen, da gaben seine Beine unter ihm nach. Der Wächter mit der zertrümmerten Kniescheibe war herangekrochen und traf mit seinem *bokken* Savages Schienbeine. Die Wucht des Hiebes lähmte die Nerven und fegte die Beine unter Savage beiseite. Er fiel um, schlug mit dem Kinn auf die Holzdielen und konnte für einen Moment vor Benommenheit nichts sehen.

Dann klärte sich der Blick. Benommen nach oben schauend beobachtete er, wie Akira Kamichi angriff.

Kamichi schwang sein *katana*.

»Nein!« schrie Savage auf. Dies hier war Wirklichkeit. Was nie geschehen war, wurde jetzt Wirklichkeit! Der Kreis schloß sich.

Savage lebte rückwärts. Dein Ende wird dein Anfang sein. Nur hatte der Anfang in einer Täuschung bestanden, und was jetzt geschah, war nackte Wirklichkeit.

Savage kam sich vor wie im Kino bei einem Film, den er allzu oft schon gesehen hatte. Er erlebte den Alptraum, den er so lange ertragen hatte. Savage krümmte sich zusammen, als Akira auf Kamichi losging.

Der vierte Mörder.

Der Mann mit dem blitzenden Schwert.

Wenn die Gegenwart zur Vergangenheit geworden war – war sie dann zugleich ein Ausblick auf die Zukunft?

Nein, Akira, tu es nicht!

In Schmerzen auf der Diele hingestreckt, versuchte Savage seinen wie im Delirium verzerrten Blick zu klären...

Und er fühlte, daß ihm voll aufkeimender Hoffnung das Herz zu schwellen begann. Akira hatte das Holzschwert des dritten Leibwächters an sich gerissen, nachdem er den Mann niedergeschlagen und ihn daran gehindert hatte, Savage den Schädel zu zertrümmern.

Die Vergangenheit hatte nie stattgefunden, war nicht identisch mit der Gegenwart! In Savages Alptraum war Akira niemals mit einem *bokken* bewaffnet gewesen. Also schloß sich der Kreis nicht! Die Wirklichkeit entsprach nicht den falschen Wahrnehmungen! Die Zukunft mußte nicht zu der Täuschung in der Vergangenheit passen.

Kamichi schwang das gleißende Schwert.

Akira duckte sich und parierte den Hieb mit dem *bokken*.

Kamichi holte noch einmal aus.

Abermals parierte Akira.

Sie gingen im Kreis umeinander herum, sprangen vor und zurück, stießen und schlugen.

Akira schlug eine Finte nach links, dann nach rechts und erkannte eine Lücke! Als er zuschlug, schleuderte einer der am Boden liegenden Leibwächter sein *bokken*, das Akira an der Schulter traf. Sein Hieb ging daneben.

Kamichis Schwert zerschlug das *bokken* in zwei Stücke.

Savage schrie und Akira sprang zurück.

Kamichis Schwert zischte. Die rasiermesserscharfe Klinge schien Akiras Hals zu verfehlen...

Savage betete. Ich muß mich irren. Oh, großer Gott! Nein, ich habe nicht gesehen, wie...!

Sein Flehen wurde nicht erhört.

Akira ließ das *bokken* fallen. Der Kopf fiel ihm von den Schultern. Er plumpste auf die Diele wie ein Kürbis, rollte und blieb aufrecht stehend vor Savage liegen.

Die Augen blinzelten.

Savage verlor die Selbstbeherrschung – was in diesem Fall bedeutete, daß er überraschend zu Kräften kam. Der Schock übertraf in seiner Wirkung die Schmerzen, die seinen Körper lähmten.

Er kam auf die Knie, erhob sich taumelnd und stolperte schreiend auf Kamichi zu.

Aber auch Kamichi schrie.

Denn Akiras kopfloser Körper bewegte sich schlurfend auf Kamichi zu und riß ihm das *katana* aus den Händen. Akiras vom Rumpf getrenntes Gehirn schien immer noch Impulse auszuströmen, die den kopflosen Körper zum Ausharren und Weitermachen zwangen. Der Haß hielt über das Lebensende hinaus an. Das Blut spritzte aus Akiras durchtrenntem Hals, es ergoß sich wie eine Kaskade über Kamichi, färbte seinen Schädel rot, verklebte ihm die Augen und durchnäßte seine Kleidung.

Savage war über die ganze Breite des Ganges hinweggetaumelt. Er griff nach dem Langschwert, das sich mit unheimlicher Leichtigkeit aus Akiras starren Fingern lösen ließ. Es war –

– als ob diese Hände immer noch mit Akiras abgeschlagenem Kopf in Verbindung stünden –

– als ob die leblosen Finger die Berührung durch den Kameraden und Freund zu deuten wüßten –

– und mit aller Macht schwang Savage das *katana*. Er stieß einen Siegesschrei aus, als die Klinge Kamichi in Magenhöhe traf, Fleisch und Knochen durchschnitt...

Kamichi winselte.

Blut tropfte, floß und spritzte.

Sein Leib wurde zertrennt in zwei Teile. Die obere Hälfte kippte nach rechts, die untere Hälfte nach...

Savage wurde schwarz vor den Augen. Ein Schlag gegen den Schädel ließ ihn zusammensinken.

Die Leibwächter! Einem von ihnen mußte es gelungen sein, aufzustehen und ihm das *bokken* über den Schädel zu hauen.

Savage ging in die Knie. Doch ein Reflex ließ ihn das Schwert schwingen. Sein Blick klärte sich. Er sah den Wächter zurücktaumeln.

Savage kroch auf den Knien vorwärts und holte mit dem Schwert aus. Die Kräfte verließen ihn. Er fiel um und landete vor Akiras Kopf. Hilflos und vor Schmerzen wimmernd richtete er den Blick darauf.

Du wirst mir fehlen.

Wir haben es versucht, mein Freund.

Wir haben Antworten gefunden.

Aber nicht genug.

Es gibt noch so vieles, das wir wissen müßten.

Ein noch immer wirkender Impuls ließ Akiras Augen blinzeln. Sein Blick war melancholisch wie immer, jetzt aber überschattet vom Tod. Tränen lösten sich aus den Lidern, sicherlich nur ein Reflex im Todeskampf, doch vielleicht auch – obwohl unmöglich – ein letzter Gruß, der auf Wiedersehen bedeutete.

Ein Leibwächter schlug mit dem *bokken* zu. Savage schwanden die Sinne.

Aber im letzten Augenblick hörte er noch Schüsse...

Nachwort

DER SCHLÜSSEL ZUM IRRGARTEN

Geisel des Glücks

Es schien eine Ewigkeit her zu sein, seit Savage Rachels Schwester, Joyce Stone, in Athen getroffen und sie hinauf zum Parthenon begleitet hatte. Um zu beschreiben, was diese Ruinen ihren Besuchern zu lehren hatten, war ihm ein Vers aus Shelleys ›Ozymandias‹ eingefallen.

Betrachte meine Werke, o Allmächtiger, und verzweifle.
Ringsumher der Verfall dieser kolossalen Ruine.
Grenzenlos und kahl erstreckt sich einsamer, ebener Sand in die Ferne.

Joyce Stone hätte ihn verstanden. »Nichts – Reichtum, Ruhm, Macht – ist von Dauer.« In der Tat. Nimm nichts als bleibend an. Die Zukunft erläutert die Gegenwart und macht sie oft genug lächerlich. Geschichte. Falsche Erinnerungen. Desinformation. Diese Themen quälten Savage genauso sehr wie sein Alptraum. Er hatte einmal zu Rachels Schwester gesagt: ›Ich bin durch eine gute Schule gegangen‹, denn er war an Meditation genauso gewöhnt wie an Aktion. Er fand es nur natürlich, daß ihm ein weiteres Gedicht in den Sinn kam, um auszudrücken, was er durchgemacht hatte. Es waren die ersten Zeilen von T. S. Eliots ›Verbranntes Norton‹.

Gegenwart und Vergangenheit
sind vielleicht beide gegenwärtig in der Zukunft.
Und die Zukunft ist enthalten in der Vergangenheit,
Was womöglich gewesen ist, ist eine Abstraktion,
ausdauernd nur als Möglichkeit
in einer erdachten Welt.
Was gewesen sein könnte und was war
deutet auf ein Ende, das stets gegenwärtig ist.

Womit alles gesagt war über die paradoxe Gnadenlosigkeit, den Betrug und den Verrat der Zeit.

Der Wahrheitsgehalt von Shelleys und Eliots Gedichten wurde bald offensichtlich. Nach der Entdeckung des Massakers in Kunio Shirais Erholungsheim in den Bergen hatten die japanischen Medien endlose Wochen lang ihre Leser, Zuschauer und Hörer mit Berichten und Spekulationen gefüttert. Die Nation war entrüstet. Sie verlangte immer weitere Einzelheiten.

Besondere Aufmerksamkeit erweckte die Entdeckung eines Tagebuches, das Shirai geführt hatte. Wie er zu Savage und Akira gesagt hatte, war es seine Absicht gewesen, eine Legende zu schaffen. Über ihn sollte die Nation seiner Überzeugung nach noch in tausend Jahren reden. Natürlich enthüllte Shirai in seinem Tagebuch nicht die Lüge, die seiner Legende zugrunde lag. Stattdessen versuchte er, diese Legende aufzumöbeln, indem er sich selbst mit großen historischen Persönlichkeiten auf eine Stufe stellte, mit japanischen Heroen, die die Geschichte ihres Volkes so nachhaltig beeinflußt hatten, daß sie zum Mythos geworden waren. Shirais Absicht war es offenbar gewesen, dieses Tagebuch kurz vor oder nach seinem Tode der Öffentlichkeit zugänglich zu machen, damit seine Anhänger sein politisches Testament genauso verehren konnten wie ihn selbst.

Der Held, mit dem sich Shirai am liebsten identifizierte, hieß Oshio Heihachiro, ein Politiker, der im neunzehnten Jahrhundert gelebt hatte. Die Armut der niederen Klassen hatte ihn in solche Wut versetzt, daß er eine Revolte inszenierte. Oshio war von der Richtigkeit seiner Ansichten so überzeugt, daß er sein Besitztum veräußerte, um Schwerter und Feuerwaffen für die hungernden Bauern zu beschaffen. Im Jahre 1837 überfielen und plünderten seine Rebellen reiche Grundbesitzer, und bald stand die Stadt Osaka in Flammen. Doch wurde die Rebellion von Polizei und Militär niedergeschlagen, Oshios Anhänger wurden gefoltert und hingerichtet. Oshio selbst wurde gefangengenommen und beging *seppuku*, um nicht der Ehrlosigkeit zu verfallen. Shirais Entscheidung, sich ausgerechnet mit diesem Heroen zu identifizieren, erschien auf den ersten Blick verwunderlich, was Shirai auch in seinem Tagebuch zugab. Schließlich hatte Oshios Rebellion, mochte sie auch noch so tapfer durchgeführt worden sein, mit einer Niederlage geendet. Aber, so erläuterte Shirai, die gute Sache, für die Oshio sein Leben hingegeben hatte, bewirkte Dinge, die für Shirai von großem Nutzen waren. Nachdem nämlich Commodore Perrys ›Schwarze Schiffe‹ im Jahre 1853 in der Bucht von Yokohama geankert hatten, war eine neue Generation von Rebellen herangewachsen. Sie protestierten gegen die amerikanische Forderung, daß Japan seine kulturelle Quarantäne aufgeben solle und daß man Fremden erlauben müsse, ihre Waren einzuführen. Von Oshios Forderungen inspiriert, verlangten die jungen Rebellen, daß die kulturelle Reinheit des Tokugawa-Shogunates wieder eingeführt werde. Sie beharrten auf der einmaligen mystischen Einheit der japanischen Nation. Sie glaubten an ihr gottgewolltes *nihonjinron* und auch daran, daß die Einmaligkeit ihres Volkes durch die Sonnengöttin *Amaterasu* beschlossen worden sei. Herrenlose Samurai, die sich selbst *shishi* nannten, schworen allen Ausländern den Tod und begingen mehrere Morde. In seinem Tagebuch behauptete Shirai fälschlicherweise, daß er gegen jedes Blutvergießen sei. Er wollte sich eine überwältigende politische Mehrheit verschaffen, mit deren Hilfe der Traum von Oshios späten Nachfolgern verwirklicht werden sollte. Die Macht der Göttin *Amaterasu* würde dafür sorgen, daß die Barbaren vertrieben würden und daß Japan wieder den Japanern gehörte.

In diesem Zusammenhang betrachtet schien Oshio durchaus geeignet, Shirai als heldenhaftes Vorbild zu dienen. Doch gab es dabei einige Umstände, die Shirai entweder übersehen hatte oder die er nicht zugeben wollte. In seinem Tagebuch wechselte er abrupt das Thema, um in allen Einzelheiten zu beschreiben, wie er sich als glühender Patriot dafür einsetzen wolle, die Macht der *Amaterasu* zu organisieren, zu mehren und schließlich dem Volk zu übergeben. Dem Tagebuch war zu entnehmen, daß dieses Vorhaben erfolgreich sein würde, doch die Folgerungen, die in Shirais Tagebuch nicht erwähnt wurden, bestanden darin, daß Oshios spätere Anhänger die Schlagworte ihres toten Führers übernommen hatten – als da waren ›Brot für die Armen‹ oder ›Verjagt die Barbaren‹. Damit gingen sie so weit, daß schließlich der Schlachtruf ›Haltet Japan rein‹ gleichbedeutend wurde mit ›Ehret den Kaiser‹. Seit dem Jahre 1600 hatte das Tokugawa-Shogunat darauf bestanden, den Kaiser im Hintergrund zu halten, nämlich in Kyoto, weit vom Machtzentrum des Shoguns im heutigen Tokio entfernt. Aber die Nachfolger, die unwissentlich Oshios Absichten ins Gegenteil verkehrten, identifizierten sich als Japaner mit der früheren Göttlichkeit des Kaiserhauses, so daß sie darauf bestanden, daß der Kaiser von Kyoto in die Hauptstadt des Shoguns gebracht und wieder als Symbol für die Größe Japans eingesetzt wurde. So kam es im Jahre 1867 zur Meiji-Restaurierung. Das Tokugawa-Shogunat stürzte nach mehr als zweieinhalb Jahrhunderten. Berechnende Bürokraten fanden bald heraus, daß und wie sie sich bei diesem erstaunlichen Machtwechsel finanziell und politisch bereichern konnten. Sie schlossen den Kaiser vom öffentlichen Leben aus; sie beschützten ihn und hielten ihn folglich unter ihrer Kontrolle.

Masayoshi Hotta hatte vier Jahre nach dem Auftauchen der ›Schwarzen Schiffe‹ in die Zukunft gesehen und 1857 geschrieben: ›Ich bin darum davon überzeugt, daß wir alles auf die gegenwärtige günstige Gelegenheit setzen sollten, das heißt, wir sollten freundliche Beziehungen mit anderen Ländern pflegen, überallhin unsere Schiffe schicken, Handel treiben und die Fremden überall dort nachahmen, wo sie große Leistungen vollbringen. So könnten wir unsere Unterlegenheit beseitigen, unser Nationalgefühl stärken, unsere Bewaffnung vervollständigen, um dann nach und nach die Fremden unter unseren Einfluß zu zwingen, bis endlich alle Länder der Welt den Segen des vollkommenen Friedens begrüßen und unsere Vorherrschaft anerkennen.‹

Shirai war bei seinem Versuch, die Geschichte umzukehren, dafür blind gewesen. Akira jedoch hatte die Wahrheit erkannt. Auf dem Weg zu Shirais Bergunterkunft hatte er zu Savage gesagt: »Wir können aus der Geschichte lernen, ihren Trend umzukehren ist unmöglich.« In anderen Worten, dachte Savage – alles muß weitergehen. Wir können versuchen, auf die Vergangenheit aufzubauen, aber die Gegenwart – ein Keil zwischen gestern und heute – kann alles verändern. Sie bringt neue Tatsachen ein und steuert neue Faktoren bei, so daß das Heute sich vom Gestern unterscheidet.

Wir können niemals zurückgehen, schloß er traurig seinen Gedankengang und dachte dabei an seine glückliche Jugendzeit zurück bis zu dem Abend, an dem sein Vater sich erschossen hatte. Aber was war damit ausgesagt über Ehrgeiz, Hoffnung und vor allem Liebe? Spielen diese Dinge keine Rolle, sind sie zum Fehlschlagen verurteilt? Während sich die Gegenwart entwickelt, wird sie an einem bestimmten, vorprogrammierten Punkt von der Vergangenheit getrennt... und die Zukunft wird definiert als ewig sich Wandelndes, das von unvorhersehbaren Umständen gelenkt wird.

Falsche Wahrnehmungen. Desinformation. Monatelang, dachte er, habe ich eine Vergangenheit noch einmal erlebt, die es nie gegeben hat.

Dann stand ich vor einer Gegenwart, die mir als eine Wiederholung der Vergangenheit erschien. Aber mit einem Unterschied. Ja... Savage schluckte – Akira starb. Großer Gott, wie sehr werde ich ihn vermissen. Aber sein Tod war nicht die exakte Widerspiegelung meines Alptraumes. Er war... Geköpft. Ja.

Und sein Kopf fiel zu Boden, rollte auf mich zu und blinzelte. Doch bevor er starb, gaben mir seine leblosen Hände das Schwert.

Es war nicht dasselbe. Es war nicht die Vergangenheit!

Also können wir vielleicht doch umkehren, verändern, auswechseln, korrigieren, was hinter uns liegt.

In diesem Fall war aber die Vergangenheit eine Täuschung. Sie ist nie geschehen. Alles war ein Trick, der unser Gedächtnis beeinflußt hat.

Gilt das nicht für alles? Denke an das, was du in dem Buch gelesen hast, das Dr. Santizo dir gab. Erinnerung ist nicht das, was ein Jahr, einen Monat, einen Tag zurückliegt. Erinnerung ist alles, was vor einer Sekunde geschah, als sich Vergangenheit in Gegenwart wandelte, die soeben noch Zukunft gewesen ist. Mein Denken ist blockiert, ich kann meinen Wahrnehmungen nicht trauen. Die Vergangenheit läßt sich nicht beweisen. Die Zukunft ist ein Geheimnis. Ich lebe bis zu meinem Tod in der Gegenwart.

Wie steht es also um Hoffnung und Liebe? Was ist mit Rachel? Was mit...

Morgen? Werden morgen meine Träume zerbrechen, meine Hoffnungen zerschellen, meine Liebe entschwinden? Das glaube ich nicht.

Weil Rachel die Wahrheit kennt. Das hat sie mir oft genug gesagt.

Abraham hat geglaubt –

– daß das Absurde möglich ist.

So lange ich mit gutem Willen handle –

– und weiß, daß es Schmerzen und Fehlschläge geben wird –

– so lange ich mich voll guten Willens vorankämpfe –

– trotz aller Fehlschläge –

– trotz der Schmerzen –

– mit der Hilfe Gottes –

– vermöge des Absurden –

– werde ich nicht zur Geisel des Schicksals werden.

Eine Mitschuld der Lügen

1

Savages Alptraum trat nun doppelt auf, eine schreckliche doppelte Erfahrung. Akira war nicht einmal, sondern zweimal getötet worden. Auch Kamichi war zweimal gestorben. Savage lag ausgestreckt in einer Blutlache und sah Akiras abgeschnittenen Kopf mit den melancholischen, tränenfeuchten, blinzelnden Augen vor sich. Mit einem Schrei wollte er sich aufrichten.

Aber Hände hinderten ihn daran. Eine beruhigende Stimme sprach tröstend auf ihn ein. Für einen Augenblick fragte sich Savage, ob er wieder in dem Hotel in Philadelphia sei, wo ihn Akira beruhigt hatte, nachdem Savage schreiend aus seinem Alptraum aufgefahren war. Die Hoffnung verwandelte sich plötzlich in Furcht, als es Savage bei aller Benommenheit einfiel, daß ihm die letzte schreckliche Begegnung mit Shirai noch bevorstand, falls er sich wirklich immer noch in Philadelphia aufhielt. Die Gegenwart war die Vergangenheit, und die Schrecken der Zukunft harrten noch seiner.

Dieser unklare, aber erschreckende Gedanke ließ Savage zu einem weiteren Schrei ansetzen. Die sanften Hände und die tröstende Stimme suchten ihn zu beruhigen. Plötzlich erkannte Savage, daß er Rachels Stimme hörte, daß er kraftlos auf einem *futon* saß, daß sein Schädel verbunden war, daß ein Gipsverband seinen rechten Arm beschwerte und daß man eine Binde um seinen Brustkorb geschlungen hatte. Er erschauerte, als er an das Krankenhaus in Harrisburg dachte, in dem er niemals gewesen war. Auch dort hatten Gipsverbände seinen Körper gefesselt, obwohl seine Arme und Beine nicht gebrochen gewesen waren. Und er dachte an den blonden Arzt, den es nie gegeben hatte.

»Du darfst dich nicht aufregen«, sagte Rachel. »Beweg dich nicht. Und versuche nicht aufzustehen.« Sie drückte ihn sanft auf das *futon* zurück. »Du mußt dich ausruhen.« Sie beugte sich über ihn und küßte ihn auf die bartstoppelige Wange. »Du bist in Sicherheit, und ich werde dich beschützen. Das verspreche ich. Lieg ganz ruhig und schlafe.«

Als sich der Nebelvorhang vor Savages Hirn klärte, erkannte er die Ironie in den vertauschten Rollen. Rachel beschützte ihn. Er hätte beinahe gegrinst, aber in seinem Kopf hatte er das Gefühl, als sei ihm eine Lanze hineingebohrt worden. Vor Schmerz schloß er die Augen. »Wo bin ich?«

»Bei Taro«, erklärte Rachel.

Savage sah sie überrascht an. Es kostete ihn Mühe zu sprechen. »Aber wie kam...?«

»Die beiden Männer, die bei dir blieben, als du Shirai verfolgtest, haben dich hierher gebracht.«

»Ich kann immer noch nicht... Wieso...?«

»Sie berichteten, sie hätten von dir und Akira den Auftrag erhalten, unten zu warten, während ihr hinaufgestiegen seid, um die Lage zu klären.«

Savage nickte trotz seiner Kopfschmerzen.

»Zwei Stunden später hörten sie Schüsse«, berichtete Rachel. »Pistolen und Schnellfeuerwaffen. Es habe sich wie ein Gefecht angehört, behaupten sie. Gleich darauf seien zwei Wagen mit hoher Geschwindigkeit den Berg heruntergefahren und davongerast.«

Savage holte tief Luft und versuchte, sich zu konzentrieren. »Und dann...?« Seine Stimme krächzte.

»Streng dich nicht an. Überlaß das Reden mir. Bist du durstig? Soll ich dir ein...?«

»Ja«, kam es über seine gesprungenen, trockenen Lippen.

Sie stellte ein Glas Wasser neben seinen Kopf und schob ihm ein gebogenes Trinkrohr zwischen die Lippen. Er saugte, von Schwäche benommen, und ließ das Wasser über seine trockene, geschwollene Zunge laufen. Mühsam schluckend trank er weiter, bis sie ihm das Glas wegnahm.

»Dir wird schlecht, wenn du zu viel auf einmal trinkst.« Sie sah ihn aufmerksam an und fuhr fort: »Die beiden Männer beschlossen, sich die Sache einmal näher anzusehen.«

Savage schloß wieder die Augen.

»Bist du müde? Wir können später darüber reden.«

»Nein, nein«, keuchte Savage. »Ich will... muß... wissen.«

»Taros Schüler gingen davon aus, daß die in dem Wagen fliehenden Leute die Schüsse abgefeuert hatten. Den Berg zu Fuß zu erklimmen, hätte sie zu viel Zeit gekostet. Deshalb riskierten Taros Männer es, den Waldpfad mit ihren Motorrädern hinaufzufahren.«

Mit einer schwachen Bewegung der gesunden Hand bedeutete ihr Savage fortzufahren.

»Kurz unterhalb des Gipfels verbargen sie die Maschinen und schlichen durch den Wald bergauf«, erzählte Rachel weiter. »Sie entdeckten ein riesiges Gebäude, oder vielmehr alle möglichen Gebäudearten, die seltsam ineinander übergingen. Ihre Beschreibung erinnerte mich an das, was du mir über das Berghotel am Medford Gap erzählt hast.« Sie zögerte. »Auf dem Rasen lagen überall Leichen herum.«

Die Erinnerung daran ließ Savage das Gesicht verziehen.

»Dann kamen die Wagen zurück. Taros Schüler versteckten sich. Männer stiegen aus und gingen in das Gebäude. Die jungen Leute warteten eine Weile, dann folgten sie ihnen vorsichtig. Sie fanden noch mehr Leichen.«

»Ja«, sagte Savage. »Sehr viele.« Plötzlich hatte er den kupferigen Blutgeruch wieder in der Nase. »Überall.«

»Im Obergeschoß hörten sie weitere Schüsse. Sie wußten nicht, was sie dort erwartete. Sie waren nur zu zweien und schlichen deshalb sehr vorsichtig hinauf. Als sie das dritte Stockwerk erreichten, lagen auch dort überall Leichen umher.« Rachel biß sich auf die Lippen. »Akira war geköpft worden. Shirai war in der Leibesmitte durchtrennt. Und drei Männer waren im Begriff, dir mit ihren Holzschwertern den Schädel einzuschlagen. Taros Schüler rafften einige der überall herumliegenden Waffen an sich und erschossen die drei Männer, bevor sie dich töten konnten.«

Savages Konzentrationsfähigkeit ließ nach. Er gab sich Mühe, eine Ohnmacht zu vermeiden, weil er unbedingt den Rest noch hören wollte. »Du hast mir immer noch nicht gesagt, wie ich hierher gekommen bin.«

»Einer von Taros Schülern fuhr mit seinem Motorrad in ein nahe gelegenes Dorf, wo dein Wagen versteckt war. Er fuhr mit dem Wagen auf den Berg zurück, lud dich und Akiras Leiche ein und fuhr dich zu Taros Haus, während der zweite Schüler mit dem Motorrad hinterher kam. Taro schickte die jungen Männer auf den Berg zurück, um das zweite Motorrad zu holen und die Leichen so hinzulegen, daß es aussah, als habe eine Gruppe von Angreifern versucht, Shirai zu töten, während eine zweite Gruppe ihn verteidigte. Den

Zeitungsberichten ist zu entnehmen, daß die Polizei an diese Irreführung glaubt. Allerdings kann niemand erklären, wie es zu dieser Rebellion gekommen ist.«

Savage schwand das Bewußtsein.

»Taro hat dich verarztet«, fügte Rachel hinzu. »Er hat deine Verletzungen gereinigt und verbunden, und er hat deinen Arm gerichtet und geschient. Er hat alles getan, was er konnte. Es wäre zu riskant gewesen und hätte zu viel Aufmerksamkeit erregt, dich in ein Krankenhaus zu fahren. Aber wenn du jetzt nicht aufgewacht wärest, hätte ich darauf bestanden, dich zu einem Arzt zu bringen.«

Savage packte ihre Hand. Vor seinen Augen wurde alles grau, dann schwarz. »Verlaß mich nicht.«

»Niemals.«

Sein Bewußtsein driftete davon und versank.

Er litt unter seinem Alptraum, oder genauer gesagt unter seinen zwei Alpträumen, einen nach dem anderen.

2

Als er wieder aufwachte, fühlte er sich kräftiger, obwohl ihm der Schädel brummte und der Schmerz tief in seinem Körper saß.

Rachel kauerte neben ihm und hielt seine gesunde Hand. »Durstig?«

»Ja... und hungrig.«

Sie strahlte. »Ich muß dich für einen Moment allein lassen. Du bekommst nämlich Besuch.«

Als Rachel hinausging, hatte Savage erwartet, sie würde Taro hereinführen. Statt dessen sah er zu seiner Freude Eko hereinkommen. Ihr altes Gesicht war immer noch gezeichnet von der Trauer um Churi, doch ihre Augen blitzten vor Freude darüber, daß sie dienen durfte, indem sie Savage ein Tablett brachte, auf dem sich, wie er bald sah, eine Tasse Tee und eine Schüssel Fleischbrühe befanden.

Rachel stand neben ihr. Die beiden Frauen tauschten Blicke aus, die mehr sagten als viele Worte. Mit einer Geste lud Rachel die alte Frau ein, auf dem *futon* Platz zu nehmen und Savage mit dem Löffel zu füttern. Hin und wieder hielt ihm Rachel die Teetasse an die Lippen.

»Also sind Sie doch noch von Taros Männern befreit worden«, sagte Savage, dem Tee und Suppe sehr gut taten. Sogleich fiel ihm ein, daß Eko kein Englisch verstand.

Rachel erklärte es ihm: »Ich habe nicht verstanden, was für Schwierigkeiten bei ihrer Befreiung aufgetreten sind. Doch an dem Abend, als du Shirai in die Berge verfolgt hast, kamen Taros Schüler mit Eko an.«

»Akira« – die innere Bewegung hinderte ihn am Sprechen – »wäre überglücklich und dankbar gewesen. Damit ist wenigstens ein Problem positiv gelöst worden. Gott, wie er mir fehlt. Ich kann es immer noch nicht fassen... Weiß sie schon von Akiras Tod?«

»Sie hat dabei geholfen, seinen Leichnam für die Totenfeier vorzubereiten.«

»Wenn ich ihr nur sagen könnte, wie leid mir das alles tut«, sagte Savage.

»Sie versteht dich, und du tust ihr leid. Sie fühlt deine Trauer mit.«

»*Arigato.*« Den Tränen nahe berührte Savage Ekos Arm.

Sie verneigte sich.

»Taros Schüler haben noch jemanden mitgebracht«, sagte Rachel.

»Wen denn?«

»Das ist etwas kompliziert. Wenn du dich stark genug fühlst, sieh ihn dir mal selber an.«

»Ich bin stark genug.« Mit einiger Mühe konnte er sich zum Sitzen aufrichten.

»Geht es wirklich?« fragte Rachel besorgt.

»Helft mir aufstehen. Allzu viele Fragen sind ohne Antwort geblieben. Wenn es der ist, auf den ich warte... Bitte, Rachel, hilf mir.«

Eko und Rachel mußten sich gemeinsam anstrengen, um den Mann auf die Füße zu stellen. Von den beiden Frauen gestützt, humpelte er auf die Schiebetür zu. Licht blendete seine Augen. Vor sich hatte er ein Zimmer, in dem Kissen rund um einen niedrigen Tisch aus Zypressenholz ausgebreitet waren. An der einen Seite saß Taro mit gekreuzten Beinen. An der anderen...

Savage starrte den gutangezogenen, sandblonden Mann von etwa fünfzig Jahren an, den er als Philip Hailey kannte.

Aber Hailey wirkte abgerissen, unrasiert, mit zerknittertem Anzug, heruntergezogener Krawatte. Der oberste Hemdenknopf war offen.

Haileys Hände zitterten stärker als die des Verletzten, und sein Blick war nicht mehr kühl und berechnend.

»Ah«, sagte Savage und ließ sich auf eines der Kissen sinken. »Da schließt sich wieder ein Kreis. Wer sind Sie?«

»Sie kennen mich als...«

»Philip Hailey, ja. Und sie traten in meinem Alptraum von dem nicht existierenden Medford Gap Mountain Hotel auf. Sie haben mich am Meiji-Schrein verfolgt. Und Kamichi – oder Shirai – hat mir gesagt, Sie wären mein Kontaktmann, weil wir beide für den CIA arbeiten. Beantworten Sie meine Frage! Wer, zum Teufel, sind Sie?«

Die Wut erschöpfte Savage so, daß er wankte. Rachel stützte ihn.

»Falls Sie sich nicht erinnern, ist es aus Sicherheitsgründen besser, wenn wir beide nicht unsere richtigen Namen benutzen, Doyle.«

»Nennen Sie mich nicht so, Sie Bastard. Vielleicht ist Doyle mein Name, aber ich kann mich damit nicht identifizieren.«

»Okay, dann nenne ich Sie Roger Forsyth. Das ist Ihr Pseudonym, unter dem Sie für die Agentur arbeiten.«

»Nein, verdammt. Nennen Sie mich bei meinem anderen Pseudonym, unter dem ich mit Graham gearbeitet habe. Sagen Sie es.«

»Savage.«

»Richtig. Und nun sagen Sie mir noch, was mit mir gemacht worden ist. In Gottes Namen, wer hat was mit mir getan?«

Hailey zerrte an seinem Hemdkragen. Mit zitternden Fingern öffnete er den zweiten Knopf. »Ich habe keine amtliche Erlaubnis, Ihnen das zu sagen.«

»Falsch. Sie haben die wichtigste Erlaubnis, die es geben kann. Nämlich meine. Oder ich breche Ihnen ihre verdammten Arme und Beine.« Savage riß ein Messer vom Tisch. »Oder ich schneide Ihnen die Finger ab und dann...«

Hailey erbleichte. Er hob beide Arme. »Okay. Schon gut, Savage, bleiben Sie ruhig. Ich weiß, daß Sie viel durchgemacht haben. Ich verstehe Ihre Aufregung, aber...«

»Aufregung? Ich möchte Sie umbringen! Reden Sie! Ich will alles hören! Fangen Sie endlich an!«

»Es beruhte alles« – Haileys Atem ging schwer – »auf einer Fehlkalkulation. Sehen Sie, es fing damit an, daß... Vielleicht wissen Sie gar nichts davon... die militärische Seite arbeitet seit einiger Zeit an der Herstellung der sogenannten Tapferkeitspille.«

»Was?«

»Das Problem liegt darin, daß man einen Soldaten noch so gut ausbilden kann – wenn die Schlacht losgeht, fürchtet er sich. Ich meine, das ist nur natürlich. Wenn jemand auf mich schießt, sendet das Gehirn ein Gefahrensignal an meine Adrenalindrüse. Man beginnt, sich zu fürchten, man zittert und möchte davonlaufen. Das ist einfach ein biologischer Instinkt. Gewiß, ein SEAL wie Sie kann bei seiner Ausbildung den Reflex vielleicht unterdrücken. Aber der einfache Soldat leidet unter diesem Fluchtkomplex. Und wenn er davonläuft, ist das Spiel aus. Also dachten unsere obersten Schlachtenlenker: Vielleicht gibt es eine Chemikalie, die sich dagegen einsetzen ließe. Wenn der Soldat davon eine Pille nimmt, ehe die Schlacht losgeht, dann wird das Gefahrensignal im Gehirn unterdrückt und es kommt zu keinem Adrenalinstoß. Der Soldat empfindet keine Gefühlsregung und kämpft entsprechend seiner Ausbildung. Ja, er kämpft. Als die Droge getestet wurde, funktionierte alles wunderbar. In der Stunde der Gefahr! Aber hinterher? Streß und alles, was er durchmachen mußte, hatten sich dem Gedächtnis des Soldaten eingeprägt. Er litt plötzlich unter einem Trauma, das ihn diensttauglich machte. Er fühlte sich gejagt.«

»Ja«, fiel Savage ein. »Gejagt. Darin bin ich ein Experte, im Gejagtwerden.« Er zielte mit dem Messer auf Haileys Arm.

»Ich bat Sie schon einmal, Savage, bleiben Sie ruhig. Ich sage Ihnen alles, was Sie wissen wollen.«

»Dann tun Sie es!«

»Die Militärs kamen zu dem Schluß, daß sich die Tapferkeitspille bewährt habe. Das Problem lag im Gedächtnis. Sie dachten auch über den posttraumatischen Streß nach und meinten, zwei Probleme auf einmal lösen zu können. Da war auf der einen Seite die Qual der Veteranen aus Vietnam, die nicht mit dem fertig werden konnten, was sie durchgemacht hatten. Und auf der anderen Seite mußte etwas gefunden werden, was den Soldaten glauben ließ, daß alles, was er durchmachen müsse, völlig normal sei.«

»Psychochirurgie«, sagte Savage mit versagender Stimme.

»Genau das«, entgegnete Hailey. »Also experimentierten die Militärs mit Möglichkeiten, traumatische Erinnerungen auszulöschen. Es stellte sich heraus, daß dies leichter war, als sie gedacht hatten. Die notwendigen Techniken gab es bereits. Neurochirurgen führen manchmal bei der Behandlung von Epilepsie Elektroden in das Gehirn ein. Sie stimulieren die eine oder andere Sektion, bis sie die Neuronen finden, die Epilepsie hervorrufen. Die Chirurgen brennen diese Neuronen aus, und der Epileptiker ist geheilt. Aber sie haben Erinnerungslücken. Das ist der Preis, den die Patienten für ihre Genesung hinnehmen müssen. Die Militärs beschlossen, mit der gleichen Technik zu experimentieren, um die Erinnerungen auszulöschen, die bei den Soldaten posttraumatische Angstzustände auslösten. Ein großartiges Konzept.«

»Gewiß«, sagte Savage und fühlte sich versucht, Hailey das Messer ins Herz zu stoßen.

»Aber irgendwer kam dahinter, daß die so behandelten Soldaten eine Lücke oder eine leere Stelle in ihren Erinnerungen hatten. Sie wurden oft von dem Bewußtsein gequält, daß mit ihnen etwas Wichtiges geschehen sei, an das sie sich nicht erinnern konnten. Diese Unsicherheit setzte ihre Fähigkeit herab, weiterzukämpfen. Warum also nicht, wenn die Chirurgen sowieso schon im Gehirn hantierten, den Leuten eine falsche Erinnerung einpflanzen – eine falsche Erinnerung an irgend etwas Beruhigendes, Friedliches. Drogen und Filme in Verbindung mit richtig geführten Elektroden – das ist der ganze Trick.«

»Ja«, warf Savage ein. »Was für ein Trick!«

»Dann kam jemand auf die Idee, Versuche damit anzustellen, den Patienten nicht nur friedvolle Erinnerungen einzupflanzen, sondern ihn zur Verrichtung von Dingen zu programmieren...«

»Ich verstehe, was damit gemeint ist«, knirschte Savage und fuhr mit dem Messer über Haileys Jackenärmel. »Nun reden wir über mich. Was ist mit mir passiert?«

»Japan.« Hailey zögerte und starrte auf das Messer. »Die Japaner haben uns bei Pearl Harbour einen übergebraten. Aber dann haben wir sie besiegt und am Boden zerstört. Wir haben es ihnen gegeben – zweimal. Und dann haben wir sieben Jahre damit zugebracht, ihnen klarzumachen, daß sie sich nicht noch einmal mit uns anlegen sollten. Aber genau das haben sie getan. Nicht militärisch, sondern finanziell! Sie kaufen uns aus. Sie werfen ihre Waren zu Dumpingpreisen auf unsere Märkte. Unsere Banknoten gehören ihnen. Sie kontrollieren unser Handelsdefizit. Sie sind verantwortlich für unsere Staatsschulden.«

Taros runzeliges Gesicht rötete sich vor Zorn. Bis ins Tiefste beleidigt, starrte er den Amerikaner an.

»Kommen Sie zur Sache«, forderte Savage ihn auf.

»Eine Gruppe in unserer Agentur, nicht die Agentur als Ganzes – die ist zu vorsichtig –, aber eine Gruppe beschloß, etwas dagegen zu unternehmen«, redete Hailey weiter. »Wir wußten, was Shirai vorhatte. Uns war auch bekannt, daß er den Status quo in Japan unterminieren wollte. Im vergangenen Jahr erlebte Japan, wie man sich Einfluß kaufen kann. Mächtige Politiker bekommen Bestechungsgelder in Form von unterbewerteten Aktien, die bald ein Vermögen wert sind. Dahinter steckte Shirai. Durch Vermittler kontrollierte er den Parteinachwuchs. Durch die Zeitungen, die ihm gehörten, beeinflußte er die öffentliche Meinung. Politiker stürzten, Parteibosse verloren ihre Macht. Ein Ministerpräsident mußte zurücktreten, dann noch einer. Das Regierungssystem näherte sich dem Zusammenbruch. Shirai wollte die Macht an sich reißen. Er wollte mit seinem Reichtum und seiner Rücksichtslosigkeit an die Spitze. Aber er brauchte einen Zwischenfall von symbolhaften Ausmaßen, eine zündende Sensation, die ihm neue Anhänger in solcher Anzahl zuströmen ließ, daß er die Nation einen und seine Ziele erreichen konnte. Nicht nach außen hin, sondern innenpolitisch. Die Welt sollte ausgeschlossen werden. Japan den Japanern! Diese Idee gefiel meiner Gruppe in der CIA.«

»Also beschlossen Sie« – Savage umklammerte den Messergriff –, »ihm zu helfen.«

»Warum nicht? Shirais Ziele paßten zu unseren. Wenn Japan sich nach innen kehrte, wenn das Land in kulturelle Quarantäne ging und mit Fremden nichts mehr zu tun haben wollte, würde Amerika nicht länger mit japanischer Ware zugeschüttet werden. Daraus konnte sich die Möglichkeit ergeben, unser Handelsdefizit abzubauen. Wir würden unsere Schulden vermindern, beim Teufel, vielleicht sogar tilgen können. Unser Haushaltsplan ließe sich ausgleichen. Mann, was für Möglichkeiten!«

»Sie waren bereit, einem... Ihnen ist doch sicherlich aufgegangen, daß Shirai verrückt war?«

Hailey zuckte mit den Schultern. »Alles läßt sich relativieren. Wir haben ihn lieber als Idealisten angesehen.«

Savage stieß einen Fluch aus.

»Die Agentur ließ Shirai eine ganze Weile beobachten«, fuhr Hailey fort. »Einer seiner engsten Mitarbeiter wurde von uns bezahlt. Er hielt uns über Shirais Vorhaben auf dem laufenden, und wir ließen durch ihn Shirai über Skandale bei hohen Beamten und Politikern unterrichten. Dadurch wurde Shirai in die Lage versetzt, das japanische Establishment zu erschüttern. Natürlich wußte Shirai nichts von unserer Mithilfe. Dann warteten wir ab, um zu sehen, ob unsere Investitionen sich lohnen würden.«

»Das hat immer noch nichts mit mir zu tun.«

»Oh, doch.« Hailey wischte sich den Schweiß von der Wange. »Ich fürchte, es hat mit Ihnen zu tun. Ich habe erst kürzlich erfahren, daß einige Mitglieder meiner Gruppe eine eigene Gruppierung aufgezogen hatten. Wir sind konservativ, wir sind stolz darauf. Aber diese anderen Kerle...« Er schluckte nervös. »Sie meinen, daß Oliver North großartige Leistungen vollbracht hat und daß sie, wie North sagen würde, eine saubere Idee hatten. Sie meinten nämlich, man könne genausogut die Sache bis zum Ende durchführen. Warum sollte man nicht Shirai die Möglichkeit verschaffen, einen Zwischenfall zu inszenieren, ein Ereignis von so schwerwiegender Bedeutung, daß ihm die Macht zufallen mußte? Wie wäre es, so dachten diese Männer, wenn sich Amerika durch die antiamerikanischen Umtriebe Shirais zu stark bedroht fühlte, so daß ein Attentäter ausgesandt werden mußte, um ihn zum Schweigen zu bringen? Und zwar ein CIA-Agent. Der Anschlag mußte natürlich fehlschlagen, der Agent ums Leben kommen. Shirai würde herausbekommen, daß die CIA dahinter steckte, und ganz Japan würde in Wutgeheul ausbrechen. Wenn schon zehntausende Japaner gegen uns demonstrieren, nur weil wir mal achtzig Meilen vor ihrer Küste eine Atombombe verloren haben, wieviele Hunderttausende, ja vielleicht Millionen würden gegen einen Attentatsversuch wüten, der von Amerika aus inszeniert worden war?«

»Aber das ist doch... diese Männer sind genauso verrückt, wie es Shirai gewesen ist. Was, zum Teufel, begründet ihre Überzeugung, daß es Amerika helfen würde, wenn sich die Japaner gegen uns wenden?«

»Begreifen Sie das nicht? Wenn die Verbindungen zwischen den beiden Ländern abgeschnitten werden, hört es mit dem Import japanischer Waren auf. Dann hätten wir den Wirtschaftskrieg gewonnen«, erklärte Hailey.

»Ja, und vermutlich würde sich dann Japan mit den Chinesen oder den Sowjets zusammentun.«

»Nein, das würde eben nicht eintreten. Mit den Chinesen und den Sowjets verstehen sich die Japaner ganz und gar nicht. Die chinesisch-japanische Fehde ist schon mehrere Jahrhunderte alt. Und mit den Sowjets sind die Japaner böse, weil ihnen eine Inselkette im Norden vorenthalten wird, die bis zum Ende des Zweiten Weltkrieges japanischer Besitz gewesen ist. Shirai würde die antiamerikanische Stimmung im Lande in eine Wut umwandeln, die sich gegen die ganze übrige Welt wendet. Dann wären wir wieder im Geschäft.«

Savage schüttelte den Kopf. »Absoluter Schwachsinn.«

»Die Splittergruppe in der Agentur sorgte dafür, daß über ihren Mittelsmann diese Idee an Shirai herangetragen wurde. Er ging sofort darauf ein. Verstehen Sie – Shirai hatte keine Ahnung, daß das Komplott von Amerika ausging. Er wußte auch nicht, daß diese Gruppe in der Agentur glaubte, Amerika werde dabei mehr gewinnen als Shirai. Und jetzt kommen wir zu Ihnen. Illegal oder nicht – es ist eine Sache, einen Agenten mit einem Mordauftrag loszuschicken, aber es ist eine andere Sache ihm zu befehlen, Selbstmord zu begehen. Da spielt keiner mit. Die Splittergruppe brauchte einen Mitarbeiter, der nicht wußte, was auf ihn zukam. Der Mann sollte nicht einmal wissen, daß er für den CIA arbeitete, um nicht auf dumme Gedanken zu kommen. Dann würde er nämlich mit seinem Kontrolleur Verbindung aufnehmen und sich abmelden.«

»Und Sie waren oder sind mein Kontrolleur?«

Hailey standen Schweißtropfen auf der Stirn. »Wir haben Sie schon rekrutiert, als Sie noch bei den SEALs dienten. 1983 gaben Sie öffentlich zu erkennen, daß Sie mit Amerikas Grenada-Invasion nicht einverstanden waren. Sie sagten, dieser Einsatz habe politische Motive gehabt, er sei nutzlos und sinnlos. SEAL-Kameraden hätten sterben müssen, damit ein Filmstar-Präsident sein

Ansehen aufmöbeln konnte. Sie fingen an zu trinken und in Bars Ansprachen zu halten. Sie schlugen sich mit Ihrem besten Freund.«

»Mac.«

»Er spielte in unserem Plan eine Rolle«, erläuterte Hailey. »Er mußte Schweigen geloben. Sie haben mit ihm zusammen eine Bar auseinandergenommen. Mac verkündete in aller Öffentlichkeit, daß er Sie umbringen werde, falls er Ihnen noch einmal begegnen sollte. Und dann stiegen sie bei den SEALs aus und wurden tätiger Beschützer.«

»Ausgebildet von Graham.«

»Auch er spielte eine Rolle in dem Plan. Ihre Hintergrundgeschichte stellte Sie als einen Amerikaner dar, der seine Regierung wegen deren Politik haßte. Niemand wäre auf die Idee verfallen, daß Sie in Wirklichkeit für den CIA arbeiteten und daß jeder mächtige Klient, den Sie betreuten, eine Zielperson darstellte, die uns wichtige Informationen lieferte. Ein Beschützer, der Loyalität geschworen hat, findet zu einer Menge schmutziger Geheimnisse Zugang. Die Informationen, die wir von Ihnen erhielten, haben uns geholfen, auf einige wichtige Leute Druck auszuüben.«

Angewidert wandte sich Savage an Rachel. »Du hast einmal von dieser Möglichkeit gesprochen. Erinnerst du dich? Gleich nachdem Mac erschossen worden war. Aber ich konnte es einfach nicht glauben.« Er sah wieder Hailey an. »Ich bin also jahrelang ein« – das Wort wollte ihm nicht über die Lippen – »Erpresser gewesen.«

»He, Savage, so schlimm ist es nicht. Machen Sie sich nicht selber schlecht. Sie haben vielen Leuten das Leben gerettet. Sie sind ein hochtalentierter Beschützer.«

»Das ändert nichts an der Tatsache, daß ich meinen Klienten Treue versprach und sie hinterher betrog«, knurrte Savage.

»Nicht alle. Meistens wurden Sie auf Klienten ohne besondere Bedeutung angesetzt, schon um Ihrer Hintergrundgeschichte gerecht zu werden. Aber einige von Ihren Klienten... ja, die haben Sie betrogen. Aber glauben Sie mir, Savage, die hatten es verdient, betrogen zu werden.«

Savage starrte auf das glitzernde Messer in seiner Hand. Er stieß die Spitze fast durch die Tischplatte. »Und Sie waren mein Kontaktmann. Durch Sie ist die Splittergruppe auf mich aufmerksam geworden.«

»Ihr Hintergrund war ausgezeichnet. Ein Mann mit härtester militärischer Ausbildung und einer zusätzlichen Lehrzeit als Beschützer, die es Ihnen ermöglichte, mit allen Sicherheitssystemen fertig zu werden. Sie waren ein so gut abgedeckter Mitarbeiter, daß Sie von der Agentur nicht vermißt worden wären, hätte man Sie mal für eine Weile wegtauchen lassen. Hinzu kam noch eine wichtige Einzelheit aus Ihrer Vergangenheit.«

»Welche Einzelheit?«

»Hier müssen wir mal eine kleine Pause einlegen, Savage.«

»Sagen Sie es mir! Welche Einzelheit?«

»Nein, jetzt wird erst einmal verhandelt«, sagte Hailey. »Ich habe Ihnen das alles nicht zum Spaß enthüllt. Die Kerle, die mich hierher geschleppt haben, würden mich genauso gern umbringen wie mich laufenlassen. Ich bewege mich auf einem schmalen Grat. Diese wichtige Einzelheit ist, wenn ich sie preisgebe, der Preis für meine Freiheit. Sie halten immer so viel auf Ehre. Okay, ich will Ihr Ehrenwort, Sie sollen mir schwören, daß ich unbehelligt von hier fortgehen kann, wenn ich Ihnen alles sage. Um es Ihnen leichter zu machen – es handelt sich um eine Information über Ihren Vater.«

Savage umklammerte den Messergriff so fest, daß seine Knöchel weiß hervortraten. »Was ist mit meinem Vater?«

»Sie werden es nicht gern hören, Savage.«

»Er hat sich erschossen! Wenn das Ihr schreckliches Geheimnis ist, bin ich bereits darüber informiert.«

»Ja, er hat sich erschossen«, fuhr Hailey fort. »Die Frage ist nur – warum.«

»Mein Vater war an der Invasion in der Schweinebucht beteiligt. Als die Sache schiefging, brauchte die Regierung einen Prügelknaben. Mein Vater, Gott hab' ihn selig, nahm alle Schuld auf sich, unglaublich loyal wie er war, und quittierte den Dienst. Die Demütigung fraß an seinem Herzen. Die Agentur bedeutete ihm alles. Ohne sie hatte sein Leben keinen Sinn. Er fing an zu trinken, was seine innere Leere noch vergrößerte. Also schoß er sich in den Kopf.«

»Ja und nein.«

»Wovon reden Sie?«

»Von einer Abmachung«, sagte Hailey. »Ich will ungeschoren von hier wegkommen. Dafür biete ich die Wahrheit über den Selbstmord Ihres Vaters.«

»Die Wahrheit? Mein Vater ist tot! Was für eine Wahrheit könnte es da noch geben.«

»Sorgen Sie dafür, daß ich unbehelligt hier herauskomme, und Sie werden alles erfahren.«

»Vielleicht will ich die Wahrheit gar nicht wissen. Wenn ich Sie auf der Stelle umbringe...«

Hailey schüttelte den Kopf. »Sie würden es ewig bedauern. Sie würden sich immer wieder fragen, was für ein Geheimnis das wohl sei. Ich bin ehrlich, Savage, die Wahrheit wird Sie niederschmettern. Aber gerade deshalb werden Sie alles wissen wollen.«

Savage starrte ihn an. »Sie...« Voller Entsetzen erinnerte er sich an den Abend, da er seines Vaters Leiche gefunden hatte, mit einem Tuch unter dem Kopf, um sein Blut aufzufangen. »Sie haben mein Wort.«

»Nicht nur Ihr Wort. Ich will auch von ihm bestätigt bekommen, daß ich gehen kann.« Hailey deutete auf Taro. »Er ist mir gegenüber zu nichts verpflichtet. Außerdem bin ich ein *gaijin*. Er wird sich durch Ihr Wort nicht gebunden fühlen und mich ohne Bedauern umbringen.«

Savage drehte sich zu dem kahlköpfigen, ernst dreinblickenden Japaner um. »Taro-sensei...«, Savage suchte nach passenden Worten. Er verneigte sich. »Taro-sensei, ich muß Sie ganz formell um einen Gefallen bitten. Akira hat mir die Bedeutung eines solchen Ansinnens erklärt. Ich bin bereit, für alle Ewigkeit in Ihrer Schuld zu stehen. Ich unterwerfe mich den Forderungen von *giri*. Ich bitte Sie – mit Respekt. Ich flehe Sie an, diesen Mann lebendig zu entlassen, wenn er mir mitteilt, was ich wissen muß.«

Taro kniff die Lider zusammen und überlegte.

»Ich äußere diese Bitte«, fügte Savage hinzu, »im Andenken an Akira.«

Taro ließ die Blicke zwischen Hailey und Savage hin und her wandern.

»Für Akira?« fragte der Alte. »*Hai*.« Er verneigte sich in Trauer.

»Nun, Hailey, es ist abgemacht. Sie haben unser Wort«, sagte Savage.

Hailey überlegte sich die Sache. »Ich stehe schon zu lange in Diensten der Agentur. Ich habe verlernt, auf Treu und Glauben zu handeln.«

»Sagen Sie es mir«, drängte Savage.

»Okay, ich will Ihnen vertrauen. Ihr Vater hat Selbstmord begangen. Das stimmt. Aber das hatte nichts mit der Schweinebucht zu tun.«

»Nicht?«

»Ihr Vater, Savage, war von der Agentur damit beauftragt worden, Castro aus dem Wege zu räumen. Er hat es immer wieder versucht. Jeder Plan schlug fehl. Castro kam bald dahinter, daß ihm der CIA nach dem Leben trachtete. Er forderte die Vereinigten Staaten auf, ihn in Ruhe zu lassen, Ihr Vater aber wollte seinen Auftrag unbedingt ausführen und versuchte es abermals. Da befahl Castro, den Präsidenten Kennedy in Dallas zu erschießen – und Ihr Vater beging aus Kummer Selbstmord, weil er für Kennedys Tod verantwortlich war.«

»Oh, Himmel.« Savage verließen die Kräfte. Rachel stützte ihn.

»Ich habe Ihnen gesagt, daß Sie es nicht gern hören würden. Aber das ist nun mal die Wahrheit«, sagte Hailey. »Und nun erwarte ich, daß Sie Ihren Teil der Abmachung erfüllen.«

»Versprochen ist versprochen.« Savage konnte kaum reden. »Sie können gehen.«

»Diese Einzelheit aus Ihrer Lebensgeschichte machte Sie zum idealen Kandidaten für den fehlgeschlagenen Mordversuch an Shirai. Wie der Vater, so der Sohn. Shirai konnte unschwer den Anschlag auf sein Leben den Vereinigten Staaten zuschreiben. Er konnte sogar eine Verbindung zu dem Mord an Kennedy und die Anschläge auf Castro herstellen, ohne weiteres den Dreck der Vergangenheit aufrühren und uns als Mörderbande hinstellen. Oh, Sie haben Ihre Sache großartig gemacht. Wir brauchten nur einige wichtige Einzelheiten aus Ihrem Gedächtnis zu entfernen, damit Sie nicht mehr wußten, daß Sie für den CIA arbeiten. Statt dessen wurde Ihrem Gedächtnis ein schrecklicher Alptraum implantiert, der Sie zwang, die Spur bis zu Shirai zu verfolgen.«

»Was war mit Akira?« Savage stöhnte. »Was hatte er damit zu tun?«

»Shirai mußte und wollte das japanische Establishment genauso kompromittieren wie die Amerikaner. Also lag es nahe, einen Angehörigen des japanischen Geheimdienstes einzuschleusen, der gleichfalls als tätiger Beschützer arbeitete. Ihr solltet voneinander glauben, einer habe den anderen sterben gesehen. Als Ihr dann beide feststellen mußtet, daß Ihr noch am Leben wart, wolltet Ihr natürlich herausfinden, woher euer Alptraum stammte. Einiges war vorauszusehen – daß Ihr nach dem Medford Gap Mountain Hotel forschen würdet, nur um festzustellen, daß es nie existiert hatte. Daß Ihr nach Harrisburg fahren würdet, nur um festzustellen, daß dort von euch niemand etwas wußte. Und so weiter. Dann ging Shirai an die Öffentlichkeit. Er trat im Fernsehen auf. Sein Bild erschien in der Presse. Da habt Ihr euern Prinzipal gesehen, der doch vor euren Augen in zwei Stücke zerhauen worden war. Also war anzunehmen, daß Ihr zu ihm fahren würdet, um herauszufinden, was es mit diesen Alpträumen auf sich hatte.«

»Einiges war aber nicht vorhersehbar«, wandte Savage ein. »Mein Entschluß, nach Virginia zu fahren, um mit Mac zu reden.«

»Richtig. Nachdem Ihr Gedächtnis hergerichtet, also konditioniert worden war – es geschah übrigens in Japan auf Shirais Grundstück –, wurde Ihnen ein kleiner Sender in eine Zahnplombe eingebaut, bevor Arme und Beine in Gips gelegt wurden. Diese Stelle wurde gewählt, weil Sie und Akira, wie viele andere Leute auch, bereits Zahnplomben trugen. Auf dem Röntgenschirm war der Sender in der Plombe nicht zu sehen. Nach den Signalen, die dieser Sender ausstrahlte, konnten Ihnen Shirais Leute überallhin folgen. Nur gelegentlich mußten eure Verfolger euch in die rechte Richtung drängen.«

»Aber Mac in Virginia aufzusuchen, war nicht die rechte Richtung.«

»Das stimmt leider.« Hailey schüttelte den Kopf. »Shirais Männer fürchteten, Mac würde Ihnen zu vieles anvertrauen und dadurch Ihre Konditionierung durchbrechen. Sie mußten ihn aus dem Weg räumen.«

»Außerdem mußten sie versuchen, sich Rachels zu bemächtigen, nachdem sie Akira und mich zusammengeführt hatte. Aber danach hatte sie keinen Platz in dem ganzen Plan.«

»Das stimmt leider auch.«

»Wie steht es mit dem Mann und der Frau, die ich für meine Eltern halten sollte?«

»Die beiden in Baltimore? Schauspieler. Die sollten für weitere Panik sorgen. Unsere Gruppe ließ über ihren Verbindungsmann Shirai wissen, daß er Sie und Akira in völlige Verwirrung stürzen müsse. Der Zweck war, sie beide zu veranlassen, möglichst hastig Shirai aufzuspüren, sobald Sie ihn im Fernsehen oder auf einem

Pressebild zu sehen bekämen. Es gab noch einen zweiten Plan, nämlich Sie und Akira zu entführen, unter Rauschmitteleinfluß zu Shirais Anwesen zu bringen und dort zu töten, während Shirais Männer ihr Leben opferten, damit ihr Führer seine ehrgeizigen Bestrebungen durchsetzen konnte. Ein ganz einfacher Plan, wie Sie sehen. Aber er erschien nicht überzeugend genug. Sie und Akira mußten eine Fährte hinterlassen – in Griechenland, in Südfrankreich, in Amerika und vor allem in Japan. Sie mußten die Beweise selbst liefern, so zum Beispiel die Stempel in den gefälschten Pässen, ganz abgesehen von den Gesprächen, die Sie mit Taxifahrern, Hotelangestellten und Zollbeamten führten. Aus allem mußte sich eure Entschlossenheit, zu Shirai zu gelangen, ablesen lassen.«

»Und Grahams Tod?« Savage zitterte.

»Damit hatte die Agentur nichts zu tun. Shirais Leute erblickten in ihm einen Unsicherheitsfaktor, nachdem er Sie und Akira auf dem Anwesen von Papadropolis zusammengeführt hatte. Sie brachten ihn um und arrangierten alles so, daß die Behörden auf einen Selbstmord schließen mußten.«

»Aber Graham wußte, was er tat, als er mich und Akira nach Mykonos schickte. Er fühlte sich letztlich der Agentur verpflichtet, nicht uns.«

»Savage, Sie stellen zu viele Fragen. Graben Sie nicht allzu tief. Er war Ihr Freund. Ja. Er folgte den Regeln seines Berufs und gehorchte seinen Vorgesetzten. Warum wohl ist er zwischen Maryland und Massachusetts hin und her gereist, um Sie und Akira gesundzupflegen? Er liebte Sie, Savage, und er liebte Akira. Aber er liebte noch mehr seinen Beruf – nicht als Beschützer, sondern als Spion.«

Schwindlig lehnte sich Savage gegen Rachel. Ihre Wärme verlieh ihm Kraft. »Sie haben recht. Ich stelle zu viele Fragen.« Trotz seiner Verletzungen gelang es ihm, sich aufzurichten. »Aber eine Frage hätte ich noch.«

»Fragen Sie. Es ist Ihr gutes Recht. Wir haben eine Abmachung. Aber danach verschwinde ich von hier.«

»Okay,« entgegnete Savage und erhob sich mühsam. Rachel half ihm dabei. Savage starrte von oben auf Hailey herab. »Okay, hier ist meine Frage. Wollten Sie mich am Meiji-Schrein aufhalten oder voranscheuchen?«

»Zum Teufel, Mann, ich wollte sie stoppen. Der Plan war uns außer Kontrolle geraten.«

»Und der Lastwagen? Gehörte der Ihnen?«

»Sie sagten, nur eine Frage.«

»Verdammt, antworten Sie!«

»Ja, er gehörte uns.«

»Und wer erschoß den Fahrer?«

»Shirais Leute. Denken Sie an den Sender in Ihrer Zahnplombe. Sie konnten unschwer verfolgt werden. Und die anderen wollten nicht, daß wir Sie aufhielten.«

»Und was ist mit...«

»Das sind schon zwei Fragen mehr«, sagte Hailey. »Wollen Sie etwa unsere Abmachung brechen?«

»Ich bin gleich fertig.« Savage zitterten die Knie. Rachel hielt ihn aufrecht. »Wer ist in Akiras Haus eingedrungen, um uns zu töten? Wer hat das angeordnet...?«

»Raten Sie mal.«

»Ganz einfach.« Savage knirschte mit den Zähnen. »Sie haben das angeordnet, weil Ihnen der Plan außer Kontrolle geraten war. Deshalb sollten wir herausgeholt und getötet werden. Sie waren inzwischen dahinter gekommen, was die Blödmänner in Ihrer Splittergruppe anzurichten im Begriff waren und gelangten zu der Ansicht, daß der ganze Plan gestoppt werden müsse. Wir sollten ausgelöscht werden. Und als das nicht gelang, verfolgten Sie uns bis zum Meiji-Schrein, um uns dort zu erledigen. Sie sind genauso mein Feind wie diese Schwachköpfe. Es gibt nur einen Unterschied: Offenbar habe ich Ihnen früher einmal vertraut! Offensichtlich sind Sie mein Freund gewesen!«

»He, Savage, Freundschaft und Geschäft... so gerne ich Ihr Freund geblieben wäre..., aber manchmal...«

Die Wut überwand die Schwäche, Zorn ließ ihn die Schmerzen vergessen. Mit aller Kraft, die er aufbringen konnte, schlug Savage mit dem heilen Arm zu – welch wunderbares Gefühl! – und landete einen schweren Hieb in Haileys Gesicht. Zähne brachen, Haileys Nase war deformiert. Blut floß. Hailey taumelte stöhnend zurück.

»Ich sollte...« Savage packte ihn am Hemd und riß ihn hoch. »...Sie umbringen.«

»*Giri*«, stieß Hailey zwischen geschwollenen Lippen und ausgeschlagenen Zähnen hervor. »Sie haben Ihr Wort gegeben...«

»Ehrenwort«, sagte Taro und erhob sich. »Ich auch. Eine formelle Gefälligkeit und ewige Verpflichtung.« Taro betrachtete mißbilligend das Messer in Savages Hand. »Gehorchen Sie – oder Sie verlieren Ihre Ehre und sind wertlos.«

Zitternd und kochend vor Wut ließ Savage langsam das Messer sinken. »Ehrenwort bleibt Ehrenwort. Verschwinden Sie auf der Stelle«, schrie er Hailey an, »ehe ich es mir anders überlege! Ihretwegen mußte mein Freund sterben, Sie...!«

Die Hände vor sein zerschmettertes Gesicht schlagend, rannte Hailey los. Er riß die Schiebetür zur Seite und stürzte hinaus. Seine Schritte verhallten.

»Sie haben richtig gehandelt«, sagte Taro.

»Warum fühle ich mich dann so lausig?«

»Weil er Ihnen vielleicht wieder nachsetzen wird.«

»Mag er«, sagte Savage. »Ich bin stärker.«

»Für einen *gaijin* sind Sie ein nobler Mann.«

»Sind Sie das auch?« Savage fuhr herum. »Wir sind noch nicht miteinander fertig. Ich kann nicht glauben, daß Sie nicht gewußt haben...«

»...daß Akira beim japanischen Geheimdienst war?« Der alte Mann nickte. »Das stimmt.«

»Und Sie haben gewußt, was Shirai vorhatte! Sie haben gewußt, daß Akira und ich getötet werden sollten.«

»Für Japan.«

»*Giri*«, sagte Savage. »Danken Sie Gott für *giri*. Ich habe mein Wort verpfändet. Als Sie diesen Kerl laufen ließen, habe ich geschworen, mich ewig in Ihrer Schuld zu fühlen. Andernfalls...«

»...würden Sie versuchen, mich zu töten?« Taro kicherte.

Von einem neuen Wutanfall gepackt, überwand Savage seine Schwäche. Er preßte dem Alten einen Finger mit lähmender Kraft an einen Nerv im Nacken und setzte ihm dann die Messerspitze an die Halsschlagader. »Sie sind mir ein wenig zu arrogant. Auch ein *gaijin* kann...«

»...ein ehrenwerter Gegner sein. Savage-san, ich respektiere Sie.«

»Und Ihr Wort, daß es keine gegenseitigen Anschuldigungen geben wird? *Giri*?«

»Ja.« Taros Gesicht wurde noch runzeliger. »*Giri*. Freundschaft. Treue. Pflichterfüllung. An was kann man sonst noch glauben?«

»Liebe.« Savage ließ das Messer sinken. »Was ist mit Akiras Leiche geschehen?«

»Sie wurde verbrannt. Die Urne mit seiner Asche steht in meinem Zimmer. Aber der japanische Geheimdienst darf nichts von seinem Tod erfahren. Die Nachforschungen wären höchst unangenehm für uns alle.«

»Kann ich sie haben?« fragte Savage.

»Akiras Asche?«

»Ja. Wenn der Ort seiner Bestattung ein Geheimnis bleiben soll, wissen Eko und ich, was damit zu geschehen hat.«

Taro sah ihm ins Gesicht.

Und verneigte sich.

Ein Fest für die Toten

Bevor Akira mit Rachel und Savage nach Japan aufgebrochen war, hatte er ihnen manches über die Vielschichtigkeit des Glaubens an die göttliche Abkunft des japanischen Volkes erzählt. Unter anderem hatte er ein sommerliches Ritual erwähnt, das man Laternenfest oder auch das Fest für die Toten nannte. Mit Weihrauch, Gebeten und Festmählern erfüllen traditionell gesonnene Japaner drei Tage lang die Vorschriften der Shintoreligion, die Toten zu ehren, ja, sie anzubeten.

Savage gehorchte ebenfalls diesen Vorschriften, obwohl es Herbst war und nicht Sommer. Aber er glaubte nicht, daß das Akira etwas ausmachen würde. Nach dreitägiger völliger Hingabe an sein Andenken umarmten Savage und Rachel einander in dem Garten hinter Akiras Haus.

Nacht umgab sie.

Aber ein Lichtschein fiel über ihre Gesichter.

Denn Savage hatte auf dem Gartenteich einen schwimmenden Lampion ausgesetzt. Den ganzen Nachmittag über hatte er das vom Blut der Attentäter verunreinigte Wasser ausgepumpt. Dann hatte er den Teich frisch gefüllt und abermals geleert.

Und ihn wieder gefüllt.

Und wieder entleert.

Dann hatte er die Wände gereinigt, fest entschlossen, auch die letzten Spuren der Entweihung zu tilgen. Nachdem der Teich von neuem gefüllt worden war, glaubte Savage, daß jetzt das Ritual in völlig reinem Wasser vor sich gehen konnte. Er riß ein Streichholz an und hielt die Flamme an das Papier des Lampions.

»Gott, wie er mir fehlt«, sagte Savage. Die Flammen spielten über sein Gesicht.

»Ja, mir fehlt er auch«, flüsterte Rachel.

»Er hatte immer so traurige Augen.«

»Weil er in eine andere Zeit gehörte.«

»Ich denke an Commodore Perrys ›Schwarze Schiffe‹«, meinte Savage. »Akira war ein Samurai. Er gehörte in eine Zeit, bevor die

Samurai zu Gesetzlosen erklärt wurden. Bevor die Amerikaner Akiras Volk korrumpierten. Weißt du« – er beugte sich über Rachel und küßte sie – »ehe er starb, nannte er mich...«

Savage versagte die Stimme. Tränen erstickten sie.

»Er nannte mich... Oh, Jesus...«

Rachel lehnte sich an ihn. »Sag es mir nur.«

»Er nannte mich seinen Freund.«

»Und er war wirklich dein Freund«, sagte Rachel.

»Begreifst du auch, was es ihn an Anstrengung und innerer Überwindung gekostet hat, dieses Wort auszusprechen? Sein Leben lang hat er die Amerikaner gehaßt. Wegen Hiroshima, Nagasaki, wegen der Bucht von Yokohama und wegen Perrys ›Schwarzen Schiffen‹. Akira gehörte in ein anderes Jahrhundert – in jenes, in dem Japan noch rein war.«

»Japan ist immer rein gewesen und wird es immer bleiben«, warf Rachel ein. »Denn wenn Akira ein typischer Japaner war, dann gehört er einer großen Nation an, die noch weiß, was Ehre ist.«

»Aber er lebt nicht mehr.«

»Eben wegen seiner Ehre.«

Savage küßte sie. Die Flammen loderten höher aus dem brennenden Lampion. »Ich frage mich oft...«

»Ja?«

»Wie war das in Amerika mit dem Bürgerkrieg? Bevor er ausbrach, haben wir aus den Südstaaten einen Mythos gemacht. Die wunderschönen Landhäuser, die würdevolle Lebensart...«

»Nur nicht für die Sklaven«, wandte Rachel ein.

»Das meine ich ja«, erwiderte Savage. »Mythos kann etwas sehr Schönes bedeuten – für einige. Aber für andere verbirgt sich dahinter Häßlichkeit. Ein Mythos kann zur eigenen Wirklichkeit werden.«

»Wie auch falsche Erinnerungen?«

»Wie auch das Gedächtnis. Aber das Gedächtnis lügt. Nach allem, was ich durchgemacht habe, ist mir eines klar geworden: Es kommt nur auf das Jetzt an.«

Der Lampion flammte heller auf.

»Nicht auch auf die Liebe? Die Zukunft?« fragte Rachel.

»Darauf hoffe ich.«

»Und die Vergangenheit?«

»Akira hätte die Vergangenheit gehaßt«, sagte Savage. »Dieses

Tokugawa-Shogunat war doch, nach allem, was ich erfahren habe, ein rein faschistischer Staat. Ein Unterdrückungssystem mit Befehlsgewalt vom Shogun an den *Daimyo*, von ihm an den Samurai... Akira hätte sich verzweifelt nach der Gegenwart gesehnt.«

»Wonach sehnst du dich«, fragte Rachel.

»Nach dir.«

Der Lampion flammte noch einmal auf. Sein Licht erlosch.

»Nachdem wir dich in Griechenland befreit hatten«, berichtete Savage, »habe ich Akira gefragt, ob wir nicht Freunde sein könnten. Das hat er glatt abgelehnt.«

»Wegen seiner Herkunft. Er war konditioniert. Und du warst...«

»Ein *gaijin*.«

»Aber du liebst ihn«, stellte Rachel fest.

»Ja.«

»Habe ich Grund zur Eifersucht?«

»Nein.« Savage reckte sich in den Schultern. »Unsere Liebe war von ganz anderer Art.«

»Bin ich so etwas wie ein Ersatz?«

»Nein, du bist einmalig. Ich werde dich immer anbeten.«

»Immer?«

»Ich weiß, was du damit sagen willst.«

»Zieh keine voreiligen Schlüsse.« Rachel zog die Augenbrauen zusammen.

»Abraham glaubte an die Kraft des Absurden.«

Nun lächelte Rachel. »Und was nun?«

»Ja, was machen wir jetzt?« fragte auch Savage. »Hailey hat es zwar nicht zugegeben, aber dein Ehemann hat in der Sache auch eine Rolle gespielt.«

»Unmöglich!« Rachel erbleichte.

»Doch«, sagte Savage. »Akira und ich wurden nach Mykonos geschickt, weil wir uns während deiner Befreiung kennenlernen sollten. Japan für Japan, das klingt gut – aber Japan braucht auch Öl. Und dafür braucht man Schiffe. Ich glaube, dein Ehemann hat einen Vertrag abgeschlossen und die Schiffe zur Verfügung gestellt. Deshalb wurden Akira und ich nach Mykonos geschickt. Das Anwesen deines Mannes lag günstig. Er war an dem Komplott beteiligt.«

»Er soll mich also aus politischen Gründen geschlagen und vergewaltigt haben?«

»Nach allem, was ich erfahren habe, stimmt das...«

»Oh«, hauchte Rachel und klammerte sich an ihn.

»...und weil es ihm Spaß machte. Eine Abwechslung inmitten langer Konferenzen.«

»So...«

»Ich glaube...«, begann Savage und schwieg.

»Was glaubst du?«

»Ich werde ihn umbringen müssen. Andernfalls wird er ständig Jagd auf uns machen.«

»Keine Toten mehr. Ich habe genug davon gesehen.«

»Er ist ein sehr stolzer Mann.«

»Dann sind wir eben auch stolz«, sagte Rachel.

»Was also?«

»Du hast einmal von einem Strand bei Cancun gesprochen.«

»Wo ich dich gern...«

»Wo du mich gerne lieben wolltest!«

»Ehrlich gesagt, das möchte ich jetzt und hier.«

»Trotz unserer Trauer?« fragte Rachel.

»Gerade wegen ihr. Im Andenken an... zur Feier – des Lebens. Das ist alles, was wir haben. Nicht die Vergangenheit, nicht die Zukunft. Meine Vergangenheit war eine Lüge, wie ich herausgefunden habe. Aber ich ziehe die Lüge der Wahrheit vor. Und die Zukunft...?«

»Glauben.«

»Das ist absurd.«

»Aber gerade das liebe ich«, lächelte Rachel.

»Und ich liebe dich«, versicherte Savage.

Die Reste des Lampions versanken im Wasser.

»Ich werde an dich denken, Akira. Ich verehre dein *kami* bei Wind und Regen«, murmelte Savage.

Sie drehten sich um und erkannten hinter sich Eko, die sich verneigte.

Savage und Rachel verbeugten sich ebenfalls.

Sie gingen auf dem sorgsam geharkten Sandweg in dem Garten entlang, der nach den Regeln des Zen-Buddhismus angelegt worden war. Akiras Vater hatte Jahre damit zugebracht, ihn herzurichten und zu pflegen. Nach dem Tod seines Vaters hatte Akira mit großer Beharrlichkeit das Werk fortgesetzt.

Savage hatte nach bestem Können die von den Eindringlingen

zerstörten Wege geharkt und in Ordnung gebracht. Beim Anblick des Musters im Sand lächelte er wehmütig. Seine Augen waren jetzt bestimmt so traurig, wie die Akiras gewesen waren.

Denn hier war Akiras Asche ausgestreut und in den Sand geharkt worden.

Eins mit der Natur.

»Ich weiß ... ich bin sicher«, sagte Savage, »daß er seinen Frieden gefunden hat.«

»Und was wird aus uns?« fragte Rachel.

»Willst du ...?«

»Was?«

»Willst du mich heiraten?«

»Oh, Savage, ich bin doch schon verheiratet, und der Kerl ist immer noch hinter mir her.«

»Verlaß dich auf mich. Wir brauchen keine amtliche Zeremonie. Wir machen das ganz privat ab. Nur du und ich.«

»Jetzt gleich?«

»Sehr richtig.« Er küßte sie. »Ich verspreche, dich zu lieben, zu achten und in Ehren zu halten.«

»Das hört sich wunderbar an.«

»Und noch ein Versprechen.« Er küßte sie wieder.

»Was noch?«

»Ich werde dich beschützen.«

Eric Van Lustbader

Geheimnis, Sinnlichkeit und atemberaubende Spannung in der rätselhaft-grausamen Welt des Fernen Ostens.
»Temporeiche Action, die den Leser bis zur letzten Seite fesselt.« THE NEW YORK TIMES

Heyne Jumbo 41/48

Außerdem lieferbar:
Der Ninja
01/6381
Schwarzes Herz
01/6527
Teuflischer Engel
01/6825
Die Miko 01/7615
Ronin 01/7716
Dolman 01/7819
Jian 01/7891
Dai-San
01/8005
Moichi 01/8054
Shan 01/8169
Zero 01/8231
French Kiss
01/8446
Der Weiße Ninja
01/8642
Schwarze Augen
01/8780

Wilhelm Heyne Verlag
München

Ridley Pearson

Ridley Pearson schreibt packende, psychologische Spannungsromane der Spitzenklasse.
»Ein herausragender neuer Thrillerautor.«   LOS ANGELES TIMES

Außerdem lieferbar:

Mordfalle
01/8249

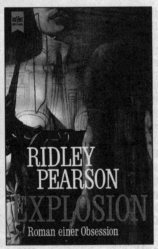

01/8668

**Wilhelm Heyne Verlag
München**